元代禪僧詩輯考

朱剛　陳珏　王汝娟　編著

復旦大學出版社

目　　錄

有關說明 / 1

卷一　臨濟宗楊岐派禪僧詩輯考 / 1
　　　南宋以降，禪門唯臨濟、曹洞二家傳衍，而臨濟爲盛。臨濟下有黃龍、楊岐二派，至宋元之際，黃龍法脉已斬，楊岐又有大慧、虎丘二派，分枝繁榮。本卷輯録大慧、虎丘二派以外之楊岐派禪僧詩，皆五祖法演之後嗣者也。

卷二　臨濟宗大慧派禪僧詩輯考 / 8
　　　大慧宗杲、佛照德光爲南宋高宗、孝宗朝宗教領袖，德光門下浙翁、北磵、妙峰數枝綿延入元。《宋代禪僧詩輯考》卷八録入南宋大慧派禪僧詩，推其年歲，止於大慧下第五世，而如元叟行端(1254—1341)實已爲元代宗匠。今依例續録第六世以下者。

卷三　臨濟宗破庵派禪僧詩輯考 / 139
　　　南宋楊岐派以大慧、虎丘二系爲主，而虎丘下自密庵咸傑後，又分曹源、破庵、松源三派，至元代所傳，概屬破庵、松源二派。本卷輯録破庵派禪僧詩，續《宋代禪僧詩輯考》，始於密庵下第五世，而其主幹實爲無準師範——雪巖祖欽——高峰原妙——中峰明本一系也。

卷四　臨濟宗松源派禪僧詩輯考 / 326
　　　《宋代禪僧詩輯考》録南宋虎丘派禪僧，止於密庵下第五世，而於松源一派實多遺漏，蓋如古林清茂(1262—1329)者，已顯於元世矣。本卷即自密庵下第五世(松源下第四世)始，至元明之交，則斟酌收録。

卷五　曹洞宗禪僧詩輯考 / 629
　　　宋元期之曹洞宗，有南北二系，皆自北宋芙蓉道楷出。宋金分裂，華北有鹿門一脉，至萬松行秀而顯於元；華南則道楷諸法孫在焉，但至南宋後期，亦唯剩明極慧祚一脉而已。《宋代禪僧詩輯考》未録華北一系，今補續之。

附録　法系未詳者 / 641

禪僧法名下字音序索引 / 646

有關説明

1. 本書續《宋代禪僧詩輯考》(復旦大學出版社,2012年),依禪門法系世代爲序,輯録元代禪僧詩,間有涉及金代者,亦録入。爲省篇幅,凡已見《全元詩》(中華書局,2013年)者,僅指明册數,不再抄録文本。

2. 宋元之交禪僧,凡《宋代禪僧詩輯考》未收録者,皆予收録;元明之交禪僧,其主要事迹顯於明代者不收録;渡日禪僧,作品已被彼邦納入《五山文學全集》《五山文學新集》者,亦暫不收録。

3. 本書以蒐集散見詩歌爲主,禪僧有别集者,僅予指出,不抄録。輯佚用書,除各家語録,禪門燈録(《增集續傳燈録》《五燈會元續略》《續燈存稿》等),《禪宗雜毒海》《山庵雜録》等總集、筆記外,尚有日本禪僧義堂周信所編兩部《貞和集》,其中頗有無署名之詩載於有署名之詩之後者,處理時若發現是他人之作,則直接捨棄;若無法確定,則與前一首有署名之詩一起輯録,并加脚注説明;若《貞和集》正文雖無署名但注明"一本作'作者未曉'"之類,也不輯録。

4. 禪門"頌古"類詩歌,本書僅録其詩,而以"頌古"爲題,不抄録其所頌之公案,唯原始文獻已以公案内容(如"庭前柏樹子")標題者,則照録。禪僧法語中有可以獨立爲一詩者,以"偈頌"爲題輯出。

卷一　臨濟宗楊岐派禪僧詩輯考

南宋以降，禪門唯臨濟、曹洞二家傳衍，而臨濟爲盛。臨濟下有黄龍、楊岐二派，至宋元之際，黄龍法脉已斬，楊岐又有大慧、虎丘二派，分枝繁榮。本卷輯録大慧、虎丘二派以外之楊岐派禪僧詩，皆五祖法演之後嗣者也。

釋無機

寶林無機，法系：五祖法演——圓悟克勤——華藏安民——别峰寶印——金山道奇——高原祖泉——寶林無機。《全元詩》無其人。輯佚：

偈頌

蘆花對蓼紅，木落山露骨。仿佛揚州，依希越國。爲君卓落精靈窟，無位真人赤骨律。（《增集續傳燈録》卷三）

釋璋

中和璋，全名待考。《續燈録》卷二"容庵海禪師法嗣"下注"容庵海"云："師嗣竹林安，安嗣竹林寶，寶嗣懶牛和，和嗣天目齊，齊嗣五祖演。自齊以下《會元》俱無出。"據此，法系爲：五祖法演——天目齊——懶牛和——竹林寶——竹林安——容庵海——中和璋。《全元詩》無其人。輯佚：

授海雲印簡衣鉢偈

天地同根無異殊，家山何處不逢渠。吾今付與空王印，萬法光輝總一如。（《佛祖歷代通載》卷二十一）

釋印簡

海雲印簡（1202—1257），法系：五祖法演——天目齊——懶牛和——竹林寶——竹林安——容庵海——中和璋——海雲印簡。《全元詩》無其人。輯佚：

偈頌

打破秦時鏡，磨尖上古錐。龍飛霄漢外，何勞更下槌。（《佛祖歷代通載》卷二十一）

釋行興

魯雲行興(1274—1333),法系:五祖法演——天目齊——懶牛和——竹林寶——竹林安——容庵海——中和璋——海雲印簡——頤庵僩——西雲安——魯雲行興。《全元詩》第 28 冊錄詩 1 首。

釋信

元翁信,全名待考。法系:五祖法演——圓悟克勤——此庵景元——或庵師體——癡鈍智穎——荆叟如珏——空巖有——元翁信。《全元詩》無其人。輯佚:

偈頌

滿目溪山絕點埃,無邊剎海自周回。毗盧樓閣重重現,誰睹門門有善財。
(《增集續傳燈錄》卷四)

釋念

鐵嘴念,全名待考。法系:五祖法演——開福道寧——大溈善果——大洪祖證——月林師觀——無門慧開——瞎驢無見——鐵嘴念。《全元詩》無其人。輯佚:

頌三聖道我逢人則出興化道我逢人則不出話

誰謂家風分兩邊,一條拄杖兩人牽。休觀千嶂凌雲勢,好看銀河落九天。

頌舍利弗入城月上女出城話

出城入郭兩相逢,來去誰云路不同。回首涅槃臺上望,九州四海一家風。
(以上《增集續傳燈錄》卷四)

釋賢寬

無用賢寬(? —1326),法系:五祖法演——開福道寧——大溈善果——大洪祖證——月林師觀——孤峰德秀——皖山正凝——金牛真——無用賢寬。《全元詩》無其人。輯佚:

屋子

磚瓦泥灰假合成,周縫隙罅用功深。就中有個安身處,多少迷人不識門。
(《禪宗雜毒海》卷四)

元旦

太湖山上賀新年,萬象森羅笑揭天。驚得泥牛吞石虎,塵塵剎剎自安然。

（同上卷八）

釋水盛

竺源水盛（1275—1347），法系：五祖法演——開福道寧——大溈善果——大洪祖證——月林師觀——竹巖妙印——真翁（一作直翁）圓——無能教——竺源水盛。《全元詩》無其人。輯佚：

頌趙州無字話

趙州道無，猛虎當路。狐兔潛踪，佛祖罔措。

頌有字話

狗子佛性有，面南看北斗。更擬問如何，虛空開笑口。（以上《增集續傳燈錄》卷五）

書狀侍者省親①

家在江南急急歸，白頭婆子罵多時。三千里外去行脚，却續風流小艷詩。（《重刊貞和類聚祖苑聯芳集》卷四）

示通净頭

洗籌掃地又燒香，清净盡從心地生。末法師僧多懈怠，似君方便少人行。

頑石

大底大兮小底小，苔封蘚積卧林丘。生公去後無人識，自到虛空暗點頭。

拗牛

鼻頭渾不受人穿，倒卧橫眠角指天。春雨春風蓑笠外，一犁耕遍祖翁田。（以上同上卷五）

隆藏主之五峰②

名實相當世所希，五峰老子好歸依。虎丘元是隆藏主，傳得楊岐五代衣。

參方③

是何時代要參方，萬水千山道路長。爲子欲言安樂法，朔風吹雪舌頭强。

---

① 《重刊貞和類聚祖苑聯芳集》原注"竺源，一作作者未曉"。
② 《重刊貞和類聚祖苑聯芳集》原注"一本無竺源二字"。《新撰貞和分類古今尊宿偈頌集》卷中載於樵隱悟逸詩後。
③ 《重刊貞和類聚祖苑聯芳集》原注"竺源，一本作'竺無道，元人，嗣橫川'八字"；《新撰貞和分類古今尊宿偈頌集》卷上此首作"竺源道"。

僧遊雁山

拂衣深入雁山阿，正是清秋趣興多。霜夜倚欄看瀑布，一輪明月在天河。

（以上同上卷六）

無言首座

古寺尨眉老睦州，此生拼得此生休。夜涼待月開門坐，一片秋聲在樹頭。

答巖首座話別

世情離合何須說，祖道扶持有所期。明日天台山上路，正當風雪做寒時。

（以上同上卷七）

釋瓊

鐵山瓊，全名待考。初參雪巖祖欽，後參蒙山德異，燈錄或作祖欽法嗣，或作德異法嗣，實得德異印可。後東渡高麗，然中土猶有其法嗣，故仍予收錄。法系：五祖法演——開福道寧——大潙善果——大洪祖證——月林師觀——孤峰德秀——皖山正凝——蒙山德異——鐵山瓊。《全元詩》無其人。輯佚：

頌那吒太子析骨還父析肉還母因緣

一莖草上現瓊樓，識破古今閑話頭。拈起集雲峰頂月，人前抛作百華毬。

（《續燈存稿》卷六）

幹經函

五千餘卷大乘經，古佛隨機爲發明。但得毗耶能領略，何曾函蓋不相應。

（《重刊貞和類聚祖苑聯芳集》卷一）

謝人惠硯①

我宗無法與人傳，生怕兒孫紙上鑽。惠我陶泓荷勤意，不知點筆寫何言。

（同上卷八）

釋法樞

鐵關法樞（1278—1340），法系：五祖法演——圓悟克勤——此庵景元——或庵師體——癡鈍智穎——荆叟如珏——空巖有——元翁信——鐵關法樞。《全元詩》無其人。輯佚：

---

① 此首作者，《重刊貞和類聚祖苑聯芳集》及《新撰貞和分類古今尊宿偈頌集》皆只作"鐵山"，未知爲鐵山瓊抑或鐵山仁；《宋代禪僧詩輯考》卷十鐵山仁名下未輯錄此詩，今姑存於鐵山瓊名下，俟再考。

卷一　臨濟宗楊岐派禪僧詩輯考

偈頌

不是心佛物，撈出虛空骨。金毛獅子兒，豈戀野狐窟。
毗藍園降生，八十種隨好。行作象王行，吼作獅子吼。
上樹未上樹，鐵蛇橫古路。覿面笑呵呵，苦瓠連根苦。
無位真人乾屎橛，臨濟未是白拈賊。千古長如白練飛，一條界破青山色。
浪靜風恬意轉殊，滿天星斗月輪孤。時人休戀一泓水，來上扁舟泛五湖。

辭世偈

本無來去，一句全提。紅霞穿碧落，白日繞須彌。（以上《續燈存稿》卷六）

清庵和尚住南華

當機一喝怒雷奔，攪得黃河曲曲渾。今日斬新翻舊轍，曹溪無底水無痕。
（《禪宗雜毒海》卷三）

血書華嚴

九會垂慈噴熱血，十身珍御惹塵埃。不因收拾毫端上，大地人遭點污來。
（同上卷五）

釋德涌

東海德涌（？—1369）①，法系：五祖法演——圓悟克勤——此庵景元——或庵師體——癡鈍智穎——荆叟如珏——空巖有——元翁信——東海德涌。《全元詩》無其人。輯佚：

偈頌

錦衣公子醉田家，熟睡柴床日未斜。熱渴呼漿無所得，便將玉帶換甌茶。②
（《增集續傳燈錄》卷三）

寂光圓照周沙界，體用如如絕古今。直下不生凡聖解，鷓鳩啼在綠楊陰。
（同上卷五）

釋本源

空海本源，法系：五祖法演——圓悟克勤——此庵景元——或庵師體——癡鈍智穎——荆叟如珏——空巖有——元翁信——空海本源。《全元詩》無其

---

① 《增集續傳燈錄》卷五云其"洪武元年十二月初一日入寂"，西曆已是1369年。
② 此首《宋代禪僧詩輯考》誤收入空巖有名下。

人。輯佚：

讚達磨偈

竺國東風欠密藏，十分春色媚晴妝。一聲雷過落花雨，狼藉滿城流水香。（《增集續傳燈録》卷五）

釋永寧

一源永寧（1292—1369），別號虛幻子。法系：五祖法演——開福道寧——大溈善果——大洪祖證——月林師觀——孤峰德秀——皖山正凝——金牛真——無用賢寬——一源永寧。《全元詩》無其人。輯佚：

偈頌

趙州狗子無佛性，萬象森羅齊乞命。無底籃兒盛死蛇，多添少減無虛剩。

辭世偈

七十八年守拙，明明一場敗闕。泥牛海底翻身，六月炎天飛雪。（以上《續燈存稿》卷六）

釋思聰

無聞思聰，法系：五祖法演——開福道寧——大溈善果——大洪祖證——月林師觀——孤峰德秀——皖山正凝——蒙山德異——鐵山瓊——無聞思聰。《全元詩》無其人。輯佚：

扇子頌

舉起分明也妙哉，清風匝匝透人懷。個中消息無多子，直得通身歡喜來。

偈頌

古雲峰頂人難覷，偶被風來映落霞。百鳥未歸天已晚，夜深依舊宿蘆花。（《釋鑒稽古略續集》卷三）

釋世愚

傑峰世愚（？—1371），法系：五祖法演——圓悟克勤——此庵景元——或庵師體——癡鈍智穎——荆叟如珏——空巖有——元翁信——止巖普成——傑峰世愚。《全元詩》無其人。輯佚：

偈頌

時時覿面不相逢，喫盡娘生氣力窮。夜半忽然忘月指，虛空迸出日輪紅。

辭世偈

生本不生,滅本不滅。撒手便行,一天明月。(以上《續燈存稿》卷七)

秋江

氣蕭風清遍界凉,數行新雁度瀟湘。一天好景憑誰委,兩岸蘆花對夕陽。(《禪宗雜毒海》卷七)

卷二　臨濟宗大慧派禪僧詩輯考

　　大慧宗杲、佛照德光爲南宋高宗、孝宗朝宗教領袖，德光門下浙翁、北磵、妙峰數枝綿延入元。《宋代禪僧詩輯考》卷八録入南宋大慧派禪僧詩，推其年歲，止於大慧下第五世，而如元叟行端（1254—1341）實已爲元代宗匠。今依例續録第六世以下者。

釋道惠

　　性空道惠（約 1266—1330），廬山東林寺僧。法系：浙翁如琰——介石智朋——悦堂祖誾——性空道惠。有《廬山外集》四卷。《全元詩》第 20 册録詩 401 首。

釋宗浄

　　月江宗浄（1268—1334①），法系：浙翁如琰——介石智朋——悦堂祖誾——月江宗浄。《全元詩》無其人。輯佚：

　　　　　　偈頌

　　坐斷陵霄已十年，匡宗論道只隨緣②。於今休去便休去，嘯月吟風樂自然。

　　　　　　辭世偈

　　祖師門下客，開口論無生。老我百不會，日午打三更。（以上《續燈存稿》卷五③）

釋宗廓

　　無外宗廓，法系：浙翁如琰——介石智朋——悦堂祖誾——無外宗廓。《全元詩》無其人。輯佚：

----

① 宗浄卒年，《續燈存稿》卷五載"元統壬戌"，《續燈正統》卷十五爲"正統壬戌"，《五燈全書》卷五十七謂"元統甲戌"。元統有甲戌年，而元統、正統皆無壬戌年，今從《五燈全書》。
② 此句《五燈全書》卷五十七、《續燈正統》卷十五等作"拖犁拽把飽蒼烟"。
③ 按，月江宗浄，《續燈存稿》卷五、卷七重出。

送僧之中吳

佛是西天老比丘,何緣臥倒在蘇州。憑君此去輕扶起,問取二千年話頭。(《增集續傳燈錄》卷四)

臨終偈

吾年七十一,世緣今已畢。挨倒五須彌,夜半日頭出。(《續燈存稿》卷五)

化元宵燈

瞿曇錯受燃燈記,續焰聯芳累子孫。只作元宵燈火看,渠濃大似不知恩。(《重刊貞和類聚祖苑聯芳集》卷八)

釋思珉

玉溪思珉(?—1337),法系:浙翁如琰——偃溪廣聞——止泓鑒——玉溪思珉。《全元詩》無其人。輯佚:

霞浦

紅影重重蘸碧流,幾回錯認錦江頭。及乎光彩消磨盡,元是白蘋紅蓼洲。(《重刊貞和類聚祖苑聯芳集》卷五)①

了巖

慶快平生是此回,莖蓙粒米不安排。一了路口無人到,日日門開放賊來。(《新撰貞和分類古今尊宿偈頌集》卷中)

釋奇

怪石奇,全名待考。法系:浙翁如琰——偃溪廣聞——雲峰妙高——怪石奇。《全元詩》無其人。輯佚:

重陽

三玄三要是何物,處處笙歌醉似泥。林下老僧頭雪白,繞籬閑看菊離批。(《重刊貞和類聚祖苑聯芳集》卷三)

禮補陀不現

乘興昨朝辭鷲嶺,趁潮今日離鄞城。圓通門户無關鑰,一目青天接巨溟。(同上卷六)

釋喆

古智喆,法名一作嚞。法系:浙翁如琰——偃溪廣聞——雲峰妙高——古

---

① 此詩《禪宗雜毒海》卷七署"月坡明","紅"作"彤"。

智哲。《全元詩》無其人。輯佚：

偈頌
明來暗謝，智起惑亡。黑牛臥死水，癩馬繫枯樁。何似東村黑王老，黃昏伸腳睡，一覺到天光。山僧與麼道，切忌錯承當。

禮暹道者塔偈
髑髏元自有靈光，雪竇何曾抖屎腸。截斷婆婆三寸舌，至今雙劍倚天長。

送萬禪人參徑山虛谷和尚偈
萬轍千途同一車，參方眼正不曾差。一千七百人中主，元是仰山小釋迦。

（以上《增集續傳燈錄》卷四）

明招塔
藤深蔓短塔纍纍，獨眼名龍恐是伊。放下泥盤叉手立，當年誤殺矮闍黎。

（《禪宗雜毒海》卷二）

菩提院
月明如晝九江水，天淨無雲五老峰。眼飽肚饑難湊泊，菩提院裏聽齋鐘。

（《重刊貞和類聚祖苑聯芳集》卷三）

吉藏主參徑山
問字僧來一默酬，鄱湖水底吼泥牛。二千里外傳將去，國一聞知笑點頭。

人之浙
浙東山與浙西水，倒指曾遊五十年。八九月風秋萬里，送君又上九江船。

（以上同上卷六）

三笑圖
臨風三笑憶當年，面具黃金鐵肺肝。豈料溪山千載後，世人剛作畫圖看。

（同上卷九）

懶瓚巖
巖間無事日高眠，鼻息雷鳴徹九天。一個蹲鴟煨不爛，萬年千載岳山巔。

靈隱藏主①
繞床解註謾紛紜，試展霞綵露正文。坐斷婆婆三寸舌，飛來峰下看飛雲。

（以上《新撰貞和分類古今尊宿偈頌集》卷上）

---

① 此首載古智哲《送吉藏主參徑山》詩後。

卷二 臨濟宗大慧派禪僧詩輯考

釋真

龍巖真,全名待考。法系:浙翁如琰——偃溪廣聞——雲峰妙高——龍巖真。《全元詩》無其人。輯佚:

樂閑歌

即心是佛,無心是道。萬事但隨緣,自覺身心好。院子從來不要住,便是佛也不要做。律亦不曾持,戒亦不曾破。放行把住總由人,執法修行驢拽磨。要行便行,要坐便坐。也不精進,也不懶惰。一卷三字經,逐日爲工課。有時深深海底行,有時高高山頂卧。幾生修得做閑人,肯爲虛名被羈鎖。我不輕汝等,從他當面唾。百年能得幾光陰,何必强分人與我。貧也不須憂,富也休莊大。閻王相請無親疏,盡付一堆紅焰火。自家作得主宰,終不隨風倒柁。補被遮寒暖即休,淡飯粗茶隨分過。我作樂閑歌,自歌還自和。不是閑人不肯閑,世上閑人能幾個。(《增集續傳燈録》卷四)

血書四大部①

大寶放光無斷故,雙林樹下雜花紅。指頭不用論長短,血脉通時一樣紅。

誌公塔

獸心人面惑天顏,妙手僧繇畫也難。業鏡始終逃不得,雲間白塔影團團。

歸宗塔

曾把機鋒挫李公,驗人眼裏有重瞳。阿師果是較些子,應是生埋五老峰。(以上《重刊貞和類聚祖苑聯芳集》卷一)

雪峰

博飯喫底閑言語,謗得斯經得此因。項上鐵枷猶未脱,又添金鎖上渾身。(同上卷二)

冬日

朔風刮面雪漫天,屋角風甌撼夜眠。久客不禁窮歲迫,江村重買武林船。

五老峰

三二相高狀逼真,石頭堆裏解藏身。霜天誤作商山皓,雪頂龐眉多一人。

尋真觀三叠泉

一一層復復一層,倚松如對雪山傾。方壇月白歸來晚,重看真人禮七星。

---

① 《重刊貞和類聚祖苑聯芳集》原注"龍巖真,一作作者未曉"。

瀑布
三千尺雪從空落,雁宕乳峰相頡頏。好句謫仙吟未到,爛銀晴日放毫光。
谷簾水
品經桑苎洗凡流,一片水晶寒未收。依稀漢室光明殿,月夜珠簾半上鈎。
淵明醉石
巨石橫鋪古澗邊,撫摩重想義熙年。折腰肯爲五斗米,拂袖歸來得醉眠。
萬杉寺
前山清曉照晴曦,殷殷疏鐘出翠微。玉軸細看飛白字,萬杉清露滴禪衣。
天池寺
雲中獅子奮威獰,午夜金燈點點明。想到五臺山頂上,炎天一綫大江橫。
東林寺
蒼壁東南障半天,看山圖上幾年年。遠公面目分明見,庭下兩池開白蓮。
西林寺
東林行遍復西林,東晉遺踪尚可尋。結社廣開荷露屋,黃金難鑄二師心。
落星寺
星自何年天上殞,至今留得落星名。揚瀾在蠡無風浪,鏡梵相和入夢清。
延峰寺
拖宿延峰秋暮天,每因好古得盤旋。隋鐘正是山中寶,字記開皇六十年。
羅漢寺
虛堂象鼓響騰騰,古殿苔龕小果僧。火冷灰寒秋色早,半規山月夜燃燈。
圓通寺
石耳峰連馬耳高,蒼松翠柏繞周遭。普門境界從何入,山靜一聲啼鷓鴣。
靈湯寺
春暖溫泉玉一池,華清宮裏浴蛾眉。驪山何似廬山下,地獄鑊湯遊戲時。
簡寂觀
庭前仙石鎖苺苔,巖上仙花落又開。正好清明山雨霽,獨登高閣見崔嵬。
俱胝庵
名扁俱胝是甚年,白雲山後復山前。爲他拈却三行咒,門外春風蕨竪拳。
三峽橋
老龍衝破萬崖層,深壑奔雷水煎腥。我道蜀山無此險,斷虹橫跨亂峰青。

（以上同上卷三）

賀慧日轍翁遷基創寺

春晴策杖步崎嶔，行盡崇岡入亂岑。大義開山唐梵刹，佛燈説法宋禪林。靈禽異獸間來往，綠草紅花自淺深。聞說下方風水好，又移基創碧溪陰。（同上卷四）

梅江維那

衮衮松濤奏碧空，陽春一曲不相同。聲前槌後誰聽得，八十山僧兩耳聾。

持净

這裏是什麽所在，纔分濁净不相投。唵恨嚕他耶婆訶，個是入門頭一籌。清净伽藍糞掃堆，麈糟田地覺華開。而今有不參禪底，許汝親從後架來。

賀净頭

掃灑目前乾净了，百千三昧此中歸。厠籌特地打蹦跳，露柱燈籠盡發機。

竺峰

雞足靈山秀五天，孤高獨立翠雲寒。東西十萬路難到，且向飛來小朵看。

孤峰①

雲遮不得類難同，一朵青青插半空。盡大地人攀不及，有誰獨宿在其中。

鐘山

羅睺羅擊平中險，阿難陀聞險處平。耳到聲邊聲到耳，晚晴烟寺一堆青。

空山

内無一物外何拘，百億須彌盡掠虛。不是不談諸有法，峽猿啼曉客心孤。

藏石

重重叠叠裹蒼苔，怪怪奇奇鑿不開。中有一尊多寶佛，遠從塵劫現身來。

南江

日輪卓竪正當天，净練橫陳勢湛然。識得離宮元屬火，謝郎燒却釣魚船。

雪洲

粉碎虛空灑玉塵，江天一色盡鋪銀。謝郎獨釣前灘月，錯認蘆花照白蘋。

凱翁

汙血功城息戰争，浩歌歸路月三更。羽書不到黄河界，老得將軍萬古名。

---

① 此首載龍巖真《竺峰》詩後。

（以上同上卷五）

之仰山

仰山飯佛也難消，去去莫辭行路遥。南嶽諸峰七十二，錢塘日夜兩般潮。

（同上卷六）

日本清拙

問訊建長千衆師，師門且喜大興時。路遥不預聽徒列，莫惜嘉音慰所思。

會仁山藏主

雪山舊恨未能平，出得飛猿客路行。南宕湖邊相撞着，虎頭戴角尚生獰。

辭藏室和尚

敗闕一年都納了，自孤靈樹接雲門。羹濃飯白諸方有，不似徐園覓菜根。

留萬山首座

江湘淮浙已清游，白社如何不少留。聞説六花峰頂好，巖房雲鎖十年秋。

廬山閑居

蕭蕭白髮已盈顛；空走江湖四十年。留得一雙青眼在，匡廬山裏看雲眠。
廬山於我有因緣，一住而今二十年。飯後松陰行數步，拾枯閑煮虎溪泉。
我無院住又無禪，落得閑房打大眠。個個上門來攪惱，思量只好劈胸拳。
金鳳雞冠同樣栽，淡然相對素秋開。也知不似春花艷，戲蝶游蜂罕得來。
匡廬不覺住多年，七十過頭雪滿顛。飽喫山田尖米飯，看雲閑步兩峰前。
有生七十二年春，憂道由來不患貧。寂寞閑房徒省過，免將身口累他人。
清虛冷淡道人家，尋傍山林度歲華。佳客過門無可待，開窗看竹當煎茶。
四境寥寥百念冰，月移松影下巖層。匡床面壁開門坐，多是無油不點燈。
動靜孤踪不在言，侯溪只似虎溪邊。一頭白髮成何事，纏倒廬山三十年。

（以上同上卷七）

百雁圖

百般動静各成群，宿食飛鳴筆底分。縱有帛書難繫足，茂陵空隔漢江雲。

四牛圖牧童牛背吹笛

溪東過了復溪西，鐵石身心祇自知。今日神光射牛背，閑將羌笛逆風吹。

上有數雁牧童仰視拽牛渡水

雲藏怪石樹蒼蒼，目送飛鴻幾夕陽。已喜鼻繩今屬我，從教烟水渺茫茫。

拋下鞭笠二牧童棋略露些子
鞭笠忘來尚帶蓑，藏身露影傍巖阿。何如勝負俱忘却，月下風前扣角歌。
牛有影無形牧童揚鞭笠看禽鼓翅
牛已純兮人已閑，通身漸覺白漫漫。鐵鞭雨笠俱放下，閑看靈禽鼓羽翰。
紫極宮晋檜
雨露曾沾曲午朝，參天貞幹翠蕭蕭。雪髯仙子忘塵世，坐看枝頭一鶴翹。

（以上同上卷九）

廬山東林十題
掃地
蝸居掃灑净無埃，俗子難教一個來。宿糝生臺鳥拾盡，頻伽飛下啄荒苔。
汲泉
曉斟寒碧挈瓮罌，秋水無痕見底清。鄰寺老僧頭似雪，扶筇常到澗邊行。
拾枯
墮枯旋拾自擔簦，棕屨拖霜躡碧層。放下柴衡迎遠客，布伽犁挂紫荆藤。
閲教
瓦爐香篆逗疏簾，林籟無風萬境恬。紅日上階松影直，梵書案上有楞嚴。
執㸑
石火新敲對綠崖，青烟滿竈得生柴。水村乞得菰蒲米，净洗沙鍋做午齋。
煎茶
闃寂茅堂夏日長，娑羅樹下好風涼。缺牆枸杞新生鬚，石鼎茶烹雪乳香。
灌園
引水澆蔬繞破垣，籠頭紗帽怯春寒。鹿麋昨夜來成隊，盡把青苗一頓餐。
洗衣
破衲襤褸擺碧溪，七零八落不堪提。和雲搭向笆籬角，桐日移陰轉屋西。
把針
豆花和雨落繽紛，絡緯催寒徹夜聞。不費機梭衣不盡，白綿山頂自牽雲。
坐禪
蕭森一徑晝蒙冥，芻草經秋色更青。斂足蒲團重入定，戲猿翻菓落空庭。
四祖則庵首座
則庵首座不曾亡，渠弄福州人肚腸。不信破頭山下看，冷灰堆裏夜珠光。

來月庵主
人道住庵人已死,無疑燒作一堆灰。窗前有架蒲萄樹,未到三更月上來。
(以上同上卷十)

雪峰
三登九到覓冤讎,死盡偷心卒未休。若謂鰲山方悟道,當時只合嗣巖頭。

龍山塔①
溪流茉葉欠關防,引得虛名滿大唐。祖道如今都教了,山林變作利名場。
(以上《新撰貞和分類古今尊宿偈頌集》卷上)

日本朴上人
扶桑禪者大唐還,勘破從前佛祖關。數萬里程船得便,眼高不怕浪如山。

廬山閑居
心即佛中不敢居,家風太與大梅疏。些些相似底模樣,數樹松花食有餘。
(以上同上卷中)

釋恭

全名待考,曾爲都寺。法系:浙翁如琰——偃溪廣聞——鐵鏡至明——恭都寺。《全元詩》無其人。輯佚:

偈頌
點盡山窗一盞油,地爐無火冷啾啾。話頭留向明朝舉,道者敲鐘又上樓。
(《增集續傳燈錄》卷四)

釋大訢

笑隱大訢(1284—1344),法系:北磵居簡——物初大觀——晦機元熙——笑隱大訢。有《蒲室集》。《全元詩》第32冊錄詩192首。輯佚:

偈頌
一回拈起一攢眉,上樹何如未上時。誰在畫樓明月夜,倒拈玉管向風吹。
鎮州出大蘿蔔頭,青原白家三盞酒。客來隨分納些些,相逢不用揚家醜。
大方獨步,左旋右顧。金烏拍翅海波翻,鐵網倒挂珊瑚樹。橫機莫莫,萬象

---

① 此首載龍巖真《歸宗塔》《誌公塔》詩後。

平沉。全殺全活,能縱能擒。莫嫌老大無筋力,譚笑之間錦阱深。

　　住院慚無福,冬來事事無。家貧羞見客,炭少未開爐。壁破添泥補,窗虛欠紙糊。西來無祖意,勘破老臊胡。

　　藍縷破衲朔風吹,土面灰頭涕滿頤。立雪少林求法處,畏寒汾水罷參時。石崖剝落摧山骨,冰壑嶙峋裂地皮。驚起法身無着處,倒騎鐵馬上須彌。

　　禪人解夏東西去,莫道腰包趁早涼。三界炎炎如火宅,不知何處是家鄉。

　　文殊智入無邊身,觀音悲應河沙國。百千三昧一毫頭,問取長連牀上客。

　　玉露暗飄無景樹,金風微動夜明簾。木人鞭起泥牛吼,不許蒼龍卧碧潭。

　　城居歲暮似深邨,老衲家風道自存。海底泥牛耕碧落,雲中𤠔狗吠黃昏。塵塵含攝三千界,法法圓成不二門。一任四時如轉轂,須知天地本同根。

　　兔馬有角,牛羊無角。絶豪絶釐,如山如嶽。犀然牛渚兮,分開海底波濤。劍合延平兮,散作晴空雨雹。莫莫,隔江招手有知音,何待曹溪一宿覺。

　　一彈指頃,開樓閣門。黃河九曲,水出昆侖。

　　靈雲桃華,光輝閃爍。趙州柏樹,築着磕着。大用現前兮,人人握靈蛇之珠。全機獨弄兮,個個抱荊山之璞。莫莫,抹過前三與後三,不是石橋是略彴。

　　以機奪機,以的破的。百丈親遭三日聾,黃檗後來驚吐舌。延平劍合兮,寧窺牛斗之光芒。陶壁梭飛兮,不戀風雲之舊迹。堪笑禪流眼似眉,座中誰是仙陀客。

　　今朝又是五月一,大盡小盡數不出。八臂那吒没奈何,夜叉屈膝眼睛黑。

　　盡大地是藥,信手拈來草。文殊與善財,一起復一倒。當機解變通,更問中峰老。日中或飢或飽,夜後蚊蟲獦蚤。事事求如意,日日添煩惱。有事不如無事好。

　　中峰用處没疎親,道合寧論主與賓。却笑汾陽强分別,重陽九日菊華新。

　　我觀如來真性海,離名離相本空寂。以悲願力度衆生,莊嚴百寶爲净土。衆生根性即不同,於諸境界有差別。丘陵坑坎或高下,隨業示現諸惡趣。發真歸元一念頃,衆生諸佛悉平等。善哉應氏净信女,於此法門能信入。如妙蓮華出淤泥,如净琉璃含寶月。雖處生死隨世緣,而於生死如游戲。靈光獨耀脱根塵,本源自性如如佛。佛身清净如虛空,或讚或毀不動搖。我今無説亦無示,聽者無聞亦無得。一期佛事已周圓,回向無邊功德聚。普願饒益諸有情,同證如來寂滅樂。

火爐頭話無賓主,中峰一一爲君舉。捏不成團擘不開,貴似黃金賤如土。放兩拋三是幾多,五五元來二十五。

好是天中節,當陽見不偏。桃符懸壁上,艾虎挂門前。理應羣機合,心空萬境閑。無人知此意,令我憶寒山。

禪人九夏居,工夫徹不徹。三際一刹那,無解亦無結。東西與南北,當處盡超越。袈裟裹白雲,拄杖挑明月。不纏凡聖行,是名大休歇。(以上《笑隱大訢禪師語録》卷一)

丈六金身一莖草,琦樓玉殿恰相當。交羅帝網山河景,旋繞須彌日月光。華雨晝飄龍座暖,天風時送御爐香。臣僧共仰恩光近,五色祥雲擁帝傍。

天上寶書新雨露,金陵潛邸舊江山。九重閶闔香雲近,對越天威只尺間。

頂門正眼明如日,覿面當機見得親。正法萬年宣聖化,山河國土現全身。

幾片白雲橫谷口,數聲寒雁起滄洲。令人苦憶寒山子,紅葉斷崖何處秋。

龍翔孟八郎,惡辣難近傍。佛祖也潛踪,從教人起謗。雲門扇子跳上天,趙州葫蘆挂壁上。寒山掃地接豐干,却是南嶽讓和尚。

佛心覺照妙無遺,包括乾坤轉化樞。日應萬機常歷歷,那伽大定自如如。三千刹海毗盧藏,百億山河帝網珠。惟願不忘悲智力,重開慧日照昏衢。

看看臘月二十五,雲門一曲憑誰委。打鼓當陽普請看,萬象森羅齊起舞。西序叢林喜得人,沖霄鸞鳳看高舉。進退威儀揖讓時,就中一喝分賓主。

狸奴白牯笑相逢,報道新年喜氣濃。五鳳樓前聽玉漏,須彌頂上擊金鐘。

旃檀樓閣白牛車,曉日光籠五色霞。誰向東風歌一曲,御園開遍牡丹華。

是經常轉百千卷,越聖超凡亘古今。阿閣自便丹鳳宿,澄潭豈怖卧龍吟。江河淮濟同歸海,釵釧瓶盤共一金。縱有虛空廣長舌,宣揚不盡聖恩深。

曆運推移日用親,全功不借妙通神。石牛長吼天邊月,鐵樹重開劫外春。寶鏡當臺含有象,太阿出匣净無塵。掃除佛祖閒途轍,始稱歸家穩坐人。

趙州七斤衫,未舉先勘破。休論重與輕,且喜冬寒過。

金剛正體露堂堂,萬象森羅般若光。泯去來機超當念,無陰陽地理全彰。木雞報曉啼深巷,石女迎春出洞房。共喜龍河多瑞氣,天風時送御爐香。

入夏已半月,爲問寒山子。天台不歸去,頭白紅塵裏。賴有同道人,相伴爲知己。文殊踞虎頭,普賢收虎尾。佛法忽現前,不用生歡喜。洗面摸着鼻,元是自家底。

法筵龍象聽全提,大士何煩案尺揮。真俗混融猶有化,君臣道合自無爲。風吹日炙毗盧藏,鵲噪鴉鳴諸佛機。三會龍華齊渴仰,人間天上幾時歸。

東土西乾無授受,一華五葉自芬披。兒孫豈敢超宗祖,只要家風似舊時。
（以上同上卷二）

觀音大士

門門證圓通,法法無差別。文殊擇法眼,云何示優劣。如城之四門,中道乃徑捷。又如百川流,大海悉融攝。是故觀世音,日用常三昧。根塵識和合,世間相無礙。盡空諸所有,亦不壞三界。隨其所應度,説法示慈愛。心地諸種子,大小各不同。時至雨露滋,發生均化工。幻師一豪端,幻相三十二。而彼諸應身,即我自心是。觀心而睹相,心相俱寂滅。稽首常現前,證我如是説。

綉觀音童女相二

金針密密玉纖纖,華鈿雲鬢翠欲添。三界漂流深似海,與誰携手夜明簾。

金針映日發天葩,玉線風前整復斜。共喜慈容開月面,誰知春色在儂家。

金剛經書觀音像

識得金剛體自如,空華結果強塗糊。雕蟲謾費三年楮,游蟻空縈九曲珠。大士塵塵三昧力,眾生念念剎那殊。願輪拂盡河沙劫,誰道天衣重六銖。

提魚籃像

垢面蓬頭垂鬢腳,深情不遣旁人覺。籃裏金鱗不直錢,褰裳特地呈瓔珞。恨殺抬頭蹉過多,萬里江天雲漠漠。

草衣文殊

草衣被體髮毿毿,不識前三與後三。鈍置毗耶師子座,天華如雨兩忘譚。

十六應真

稽首十六大開士,天上人間恣游戲。龍盂虎錫千萬里,白雲在天天在水。變現種種諸三昧,何似山僧百不會。飢來喫飯飽齁齁,神通只有這一解。

黃檗禪師

宗門有大機,一喝怒雷威。耳聾既無及,吐舌亦奚爲。泰華擘開兮,孰識巨靈之斧鑿。鴻濛忽判兮,徒驚元氣之淋漓。賴逢臨濟小厮兒,痛拂六十如蒿枝。宣宗鵞被摑腮掌,裴相親遭腦後搥。所以金聲玉振千載之下,龍驤虎驟百世之師。寶所化城元不住,當觀密室爛如泥。

首山禪師
日輪午後全身現,遍在春風百草頭。描不成兮畫不就,楚王城畔水東流。
寶山趣長老請贊
百丈一喝聾三日,臨濟六十萬枝拂。我無一法示來參,慚愧有口如木楔。佛手驢腳不須呈,日面月面是何物。無端持向寶山堂,風雷撼動蒼龍窟。
番易月長老請贊
字不識,禪不參。一味鹵莽,指北成南。不會末後句,錯認前三三。竊比石門老,何以繼雲庵。高風難想像,憂患却同諳。粉繪徒描邈,相看轉不堪。結茅期歲晚,黃葉滿千巖。
南禪裕長老請贊
叢林三種住持,説法供衆修造。住山三十餘年,檢點件件不到。讀書不能輔教,參禪不能傳道。只會怒罵揮喝,一味倔彊性燥。興化趁出克賓,馬師踢倒水潦。非假惡辣鉗錘,曷稱吾家種草。要教此話大行,分付南禪長老。
送武寧興上人歸廬山受業
修江瀉碧六百里,雲錦晴開九疊屏。奪境奪人俱不涉,應門童子笑相迎。
玄力二上人參徑山
佛祖玄關俱透徹,杖頭有眼莫匆匆。裹囊此去無千里,要見凌霄八十翁。問訊東南一國師,通身手眼辯親疎。渾圇一句百雜碎,井底蓬塵山上魚。
送古愚長老歸廣西
乘傳天香滿毳衣,馬王閣上看雲飛。早知山即如如體,何待尋山海上歸。我苦逢迎厭住山,公方説法動龍顏。要開壽域同荒服,萬里重歸象桂間。
贈天童言侍者
汝負吾兮吾負汝,曲如鉤處直如弦。鄞江水急東流去,太白峰高不到天。天竺山中曾共住,石頭城下再相過。龜毛布作漫天網,鸞鳳衝霄奈爾何。
賢侍者入浙
有語不煩抄紙襖,御園紅葉正堪書。龍翔何處相孤負,一棹西風又入吳。
送質上人
道人質直無虛偽,熱便乘凉飢便餐。八字打開挨不入,前三三與後三三。
送淵上人
經行坐臥總隨緣,日用何曾涉正偏。無景樹頭風浩浩,夜明簾外月娟娟。

至樂
自家受用常三昧,逆順縱橫本自然。浩浩紅塵安養國,炎炎火聚四禪天。

贈海南無礙長老
儋耳曾聞玉局歸,潛龍猶記識天威。朱崖滄海九千里,一錫閑雲自在飛。

琪上人歸海南
嵩老鐔川川上住,奏書閶闔五雲開。六鰲夜負神山去,猶有僧從南海來。

月藏主由隱靜歸番易
一大藏教是切脚,畢竟何人識正文。千歲巖頭今夜月,共看丹桂落紛紛。
青山九折隱靜寺,八月風高彭蠡湖。拄杖頭邊明歷歷,須知同轍不同途。

褆藏主歸湖南
當頭撥轉如來藏,日用縱橫得妙時。佛手未收驢脚展,雷聲纔動電光隨。
三關謾說黃龍老,千歲誰誇寶掌師。此去逢人莫輕忽,湘南潭北好提持。

送僧歸番易
參禪行脚丈夫事,變化當如北海鯤。不見同鄉元覺老,洗光佛日照塵昏。

血書蓮經
重重寶藏一毫端,於一毫端揭示看。六萬餘言血滴滴,黃金難鑄此心肝。

恩知客省親
織履養親非所奉,白金稱壽欲何爲。知恩一句重相委,荊棘林中紅爛時。

送僧歸淮
清淨身心古道場,更於何處覓家鄉。破頭山下重來路,樹樹秋聲帶夕陽。

趣禪人歸番易
我苦住山縈世故,上人歸計亦多忙。如何得到無心地,同愛空山白日長。

送僧
普化搖鈴穿市去,懶殘種芋傍巖隈。道人風度略相似,短褐伴狂歸去來。

阜藏主歸盱江
如來藏裏摩尼寶,獨許當人摳得親。歸去盱江毋自棄,橫拈倒用總家珍。
覆船與我舊同參,送子南來爲啓緘。千里相呈如對面,却嫌華雨落毿毿。

境維那歸百丈
靈境仙華天上種,御園桃樹洞中春。九重雨露曾霑潤,肯受人間一點塵。
天下叢林百丈規,乃師奉旨整綱維。法王法令重行日,龍象筵中聽白槌。

題中峰和尚墨迹
瓶瀉雲興諸佛機,不堪把玩涕交揮。仍愁玉匣誅龍劍,穿屋終隨霹靂飛。

送雲侍者
吾祖拙庵家法在,故園風物亦依然。竹篦背觸重分付,驚起神龍蟄九淵。箭鋒相直的破的,啐啄同時機奪機。即此用兮離此用,當觀一喝耳聾時。

真侍者歸江西
受業江西家七閩,駿奔天岸玉麒麟。逢時莫作褪華杏,要見蟠桃劫外春。宗門大機與大用,如射百發期百中。鳥窠拈起布毛吹,腕頭何止千鈞重。

送僧
祖意與教意,如何辯異同。玄關通鳥道,法寶秘龍宮。即體須全用,當機不借功。等閑逢作者,不惜話西東。

送悟上人
荷笠出三韓,南詢敢避難。不隨諸境轉,貴要自心安。杜順法身句,雲門一字關。門庭俱歷過,掉臂可東還。

送昕上人
知識門庭別,寧辭萬里游。身心無少懈,智願得兼修。普化搖鈴鐸,三交駕鐵牛。海邦弘正令,大法識東流。

次韻送僧
諸祖門庭未易窮,千差萬別要歸宗。德山只得三年活,百丈親遭一喝聾。謾把寸蠡量海水,休將利劍擲虛空。自家田地從栖泊,何必叮嚀問祖翁。

當住院使印施金光明經
中天慧日破重昏,恭閱遺言道自尊。包括兩儀明有象,化通萬類妙無痕。施魚感惠留珠報,飼虎捐軀記塔存。願以佛心宣正化,微忠圖報聖朝恩。

送定首座
人天百萬聽全提,箭拄機鋒不浪施。優鉢羅華人世有,陰涼大樹眼中稀。此行得座披衣處,要見軀耕奪食時。珍重前途須努力,宗門九鼎一絲危。

次古林和尚韻送靖藏主歸受業太平院
故廬歸住最高峰,一室如臨萬衲中。合浦夜光珠的皪,藍田春色玉瓏玲。喝分賓主無全敵,道合君臣不借功。闡應家聲猶不墜,追踪須與古人同。

達上人血書法華經

血淋漓處下針錐,痛忍俱忘是阿誰。勇過藥王然臂日,疾於龍女獻珠時。千華雲錦相層出,百寶香風不住吹。如此本懷方始暢,二千年後好提撕。

送雲藏主歸華亭

如來藏裏摩尼寶,拈出頭頭日用新。金鎖玄關須掉臂,魔宮虎穴任橫身。百川競注方名海,萬物無私始是春。舞棹呈橈端的意,朱涇渡口更逢人。

裡首座歸湖北

龍河天竺屢周旋,大用無方絕正偏。喝下七擒還七縱,句中三要與三玄。提綱已見陳尊宿,說法曾聞兜率天。此去湖山建宗旨,眼明華雨碧巖前。

和宏智禪師偈

東谷神光照大千,蜿蜒九隴似龍眠。雲中仙樂青衣下,風夜芙蕖玉漏傳。誰續真燈輝奕世,更憐劫燒到三禪。吾翁玉几相酬酢,想見叢林二百年。

柏庭茂公嘗掌記鍾山,請居龍河分座,叢林推其老成。

邵庵學士作偈美之,次韻奉贈

宗綱有志共誰評,羨爾高風繼祖庭。便似盧公歸雪寶,何如船子在華亭。天宮對佛留升座,寶塔分身為聽經。更約結庵同歲晚,空山夜雨一青燈。

天禧鎮法師血書華嚴經

初驚照夜月朣朧,更覺春生錦綉叢。粲粲優曇十指血,重重華藏一針鋒。當陽直躡毗盧頂,何用藏身北斗中。幸有長干塔如筆,古今無間寫虛空。

題中峰和尚淨土詩後

釋迦誓居五濁世,折伏眾生令出離。彌勒示現安養國,攝受接引登佛地。譬如雨露與霜雪,滋濡肅殺各不同。陰陽寒暑運四時,生成萬物均化工。諸佛願力亦如是,淨土穢土本一心。融攝十方諸國土,無有三世去來今。眾生性中清淨海,纖豪瞥起成障礙。流轉三界不知歸,勞彼聖賢久相待。中峰勸世何殷勤,如客憶家子憶親。天樂自奏華自雨,彼美人兮西方人。朝茲夕茲念在茲,萬年一念同須臾。念而無念能所絕,無念而念心境如。聲香味觸入正受,見聞覺知總如舊。剎剎圓成清泰都,人人具足無量壽。

送僧游京

參禪一事,非易非難。良駒不待鞭景,俊鷹肯食雕殘。上人志決烈,杖策來三韓。信腳蹋翻香水海,轉身靠倒金剛山。全機大用任出没,目前萬境空閑閑。

龍河夏近不肯住,進步應須百尺竿。京都宗匠法筵盛,天宮樓閣開旃檀。雷轟電掣臨濟喝,乾旋坤轉雲門關。相期再來重入室,拈出吹毛照膽寒。

送淨慈書記

達磨來東土,覓甚大乘器。紛紛荊棘滿人間,不見優曇一華瑞。德山不會末後句,剛道巖頭啟其意。洞山五位,孰正孰偏;臨濟三玄,非同非異。上人鐔津流,千古凜高致。著書期扶宗,風月多才思。健翮翻雲上九霄,驊騮墮地致千里。自見西湖九十翁,從此湖山洗空翠。領徒行腳過金陵,背觸竹篦吾且置。莫學黃龍弄爪牙,擘開滄海飛金翅。

題維摩問疾圖

慈父愛子情無偏,家庭教育仍嬌憐。出從嚴師痛加鞭,責以成人期大全。瞿曇訓徒豈不然,說法鹿苑開人天。提携三界出愛纏,金粟古佛分化權。彈偏擊小訶盲禪,毗耶示疾久未痊。欲遣問訊疇能傳,文殊領徒衆萬千。大車促駕龍象筵,氈毹華雨羅嬋娟。入室徵詰森戈鋋,蛙蠃鰍蚓頭駢駢。鸑鷟虎躍龍出淵,叢雀噤伏驚雕鸇。悵然自失情悁悁,馳歸白佛重敷宣。佛言設教觀機緣,我初小乘示蹄筌。由漸入頓頓入圜,捨小趨大力勉栴。如登泰華未窮巔,如酌巨海霑微涓。爾愚可規頑可鐫,宜從此老奉周旋。流傳聖教何萬年,殘編斷簡空蟬聯。昧投絕港迷通川,九天坐望銀河懸。慮忘詞喪絕言詮,庶幾描邈傳丹鉛。向來虎頭妙通玄,觀者傾市輸金錢。何人筆勢猶翩翩,光怪只尺生雲烟。風雷繞座屋壁穿,嗟予卧疾龍河邊。了彼身世如蛻蟬,家風不用喝與拳。柴門着關鐵壁堅,佛來不着孰敢先。凡情聖解俱棄捐,肯使天華溅巖前。渴煮蒿藜汲流泉,穩放白牛庵內眠。

金壇湯居士求偈

湯家兄弟俱不娶,生理田園隨所寓。賑貧恤乏修橋路,我亦何心作檀度。色身幻世總非真,成就法身最堅固。三賢十聖是同參,萬德莊嚴無不具。維摩天女滿侍旁,旃檀樓閣七寶牀。如何龐老厭富貴,却將珍寶沉湘江。透關一句能相委,放出金毛師子子。覿面相呈不識渠,龜毛結網三千里。

送璧侍者歸臨川

器之求還山,仁廟特留之。山即如如體,何處覓山歸。奎文照玉几,千載有光輝。我來龍河日,乘傳謁京畿。欽承文考命,恩重愧才微。住山逾十載,殘喘不能支。乞退復舉代,文移速星馳。命下不許去,虩虩雷霆威。匡徒尚力疾,賴子相扶持。拙癖衆所棄,豈足爲子師。子去我心惻,悵然如有遺。有語欲相付,頭昏神思疲。留待再參日,一喝耳聾時。

夏道成號真無求偈

鑽燧出火,勢將炎而燎原。淺溜涓涓,流不息而滔天。有生於無,物無不然。覆載之大,而吾寓形其間。毗嵐風起,大地爲塵。我於彼時,孰爲吾身。我非有無,有無相因。真有幻住,真無長存。妙得其中,循環不窮。塵塵三昧,法法圓通。如千波月,如萬竅風。真無之旨,其將無同。龍河饒舌,爲通一綫。當觀那吒現十八變,亦有鏡容開十二面。即而求之,石火閃電。

弘藏主出示獨一翁送月江和尚偈,感而次韻

我生如枯槎,泛泛天上河。弱質慚妙斫,朽枘試太阿。別來忽隔世,萬事付逝波。何時石橋路,重尋諾詎羅。上人久親近,契闊無幾何。再從松月翁,時聞白雪歌。行囊出光怪,山空走群魔。望斷千峰閣,天寒雲氣多。

悦藏主歸江西

二月尚嚴寒,厚地凍欲裂。青州七斤衫,破爛難拈掇。更有折脚鐺,無人爲提挈。希雲吾宗秀,衝寒復遠別。當機突出金剛王,驚起黑蚖三尺鐵。科判一代時教,豎四横三;華擘臨濟三玄,七穿八穴。火裏覓浮漚,虛空重釘橛。颺向西江十八灘,夜夜珊瑚照明月。

送果書記游浙

美子磊落青雲姿,平生潛子與器之。念我同志同襟期,故鄉同在章江湄。龍河住久忍暫違,索我贈言相箴規。我苦酬應心神疲,安得抱樸如嬰兒。飢來索飯寒索衣,喜則言笑嗔則啼。兀然無思亦無爲,謝絶交往忘言詞。忘牛忘牧兼忘歸,隨處雪山香草肥。頗聞院堂登皋夔,妙選有道同綱維。子行自可爲人師,濯濯優曇第一枝。南北相望斗與箕,寄書莫嫌雁來遲。

普答失里僉事以目疾施錢爲萬僧薙髮。復取髮火煅之,獲舍利五色光現。説偈贊之

三界所有,天地萬物。於其壞時,飆散電没。人身虛僞,不可把玩。況取棄髮,烈火所煅。舍利何從,由念精專。如彼忠孝,躍鯉涌泉。一念之堅,積以萬年。則諸舍利,充滿大千。此舍利者,即佛全體。而法報化,塵塵無二。衆生合塵,塵固是幻。塵净覺圓,覺亦隨遣。清净寶目,夜光朣朣。如阿那律,得天眼通。稽首願王,金剛堅固。繼乃祖父,爲國賢輔。如唐房杜,如宋李楊。外護宗

綱,竪精進幢。(以上同上卷三)

賀曇芳守忠謝事蔣山

靈源謝事歸昭默,積翠高風繼老南。今日鍾山龍象衆,忍聞摑鼓送歸庵。(《曇芳守忠禪師語錄》卷下附錄)

釋祖瑛

石室祖瑛(1291—1343),法系:北磵居簡——物初大觀——晦機元熙——石室祖瑛。《全元詩》第36冊錄詩7首。輯佚:

謝天童平石砥問疾偈

是身無我病根深,慚愧文殊遠訪臨。自有檐花談不二,青燈相對笑吟吟。法身遍在一切處,噇飯噇空得自由。太白鄮峰烟雨裏,笋輿來往亦風流。

臨終偈

五十三年,弄巧成拙。踏破虛空赤脚行,萬象森羅笑不輟。(以上《增集續傳燈錄》卷四)

釋子清

業海子清,法系:北磵居簡——物初大觀——晦機元熙——業海子清。《全元詩》無其人。輯佚:

偈頌

三歲孩兒抱花鼓,八十翁翁輥綉毬。嬌羞老醜都呈露,直得諸人笑不休。

供佛懶拈花,延賓不煮茶。莫嫌無禮數,冷淡是僧家。(以上《增集續傳燈錄》卷四)

釋天倫

仲萬天倫,法系:北磵居簡——物初大觀——晦機元熙——仲萬天倫。《全元詩》無其人。輯佚:

偈頌

昨夜睹明星悟道,後園風打籬笆倒。曉來無迹可追尋,雪山依舊生青草。

雲門一剳,猿啼巴峽。熊耳峰高,石頭路滑。(以上《增集續傳燈錄》卷四)

釋祖銘

古鼎祖銘(1280—1358),法系:妙峰之善——藏叟善珍——元叟行端——古鼎祖銘。《全元詩》第30冊錄詩9首。輯佚:

辭世偈

生死純真,太虛純滿。七十九年,搖籃繩斷。(《增集續傳燈錄》卷四)

無言

有口祇堪閑挂壁,不將一語當宗乘。看他淵默雷聲處,未許毗耶老净名。(《禪宗雜毒海》卷七)

釋法林

竹泉法林(1284—1355)[1],號了幻。法系:妙峰之善——藏叟善珍——元叟行端——竹泉法林。《全元詩》無其人。輯佚:

偈頌

今朝上元節,雪霽見晴春。梵刹燈千點,長空月一輪。鼓鐘喧静夜,歌管鬧比鄰。總是圓通境,何須別問津。

辭世偈

七十二年,虛空釘橛。末後一句,不説不説。(以上《增集續傳燈錄》卷四)

釋曇噩

夢堂曇噩(1285—1373),法系:妙峰之善——藏叟善珍——元叟行端——夢堂曇噩。《全元詩》第 32 册録詩 11 首。輯佚:

偈頌

一二三四五六七,七六五四三二一。黄河九曲出昆侖,摩訶般若波羅蜜。(《增集續傳燈錄》卷四)

辭世偈

吾有一物,無背無面。要得分明,涅槃後看。(《續燈存稿》卷五)

釋本無

我庵本無(1286—1343)[2],法系:妙峰之善——藏叟善珍——元叟行端——我庵本無。《全元詩》第 33 册録詩 1 首。輯佚:

祭寂照偈

妙喜五傳最光焰,寂照一代甘露門。等閑觸着肝腦裂,冰霜忽作陽春温。

---

[1] 卒年載於《增集續傳燈錄》卷四,生年據其《辭世偈》(見下)"七十二年"之語推得。

[2] 生卒年據《全元詩》。

我思打失鼻孔日,是何氣息今猶存。天風北來歲云暮,掣電討甚空中痕。(《增集續傳燈録》卷四)

釋梵琦

楚石梵琦(1296—1370),法系:妙峰之善——藏叟善珍——元叟行端——楚石梵琦。《全元詩》第38册録詩711首。梵琦另有《西齋浄土詩》(見《浄土十要》卷八),以及《西齋楚石和尚外集》《楚石大師北游詩》,本書暫未輯録。輯佚:

偈頌

今朝正月半,燈月光撩亂。目前無一物,打鼓普請看。

今朝五月五,不打薅芸鼓。荒却自家田,昧却家中主。報諸人,休莽鹵。赤口白舌盡消除,無位真人汗如雨。

幾回生,幾回死,生死悠悠無定止。自從頓悟了無生,於諸榮辱何憂喜。

長長短短新笋芽,零零落落舊籬笆。疎疎密密蘯豆莢,紅紅白白鶯粟花。山又青水又緑,羹又香飯又熟。喫了東西自在行,誰能受你閑拘束。

百千諸佛但聞名,國土從來作麽生。黄鶴樓中詩一首,任教今古競頭争。(以上《楚石梵琦禪師語録》卷一)

是你是我,撒土撒沙。同門出入,生死冤家。

金刀剪不破,彩筆畫難成。千里莫持來,萬般俱剗却。

天上無彌勒,地下無彌勒。白月印千江,清風生八極。

義有河沙數,不出這一句。蚊子上鐵牛,無你下觜處。

金毛獅子喋屎狗,雪白象王推磨驢。直下不生顛倒見,九旬無欠亦無餘。

兔角不用無,牛角不用有。兩兩不成雙,三三亦非九。夜來空手把鋤頭,天曉面南看北斗。

大樹大皮裹,小樹小皮纏。若不同牀睡,焉知被底穿。(以上同上卷二)

傑出叢林是翠巖,舌元不動爲誰談。如今且喜眉毛在,鐵額銅頭總未諳。

鼓聲昨夜問鐘聲,今日鐘聲答鼓聲。廊下木魚開口笑,賤將佛法作人情。

二月十五中春節,紅花白花相間發。金棺不獨示雙趺,花裏靈禽更饒舌。

一微塵裏大寶藏,十方虚空悉充滿。普放光明照塵刹,蒙光觸者煩惱除。煩惱除故覺道成,能爲群生作佛事。福德壽量咸增益,此妙解脱鈍巖證。不動本際常寂然,極未來時闡斯道。

　　常抌白日尋花巷,盡把黃金作酒錢。翻着襴衫高拍手,大家齊唱太平年。

　　始賀大年朝,又當正月半。看看百草長,急急三春換。世事密如麻,光陰忙似鑽。杖頭窟磊子,舉動令人羨。村歌社舞鬥施呈,直截示人人不薦。

　　今朝七月十五,行者先來打鼓。長老口裹喃喃,恣意抛沙撒土。若是靈利衲僧,直下剗除佛祖。且喜法歲周圓,莫道勞而無補。(以上同上卷三)

　　三十二相無此相,八十種好無此好。跛跛挈挈且過時,人來不必重尋討。

　　拈却東山水上行,薰風殿閣生微涼。住山不費纖毫力,自有人提折脚鐺。

　　婆餅焦,斷消息,花底春禽鳴歷歷。不如歸去不如歸,自是不歸歸便得。

　　行盡江南數十程,曉風殘月入華清。朝元閣上西風急,都入長楊作雨聲。

　　爐鞴之所多鈍鐵,良醫之門足病夫。不因柳毅傳書信,何緣得到洞庭湖。
(以上同上卷四)

　　蟄户未開,龍無龍句。打破虛空,全體顯露。

　　達磨不來東土,二祖不往西天。臨濟不參黃檗,趙州不見南泉。是處池中有月,誰家竈裹無烟。有問分明向伊道,新羅國在海東邊。

　　同歲老人分夜燈,這頭點着那頭明。從來不借他人口,切忌如何作麼生。

　　一拽石,二搬土,發機不用千鈞弩。無邊樓閣滿虛空,曠大劫來誰是主。誰是主,須辨取,最好一梁對一柱。

　　蓋天蓋地一句子,馬師盡力提不起。好笑青原接石頭,逢人但問廬陵米。

　　十方世界鬧聒聒,山河大地只一撮。是非長短俱不說,何似壽山廣長舌。

　　昨日是中秋,今朝又重九。親我紫萸茶,疎他黃菊酒。紫萸與黃菊,本自無疎親。相識滿天下,知心能幾人。(以上同上卷五)

　　江南北,浙西東。同中有異,異中有同。野色更無山隔斷,天光直與水相通。

　　成就一切不由他,破壞一切無別法。天上人間得自在,十方世界橫該抹。

　　秋風涼,秋夜長。天河無起浪,月桂不聞香。耳到聲邊聲到耳,從教露草泣寒螿。(以上同上卷六)

　　如行東方諸佛刹,盡取大地及須彌。一一盡抹爲微塵,一一塵點一一刹。四維上下亦如是,乃至充滿虛空界。即以如上諸塵數,一一化現爲衲僧。一一僧示塵數身,一一僧具塵數口。一一口中塵數舌,一一舌宣塵數義。盡於未來一一劫,度脱不可說衆生。一一位登盧舍那,不可說劫常開演。如此功德不可說,世間無能測量者。譬如幻師聚幻衆,復爲幻衆説幻法。聞幻法已了幻心,既了幻心圓幻行。坐幻道場成幻佛,度脱無量幻衆生。展轉成佛亦復然,畢竟不離於幻法。本來實際常寂滅,同彼虚空無增減。若能悟此真法界,誰是成佛不成佛。毗盧遮那我同證,普賢文殊妙法身。五十三人善知識,爲我印知如是説。(同上卷九)

　　寂滅不現前,心心生與滅。龜毛扇子扇,泥牛一點血。
　　四山相逼時,無路趙州老。黄葉落紛紛,一任秋風掃。
　　庭前柏樹子,天下杜禪和。只管尋枝葉,還曾夢見麽。四海幸然清似鏡,莫來平地起風波。(以上同上卷十)

頌古

　　塗毒鼓未擊,早是鴨聞雷。漫天網未收,躍鱗衝浪來。德山老,德山老,正令當行非草草。法眼重加矢上尖,圓明更向聲前掃。千古流芳雪竇師,長劍在手親提持。
　　作家相見,無背無面。眼似流星,機如閃電。提起坐具,略露鋒芒。擬取拂子,聊乘快便。已後孤峰結草庵,牛頭向北馬頭南。
　　爲人不爲人,水上捉麒麟。説法不説法,證龜却成鱉。百丈南泉,陣勢既圓。只抛瓦子相擊,錯教千古流傳。
　　大丈夫,須剿絶。纔涉商量,便成塗轍。畫餅不可充饑,喫鹽那能止渴。馬駒踏殺天下人,未是當時這一喝。
　　生也不道,死也不道。滿口含霜,全身入草。先師靈骨,廓爾現前。不用鐵鍬钁地,從教白浪滔天。大可憐,不是顛。海枯終見底,人死脚皮穿。
　　一切處是定,出入有何拘。瞿曇推倒女子,罔明扶起文殊。咄咄咄,噓噓噓,覿面相逢不識渠。
　　有消息,無消息,誰辨的。無消息,有消息,也奇特。大藏小藏從何得,生鐵蒺藜當面擲。
　　水中本無月,捏目自生花。到處覓相似,苦哉佛陁耶。問前三十棒,問後趁出院。大小大,雲門與人通一線。
　　藤枝迥秀,二鼠難侵。不如不異,非古非今。儂家面目只這是,曠劫何人住生死。

虛空包不盡,大地載不起。任是老瞿曇,於斯難下觜。黃金妝白牡,五彩畫狸奴。脚不離門限,長年走長途。

來問不離窠,應機非逸格。雪峰與趙州,一窖俱埋却。要知古澗寒泉,初非湛湛涓涓。無限盲驢拽磨,大鵬背負青天。

有言無言俱不問,追風駿馬猶爲鈍。忽然自肯點頭時,豈待重將鞭影施。誰又何疑,巍巍堂堂,三界大師。

黃梅有甚意旨,六祖元是樵夫。道我不會佛法,茫茫接響承虛。若非一筆勾下,轉見滋蔓難圖。六六元來三十六,長江風緊浪花粗。

父母未生,鼻孔崢嶸。及乎生也,大頭向下。鼓山放過太原,太原勘破鼓山。拈起手中扇子,是非都不相關。

赤烏飛,白兔走。山茶華,水灑柳。兩兩不成雙,三三亦非九。夜來海底剔金燈,天曉面南看北斗。

通身遍身,是手是眼。一物元無,十虛充滿。雲巖盡力道,只道得八成。不是僧繇手,徒說會丹青。

静悄悄,鬧浩浩。鬧浩浩,静悄悄。新豐萬里無寸草,瀏陽出門便是草。如今要見二大老,鶻眼龍睛何處討。

論佛論生死,有無俱未是。大梅老凍膿,失却挂杖子。當時各與三十,遍界無錐可立。特地分別親疎,受他當面塗糊。戳瞎摩醯頂門眼,開發人天有何限。

照雪橫戈,撒星排陣。索戰無功,一場氣悶。老僧答話也,豈是教你問。拋磚引玉大垂慈,脫顛囊錐徒逞俊。覺鐵觜覺鐵觜,看看平地波濤起。

描也描不成,畫也畫不就。大地與山河,光明處處透。百丈西堂,供養修行。金舂玉應,虎步龍驤。獨有南泉較些子,星流不問三千里。

金牛勾賊破家,龐公據款結案。往來古路翛然,翻憶淨名善現。一句子没疏親,錦上鋪花色轉新。

聲前拋不出,句後覓無踪。今古強描邈,墮他光影中。摩尼珠作麼會,提起金錘百雜碎。

道中至寶,傾國不換。捨己從人,藥山老漢。分明莫韶曲,萬古歸一貫。白璧與黃金,從教泥土賤。

須彌山,見何難。日晝月夜,地闊天寬。君不見神光斷臂立深雪,覓不得心心自安。

投子一言，旋乾轉坤。指不自觸，舌何可捫。量外提持兮盡同魔説，目前包裹兮三世佛冤。也無妙，也無玄。可憐尋劍客，空認刻舟痕。

耳卓朔，頭鬅鬆。斬釘截鐵，逸格超宗。五鳳樓前聽玉漏，須彌頂上擊金鐘。

沙裏尋油，爐邊聽水。非色非聲，滿眼滿耳。不施本分鉗錘，空費自家唇齒。問到甚時休，答從何處止。比他臨濟德山，直是白雲萬里。

雲門跛腳師，只有一張口。嚼碎太虛空，須彌顛倒走。南山起雲，北山下雨。知音何在頻頻舉。

一二三四五六七，七六五四三二一。一言勘破維摩詰，鼻孔眼睛俱打失。黑如漆，明如日。四溟東海流，般若波羅蜜。

華落華開，月圓月缺。寒則普天普地寒，熱則普天普地熱。踏着秤錘硬似鐵，瓮裏何曾失却鱉。

剔起便行，太遲鈍生。石頭剗草，馬祖安名。黄河水清，丹山鳳鳴。見斯人兮，駕馭崢嶸。

有句無句，是住非住。形山在這裏，寶在甚麽處。陵宇宙鑠乾坤，燈籠佛殿及三門。從來沒一絲頭許，北地黄河徹底渾。

熬山店上成道，象骨峰前入草。三個木毬輥來，一粒粟米全該。直饒打鼓普請看，只在目前人不見。

即心即佛，亘古亘今。虛空撲落，大地平沉。昨夜三更日卓午，大蟲咬殺南山虎。

非心非佛，將錯就錯。不入丹青，如何描邈。桃花雪白李花紅，日出西方夜落東。

野鴨子，飛過去。有來由，無覓處。扭鼻從教痛徹天，師資切忌尋言路。言路絶，千里萬里一條鐵。

新年頭佛法，一有還一無。明教與鏡清，同歸固殊途。張公喫酒李公醉，贏得清風動天地。

同不同，別非別。機奪機，楔出楔。山河大地紅爐雪，莫問如今誰動舌。

成佛不成佛，有言殊未親。大唐天子貴，不是刈茅人。無端拈出本來身，已是重添鏡上塵。

仰面不見天，低頭不見地。獨坐大雄峰，全明奇特事。龍吟霧起，虎嘯風生。大家携手向崢嶸。

撥動竿頭線,來三室內燈。本無恁麼事,今古競頭爭。自從香林撲滅,誰敢證龜成鱉。君不見,德山棒臨濟喝。但有纖毫帶影來,金剛寶劍當頭截。

如是如是,猛虎插翼。不是不是,青天霹靂。繞牀振錫歸風力,一句了然超百億。

塵中塵,誰解舉。射不着,有甚數。千千萬萬弄泥團,到此方知發箭難。試與諸人發箭看,乃云中也,又云過也。

拈却藥病,不立自己。一切時中,迥無依倚。了事衲僧,坐在這裏。國有憲章,三千條罪。

十字街頭問路,三千里外知音。乾峰呵呵大笑,雲門不是好心。子期端可鑄黃金,山未高兮水未深。

車不橫推,理無曲斷。兩個五伯,元是一貫。春至桃花滿樹紅,爲誰開口笑東風。玄沙有語無人識,只要重論汗馬功。

近離查渡,夏在報慈。一一通來歷,一一絕思惟。放汝三頓棒,天下人標榜。照雪吹毛光晃晃。

透網金鱗,以何爲食。待汝出網來,話頭也不識。放行把住,把住放行。不知白雪陽春曲,更有何人和得成。

趙州親見南泉,鼻孔元無半邊。鎮州出大蘿蔔,天下衲僧取則。打破漆桶,坐斷舌頭。蘆花明月夜,隨意泊漁舟。

天地同根,萬物一體。金不博金,水不洗水。此一株花,如夢相似。陸亘大夫,南泉老子。

暑往寒來,東涌西没。韶陽老人,舌頭無骨。一句絕商量,日日是好日。咄,肯與時人作窠窟。

物見主,眼卓竪。水中月,作麼取。提起麻三斤,休教地主嗔。輸納官租了,天地一閑人。

三世諸佛,一堆紅焰。若說若聽,無剩無欠。雪峰與玄沙,父子真冤家。麻上生繩猶自可,那堪繩上更生蛇。

舉世無倫匹,當機有舒卷。須彌山不高,滄浪水猶淺。覿面相呈鎮海珠,黑月白月空名模。真師子兒,大師子吼。頭上着枷,脚下着杻。仰山幸自可憐生,奈何東寺揚家醜。

本無虧,曾不隔。誰揀擇,是明白。心憒憒,口喃喃。幾度浮雲生碧落,依然明月照寒潭。

輥芥投針,買鐵得金。把氍拍板,彈没弦琴。承虛接響人無數,到底難傳太古音。

現前碧緑間青黄,萬象森羅不覆藏。揭示雪峰相見眼,望州烏石與僧堂。古人恁麽道,只道得一半。那一半,君自看。

只這個無縫塔,上下四維,十方周匝。長天月落兮影絕光沉,大海波生兮聲傳響答。峭巍巍,風颯颯,與他知識何交涉。

一物不爲,合水和泥。千聖不識,隨聲逐色。無繩自縛數如麻,客至燒香飯後茶。

青山青,白雲白。玉轉珠回,龍騰鳳躍。佛殿與山門,到此俱拈却。眼裏瞳人吹尺八。

九龍吐水自空來,襯足金蓮遍地開。天上人間藏不得,這回未免出胞胎。獨稱尊,向誰説。錯承當,第二月。且如何是第一月,咄。

巖頭末後句,對面三千里。雖與雪峰同條生,不與雪峰同條死。只這是,是何物,爲君打破精靈窟。

應病與藥,且下兩錯。從公處斷,直須出院。天平老,天平老,休懊惱,客行何似歸家好。却把住,道道道。

良工列規矩,古鑒辨妍媸。掉臂過關者,難藏毫髮私。石火鈍,電光遲。不留肯諾,切忌針錐。閑把一枝無孔笛,逆風吹了順風吹。

南人不相耳,北人不相鼻。眉毛在眼上,鼻孔裏出氣。巍巍堂堂,煒煒煌煌。劍號巨闕,珠稱夜光。莫動着,動着三十棒。

百丈野狐,蘇盧蘇盧。不落不昧,悉哩悉悉哩。三三兩兩過遼西,一雙紅杏換消梨。

鐵牛機,不搭印,堪笑盧陂衝雪刃。興化端然坐受降,纖塵不犯碧油幢。李將軍有嘉聲在,赫赫神威臨四海。

閉門造車,出門合轍。換斗移星,拈日作月。寒時寒,熱時熱。木馬走如烟,泥牛流出血。

金牛一盤飯,特地糝椒薑。不中飽人喫,徒勞舞袖長。這僧若是英靈漢,毛孔猶須七日香。

猛虎口中奪鹿,飢鷹爪下分兔。疎山撞着雲門,可見寰區獨步。咸通已後咸通前,法身向上法身邊。一條紅線兩人牽,只是當時話未圓。

先行不到,末後太過。趙州屋裏坐,勘破臺山婆。師子咬人,韓獹逐塊。七百甲子老兒,今日和賊捉敗。

韶陽老人,口頭聲色。稻麻竹葦衲僧,幾個解知端的。元來胡餅是饅頭,大丈夫兒合自由。

雨滴聲,若爲聽。不迷己,誰側耳。爲復聲來耳畔,爲復耳往聲邊。兩岸俱玄一不全。

二鐵圍山,佛見法見。南泉趙州,慣得其便。窮則變,變則通,風從虎兮雲從龍。

生死海無邊,不知誰解度。覆船一句子,截斷兩條路。雪竇老,徒嘮嘮。我王庫內,無如是刀。

訝郎當,對一説。膠柱調弦,掉棒打月。出頭天外是何人,鼻孔依前搭上唇。

誰當機,倒一説。七縱八橫,千差萬別。石田喚起土牛耕,無種靈苗遍界生。

溈山仰山,天寒人寒。隨流一句,萬種千般。盤走珠,珠走盤,憑君子細好生觀。不增不減金剛體,無聖無凡赤肉團。

唯一文殊,無二文殊。百千萬億,遍滿塵區。可惜飲光尊者,當時蹉過了也。既然舉起槌來,何不便揮一下。見之不取,千載難忘,總是喪車後藥囊。

塗毒鼓,聞者喪,多少死人平地上。死中得活是非常,堪與叢林作榜樣。韓信臨朝知不知,突出當陽舉話時。

生以不生生爲生,冬瓜挂在胡蘆棚。死以不死死爲死,蟭螟眼中放夜市。和合離散,各隨所宜,畢竟他是阿誰。

歸宗一彈指,刹刹塵塵從定起。眼裏着得百千萬億須彌山,耳裏着得不可思議大海水。觀音行,何可擬,少林謾説分皮髓。(以上同上卷十二)

栴檀瑞像贊

至治三年,歲在癸亥,六月被詔至京師,八月詣白塔寺,觀優填王所刻栴檀瑞像,百拜稽首,而爲之贊。

不取一法如微塵,不捨一法如秋毫。我常如是見於佛,而亦無見不見者。

善哉優填亦如是，不取不捨於釋迦。目連神足亦復然，三十二匠無不爾。所以成此栴檀像，八十種好皆具足。惟於世間無取捨，乃能取捨於世間。衆生心欲種種殊，佛之所化亦差別。衆生不孝化以孝，是故爲母昇忉利。衆生不慈化以慈，是故復從忉利下。世間尊邪而背正，是故去霸而就王。欲令閉惡開大道，示現如斯來去相。咨爾十方瞻禮衆，作是觀者名正觀。我今稽首釋迦文，刹刹塵塵爲垂證。

王振鵬手畫栴檀瑞像贊

佛在天宮度母親，優填刻像最稱真。永傳瑞相三千界，精選良工四八人。只有梵音雕不得，若非宿福睹何因。區區色見聲求者，蹉過如來妙相身。

阿育王所造佛真身舍利塔贊

無憂王鑄小浮圖，八萬四千同一爐。每塔中藏真舍利，衆生共禮佛形軀。梵天影現紫金刹，絕頂光標明月珠。我等有緣能供養，盡塵沙界證毗盧。

多寶佛塔贊

無量劫來多寶尊，全身在塔至今存。五千欄楯繞龕室，萬億金鈴垂寶幡。此日聽經從地涌，滿空奏樂雨花繁。須知兩佛跏趺坐，度盡衆生始掩門。

釋迦文佛贊

三世如來共一心，一心不隔去來今。然燈授記緣無得，般若譚空嘆甚深。窮子攝歸安養土，道場唱出涅槃音。雲門最是知恩者，解向禪流痛處針。

無量壽佛贊

濁惡衆生信可悲，不投慈父更投誰。一家教攝三乘衆，九品蓮開七寶池。得佛來從無量劫，臨終念在刹那時。願門六八容人入，入者皆成出世師。

彌勒尊佛贊

彌勒何時不降生，人間天上但稱名。伽藍始向晨朝入，正覺俄聞暮景成。三會度人雖有限，一心作佛本無程。從初念念修慈忍，大地山河似掌平。

第一祖摩訶迦葉贊

昔者如來滅度時，丁寧衣法好傳持。頭陀行滿無雙士，優鉢花開第二枝。雞足山中待彌勒，龍華會上付伽梨。古今一念超三際，佛祖相傳信在斯。

第二祖阿難尊者贊

輪王伯仲法王資，第一多聞只我師。畢鉢巖前諸漏盡，修多藏裏幾生持。來從曠劫無傳授，唱出三乘任設施。堪笑誦苕忘帚者，也言芥子納須彌。

第三祖商那和修贊

九枝秀草自然衣，未出胎來早已披。昔日世尊曾記我，百年羅漢更由誰。火龍始信慈悲大，神力還因懈慢施。畢竟無心又無法，何妨弟子去求師。

第四祖優波毱多贊

性十七耶年十七，時人到此盡沉吟。眼前固是難開口，髮白由來不屬心。文室盈籌多士至，三尸脫頂衆魔欽。吾徒往往如亡劍，但向船舷刻處尋。

第五祖提多迦贊

不爲身心自出家，紹隆佛種竟誰耶。分明指示聲前路，切忌添栽眼裏花。夢見日輪高出屋，行隨仙衆盡除邪。最初一念須真正，只忍中間報分差。

第六祖彌遮迦贊

無心無法又無師，悟了還同未悟時。不見此門成解脫，都忘前劫遇阿私。在今幸得空諸漏，臨滅何妨露一奇。截斷死生身便是，八千仙侶莫狐疑。

第七祖婆須蜜贊

金色祥雲雉堞間，道逢六祖便承顏。手持酒器長吟嘯，身在城隍任往還。却話檀因無量劫，須知佛果不相關。臨終示現慈三昧，化火焚軀只等閑。

第八祖佛陀難提贊

迦摩提國小瞿曇，肉髻如珠出翠嵐。義論休誇風凜凜，心明不在口喃喃。無言喫棒知多少，有語投機落二三。後代兒孫徒費力，森羅萬象却能譚。

第九祖伏馱密多贊

毗舍羅家起白光，便知此有聖人藏。年過五秩瘖無語，意恐雙親愛未忘。諸佛尚言非我道，後昆何處見空王。隨機化物來中印，所至青山是道場。

第十祖脅尊者贊

六十年中處母胎，待他白象送珠來。中天竺有難生號，優鉢花從此地開。不夜祥光流日月，無眠寶席委塵埃。重茵更着高高枕，後世禪流可嘆哉。

第十一祖富那夜奢贊

地性無常可變金，衆生但向外頭尋。去來不定心非佛，問答縱橫佛是心。語妙須教真性顯，情消豈受妄緣侵。前賢後聖清規在，華葉重重覆祖林。

第十二祖馬鳴大士贊

不識方爲識佛身，前身了了是蠶身。大心自足收龍藏，深願何妨度馬人。毗舍離王名不朽，波羅奈國化方新。有無作者功殊勝，到處隨機轉法輪。

第十三祖迦毗摩羅贊

初現神通亦異哉，轉魔成佛始心開。三千眷屬歸依後，五百神僧羯磨來。巨海包含真性海，仙才變化豈庸才。眾生不必論凡聖，只一毫端攝九垓。

第十四祖龍樹尊者贊

深山孤寂斷人踪，大樹潛藏五百龍。常願求師殊未遇，有緣聞法幸相逢。人間但愛生天福，座上俄瞻滿月容。到此不明無相理，迷雲猶鎖一重重。

第十五祖迦那提婆贊

佛性猶如滿月輪，堂堂無相實爲真。從師聽法開心地，徹水投針顯智人。福業翻成調御業，邪因轉作涅槃因。巴連弗邑長幡下，蓋色騎聲一句親。

第十六祖羅睺羅多贊

無情説法有來由，木菌前身是比丘。父子同餐今未已，因緣報復後當休。釋尊已記千年事，教主宜爲眾聖儔。指點梵宮金鉢飯，師資贏得飽駒駒。

第十七祖僧伽難提贊

過去娑羅樹王佛，還生塵世尊群迷。俄因半夜天光照，直至高巖石窟栖。金在井中元不動，飯來天上爲誰携。我無我故成於汝，此事分明覿面提。

第十八祖伽耶舍多贊

紫雲如蓋出峰頭，童子方持寶鑒遊。正是善機年百歲，兼將道德繼前修。風鈴但爲心鳴起，花果還因地種求。內外無瑕何所表，莫教錯認水中漚。

第十九祖鳩摩羅多贊

纔聞扣戶忽生疑，此舍無人答者誰。萬里雲端吐明月，千尋水底見摩尼。馳求佛祖緣何事，放捨身心正此時。一念不生三際斷，元來鼻孔大頭垂。

第二十祖闍夜多贊

此心清净無生滅，寂寂靈靈現在前。入得此門皆是佛，向來諸祖本無傳。重牙石虎山中吼，闊角泥牛水底眠。若更厭人談罪福，不惟堪笑亦堪憐。

第二十一祖婆修槃頭贊

此日頭陀遍行名，前身長樂國中生。杖楮畫佛親曾懺，祖繼空宗道已成。光度入門回禮竟，㲯尼同產寶珠明。了知宿業由心現，篇聚須當識重輕。

第二十二祖摩拏羅贊

捨父從師恰壯年，亭亭一朵火中蓮。王宮但作浮雲想，祖位親承列聖傳。宴坐何嘗嫌聚落，遊行只是化人天。因思後世多庸妄，誰泛如來大法船。

第二十三祖鶴勒那贊

第四劫中爲比丘，龍宮赴會引緇流。今來衆鶴飛相伴，總爲當時德不修。七佛金幢曾有禱，二人緋素本同儔。闍維復向空中現，舍利還將一塔收。

第二十四祖師子尊者贊

道人何必用心求，畢竟無心是道流。弟慧方嗟龍子夭，魔強未免鶴師憂。白虹直貫緣吾黨，黑氣橫分信有由。且把伽梨傳嫡嗣，蘊空不復較恩讎。

第二十五祖婆舍斯多贊

婆舍斯多是兩生，彼身纔壞此身成。方當左手開拳日，始得神珠照座明。五十九番邪論伏，一千餘載祖風清。先師表信衣難毀，足使天魔外道驚。

第二十六祖不如蜜多贊

昔年爲法受拘籠，今日還歸太子宮。本願出家爲佛事，須來嗣祖振玄風。年深愈篤沙彌敬，地動皆知羯磨功。將度衆生有何法，且教梵志伏神通。

第二十七祖般若多羅贊

無父無名世混融，若非智眼莫能窮。當知佛國大勢至，即是王都纓絡童。印度不居玄化外，真丹皆在妙心中。他年二子弘吾道，一個西行一個東。

第二十八祖菩提達磨贊

一言盡破六宗迷，在國還除異見非。漢土初來空聖諦，梁王不免挫天威。度僧造寺難論德，斷臂安心未入微。留得少林花木在，翩翩隻履自西歸。

第二十九祖慧可大師贊

博覽群書有正知，少林大士是吾師。願教句下聞心要，來向庭前立雪時。遍界皆空無一物，衆生不了謾多知。屠門酒肆元平等，肯捨冤親別起慈。

第三十祖僧璨大師贊

當念推尋罪性空，不居內外不居中。吾人欲懺如何懺，底處藏風更有風。十載往來無定所，多方檀信此心同。平生最愛羅浮好，末後依前葬皖公。

第三十一祖道信大師贊

無人縛汝謾嗟吁，何更來求解脫乎。到此身心俱放捨，從前苦樂免因拘。破頭山上雲如蓋，武德年中事已符。天子詔來堪一笑，浮生萬事總區區。

第三十二祖弘忍大師贊

拾得黃梅路上兒，能言佛性早非癡。前生過去身何限，此日還歸母未知。但缺如來七種相，傍分信祖一橫枝。中宵有客傳衣去，不復陞堂衆始疑。

第三十三祖慧能大師贊

本是新州負擔郎,偶聞市客誦金剛。便投五祖參禪去,却笑三更寫偈忙。議論風幡從此定,流傳衣鉢至今藏。謾人自謂來無口,不道壇經話更長。

文殊大士贊

閻浮東北最清涼,此有文殊妙吉祥。紫府山川行道處,黃金宮殿攝身光。十千菩薩爲徒衆,五百那伽護道場。雖是當來普見佛,看他伎倆亦尋常。

普賢大士贊

如來長子普賢尊,行願宏深口莫論。一色爛銀鋪世界,六牙香象振乾坤。無邊刹海微塵數,不可思議大法門。始末何曾離當念,凡夫只是弄精魂。

觀音大士贊

海上名山多聖賢,慈悲願力最居先。面如寳月當三五,化等油雲覆大千。纓絡聚中常説妙,栴檀林裏每譚玄。何時此界無生佛,直待虚空落地年。正坐

過去如來正法明,須知佛道已圓成。再爲菩薩酬深願,常向娑婆度有情。巡禮寳陁嚴上去,引歸極樂國中生。六根互用君知否,滿耳青黄滿眼聲。補陁示現

東大洋西西海南,海雲深處善財參。山頭有月光流永,水面無風影在潭。自遠尋聲先救苦,因聞入理併除貪。閻浮界上根尤勝,日夜香燈共一龕。水月善財

前觀音即後觀音,不離衆生信解心。三十二身隨所應,百千萬劫在如今。根塵盡向聲塵脱,業海咸歸願海深。早晚蓮舟蒙救度,盲龜值木芥投針。蓮舟

本自端居不動身,隨機説法化天人。波間頓現孤輪月,雪裏潛行萬國春。迷去有情償業果,悟來無耳着聲塵。堂堂密密圓通境,大地山河爲指陳。天人水月

文殊子細揀圓通,一一根門一一功。諸聖盡推聞理妙,六塵皆到用時空。隔垣響徹無遐邇,入道言詮有始終。收得光明如意寳,利人利己樂何窮。珠瓶寳座

聖師莫把古今論,真教難將體用分。無相未嘗離有相,我聞終不異他聞。全憑一念慈悲力,亦藉多生定慧熏。末法比丘皆可證,如來實語不欺君。有僧作禮

遥瞻補怛洛伽山,小白花開正可攀。拍岸潮聲時浩浩,穿林鳥語日關關。

普門一品長宣誦,薄福衆生當等閒。只個聞思修不昧,經行坐卧見慈顔。海岸花巌

　東林僧景潛一夕夢觀音大士謂曰:"我以三珠施女,起,起,檀越来矣。"明日某氏至,願莊嚴寶像。因發像腹,得方寸之鏡一,銀泥細書經一,琉璃瓶一。瓶之大如指,三舍利於中躍躍,有光出。試以鐵錐,錐陷而舍利無損。余適見之,百拜稽首。而爲贊曰:

　世間之聲,皆以耳聽。而此大士,獨以眼觀。眼既觀聲,耳亦聽色。色不自色,聲不自聲。一心不生,六用俱寂。以俱寂故,能興大悲。以大悲故,度諸衆生。或爲畫師,自畫其像。或爲雕者,自雕其形。或現鷹巢,或現蛤殼,及種種相。而此大悲,無興大悲,受大悲者。我作是説,如眼於色,如耳於聲。雖不可取,要不可滅。皆如幻故,皆如夢故。稽首如幻如夢之像,稽首如幻如夢之經,稽首如幻如夢之珠,稽首如幻如夢之鏡。願令如幻如夢之衆,皆悟如幻如夢之心,皆成如幻如夢之佛。稽首此方真教體,廣大無礙遍沙界。隨諸衆生顛倒想,一切所求無不獲。雖應其身三十二,所説法句惟一音。此音不從舌根生,亦復不從耳根入。如是六處本寂滅,故稱名者得解脱。我亦證此解脱門,與觀世音等無異。異無異者亦寂滅,亦無寂滅寂滅者。故我同是觀世音,一切衆生亦同證。

　凡心净如水,聖化圓如月。一影落千波,高低共澄徹。本來非垢净,豈復論圓缺。同一不思議,如何妄分別。我觀觀音氏,體用俱超絶。於此蚌蛤中,攝受微塵刹。彈指阿僧祇,大千一毛髪。衣冠儼可數,纓絡知誰設。欲將心喻珠,乃以身爲舌。大啓圓通門,令除煩惱結。隨機三十二,一一熾然説。説者言語斷,聽者心行滅。大士長現前,清凉洗炎熱。蚌蛤像

　眼裏耳裏鼻裏,小千中千大千。隨一有情受苦,便蒙大士哀憐。水在地,月在天,真體堂堂在目前。

　天上月,水中月。同古今,共圓缺。只這圓通門,何曾費言説。大海茫茫一葉蓮,虛空有盡香無絶。

　聖師無所説,童子無所聞。青山自青山,白雲自白雲。揀盡圓通二十五,文殊之辯謾紛紛。

　一卷普門品,縱橫在筆頭。通身無影像,滿紙黑虯蜉。虛空撲落須彌碎,度盡衆生願未休。

大士衆生父,衆生大士兒。父憐兒最苦,寧不起慈悲。芳草座,綠楊枝,正是全超八難時。

隨類應身,即身爲舌。其圓通門,熾然常説。能以眼聽,音無間歇。巍巍堂堂,常住不滅。

籃不見魚,通身是眼。眼若有見,如魚墮籃。見不見離,聞非聞滅。善哉大士,常現娑婆。

覺天空闊,心月孤圓。宴坐不動,光明無邊。狹則一毫,寬則大千。捲却幬子,真身現前。

現天女相,攝衆生心。如青蓮花,出大火聚。清凉熱惱,是二俱空。稽首慈悲,不離當處。

從聞而入,即思以修。衆生解脫,非向外求。大地一塵,大海一漚。正體不動,分身遍周。

圓通面目,描寫難成。直下便是,多少分明。風動綠楊千萬葉,曉來黃鳥兩三聲。

妙智之力,眼聲耳色。逼塞虛空,了無痕跡。遮身向上數重雲,應念現前元不隔。

慈悲誓願如山重,業識塵勞似海深。十字街頭賣魚去,護生心是殺生心。
金剛石畔善財參,未免慈悲爲指南。但道現前無可説,一輪明月在寒潭。
圓通不許離塵寰,道在尋常日用間。數抹淡烟籠碧樹,一條飛瀑下青山。
水中月影如何取,脚下蓮舟不用撐。提起數珠一百八,何曾佛外覓衆生。
聞思修,悲智願。此身本空,無剎不現。碧落光明白月輪,玉毫突出黃金面。

娑婆人有大因緣,但一稱名現在前。只這如今誰動口,却須問取白衣仙。
分明覺觀離根塵,普度群迷出苦輪。須信熾然聲色裏,如如不動現全身。
出海鯨魚擺浪開,銜花鸚鵡自空來。净瓶口裏喃喃地,盡説圓通向善財。
見色心先現,聞聲道已彰。慈容一輪月,瞻禮獲清凉。
石露珊瑚樹,山含瑪瑙雲。虛空無説説,大地不聞聞。
雨過碧天空,雲橫紫霧重。忽然瞻妙相,滿海是芙容。
浪打蒼崖石,風吹紫竹林。飛來兩鸚鵡,相對説惟心。
遇苦救苦,隨流入流。無邊剎海,一葉蓮舟。

廛市賣魚,腥風滿途。眾生易度,邪法難扶。

文殊問維摩疾圖贊

不二法門離分別,三十二人探水月。文殊童子本無言,却是維摩大饒舌。此圖之作非偶然,意在語默思惟先。天花落地拂在手,萬象聽他師子吼。

維摩居士贊

三萬二千猊座,不離方丈室中。只因當時一默,喚作多口老翁。

彌勒菩薩贊

五十六億萬歲,方始下生人間。知足天中不住,身心到處安閑。

辟支佛牙贊

日本成藏主入吳,逢一童子,施辟支佛牙。得而寶之,請贊。贊曰:

有一眾生,出無佛世。曾從往劫,受獨覺記。花開葉落,心融神會。觀此因緣,豁然超詣。於三界中,如鳥出籠。雖不說法,但現神通。手磨日月,身卧虛空。十有八變,開豁群蒙。至涅槃時,吐三昧火。自化形骸,惟留骨鎖。妙設利羅,雨若干顆。累累如珠,頭頭而墮。維道人成,得其大牙。堅若金剛,淨如蓮花。砧杵不碎,玉雪無瑕。再拜稽首,寧小幸耶。我作贊辭,仰其高躅。冥熏法界,淨洗心目。神物訶護,無忘付囑。人能敬信,莫不生福。(以上同上卷十三)

十六大阿羅漢贊

第一位西瞿耶尼洲賓度羅跋羅墮闍尊者

三明六通八解脱,乃是人天良福田。設供能招來果勝,敷牀且驗坐花鮮。龍王殿裏饒珍饌,牛貨洲中有大緣。海水攪成甘露味,檀波羅蜜此心圓。

第二位迦濕彌羅國迦諾迦伐蹉迦尊者

迦濕彌羅大士居,巖間樹下更清虛。時來利物先忘我,食取資身不願餘。聽法青龍安鉢內,銜花白鹿走階除。長宵皓月光如洗,坐聽沙彌讀梵書。

第三位東勝身洲迦諾迦跋釐墮闍尊者

聖者常居東勝身,坐來但見海揚塵。渡河且自分三獸,標瑞終能效一麟。天上時長何倐忽,世間劫短太逡巡。性空念念離貪欲,珍重全拋火宅人。

第四位北俱盧洲蘇頻陀尊者

大千沙界北俱盧,此地常言佛法無。劫樹衣裳心不貴,長粳米飯飽何須。但令受化人心伏,豈患迷方刹土拘。此道周流四天下,眾生業果易凋枯。

第五位南贍部洲諾詎羅阿氏多尊者

在世分明出世間，或遊塵市或居山。自來雁蕩栖心久，長向龍宮説法還。巨石迸開雲片片，高崖飛下瀑潺潺。經行坐卧無非定，誰道清宵白晝閑。

第六位耽没羅州跋陁羅尊者

耽没羅洲八百里，漫空海浪隔雲巒。衆生有念頭頭錯，大士無心處處安。近澗水縈紅瑪瑙，疎林雪灑碧琅玕。諸天所散花成積，早晚風來掃石壇。

第七位僧迦荼洲迦理迦尊者

如來付囑固難忘，利物何曾密處藏。久住世間終不厭，暫遊天上亦無妨。粗衣綴鉢資生具，曠野深山聖道場。自在還同師子子，從他節序變炎涼。

第八位鉢囉羅洲伐闍羅吠多羅尊者

仙洲住在鉢囉羅，有識俱令出愛河。美甚雪山生樂味，奇哉火聖粲芬陁。龍宮水涌階前地，鷲嶺雲連户外坡。況乃禪居人不到，銜花時見鹿麏過。

第九位香醉山中戍博迦尊者

香醉山中水石奇，折旋俯仰四威儀。身心脱去閑糠粃，語默由來妙總持。秀草自然香旖旎，遥山無限碧參差。天人向午供甘露，正是城隍乞食時。

第十位三十三天中半托迦尊者

三十三天帝釋宮，圓顱方服住其中。黄金鉢有酥陁飯，白日心如般若空。永脱苦輪須利物，行登寶所不施功。前時預受菩提記，尚待莊嚴勢力充。

第十一位畢利颺平音瞿洲羅怙羅尊者

畢利颺瞿海上洲，神通不礙往來遊。真心本自離生滅，大道何曾假證修。西竺幻人擎麈尾，上方仙子爇牛頭。六時唱禮黄金像，無相須從有相求。

第十二位半度波山中迦那犀那尊者

半度波山插太空，白雲掩映碧玲瓏。名標五伯聲聞上，道被三千世界中。定起影斜金殿月，齋餘香裊玉爐風。有時走入軍持浴，須信沙彌亦具通。

第十三位廣脅山中因竭陁尊者

廣脅名山處處聞，其中别是一乾坤。雨龍聽講天花濕，野鹿依禪砌草温。萬化皆從無相出，十虛但有假名存。了然此理超生死，何用他求解脱門。

第十四位可住山中伐那波斯尊者

萬古山垂可住名，隨時坐卧與經行。身雖屬幻須修幻，果證無生在度生。犀柄頻摇花片落，寶書試展月輪明。自從五結消亡後，煩惱菩提悉等平。

第十五位鷲峰山中阿氏多尊者

如來已滅鷲峰虛,千五百人龍象居。定慧圓明猶日月,身心清净似芙蕖。奇禽異獸來圍繞,瑞靄祥雲復捲舒。此地時時鐘梵作,儼然佛轉法輪初。

第十六位持軸山中注荼半托迦尊者

持軸山中大士家,明珠絕纇玉無瑕。晝披般若千行偈,天雨曼陀四色花。楗椎遠傳僧布薩,香烟濃染佛袈裟。白牛自可兼羊鹿,先引兒童駕小車。

第九祖伏馱蜜多贊

從曠大劫來,未嘗譚一字。誰道五千年,方纔啟唇齒。有說與無說,且莫謗祖師。折箸攪大海,燈心拄須彌。口不搖舌,足不逾戶。五十年宴坐一牀,三千界禪門九祖。諸佛非道,父母非親。若心若行,何僞何真。山頭翻白浪,井底起紅塵。

布袋贊

花衢柳巷任經過,虎穴魔宮不奈何。背上忽然揩隻眼,幾乎驚殺蔣摩訶。烏藤只麼往來挑,布袋雖輕未肯抛。無盡重重華藏海,都將一個肚皮包。十字街頭等個人,不知滿面是埃塵。重重破紙包乾糞,一度拈來一度新。靠着布袋打瞌睡,百千萬年只一忽。娑婆界上無此僧,龍華會中無此佛。

寒拾贊

閭丘未到國清前,誰識文殊與普賢。三寸舌頭輕漏泄,有何伎倆掣風顛。大圓覺海是伽藍,到了何曾有聖凡。兩個頭陀高拍手,從教人道太襤縿。國清寺裏豈無人,只話寒山拾得貧。苕箒糞箕常在手,可憐净地却生塵。遙望東南紫氣堆,崩雲泄雨轉崔嵬。聖賢面目分明在,莫道斯人去不回。

智者大師贊

眉分八彩,目曜重瞳。法本無得,辯何有窮。太虛絕兆,赫日方中。銀地佛窟,玉泉神工。總持禀戒,灌頂承風。禪河香象,教海大龍。瞻之仰之,極天高而地厚;名也實也,非鼠唧而鳥空。夫是之謂祖龍樹,宗北齊,師南嶽,靈慧禪師之幻容。

清涼國師贊

無明本空,法界如幻。誰爲普賢,圓滿行願。十地鳥迹,二覺波文。凡聖平等,迷悟同群。稽首清涼,洞明智理。疏毗盧藏,稱真佛子。千龍發浪,四海流慈。十大願王,七帝門師。遺像現前,麈尾在手。常住世間,太虛不朽。

達磨大師贊

初辯寶珠,半文不直。次破六宗,全無旨的。離南印來,入震旦國。再對梁王,還云不識。一住少林,九年面壁。堪笑神光,分明是賊。及乎安心,覓心不得。看他什麼奇特,未免許多狼藉。葱嶺那邊逢宋雲,破履至今遺一隻。

長江一葦,大地一華。廓然無聖,到處逢他。且道他是阿誰,香至親子,神光老爺。

誰云打落當門齒,椎殺深深掘窖埋。自是梁王不唧溜,放他走入魏朝來。
當時我若作神光,三拜無疑是詐降。側立看他開口縫,進前推倒葛藤樁。
少林冷坐幾經春,鼻孔依然搭上唇。只爲鄉談改不得,被人喚作婆羅門。
西天二十八頭驢,踏碎支那獨有渠。後代兒孫多執拗,個強一個觜盧都。
三年泛海神通力,一葦浮江鬼怪多。將謂末梢遮得盡,依前不奈宋雲何。

因陀羅所畫十六祖,聞上人請贊

初祖
易掩當門齒,難藏蓋膽毛。神光三拜後,熊耳一峰高。

六祖
惹起風幡話,流傳卒未休。有人來問我,六耳不同謀。

牛頭
盤陀石上坐,幾度見春來。百鳥無消息,山花落又開。

鳥窠
太守名居易,禪師號鳥窠。相逢休話險,一片好山河。

南嶽
試問曹溪印,令人下口難。只因無染污,突出萬重關。

馬祖
磨磚不成鏡,坐禪不成佛。泥牛鬥折角,虛空揣出骨。

百丈
從他鼻頭痛,不是祖師機。日日江湖上,紛紛野鴨飛。

趙州
南泉王老師,有此寧馨兒。勘破臺山話,回來人不知。

雪峰
對衆輥木毬,當陽拈鼈鼻。明明出胸襟,一一蓋天地。

玄沙

抛却釣魚船,走上飛鳶嶺。觸着脚指頭,當下便心肯。

雲門

打佛乞狗喫,知恩方報恩。後來真净老,又要罨雲門。

慈明

骨董箱兒裏,拈來幾百般。白金歸壽母,覷着骨毛寒。

楊岐

踢出一頭驢,只有三隻脚。寸步不曾移,踏遍長安陌。

白雲

雲門上大人,白雲丘一己。從此化三千,清風來未已。

圓悟

奇哉認得聲,有意却無情。一片碧巖集,閑將肝膽傾。

大慧

華擘首山禪,深爲衲子冤。竹篦生鐵鑄,石火迸青天。

因陀羅所畫諸聖,聞上人請贊

空生

寂寂巖間坐,喃喃口更多。只言無法説,争奈雨花何。

豐干

寺裏隨僧住,山前跨虎過。閭丘太守到,道你是彌陀。

寒山

不居妙喜界,不戀清凉山。個個求成佛,輸他道者閑。

拾得

當初因拾得,便以此爲名。欲識這個意,無生無不生。

寶公

刀尺杖頭懸,時時走市廛。蕭家菩薩子,只解説因緣。

布袋

浪走草鞋穿,長挨布袋眠。天宫衣鉢在,歸去是何年。

懶瓚

爐中煨芋火,香不到青霄。世主緣何事,頻令敕使招。

船子
曉出天連水,昏歸月滿舟。錦鱗如不遇,垂釣幾時休。

趙州和尚贊
參見南泉早,會得平常道。行脚債已酬,住山年益老。隨機説法,不用思量;信口答禪,何勞尋討。古佛重來,群魔盡掃。庭前柏樹子,敲風打雨,滿目森森;狗子佛性無,照雪吹毛,殺人草草。至今道播乾坤,非獨話行燕趙。

雲門大師贊
候睦州三日開門,空枂折脚;被雪峰一問杜口,便低却頭。靈樹會中,人天眼目;大唐國裏,衲子冤讎。用轆轢,穿虛空作窟籠;因乾屎橛,向平地起戈矛。得路塞路,看樓打樓。若是真净老師,見你必然罨殺;且問丹青妙手,畫他着甚來由。

臨濟大師贊
龍驤虎驟,馬頷驢腮。黃檗室中,三度親遭打出;大愚肋下,三拳便被托開。老婆心當時太切,風顛漢特地回來。未續佛祖慧命,先結宗門禍胎。痛棒白日雨,熱喝青天雷。正法眼藏既滅盡,大千沙界無纖埃。

楊岐祖師贊
從來不會説禪,隨例紙裏麻纏。坐斷楊岐雲蓋,賣弄栗棘金圈。一轉公案,欺謾大衆;三脚驢子,踍跳上天。荷慈明重擔,喜白雲卸肩。神仙無秘訣,父子不相傳。

日本淵默庵畫二十二祖請贊

初祖
三周寒暑泛重溟,撞着蕭家有髮僧。對朕者誰云不識,爲誰辛苦到金陵。

二祖
幸是巍巍好丈夫,却來少室受塗糊。雖然拜了知慚愧,索得娘生一臂無。

三祖
握節當胸懺罪人,罪從何起要知因。遠來更不論僧俗,一句無私達本真。

四祖
脅不沾牀三十秋,初無心法副人求。黃梅道上逢童子,昔日冤家又聚頭。

五祖
母子師資也是閑,分明此道播人間。後來話柄憑誰舉,多種青松滿四山。

六祖
多少黃梅會裏僧，一時放過嶺南能。至今大庾山頭石，歲歲春風長葛藤。
南嶽
何物堂堂與麼來，人皆不識起疑猜。電光石火分緇素，無限勞生眼豁開。
馬祖
即心即佛口喃喃，非佛非心轉不堪。八十四人門户別，何曾一個是同參。
百丈
野鴨高飛落遠汀，嫌人扭得鼻頭疼。思量個樣無滋味，笑不成兮哭不成。
黃檗
大機大用顯家風，坐斷乾坤獨此翁。後代兒孫皆有耳，如何十個五雙聾。
臨濟
無位真人在面門，阿師太似弄精魂。臨行滅却正法眼，何止三千海嶽昏。
興化
紫羅帳裏撒真珠，今日分明驗過渠。說得自知行不得，更言還識老僧無。
南院
啐啄同時立話端，當人總是自欺謾。棒頭突出摩醯眼，付與諸方子細看。
風穴
祖師心印鐵牛機，早是重安眼上眉。對陣不能擒縱得，令人千古笑盧陂。
首山
有口何妨誦法華，無端繼祖事如麻。楚王城畔東流水，曾與時人挂齒牙。
汾陽
十智同真一句收，魚龍鎖户向汾州。夜來逾覺風霜緊，佛祖聞名也縮頭。
慈明
一劍橫安水一盆，草鞋委地杖臨門。西河師子生獰甚，來者須教喪膽魂。
楊岐
不因堂上鼓聲嚴，爭得慈明出晚參。住後栽田博飯喫，方思說夢老瞿曇。
白雲
要識茶陵落髮師，須還除夕夜胡兒。一莖草上春風轉，玉殿瓊樓幾個知。
五祖
鐵酸豏子向人誇，拈出雞冠一朵花。常為先師言語拙，盡拋弓冶立生涯。

圓悟

金鴨香銷錦綉幃,風流全在一聲雞。如今處處逢昭覺,野鳥山花不更迷。

妙喜

背觸俱非驗學人,竹篦三尺没疎親。年來此話憑誰舉,日炙風吹又過春。

自題

虚空爲口,萬象爲舌。一句全提,六時常説。約住德山棒,拈却臨濟喝。別別,烈焰爐中撈得月。

有口無舌,三緘不發。露柱燈籠,替他演説。和南不審,君子可八。斫額看魚,焚香祭獺。

日面月面,蘇州常州。全無本據,却有來由。刹竿頭上翻筋斗,三十三天築氣毬。

正法眼藏瞎驢滅,般若妙心全體空。佛祖相傳只遮是,亘塵沙界振宗風。

萬寶坊中睡起,崇天門外鼓鳴。拾得紅爐片雪,日午恰打三更。

古鼎和尚遺像,祥符林長老請贊

四坐道場,一生孤硬。具眼宗師,超方哲匠。三玄三要,擘破完全;一抑一揚,背馳歸向。傳列祖之燈,息六宗之諍。身非身,相非相,天教擎在千峰上。(以上同上卷十四)

送智維那往江西

智不到處道一句,生鐵稱錘被蟲蛀。南北東西參學人,莫教踏着無生路。無生路上荆棘多,將心覓佛還成魔。閑伸兩脚睡一覺,任他日月如飛梭。誰管你天,誰管你地。説妙談玄,弄粥飯氣。馬祖出八十四人,問着無有不會。直饒歸宗較些子,也是瞎驢趁大隊。如今好個太平時,佛法兩字誰論之。堂前青草深一丈,往往口角生膠黐。拈却德山棒,不用臨濟喝。寒則普天普地寒,熱則普天普地熱。要行便行歇便歇,切忌逡巡守途轍。

送默庵淵首座

默默默,無上菩提何所得。得無所得便歸來,錯認藩籬爲閫域。陞堂入室見其人,若語若默皆非真。至於此語亦不受,但有纖毫即是塵。德山棒,臨濟喝,從上門庭巧施設。子承父業幾時休,太似烏龜唤作鱉。不如付與山河説,晝夜熾然無間歇。就中一句尤直截,盡大地人須結舌。默庵聞得笑呵呵,銜花百鳥如余何。

示善禪人

不思善,不思惡,十二時中空自縛。善亦思,惡亦思,老僧使得十二時。問渠善惡何頭面,逆順縱橫千百變。只因不識主人公,所以臨機少方便。善師善師聽我言,從古至今無聖賢。着衣喫飯只者是,不然去學諸方五味禪。

送中竺月首座遊江西

珊瑚枝枝撐着月,南北東西興難遏。五千餘里到不到,八十四人徹不徹。夜來桂子飄天香,此意分明難覆藏。天宮畢竟說何法,至今雙澗流湯湯。去亦可,住亦可,麒麟不帶黃金鎖。草鞋索斷雲路深,拾取龜毛穿耳朵。

送福州諾禪人再參天童

主人翁,惺惺着。潦倒瑞巖,自呼自諾。蛇吞鱉鼻口生烟,虎咬大蟲頭戴角。會不會,知不知,大唐國裏無禪師。玲瓏巖主七十四,優鉢羅花第一枝。送君此去君知麼,莫把草鞋輕踏破。前頭更有最高峰,不獨飛猿嶺難過。

送朗藏主禮栴檀像文殊聖師

如來身相非聲色,目連謾自勞神力。幾回往返忉利天,剛把栴檀細雕刻。當時匠人三十二,盡道梵音雕不得。既是梵音雕不得,十分相似終何益。邇來流落在人間,南北東西隨意看。不識如來真實相,人間無處無栴檀。如來身,誰不有,挑囊負笈空奔走。未了之人聽一言,只這如今誰動口。心亦不是佛,佛亦不是心。清凉山裏萬菩薩,流水落花何處尋。

送圭侍者歸天台

靈隱山中圭侍者,骨目風神甚瀟灑。入門要我送行篇,句短句長隨意寫。一句短,蟭螟眼裏着不滿。一句長,遍虛空界莫能量。國師三喚露肝膽,侍者三應舍冰霜。趙州古佛更饒舌,暗中書字文彩彰。以此送行須記取,若到諸方休錯舉。家在赤城千嶂深,夜來木葉吟風雨。

送贊禪人遊台雁

菩薩子,百歲光陰一彈指。尚無剪爪閑工夫,而況尋山并玩水。雖然山水有何過,剎剎塵塵皆可喜。抬頭撞着自家底,方知因我得禮你。我聞天台之衆峰,五百聖者栖其中。又聞詎那在雁宕,坐看瀑雪飛晴空。青蘿直上寒松樹,花落鳥啼猿挂處。山前一片古寺基,直至如今没人住。没人住處不可行,從教千古萬古青苔生。與其孤峰頂上訶佛祖,曷若十字街頭踏塵土。

送顯侍者遊四明

學佛被佛魔,參禪被禪礙。不學又不參,孤負這皮袋。祖師門下客,志氣何慷慨。撥動濟人舟,了償行脚債。去去只麼去,路在紅塵外。來來只麼來,眼上雙眉蓋。任你萬重關,鐵鞭都擊碎。一切但平常,莫作平常會。

送昇禪人遊金陵

達磨未來東土前,白雲片片在青天。達磨既來東土後,黃鳥雙雙啼翠柳。蕭公作帝知幾秋,度僧造寺何悠悠。金鱗透網不透網,可惜三度空垂鉤。官路崎嶇行不得,後代兒孫轉荆棘。尺鷃徒能掠地飛,大鵬謾有垂天翼。長江南北浙西東,一花五葉當秋風。深山無人大澤静,但見狐兔栖蒿蓬。昔年遺下一隻履,不獨無頭亦無尾。如今颺在垃圾堆,贏得清風來未已。昇禪昇禪胡爲哉,遠自鳳山登鳳臺。糲竭節有頂門眼,解笑吾師特地來。

送能仁顯首座遊金陵

君不見,天禧之塔高復高,下視刹海如塵毛。人家處處見塔影,塔影家家行一遭。一一家中有一塔,以手遮影終難逃。人家不遷塔不動,去地非遠天非遥。東江首座江東去,鐵錫橫飛留不住。石頭城中亦不多一人,越州館內亦不空一處。去不去兮來不來,衲僧行止無纖埃。一番雨過寒侵骨,江上諸峰翠作堆。

用南楚和尚韻送玫書記往天童禮寶陀

如來禪,祖師禪,文字禪,是何禪。一筆勾下,白日青天。笑殺湖南長老,大書楷字深鐫。不見毗耶居士,唠唠擊小彈偏。及乎被人問着,直得杜口無言。禪禪,靈石書記,作麼流傳。竹月生寒籟,松風入夜弦。既善騎聲蓋色,何妨説妙談玄。潮音洞裏敲金鐙,太白峰頭駕鐵船。

送印禪人

印泥印水印空,當頭錦縫重重。靈利衲僧搆得,何拘南北西東。有把柄,無背面。聽之不聞,覷之不見。通方作者知機變,一任蒼苔生古殿。透青眼不瞬,照物手寧虛。百煉精金出大冶,南詢步步超毗盧。

送大梅元維那

即心即佛,非心非佛。目機銖兩,講若畫一。大梅山中忽相逢,耳朵卓朔頭髼鬆。克賓維那法戰勝,饡飯之香熏太空。無不無,有不有,黑黑明明三八九。幸是金毛師子兒,參方志氣衝牛斗。

送祥禪人
諸方舊話無人舉,舉者直須眉卓堅。木馬雙雙帶月行,泥牛對對臨風舞。從閩入浙參訪誰,直下便是休狐疑。喫粥了也洗鉢去,趙州古佛曾提撕。

送延聖世首座還日本
兩堂首座齊下喝,當時臨濟正饒舌。傳來此話知幾年,舶底依前用鄔鐵。昔者乘桴遊大唐,如今挾複歸扶桑。到家拈出賓主句,針眼魚吞金翅王。

送净慈妙藏主
龍河老師巧方便,再索侍者犀牛扇。永明門前水一湖,忽然迸出摩尼珠。扇兮珠兮俱颺却,瘥病不假驢馱藥。好個翔空五色麟,如何絆得黄金索。活滾滾,明落落,無限清風滿寥廓。

送天寧敬藏主
看底是甚麽經,經中説甚麽義。遠辭萬里扶桑,近別四明雙檜。低頭問訊,叉手殷勤。一一明妙,一一天真。不妨提起坐具,且與茶濕口唇。走遍大唐無佛法,金香爐下鐵昆侖。

送觀藏主還里
對一説,倒一説,佛祖從來無秘訣。更問靈山付囑誰,葛藤未免生芽櫱。道人放下馳求心,當念廓然超古今。直上扶揺九萬里,大鵬不比尋常禽。

送報本禧都寺
鼓山一隻聖箭子,射入九重城裏去。却被老孚輕把住,雪峰未免從頭註。因思古德老婆心,瓦礫拈來要作金。後人但隨聲色轉,千里萬里徒參尋。自家識取天真佛,碧眼黄頭恣輕忽。

送中竺偉藏主
大藏五千餘卷,卷卷皆説自心。不是語言文字,徒勞紙上搜尋。中天竺有善知識,兩眼明如秋水碧。閑時只見看雲山,纔見僧來便面壁。如來禪,祖師意,藏主聰明會不會。百萬人天擁從時,香花飄滿階前地。

送一禪人
江東西,湖南北,一條古路如弦直。出門綠水繞青山,脚下麻鞋生兩翼。無位真人没處尋,秋高落葉飄山林。參方帶眼不帶眼,是處法堂青草深。老宿見來多指註,與他掀倒禪牀去。

送了禪人

甚麼物，恁麼來。蝦蟆吞却月，鐵鋸舞三臺。拄杖頭邊草鞋底，一聲雷震清飆起。相逢不用口切切，踏着無非自家底。譬如雁過長空，影沉寒水。機先透徹祖師關，坐見千花生碓觜。

送雲禪人回仰山

小釋迦，大襌佛，四藤條下甘埋没。撐天拄地好男兒，肯學狐狸戀窠窟。誰不頂門眼正，人皆肘後符靈。因甚湮湮湎湎，更待丁丁寧寧。直下是，直下是，早涉流沙十萬里。撞着知音舉似伊，何須待問廬陵米。

送喜禪人

藕絲竅中世界闊，大鵬挨落天邊月。山僧半夜驚覺來，此意茫茫向誰説。十個五雙行脚伴，參方不帶參方眼。德山挾複見潙山，多少葛藤多截斷。兩口無一舌，千車同個轍。道士倒騎牛，烏龜嚼生鐵。移取瓢苗石上栽，泥牛滴盡通身血。

送宜禪人

舉一不得舉二，抹過京三汴四。回天轉地何難，點石化金亦易。無索摸，絶忌諱，張公喫酒李公醉。孤峰頂上任縱橫，鬧市門頭恣游戲。當陽點破堅實心，水面捺得葫蘆沉。拄杖横擔千萬里，青天白日雨淋淋。

送日本東藏主遊台雁

台山之東雁山西，有一句子無人提。忽然蹉口道得着，五百尊者俱掀眉。磵下水流，峰頭雲起。青松瑟瑟，白石齒齒。賓頭盧或往或來，諾詎那乍彼乍此。直饒回向如來乘，也是陳年爛葛藤。教外別傳重舉似，千尋海底剔金燈。

送徑山空維那

井底蓬塵山上鯉，大家坐聽爐邊水。三登九到不惺惺，少室誰云有皮髓。此事將心謾度量，山河爲汝長敷揚。虛空開口笑不已，露柱燈籠争放光。興化打克賓，叢林如鼎沸。須是金毛師子兒，一聲哮吼吒沙地。

送訢侍者參松月翁

二祖安心，三祖懺罪。依俙無孔鐵鎚，仿佛冬瓜印子。只因祖父相謾，殃及兒孫未已。拈來糞掃堆頭，抛向洞庭湖裏。扶桑有個衲僧，愛弄些兒唇觜。暗中一踏踏着，明處一提提起。山僧撫掌呵呵，畢竟是何道理。論賞也，擊碎驪龍明月珠；論罰也，敲出鳳皇五色髓。賞即是，罰即是。去見松月老人，必有方便爲你。

送月侍者江西禮祖

但有一月真,無非復無是。靈山話不出,曹溪亦空指。往見馬大師,簸箕月相似。團團無縫罅,落落全終始。八十四人中,歸宗較些子。其餘善知識,總在光影裏。自己不是渠,渠正是自己。逗到光影消,吸盡西江水。

送義禪人遊台雁

昔年有個閭丘老,不識豐干空懊惱。寒山拾得恣顛狂,走入深林無處討。永嘉得得訪曹溪,繞牀振錫呈威儀。松風江月只如舊,悟者自悟迷者迷。也無迷,也無悟,俊鷹不打籬邊兔。萬里無雲海月高,脚頭脚尾通天路。

送徹侍者禮補陀兼省師觀親

寶陀大士逢不逢,千里萬里圓光中。本生父母見不見,動靜去來常會面。離師太早古所嗤,無師自悟今其誰。看他臨濟省黃檗,是真弟子超於師。徹禪好個赤梢鯉,辰錦砂兮未爲比。一聲霹靂飛上天,蝦蟆蚯蚓空攀緣。

送哲禪人仗錫省師,并柬仲默和尚

仗錫老師七十八,眼如點漆眉如雪。分明畫出須菩提,坐聽孤猿吟落月。深山古寺天正寒,葉深一尺堆牀前。地爐燒火簾不捲,袈裟黑似爐中烟。客來只恐放烟出,爭奈山林藏未密。喧喧道價滿江湖,負笈挑囊固非一。千里束歸頻寄聲,乃翁終是有鄉情。目連鶖子神通妙,何必區區圓相呈。

送净慈明侍者回東山

南屏山中五百衆,大有神通并妙用。可憐辛苦賓頭盧,無時不赴檀門供。就令侍者托鉢歸,眼上不惜長長眉。問渠扇子在何處,臨風更索犀牛兒。犀牛兒,怎描貌,王維筆下丹青薄。西湖烟雨漫遮藏,日出東山露頭角。

送哲藏主省師

正月六日初得春,千花百草皆精神。壽山拄杖活鱻鱻,敲風打雨尤驚人。哲禪得之不妄用,臨機殺活能擒縱。洞山五位敢施呈,臨濟三玄休賣弄。尋常放在卧牀頭,直與佛祖爲冤讎。頂門眼照大千界,是何起滅同浮漚。一卓卓碎鴛湖雪,一點點開鄞嶠月。與師平出固難爲,見過於師豈虛説。却因拄杖思壽山,翻然又逐春風還。

送均禪人禮祖

佛法不怕爛却,一任填溝填壑。普天匝地漫漫,直是無人説着。而今舉起又何妨,也勝供養燒楓香。一大藏教閑故紙,信手拈來聊拭瘡。震旦雖闊無別路,四七二三面相覷。馬駒踏殺天下人,般若多羅休寐語。

贈智浴主誦經化柴

好個金剛正體,廓然無表無裏。從來不受一塵,畢竟如何澡洗。既不洗體,亦不洗塵。沒踪迹處,切忌藏身。却來聲色堆頭坐,枯木花開別是春。藥王昔日然兩臂,一念道心終不退。正體堂堂忽現前,後人不省焚身意。七軸蓮經豈在多,只將者個化檀那。時時打鼓邀僧浴,免使無柴閣冷鍋。

送石霜在首座歸國

家住海門東,扶桑最先照。迷即天陰性地昏,悟來日出心光曜。玉在山而木潤,珠沉淵而媚川。肘後符靈兮,掃除佛祖;頂門眼正兮,開鑿人天。風颯颯時,寶華座無説而説;冷湫湫地,枯木堂不禪而禪。袖中取出唐朝物,兔角龜毛一串穿。

送彭禪人歸里

一二三四五,甘草甜,黄連苦。新羅國裏曾上堂,大唐國裏未打鼓。五四三二一,黑似漆,明如日。牧羊海畔女貞花,拒馬河邊望夫石。妙中更妙,玄中更玄。現成公案,白日青天。天上天下,三指七馬。釋迦彌勒是空名,不知誰是安名者。大海一滴水,須彌一寸山。若將心放捨,處處是鄉關。

送的藏主歸里

日本師僧皆可喜,不憚鯨波千萬里。捐軀爲法到南方,如此出家今有幾。的禪的是禪家流,密證潛符更奇偉。從來佛祖是生冤,肯認山河爲自己。五千餘卷紙上語,却笑癡蠅鑽未已。自家寶藏無一物,盡大地人提不起。提得起,歸去來,東風入律梅花開。

送天寧謐藏主回淨光

永嘉老子錯行脚,被人呼爲一宿覺。曹溪只是個樵夫,佛法何曾解參學。三千威儀八萬行,一捋清風頓銷鑠。偶然撰得文字成,被人喚作真丹經。泥裏洗土不唧溜,畫蛇添足空丁寧。看渠兩着渾未是,學者焉能出生死。如來藏裏本無珠,萬古虛名挂唇齒。謐禪之口吞諸方,爲我殷勤問淨光。有珠無珠要渠答,永嘉老人應着忙。説與如今甚時節,莫戀松風與江月。

送因維那省親

人人有個生緣,快馬只消一鞭。達磨不來東土,二祖不往西天。道人生緣在何處,萬水千山任來去。去來曾不隔纖塵,日用堂堂全體露。蓋天蓋地,亘古亘今。不是正法眼藏,亦非涅槃妙心。諸佛非我道,虎頭戴角出荒草。父母非我親,掣斷金鎖天麒麟。出門隨步清風發,千里萬里阿剌剌。

送澤禪人

神鋒戌削,荆山之璞。雖是後生,甚堪雕琢。鳳凰臺上鳳凰兒,羽翼解笑雲鵬遲。諸方往往罩不住,要識弟子觀其師。南嶽磨磚不成鏡,打牛是中當時病。馬駒踏殺天下人,具眼方能辨邪正。古今得道如雲烟,上人齒少宜勉旃。但盡凡情無聖解,飢餐渴飲且隨緣。

送興藏主游金陵

春山青,春水綠。一枝兩枝梅花開,十里五里村路曲。石城雲影聚復散,草店雞聲斷復續。描也描不就,畫也畫不成。檢盡五千四十八,更無一字能品評。道人笑我虛開口,矢上加尖成漏透。背却法堂穿草鞋,井深綆短終難搆。

送心禪人

心不是佛,知不是道。南北東西,何處尋討。稀復稀,少復少。二千年事只虛傳,三寸舌頭胡亂掃。麥浪堆中釣得蝦,紅爐焰上拈來草。

送蔣山皎藏主

鐘山龍蟠,石城虎踞。覿面相呈,更無回互。笑他多口老瞿曇,乘之二分乘之三。眾生根器既不等,往往玉軸堆琅函。道人見處天然別,四句皆離百非絕。鐵網忽捲滄溟乾,珊瑚枝枝撐着月。

送源維那

群靈一源,假名為佛。春雨濛濛,春風拂拂。梨花淡白柳深青,滿目江山如畫出。髑髏常干世界,鼻孔摩觸家風。會得蛇吞鱉鼻,不會虎咬大蟲。會與不會,着甚死急。道人行處火燒冰,萬仞峰頭獨足立。

送森藏主

鐘樓上念讚,牀脚下種菜。猛虎當路坐,雞嶼洋無蓋。森禪日東來,意氣何慷慨。開口吞佛祖,不嫌牙齒礙。諸方奇特語,無一念心愛。只是舊時人,方能明下載。山僧却喜渠,早晚付鉢袋。

送基禪人

現成基業,不用安排。直下搆取,好個生涯。寒即着衣飢喫飯,梵行已立所作辦。若將知解污胸襟,如象溺泥深更深。却須參扣善知識,百城烟水逢知音。

山僧略爲施方便，楚越甌吳曾歷遍。笠下清風只自知，杖頭明月無人見。

送道場傅維那

佛祖不傳之秘訣，百草頭邊俱漏泄。海神怒把珊瑚鞭，須彌燈王痛不徹。等閑驚起蒼弁峰，走入傅禪懷袖中。金錘一擊百雜碎，散爲七十二朵青芙容。拋向面前人不薦，更饒抖擻裙衫看。猛虎依巖百步威，目光燦爛如飛電。却憶大雄山下客，狹路相逢曾築着。廟勝將軍坐碧油，聽他猛士施籌策。

送寧禪人禮祖

青山白骨非祖師，脚下過去都不知。覓得伽陀要何用，穿雲度水空奔馳。阿魏無真，水銀無假。本自現成，徒勞知解。長慶走出僧堂門，捲起簾來見天下。

送性禪人

色不到耳，聲何觸眼。靈利衲僧，切忌擔板。便與麼去，猶欠一槌。光前絶後，流俗阿師。眨上眉毛早蹉過，撩起便行成滯貨。孟嘗門下客三千，檢點將來無半個。

送清禪人之九江

近離浙右，遠屆江西。我有一機，覿面親提。船過鄱陽湖裏浪，却來五老峰頭望。靜耶動耶試甄別，心也境也俱澗喪。和羅飯，骨董羹。隨家豐儉，暢子平生。如何南北馳求者，本有光明却面墻。

送吉禪人

道道道，紅爐焰上一莖草。禪禪禪，河裏盡是木頭船。出世遇人不着，苦口勸渠行脚。衣内自有明珠，晝夜光輝烜赫。會即便會，慎勿沉吟。墻壁瓦礫，總是知音。不見廣額屠兒，業識全無本據。放下手中屠刀，我是千佛一數。

送直藏主

宗門下事如鐵壁，使盡神通入不得。拈起吹毛一口劍，西天此土血滴滴。天寧豈是超諸方，凡聖同居常寂光。各有生涯無欠少，大千捏聚一毫芒。如來藏裏珠，呈似山僧看。拂袖出門去，迅雷同閃電。泥塑金毛師子兒，野干之輩何能爲。

送珠藏主回廣

廣南鎮海明珠，當甚泥搓彈子。拋向垃圾堆頭，直得價增十倍。與麼酬君顛倒欲，樂不樂兮足不足。自家屋裏奇特事，回天輪兮轉地軸。囉囉哩，哩囉囉哩。教外別傳有什麼,一狐疑了一狐疑。

送方禪人回仰山

譬如室有六窗,內外獼猴相喚。忽然一個睡着,兩個同得相見。仰山親到中邑來,净潔地上飛塵埃。大丈夫兒殺活手,逢人拶着青天雷。多處添些子,少處減些子。不論是不是,對面三千里。

送福禪人回閩

玄沙不出飛猿嶺,大地拈來作胡餅。兩個泥人努眼睛,從他一肯一不肯。秋到菊花黃,蝦蟆着錦襠。叢林鬧浩浩,遍界絶遮藏。甘草甜,黃連苦,五五從前二十五。鼻孔人人搭上唇,猫兒個個捉老鼠。

送睹禪人禮五臺

五臺山裏文殊,坐斷清涼世界。幾回劫火洞然,畢竟燒他不壞。舉頭便見攝身光,南北東西古道場。利劍分明截人我,普天匝地何茫茫。牽牛老子如相遇,叉手進前輕把住。前三三與後三三,歸到南方無問處。

送道禪人

四七二三無授受,一一面南看北斗。刹竿頭上仰蓮心,風攪叢林師子吼。真不掩偽,曲不藏直。拄杖昂頭,草鞋生翼。百煉精金無變色,善財行處無荊棘。東平撲碎潙山鏡,臨濟未是白拈賊。

送慶禪人

要識無位真人,尋常少喜多嗔。遇夜熟眠一覺,起來沒處藏身。喫粥了,洗鉢去。太分明,休莽鹵。大地撮來無寸土,南泉不打鹽官鼓。

送幸禪人

從上祖師,鬼門貼卦。後代兒孫,千變萬化。訶釋迦,慢彌勒。金剛取泥處,屋裏人知得。好不資一毫,醜不資一毫。虛空釘鐵橛,平地輥波濤。心吃吃,口嘮嘮。殊不知我王庫內,無如是刀。

送密禪人

通身是眼,不見自己。罵之則嗔,贊之則喜。阿呵呵,好大哥。知恩者少,負恩者多。江上青山不改,天邊白日如梭。鬧浩浩,静悄悄。直須當處解脱,不被塵勞纏繞。管甚諸方五味禪,糞箕苕帚從頭掃。(以上同上卷十五)

送全首座回仰山

須彌槌打虛空鼓,萬象森羅齊起舞。驚倒南泉王老師,疎山失却曹家女。

寬時遍法界,窄處不容針。短綆四五尺,古井千萬尋。莫謂仰山年代遠,天宮正説摩訶衍。不知誰是白槌人,夢裏覺來空眨眼。大道體寬,無好無惡。離心意識參,出聖凡路學。鐵牛背上括龜毛,石女腰邊裁兔角。

送宗禪人回雪峰

天地與我同根,萬物與我一體。好個脱灑衲僧,切忌坐在這裏。不慕諸聖,不重己靈。解粘去縛,拔楔抽釘。翻身烏石嶺,觸目望州亭。到家記取叮嚀,問訊曾郎萬福。輥動三個木毬,嚇殺參方瞎禿。

送普禪人還閩

青山青,白雲白。欲識一貫,兩個五百。福州名品荔枝,多是鶻崙吞却。玄沙築破脚指頭,直得通身白汗流。如今所謂善知識,接物利生沙壓油。脚未跨門先勘破,何須待踞燈王座。五湖四海覓知音,一曲陽春少人和。

送一禪人禮補陀

稽首補陀大士,只這語音便是。與麼接嚮承虛,如何出離生死。鈍鳥逆風飛,一日三千里。鐵樹夜開花,朝來還結子。西瞿耶居睡覺,東弗于逮經行。南贍部州打鼓,北鬱單越搊筝。且道是何曲調,聽時却又無聲。

送俊禪人

初祖見僧便面壁,被人打破成狼藉。壽山門户向南開,件件現成殊省力。要坐便坐,要行便行。譬如平地,掘甚溝坑。衆生即是諸佛,諸佛即是衆生。不出一念心,徹頭又徹尾。茫茫匝地普天,往往離波求水。

送可禪人

即心是佛無心道,不覺全身入荒草。語拙今人笑古人,古人却笑今人巧。後生晚長忌聰明,且要低頭學老成。却憶南泉好言語,要渠癡鈍過平生。初三十一,中九下七。四溟東海流,般若波羅蜜。

送理禪人

如來無禪,祖師無意。枯木石頭,泥團土塊。老臊胡既道不識,賣柴漢又云不會。鳥窠初不離鳥窠,打地一生長打地。跳出漫天網子,名爲了事衲僧。百尺竿頭進一步,壽山手裏有烏藤。

送巳禪人

過去諸佛已滅,未來諸佛未生。現在中間無佛,且放天寧話行。天寧有甚麽長處,業識茫茫無本據。昆明池裏失却劍,却向西江撈得鋸。拈來又是鐵蒺藜,自南自北隨風吹。扶桑天子呵呵笑,尺二眉毛頷下垂。

送性禪人之江湘

秋雨垂垂,秋風颯颯。或彼或此,乍離乍合。湘江那畔雁初來,漁唱穿雲笛韻哀。更有蘆花飛似雪,遠山重叠錦屏開。咄哉漆桶不快,喚作真如境界。闍梨幸自可憐生,莫向宗門立知解。

送匡禪人

三世諸佛不知有,大地山河顛倒走。狸奴白牯却知有,火中迸出紅蓮藕。朝看東南暮西北,落落盤珠無影迹。長連牀上飽喫飯,坐卧經行不費力。說妙談玄也是癡,本來無事出家兒。江西湖南與麼去,不須更問毗盧師。

送證禪人省親

父母未生以前,追風木馬如烟。無量劫來未悟,任他寒暑推遷。萬年一念,一念萬年。神通妙用,大道虛玄。頂上摩醯亞目,途中道伴交肩。總是發明這個事,金烏長出海東邊。

送净禪人

繩牀走入枇杷樹,須彌踍跳上天去。不參死句參活句,活句蹉過河沙數。無所說,師子吼;有所說,野干鳴。坐斷兩頭,築着鼻孔;打開八字,刺破眼睛。水牯牛兒甘水草,從他岐路亂縱橫。

送化禪人

本色道人行履處,千人萬人把不住。湘南潭北恣游行,拄杖一尋生鐵鑄。所至解針枯骨吟,秋風蕭索秋雲陰。諸方殺有善知識,要辨龍蛇須訪尋。君不見潦倒趙州年八十,行行尚爲參方急。又不見馬祖一喝大雄峰,百丈聞之三日聾。

送中竺恭藏主回東浙

近從中竺來,却往四明去。玲瓏巖接玉几峰,總是尋常行履處。大梅即心即佛,寶陀聞熏聞修。岳林一個布袋,天台五百比丘。寒山子往來華頂,諾詎那坐斷龍湫。一大藏教陳葛藤,自餘是甚椀脫丘。火本無火,承言者紛紛。自我鰲山店上喚師兄,黃蘗樹頭生蜜果。

送天童證侍者再參

鳥窠吹布毛,侍者便悟去。天童親切句,不要重指注。十月天漸寒,早過西興渡。相望一千里,往復行大路。入室再參時,嗔拳須照顧。

送應侍者禮補陀

眼聽聲,耳觀色,清泠雲中飛霹靂。此是圓通自在門,衲僧幾個知端的。昔年未出扶桑時,親見寶陀之聖師。再到海山深處覓,須彌頂上戴須彌。

送瑛維那禮補陀

興化打克賓,罰錢趁出院。諸方舊話子,反覆參詳看。有耳誰不聞,有眼誰不見。露柱挂燈籠,山門朝佛殿。橫拖拄杖去,却繞鄞江轉。築着脚指頭,通身流白汗。寶陀巖上人,日夜長對面。咄。

送高麗蘭禪人禮補陀

道人且以何爲道,切忌區區外邊討。外邊討得枉勞神,只個心珠常皎皎。吳水碧,越山青。白雲三片四片,黃鳥一聲兩聲。三世如來提不起,歷代祖師難下觜。要見家家觀世音,分明因我得禮你。

送俊禪人浙東參禮

學人自己,遊山玩水。雲門大師,事不孤起。此去浙東尋訪誰,肩橫七尺烏藤枝。初登玉几謁舍利,更向寶陀參聖師。一二三四五六七,七六五四三二一。傑出叢林俊衲僧,何須特地從人覓。

送徑山英首座歸鄞

凌霄峰頭第二座,摩訶衍法曾明破。百非四句俱已離,白雪陽春有誰和。直得含暉亭踍跳上梵天,東坡池吞却四明山。驀然倒騎佛殿出門去,棋盤石任苔痕斑。君不見寒山子歸太早,十年忘却來時道。又不見明覺老無處討,十洲春盡花凋殘,珊瑚樹林日杲杲。

送炬首座遊台溫

飲光論劫坐禪,未免把纜放船。文殊三處度夏,大似遼天索價。英俊道流,去住自由。朝遊檀特,暮往羅浮。天宮說法了也,知是般事便休。人人釋迦彌勒,個個寒山拾得。走遍天台雁蕩,抹過山城海國。從來鼻孔大頭垂,莫道相逢不相識。

送孚侍者之浙東

新昌彌勒佛,脚不離地走。夜半過扶桑,面南看北斗。却入天台雁蕩,又到清凉補陀。撞着寒山拍手,聽他拾得高歌。阿呵呵,阿呵呵。依舊堂中叠足坐,不勞萬里涉鯨波。

送信首座參禮育王寶陀

離四句,絕百非,摩訶衍法誰當機。能令寂子縮頭去,可使吾道生光輝。東浙西州恣探討,個中誰了誰不了。果然識得本來人,萬別千差俱一掃。法身元無設利羅,方便示現降群魔。聞思大士應塵剎,至竟不曾拘寶陀。謾道石橫方廣寺,未容薄地凡夫至。瓊樓玉殿綵雲間,正眼觀來何足貴。手點曇華亭上茶,最先勘破盞中花。幾人麻上生繩想,又復將繩認作蛇。背却天台遊雁蕩,詎那尊者空遺像。大龍湫與小龍湫,瀑雪翻雲千萬丈。盡塵沙界一般天,歷歷分明在目前。未動步時都歷遍,誰能空費草鞋錢。

送寶陀鼎維那

浙東山,浙西水,五湖四海皆自己。明月高挑挂杖頭,寒雲亂踏芒鞋底。從門入者非家珍,勘破寶陀巖上人。蓋色騎聲也奇特,一枝古洞桃花春。此行迤邐回天育,去去優曇遠山綠。爲我寄聲二尊宿,出門未免重叮囑。

送順禪人并柬乃師

蘇州有,常州有。兩兩不成雙,三三亦非九。有一句子到你,禿却我舌;無一句子到你,啞却我口。靈利衲僧知不知,汝師自是真宗師。如何棄却甜桃樹,只管沿山摘酸梨。

送萬年楚藏主回日本

萬年一念,一念萬年。不在天台南嶽,亦非東土西乾。會得則風行草偃,不會則紙裏麻纏。本來無一物,教外有何傳。昔入大唐來,眼不見鼻孔;今歸日本去,脚不跨船舷。入海泥牛奔似電,沿江木馬走如烟。

送汀州文禪人

達磨西來,不立文字。見性明心,落在第二。還他出格道流,坐斷報化佛頭。眼裏着沙不得,水中捉月何由。諸方老宿河沙數,學者擔簦如蟻慕。拈却那吒第一機,其餘總是閑家具。四海參尋善知識,談玄説妙空勞力。當陽勘破老毗耶,一句了然超百億。汀泉福建,明越溫台。門門巨闢,法法全該。老鼠滿地走,抱取貓兒來。

送昱禪人回三平

父母未生已前,好個本來面目。日用何曾欠少,誰云是事不足。山又青,水又綠。早便起,晚便宿。烏不日黔,鵠不日浴。拄杖但喚作拄杖,屋但喚作屋。莫問如來禪祖師禪,下里曲陽春曲。昔日三平見大顛,斷弦須待鸞膠續。

送弘藏主還徑山兼柬西白首座

上上上，上到最高高處望。望見青山起白雲，雲山出沒如波浪。大華藏海知幾重，重重圍繞凌霄峰。須彌絕頂只這是，耳聞迦葉敲金鐘。百千萬億四天下，信手拈來無一把。束作龜毛一管筆，經頭一字如何寫。寫得分明說得親，還他眼目人天人。

送高麗順禪人歸國

普賢身中行一步，超過恒河沙佛土。昨日方離海岸來，今朝便往高麗去。我此浙江，何異汝鄉。冬寒向火，夏熱乘涼。達本心者，頭頭是道；昧真性者，處處迷方。父母未生有甚麼，與他辛苦擔皮囊。效善財，參知識。禮文殊，謁彌勒。不知放下馳求心，內外中間絕消息。或遊山，或面壁。或垂手入廛，或韜光晦迹。煅凡成聖只須臾，拄地撐天也奇特。順禪人，須委悉。紅日照中春，清風生八極。

送欽首座南還

六祖到廣州，寓正法性寺。因舉風幡話，略與二僧議。從此引葛藤，蔓延南海地。後人不解剗，一歲多一歲。珍重欽禪老，頗有英靈氣。參方本無得，問法總不會。我保任此人，高踞佛祖位。

送參侍者

參須實參，悟須實悟。好個師僧，便恁麼去。靈山會裏人，總是天麒麟。百千年滯貨，拈弄越精神。蹉過趙州禪，遭他文遠笑。鬥劣不鬥勝，驢糞中着到。因思老古錐，節外更生枝。一筆都勾下，方為跨竈兒。吾家白雪曲，且要高人和。佛祖出頭來，與渠都按過。

送寧侍者參方禮祖①

佛祖叢中無位次，參方行腳誰家事。隨興一念便乖張，莫向禪門求意旨。須知真正道人家，到處忘懷愍自他。爛炒浮漚盛滿鉢，却來石上種蓮花。國師三呼，侍者三應。呼兮應兮，頭正尾正。尋師必是達其源，密意明明在汝邊。他日歸來無折合，必須痛喫老爺拳。

送雪竇榮藏主歸國

心地法門，匪從人得。便與麼去，天地懸隔。師子教兒能返擲，羚羊挂角無

---

① 此詩《全元詩》410—411 頁僅錄前八句，今重新輯錄。

踪迹。以字不是八字非,覺天日月增光輝。百尺竿頭五兩垂,大唐又向扶桑歸。火熱風動摇,水濕地堅固。打破鐵圍山,古今無異路。臨行何待重分付。

送參侍者參方

佛法遍在一切處,莽莽鹵鹵河沙數。鷟劄相逢喚得回,穿雲度水從君去。頭上笠,腰下包,清風明月杖頭挑。不曾咬破一粒米,萬兩黃金也合消。開却門,須識主,彼此相知何必舉。背靠法堂着草鞋,初非密室中私語。山未高兮海未深,趙州文遠没弦琴。當時公驗分明過,四海誰人識此心。

送越藏主

一大藏教,只說這個。東土西天,分明勘破。我今以百千萬億閻浮洲,拈來挂在牀角頭。揀甚麽新羅日本,佛誓流求。鬧浩浩,冷湫湫。有時放,有時收。收放縱橫了無礙,卷舒出没常自由。誰道客來無供養,不妨滿鉢炒浮漚。

送志禪人

道人三次到來,今始索吾長偈。此事直下分明,問渠何須特地。十方只在目前,大道初非物外。若也會即便會,干木逢場作戲。不會亦無欠少,總自自家活計。踏着諸佛頂門,拽脫祖師巴鼻。四大海水壁立,五須彌山粉碎。好個大丈夫兒,可與禪林增氣。

送吴中滋禪人

蘇州有,常州有,歷歷面南看北斗。主伴參隨與麽來,象王回旋師子吼。喫鹽聞鹹,喫醋聞酸。一有多種,二無兩般。口中説食終不飽,身上着衣方免寒。不見道,家山好。家山好,家山內有無根草。時當臘月正春風,五葉一花香未了。

送中竺海維那

當念不生,空諸有海。坐斷釋迦文,全超觀自在。中峰頂上鳴楗椎,盡大地人俱絕疑。陳如尊者有長處,一句分明舉似誰。坐臥經行,卷舒出没。囓鏃之機,如同電拂。三十三天築氣毬,兩手扶犁水過膝。

送廣南慧藏主

鎮海明珠只一顆,如來藏裏深扃鎖。忽然突出拄杖頭,照見山河千萬朵。若問此珠作何色,圓陀陀兮明歷歷。南山之南北山北,直截示人人不識。歸去來,歸去來,依然高挂越王臺。

送進禪人之浙東

百尺竿頭進一步,家家門口長安路。浙西之水浙東山,鶻眼龍睛多罔措。是佛不識佛,騎驢更覓驢。我今獨自往,到處得逢渠。畫蛇不必重添足,六六元來三十六。

送常上人

秋風凉,秋夜長。井梧飄敗葉,巖桂噴清香。莫作世諦流布,切忌佛法商量。便與麽,玉殿瓊樓,初無蓋覆;不與麽,銀山鐵壁,特地遮藏。兩頭截斷,十字縱橫。却笑長眉老尊者,跏趺曾不下禪牀。

送萬壽通侍者

通身是,遍身是。拈却無位真人,坐斷空劫自己。向上一路,不許商量。討甚空花陽焰,更尋蛇足鹽香。仲冬嚴寒,孟夏漸熱。自古自今,誰巧誰拙。鳥窠吹起布毛,直下斬釘截鐵。道人若也有疑,歸家問取禪月。

送净慈道藏主還景德

黃面瞿曇不動舌,縱橫四十九年説。葛藤往往叠成堆,畢竟天無第二月。一庵近日離南屏,驀剳問渠看甚經。只麽默然叉手處,青天白日轟雷霆。龍灣老,龍灣老,叔侄相忘情更好。鎮海明珠待索時,與他傾出一栲栳。

送愚叟如西堂

本色住山人,且無刀斧痕。如斯三十載,道譽塞乾坤。列下從前諸佛祖,須彌槌打虛空鼓。却完全揭示,當陽主中主。主亦不必論,賓亦不必誇。妙喜竹篦分背觸,誰能撒土更抛沙。遇飯喫飯,遇茶喫茶。弟兄相見,豐儉隨家。露地白牛甘水草,不妨到處納些些。

送宗藏主

大士揮尺一下,趙州繞牀一轉。古今多少葛藤,二老當頭截斷。寶華藏主飽叢林,訪友尋師年歲深。臘月花開無影樹,陽春曲奏没弦琴。東風急,東風急,上下四維挨不入。水底青天盡踏翻,何曾亂打鞋頭濕。

送聖壽政維那

不用低頭,思量難得。真不掩僞,曲不藏直。流出音聲佛事,豁開賢聖閫域。洞山麻三斤,雲門乾屎橛。曾勘諸方來,必竟如何説。拄杖如龍活鱍鱍,橫拈倒用乾坤闊。

送净慈壽首座還日本

富士山頭月，祖龍溪上水。月既不來此，水亦不往彼。正當水月交輝時，萬里何曾隔一絲。石女裁成火浣布，泥牛踏斷珊瑚枝。有佛無佛俱是諔，即心非心盡同謗。教網高張未入微，宗門直指還流浪。所以道，正法眼，破沙盆，古今此道喧乾坤。黃金滿國難酬價，付與休居的骨孫。椿庭提起百雜碎，不要被渠相負累。擲過那邊更那邊，尋常只守閑閑地。便與麼，實奇哉。諸方大可笑，嚼飯喂嬰孩。但恐空中釋梵來，曇華又爲無心開。

送延壽梓知客

臨濟大師賓主句，趙州見僧喫茶去。旋風頂上屹然栖，走遍天涯不移步。九九從來八十一，尋常顯元尤綿密。撐天拄地丈夫兒，手眼通身赫如日。

送蔣山澄知客

獨龍岡頭，跳珠峰下。客來須看，賊來須打。還上古之風規，贊升平之法社。師子之爪既呈，羚羊之角斯挂。善能和其光同其塵，自可忘其情絕其解。蟭螟吞却妙高山，草庵卸下琉璃瓦。

送日本易上人

己躬下事元明白，動念却成雲水隔。老胡謾自度流沙，不會當頭個一着。日日日東上，日日日西沉。何用有口説，無弦方是琴。道人拄杖握在手，是聖是凡劈脊搜。掇轉扶桑作大唐，驚起法身藏北斗。

送靈隱福藏主

三業清净佛出世，步步踏着黃金地。三業不净佛滅度，黃金地上難移步。與麼與麼，當陽明皎皎；不與麼，不與麼，遍界黑漫漫。兩處牢關打脱，千里藏海枯乾。阿那個是菩提煩惱，喚甚麼作生死涅槃。盡大地人齊斫額，飛來峰月照人寒。

送亮侍者參方

國師三喚侍者，侍者三應國師。蚯蚓抹過東海，藕絲穿却須彌。從來此道無今古，不動纖塵超佛祖。迷也悟也何必云，語兮默兮自看取。春風日夜吹天地，是處園林變紅翠。一一交羅帝網珠，頭頭揭示靈山會。咄。

送觀首座

雲門未到靈樹，已見知聖大師。首座悟道了也，一對無孔鐵錘。前無釋迦，後無彌勒。聖固難知，凡安可測。且道悟個什麼，面赤不如語直。七月八月秋風涼,千山萬山客路長。太平庵中叠足坐,任運施爲無不可。

送雙林湛侍者

來也與麼來,去也與麼去。佛祖不爲人,古今無異路。尋常喫飯喫粥,何待說性說心。端坐受他供養,日消萬兩黃金。打破大唐國,覓一個會佛法底了不可得。我見兩個泥牛鬥入海,直至如今没消息。

送靈隱聚藏主

冷泉湯湯廣長舌,無晝無夜無間歇。必竟不知何所説,卷盡五千四十八。塞却耳根作麼聽,聽得分明心路絶。心路絶處正眼開,燈籠沿壁上天台。

送默維那

雲峰見翠巖,投誠而入室。豈無娘生口,不肯爲渠説。一朝桶箍爆,通身白汗出。披衣上方丈,且喜大事畢。汝自象山來,問吾求旨訣。置之雜務中,擾擾經歲月。抛却土木場,使就維那職。職滿要參方,須依善知識。西川復東浙,畢竟承誰力。

送隆侍者

此事分明非授受,靈光一點從來久。釋迦迦葉同虛空,少室神光亦何有。吾負汝兮汝負吾,侍者三應國師呼。我在大唐汝日本,半夜飛出金老烏。

送四明瑞巖潤藏主

從來無一法,海口莫能宣。霜風卷黃葉,喚作止啼錢。若遇明眼人,且拈放一邊。撲碎摩尼珠,大海浮鐵船。能可空兩手,不爲物所纏。經行及坐卧,在處莫非禪。

送久藏主游天台雁蕩

佛佛授手,面南看北斗。祖祖相傳,鑿石種紅蓮。一氣轉一大藏教,水流濕兮火就燥。萬里風摶海上鵬,幾年霧隱山中豹。益無所益,爲無所爲。拔苦與樂,興慈運悲。黃檗樹頭得蜜果,没底籃子盛將歸。直下是,休揀擇。新羅在海東,日本多商舶。發弓飲羽兮兩岸俱玄,鞭石吼升兮纖毫不隔。台嶽雲浮點點青,鴈江月泛茫茫白。

送玹侍者還里

鳥窠吹布毛,便有人悟去。而今作麼生,莽鹵河沙數。玹禪既磊落,須會超方句。見色與聞聲,不可第二度。秋風吹木犀,髼鬆開滿樹。夢裏忽聞香,覺來無覓處。翻身摸着枕,元是木頭做。便與麼承當,重叠關山路。

答道場清遠禪師

吾侄僧中龍,爲人施法雨。根雖有利鈍,心本無差互。壁立萬仞表,青山常獨露。誰言師弟子,此事須密付。達磨不會禪,妙喜亦非祖。處處是道場,何勞辨能所。勉之從今日,高步追前古。

寄尼孫静山主

我有一機,向上全提。超佛越祖,海裏須彌。天上天下,知之者寡。擬議不來,劈脊便打。五祖鄧師翁,掃除臨濟宗。圓悟與大慧,一一龍生龍。有個尼無著,至今流正脉。古今常現前,看是何標格。

送道場濬藏主

心不是佛,智不是道。天上人間,何處尋討。西齋今年六十八,分明一老一不老。慚愧青山人,相看寂寞濱。問余有甚奇特處,追風鐵馬戴麒麟。昨夜月輪如火熱,曬得烏兒白似雪。天真靈妙不思議,一語標宗言下徹。

送智門斯道

眼有三角,頭峭五嶽。枯木糝花,炎天飛雹。既善解粘去縛,不須續鳧截鶴。斯人斯道兮千載一時,日面月面兮古之今之。句後聲前竟莫測,棒頭喝下終無私。不見老智門彈一曲,斷弦更待何人續。蓮華荷葉,分明也是酬君顛倒欲。

示徒弟心安參方

一人所在亦須到,半人所在亦須到。入門休問主是誰,看渠開口提綱要。一言相契便參堂,不憚辛苦充街坊。縫個布袋馱齋糧,朝參暮請聽舉揚。出家只要了心地,終不圖他名與利。古德皆從恁麼來,後生晚長須睎驥。泰山之石溜滴穿,蟠桃着花三千年。忽然水底火燒天,那時歸來喫痛拳。

送日本春侍者

七佛已來,皆有侍者。輔弼宗師,作成法社。香林在韶陽,聞指示暗抄;臨濟驗洛浦,拽拄杖便打。拚性命,斷知解。豈肯認奴作郎,隨他指鹿爲馬。近來車載斗量,漫說雲興瓶瀉。春禪幸自英靈,見地須交脫灑。忽然光明盛大,可見風流儒雅。何也? 阿魏無真,水銀無假。

送進侍者

疎山賣却布單,三千里外行脚。忽然打破漆桶,恰似虎頭生角。進禪得得來中州,三萬里截滄溟流。解笑瞎驢趁大隊,倒拈拄杖風颼颼。扶桑那畔一輪日，直至黄昏後方出。戳瞎摩醯頂門眼，東土西天無祖佛。

送用首座

道人日本來，將甚麼過海。有語涉商量，無言成窒礙。譬如金翅鳥王，須彌頂上翱翔。不學栖蘆鈍鳥，卑飛只戀池塘。摩訶衍法如何説，四句皆離百非絶。楊柳絲絲舞碧烟，梅花片片飄香雪。

送權維那

三世諸佛不知有，一一面南看北斗。狸奴白牯却知有，拈得鼻孔失却口。袖裏金錘未舉時，分明超過毗盧師。忽然一下百雜碎，石虎吐出木羊兒。渠渠渠，我我我，折旋俯仰無不可。識得西來祖意傳，白雲影裏青山朵。

送志侍者

短歌數十丈，長句三兩言。不長又不短，石火迸青天。圓悟作侍者，何曾參得禪。當時鄧師翁，未免所見偏。法久乃成弊，須忘魚與筌。後生逐隊走，紙裏仍麻纏。決擇要明白，卷舒機用全。道人日本來，可拍佛祖肩。駿馬不受羈，長途自騰騫。日馳三萬里，頃刻撫八埏。妙喜臭皮襪，楊岐金剛圈。臨濟正法眼，滅向瞎驢邊。鼻孔略仿佛，諸方誰敢穿。

贈前西隱玉磵血書華嚴經

毗盧性海無邊表，非古非今非大小。有時捏聚一毫頭，血滴滴地從揮掃。有時伸作廣長舌，一卷百番宣未了。玉磵老，金溪寶，如來樣向心中造。善財童子未知歸，度水穿雲謾尋討。當砌華，映簾草，雪白瓷甌香裊裊。自然覺者處其中，終不隨他打之繞。

次韻贈西隱白石

釋迦掩室，金粟無言。同條共貫，拔本塞源。聞無聞，見無見。如投師子一滴血，六斛驢乳皆星散。藏中自有摩尼珠，須知不在龍宫殿。襟懷蕩蕩，眉宇津津。滄溟半勺，大地纖塵。直得飛來峰踌跳，壑雷亭下雨翻盆。（以上同上卷十六）

贈五臺體法師

惟一文殊，無二文殊。百千萬億，遍滿塵區。或作老人，或爲童子。或在山林，或居廛市。或乘獅子跨空行，或現光明從地起。法師久矣駐五臺，一雙净眼長舒開。黄金雖貴着不得，六凡四聖皆塵埃。如今更莫思量着，六用門頭空索索。不坐禪，不看經，白雲自白青山青。飯罷繞廊行一轉，刹那圓滿菩提願。

送徒弟巘書記參方

當年洛浦辭臨濟,不比尋常赤稍鯉。未落夾山齋瓮中,好將一喝重扶起。巘禪卓錫秦水濱,再涉寒暑忘艱辛。何獨叢林重名節,灼然父母非我親。黃龍只是南書記,道德文章可名世。還他直截老楊岐,流出胸襟蓋天地。

送有侍者游天台

天台一萬八千丈,正眼觀來平似掌。不待崎嶇走路岐,塵塵刹刹皆方廣。頭上笠,腰下包,青山綠水長逍遥。衲僧本自無羈絆,萬兩黃金也合消。

送净慈海藏主

永明門前一湖水,更有荷花香十里。三世如來說不到,一大藏教提不起。禪和未許亂承當,却是虚空解舉揚。塞却耳根何處聽,舌頭不動語琅琅。諦觀堂上老師偈,勿以區區情識會。昨日下雨今日晴,張公喫酒李公醉。

送印侍者遊南嶽

君不見,馬祖坐禪圖作佛,奈何無事尋窠窟。讓師渾不費鈞錐,平白家財遭籍没。又不見,五百比丘常在定,獼猴各佩菱華鏡。問君底處是諸訛,切忌逢人說邪正。盤陀石上青松根,日輪卓午天無雲。曜古騰今只這是,跏趺印出莓苔痕。放即收,收即放,天下衲僧為榜樣。新羅依舊海東邊,門口不在舌頭上。七十二峰皆可游,異花靈草無春秋。石橋踏斷成兩截,方見橋流水不流。

送心侄參方

慈明竄身火隊中,只要勘辨汾陽翁。半夜亡親索祭祀,明朝大嚼杯盤空。其時在座多象龍,未免散去隨西東。滾滾百川流入海,皮膚脱落真實在。將軍匹馬過袁州,臨行記莂增光彩。如今滿地皆兒孫,未有一人能滅門。壽山但道看脚下,佛祖不勞開口吞。

送雲居玉維那禮補陀

玉禪南方轉一遭,會佛法底如牛毛。挂杖頭邊撥得着,為渠畫斷天雲高。撲滅祖燈,掃除胡種。諸聖不慕,己靈不重。連城白璧本無瑕,滿掬摩尼為誰捧。嘗愛疎山老,解云肯諾不得全。又聞雲居翁,閨閣中物須棄捐。破家散宅作活計,透出威音王以前。天台南,石橋北,觀音院裏有彌勒。發揮二十五圓通,屋角桃花露春色。

送義藏主

你問訊了,一邊立地。不是如來禪,亦非祖師意。用時便用没商量,說甚了義不了義。衆生本來是佛，更要靈山授記。七縱八橫，遠問近對。如此師僧，果然伶利。等閑撒出摩尼珠，直得神光照天外。

送玄禪人之江西

馬祖自從胡亂後，分明對衆揚家醜。來來去去是龐公，吸盡西江不開口。方外八十有四人，搖頭擺尾皆金鱗。却從平地起波浪，大坐當軒據要津。殘羹餿飯不知數，縱展炊巾無着處。好提古劍髑髏前，日炙風吹全體露。

送成侍者參方

侍者參得禪，我未敢相許。職滿説游方，臨行求贈語。後生真可畏，老僧全望汝。諸方善知識，説法如雲雨。行脚要帶眼，入門須辨主。壽山一句子，請分明記取。

送大藏主歸里奔喪

父母俱亡，覓偈奔喪。誰是報恩者，何處是故鄉。行遍天涯海角，没參學處參學。十方不離目前，只麼寂寥寬廓。君不見荷澤師，走向僧堂裏白槌。摩訶般若未開口，露柱燈籠已哮吼。

送晟侍者

秋風處處飄黃葉，正坐蒲團縫壞衲。道人別我去游方，三度問渠渠不答。試看如今是甚時，千鈞祖道懸於絲。師求弟子固未暇，可有弟子求其師。君不見投針徹底驚龍猛，叉手向前參瑞像。拈得山僧兔角杖，他年卓在孤峰上。

送彝藏主

一大藏教是切脚，平上去入切不着。釋迦老子口門窄，煩惱菩提盡拈却。所在叢林黃葉落，生天癩狗翔雲鶴。從他夷嶽而盈壑，且把烏藤束高閣。

送净慈顔藏主游廬山

拈起一片木葉，移來一座廬山。古人真實相爲，且免區區往還。着草鞋，拖拄杖。游州獵縣，極意妄想。若是出格道流，必然別有伎倆。恁麼中不恁麼，擊木無聲。不恁麼中却恁麼，敲空作響。欲知廬山高，更聽廬山謡。百億贍部洲，都盧入秋毫。東西二林在山北，自古遠公標勝迹。結社同修十八人，臨終盡向蓮華國。南則歸宗開先萬杉栖賢羅漢慧日，六刹相連。五老峰，明月泉。香爐師子，金輪玉淵。遥瞻瀑布不可近，迸雪崩雷崖石穿。千樹萬樹青松交加屈曲，一個兩個白鶴鼓舞蹁躚。滿地嘉華美草，隨時瑞靄祥烟。何消尊宿開口，但管森羅説禪。不是長行短偈，亦非直指單傳。革五宗之舊轍，掃諸祖之頹傳。針眼魚吞大千界,扶桑人種陝西田。

送聰禪人①

出門步步清飆起,一棹鐵船三萬里。大魚剛被小魚吞,縮却龍頭展蛇尾。未到中原俱歷遍,浙山如黛江如練。臨風側耳聽鄉談,故國依然海西岸。佛不論先後,道不揀精粗。禪不屬迷悟,智不得有無。釋迦彌勒是他奴,那個男兒不丈夫。

送大慈讓維那

折旋俯仰須臾頃,抹過普超三昧頂。靈利衲僧終不凡,遍參豈爲觀風景。一毫端上慈雲峰,草鞋踏破山重重。當年法戰既得勝,後來自可興吾宗。陷虎之機險崖句,何待西齋再分付。

送中天竺吾藏主還日本

初來大唐國,此道已圓成。而況歲月多,煅煉金愈精。添不得,減不得,應用恒沙有何極。莫問凡流與上賢,誰論大智并情識。西湖之水西湖山,動静不離方寸間。月在中峰夜將半,天香桂子誰能攀。亦不喚作心,亦不喚作佛。亦不喚作半滿偏圓,亦不喚作照月權實。掇轉船頭是故鄉,龍吞不盡琉璃碧。

送儀侍者游天台雁蕩

前釋迦,後彌勒。心不見心,無相可得。出門緑水青山,到處花紅草碧。如斯舉似,魚魯參差。直下承當,天地懸隔。寒山子道,千年石上古人踪,萬丈巖前一點空。此一點空不可取,天台雁蕩隨西東。衲僧行脚休輕議,略以虛懷標此位。非凡非聖強安名,高踏毗盧頂上行。

送伊藏主游四明天台

出門拈起拄杖子,不擇山林與城市。第一穿過玲瓏巖,先聽主翁敷妙音。翻身直上玉几峰,踏着從前自家底。八萬四千設利羅,須知不在金壇裏。好風穩送寶陀船,刹刹塵塵逢大士。訪雪竇,游清凉,觸目無非聖道場。天寧定水善知識,師子哮吼群狐藏。霞城豈獨觀風景,五百聲聞須喚醒。一一教他出世來,鬧中不礙身心静。直饒茶盞現奇花,也待衆生心自肯。國清三聖誰不知,興發到處題新詩。虛空作紙大海墨,稻麻竹葦皆毛錐。諸方説禪浩浩地,解舉此話今其誰。滑石橋,難措足,下有龍蟠無底谷。多少游人不敢窺,懸崖日夜飛銀

---

① 此首《全元詩》410頁僅録前八句,今重新輯録。

瀑。舉頭更望華頂雲,千里萬里長相逐。摩挲拄杖,又向西州還。一毫頭上,忽然突出須彌山。

送諸侍者游天台雁蕩

台山青,雁山碧。滿眼滿耳,非聲非色。先過嵊縣禮彌勒,莫道通身是崖壁。撐天拄地更有誰,往往示人人不識。試點五伯羅漢茶,一枚盞現一枝花。分明拈出這壹着,多少師僧蹉過他。游華頂了國清去,名藍正在幽深處。豐干寒拾面目真,屈曲寒藤上高樹。款款行入芙蓉村,奇峰峭壁雲吐吞。靈巖左右十八寺,寺寺皆有山當門。詎那終日抱膝坐,仰觀瀑布從空墮。勿云尊者不説法,撒出驪珠千萬顆。逐事與君提話頭,如今不了何時休。大唐國裏無佛法,看取鐵船水上浮。

送壽禪人

真正舉揚誰辨的,白雲鎖斷寒山色。參方衲子太惺惺,剔起眉毛雙眼碧。有祖以來提唱多,而今莫問如之何。飢餐渴飲無餘事,脱却籠頭卸角馱。

送日本建長佐侍者之廬山

大唐國裏宗乘,未有一人舉唱。信手拈起布毛,慚愧鳥窠和尚。此話傳來幾伯秋,五雙十個徒悠悠。燈籠露柱太饒舌,萬象森羅齊唱酬。此行舟過溢城口,峰頂已聞獅子吼。五老同時笑展眉,瀑布不溜青山走。除却平常與奇特,逢人作麼通消息。倒騎鐵馬上須彌,贏得清風生八極。

送明禪人參徑山兼柬古鼎和尚

近離何處來,曾到此間否。不許俊衲僧,人前亂開口。天寧拄杖子,未免劈脊摟。決不至三十,但打二十九。留一棒自喫,諸方若爲剖。凌霄老宗匠,管取橫點首。不作野干鳴,亦非師子吼。若人會此意,堪續牟尼後。

送日本侍者

大唐日本東西國,一樣眼橫并鼻直。海底泥牛摘角牽,雲中石女抛梭織。日禪幸自可憐生,却道西來有消息。西來本也無消息,平地茫茫種荊棘。文遠何曾見趙州,善財亦不參彌勒。

送天寧元首座

靈山第二座,不與諸方同。解笑小釋迦,夢昇兜率宮。百非及四句,落落開談叢。説處却成默,塞時無不通。毒蛇吞鱉鼻,猛虎咬大蟲。坐斷佛祖舌,初非修證功。三冬枯木秀,九夏雪葉紅。持此似老僧,將以明己躬。直下兜一喝,未免三日聾。三日聾尚可,嚇殺東村翁。

送中竺宏侍者

大機大用無傳授,誰解金毛獅子吼。千歲巖頭七十翁,通身是眼通身手。若道今年已涅槃,男兒終不受人謾。犀牛扇子依然在,直得清風滿座寒。

送中竺岳藏主

道人特地咨參我,有我有人成話墮。纔跨門來剔起眉,分明寶藏開金鎖。唐國之西日本東,都盧攝在微塵中。珊瑚樹林知幾幾,照見海日三更紅。釋迦四十九年説,貴買朱砂畫明月。中竺果然機用別,金剛寶劍當頭截。

贈遠侍者

佛佛授手,祖祖相傳。黃頭碧眼,白日青天。動念即乖,開口即錯。不用續鳧截鶴,何必夷嶽盈壑。參之者離心意識參,學之者出聖凡路學。昔年日本來,紅爐一朵芙蓉開。此日諸方去,鐵鞭擊碎珊瑚樹。東西南北任縱橫,嬴得清風布地生。

送靈隱文藏主

古釋迦不先,今彌勒不後。兔角不用無,牛角不用有。何人同得入,與誰同音吼。叨叨四十九年説,帶水拖泥裙半截。出格還他俊衲僧,打刀須是邠州鐵。眼對眼,機對機,冷泉收得摩尼歸。逢人傾出一栲栳,白日青天雷電飛。

送慧藏主

入門便棒德山老,入門便喝臨濟師。子孫一一滅胡種,曠大劫來曾絶疑。此行正值風帆便,吹落梅華三五片。一大藏教只説這個法,趙州老人空繞禪牀轉。且喜南湖職已圓,拈華百萬人天前。飲光笑眼自開合,良馬不用珊瑚鞭。

送日本丘侍之金陵

十月朔風號古木,金陵遠也行何速。菩提達磨未來前,淮北淮南山簇簇。不立文字,直指人心。盲龜值木,輥芥投針。從本以來無佛祖,了知此事非今古。國師侍者意如何,汝負吾兮吾負汝。

送端侍者

趙州文遠侍者,白雲清凝二師。相與作成法社,象王獅子交馳。靈山幸自龍鍾了,左右無人話懷抱。慚愧端禪日本來,鐵牛不喫欄邊草。朝來問訊,客至燒香。上一畫短,下一畫長。若更近前求指示,山僧正值接官忙。

月庵

天上月水中月，惟一月無二月。再三撈漉也無端，十五團欒又何別。憶着當年馬大師，渾家共玩清秋時。南泉拂袖便歸去，豁開戶牖當軒誰。數伯年來無此作，遇夜纔昇曉還落。自家屋裏暗昏昏，向外馳求都是錯。喚回頭，爲伊道，靈光一點同昏曉。輝天鑒地如未知，江北江南問王老。

雲海

未明雲海直截，且就一波上說。一波動則萬波生，一波止則萬波滅。所以衆生煩惱，不離生滅。一法到得諸佛之地，煩惱翻爲智慧。智慧煩惱本虛，衆生諸佛皆如。却向其中指出，浩浩滔天沃日。滔天沃日也無端，未審流從何處畢。或時作伯億洲中盡潮落，或時乾三千界内起波瀾。海雲大士觀雲海，但見重重無障礙。我觀雲海初不同，顛倒日月吞虛空。聲聞不是馬兔，菩薩亦非象龍。釋迦老子謾多口，欲談雲海詞先窮。謂之雲非五色，謂之海絶涓滴。碎須彌，消劫石，盡未來時不可測。不可測，對現分明有何極。

雲庵

雲兮飄忽，太虛出没。謂其出也本無心，謂其没也離窠窟。或從龍，千里萬里長相逢；或抱石，一片兩片不可覓。水邊林下露幽奇，好手丹青誰貌得。收來直是没纖毫，放去從教吞八極。一有多種，二無兩般。遠在方寸，近隔大千。凡夫不證法雲地，聖人不住無雲天。德雲長在妙峰頂，海靈普應衆生前。百匝千重，是何人境界；左舒右捲，乃列聖機權。君不見關西子没頭腦，假號雲庵顯其道。佛手未伸驢脚開，灼然孤負黄龍老。汝今亦復號雲庵，此義蒼茫吾未了。三問渠儂三不知，白雲依舊連芳草。

鏡庵

有一物，黑似漆，明如日。六窗無處着塵埃，萬象不能逃影質。東平盡力撲不碎，靈利師僧欠靈利。獼猴各佩古菱花，落落神光照天地。胡來漢現幾經春，認主人人是甚人。更問中間并內外，無塵未免又生塵。

古航

陰陽未判，形殼未離。上無片瓦，下無卓錐。敢與龍王鬥富，從教衲子生疑。不此岸，不彼岸。不住中流，隨機應變。揚清激濁兮浪静風恬，滅迹收聲兮雷奔電轉。三世諸佛知不知，六代祖師見不見。擬議隄防驀口橈，逡巡賣弄竿頭線。便與麼，涉波瀾。不與麼，隔關山。兩頭坐斷乾坤闊，一棹江西十八灘。

無文

始從鹿野苑,終至跋提河。未嘗談一字,笑倒病維摩。維摩大士默然處,演出演入河沙數。三十二説徒紛紛,一切數句非數句。缺齒老禪,面壁九年。分皮擘髓,漢語胡言。直饒以《龍龕手鑑》《唐韻》《玉篇》,從頭註解解不得,自携隻履歸西天。冬瓜印子傳來久,古篆分明拈在手。上人一擊百雜碎,露柱燈籠盡哮吼。錢塘十月天風高,示余頌軸如牛腰。白者是紙黑是字,香墨何曾蘸紫毫。

斯道贈萬壽由藏主

佛佛授手,祖祖相傳。直下便是,不涉言詮。所以匡徒領衆,因而説妙談玄。譬如接竹打月,又似膠柱調弦。分明日用中,逼塞虛空內。築着又磕着,誰會誰不會。貴如土,賤如金。須彌山未高,大海水未深。東西南北謾參尋,塵世幾人知此心。

梅隱

七伯年前老古錐,松花爲食荷爲衣。人皆欲見不可得,茅屋四面青山圍。采藤衲子忽然到,口縫纔開遭怪笑。從此惡名傳世間,誰知出語無玄妙。即心即佛錯承當,非心非佛也尋常。殘羹餿飯誰肯喫,好肉更來剜作瘡。有佛處不得住,無佛處急走過。勸君莫學守株人,七個蒲團空坐破。

大徹贈中竺齋藏主

大徹投機一句子,突出咽喉與牙齒。藕絲竅裏騎大鵬,蟭螟眼中放夜市。片言不爲少,全藏不爲多。燈籠見露柱,拍手笑呵呵。虛空撲落在地上,鉢盂開口吞山河。蜜怛哩孤,蜜怛哩智。一字不着畫,兄弟添十字。當年黄檗大無端,六十蒿枝打臨濟。

松石贈中竺貞書記

青松落落,白石鑿鑿。上摩星漢,下帶雲壑。若使爲棟爲梁,爲政事之堂。爲珪爲璋,爲公侯之光。不如道人無事,日與松石相忘。清風起而龍吟,芳草映而虎踞。紅塵鬧市任喧嘩,家在青山更深處。

無相贈日本訥藏主

法身無相,直下分明。眼不見色,耳不聞聲。雖是不聞不見,却解隨幾應變。自從打破太虛空,舜若多神常對面。

龍淵贈驪藏主

龍無龍句,淵非淵句。要問龍淵,在甚麼處。盡大地是浪,忽青天起雷。日月陡黑,山嶽傾摧。散四海五湖之甘澤,活三草二木之枯荄。葉公不解描貌,未免將錯就錯。赤手誰來得頷珠,古今不露真頭角。

無外贈日本嚴藏主

有不有,空不空,聖凡總在圓光中。浮幢王刹香水海,莫問南北并西東。一即一切,一切即一。亘古亘今,誰得誰失。都盧只在毫端,却向那邊尋覓。縱然覓得亦非真,直下分明能幾人。諸佛假言三十二,切須體認本來身。

鰲山贈仙巖金長老

有鰲山兮甚奇特,鎮黃巖兮浮翠色。峭崔嵬兮高崱屴,直上雲端望何極。君不見雪峰昔遇巖頭老,三十年來盡傾倒。流出胸襟蓋天地,鰲山店上方成道。龍鱗鱗,魚鱗鱗,幾番滄海飛紅塵。毗嵐猛風鼓不動,十洲三島長如春。

古木贈榮藏主①

天地未分時,槎牙第一枝。閻浮雖有樹,爭奈結根遲。幾回寒,幾回熱,柯似青銅葉如鐵。挺立何愁動地風,高標可怕連山雪。梗楠杞梓總凡材,莫不皆從尺寸栽。不是千年萬年物,轉頭便化爲塵埃。莊生之椿今已朽,少林之桂君知否。撐天拄地是何物,一一面南看北斗。

心源贈悅維那

三點如流水,曲似刈禾鐮。佛祖莫能説,餘人誰解拈。五聞寒山子,有偈非極談。徒然挂唇齒,秋月照碧潭。更誰知,無物比,冷涵空兮清徹底。回光返照刹那間,一脉本從何處起。

碩林贈中竺果首座

睦州老人識臨濟,陰涼大樹親授記。果然蓋覆天下人,今日兒孫鋪滿地。一一高枝撐太空,重重密葉來清風。碩林挺出萬物表,非與尋常花木同。遍界冰霜渠不受,隨時變異渠不朽。等閑鳥獸那敢栖,長有金毛獅子吼。

大機贈日本全藏主

大機須兼大用説,機用直教心路絶。德山一棒山嶽崩,臨濟一喝虛空裂。君不見長沙岑大蟲,作用不與諸方同。寂子親曾舉到此,被渠一踏傳無窮。道

---

① 此首《全元詩》410頁僅録前十二句,今重新輯録。

人素有衝霄志,發明宗門向上事。等閑拈起蒺藜槌,百億須彌成粉碎。

無盡贈登山主

百億三千大千界,拈來地上土一塊。虛空尚有消損時,塵世光陰易凋謝。不滅不生唯此心,縱經曠劫長如今。如今直至未來際,却笑目連窮佛音。

智隱贈愚禪人

有無但較三十里,晦迹韜光樂於己。詔書飛出鳳凰樓,三度入山徵不起。聖人具足凡夫法,凡夫具足聖人心。非凡非聖盡超絕,路在白雲深更深。

無隱贈吾禪人

日用堂堂全體露,着衣喫飯朝還暮。靈山拈起一枝花,伯萬人天皆罔措。色且不是色,聲且不是聲。描也描不就,畫也畫不成。只在目前休外覓,青山綠水轉分明。

思遠贈日本聞侍者

一念普觀無量劫,無去無來亦無住。三際求之不可得,生鐵稱錘被蟲蛀。達磨度流沙,特地到中華。雖云十萬里,畢竟不離家。饒君走遍浮幢刹,南北東西沒差別。寒則普天普地寒,熱則普天普地熱。這一處,心行滅。虛空包不盡,千聖莫能說。靈利衲僧知不知,不知却問天邊月。

桂巖贈日本净居月長老

月中桂子飄巖幽,長成一樹三千秋。秋風吹開枝上花,花所及處清香浮。月公本是菅公裔,道譽之香塞天地。金粟如來夢幻身,不須更受菩提記。

絕照贈用首座

净裸裸,絕承當;赤灑灑,沒可把。龍潭吹滅紙燭時,眼光爍破四天下。日月不到處,乾坤難覆藏。三千大千界,正體露堂堂。緣見因明,暗成無見。明暗兩忘,心靈百變。目前無闍梨,座上無老僧。一念不生三際斷,扶桑夜半日輪昇。

香山贈果長老

五分法身收不得,非栴檀也非蒼蔔。妙峰孤頂露堂堂,少室真機明歷歷。嗅着能令鼻觀通,白雲掩映碧玲瓏。花開葉落年年事,依舊須彌聳太空。

中山贈穎首座

乾坤之內,宇宙之間。丹青莫狀,手足難攀。通上既孤危,直下尤峭絕。曠劫無動搖,群峰自環列。君不見,混沌開闢分七金,須彌坐斷滄溟心。衲僧不解中山義,只管區區向外尋。

大嶽贈日本積首座

除却須彌山總小,只消芥子都吞了。與他拈起一微塵,富士嵯峨接蓬島。中國岱衡華霍嵩,寶刀削出青芙蓉。回光返照方寸裹,積塊浮漚三界中。捏不聚,吹不碎,是何物在乾坤外。臨崖望海海茫茫,觸石起雲雪隊隊。

大心

摩訶兩字如何譯,不落時人情與識。上乘菩薩信無疑,中下之流豈能測。古釋迦,今彌勒,是處分身千伯億。怛怛切切空費力,為人曲指何曾直。飢餐渴飲任天真,便是降魔轉法輪。

無方

一拳打破虛空,一脚踏翻大地。東西南北不分,上下四維安寄。人華藏界雲水寬,伯千剎土秋毫端。放開捏聚總在我,左拋右擲胡為難。既非雜染與清净,畢竟如何辨邪正。直下全提摩竭令,繁興永處那伽定。

南隱

五十三人善知識,善財無處尋踪跡。文殊指示太分明,踏破草鞋空費力。不住山林不住塵,非凡非聖非疎親。衲僧了了見得徹,大道茫茫没却身。謂之有,離窠臼;謂之無,塞寰區。閻浮夜半日卓午,只在目前何不睹。

實庵

棒打虛空鳴剥剥,石人木人齊應諾。十方惟一堅密身,鐵壁銀山難入作。無形相,亘古今,不除妄想覓真心。牛頭自見四祖後,百鳥銜花何處尋。

少林

達磨面壁,可祖安心。二株嫩桂,布影垂陰。上撑天兮下拄地,往不古兮來非今。自從隻履歸西域,歲歲春風添翠色。莫道庭無立雪人,一花五葉香何極。

西源贈遠首座

阿耨達池分四河,四河競注同其波。不獨魚龍與蝦蟹,大身復有阿修羅。天台遠也侍吾久,出紙乞我西源歌。歌西源,無滴水。佛也祖也,徹頭徹尾;今兮古兮,透頂透底。更説甚麼竺乾震旦,南嶽石頭,馬大師,龐居士。只因一口吸西江,無限波濤從此起。

一源

群靈一源,假名為佛。佛既假名,源從何出。釋迦老子曾未悟,四十九年曲流布。誰言教外有別傳,百萬人天空罔措。先聖道,流泉是命,湛寂是身。從本不清不濁,即今非古非新。四大海收歸涓滴,五須彌捲入微塵。遍界金波常匝匝,與他凡聖無交涉。

海屋①

普門道人索我歌,未免平地生風波。屋爲海耶海爲屋,海屋之義當如何。百千瀛渤從此起,起亦不離涓滴水。沃日滔天也大奇,捲舒只在軒窗裏。我觀觀音心海空,一一佛屋羅其中。接影連輝寶樓閣,珠幢玉樹光玲瓏。及乎斂念元無有,試問道人知此否。不下禪牀遍十方,春風自裊金瓶柳。

谷隱

龍以角聽,蟻以身聽。人聽在耳,風鳴谷應。聽到無聲谷自空,山河石壁遥相通。直饒千手掩不得,所以八面俱玲瓏。雖然隱也何曾隱,白日青天雷輥輥。

閑閑

終日忙忙,那事無妨。行住坐卧,一絲不挂。看經費眼力,作福受奔波。飢來喫飯困來睡,如此閑閑快活何。(以上同上卷十七)

明真頌二十八首

我有摩尼一顆,埋在五蘊身田。昨向泥中取出,光明照燭無邊。所爲莫不知意,日用尋常現前。世上誰無此寶,昏迷未脱蓋纏。死生生死縈絆,果報或人或天。一旦逢善知識,豈非有大因緣。右一

只這言語聲色,非根非塵非識。釋迦親見燃燈,故號能仁寂默。平治自家田地,净除瓦礫荆棘。身光充遍十虚,豈止百千萬億。一念成佛不疑,多方轉化何極。雖云妙行莊嚴,畢竟歸無所得。右二

觸目無非此道,莫揀精粗大小。衆生與佛何殊,總是自心所造。修善天堂化生,受用珍奇異寶。地獄皆由作惡,鐵牀銅柱圍繞。臨終罪業現前,方恨悔之不早。覺悟煩惱菩提,迷惑菩提煩惱。右三

禪師不假多知,飢餐渴飲隨時。將心用心大錯,在道修道堪悲。内外推尋不見,中間亦絶毫釐。衆生別求智慧,諸佛何異愚癡。一等黄金作器,瓶盤釵釧環兒。自體元無改變,千般任用爐錘。右四

貪嗔癡號三毒,三毒起於一心。本來空寂三毒,三毒自此平沉。頓獲金剛正體,親聞大覺圓音。了然不生不滅,解者非古非今。智士現前究竟,愚人向外

---

① 此首《全元詩》410 頁僅録前八句,今重新輯録。

推尋。妄情造業難斷，如象溺泥漸深。右五

　　觀心常坐習定，便欲此生親證。證得常住法身，堪續如來慧命。若也沉空滯寂，墮於二乘禪病。澄潭不許龍盤，大象豈游兔徑。隨處逍遥快樂，洞明自己真性。可中不亂不定，向上非凡非聖。右六

　　法離言語文字，返着文字言語。假使精進三藏，何如直截根源。巡行數墨不悟，轉讀令人轉昏。心地本無一物，澄空迥絕塵痕。胡爲自起障礙，日夜隨他六根。一念空諸所有，魔外窺覷無門。右七

　　昔有維摩大士，示疾毗耶城裏。三十二個菩薩，各談不二玄旨。文殊請問維摩，維摩一默而已。如今博地凡夫，未學音聲三昧。剛把公案批判，妄將賢聖訶毀。若非了悟自心，般若妄談招罪。右八

　　末法比丘不讓，多因忿怒鬥諍。既依大戒出家，須禀六和爲尚。羅漢深證無生，未曾與人相抗。善哉圓頂方袍，便是當來佛樣。心内坦然平夷，世間靡不歸仗。莫起一念嗔火，赫赫燎原難向。右九

　　衆生業識茫茫，心裏渾如沸湯。只管隨聲逐色，何由返照回光。參禪發明自性，譬似遠客還鄉。曠劫收歸當念，當念含攝十方。觸境逢緣不變，着衣喫飯如常。無明從此消滅，熱惱自然清涼。右十

　　不了第一義諦，因茲名曰無明。我觀無明無性，無住無滅無生。菩薩雙亡理事，聲聞怕怖色聲。一居逍遥樂土，一在解脱深坑。離却二邊中道，洞然清净光明。人間天上隨意，廣度恒沙有情。右十一

　　靈空元自無像，不用斷除妄想。妄想即是真心，何須分一作兩。冰消爲水温和，水結爲冰嚴冷。濁惡衆生可化，清净諸佛堪仰。諸佛衆生本性，豈同外物消長。金剛座上刹那，永絶從前影響。右十二

　　法身不見邊表，日用何曾欠少。語默動静施爲，無心自然合道。但有絲毫罣礙，便遭魔境纏繞。大海普納百川，須彌合成四寶。到頭難免無常，徒自汪洋峻峭。一悟真空妙理，涅槃生死俱了。右十三

　　衆生本來自佛，甘墮無明窠窟。若悟無明本空，輪迴從此超出。譬如一點明燈，能破千年暗室。决了貪嗔體性，空華陽焰非實。直須立志參究，不可隨情放逸。惟有禪門捷徑，别無入道要術。右十四

　　佛口初無言説，法身豈有生滅。只因隨順世間，便見千差萬别。細辨凡夫因果，廣標諸聖旨訣。玄門歷歷開張，教網重重施設。末上拈花示衆，盡除方便

直截。譬如十斛驢乳，散在一滴獅血。右十五

　　大有世間癡漢，隨他聲色流轉。不知萬境樅然，總是心靈所變。墮在塵勞海中，無由脫離魔罥。羊車即是牛車，我面何殊佛面。直下回頭便是，不勞苦口相勸。一朝颺下皮囊，免到閻公業案。右十六

　　小小如螢之火，能燒大地叢林。莫教一念嗔起，滅盡無邊道心。佛祖令人保護，防他境界來侵。衆生與佛何別，棄却真如外尋。流出蓋天蓋地，本來非古非今。要知般若靈驗，入海鐵船不沉。右十七

　　覺道無過自悟，參禪不要他求。却來心外覓佛，如向沙中取油。演若達多發笑，也曾棄鏡尋頭。白雲千里萬里，黃葉前秋後秋。要了即今便了，未休何日當休。拍手浩歌歸去，倒騎露地白牛。右十八

　　古今得道賢聖，當念無修無證。煩惱菩提兩亡，涅槃生死俱净。境風飄鼓不動，常處那伽正定。應佛圓如太虛，臨機湛若明鏡。堂堂世出世間，在在法王法令。一切凡夫本同，不離法界體性。右十九

　　愚夫背惡向善，佛道轉求轉遠。放下身心便休，一時善惡俱遣。天堂快樂不思，地獄煎熬亦免。好個天真古佛，十方法界充滿。既無生滅去來，寧有是非長短。性地自然坦平，塵勞何用除斷。右二十

　　法王出現世間，方便談空破有。有者必歸於無，是爲聖師子吼。玉毫金相莊嚴，前取涅槃非久。天地至時崩壞，誰論貧富好醜。可憐外道愚癡，妄執梵天長壽。八萬大劫既終，難免輪迴不受。右二十一

　　何處出離生死，幾人悟解真空。真空非有形貌，更問南北西東。瞥起纖毫妄念，頭頭窒礙不通。執之必落邪道，放之未免昏蒙。身心直下透脫，如鳥飄然出籠。無病何須服藥，愚癡智慧雙融。右二十二

　　任你多般取捨，如同水上浮漚。漚生漚滅難止，念去念來不休。努力要須猛省，回光更莫他求。一間空舍無主，傾壞何勞再修。飢把鉢盂噇飯，睡時塊石枕頭。十二時中快樂，誰能似我無憂。右二十三

　　幻士化成大宅，園林花果争鮮。其中羅列男女，車馬住來市廛。取性歡呼鼓舞，乘時放逸狂顛。死生骨骸盈地，婚嫁笙歌滿前。愚者執爲實有，不知幻化使然。至竟都無一物，雲開依舊青天。右二十四

　　法性本無造作，且非內外中間。聲色何須苦厭，塵根亦不相關。斷除煩惱轉遠，求證菩提即難。有念便沉生死，無爲自契涅槃。兩途俱是障礙，中道又隔

河山。打破鏡來相見，身心索爾虛閑。右二十五

悟向迷中尋悟，迷從悟裏發迷。被他二法纏縛，何日解成菩提。佛祖元無指示，癡狂妄有思惟。常情執著不捨，斷見由來自欺。智者不求解脱，一言可破群疑。貪嗔即是大道，背捨心王問誰。右二十六

燃燈授記釋迦，於法了無所得。我觀天上人間，不見當來彌勒。濁惡衆生可怪，目前睹佛不識。何須轉腦回頭，便合騎聲蓋色。盡未來時度生，分身百千萬億。即今揭示龍華，一切人間罔測。右二十七

欲識自家寶藏，六時常放光明。本非青黄赤白，不離坐卧經行。三世如來骨髓，歷代祖師眼睛。大似水中月影，還同色裏膠青。灼然不可取捨，畢竟難論壞成。在在逢緣利益，塵塵救度迷情。右二十八

招提德嚴法師講首楞嚴經，説偈一十八首寄之

得道應須廣度生，度生必使性心明。閻浮提有梵天咒，揉洛迦無淫欲情。慶喜出遭魔網羂，文殊來護法舟傾。多聞未可爲奇特，曠劫薰修在力行。

外洎虛空内色身，都盧不出此心真。浮漚未足窮瀛渤，棄指須當認月輪。聽法緣心非本性，掌亭寶主豈游人。離聲與色無分別，石上栽花井底塵。

手開手合寶光飛，左右回觀是阿誰。須信此頭摇動處，不妨全體寂然時。明心見性無舒捲，認物隨流妄覺知。無上法王真實語，豈同虛假末伽梨。

波斯匿性未嘗遷，老見恒河似幼年。莫景不須悲白髮，浮雲終是散青天。來從曠古人何在，去作荒丘骨已捐。劫火洞然無一物，分明父母未生前。

七處徵心心不有，八還辨見見元無。擘開秘密千重鎖，迸出圓明一顆珠。從此聖凡知解絶，有何生死性情拘。話頭拈起知音少，留與人間作楷模。

地水火風空見識，遍周法界本來圓。當知實義非言説，妄計因緣與自然。起滅無從常住體，粗浮不悟此經詮。衆生那個不成佛，與作當來得度緣。

根塵識是如來藏，於一毫端洞十方。大地無時相助發，虛空有口自敷揚。衆生不守真如性，諸佛皆居常寂光。生滅去來何所礙，鳥飛不盡碧天長。

覺明明覺異還同，畢竟山河大地空。演若多心狂自歇，摩登伽女咒難籠。直教根本無明斷，便與如來妙理通。三世有爲皆有滅，十虛無始定無終。

一六義生圓湛中，一亡盡使六銷鎔。脱粘内伏心非有，勞發前塵性本空。自在浮沉魚出網，無妨去住鶴離籠。根根互用如何説，正與花巾解結同。

良哉二十五圓通，各各薰修不滯空。證入法門雖有異，悟明心地本來同。

思惟妙德言尤審,選擇觀音耳最聰。堤畔緑楊新過雨,數聲黄鳥囀春風。

斷淫除殺又離偷,成佛難將妄語求。此四律儀持不染,彼諸魔事及無由。道場既立心身净,神咒弘宣刹海周。無量金剛來護法,願將杵破惡魔頭。

八萬四千顛倒想,想爲十二類生因。妙明覺性如開悟,虚妄浮心即本真。龍鬼天仙紅肉髻,羽毛鱗甲紫金身。誰能静坐思量看,内外中間絶點塵。

三界衆生依食住,永除酒肉斷淫心。相生相殺既無業,外境外魔終不侵。刻骨銘肌持净戒,隨方睹佛奉玄音。琉璃中更懸明月,一片光華耀古今。

智慧初明欲習乾,位從四十四心安。信初中道純真性,灌頂如王付國看。利行度生心愈曠,回真向俗道何寬。欲登十地須加行,行覺重重複又單。

吾聞地獄元非有,十習纔成六報來。惡念轉教爲佛福,刀山喝使作金臺。不貪天上歡娱事,肯受人間愛慾胎。本性彌陀常顯現,蓮花一朵待時開。

十類元從十鬼分,命終報盡復爲人。十仙徒此短長壽,三界不離生死身。色究竟天居有頂,大阿羅漢出凡塵。窮空大道無歸處,未免從頭再入輪。

旋消五陰十禪那,十五重重破惡魔。明目不愁幽暗隔,堅冰争奈沸湯何。自心了悟非登聖,如水平流豈異波。直至菩提無少乏,大家稱贊阿難陀。

五陰由來體是虚,五重妄想待消除。不離本覺妙明性,要識根元生起初。多劫受熏嗟莫算,六根互用滅無餘。盈空寶施微塵佛,若比弘經福不如。

示諸禪九首

四七二三何所傳,分明佛祖是生冤。拈來的的無多子,點破區區在一言。猶自將心求悟解,不須特地覓根源。畫明夜暗尋常事,屋角風鈴語更繁。

都緣昧却自家心,只管茫茫向外尋。不識綵雞呼作鳳,還將黄葉認爲金。求師跋涉山川遠,逐境因循歲月深。有問却須向伊道,誰家屋裏没觀音。

而今謾説普通年,此話無人舉得全。臨濟何曾見黄檗,趙州亦不到南泉。追風木馬來如電,入海泥牛去似烟。船在須彌山上泊,一篙撑破水中天。

立處孤危用處親,不知蹉過那邊人。宗師未免抛機境,學者須令辨主賓。熱喝噴拳同滅電,普天匝地盡揚塵。果能着着超方外,十影神駒磨色麟。

喃喃唱道固非真,默默酬機也未親。却是山河大地説,徒勞文字語言陳。敲牀竪拂休稱妙,簇錦攢花枉鬥新。可信吾宗無此事,分明不認本來人。

樹凋葉落正斯時,體露金風幾個知。未入玄門難下口,從來大悟不存師。炊巾謾爲參方展,掣電猶嫌仁思遲。五十三人爐鞴熱,鑄成一個善財兒。

不除妄想不除真,也是朱砂畫月輪。脫體承當能幾個,將心湊泊有多人。寒山直忘來時道,布袋橫拖滿眼塵。世出世間常快活,從他物我競疎親。

瑞巖自喚主人公,口與心違道不同。千里持來須粉碎,滿盤托出盡虛空。隨聲逐色龜投網,得意忘言鶴脫籠。何必陞堂求指示,現前無法不圓通。

日用分明問阿誰,談玄說妙謾多知。新新固是無停識,念念何曾有住時。若遣衆生修定慧,還令諸佛起愚癡。五雙十個難吞透,自作金圈與栗皮。

閱藏諸僧求偈六首

以字不成八字非,普天匝地解人稀。生獰師子纔開口,忿怒那吒頓失威。三竅圓珠言下得,十方法界目前歸。如來禪許師兄會,還我宗門向上機。

教外別傳傳底事,言前便領領何遲。纔求妙悟心昏昧,未透玄關眼搭朦。佛字道來須漱口,禪牀掀倒不容師。偏圓半滿何須舉,盡是空拳誑小兒。

案頭故紙已多年,中有摩尼曜大千。了了示人人不會,明明標旨旨難宣。牛欄馬厩如何說,海藏龍宮作麼詮。一句包容無量義,閻浮樹在海南邊。

覓心不得便心安,因甚禪流入作難。往古來今多少樣,改頭換面百千般。須教兔子離窠窟,更逼鮎魚上竹竿。自己靈臺如未悟,藏經只為別人看。

拈來更問是何經,寶藏玲瓏夜不扃。露柱伸眉萬象說,須彌合掌太虛聽。雲門特地擔拄杖,百丈無端指淨瓶。頂上撥開三隻眼,知君猶自磨惺惺。

心是光明妙法幢,照今照古信非雙。沿階凍蟻空尋穴,撲紙癡蠅未透窗。達磨大師鞭轢鑽,釋迦老子葛藤椿。尋常只麼閑閑地,可使波旬外道降。

送僧住庵九首

住庵門户潑天開,且堅拳頭接往來。方便許人呈漆器,等閑垂釣得黃能。是窗是壁心心現,非聖非凡法法該。佛祖位中留不得,從教金殿鎖蒼苔。

大隋燕坐木庵時,問答何曾巧設施。拄杖挑蛇付猛火,草鞋信手蓋烏龜。無論正定兼邪定,盡使深疑頓絕疑。東土西天無佛祖,說禪不動口唇皮。

滿屋黃金眼不開,山居豈是大癡呆。鉢中飯少枯堪喫,身上衣單紙可裁。日出道人鋤地去,夜深童子點燈來。須知佛法無高下,悟了方堪養聖胎。

白雲深護碧巖幽,成現生涯免外求。一個衲衣聊挂體,三間茅屋且遮頭。長松片石閑無事,淡飯粗茶飽即休。拈出舀溪長柄杓,不風流處也風流。

昔人久矣住巖阿,撞着燒庵施主婆。十字街頭無向背,孤峰頂上却謡訛。侵晨自拾枯柴去,向晚還衝猛虎過。妙用神通只這是,來人未免問如何。

走遍禪林却住庵,臨行別我語喃喃。揮毫寫偈寧非錯,杜口吞聲轉不堪。萬法空來知有幾,十成蹉過問前三。古人爲佛垂慈切,不厭城隍入闡藍。

四祖當年訪懶融,牛頭山下忽相逢。一言見性方成道,百鳥銜花便絕踪。不怕菸菟號永夜,長煨榾柮過深冬。流泉叠嶂分明語,要引禪流達此宗。

青山影裏钁頭邊,爲法求人也可憐。打地初非閑打地,磨磚却是亂磨磚。直教桶底和墻脱,要把繩頭驀鼻牽。分付滅胡真種草,大家明取未生前。

穿雲渡水又何疑,轉腦回頭更是誰。粟米粒中攤世界,藕絲竅裏挂須彌。把茅不換千間屋,一飽能忘萬劫飢。若問住山何境界,人人鼻孔大頭垂。

示華嚴會諸友八首

正覺山前大雪中,明星夜照普天紅。慈尊正眼既打失,覺苑從頭談脱空。要與古今爲榜樣,直教凡聖絶羅籠。依然廣大門庭在,豈假潛鞭密煉功。

大千經卷在微塵,剖出還他過量人。無始衆生盡成佛,本來大果不離因。漚生漚滅重重海,花落花開樹樹春。可信入荒田不揀,橫拈倒用總奇珍。

開題七字甚分明,早隔西天十萬程。未展霞條先領會,何勞玉軸更施呈。花枝朵朵分紅白,溪水條條間濁清。觸目無非真法界,都收有識與無情。

騎聲蓋色大毗盧,可惜男兒不丈夫。枉去藍田尋美玉,誰知布袋裏真珠。口頭豈假多言説,經裏元來一字無。抛却殘羹與餿飯,趙州東壁挂葫蘆。

於刹那時覺道成,了無一法可留情。十方法界從心現,大地山河似掌平。鐵樹枝頭紅果熟,泥牛頷下白毛生。分明指出通天路,南北西東自在行。

知識門庭五十三,一針鋒上悉包含。心能契理無難事,脚不沾塵是遍參。谷口黃鶯聲啞咤,檐頭紫燕語呢喃。玄門畢竟如何入,向道西川出漏籃。

彌勒殷勤慰善財,一聲彈指閣門開。身心俱向此時捨,境界却從何處來。皎皎青天飛霹靂,茫茫白晝輥塵埃。看他無手人揮袂,石上蓮花取性栽。

文字雖多義一般,衆生骨髓佛心肝。何勞經卷開時讀,但就香烟起處看。俊鶻常思空外擊,癡蠅只向紙中鑽。直饒講得天花墜,不達斯宗盡自謾。

送僧入蜀四首

西川五十四軍州,滿目風光爛不收。一笠一包行脚去,好山好水任君游。昔年大士居昭覺,今日何人接勝流。道路八千如咫尺,還同自己屋檐頭。

去去峨眉禮普賢,莫教錯認妒羅綿。華嚴會上咨參在,妙德空中主伴圓。側耳但聞菩薩現,回身仍見象王旋。區區不用從他覓,密意分明在汝邊。

此行須到大隋家，照顧潭中鼇鼻蛇。十個五雙俱蹉過，一千七百謾周遮。
悟來大地山河窄，迷去他鄉道路賒。纔有纖毫須剗却，免教人道摘楊花。
　　嘉州大像接青雲，猶是如來小小身。正體虛空包不盡，衆生肉眼見何因。
有緣處處逢彌勒，無語琅琅轉法輪。合掌低頭三拜起，方知全假即全真。
送僧之廬山
　　簡寂觀中甜苦笋，歸宗寺裏淡鹹虀。廬山面目分明露，衲子身心特地迷。
秋到樹頭黃葉落，夜深峰頂白猿啼。參禪若也求玄妙，十萬流沙更在西。
寄雙林東溟
　　門椎拍板付禪翁，衣鉢長留睹史宮。檮樹兩株爲佛事，竹筐三尺展神通。
泥牛嶺上吞黃犢，石虎山前咬大蟲。我有家書無處寄，金刀剪破太虛空。
寄聖壽千巖
　　伏龍山上老頭陀，轉覺無明業識多。堪笑古人施棒喝，却成平地起干戈。
傳來一道聰明咒，寫出平生快活歌。謝事尋常懶開口，聽他石臼念摩訶。
悼焦山道元
　　我在錢塘住兩年，幾回同買過湖船。張家寺裏春方半，楊子江頭月屢圓。
只望先師公案了，皆稱寂照子孫賢。誰知轉眼成千古，淚灑伽陁唱和篇。
悼江心石室
　　幾年石室老師兄，今日胡爲喚不應。八萬塵勞空蕩蕩，三千刹海冷澄澄。
摧殘世上無根樹，撲滅人間不夜燈。末後光明難蓋覆，紅爐猛火結寒冰。
示僧四首
　　不是風兮不是幡，祖師一擊破重關。自心又把心來認，無手重將手去扳。
金屑徒勞增翳膜，劍峰直下斬癡頑。可憐滯句承言者，也道尋常語默間。
　　不是幡兮不是風，癡人特地受羅籠。張良謾立安邦計，李靖休誇斫陣功。
十影神駒猶礙道，九苞祥鳳不離空。如今要識曹溪旨，舉足西行却向東。
　　一切衆生有佛性，如何狗子獨言無。趙州善用吹毛劍，衲子全抛待兔株。
門外雪深人迹少，渡頭風緊浪花粗。當陽若更求玄解，笑倒西天碧眼胡。
　　一切衆生無佛性，髑髏個個有龍吟。東平解撲潙山鏡，龐老曾彈馬祖琴。
曠劫本來無背面，古人真個好智音。癡兒也道忘言路，平地翻爲荊棘林。
答浮慈和尚韻送彛藏主三首
　　一氣轉一大藏教，却來個斗裏藏身。撥開猛烈紅爐焰，拈出清凉白月輪。

覿面相呈全體露,到頭不出此心真。宗師有語皆超卓,多少拈鎚舐指人。

一氣轉一大藏教,塵毛刹海現全身。洞明自性無生理,能轉如來正法輪。
三句劈開玄與要,兩頭坐斷偽和真。狂機大似藍田石,誤殺彎弓射虎人。

一氣轉一大藏教,金毛獅子解翻身。聖凡頓現高臺鏡,魔外橫飛熱鐵輪。
纔涉語言皆是妄,但隨聲色便乖真。如今却憶長汀老,十字街頭等個人。

宗鏡錄華嚴十種無礙,成十偈示僧

一理事無礙

真性皆同刹相殊,廓然清淨大毗盧。香披菡萏千重葉,影現摩尼五色珠。
法界森羅元不有,宗乘舉唱亦非無。憑君更莫論心境,荊棘從來是坦途。

二成壞無礙

空中佛國壞還成,水面漚花滅又生。體用何須論彼此,根塵不必較虧盈。
三千刹土隨心變,二八蟾光逐候明。古往今來手翻覆,黃河知是幾回清。

三廣狹無礙

廣狹須知不滯形,聖凡迷悟在心靈。諸般水入方圓器,一等空隨大小瓶。
菩薩天人依法界,修羅蚊蚋飲滄溟。自來平等真如體,就急移寬也只寧。

四一多無礙

十虛捏聚一毫頭,百億毫頭刹海周。習習和風薰草木,茫茫大海攝川流。
綵絲直把明珠貫,金像都將寶鏡收。細看目前相入處,盡歸方寸莫他求。

五相即無礙

萬法圓成一念中,眾生世界盡牢籠。光明大小珠相似,赤白青黃色不同。
畢竟未知何處起,如今方信本來空。平常一句如何會,日出西方夜落東。

六微細無礙

曲折皆能一一隨,窮幽極渺固委移。纖毫蜜滴蜂吞處,九曲珠穿蟻度時。
芥子孔中藏大海,藕絲竅裏著須彌。燎原起自如螢火,智者猶因取喻知。

七隱顯無礙

千差萬別任縱然,不落高低染淨邊。聖處即凡凡即聖,圓時能缺缺時圓。
節文並似初生笋,因果渾如未剖蓮。但屬自心非外境,陰晴同是本來天。

八重現無礙

一塵一刹一如來,刹刹塵塵靡不該。帝釋殿前珠作網,梵王宮裏鏡臨臺。
風休巨浸星辰入,日照芳池菡萏開。包裹虛空只這是,靈明廓徹信奇哉。

九主伴無礙

大華藏海舍那身,眷屬莊嚴處處真。列宿光明瞻玉兔,諸王富貴屬金輪。江河浪動無非水,草木花開總是春。一念十波羅蜜滿,此中誰我復誰人。

十三世無礙

水中葫蘆捺得沉,非來非去亦非今。空花亂落隨流水,石笋新抽出遠林。休把此言論妙道,待將何物比真心。永明老子輕饒舌,輸我西窗茗椀深。

澄靈散聖山居偈,如寶藏主求和

因僧問我西來意,我話山居是幾年。佛祖位中休着脚,凡愚社裏且隨肩。三間屋子藏山塢,萬樹松花照石泉。曠大劫來無改變,阿難依舊世尊前。

寄天童孚中和尚

長庚峰頂白雲間,捧剳西來笑展顏。幾叠巖巒圍丈室,萬株松樹繞禪關。當年金碧誰將去,今日天龍合送還。老我恰如窺豹者,管中時復見斑斑。

寄大慈晦谷和尚

靈巖又復轉花巖,數到慈雲恰好三。我望鄉關千里隔,君將佛法一肩擔。金毛踞地誰能近,玉麈生風不倦談。握手未知何處是,晚天凉月出東南。（以上同上卷十八）

四料揀

奪人不奪境,三竿曉日千門靜。桃花樹樹近前池,不見佳人來照影。

奪境不奪人,玉鞭金鐙賞殘春。千紅萬紫歸何處,驀地風來捲作塵。

人境兩俱奪,漠漠長蛇圍偃月。誰敢當頭犯太阿,直教萬里人踪絕。

人境俱不奪,上下四維春似潑。聖主垂衣日月明,將軍放馬乾坤闊。

總頌

一具枯骨成牙齒,兩片薄皮爲耳朵。昨夜三更失却牛,天明起來失却火。

四賓主

賓中賓,魚目將爲無價珍。瞎眼波斯來打合,一般病痛一般貧。

賓中主,東西不辨喃喃語。手中杖子不曾離,錯認燈籠爲露柱。

主中賓,德不孤兮必有鄰。玉殿瓊樓無草蓋,不知誰是帝鄉人。

主中主,大用現前沒規矩。金毛獅子一滴血,迸散驢兒十斛乳。

總頌

何門不向此門歸,萬煅爐中鐵蒺藜。不是山僧多指注,大家惜取兩莖眉。

四喝
一喝如金剛寶劍,劈面揮時難躲閃。不論佛祖與天魔,纔有纖毫須痛斬。
一喝如踞地師子,古冢野狐逢即死。若是金毛師子兒,展開四足搖雙耳。
一喝如探竿影草,可中誰了誰不了。碧眼胡兒舉鐵鞭,玉門關透長安道。
一喝不作一喝用,十月黃河連底凍。小小狐兒掉尾行,這回不要虛驚恐。

三玄三要
第一玄,釋迦彌勒有何傳。人間天上來還去,古井茫茫把雪填。
第二玄,未曾開口在言前。電光石火親提得,鼻孔依然被我穿。
第三玄,胡孫上樹尾連顛。只因掣斷黃金鎖,便把心肝樹上懸。
第一要,了無奇特并玄妙。未曾噇飯肚皮空,久不喫茶唇舌燥。
第二要,門外讀書人來報。烏有先生作狀元,子虛聽得呵呵笑。
第三要,只爲慈悲成落草。非我非渠也大奇,蟭螟眼裏山河繞。

首山綱宗偈
郎君拙非拙,體瑩如冰雪。背挽兔角弓,射落天邊月。女兒巧非巧,一老一不老。騎却水牯牛,莫教入荒草。

汾陽三訣
第一訣,佛祖曾超越。莫話未生前,休論心路絕。
第二訣,動靜誰甄別。龜毛扇子扇,泥牛一點血。
第三訣,江南并兩浙。春和萬樹花,冬冷千巖雪。

十智同真
甚人同得入,俊鷂趁不及。打破鳳林關,穿靴水上立。
與誰同音吼,面南看北斗。猴愁搜搜頭,狗走抖擻口。
作麼同生殺,向上一路滑。潘閬倒騎驢,梵志翻着襪。
甚人同得失,判官手裏筆。冷水浸冬瓜,大家廝溫溔。
那個同具足,如賊入空屋。拾得麗水金,却是藍田玉。
什麼同遍普,蟭螟吞却虎。船子下揚州,大地無寸土。
何人同真智,無是無不是。雪峰曾輥毬,俱胝亦竪指。
孰與總同參,特地口喃喃。苦瓠連根苦,甜瓜徹蒂甜。
那個同大事,山形挂杖子。北人不相鼻,南人不相耳。
何物同一質,三九二十七。年年是好年,日日是好日。

黃龍三關

我手何似佛手,兩兩三三九九。李公醉倒街頭,元是張公喫酒。
我脚何似驢脚,這裏踏他不着。合眼跳過黃河,遍界紅輪輝赫。
人人有個生緣,不知誰後誰先。趙州八十行脚,謝郎只在漁船。

寄高麗檜巖至無極長老

當年自說游高麗,近日人傳住檜巖。會下不知多少衆,前三三與後三三。
五冠山上看飛瀑,下有寒潭萬丈深。見說神龍降已久,全身入鉢大如針。
真身舍利無方所,東國西天共一家。不見彥陽通度寺,神光長繞佛袈裟。
聞道江陵有五臺,放光石寄一枝來。文殊大士分明現,莫道迷雲掃不開。
鳴沙灘上試揚鞭,無數琵琶自動弦。一色玫瑰三百里,渾將錦綉裹山川。
金剛一萬二千峰,遠近高低各不同。那個峰頭堪着我,他年縛屋隱其中。
千重暗室萬年冰,喚作琉璃是假名。不隔弟兄相見眼,扶桑夜半日輪明。

和梁山十牛頌

尋牛

天涯海角遍參尋,直入萬重烟嶂深。拚得今朝與明日,綠楊隄畔聽鶯吟。

見迹

東西南北路頭多,踏踏遺踪可是麼。仔細看來無兩個,便從今去莫疑他。

見牛

隔墻認角又聞聲,雨過前村草正青。一對眼睛烏律律,通身毛色畫難成。

得牛

遼天鼻孔要穿渠,直待金繩爛始除。向去不須分皂白,和泥合水且同居。

牧牛

從來一個不羈身,滿眼雲山滿眼塵。今日稍能知觸净,肯緣苗稼犯他人。

騎牛歸家

前坡只尺是儂家,叠叠春山橫暮霞。好個歸來時節子,一鈎新月挂檐牙。

亡牛存人

千重雲樹萬重山,倒卧橫眠任我閑。此景畫圖收不得,誰言身在畫圖間。

人牛俱亡

返身踏破太虛空,一處纔通處處通。匝地普天無影迹,不知誰解立吾宗。

返本還源
一一根門自有功,聞聲見色不盲聾。晨昏總是尋常事,睡起三竿海日紅。

入廛垂手
珍御全拋與麼來,分明烏觜與魚腮。輝天鑒地能奇特,盡使勞生眼豁開。

十二時頌
子時大地黑漫漫,不待重將正眼觀。枕子忽然拋落地,須彌崩倒海枯乾。
丑時遠近盡雞鳴,萬想千思睡不成。身在世間閑不得,又穿衣服下階行。
寅時那個是閑人,貴賤賢愚總爲身。只管瞳眠呼不起,奴兒婢子也生嗔。
卯時漸見日輪高,已向階前走幾遭。鼻孔眼睛忙似鑽,千般不顧是眉毛。
辰時未免去烹煎,火澀柴生滿竈烟。四隻鉢盂三隻破,一雙匙箸不完全。
巳時作務也奇哉,門戶支持客往來。對坐喫茶相送出,虛空張口笑哈哈。
午時赤日正當中,五色摩尼耀太虛。撲碎都來無一物,依然赤白與青紅。
未時樹影過窗西,覿面相呈剗地迷。從曠劫來無間斷,今朝何事隔雲泥。
申時一日幾光陰,早被桑榆暮景侵。抖擻精神休瞌睡,啾啾烏雀滿園林。
酉時紅日下西山,草屋柴門及早關。幾個老烏松頂泊,清晨飛去夜方還。
戌時無事莫開門,靜臥寥寥四壁昏。自有光明看不見,見時生死不能吞。
亥時洗脚上牀眠,生在閻浮大可憐。眠不多時天又曉,未知休歇是何年。

送玹上人禮祖
珠不曾穿玉不磨,渾侖句子絕謿訛。江西特地尋靈骨,却是無風匝匝波。

送道場馨維那
堂裏宣揚十號時,陳如尊者亦開眉。轉身問訊出堂去,不覺踏翻瑤席池。

送立禪人還七閩
玄沙不度飛鳶嶺,百億山河拄杖頭。子若歸鄉須驗看,秤錘到井忽然浮。

送遂藏主歸靈隱
從來佛祖碎玄關,萬論千經下口難。未動舌頭俱吐露,白蓮峰月照人寒。

送賢禪人
聖賢有甚麼奇特,鼻孔元來搭上唇。若起一毫增損見,當知不是個中人。

送英禪人
英靈衲子久無聞,一句當陽玉石分。不把草鞋輕曬却,吳山紅樹越山雲。

送玄侍者
學道參玄俊衲僧，千山萬水一枝藤。始終不墮人窠臼，他日方堪繼祖燈。

送玉泉昌侍者
布裩赫赤紙衣鮮，不寫文殊與普賢。抖擻更無塵一點，肯將净解污心田。

送問禪行者
鳳凰山下劄一寨，搴旗斬將罕逢人。饒伊出得長蛇陣，頂罩燒鐘一萬斤。

送徑山志書記
山上鯉魚生一角，忽然踍跳上青天。俱胝道者無尋處，却把龍王鼻孔穿。

送容禪人
未別便行多少好，須將白紙問人求。鳳山未有工夫答，且聽松風舉話頭。

送昌禪人
一片寒雲海上橫，道人正泛鐵船行。夜深珠向龍宮出，無限光明動地生。

送興禪人之天台
秋風剪剪葉飄飄，去向天台度石橋。一踏便須成兩截，普通年事在今朝。

夜坐
地爐兀坐燒殘葉，童子酣眠喚不應。空盡大千無佛祖，老蟲翻下夜龕燈。

送一禪人
出叢林又入叢林，渡水穿雲路轉深。誰謂他鄉元不隔，草鞋步步踏黃金。

送日禪人遊南嶽
南嶽岩嶢插太虛，道人獨往果何如。老猿啼在雲深處，露滴松梢月上初。

送明禪人遊天台
五百聲聞不住山，何拘天上與人間。只消一盞黃茶水，供罷依然舊路還。

送貭禪人遊南嶽
古路迢迢往復回，白雲終日冷成堆。半千尊者無尋處，石上幽花帶露開。

玩月
兔有形兮桂有枝，何如光影未生時。古今玩月人無數，獨許南泉王老師。

送清禪人參方
雪盡莎根轉舊青，幽房宿火響空瓶。吳山越岫知多少，那取工夫到祖庭。

聞子規
啼來啼去一聲聲，却笑離人不解聽。何處故鄉歸未得，白雲空鎖亂山青。

送巳禪人
露濕長松曉未乾,殷勤送別下層巒。前途有問山居事,但道冬來十月寒。
因僧請益五祖演和尚語示之
滿城開盡牡丹花,未免逢人撒土沙。拈起庭前柏樹子,趙州門戶隔天涯。
寄憲使士敬王公
綉衣直指向東南,百郡趨風盡聳瞻。長羨昔年裴相國,解從黃檗句中參。
此事當機覿面提,休將祖意問東西。相公判筆丘山重,誰謂昇天別有梯。
贈南嶽禪人
舊結茅庵嶽頂居,年深且與世人疎。曾垂一釣千峰上,得個黃鱗綠尾魚。
寄同參
試把虛空打一量,虛空只抵一絲長。一絲摘斷重量看,赤脚波斯走大唐。
祖師留下一隻履,東土西天誰往來。拋向洞庭湖裏了,却教滄海起塵埃。
漁者
釣魚船上謝三郎,只在蘆花深處藏。高枕綠蓑歌一曲,不知篷背有嚴霜。
因雪示眾
長空片片雪花飛,眼底青山見亦稀。最是禪庭消未得,五雙十個不知歸。
道童參政見訪
隼旗光裏昔曾培,人我山高喝使摧。記得省堂重會面,禾城又是第三回。
祖意明明百草頭,長江自古向東流。須知此物非他物,坐臥經行免外求。
寒夜寄友
欲問平安半字無,天寒夜冷坐圍爐。因思熊耳峰前客,謾有青青桂兩株。
用韻答國清夢堂和尚
從來眼不見鼻孔,東土西乾無祖師。八十老僧頭雪白,蒲團禪板且隨時。
天人日日雨曼陀,怪爾空生默坐何。無夢老禪憎愛盡,新豐曲和莫謠歌。
答東山楚材和尚
我昔與君參徑塢,罕逢弟子過於師。一千七百浩浩地,翻憶大平無事時。
鉢盂倒覆四天下,拄杖橫吞諸佛師。不用腕頭些子力,放開捏聚總臨時。
答妙庵玄首座
飲光不得阿難陀,續焰聯芳奈老何。千里同風一句子,漁人舞棹野人歌。
好與法燈三十棒,却將公案謗先師。幸然寂照無傳授,誰記拈槌豎拂時。

答瓊西堂
同參寄我妙伽陀,不問如何與若何。白雲陽春無此曲,一回擊節一回歌。
題船子夾山圖
劈口一橈天在水,離鈎三寸水連天。夾山不解抽身退,尚待華亭覆却船。

洞山云:"直道本來無一物,亦未合得他衣鉢。"頌云
主人手裏秤高低,買賣商量總不齊。直是無人酬價數,黃金白璧賤如泥。

有僧下九十六轉語,末後云:"設使將來,他亦不受。"頌云
一路通時路路通,誰分南北與西東。春風不管鄉談別,到處桃花似舊紅。
送傳禪人
傳到無傳是正傳,千鈞大法一絲懸。當人不費纖毫力,烜赫靈光滿目前。
送舜禪人
參見諸方尊宿來,草鞋不枉踏塵埃。深村古院無奇特,慚愧高人到一回。
送瓊禪人之天台
百煉爐中鑄鐵牛,一莖草上現瓊樓。豐干拍手寒山笑,誰似渠儂得自由。
送因禪人之江西禮祖
百億須彌鞋袋裏,無邊剎土鉢囊中。參方若具參方眼,列祖齊教拜下風。
送圓禪人
九夏功圓正此時,鉢囊花綻一枝枝。東西南北從君去,頂後神光幾個知。
送敬禪人參方
九到洞山雙眼碧,三登投子兩眉橫。家家門外通霄路,莫向古人行處行。
送初禪人禮五臺
百城初友是文殊,行脚參方信不虛。休問清涼山遠近,有緣處處得逢渠。
送德禪人之南嶽
拈來拄杖化爲龍,吞却乾坤不見踪。有問又須向伊道,萬年松在祝融峰。
送福知客之江西
誰是主人誰是客,入門一着已先知。馬駒踏殺人無數,只有歸宗眼似眉。
送省侍者省母
空花要覓生時蒂,陽艷須尋起處波。不是出家恩愛重,夢魂偏在故鄉多。
送安禪人往參天童
誰道葫蘆醋不酸,衲僧帶眼若爲謾。長松一望二十里,脚未跨門先膽寒。

送先禪人用蔣山韻
曾在獨龍岡上住,寶公刀尺合將來。將來呈似山僧看,何故囊藏不肯開。
送勤禪人禮白塔栴檀像五臺文殊
紫栴檀把黃金裹,喚作如來丈六軀。端的要知真與妄,五臺山頂問文殊。
送人禮寶陀十首
大士分明立險關,黑風裏面浪中間。拚身入得翻身出,潮到沙頭日上山。
重重綠樹垂肩髮,片片紅霞覆足裙。合掌向前稱不審,大千沙界一時聞。
海潑爛銀千萬里,山堆濃綠兩三重。要知大士深相為,聽取朝朝暮暮鐘。
恒沙菩薩盡同名,唱出一聲千萬聲。禿却舌頭啞却口,青山盡處白雲橫。
有一觀音在面門,舒光烜赫照乾坤。曉風吹上盤陀石,東望扶桑特地昏。
觀音頂上戴彌陀,心法何曾厭琢磨。莫道聖凡相去遠,須知大海本同波。
萬種千般在一心,寶陀巖上覓觀音。直饒見得分明了,依舊雲遮紫竹林。
上人發足往南方,大士眉間已放光。記取重重相為處,海濤推日上扶桑。
五更日上金鎔海,萬里朝來雪滾沙。一念信心知是妄,普門曾不隔天涯。
補陀巖是石頭堆,日夜潮聲到兩回。莫道觀音不曾現,山高海闊賺人來。
竺堂
西土大仙門戶別,古今能有幾人登。黃頭碧眼藩籬外,入室輸他俊衲僧。
鐵壁
千尋峭石勢崔嵬,總是純剛打就來。碧眼胡僧覷不破,春風日日綉蒼苔。
友巖
最難知是結交心,鐵壁銀山百萬尋。生死兩岐俱識破,石頭大小盡黃金。
寶山
空手入來空手去,黃金堆垛玉玲瓏。等閑提起一根草,萬劫千生用不窮。
無住
機輪轆轆見應難,盤走珠兮珠走盤。猶怪盤珠有痕迹,暮雲飛盡碧空寒。
汝海
楚王城畔水東流,未入滄溟不肯休。到了何曾分爾我,一般波浪拍天浮。
流出胸襟蓋天地,小為一滴大無邊。明知不是他家事,只者波濤漲百川。
太虛
內外空空無一物,山河大地盡包藏。踏翻有海塵勞息,打破乾城劫數長。

元庵
三間茅屋從來住,百鳥銜花幾度春。户底門頭雖換了,依然不改舊時人。

大經
釋迦老子口門窄,般若華嚴小脱空。將謂涅槃包得盡,摩訶兩字未開封。

大愚
用巧人多用拙稀,心如木石太無知。就中自有分明處,懵懂元來不是癡。

無盡
祖祖相傳只這是,佛佛授手亦如斯。海波乾又須彌碎,不見虛空有爛時。

定山
屹然常在白雲中,不比飛來小小峰。幾度毗嵐翻海嶽,何曾動着一株松。

竹所
香嚴一擊便忘知,大地平沉正此時。打雨敲風千萬個,青青總是歲寒枝。

春泉
東風浩浩水潺潺,不隔千山與萬山。識得根源何處起,任流花片落人間。

梅叟
看到南枝又北枝,從教兩鬢白如絲。幻華滅盡留真實,正是青青着子時。

無旨
世尊何法可敷揚,迦葉從來不覆藏。且自栽田博飯喫,説禪浩浩任諸方。

蓬隱
圓嶠方壺深更深,白雲一色蓋瓊林。從來不與時人隔,却笑人來海上尋。

道林
本因言語顯無言,不住中間與兩邊。荆棘栴檀俱剗却,免教枝葉惹風烟。

無得
石女腰邊裁兔角,鐵牛背上刮龜毛。草庵忽卸琉璃瓦,古井蓬塵十丈高。

道山
無心尚隔一重關,險峻方知到頂難。試問六年成底事,凍雲深鎖雪漫漫。

竺隱
五天居處絕埃塵,只見青天不見人。畢竟藏身没踪迹,没踪迹處莫藏身。

正宗
掀翻海嶽振乾坤,南北東西此道尊。臨濟德山無棒喝,不知將底付兒孫。

大網
四海都將一網收,不須重下釣鰲鈎。看他眾目分張處,無限魚龍在裏頭。
翠庭
歲寒常愛色青青,曾是神光立到明。階下任堆三尺雪,祖師門戶未常扃。
劍關
一握吹毛凛似霜,揮來那個敢當場。與君放出其中主,百萬魔軍總被降。
大千
百億須彌方捏碎,恒沙世界又搏成。藕絲竅裏挨紅日,一片山河似掌平。
靈仲
虛明一點從何起,只在尋常日用中。畢竟難謾破竈墮,但將泥瓦合虛空。
別峰
峭巍巍地插天青,峻壁懸崖有路登。莫謂此中山勢險,前頭更有最高層。
象外
有形有相落凡塵,無相無形未是真。不在範圍天地內,數聲清磬一閑人。
無邪
偏中正與正中偏,仔細推來着兩邊。和這二邊都掃却,一輪明月挂中天。
一初
纔舉此心成第二,寂然不動也非親。須知佛法無多子,坐斷乾坤日見真。
實庵
拈却虛頭一着子,入門不要問西東。單單只把空拳竪,大坐當軒振祖風。
天然
昔日丹霞騎聖僧,馬師方便為安名。人人具足如斯體,不是因緣造作成。
鏡堂
鑄出元非百煉銅,照時方信本來空。白銀為壁黃金瓦,試問何人住此中。
復初
返本還源一句子,恰如混沌未分開。明明數一為千萬,千萬重歸一上來。

(以上同上卷十九)

重修釋迦如來真身舍利寶塔頌

諸佛如來,出現於世,莫不皆示八種之相。從初降神誕生,乃至出家修道,降魔成佛,轉法輪,最後入涅槃,碎紫金軀,為八萬四千舍利。使天人龍鬼,造塔供養，罪滅福生，終在菩提。我本師釋迦牟尼如來，此云能仁寂默。當現在賢劫第四佛，住兜率天，爲護明大士滿足天尊，四千歲補處。時至於是下生迦維羅衛國淨飯王宮，乘白象，入摩耶夫人胎，十月滿足，從右脅而誕，當東震旦國周昭王二十四年甲寅歲四月八日也。至四十二年二月八日，遊四門，逾城出家，時年十九。歷試邪法，摧伏外道。穆王三年癸未歲二月八日，明星現時成道。爲憍陳如等五人，轉四諦法輪，皆證道果。住世說法，四十九年。後告上首神足摩訶迦葉云："吾以清淨法眼，涅槃妙心，實相無相，微妙法門，分付於汝。汝當護持。"并敕阿難副貳傳化，無令斷絕。又付金縷僧伽梨衣，轉授慈氏。付囑訖，即於熙連河側娑羅雙樹間，右脅累足，泊然而逝，實穆王五十二年壬申歲二月十五日也。闍維火滅，八王共分舍利。歸國建塔，競留供養。滅度一伯年，有王名阿育，此云無憂，取諸塔中所有舍利八萬四千顆，造八萬四千塔。閻浮聚落滿一億家者，耶舍尊者遣鬼神，以一塔鎮之。按宣律師《感通錄》，震旦塔凡十三所，劉薩訶所禮者，獨明州阿育王寺舍利光明特盛，至誠祈禱，必彰感焉。梵琦生緣象山，九歲出家，便聞建塔功德最大，往往默感於心。天曆元年戊辰歲二月三日，住持海鹽州天寧永祚禪寺，時年三十四。壬申歲建千佛閣。元統二年甲戌歲夢龍王獻寶，因募塔緣，檀施日臻。後至元二年丙子歲春，龍化蜿蜒之形於丈室，五彩畢備，四方來觀之，凡兩月而去。及塔成復來，隱見非一，至今祀爲應夢龍王。夏填築塔基。三年丁丑歲九月二十三日子時起手建塔，至辛巳歲奏功。凡七層八面，高二十四丈。莊嚴綺麗，見者皆悅。越十二年，兵興。已亥秋失寶瓶，計白金二伯兩。當是時，謝事嘉禾天寧，結庵閒居。眾請再領寺事，乃造鍮石寶瓶。取至正二十四年甲辰秋九月二十四日，奉瓶修塔，天雨寶花。明年乙巳歲七月泥蓋方畢。自丁丑至乙巳，凡二十有九年矣。梵琦年七十，瞻禮旋繞，歡喜踊躍，百拜稽首，而說頌言：

　　如來舍利無有邊，不啻八萬四千顆。天上人間所造塔，其數過於恒河沙。金銀真珠與琉璃，車渠琥珀及瑪瑙。或用玻璃水晶等，并黑沉水赤栴檀。種種雕鏤功嚴飾，所獲妙果不思議。或奉一花供一香，或但低頭合指爪。或繞一匝禮一拜，莫不皆坐菩提場。或以香水灑其地，或磨香泥塗其壁。或燒油燈作光曜，無有不圓佛智者。已去釋迦滅度久，塔爲第一之福田。盤如棗葉刹如針，其影巍然至梵世。譬如虛空平等人，不離塵隙芥子孔。我今興建大浮圖，亦有先佛真身住。廣博嚴麗包法界，一切如來處其中。諸大菩薩及聲聞，莫不俱來受

卷二　臨濟宗大慧派禪僧詩輯考

供養。天龍八部咸訶護,凡有目者悉觀瞻。明月寶珠置其頂,寶篋真言實其腹。入夜銀缸射星斗,熾然花開天樹王。八角風鈴演妙音,七層欄楯共圍繞。普爲衆生作饒益,功德高厚若須彌。亦如大海納百川,亘古亘今鎮長在。願共法界諸含識,同得往生極樂國。(同上卷二十)

釋至仁

行中至仁(1309—1382),號澹居子、熙怡叟。法系:妙峰之善——藏叟善珍——元叟行端——行中至仁。《全元詩》第47册錄詩102首。輯佚:

偈頌

叠叠遠山青,迢迢江水綠。盡日小吳軒,倚闌看不足。(《增集續傳燈錄》卷四)

幻軀將逼從心年,松下經行石上眠。珍重北山龍象衆,普通年話幾時圓。(《續燈存稿》卷五)

和曇芳守忠①

無邊刹境一毫端,童子當年被熱瞞。廬阜臘殘梅蕊白,鍾山雲盡月光寒。
字字如珠轉玉盤,黄金殿上見龍顔。曇花香遍三千界,坐鎮江南第一山。
五十三人休寐語,大地撮來無寸土。金聲玉振破砂盆,夜半日輪正卓午。
龍華師主莫相瞞,教海波瀾徹底乾。帳裏真珠三百顆,明明撒出與人看。
(《曇芳守忠禪師語錄》卷下附錄)

釋智及

愚庵智及(1311—1378),法系:妙峰之善——藏叟善珍——元叟行端——愚庵智及。《全元詩》第54册卒年誤作1371年,錄詩3首。輯佚:

偈頌

峰巒海涌,樓閣天開。是處是彌勒,無門無善財。
祖祖相傳,佛佛授手。日午打三更,面南看北斗。
寒暑迭相催,今朝臘月旦。滴水一滴凍,莫道且緩緩。

---

① 所和之詩爲曇芳守忠《謝徑山行中仁書記寄手書華嚴經至蔣山》,見本書釋守忠條。守忠語錄此詩後附至仁和詩,據以輯出。原題"辱示妙偈,捧玩無已。謹析爲四首,錄呈座下,以報盛德。寓廬山東林比丘至仁再拜"。

时维三月,节届清明。不寒不暖,半阴半晴。落花啼鸟一声声,穿却解空鼻孔,戳瞎达磨眼睛。踏破草鞋赤脚走,好山猶在最高层。

水母吕虾,琐琚腹蟹。眼在鼻上,脚在肚下。

叨據名藍海上州,慚無道福繼芳猷。宗綱委地方堪憫,聖德如天未易酬。好把靈符縣肘後,莫將閒事涴心頭。金風昨夜飄梧葉,地北天南又早秋。

二月仲春漸暄,村村花柳爭妍。唯有衲僧拄杖,長時無變無遷。上乘菩薩信無疑,中下聞之必生怪。(以上《愚庵智及禪師語錄》卷一)

前三後三,日面月面。急須着眼看仙人,莫看仙人掌中扇。

昆明池裏失却劍,曲江江頭撈得鋸。須彌峰頂浪滔天,大洋海底蓬塵起。大小祖師,口門無齒。

道業無成愧昔賢,行藏去住謾隨緣。自憐宿債難逃避,又向滄溟駕鐵船。

今朝正月十五,開却千門萬戶。斬新舊日風規,掃蕩陳年露布。春暖畫堂多富貴,夜深燈月兩相宜。

目前無法,心外無機。皇風蕩蕩,民物熙熙。花霏霏,日遲遲。高下林巒錦繡圍,却怪長時杜鵑子。春山無限好,猶道不如歸。

趙州道個洗鉢去,其僧豁爾知歸。鳥窠吹起布毛,侍者當下得旨。阿呵呵,囉囉哩。達磨老臊胡,打落當門齒。

昨日過南莊,今朝又東郭。動靜與去來,何曾有間隔。

七十三,八十四,途路之樂不如在家。誰在畫樓沽酒處,相邀來喫趙州茶。

道遠乎哉,觸事而真。聖遠乎哉,體之即神。雲門乾矢橛,洞山麻三斤。罕逢穿耳客,多遇刻舟人。

譬如河中水,川流競奔逝。各各不相知,諸法亦如是。又如大火聚,猛焰同時發。各各不相知,諸法亦如是。

對梁王廓然無聖,此地無金二兩。坐少林九年面壁,俗人沽酒三升。無影樹花敷五葉,無烟火焰續千燈。太平本是將軍建,不許將軍見太平。

衆生畢竟無生死,諸佛何曾有涅槃。一把柳絲收不得,和烟搭在玉欄干。

時節不相饒,又逢三月旦。拈却佛祖機,與君通一線。棕櫚葉散夜叉頭,芍藥花開菩薩面。

九日無白醪,萸茶滿椀澆。十日有黃菊,涼飆動林麓。五更鐘未鳴,過雁兩三聲。更欲求玄旨,迢迢十萬程。

春雨如膏,春風如刀。春光似箭,斷不相饒。龍峰拄杖無遷變,又見鵝黃上柳條。

纔逢解夏,又見中秋,看看白盡少年頭。旋嵐偃嶽而常静,江河競注而不流。野馬飄鼓而不動,日月歷天而不周。有時乘好月,不覺過滄洲。(以上同上卷二)

天不能蓋,地不能載。細入無間,大絕方所。黃連甜,甘草苦。焦螟蟲,吞却虎。明眼衲僧休莽鹵。

湖光瀲灧晴偏好,山色空濛雨亦奇。净法界身無出没,不須惆悵怨芳時。

何物苦求而不得,何物不求而自來。何物鐵椎打不破,何物夜合而晝開。滿地落花春已過,緑陰空鎖舊莓苔。

宗風欲嗣虎丘隆,藏教掀翻氣吐虹。二十七年全體現,南山燒炭北山紅。

千秋令節今朝是,九九陽生第一爻。四海陰霾俱解駁,宕雲深處祝唐堯。

亭亭石塔東峰上,此老初來百神仰。福源浩浩起當湖,千歲巖頭飛白浪。

宗鏡高懸二十年,不啻焰光高萬丈。翻身靠倒靈鷲峰,雙樹悲風撼穹壤。撲碎破砂盆,滅却正法眼。動静絕行踪,去來無影象。

藍田美玉丹山鳳,各各起居多福。永日寥寥謝太平,一湖春水當門淥。

日暖風和二月天,同修勝會結良緣。黎民永息三災劫,聖壽延鴻億萬年。

林泉涼,夏日長。頭頭顯露,物物昭彰。雨過六橋楊柳暗,風來十里芰荷香。

今朝五月半,舉則舊公案。普請諸禪流,大家着眼看。喚作南屏拄杖,笑倒五百羅漢。

一葉落,天下秋,法身須透鬧啾啾。定光金地遥招手,智者江陵暗點頭。

十方諸佛爛木橛,十聖三賢茅澗籌。無事晚來湖上望,白蘋紅蓼滿汀洲。

今朝八月初四日,一句明明道不得。合國人追不再來,千古萬古空相憶。徑塢雲深,西湖水碧。爇蒼松古柏,作栴檀牛首之香;撷藴藻蘋蘩,爲酥酪醍醐之食。聊旌遠諱斯臨,倍覺感懷疇昔。非關義重恩深,只貴眼横鼻直。一度秋風一度愁,地久天長有何極。

火爐頭話無賓主,無主無賓話亦無。潦倒丹霞燒木佛,却教院主墮眉鬚。

備員南宕恰三年,又向凌霄闡化權。了却先師舊公案,飢來喫飯困來眠。

(以上同上卷三)

天下徑山,天下龍門。吐吞日月,函蓋乾坤。

今朝又是十一月,捲地北風吹鬢髮。臘月三十便到來,勸君各要知時節。人漸老,水長流。君子可八,知得便休。

冬至一陽生,拄杖長丈二。石笋暗抽條,千花生碓觜。

庚申好日逢元旦,四海歌謠樂太平。聖德如天何以報,萬年松上一枝藤。（以上同上卷四）

去日應須償宿債,回時宿債本來空。山上鯉魚打踍跳,一國之師展笑容。

今朝五月一,天晴日頭出。林間梅子紅,砌下泉聲急。眼裏耳裏絕瀟灑,無上菩提從此得。

五月五日端午節,潦倒徑山無法説。大家喫盞葛蒲茶,一般滋味休分別。

今朝又是八月一,萬壑千巖儼秋色。牛帶寒鴉過別村,善財何處尋彌勒。

今朝八月十五,看取月圓當戶。分明無欠無餘,只恐諸人蹉過。不蹉過,兩個拳頭一個大。

時移節換是尋常,過了重陽又一陽。人事自生今日意,黃花只作去年香。

萬里西來,九年面壁。前無釋迦,後無彌勒。單單遺下履一隻。等閑賣弄價重連城,奇特商量分文不直。一番拈起一番新,千古令人轉相憶。休相憶,今朝十月初五日。

今朝十一月十四,打鼓陞堂賀冬至。南山雲起北山雲,張公喫酒李公醉。

曠大劫來成正覺,無端錯認定盤星。徑山不是揚家醜,只恐諸人昧己靈。

九夏安居就理長,徑山無法可論量。桑疇雨過羅紈膩,麥隴風來餅餌香。

萬里無寸草,出門便是草。大盡三十日,小盡二十九。

今朝五月端午節,徑山為汝開真訣。赤口白舌盡消除,百怪千妖俱殄滅。黃鸝上樹一枝華,白鷺下田千點雪。

今朝六月初一,諸處栽田已畢。炎炎火日當空,大野流金鑠石。衲僧搖扇取涼,不費纖豪氣力。不費力,萬兩黃金亦消得。

臭皮襪炙地熏天,折竹篦鈎雷掣電。攔瞎臨濟正法眼,搣碎東山鐵酸餡。陵滅宗風五逆孫,終不隨他脚跟轉。香爇一爐,茶傾三奠。盞子撲落地,碟子成七片。

一二三四五六七,地水火風空覺識。拈來數目甚分明,明眼衲僧數不出。數得出,也大奇。烏龜鑽敗壁,雞向五更啼。

獨樹不成林,兩手鳴摑摑。老大小叢林,各要知時節。

大橋雄跨石湖濱,捨舊圖新喜落成。萬國車書通遠道,三吳城郭展修程。溪山出色增佳勝,簫鼓行春樂太平。不動腳頭登彼岸,十方一路要分明。(以上同上卷五)

鼻孔撩天水牯牛,鐵鞭三百未輕酬。溪東牧了溪西牧,又是南屏一夏休。

千載南屏古道場,目前無法可論量。群陰銷盡陽生也,四海同瞻化日長。

萬境來侵莫管他,情塵瞥起便周遮。大圓寶鑒明如日,漢現胡來等不差。

九旬禁足魚投網,三月安居鳥入籠。生殺盡時蠶作繭,如何透得這三重。

有口不吞三世佛,大家相聚喫莖齏。雖然冷淡無滋味,一飽能消萬劫飢。

叉手進前,進前叉手。描也描不成,畫也畫不就。老潙山,真傑斗。肯一不肯一,舌頭不出口。父子雖親妙不傳,八角磨盤空裏走。

海棠同居結淨緣,少林消息本無傳。寒來暑往誰相委,荏苒浮生又一年。(以上同上卷六)

頌古

世尊初生
謾歷僧祇曠劫修,禍胎又復降閻浮。至今醜惡難遮掩,突出雲門拄杖頭。

外道問佛
皓月當空似鑒圓,塵毛剎海照無偏。迷雲散盡搏桑曉,桂殿嫦娥怨未眠。

女子出定
出得出不得,商量徒苦辛。千年桃核裏,覓甚舊時人。

殃崛摩羅持鉢
瞿曇具正遍知,尊者豈無三昧。母子兩得分解,非干別人之事。

罽賓國王斬師子尊者
利劍斬春風,虛空展笑容。未明三八九,宿對一重重。

達磨面壁
九年面壁訪知音,畢竟同誰話此心。三拜起來依位立,丈夫膝下有黃金。

廬陵米價
廬陵米作麼價,此語流傳遍天下。佛法大意這只是,衲僧不用生疑怪。

石頭云"恁麼也不得,不恁麼也不得。恁麼不恁麼,總不得"
諸佛心要,列祖玄關。至簡至易,難之又難。

馬祖三十年不少鹽醬

自從胡亂後,不曾少鹽醬。有甚閑消息,寄與讓和尚。

龐居士問馬大師"不與萬法爲侶者是什麽人",大師云"待汝一口吸盡西江水,即向汝道"

一口吸盡西江水,識浪情波徹底乾。截斷老龐三寸舌,倚天長劍逼人寒。

百丈再參馬祖

當機一喝怒如雷,誰道精金色不回。直得耳聾并吐舌,三玄戈甲火中栽。

國師三喚侍者

國師徹底老婆心,侍者真鍮不博金。寄語傍花隨柳客,養兒方識父恩深。

南泉"心不是佛,智不是道"

心不是佛,智不是道。夜雨滴空階,春風吹百草。本無迷悟人,只要今日了。

南泉"平常心是道"

平常心是道,親切爲君宣。瞥爾情生也,何由脱蓋纏。

趙州訪臨濟

西來祖意,觸處分明。趙州洗脚,臨濟側聆。

趙州訪茱萸

曹溪正脉古猶今,拄杖如何探淺深。莫道茱萸無一滴,趙州直下被平沉。

趙州勘婆

善舞太阿劍,決無傷手厄。慣編猛虎須,必有全身策。勘破臺山臭老婆,打失當頭個一着。

趙州"有佛處不得住"

無奈雪霜寒,怕見楊花落。打破趙州關,清風滿寥廓。

趙州"狗子無佛性"

趙州狗子無佛性,三世如來不見踪。昨夜含暉亭上望,青山倒景月明中。

趙州問南泉:"知有底人向什麽處去?"泉云:"山前檀越家,作一頭水牯牛去。"州云:"謝師答話。"泉云:"昨夜三更月到窗。"

水牯水牯,皮好鞔鼓。角好吹,嗚哩嗚。昨夜三更月到窗,天上日輪正卓午。

青州布衫

萬法歸一,一歸何處。寧可截舌,不犯國諱。青州布衫重七斤,千手大悲提不起。提得起,也大奇。等閑挂向肩頭上,大勝時人着錦衣。

無業國師云:"若一毫頭,凡聖情念未盡,不免入驢胎馬腹裏去。"

白雲端和尚云:"設使一毫頭,凡聖情念净盡,亦未免入驢胎馬腹裏去。"

佛祖位中無住着,人天路上絶蹊扳。驢胎馬腹埋頭入,一片閑雲任往還。

鎮州蘿蔔

鎮州出大蘿蔔,趙州親見南泉。五祖栽松道者,洞賓元是神仙。

臨濟見僧入門便喝

入門便喝,是何宗旨。明眼人前,一場笑具。

德山見僧入門便棒

入門便棒,是甚機用。趁得老鼠,打破油瓮。

三聖"逢人則出,出則不爲人"。興化"逢人則不出,出則便爲人"

張公賣醋,李公賣鹽。道路各別,養家一般。

臨濟兩堂首座齊下喝

兩堂喝下主賓分,點鐵成金豈易論。父子不傳真妙訣,嘉聲千古振乾坤。

德山托鉢

鐘未響兮鼓未鳴,德山托鉢下堂去。雪嶠連忙唤得回,巖頭密啟深深意。不了目前機,寧論末後句。果然遷化恰三年,疑殺禪和萬萬千。

洞山云"言無展事,語不投機。承言者喪,滯句者迷"

解唱非關舌,能言不是聲。干戈才偃息,四海樂清平。

雪峰望州亭相見

鵝湖歸方丈,保福入僧堂。望州烏石嶺,何處覓曾郎。

玄沙見新到纔禮拜,沙云"因我得禮你"

目前無闍梨,座上無老僧。因我得禮你,錯認定盤星。

玄沙三種病人

釣魚船上謝三郎,攪得江湖沸似湯。撿點衲僧三種病,不知自病入膏肓。

玄沙云"若論此事,喻似一片田地,四至界分,結契賣與諸人了也。只有中心樹子,猶屬老僧在"

祖翁田地中心樹,拄地撑天價莫論。賣與買人誰是主,清陰留取覆兒孫。

靈雲見桃花
武陵源上東風裹,欸乃歌聲逐流水。回首仙踪不可尋,桃花亂落如紅雨。
明招"虎生七子"
無尾菝菟氣食牛,是誰全放復全收。李將軍有嘉聲在,射着元來是石頭。
普化"明頭來,明頭打"
普化搖鈴鐸,曾郎輥木毬。虛空放紙鷂,線斷一時休。
興化打克賓
大覺堂前遭痛棒,衲衣卸下急翻身。分明有理難伸訴,法戰場中打克賓。
興化上堂云:"今日不用如何若何,便請單刀直入,興化與你證據。"時有旻德長老出衆禮拜,起來便喝。化亦喝。德又喝。化又喝。德禮拜歸衆。化云:"適來若是別人,三十棒一棒也較不得。何故?爲他旻德,會一喝不作一喝用。"
龍驤虎驟,電激雷奔。一挨一拶,搖乾蕩坤。冰棱上度過九鞠,劍刃上拾得全身。選佛若無如是眼,宗風那得到于今。
僧問興化:"四方八面來時如何?"化云:"打中間底。"僧便禮拜。化云:"昨日赴個村齋回來,中路撞着一陣卒風暴雨,却向古廟子裏閃避得過。"
鬧處靜峭峭,靜處鬧浩浩。古廟裏藏身,咄哉興化老。風吹不入,雨打不濕。四方八面絶遮攔,中間猶隔萬重山。好把一枝無孔笛,夜深吹過汨羅灣。
夾山示衆云"目前無法,意在目前。不是目前法,非耳目之所到"
直下會來猶未是,纔生分别轉諠訛。休將支遁池中鶴,喚作山陰道士鵝。
雲門須彌山
雲門禪在口皮邊,靈利師僧會轉難。突出須彌橫海上,從教日月自循環。
雲門大師云:"聞聲悟道,見色明心。作麼生是聞聲悟道,見色明心?"乃云:"觀音菩薩將錢買胡餅,放下手云,元來却是饅頭。"
吹盡風流大石調,唱徹富貴黃鐘宮。舞腰催拍月當曉,更進蒲萄酒一鍾。
瑞巖喚主人公
潦倒瑞巖無别法,尋常但道惺惺着。凡聖由來共一家,誰是主人誰是客。
雲門示衆云"世界恁麼廣闊,爲什麼鐘聲披七條"
聲來耳畔何須較,耳到聲邊不用論。披起七條全體現,更於何處覓聞聞。

首山竹篦
首山舉起竹篦,衲子休分背觸。喚作一物不中,擬議橫尸露骨。

僧問乾峰"十方薄伽梵,一路涅槃門"
十方薄伽梵,一路涅槃門。華嶽連天秀,黃河徹底渾。

芭蕉拄杖
芭蕉拄杖子,分明爲君舉。奪也未嘗奪,與亦何曾與。放在卧床頭,急要打老鼠。

羅山送同行矩長老
幾年湖海共參尋,惜别如何話此心。生鐵蒺藜當面擲,三千里外有知音。

僧問風穴:"語默涉離微,如何通不犯?"
穴云:"常憶江南三月裏,鷓鴣啼處百花香。"
百花深處鷓鴣啼,高下林巒錦繡圍。滿目春山與春水,笙歌叢裏醉扶歸。

汾陽十智同真
千溪萬壑歸滄海,八表三邊朝紫宸。欲識汾州真面目,重陽九日菊花新。

百丈野狐
用盡自己心,笑破它人口。多遇野干鳴,罕逢師子吼。

舉道者訪琅琊
打鼓弄琵琶,相逢兩會家。禪流争指註,杜撰數如麻。

《楞嚴經》云"見見之時,見非是見。見猶離見,見不能及"
開眼也着,合眼也着。黃面瞿曇,錯下註脚。

《楞伽經》五法,三自性,二種無我
法性本空,不墮諸數。虛空亦無,何名爲我。百非四句盡掀翻,家家門首長安路。

《法華經》云:"大通智勝佛,十劫坐道場。佛法不現前,不得成佛道。"
一念普觀無量劫,飢來喫飯困來眠。堂堂大道無今古,佛法何曾不現前。

讚語

釋迦出山相
明星瞥見便抽身,鼻孔依前搭上唇。殃及兒孫無了日,直將北斗作南辰。

無量壽佛
願輪赫日繞須彌,垂手毋忘二六時。住世壽元無有量,度生悲智不思議。

光明遍照恒沙國，福慧真成大導師。地獄天宮皆净土，此心只許老胡知。

觀音大士

惟我大士，普現色身。而此福聚，示以童真。一月在天，影含衆水。清净寶目，明照無二。三界火宅，均受熱惱。手甘露枝，永矢弗捨。我願衆生，得正三昧。刹刹圓通，塵塵自在。

手眼通身，福慧無量。修因證果，上合觀音古佛本妙圓通；拔苦與樂，下與法界衆生同一悲仰。無機不被，有願必從。如谷答響，如風行空。海岸乾坤自孤絶，善財何處覓靈踪。

從聞思修，入三摩地。以悲智願，行平等慈。度一切衆生，實無衆生得滅度者；具一切功德，是真功德不可思議。不是文殊輕漏泄，圓通門户許誰知。

突鬢如雲淡梳洗，無底籃盛赤梢鯉。東頭賣賤西頭貴，不愁世上無行市。三級浪高魚化龍，癡人猶屏野塘水。

聞所聞盡，空所空滅。將錢買胡餅，放下却是鐵。懸崖峭壁，現自在身。月在水中撈得上，不將一法繫於人。大士方便力，微妙難思議。而於一毫端，示現文句身。法界諸有情，瞻禮仍讀誦。言詞相寂滅，現前獲圓通。我願未來世，修行不退轉。具足智方便，亦如光世音。八萬四千，母陀羅臂。提接之悲，豈唯四爾。法身無相，不堕諸數。隨衆生心，現一切處。一即一切，一切即一。月印千江，春行萬國。我觀大士，離分別見。離性亦無，日面月面。

平等垂慈道至公，六根互用總圓通。潮回浦面千波合，春透花枝萬卉同。悉使癡昏瞻慧日，普令熱惱濯清風。大悲空盡衆生界，依舊扶桑在海東。

四不思議二殊勝，兔角龜毛一串穿。誰識普門真境界，海天無際月孤圓。

跏趺草偃吉祥風，玉臉吹香展笑紅。一念普觀無量劫，狸奴白牯證圓通。

蓮葉舟輕苦海深，跏趺聽徹海潮音。魚龍蝦蟹都成佛，無限平人被陸沉。

娑婆教體在音聞，聞復音銷道自尊。未許文殊善甄別，十方一路涅盤門。

池沼樹林皆演法，山河國土共舒光。眼聲耳色常三昧，何啻心聞洞十方。

維摩居士

神通妙用不思議，大似空拳誑小兒。試問針鋒持棗葉，何如芥子納須彌。觀身實相寧多病，杜口無言只自欺。堪笑靈山三萬衆，望風碌碌樹降旗。

是病非地大，亦不離地大。咄哉老古錐，開口成話堕。不得文殊錯證明，至今卧病毗耶城。

布袋和尚

百億分身補處尊,囊中別是一乾坤。不知說法龍華會,畢竟如何建化門。

達磨

龍鳳之姿,天日之表。栖栖暗度江,討甚閑煩惱。三五回中毒,宿債難逃。八九年面壁,邪禪默照。裂髓分皮急轉身,不覺全身入荒草。

胸中崖岸千尋險,腳下波濤萬丈深。十萬西來緣底事,只應梁誌是知音。

東西走得腳皮穿,教外何曾有別傳。任爾一花開五葉,好兒終不使爺錢。

羅漢

修行未斷鼠毒法,應供毋忘信施恩。三界塵勞深似海,與誰携手涅槃門。

天台智者大師

手把鐵如意,作大師子吼。一心本空寂,三諦亦非有。燈籠沿壁上天台,驚起法身藏北斗。

六世祖師,漳南禪人請讚

證不滅受,達諸法空。當朝觸諱,有理難容。一葦渡江,九年面壁。前無釋迦,後無彌勒。分皮擘髓,大振玄風。千峰到嶽,萬派朝宗。

將心來安,心無可覓。三拜起來,依位而立。水不洗水,金不博金。雲開月現,日照天臨。積雪沒腰,利刀斷臂。仰止風規,覺我形穢。

將罪來懺,罪不可得。證自覺智,滅妄想惑。艱難備嘗,不動本際。命縣一絲,燈聯三世。毗盧心印,銘示後昆。黃河九曲,水出崑崙。

脅不着席,垂六十年。三詔弗起,雷動九天。道傳懶衲,衣付小兒。月臨衆水,春透花枝。一切諸法,悉皆解脫。最初一句,末後一着。

老難授道,去來奚難。捨身受身,濁港江邊。圓滿德相,具大總持。千鈞大法,七歲沙彌。钁頭邊事,不勞拈出。雙峰峨峨,青松鬱鬱。

佛性本空,豈有南北。一句當機,青天白日。菩提無樹,明鏡非臺。三更付法,醉後添杯。死款活供,來時無口。石上栽花,空中結紐。

栽松道者

破頭山裏栽松日,濁港江邊寄宿時。大法一絲縣九鼎,去來心事許誰知。

李習之參藥山

雲在青天水在瓶,方知見面勝聞名。回身失却來時路,直向深深海底行。

船子和尚

抛却蘭橈覆却舟,錦鱗一躍過滄洲。釣竿不用重栽竹,千古朱涇水倒流。

永明智覺禪師

以心爲宗,如鏡照鏡。一塵不立,群機普應。風吹波浪,日照光明。欲識玄旨,翳汝眼睛。心外無法,鏡中無象。我述讚詞,敲空作響。

行化騎虎小象

普覺真身瘞五雲,化風藉藉古猶今。難教虎絶傷人意,只要人無害虎心。
(以上同上卷七)

寄大慈學古庭講主 時無量壽院四十行人同聲《華嚴》,古庭主席

稽首華嚴大法王,萬行因華嚴果德。破一微塵出大經,大慈法力難思議。諦觀法界諸有情,如來智慧悉圓滿。妄想執著成倒迷,如大經卷藏一塵。種種譬喻廣演説,方便善巧力開示。誓令小大咸悟入,同入毗盧華藏海。毗盧藏海無有邊,功德勝妙亦無量。體用全彰大方廣,實無名相而可得。八萬四千諸法門,由茲建立所分別。一法若有墮凡夫,萬法若無失真境。法王稱性熾然説,終始未嘗談一字。法身大士四十位,聞所聞盡曾不聞。方當聞説寂滅時,徹證華嚴真法界。乃知出息與入息,常轉如是大經卷。異口一音僉讀誦,一即是多多即一。徑山説偈徒贊嘆,大慈法力讚莫及。善哉無量壽道場,金碧莊嚴勝無比。阿蘭若法菩提場,睹史夜摩靡差別。七處九會即如今,一念三世悉平等。前佛後佛等一佛,前身後身同一身。稽首法王世希有,如佛出世普饒益。願言世主千萬壽,金輪法輪永同轉。住行向地諸上人,世出世間同法會。

過海羅漢圖,因如海請題次韻

十八高人學無學,伎倆通身用不着。鉢盂安柄舀虛空,拄杖和雲挑華嶽。天生三毒牢不遷,往往對面森戈鋋。看讀豈識白繖蓋,默照參得黃楊禪。娑竭羅宮頻出入,大龍相招小龍揖。只貪龍頷得明珠,不知裙子褊衫濕。赤脚踏葦如徒杠,袖手浮杯穩勝航。波神鮫女設供具,差珍異寶争妍妝。到此急須登彼岸,主人翁也勤勤唤。弄潮輸與弄潮人,豈容名字阿羅漢。了得心身本性空,隨波逐浪皆超宗。斫脛未遭黄宗運,誰識瞿曇那一通。白晝晴窗開玉軸,一笑東風生意足。天台雁宕幾時歸,萬壑春雷吼飛瀑。

瞎牛歌贈韓公望 公望儒醫,中年目眚,自號瞎牛

隔垣見肝膽,自號爲瞎牛。我歌瞎牛歌,萬象笑點頭。瞎牛兒,人莫識,曠

大劫來無等匹。異類中行得自由,眼處聞聲耳觀色。瞎牛兒,世希有,金毛師子喚作狗。祖父田園任力耕,異苗靈藥時翻茂。瞎牛兒,無煩惱,誰管青黄赤白皂。一犁新雨隴頭春,數聲長笛江村曉。瞎牛兒,真快活,脚頭脚尾乾坤闊。鼻孔撩天不着穿,生死無明俱透脱。瞎牛瞎牛聽我歌,六根互用無偏頗。衆生洞視只分寸,大千刹海庵摩羅。

應庵和尚送密庵遺偈,蔣山請和

潦倒蘄州子,無門爲法門。憐兒不覺醜,遺墨尚留痕。披卷光零亂,摇乾復蕩坤。縣知揮灑日,硯沼雨翻盆。毒藥醍醐句,當機斷命根。密庵曾落賺,鍾阜莫欽遵。

次空室韻贈中竺傑侍者

爾家有祖蘤室翁,天南地北趨玄風。豈但宗通説亦通,肆口説法諸法空。下視碌碌皆兒童,妙圓不涉空假中。二三四七將無同,聲動焰摩睹史宫。鴻鐘鏗鏘鼓鼕鼕,冢嗣傑出千人叢。等觀萬物垂慈瞳,鄮峰靈塔慈雲籠。佛智燈連廣智公,天曆聖代親遭逢。如佛出世福慧充,中天調御天人雄。利生悲願無有終,慣用熱鐵并洋銅。玄沙釣魚在孤篷,石鞏生涯唯一弓。弄大旗鼓若總戎,懷哉懶庵心爲忪。愛爾入室朱顏紅,浩氣横空猶蟒蝀。飽參華夏聲譽隆,扶桑歸計休匆匆。千鈞大法在爾躬,老我聞見如盲聾。

示七閩鼎禪者

叢林秋晚時,祖脈絲縣鼎。學佛要明心,參禪須見性。心空性即空,頭正尾亦正。拗折石鞏一張弓,拈出玄沙三種病。

示嚴州用禪者

但能善用其心,則獲勝妙功德。乃先聖之格言,貴當人之不惑。展開七尺單,豎起生鐵脊。脚下如臨萬仞坑,腕頭何翅千鈞力。前無釋迦,後無彌勒。昨夜桐江水逆流,釣臺浸爛嚴光石。

次中竺韻送元藏主兼柬楚石和尚

縱横筆陣元和脚,寫出威音前一着。權實昭彰理事全,佛祖讓雄甘小却。平地驚翻千歲巖,煒煒煌煌尤赫赫。老子全施格外機,不比尋常黑豆法。藏主道韻熙春陽,况是年華方盛强。少室門風苦寥落,要須努力揚餘光。黄檗何孤打臨濟,雲門底事師曾郎。叢玉軒中喜相見,十里平湖開鏡面。深愧疏慵日應酬,攪得身心一團線。先師未了舊公案,眼底憑誰爲批判。寄語秦川楚石翁,老驥騰驥當血汗。

彌首座還嘉禾兼柬南堂天寧三塔興聖資聖顧玉山諸老

黃梅雨歇江天凉,薰風南來白晝長。閑房古寺不肯住,却憶并州是故鄉。臨行袖紙索長偈,信筆莫嫌無好句。法弱魔強正此時,濟北頹綱合扶起。只今四海惟南堂,佛病祖病排膏肓。有若長庚配殘月,清光爛熳天一方。更愛南湖第一刹,瓦礫縱橫熾然説。璚樓玉殿現毫端,不費腕頭些子力。龍淵直下深無底,浩浩松源有源委。不比尋常藥汞銀,真成師子一滴乳。虹渚風烟接爽溪,伯吹壎兮仲吹箎。放開佛手展驢脚,縱橫妙用皆全提。一笑三生浄名老,聞道全身入荒草。勘破諸方老古錐,奪市攙行非小小。醉李亭前好歸去,一一相逢煩道意。千里同風不用論,也知首座多長處。

盈藏主歸淮南

日月盈昃,辰宿列張。江河流注,山巖峥嶸。頭頭普示,物物全彰。子也親曾入吾室,有口只堪高挂壁。本無一法可流傳,拈花微笑成狼藉。一氣轉一大藏教,萬象森羅俱絶倒。直得長淮水逆流,凌霄峰頭日杲杲。袖紙殷勤索贈言,大似撥火求淵泉。丈夫胸中有天地,止啼黃葉非金錢。

次西齋韻贈定藏主

如來四十九年説,偏圓半滿無空闕。始終一字不曾談,無端重把牢關泄。道人秉志事參方,勇猛精進光明幢。信手揭翻華藏海,樹頭驚起魚雙雙。直得虛空失笑,萬象拱立。又誰管你無位真人,常在面門出入。君不見老趙州,眼無筋。大王來,不起身。有問萬法歸一、一歸何處,却道我在青州做一領布衫重七斤。

次韻贈福藏主

無上兩足尊,福足慧亦足。法門廣闊度群生,六六依然三十六。大藏教兮一絡索,子細看來特地錯。嘉州大象驀翻身,陝府鐵牛擷折角。子是龍河英俊流,何勞向外空馳求。五千餘卷瘡疣紙,十聖三賢茅涸籌。無本據,有來由。禾山只解打鼓,雪峰一味輥毬。休休,春光似酒,春雨如油。隨緣放曠,任運優游。盡説洛陽花似錦,不知春在柳梢頭。

次西齋韻贈真藏主

道人學道如香象,截流渡河真勇猛。馬駒踏殺天下人,一喝耳聾惟百丈。古今不隔一絲毫,力行古道毋辭勞。一氣轉一大藏教,銷得黃金北斗高。誰言祖諱休輕觸,五逆兒孫無面目。如何是佛麻三斤,直下分三要成六。

示福建常禪人

天不能蓋,地不能載,豈常人之所能荷擔。大小祖師,問着但道不識不會。航海梯山,千里萬里。東討西尋,不是不是。着衣喫飯時,屙屎送尿處,如形影之相隨,求人不若求己。君不見玄沙備,不出嶺來多意氣。踢破娘生脚指頭,百世光明照寰宇。

次韻贈秀北宗藏主

面南看北斗,火裏蘆花秀。一句三玄濟北宗,拈來塞斷衲僧口。大藏與小藏,雙收復雙放。大洋海底袞沒馬之紅塵,須彌峰頭鼓滔天之白浪。潦倒徑山,慚無伎倆。謾贈短歌,敲空作響。羅龍打鳳羨龍河,龜毛結網三千丈。

示寶陀春藏主泗州大聖受業

寶陀巖上觀音,泗州城裏大聖。神通妙用縱橫,總是冬行春令。德山入門便棒,臨濟入門便喝。知之者謂之喜捨慈悲,不知者喚作尋常盂八。道人諮參遍寰宇,抉珠直入滄溟底。眼頭蒼翠既分明,脚下淺深還自委。

示修藏主

祖師巴鼻,莫辨金沙。空中結紐,石上栽花。一大藏教對一説,拄地撐天繋驢橛。掣斷金鎖天麒麟,等閑挨落天邊月。會則事同一家,不會千差萬別。那吒頂上喫蒺藜,金剛脚下流出血。

格首座歸日本次韻

是不是,非不非,肩橫七尺烏藤枝。從來首座有長處,脚未跨門吾已知。不用説心説性,何須象席打令。問訊燒香喫茶,分明如鏡照鏡。昨夜文殊普賢,起佛見法見,貶向二鐵圍山。休論夢昇兜率,劍挂眉間。翻身靠倒扶桑國,南海波斯念八還。

恩禪人參方

恩禪欲參方,袖卷索長偈。更不涉思惟,分明爲君舉。閩越山萬重,江淮水千里。縱橫拄杖頭,總是自家底。有佛處不得住,何妨小小盤桓;無佛處急走過,正好遲遲遊戲。遇飯即飯,遇茶即茶,可行即行,可止即止。草鞋踏破早歸來,莫待秋風撼庭樹。

示净心禪人

心净則佛土净,刹刹塵塵大圓鏡。心空則諸法空,昨夜南山,虎咬大蟲。參禪只要明心地,立雪神光曾斷臂。覓心不得即安心,達磨大師無本據。我無一切心,何用一切法。心空及第好還家,萬里北風吹鬢髮。

次韻示東林守禪人

學道譬彼用兵,善戰不如善守。但知能言匪舌,便解行拳非手。何煩抛却東林,遠參西麓病叟。汝既單刀直入,我即烏藤便搜。棒頭拾得全身,未許開張大口。

成禪人參净覺

學道本成見,萬法唯心識。頭頭見釋迦,處處逢彌勒。實學真參大丈夫,釋迦彌勒是他奴。鼻孔吸乾四大海,眼睫倒挂須彌盧。任性優游天界,隨緣放曠皇都。誌公豈是閑和尚,達磨道地老臊胡。一個現十二面觀音,問渠那個是正面;一個道廓然無聖,第一義諦爭得無。要須超越,莫受塗糊。净覺國師機用別,紫羅帳裏撒珍珠。

示傳無用

用無用,爲無爲,作無作。活衮衮,明落落。剛然索我無用之空言,畫蛇未免重添足。無用老,知不知。用而無用爲無爲,大洋海底紅塵飛。用而無用作無作,空裏磨盤生八角。用而無用無亦無,蟭螟吞却須彌盧。便恁麽去,未敢相許。別有商量,賣弄口觜。無用老,怎麽好。不若從他要用便用,生鐵團上休尋縫。要爲便爲,飢來喫飯寒着衣。要作便作,春至花開秋葉落。須知執法修行,正是無繩自縛。君不見祖師道,大用現前,不存軌則。桑條上着箭,柳樹上出汁,妙用恒沙有何極。又不見傅大士曾有言,空手把鋤頭,步行騎水牛。後夜雙溪弄明月,看取橋流水不流。

新首座歸荆溪山居次印心韻

大乘根器生神州,冰枯雪老知幾秋。碧明胡僧眼未識,迢迢謾作真丹遊。一言易出難翻欵,九年面壁嵩山畔。殃及齊腰立雪人,覓心不得忙如鑽。道流問道來江東,龍河萬衲如雲從。眉間劍氣拂牛斗,相逢政好論宗風。五葉一花開朵朵,達磨不曾傳慧可。不見當年老藥山,一物不爲唯宴坐。道流好歸松石室,自在經行及坐卧。有問西來事若何,樓至拳頭如鉢大。

雪巖和尚牧牛歌,慶禪人請和

雪巖牧牛機不密,溪東溪西露聲迹。引得無知瞎屢生,終日茫茫去尋覓。何如長慶一牧三十年,調伏功深有來歷。或全放,或全收,縱橫自在無拘留。閑鞭索,舊犁杷,嘎地一聲俱颺下。從教日炙與風吹,飢來喫飯寒着衣。脚頭脚尾乾坤闊,鼻孔撩天雙眼活。三叉路口夕陽紅,酒旗獵獵搖晴空。短笛橫吹西復東,落花飛絮春濛濛。

次韻送等藏主

生佛本平等,參方須見性。衆生無相身,諸佛無見頂。光明遍刹塵,晃晃相輝映。是藏不是藏,非心亦非境。少減與多添,曾不墮虧剩。蛩吟秋夜長,鳥啼春晝永。明明絕覆藏,歷歷亡偏正。物我了真空,順逆委天命。法海浩無邊,行行恣游泳。堪嗟演若多,迷頭徒認影。

震藏主歸吳兼柬萬壽行中法兄,次全室韻

七穿八穴毗盧藏,不住十玄并六相。五千餘卷錯流傳,説性説心皆影響。拈花微笑本無旨,冷暖自知魚飲水。二三四七謾相承,上大人兮丘乙己。我昔叨居慧日峰,當場蹴踏多象龍。子方年少擅英俊,力探此道嘗游從。老我衰殘非舊日,喜子龍河扣全室。全室當今大法王,爲人只個氉毛拂。頂門有眼分邪正,塞却耳根休聽瑩。凌滅宗風五逆兒,佛祖天魔隨號令。北山與我同心曲,白紙不勞馳片幅。爲言早晚定南還,相看糞火煨黃獨。

友禪人請藏經歸日本次韻

善財南詢見初友,拈得鼻孔失却口。彈指豁開樓閣門,震遍震兮吼遍吼。益堂遠自扶桑來,鯨濤直度無縈迴。順風五日到中國,喜見海山萬朶青崔嵬。搆得藏典五千四十有八卷,豈憚山長并水遠。明朝別我又東還,好把船頭輕撥轉。須知大法本無傳,樹林水鳥常敷宣。石城山前重回首,佛日照曜東南天。

虛室贈滿藏主次韻

幻有不異真空,虛妄不離真實。有室胡爲揭虛空,此室無面無背,與虛空而同大。苟離實而即虛,六户皆成有礙。室之寬,無邊刹海俱包含。室之窄,纖毫長物難藏着。寬窄虛實,當頭坐斷,不用論量。十世古今,一念現前,了無縣隔。此室非空亦非有,要在當人善持守。等閑和底盡掀翻,噴嚏也成師子吼。

元禪人歸日東

大唐國裏無佛法,胸次莫留元字脚。行脚參方合自知,差病不假驢駝藥。達磨老臊胡,西來成大錯。人人鼻孔撩天,個個眼生三角。直指人心心本空,見性成佛佛乃覺。春至自華開,秋來還葉落。踏破草鞋歸去來,萬里海天飛一鶚。

示山居持首座

堅持密行，默照深禪。執之失度，放之自然。端可以捲舒立方外乾坤，縱橫挂域中日月。説甚麽眉間挂劍，血濺梵天。君不見，大梅一見馬師後，拈得鼻孔失却口。直入千峰與萬峰，誰肯將身藏北斗。又不見，潦倒龍山住庵日，入海泥牛絕消息。不知塵世是何年，但見日頭東畔出。庵居識得庵中主，狸奴倒上菩提樹。不妨百鳥獻花來，從教菜葉隨流去。

洞庭謡送嘉則堂住水月

東洞庭，西洞庭。下瞰太湖三萬六千頃白波之浩渺，上盡奇峰七十一二朵秀色之空青。金刹星羅焯雲漢，林屋路窅通滄溟。盧公石屏凛生面，尚想叱咤生風霆。更憐慈受樂幽隱，樹林水鳥共演妙法談真乘。耀古輝今誇二老，俯仰有誰同此道。水月光中得異才，善舞不妨場地小。清净之身廣長舌，坐斷湖山熾然説。水天無際月孤圓，一切水月一月攝。楊岐乍住空四壁，辛苦栽田博飯喫。風穴單丁儼千衆，百世高風動寥沉。復先德之真規，掃末流之塵迹。插一莖草，現璃樓玉殿，未稱全提。布縵天網，打衝浪錦鱗，不勞餘力。流芳天瑞挺孫枝，臨濟未是白拈賊。

古鏡贈明禪人

混沌未分，世界未立。一片靈光，湛而常寂。静鑒萬象，洞照十虛。交徹融攝，無欠無餘。胡來漢來，日面月面。見見之時，見非是見。爾稱古鏡，當究厥旨。耀古騰今，輝天鑒地。

湛源贈定禪人

真源湛寂，撓之則昏。静以照之，鏡而不痕。儵然情波，忽焉識浪。流轉三界，千態萬狀。咨爾定力，五濁俱捐。塵塵清净，刹刹澄圓。（以上同上卷八）

讀華嚴

華嚴法界浩無邊，玉轉珠回滿目前。究竟直須超性海，精通猶是涴心田。不離當處該三德，曲説多方顯十玄。慚愧舍那尊特父，誑兒偏解奮空拳。

讀法華

六萬餘言最上乘，寒窗相對篆烟騰。無邊譬喻刀頭蜜，大事因緣火裏冰。彈指不妨開寶塔，焚身誰解繼真燈。循行數墨三千部，一句全超憶慧能。

讀楞嚴

諦觀佛頂首楞嚴，金口流珠顆顆圓。大定不離修萬行，密因先合斷三緣。

毫端現刹難思議,眼處觀聲絕正偏。赤手果能探教海,得魚須信貴忘筌。

讀楞伽

大品楞伽奧旨深,止啼黄葉勝真金。了知我相元無我,直達心宗豈有心。
兔角龜毛難比況,情波識浪任浮沉。百非四句俱拈却,蠛蠓蚍蜉解賞音。

讀圓覺

大圓覺海廣尤深,誰信真源近可尋。三觀澄明標匪月,六塵清净礦元金。
却憐調御多饒舌,未許曼殊獨賞音。披卷只圖遮老眼,尅期修證本無心。

血書華嚴經

五十三人血戰來,百城烟水盡成灰。毗盧樓閣紅雲涌,帝網山河赤幟開。
十指頭邊師子吼,一針鋒上象王回。有無功力難思議,直得腥風遍九垓。

墨書法華

松陵信士王元吉,夫婦同持妙法華。笑倒虛空多寶塔,驚翻露地白牛車。
世緣未了曾何礙,寶所親登定不差。朵朵青蓮毫末現,腕頭餘力更堪誇。

綉字金剛般若經

般若靈文宿有緣,等閑綉出喜功圓。銀鈎鐵畫分行布,玉線金針顯妙玄。
兔子懷胎皆剩法,蚌含明月匪真詮。金剛正體堂堂露,錦上添花五色鮮。

秦因二上人同書華嚴

毫端幻出大華嚴,名句形身勝妙兼。寶網雲臺同演說,塵毛法界盡包含。
衆生共入毗盧藏,梵苑雙敷優鉢曇。披卷了無文字相,善財空走百城南。

藏主職滿還吳

今古何曾有悟迷,南屏懶把布毛吹。山青雲白光明藏,鵲噪鴉鳴小艷詩。
十里平湖秋澹澹,三吳歸路黍離離。莫嫌送別無分付,又是重安眼上眉。

僧院判奉旨降香育王寶陀,北歸次雪窗和尚韻以贈

西河師子僧思吉,遠降天香跨海回。設利寶光開五色,洛伽大士舞三臺。
孤峰頂上逢彌勒,百草頭邊識善財。聖主無爲千萬壽,南方佛法未全灰。

答訓書記兼柬師林立卓峰

撒土猶能更撒沙,難兄難弟喜通家。咬人師子全牙爪,逐塊韓盧曳尾巴。
月下守株空待兔,棒頭打草要驚蛇。頹綱力振看能事,種豆何妨得稻麻。

寶藏主還吳江

法王大寶秘形山,覿面當機要見難。紙襖鈔來渾是錯,柴爿颺下太無端。

神駒墮地萬里志，彩鳳衝霄五色翰。少室宗綱方解紐，未容高卧曲江干。

無言

始終一字不曾談，開口分明落二三。少室九年成滲漏，毗耶一默露廉纖。禪詮諜諜瘡疣紙，教網重重鶻臭衫。截斷溪聲廣長舌，春風飛燕自喃喃。

次韻答夢堂法兄

兵戈南北競喧争，兄弟分違似隔生。瀛海丹山君宴坐，劫灰雙徑我徒行。只添束篾腰間重，依舊眉毛眼上橫。賴有祖翁家活在，不妨日午打三更。

示道同凈人

大道何曾有異同，纔生分別便乖宗。堂堂獨露聲塵外，歷歷常居動用中。明鏡非臺光自照，菩提無樹體元空。迢迢龍翔人歸遠，千古誰能振祖風。

答普濟元恕法兄

機鋒抹過睦州踪，幢蓋行看上五峰。花偈寄來春尚早，蘿窗披玩雪初融。樓臺突兀吳江上，瓦礫從衡徑塢中。裁謝莫嫌成懶慢，弟兄千里本同風。

妙藏主參方

純圓獨妙子深諳，杖屨何須事別參。良遂無端見麻谷，德山落賺到龍潭。衝雲突日遼天鶻，覂駕空群汗血驂。袖裏摩尼發光怪，照開烟水百城南。

無竭

一滴流來自劫空，涓涓不絕遠朝宗。延洪孰究根源力，消長全超造化功。沃日滔天殊未泯，分枝列派有何窮。叢林萬古均沾溉，共喜曹溪正脉通。

次韻送日東俊侍者入閩

三喚三呼若震驚，屎腸抖擻為君傾。國師機用親仍切，侍者威儀老更成。椰栗枝頭懸震旦，蟭螟眼裏泛蓬瀛。天風亭上聽秋雨，滿耳須知不是聲。

答蘇昌齡編修病中索茶

東土西乾老凈名，經秋不見渴塵生。每懷取飯香積國，未暇問疾毗耶城。劇談直欲離言說，安眠豈有閑心情。趙州道個喫茶去，瞎却幾多人眼睛。

次韻奉答張蜕軒承旨求作師祖善權和尚塔銘

閣老文章有耿光，任將四大作禪床。筆頭慣點金剛眼，手面宏開大寂場。鯨海重勞詩遠寄，龍淵深喜道相忘。亭亭祖塔西岡上，有待摛辭下帝鄉。

次南堂了庵和尚韻

拂袖中吳第一峰，南堂岌岌凛高風。坐令鷲嶺真規復，不翅松源正脉通。

長庚爛爛横霄漢,野鶴翩翩絶檻籠。快活有時無着處,風顛寒拾恰相同。

次韻示堅禪人

芭蕉身相本非堅,生死根深苦繞纏。直下一刀成兩段,何須問道與參禪。砂鍋頓頓齋羹飯,石鼎時時柏子烟。三際十方俱坐斷,不知誰後復誰先。

答天章復初法弟

嘍羅智者講天台,潦到盧公辯鏡臺。法法無差波即水,新新不住火成灰。力將正説排邪説,驗盡南來與北來。佛日孫枝饒挺秀,鐵華還向樹頭開。

師祖善權元翁和尚忌辰撫景感懷七首

今朝五月廿四日,老倒禪翁恰化生。佛祖位中無住着,人天路上謾從衡。亭亭峨石機猶峻,岌岌龍巖話大行。欲識善權端的旨,日輪卓午打三更。

薰風庭院日偏長,遍界明明不覆藏。今雨稚松争拔地,故園新竹已過墻。固知齁鼠非他物,忽聽鳴蟬報夕陽。六十六年來又去,了無生滅可論量。

病魔垂老任交攻,高卧匡牀丈室中。四大色身元是妄,多生業障本來空。華池寶所阿鼻獄,火聚刀山兜率宫。天上人間恣游戲,開軒徒自抱玄風。

櫻桃盧橘繞檐栽,小小方池手自開。曇諦不忘書鎮約,黄梅重駕願輪來。多身有待分塵刹,全體那辭育聖胎。薄福住山頭已白,深恩何以答涓埃。

棟宇渠渠更故新,寸長尺短妙經綸。竹頭木屑知功力,露柱燈籠識苦辛。香積引泉來百丈,層樓送目過由旬。却憐坐卧經行處,物物全彰净法身。

爲愛團欒十畝園,紅芳消後緑陰連。杖藜日涉真成趣,野菜時挑不費錢。臨濟栽松親鑱地,仰山種粟自燒田。祖翁活計誰相委,獨立南榮爲惘然。

舐犢之情似海深,誰知黄檗老婆心。醍醐酥酪皆同味,釵釧瓶盤等一金。彈指全超法報化,翻身坐斷去來今。高堂素壁薰風裏,遺像重瞻思不禁。

送相長老潛長老住宣州妙相法相次韻

宛陵奚翁之故鄉,朝來喜送諸孫行。珍重難兄與難弟,願言爲法不爲名。雲山千里遥在目,祖脉一縷尤關情。日炙風吹木瓜樹,描不成兮畫不成。

次韻答寄昭明才無學藏主

錦峰山下千年寺,横翠堂中一老身。晝夜心源常湛寂,冰霜戒檢獨清新。彌陀見在忘形友,慈氏當來入幕賓。願與趙州同甲子,裹茶聊寄雨前春。

彝藏主職滿還承天次剛中禪師韻

一氣轉一大藏教,回頭故國是夫差。驚群喜見英靈漢,圓相休呈老作家。

手面生機禽虎兕，頂門正眼辨龍蛇。叢林秋晚看昂藏，遍界開敷五葉華。

次韻寄開化一元禪師

厭看功臣樹色蒼，故山端的勝殊方。桑麻原隰連香徑，金碧樓臺峙寶坊。瀹雪小齋雲半榻，貫花新偈日千行。春深四大輕安否，佛祖權衡賴抑揚。

退歸海雲受業謝祥止庵過訪次韻

散席歸休愧老蒼，匡徒行道任諸方。百年寄幻依雲麓，午夜傳衣憶碓坊。笋蕨時挑殊有味，杉松手植已成行。春風短策勞相過，活計都盧爲舉揚。

次韻答靈隱介庵

應世隨緣沒奈何，秋來說法喜無魔。須彌椎打虛空鼓，般若舟橫苦海波。石子岡頭潮信早，梅花洲上月明多。江流不盡深深意，獨許吳音唱楚歌。

早出餘杭感懷

佛祖宏規有準繩，侯門無事愧頻登。蒼茫五髻三更月，迢遞千巖萬壑冰。心迹任教同槁木，姓名何必上傳燈。覺天不夜空無際，寂寂行看慧日昇。

次韻答愚仲法兄

寶華白晝雨空山，滿紙伽陀辱遠頒。頓覺五峰嘉氣集，坐令千載古風還。縱橫妙灑鐵鉤鎖，精瑩雄辭玉佩環。焚香打鼓普請看，津津喜色動衰顏。

寄天寧白庵

聞道南湖第一山，交參龍象雜官班。東頭賣貴西頭賤，空手來時赤手還。頂顙一機猶掣電，語言三昧若連環。鐵船下海休輕舉，老叔談禪亦強顏。

答東皋伯遠法師二首

東皋尊者隱郊墟，小小屠蘇睹史居。切柏代香朝演法，捲簾進月夜紬書。村園界熟秋霜後，花徑苔生宿雨餘。心境兩忘諸幻滅，更於何處覓真如。

楓宸召對足光榮，峻辯宏機悅衆情。一妙九旬談不盡，千差萬別證無生。中吳大士推三傑，上國高僧第一名。道重金輪聖天子，毗盧頂上等閒行。

次韻寄行中法兄

幢蓋東游駐北山，青鞋同踏蘚痕班。十年不見風塵隔，幾度空懷信息還。猛虎口中撑玉箸，狻猊頷下解金環。刹竿倒却誰扶起，爭羨拈花獨破顏。

次韻寄德巖講師

老倒龍潭接德山，紙燈滅處管窺斑。爭如東塔生機妙，力挽西乾正脉還。爛爛雜花真富貴，澄澄性海自旋環。丹崖碧嶂秋光裏，一笑何當展瘦顏。

復次韻答愚仲法兄

碌碌虛聲冒五山,驅馳贏得髮毛斑。宗綱委地慚無補,節序奔流去不還。浮世百年蛇戀窟,勞生三界蟻循環。聖凡平等難調制,顧我疎才覺厚顏。

答前開元方崖法兄二首

宗教人才繫重輕,弟兄垂老益關情。徒勞剌說仍塵說,盡把風聲作雨聲。勇退曾聞法雲本,高閑誰似覺天清。尚期末路參玄士,悉使歸家罷問程。

秋晚叢林委地空,庵居小小不雷同。單提獨弄三江上,萬別千差一照中。船子清風來夾嶠,馬師異類得龐公。遥知緇白交參處,入夜高燒蠟炬紅。

悼楚石和尚三首

潦倒奚翁的骨孫,高年説法屢承恩。麻鞋直上黃金殿,鐵錫時敲白下門。煩惱海中垂雨露,虛空背上立乾坤。秋風唱徹無生曲,白牯狸奴亦斷魂。

聖主從容問鬼神,當機一默重千鈞。荼毘直下金門詔,火聚全彰净法身。平地驚翻三世佛,等閑瞎却一城人。大悲願力知多少,枯木花開別是春。

匡床談笑坐跏趺,遺偈親書若貫珠。木馬夜鳴端的別,西方日出古今無。分身何啻居天界,弘法毋忘在帝都。白髮弟兄空老大,剎竿倒却要人扶。

次韻賀象元禪師遷徑塢

萬仞龍門奏凱歸,山頭魚躍井塵飛。生機透脱空諸有,妙用縱橫顯衆微。四海叢林師望重,三台人物曉星稀。祖翁塔所能延老,擬辦遮寒布衲衣。

用韻寄天界全室禪師

詔領宗壇萬衲歸,龍河花雨日紛飛。朝回曙色開黃道,定起靈光繞紫微。貝闕珠宮天上有,法王禪將眼中稀。何當一扣毗耶室,笑攬金紅屈眴衣。

答謝前虎丘行中法兄過訪

忽報雲巖老漢歸,秋風瀆水片帆飛。衝霄鐵鳳離金網,戴角於菟出翠微。勇退急流今古少,相看白髮弟兄稀。願同寶掌千年壽,五髻峰頭一振衣。

次韻答天之西堂

天寧活計了無錐,直指宗風力主維。少減多添能恰好,橫該竪抹總相宜。神機掣電全生殺,妙語流珠燦陸離。九里湖邊弘法施,任教諸子廣傳持。

慧侍者歸吳門

侍者參得禪了也,戴角於菟插翅飛。笑倒生公點頭石,合傳隆祖袒肩衣。論功何啻超乾慧,唱道還看顯大機。莫把閑情憐老叔,長江好泛鐵船歸。

次韻答寄佑啟宗二首

麗藻天垂五色雲,龍河倦客思紛紛。永嘉一宿曹溪室,智者兼修止觀門。今古間生人物異,教禪同仰法王尊。放開佛手伸驢腳,任使諸方謾度論。

風標濟濟出群才,目視雲霄卧草萊。未許知心排闥起,肯因傳語下山來。陰涼大樹元無種,般若靈苗宿有荄。爭頌楚材須晉用,只應僧佑衆中魁。

次韻悼逆川和尚

潦倒川翁莫與京,去來何用問前程。踏翻大地無行迹,撲落虛空絶謂情。任爾鐵牛生犢子,從他海燕作雷聲。臨終説偈辭明主,不比尋常蚓竅鳴。

次韻懷幻隱首座率衆鳳陽法會

説法濠梁據上班,聲傳萬國盡歡顔。四花繚繞人天座,百寶光嚴虎豹關。赫赫神符懸肘後,煌煌慧劍挂眉間。三千龍象隨高步,歲晩江空願早還。

示白禪人

白業精修苦行堅,未明心地更加鞭。三乘教外元無法,七尺單前豈有禪。莫學少林空面壁,從教南嶽自磨磚。鐵牛掣斷黄金索,鼻孔撩天不著穿。

龍潭舟中寄天界全室禪師

詔許還山得便風,吴船如屋大江東。聖皇有道逾仁廟,野衲非才愧璉公。袞袞波濤皆睿澤,寥寥天地一冥鴻。三年旅食曾無補,回首龍河思莫窮。

法城禪人化緣修磧砂經坊

城禪切忌墮疑城,施受論功只礙膺。大法本來無一字,釋尊方便説三乘。輝天鑒地光明藏,塞壑填溝爛葛藤。隨順世緣平等化,道人行處火燒冰。

示吴無妄居士

氎金嶺下搆菟裘,火種刀耕已白頭。摩詰有妻稱法喜,釋尊生子謂羅睺。一真境界無虛妄,三大僧祇孰進修。識得本原心即佛,火中踢出百華毬。

次韻示萬壽因藏主

本來平等没疏親,學道應須達正因。只爲衆生迷寶藏,直教大覺棄金輪。北山密付刀頭蜜,西麓全提眼裏塵。石火電光猶是鈍,當機無我亦無人。

悼開元方崖法兄

丁巳十月十六日,開元老漢入泥洹。信脚踏翻浮佛閣,全身抹過聽秋軒。衆人索偈聊書偈,至道離言豈有言。七十一年無罣礙,話行東土與西乾。

老禪遷化荆溪寺,物物全彰净法身。蜕角泥牛耕碧落,懷胎玉兔袞紅塵。

雙趺示相機雖妙，一曲無生調轉新。大寂定門來又去，曇花重現少林春。

次韻示明禪人
護龍河上寺，濟濟衆如林。擬欲求玄旨，應須達本心。能傳南嶽讓，素得徑山欽。日用宜高潔，雲生性地陰。

次韻示聞維那
教體音聞外，真空是道場。龍河機用別，鷲嶺話頭長。門掩三春雨，身全五分香。罰錢仍出院，切忌錯商量。

贈敏侍者兼簡度白雲
機用誇神敏，叢林譽蚤騰。永嘉怜一宿，雪嶠愧三登。共羨非凡種，深期續祖鐙。國師同在客，喚爾急須應。

達禪人參方
雲山佳衲子，宜達境唯心。自説遊京國，親曾訪道林。話頭明歷歷，脚債尚駸駸。勿惜勤參禮，玄門似海深。

示守正禪人
參禪能守正，邪念任紛飛。試究紛飛處，終歸湛寂時。樅然諸境界，不隔一毫釐。言外知端的，虛空展笑眉。

善住禪者參方
白雲堆裏住，知識久咨參。既善探玄旨，何妨出翠嵐。諸方無別法，此語貴深諳。客路驚秋早，頭頭爲指南。

山樓秋夜三首
月色白如晝，松陰多似雲。窗虛山欲墮，燈灺夜初分。河影中天見，泉聲隔樹聞。小樓成獨坐，此景與誰論。

衰草緣幽徑，疎林出短墻。風回驚宿鳥，露下泣寒螿。歷歷無差互，頭頭自顯揚。跏趺坐來久，重爇瓦爐香。

秋半山樓好，匡床夜不眠。感時思佛果，撫景憶南泉。月下機何峻，更深語最玄。寥寥千古意，危坐獨超然。

寄德巖行講師
七帝論心鎮國師，雨窗孤坐想風姿。化龍叶夢孫枝在，濯濯優曇見一枝。

寄洞庭羅漢琛頑石書記時居祖憂
秋風木葉洞庭波，愁殺山中諸詎那。恩愛盡時煩惱盡，好携瓶錫出烟蘿。

次韻危太樸翰林錢塘留別
護龍河上翻經日,西子湖頭立馬時。話盡山雲幷海月,此情只許白鷗知。

寄普慈東堂蘭石和尚
蒼雪樓頭八十翁,空華幻境盡銷鎔。風微晝永南山麓,拄杖穿林看籜龍。

招衍懺首掌記
二月東吳浩蕩春,青天時雨講花新。縵縵教網周沙界,透脫須還是錦鱗。
罪性元空懺亦非,一心三觀涉離微。太虛爲紙須彌筆,倒用橫拈最上機。

念禪人禮補陀
一念普觀無量劫,塵毛刹海總圓通。白花巖畔金剛石,昨夜藏身北斗中。

登五雲山望江亭
高亭注目正清秋,野曠天空事事幽。白鳥青山雲淡淡,滄江斜日水悠悠。

示壽知客
開先寺裏迎賓日,禪月堂前索偈時。客路如天春似海,子規啼斷落花枝。

勝禪人歸宣州
名字既同黃檗勝,參禪須會趙州無。昨夜宣城木瓜樹,開花結個苦胡蘆。

解制二首次大覺象元韻
凌霄一夏九十日,無佛無我無衆生。昨夜秋風動林樾,任教白髮長新莖。
九旬共喜無諸難,功行誰能驗蠟人。彼此住山成老大,又看桑海一番新。

血書法華經報母
筆底紅蓮朵朵開,是名真法供如來。指端瀝盡娘生血,全體何曾出母胎。

福建琦禪人禮峨眉普賢大士
閩蜀同風莫外求,峨眉山月半輪秋。玄沙不出飛鳶嶺,築破娘生脚指頭。

用宋景濂學士韻送妥侍者回育王開本師塔銘
點開鄮嶺金剛眼,照破昏衢萬八千。無相光中老居士,話行東土與西天。
乞得金華學士禪,絕勝荷氎獲純綿。鐵鍬不用尋靈骨,密意分明在汝邊。

鑷生
千僧遍剃娘生髮,一念全超罔極恩。老我畏寒偏護頂,謾勞彈鑷到雲根。

寄前瑞巖恕中和尚
惺惺石上主人翁,一室高居太白峰。靖退只今非小節,知心未許石門聰。
千里同風各莫年,任教滄海變桑田。獨憐熊耳峰頭月,昨夜蝦蟆蝕半邊。

徒誇錦瑟與瑤琴,妙指方能發妙音。却憶鰲山深雪夜,弟兄傾盡歲寒心。

示日本春禪人三首

少林春色遍遐荒,不隔扶桑與大唐。三拜起來依位立,無端好肉自剜瘡。

扶桑人種陝西田,打着南邊動北邊。踏遍支那知落處,阿難依舊世尊前。

參禪只要了心地,欲覓了時無了時。未跨船舷三十棓,老僧失却一莖眉。

建長明南浦四會錄

蟭螟眼裏五須彌,靠倒虛堂老古錐。四會搏桑熾然說,曾無一字挂唇皮。

謝嚴子魯左丞惠貢餘新茶

槍旗不展策全勛,占斷江南第一春。除却金輪聖天子,舌頭具眼是何人。

寄王耕雲照磨

春山老圃帶雲耕,芝草琅玕滿地生。讀罷楞伽日亭午,海棠花下聽啼鶯。

示郁止齋居士

學道應須達正因,道原曾不離諸塵。當知一切衆生界,即是如來净法身。

祖禪人歸五祖

風流公子正法眼,紅粉佳人最上機。拈却東山左邊底,祖天日月倍光輝。

義禪人歸京口次嶼雲心西堂韻

直將直義報禪流,法法毋勞向外求。月滿淮南江水白,角聲吹徹瓮城秋。

洪武戊申浙右三宗諸山奉旨會于天界寺十僧相繼坐化吳江佑上人集遺偈成卷請題

十方薄伽梵,一路涅盤門。苦海孤舟客,徒勞刻劍痕。

題一雨師悼頌卷_{自號真實尊者}

稽首一雨師,日用惟真實。救旱自焚身,精進波羅蜜。(以上同上卷九)

自題

芷都寺請

沅有芷,澧有蘭。花根本艷,虎體元斑。楊岐輔慈明匡徒,只說此法;鼓山佐雪峰闡化,話無兩般。覺斯今,行斯道,若丹青之寫象,猶匠石之斲墁。坐斷西湖南宕,力回倒海狂瀾。金圈栗棘橫該抹,千古叢林作話端。

净慈行堂請

眼生三角,頭峭五嶽。心性急如弦,胸中無點惡。東海鯉魚打一棒,雨似盆傾;南山白額奮全威,天魔膽落。截斷妙喜葛藤,掃蕩永明糟粕。却憶老盧公,辛勤在龍朔。碓觜花開劫外春,千古高風動寥廓。

延慶略長老請

韜略全無,威權何有。皮膚脫落盡,留得一張口。四會說法住山,一味縣羊賣狗。父子雖親妙不傳,喝下須彌顛倒走。

定慧寶長老請

滿肚貪瞋癡,通身戒定慧。日用任縱橫,非如亦非異。拈來妙喜竹篦,敲出臨濟骨髓。南山鱉鼻噴腥風,龍王宮殿波濤起。

中竺悟長老請

老屋數椽春寂寂,長松萬本晝陰陰。空山盡目無餘事,時聽黃鸝送好音。(以上同上卷十)

釋元澥

樸隱元澥(1312—1378),法名一作原澥,字天鏡。法系:妙峰之善——藏叟善珍——元叟行端——樸隱元澥。《全元詩》第54冊錄詩6首。

釋慧明

性原慧明(1318—1386),法名一作慧朗,別號幻隱。法系:妙峰之善——藏叟善珍——元叟行端——性原慧明。《全元詩》無其人。輯佚:

偈頌

今朝閏五月初一,依舊日從東畔出。衲僧個個解知音,短詠長歌皆中律。梅雨晴,樹陰密,林下優游何得失。無位真人赤肉團,等閑靠倒維摩詰。(《增集續傳燈錄》卷四)

者一個,那一個,一一從頭都浴過。藥山布衲謾商量,仔細看來成話墮。成話墮,轉諵訑。武林春已老,臺榭綠陰多。(《續燈存稿》卷五)

示徒

年登六十一春秋,祇合投閑待死休。不料業風吹到此,又同衲子結冤讎。(《禪宗雜毒海》卷二)

釋良震

雷隱良震,法系:妙峰之善——藏叟善珍——元叟行端——雷隱良震。《全元詩》第51冊錄詩3首。

釋福報

復原福報,法系:妙峰之善——藏叟善珍——元叟行端——復原福報。《全元詩》第51冊錄詩4首。輯佚:

偈頌

一葉落,天下秋。一塵起,大地收。誰謂北鬱單越,不是南瞻部洲。剛自騎牛更覓牛。(《增集續傳燈錄》卷四)

釋子梗

用堂子梗,法系:妙峰之善——藏叟善珍——元叟行端——用堂子梗。《全元詩》第51冊錄詩1首。

釋善如

愚仲善如,法系:妙峰之善——藏叟善珍——元叟行端——愚仲善如。《全元詩》第51冊有釋善如,應即此僧,錄詩1首。輯佚:

寄閶門草庵僧

國師萬代善知識,雁宕草庵天下聞。得在其中居住者,生難遭想報深恩。度牒親從天上降,得來何翅萬黃金。時中若不修僧行,孤負皇王一片心。(《增集續傳燈錄》卷四)

釋曇徽

太古曇徽,法系:妙峰之善——藏叟善珍——元叟行端——太古曇徽。《全元詩》第52冊錄詩1首。

釋成大

方崖成大,法系:妙峰之善——藏叟善珍——元叟行端——方崖成大。《全元詩》第53冊作"釋方厓",謂爲開元寺僧。按,《增集續傳燈錄》目錄稱"開原方崖成大禪師",此書"開元"皆作"開原"也。又,《愚庵智及禪師語錄》中有《開元和尚方崖禪師贊》《答前開元方崖法兄》。

釋智淳

佛初智淳,法系:妙峰之善——藏叟善珍——元叟行端——佛初智淳。《全元詩》無其人。輯佚:

送忠侍者偈

鳥窠吹起布毛,侍者當下悟去。一對無孔鐵錘,賣弄鬼家活計。若是靈利阿師,別有天然氣宇。恢張本地風光,顯出衲僧巴鼻。以大千攝入毫端,將須彌納向芥子。直踏毗盧頂上行,千手大悲攔不住。(《增集續傳燈錄》卷四)

釋智普

無方智普,法系:妙峰之善——東叟仲穎——一山了萬——無方智普。《全元詩》無其人。輯佚:

偈頌

六月行人口吐烟,區區只爲利名牽。爭如林下無心客,一覺和衣到曉眠。(《增集續傳燈錄》卷四)

釋師大

小隱師大,法系:妙峰之善——東叟仲穎——一山了萬——小隱師大。《全元詩》無其人。輯佚:

送信禪人偈

信是道無功德母①,藥如有驗不消多。上人直下承當得,佛祖安能奈爾何。(《增集續傳燈錄》卷四)

釋廷俊

懶庵廷俊(1299—1368),字用彰。法系:北磵居簡——物初大觀——晦機元熙——笑隱大訢——懶庵廷俊。《全元詩》第41册錄詩7首。輯佚:

偈頌

秋江清淺時,白露和烟裊。本無迷悟人,只要今日了。

頌洞山喫果子話

尋常款客禮宜恭,況是分冬又不同。果桌撥來還撥退,洞山大欠主人翁。(以上《續燈存稿》卷六)

釋慧曇

覺原慧曇(1304—1371),法系:北磵居簡——物初大觀——晦機元熙——笑隱大訢——覺原慧曇。《全元詩》第45册錄詩1首。輯佚:

---

① 《增集續傳燈錄》注曰"無疑元"。他書皆作"元",可從。

偈頌

春風浩浩,春日遲遲,黃鶯啼在百花枝。個中無限意,畢竟許誰知。

六月一日前,萬象森羅替說禪。六月一日後,八角磨盤空裏走。今朝正當六月一,無位真人赤骨律。金毛獅子解翻身,無角鐵牛眠少室。十聖三賢總不知,笑倒寒山并拾得。

文遠當年侍趙州,東司說法未輕酬。回光一念分明處,午夜霜清月滿樓。(以上《增集續傳燈録》卷五)

釋懷渭

清遠懷渭(1317—1375),晚號竹庵。法系:北磵居簡——物初大觀——晦機元熙——笑隱大訢——清遠懷渭。《全元詩》第58册録詩11首。

釋輔良

用貞輔良(1317—1371),《增集續傳燈録》法名作原良,別號介庵,范仲淹十世孫。法系:北磵居簡——物初大觀——晦機元熙——笑隱大訢——用貞輔良。《全元詩》第58册録詩1首。輯佚:

辭世偈

今年五十五,打破虛空鼓。不涉死生關,討甚佛與祖。(《增集續傳燈録》卷五)

釋宗泐

全室宗泐(1318—1391),法系:北磵居簡——物初大觀——晦機元熙——笑隱大訢——全室宗泐。《全元詩》第58册録詩458首。輯佚:

偈頌

仲冬嚴寒,天寒人寒。地爐頻着火,收足上蒲團。現成有一句,大雪滿長安。(《增集續傳燈録》卷五)

高皇后葬偈

雨落天垂淚,雷鳴地舉哀。西天諸佛子,同送馬如來。(《續燈存稿》卷六)

釋克新

承天克新(1321—?),字仲銘。法系:北磵居簡——物初大觀——晦機元熙——笑隱大訢——承天克新。有《雪廬稿》。《全元詩》第62册録詩173首。

釋志海

曼容志海,法系:北磵居簡——物初大觀——晦機元熙——笑隱大訢——曼容志海。《全元詩》第 51 册録詩 1 首。

釋法膺

擇中法膺,法系:北磵居簡——物初大觀——晦機元熙——笑隱大訢——擇中法膺。《全元詩》第 51 册録詩 1 首。

釋雅

道純雅,法系:北磵居簡——物初大觀——晦機元熙——笑隱大訢——道純雅。《全元詩》無其人。輯佚:

佛成道頌

堂堂獨露劫空前,萬里青天赫日懸。夜睹明星方瞥地,頂門合喫棒三千。(《增集續傳燈録》卷五)

釋喜念

笑巖喜念,傳見《增集續傳燈録》卷五,然法號、法名目録作"笑庵善愈",今姑從正文。法系:北磵居簡——物初大觀——晦機元熙——仲方天倫——笑巖喜念。《全元詩》無其人。輯佚:

寄同參偈

忝爲住山人,甘自忍飢餓。三條篾束腰,四壁寒凝霧。袈裟無一截,紙被都碎破。床上笑翻身,門外車聲過。仰面看屋梁,知心無一個。新開一片畬,雨餘蘿蔔大。(《增集續傳燈録》卷五)

釋文謙

牧隱文謙(1316—1372),法系:妙峰之善——藏叟善珍——元叟行端——竹泉法林——牧隱文謙。《全元詩》無其人。輯佚:

辭世偈

有世可辭,是衆生見。無世可辭,是如來見。踏倒須彌盧,虚空無背面。(《增集續傳燈録》卷五)

釋宗起

滅宗宗起,法系:妙峰之善——藏叟善珍——元叟行端——竹泉法林——

滅宗宗起。《全元詩》無其人。輯佚：

送衡公住穹窿偈

穹窿山頂鐵船浮,直接南湖萬頃秋。謾說國師遺舊業,今逢開士繼徽猷。髻螺山好排檐擁,法雨泉甘繞舍流。莫謂西來無祖意,未曾開口已先酬。(《增集續傳燈録》卷五)

釋德祺

曇石德祺,法系：妙峰之善——藏叟善珍——元叟行端——竹泉法林——曇石德祺。《全元詩》無其人。輯佚：

偈頌

從來大道出平常,那用將心謾度量。渴則飲泉飢則飯,寒時向火熱乘凉。

二月仲春漸暄,日長正好打眠。長連床上一覺,團團月出山巔。子期去後知音少,往往徒勞奏七弦。(以上《增集續傳燈録》卷五)

釋自悅

白雲自悅,法系：妙峰之善——藏叟善珍——元叟行端——竹泉法林——白雲自悅。《全元詩》第51册録詩7首。

釋景瓛

瑩中景瓛(？—1382),號笑軒。法系：妙峰之善——藏叟善珍——元叟行端——楚石梵琦——瑩中景瓛。《全元詩》無其人。輯佚：

偈頌

世尊無說說,迦葉不聞聞。一段奇特事,分明舉向君。

夏日長,薰風凉,雨過滿庭蒼蔔香。莫作境物會却,休為佛法商量。達磨大師牙齒缺,釋迦老子面皮黃。(以上《增集續傳燈録》卷五)

釋仁淑

象原仁淑(？—1380),原又作源、元。法系：妙峰之善——藏叟善珍——元叟行端——古鼎祖銘——象原仁淑。《全元詩》第51册録詩2首。輯佚：

偈頌

上乘菩薩信無疑,中下聞之必相笑。莫相笑,木馬夜嘶風,天明失却曉。(《增集續傳燈録》卷五)

釋萬金

天界萬金(1327—1373),字西白。法系:妙峰之善——藏叟善珍——元叟行端——古鼎祖銘——天界萬金。《全元詩》第63冊錄詩9首。

釋清濬

天淵清濬(1328—1392),號隨庵。法系:妙峰之善——藏叟善珍——元叟行端——古鼎祖銘——天淵清濬。《全元詩》第63冊錄詩1首。輯佚:

世尊初生頌
指天指地稱第一,萬禍千殃從此出。雲門棒短没奈何,殃及兒孫無了日。

示全侍者偈
破顔微笑顯全機,二十烏藤未放伊。前路逢人休錯舉,得便宜是落便宜。

(以上《增集續傳燈録》卷五)

釋敷

竺曇敷,法系:妙峰之善——藏叟善珍——元叟行端——古鼎祖銘——竺曇敷。《全元詩》第67冊作"釋竺曇",録詩2首。按《增集續傳燈録》目録,古鼎銘禪師法嗣中有"靈隱竺曇敷禪師",蓋此僧。

釋曇相

本空曇相,法系:妙峰之善——藏叟善珍——元叟行端——古鼎祖銘——本空曇相。《全元詩》無其人。輯佚:

偈頌
錦綉叢中輥出來,須彌頂上大張開。看他妙用神通處,鶻眼龍睛妙莫猜。
纔出胞胎便會行,多生習氣不能忘。西天五印都瞞盡,最苦難瞞是大唐。
三期果滿在今朝,大野風生暑氣銷。脚下草鞋生兩翼,吳雲楚水任遊遨。

(以上《增集續傳燈録》卷五)

釋心泰

岱宗心泰(1327—1415),號佛幻。法系:妙峰之善——藏叟善珍——元叟行端——夢堂曇噩——岱宗心泰。《全元詩》無其人。輯佚:

偈頌
諸方無炭又無薪,寒氣如何不着人。徑塢有薪還有炭,自然暖處好安身。

母胎纔出已稱尊,不是興家便滅門。莫謂雲門無毒手,棒頭別有一乾坤。

辭世偈
八十九年,爲僧到老。末後一句,不道不道。(以上《增集續傳燈錄》卷五)

釋道衍
獨庵道衍(1335—1418),法系:妙峰之善——藏叟善珍——元叟行端——愚庵智及——獨庵道衍。《全元詩》無其人。按道衍即明少師姚廣孝,有《獨庵外集續稿》《逃虛子詩集 外集》《姚少師道餘錄》《諸上善人咏》等,暫不抄錄。輯佚:

偈頌
二破不成一,黃昏候日出。一法鎮長存,面南看北辰。若作一二會,隔壁猜啞謎。永劫受沉淪,圓通解脫門。

霜華撲户北風涼,荒院蕭蕭夜愈長。莫只擁衾閑瞌睡,火爐頭話合商量。(以上《增集續傳燈錄》卷五)

釋忻悟
空叟忻悟(1337—1391),法系:妙峰之善——藏叟善珍——元叟行端——愚庵智及——空叟忻悟。《全元詩》無其人。輯佚:

偈頌
絕思惟,斷疑惑,三際十方明歷歷。放過德山,掃除臨濟。熱則乘涼,困則打睡。山悠悠,水悠悠,更嫌何處不風流。

今朝正月一,一歲從新起。遍界動香風,普天施法雨。

今朝十月旦,天寒宜向火。深山古寺獸炭少,大家叠足團圞坐。堪笑丹霞燒木佛,却教院主眉鬚墮。(以上《增集續傳燈錄》卷五)

辭世偈
我年五十五,嘗把虛空補。踏斷死生關,夜半日卓午。(《續燈正統》卷十五)

釋弘智
愚溪弘智(?—1391),法系:浙翁如琰——偃溪廣聞——止泓鑒——玉溪思珉——愚溪弘智。《全元詩》無其人。輯佚:

偈頌

母胎出得便粗豪,南北東西轉一遭。孝順子孫心似鐵,年年惡水驀頭澆。

辭世自題像讚

西州大呆子,東土啞羊僧。靜奏無弦曲,閑看没字經。百般無出豁,一味得人憎。末後轉身句,渾侖付丙丁。(以上《增集續傳燈錄》卷五)

冷泉聽猿

巴峽如何竺寺前,曉霜禁夢不成眠。一聲啼斷西窗月,萬里關山落枕邊。(《重刊貞和類聚祖苑聯芳集》卷九)

釋智昌

壽巖智昌,法系:浙翁如琰——偃溪廣聞——止泓鑒——玉溪思珉——壽巖智昌。《全元詩》無其人。輯佚:

頌趙州庭前柏樹子話

庭前柏樹子,直截爲君舉。東土與西乾,迢迢十萬里。(《增集續傳燈錄》卷五)

釋善法

性海善法,法系:妙峰之善——藏叟善珍——元叟行端——行中至仁——性海善法。《全元詩》無其人。輯佚:

頌世尊初生話

分手指上下,顛狂似少神。茫茫天地内,將謂更無人。(《增集續傳燈錄》卷五)

釋普觀

無我普觀,法系:妙峰之善——藏叟善珍——元叟行端——行中至仁——無我普觀。《全元詩》無其人。輯佚:

頌趙州無字話

狗子無佛性,一刀便斷命。若是懵懂流,擬議即成病。(《增集續傳燈錄》卷五)

釋普震

止庵普震,法系:妙峰之善——藏叟善珍——元叟行端——行中至仁——止庵普震。《全元詩》無其人。輯佚:

題魚籃觀音

丰婆窈窕鬢鬖鬆,籃內魚兒活似龍。路轉金沙晴日暖,令人無處避腥風。(《增集續傳燈錄》卷五)

釋廣益

仲虛廣益,號萍庵,法系:妙峰之善——藏叟善珍——元叟行端——行中至仁——仲虛廣益。《全元詩》無其人。輯佚:

偈頌

南陽三喚太無端,六月無風徹骨寒。一把柳絲收不得,和烟搭在玉欄干。

非不非,是不是。辯如懸河說不出,力能扛鼎提不起。阿呵呵,囉囉哩。三級浪高魚化龍,癡人猶㞘夜塘水。(以上《增集續傳燈錄》卷五)

釋弘澤

天霖弘澤,法系:妙峰之善——藏叟善珍——元叟行端——復原福報——天霖弘澤。《全元詩》無其人。輯佚:

偈頌

須彌頂上走馬,大洋海底蹴毬。人人鼻孔遼天,一任隨緣去留。

頌僧問巴陵話

珊瑚枝枝撐着月,三世如來同一舌。共工觸到不周山,女媧煉石補天缺。(以上《增集續傳燈錄》卷五)

釋勤

懶牛勤,法系:妙峰之善——東叟仲穎——一山了萬——無方智普——懶牛勤。《全元詩》無其人。輯佚:

頌世尊成道

夜半毛頭星子現,老胡纔見便荒忙。玉溪一覺雞鳴丑,誰管三更月到窗。(《增集續傳燈錄》卷五)

釋仁

古心仁,法系:浙翁如琰——偃溪廣聞——雲峰妙高——怪石奇——古心仁。《全元詩》無其人。輯佚:

悼斷江恩公二偈

知識一年無一年,烹金爐冷火無烟。布單從此不須賣,留取三冬蓋脚眠。

笑到斷江腸欲裂,數珠牙齒不關情。破沙盆話無人舉,秋雨秋風撼祖庭。(以上《增集續傳燈錄》卷五)

釋本槃

無文本槃(1326—1400),別號無見。法系:浙翁如琰——偃溪廣聞——止泓鑒——竺田汝霖——孤峰德——無文本槃。《全元詩》無其人。輯佚:

辭世偈

吾年七十有五,涅槃生死不墮。虛空背上翻身,靠倒飛來小朵。(《續燈存稿》卷七)

釋守拙

守拙上座,法系:妙峰之善——藏叟善珍——元叟行端——竹泉法林——曇石德祺——守拙上座。《全元詩》無其人。輯佚:

證道偈

幾年壁角坐堆堆,陰極陽生走出來。一夜五更雞報曉,天明紅日上高臺。(《增集續傳燈錄》卷六)

釋覺慧

敏機覺慧,法系:妙峰之善——藏叟善珍——元叟行端——古鼎祖銘——天界萬金——敏機覺慧。《全元詩》第 52 冊錄詩 1 首。輯佚:

彌勒頌

彌勒真彌勒,人人苦不識。倒轉布袋來,有無一時悉。(《續指月錄》卷七)

卷三　臨濟宗破庵派禪僧詩輯考

　　南宋楊岐派以大慧、虎丘二系爲主,而虎丘下自密庵咸傑後,又分曹源、破庵、松源三派,至元代所傳,概屬破庵、松源二派。本卷輯録破庵派禪僧詩,續《宋代禪僧詩輯考》,始於密庵下第五世,而其主幹實爲無準師範——雪巖祖欽——高峰原妙——中峰明本一系也。

釋原妙

　　高峰原妙(1238—1295),法系:密庵咸傑——破庵祖先——無準師範——雪巖祖欽——高峰原妙。《全元詩》第9册録詩2首。輯佚:

偈頌

　　千嶺萬山雪,五湖四海冰。清光成一片,物物盡皆明。明星當午現,猶待曉雞鳴。

　　百年難遇歲朝春,姹女梳妝越樣新。惟有東村王大姐,依前滿面是埃塵。

　　一夏九十日,看看又將半。面門無位人,急着眼睛看。冷地驀相逢,脚跟紅線斷。掌内握乾坤,翻身遊碧漢。堪笑當年老瑞巖,惺惺石上重呼唤。

　　五湖春色十分肥,正是功圓果滿時。玉蝶穿花零碎錦,黄鶯擲柳亂垂絲。靈雲打失娘生眼,備老重添八字眉。無限水邊林下客,謾將竹杖度須彌。

　　指天指地展戈矛,直至如今戰不休。假使群靈都殺盡,一身還有一身愁。

　　天關久鎖不開容,日夜滂沱鼓黑風。憤性一槌俱擊碎,頂門迸出一輪紅。

　　忘却當年密授句,枉教一桑喫辛苦。夜來枕上忽憶着,年年五月黄梅雨。

　　一葉落,天下秋。一塵起,大地收。有意氣時添意氣,不風流處也風流。

　　海底泥牛銜月走,巖前石虎抱兒眠。鐵蛇鑽入金剛眼,昆侖騎象鷺鷥牽。

　　陰向鼻端滅,陽從眼裏生。會得個中意,更參三十年。

　　禪不在參,道不須悟。動轉施爲,山嶽鼓舞。孟八郎漢便恁麽去,争似西峰搬石運土。

水中鹹味,色裏膠青。決定是有,不見其形。見其形,失却山前一村人眼睛。

八十日中,千説萬喻。説也説到無説時,聞也聞到無聞處。既是無説又無聞,功成果滿憑何舉。吹龍笛,擊鼉鼓。皓齒歌,細腰舞。桃花亂落如紅雨。

黃面瞿曇,夜半成道。正是喚奴作郎,贏得一場好笑。山僧恁麼告報,也是細姑嫌嫂。

昔年瞎却我眼,今朝穿却你鼻。冤冤相報無休,莫若克己復禮。非惟和尚同塵,免得遞相鈍置。

一年已減五日,光影如駒過隙。直須如救頭然,切莫隨情放逸。夜來一雨雪消鎔,萬叠青山如洗出。

周行七步猶成迹,椁示雙趺豈易收。微雨灑花千點淚,淡烟籠竹一堆愁。

日正暄,春已暮,落花片片隨流去。拄杖枝頭一點紅,馨香遍界無人顧。

封却拄杖頭,結却布袋頭。大家團欒頭,赤眼火柴頭。嗄,正是冤家共聚頭,不妨頭上更安頭。

指天指地,一棒打殺。鳩屎砒霜,合造毒藥。颺在三千世界中,不知那個親遭着。

西峰結制不尋常,穀滿倉兮僧滿堂。既得遮些根蒂固,大家搖扇取風涼。

一百禪和三十州,無繩自縛萬山頭。誰是護生誰是殺,白雲影裏鐵船浮。

呱聲未絕便稱尊,攪得三千海嶽昏。惡水一年澆一度,知他雪屈是酬恩。

阿師示寂來,彈指恰八載。將謂入黃泉,面目儼然在。認着依前猶隔海。

工夫不到不方圓,寬着程途急着鞭。但得此心常不昧,從教滄海變桑田。

資生貴圖求富,參禪貴圖求悟。求悟若學資生,個個成佛作祖。咄,甜瓜徹蒂甜,苦瓠連根苦。

打開布袋頭,放出百千牛。縱隨芳草去,終不被人收。一日歸來重會面,半含容笑半含羞。

今朝八月一,行脚禪和出。不識自家珍,却向途中覓。

急水灘頭泊小舟,切須牢把遮繩頭。驀然繩斷難迴避,直到通身血迸流。

法門廣無邊,參禪第一義。若真師子兒,不入他群隊。直下便翻身,諸獸皆迴避。毗盧頂上行,生死海中戲。佛祖不知名,衆魔爭敢邇。奇哉此妙門,寂寞無人思。若有發初心,須具大根器。內外絕諸緣,屏心立堅志。譬如人架屋,先須實基址。基實屋無傾,志堅道成易。提個趙州無,截斷有無意。堅起鐵脊梁,急着眼睛覻。密密與綿綿,絲毫無間棄。譬如人倒懸,念念更無異。日夜苦思量,一心求脱離。不分東與西,寢食都忘記。又如初生兒,呼喚渾不視。用工到那時,如人鑽火燧。漸見黑黄烟,知火必在此。切莫顧危亡,更須加猛利。直待火星飛,通身是焰熾。余雖不會禪,也曾恁麽試。只在刹那間,可立而待至。頂門眼豁開,裂破娘生鼻。海竭須彌崩,虛空撲落地。十方賢聖師,盡是眼中刺。微笑與拈花,可煞不知愧。更有葛藤根,一千七百事。嗚呼後代人,盡食他殘饐。若更問如何,拳頭劈口搥。

參禪一着莫遲疑,念念如同救火時。烈焰亘天渾不顧,翻身直造萬重圍。一朝火滅烟消後,鼻孔依前向下垂。

萬法歸一一何歸,只貴惺惺着意疑。疑到情忘心絶處,金烏夜半徹天飛。

欲明種子因,熟讀上大人。若到可知禮,盲龜跛鼈親。

紅塵堆裏學山居,寂滅身心道有餘。但得胸中憎愛盡,不參禪亦是工夫。

(以上《高峰原妙禪師語録》卷上)

頌古

靈山拈出一枝花,百萬都來是作家。惟有飲光猶未瞥,那堪眼裏又添沙。
兩兩成群罪莫窮,謾將鼠伎逞英雄。當時若作今時世,縱使瞿曇也不中。
死款都來一口供,情窮理極卒難容。若將皮髓論高下,爭見花開五葉紅。
祖師不會禪,夫子不識字。棒打石人頭,嚗嚗論實事。
攢花簇錦絶纖塵,一度拈來一度新。啼得血流無用處,不如緘口過殘春。
殺人猶可恕,再犯豈能容。貶向無生國,千聖不知踪。
眉毛罅裏積山嶽,鼻孔中藏師子兒。南北東西無限意,此心能有幾人知。
緑樹陰濃夏日長,樓臺倒影入池塘。水晶簾動微風起,滿架薔薇一院香。
幸然無事鼓風濤,激起洪波萬丈高。直得渾家都浸殺,至今平地浪滔滔。
自小丹青畫不成,年來始覺藝方精。等閑擲筆成龍去,唤却時人眼裏睛。
泥佛不度水,毗嵐風忽起。大地黑漫漫,衲僧争敢視。金佛不度爐,鐵裏夜明珠。一搥俱粉碎,清光何處無。木佛不度火,掣開金殿鎖。内外絶遮欄,時人猶懵懂。
趙州狗子佛性無,十分春色播江湖。幾多摘葉尋枝客,空使洛陽花滿途。
禮佛修行不較多,何須特地起干戈。直饒打得回頭後,兔子何曾離得窠。

四面洪波萬丈深,上天無路地無門。個中有理應難訴,不是愁人也斷魂。
吞而復吐冷烟浮,月落寒山猶未休。重把絲綸輕一掣,豈知元只在鈎頭。
猛虎深藏淺草窠,幾回明月入烟蘿。頂門縱有金剛眼,未免當頭蹉過他。
颯颯秋風滿院凉,芬芳籬菊半經霜。可憐不遇攀花手,狼藉枝頭多少香。
飢火炎炎燒斷腸,親逢王膳不能嘗。可憐併逐溪流去,百億滄溟透底香。
國師塔樣最尖新,覿面拈來不露文。却被耽源添一線,至今描邈亂紛紛。
楊柳溪邊垂緑線,黄鶯枝上聲聲囀。幾多貪玩不知春,空使落花千萬片。
三十年來在夢中,生涯喪盡絶行踪。自慙一見桃花後,依舊漫天鼓黑風。
落花臺上重鋪錦,瑪瑙階前布赤沙。情義盡從貧處斷,世人偏向有錢家。
紅輪杲杲正當空,昨日今朝事不同。盡謂古今都坐斷,誰知賊過後張弓。
滯貨多年要脱身,巧妝綺語説諸人。及乎拈出當場賣,索價遼天誰敢親。
弓弦走馬驀相逢,覿面全提未見功。拈出輪王三寸鐵,直教血濺梵天紅。
銀蟾出海照無私,處處分明是阿誰。見面不須重問訊,從教日炙與風吹。
不動尊,提不起,茫茫宇宙誰能委。秋江清夜月澄輝,鷺鷥飛入蘆花裏。
逆風吹又順風吹,鐵眼銅睛爭敢窺。萬古碧潭空界月,再三撈摝始應知。
佛手驢脚與生緣,鬼面人頭有許般。雲散碧天孤月朗,澄潭徹底影團團。
無端平地起干戈,爭似屬牛人更多。滿面慚惶無着處,低頭依舊入烟蘿。
一二三四五六圈,心肝粉碎髑髏穿。若將方木投圓竅,醜姥爭教得少年。

偈頌

此心清净本無瑕,只爲貪求被物遮。突出眼睛全體露,山河大地是空花。

頌趙州無字示陳太尉

澄潭千載毒龍蟠,倒嶽傾湫誰解看。直下一刀成兩段,虚空粉碎髑髏乾。

示如法禪人

識得根源認得伊,全身猶墮在塵圍。縱然和座都掀倒,尚有烟霞繞翠微。
直造懸崖上上關,白雲影裏轉身難。個中若使能通變,奪食驅耕總是閑。
如如不動法中王,舉足無非是道場。不到水窮雲盡處,爭知覿面是檀郎。

示如夢禪人行脚

閑處休居静莫住,轉入轉深轉幽固。縱至深深盡底時,更須知有那一步。
昔日曹溪親到來,今時往往多差互。若非喪盡目前機,倒嶽傾湫無覓處。

山中四威儀供佛鑒師翁韻
山中行,步高身儘輕。擬飛去,惟恐世人驚。
山中住,黯淡雲無數。誓相期,共守無生路。
山中坐,靜看空花墮。問何為,待結團欒果。
山中臥,月落猿啼過。正堪眠,石定從教破。

示徒
學道如初莫變心,千魔萬難愈惺惺。直須敲出虛空髓,拔却金剛腦後釘。
學道之心似鏡明,纖塵纔染便忘形。廓然照出娘生面,一簇青烟鎖翠屏。
學道如撐逆水舟,篙篙着力莫隨流。忽然失脚翻身去,踏斷寒江月一鈎。

又示徒
工夫果的有真疑,動靜寒暄總不知。枕子驀然開口笑,鉢盂踍跳上須彌。

辭世
來不入死關,去不出死關。鐵蛇鑽入海,撞倒須彌山。

志足凈人火
生不足,死有餘,灰飛烟滅露全軀。便恁麼,有何拘,六月炎炎火一爐。

志光居士火吳士
姑蘇水,天目山,總是維摩不二關。烈焰光中回首處,依稀仿佛似人間。

志明道人火
只遮一着子,今古無傳授。惟有明道人,始終能保守。守,鐵牛火裏翻筋斗。

法曇上座火
汝名瞿曇,佛名法曇。分明舉似,疑則別參。大洋海裏火燒龕。

讚佛祖
觀音大士
大海波心,磐陀石上。真觀凈觀,是相非相。如月在天,無水不現。水月俱捐,如何瞻仰。咄,切忌妄想。

達磨祖師二
開旗展陣入梁邦,未睹天顏早已降。縱有神通難轉款,翩翩一葦渡長江。

三空請讚
未離西乾,惡聲已布。面壁九年,一場敗露。咦,不知賺却多少兒孫,直至如今釘樁搖櫓。

禪人請讚

遮個村僧,只好聞名。尾巴纔露,天下人憎。

不識巖頭密啟處,剛言悟得仰山禪。遮場敗露難遮蓋,留與兒孫萬世傳。(以上同上卷下)

偈頌

臘月三十日,時節看看至。露柱與燈籠,休更打瞌睡。覿面當機提,當機覿面覰。驀然觸瞎眼睛,照顧爛泥裏有刺。(《高峰原妙禪師語要》)

釋持定

鐵牛持定(1240—1303)①,法系:密庵咸傑——破庵祖先——無準師範——雪巖祖欽——鐵牛持定。《全元詩》無其人。輯佚:

偈頌

昭昭靈靈是什麼,眨得眼來已蹉過。廁邊籌子放光明,直下元來只是我。

劫外春回萬物枯,山河大地一塵無。法身超出如何舉,笑倒西天碧眼胡。

鐵牛無力懶耕田,帶索和犁就雪眠。大地白銀都蓋覆,德山無處下金鞭。(以上《增集續傳燈錄》卷五)

句

塵世非久,日消月磨。桃源一脉,三十年後流出。一枝無孔笛,吹起太平歌。(《五燈會元續略》卷三)

釋昭如

海印昭如(1246—1312),法系:密庵咸傑——破庵祖先——無準師範——雪巖祖欽——海印昭如。《全元詩》無其人。輯佚:

偈頌

二月過,三月來。千紅萬紫,雨洗風摧。瞥見空山晴晝,綠楊影裏一樹白桃開,風前凝佇小徘徊。呵呵呵,無人知此意,獨上高高臺。

鵝雪通身白,臘人全體冰。頹然無伎倆,直下絕功勳。索索西風倚瘦藤,靜看山南山北起寒雲。

---

① 生卒年據《天如惟則禪師語錄》卷六《靈雲鐵牛和尚行業記》。

見聞之内,動静之中。取之不竭,用之無窮。日午炎炎畏日,夜深颯颯涼風。竹籬頭,壁角落,漸聽啾啾唧唧鳴秋蟲。

解開布袋口,南北路頭通。十方無壁落,三界絶行踪。西者西兮東者東,雲水自重重。

信脚行,信口道,用處不須生作造。驀然踏着伏馬橋,不覺撞得破竈墮。纔與麼,不與麼。却憶歸宗曾有言,頭陀石被莓苔裹。

插梳斂手退身時,此意明明會者誰。一段風光亘古今,看來只許老胡知。

此道出平常,言疎意自忘。水落石頭出,松高風韻長。休於人領會,莫作境商量。初機晚進,切忌承當。曾經三峽猿啼處,不是行人也斷腸。

白蘋花露滴滴,碧茘蒻草香濛濛。田地更無塵一點,是何人合住其中。

坐斷十八灘,無風波匝匝。到此擬參尋,却下虛空閘。也不負來機,有轉語誰答。久雨不晴時如何剒。

風摇楊柳春欹側,雨綴松筠露正斜。白鷺下田千點雪,黄鸝上樹一枝花。

頌古

秋風葉落動凉飈,堪笑雲門跛阿師。銷盡浮華到真實,不知開口落今時。

香林臘月火燒山,黑齒波師帶白環。唐梵一時俱譯了,肯將名字落人間。

老諗年尊閱事多,清平世界樂無何。一身儱侗無邊表,地覆天翻也只那。

日日是好日,時時是好時。鯨吞海水盡,露出珊瑚枝。

佛法一線長,青天謾度量。絲頭纔咬斷,紅日上扶桑。

言中有響語藏鋒,一色明邊分異同。月棹各撑俱到岸,不知身在草窠中。

酬應相於理不乖,泯然一種似平懷。及乎話到聲訛處,樹上心肝不帶來。

水心

一源見徹萬波翻,澄不清兮撓不渾。識浪境風俱列下,鑄成滄海鐵昆侖。

靈竺

鷲嶺人天鴨聽雷,大儰密付絶纖埃。飛來小朵從何有,兩澗琤琤一徑開。

雲頂

溶溶泄泄復閑閑,來者從教斫額看。起滅無踪空絶迹,豎摩醯眼照人間。

震上人

惡辣兒孫喪本宗,向空拏撮便塡空。震威一喝無今古,百丈馬師皆患聾。

刀鑷沈生
空彈霜鑷到巖肩,覷面難將妙手呈。雨洗秋容同澹泊,遠山無限佛頭青。
遠上人
遠來一見便相違,竹外清風聽者稀。却是晚鴻知此意,數聲清唳入雲微。
秀上人之仰
碧巖千尺瀑雪落,峭壁萬叠峰雲寒。一笻雙履超聲外,圓相暗機誰共看。
無相
意地消融見亦空,名模何有可形容。百千明鏡俱時照,一法不痕歸大同。
總心
休攀月窟蹋天根,及盡玄微見本元。一髮不遺千聖共,湛然隨處洞無痕。
正堂
當軒大坐照無偏,爭肯顢頇數屋椽。三目洞明惟直指,雖然無語有人傳。
覺海
非湛非搖見量消,一漚那更目全潮。不知水底蓬塵起,但見珊瑚長玉苗。
印空
萬象森羅古篆文,太虛無際水無痕。當陽一搭全提處,直得三千海嶽昏。
海峰
萬浪聲消一鏡新,金鰲寒從玉璘珣。珊瑚枝上照紅日,融盡十洲三島春。
瑩然
碧落無雲水似天,清明表裏一虛玄。纖塵不立充寥廓,十世古今如目前。
曉山
大明洞起爍群昏,黯黯青青未易論。眨得眼來遲八刻,金烏已過鐵昆侖。
仰山中村接待
水雲食息且休論,東土西天也莫存。此去仰山問來歷,但云昨夜宿中村。
劍關
焰焰寒霜不可干,湛盧光射斗牛寒。直饒過得連雲機,一劄當陽透者難。
十牛圖
尋踪見迹得逢渠,牧就騎來驀直歸。物我兩忘純白後,透花春入萬紅圍。
明維那再往疎山
法身向上不須論,留個枯椿示子孫。賣却布單招感得,累人頻上白雲門。

桂侍者

耽耽雙眼視空山，伏虎師曾放一斑。春雨春風謝來往，山中佛是石頭頑。

淦傅子仁號無無居士

一塵不立萬緣空，纔有絲毫便失宗。蹉口連聲提起處，趙州來也不相容。

石門潙侍者

聲撼天風虎出林，石門無鑰海濤深。瑞筠不閉虛空檻，放去雲峰千萬尋。

遠上人

遠來問訊近相迎，物外相於不世情。蒿湯備禮松陰坐，山鳥自啼春晝晴。

送興首座歸鄉

諸老門庭已遍參，青出於藍青於藍。表儀多士冠東南，賓主歷然曾對談。長篇短章玄可探，杖藜所到如優曇。夜月娟娟松毿毿，深期瘦影同蘿龕。定力已固輕毗嵐，德山臨際空喃喃。

示芳上人

萬里無寸草，連天日杲杲。出門便是草，接地長安道。庭際立無人，古徑迹亦掃。付與芳禪人，問取虛空討。

蕭山孤峰持談季蕭梅軸惠訪書于後

孤峰雪後歸蕭關，我來瑞筠時往還。能消幾屐看青山，展梅一笑俱蒼顏。孤山山人盟未寒，逃禪禪意墨未乾。季蕭左幹萬鈞重，坐客駭矚推其難。造化無始舒捲間，先天下春非等閑。歲晚相看成二老，此詩此畫古今寶。

毗陵自然居士

非因非緣非自然，自然而然然不然。無然非自自然自，無自非然然自然。自其不然常現前，斯言吻合天地先。萬化茫茫從此出，堂堂日用乘誰力。

示攸州慈雲玉侍者

石碌碌，玉落落。光彩惟渾圓，塵泥自消礫。匪穿鑿，匪磨琢。翻笑曹山露圭角，學子投師空抱璞。玉兮玉兮知不知，老野三呼應者誰，剖破方知自家底。價重連城莫輕許，自有聲光滿寰宇。

佛祖讚

出山

智慧德相，大地誰無。見星說悟，謾自分疎。流毒至今未已，邪法難扶。

觀音

淦州判李濟川，世居饒。昔有以絹素繪大士像，爲風水所漂。後二十年，漁

人網得之,像不壞。濟川重新裝飾,請贊

  菩薩漁師,持正法網。入生死海,摭諸眾生,達大覺岸。昔於華嚴法門,嘗誦其言;今於濟川居士所得水中觀音畫像,乃驗其事。是知法力應化,言像皆真。必有入净心海,得不壞信者,不言而喻也。偈曰:
舒捲流通亘古今,最難消是大悲心。全身入水全身出,奈彼眾生業海深。

漁籃
提錦鱗,露珠瓔。年華如許,高韻絶塵。籃子尚有眼,如何謾得人。

郁山主
拾得明珠,當甚驢屎。溪橋橫浸涨川水。

政黃牛
一字不穩,騎牛覓牛。萬叠寒山翠如流。

朝陽　待月
海天高,山月小。大地是卷經,何時看得了。放下自分曉。
穴鼻針,無絲線。一咬便斷,自然成片。杲日當空現。

達磨
對梁王不契,休言東土無人。令二祖覓心,將謂西天有佛。少林月冷,揚子江空。至今雪浪號霜風。(以上《海印昭如禪師語録》)

釋希陵

  虛谷希陵(1247—1322),賜號大辯禪師。法系:密庵咸傑——破庵祖先——無準師範——雪巖祖欽——虛谷希陵。《全元詩》第13册録詩13首。

釋圓至

  天隱圓至(1257—1298),法系:密庵咸傑——破庵祖先——無準師範——雪巖祖欽——天隱圓至。《全元詩》第18册生年作1256年,録詩51首。

釋宗信

  及庵宗信,法系:密庵咸傑——破庵祖先——無準師範——雪巖祖欽——及庵宗信。《全元詩》無其人。輯佚:

頌杉堂問仰山話
油煎石磉盤,一口吞一個。不是不與人,只緣劈不破。

頌僧問趙州"萬法歸一,一歸何處"話
萬法歸一一何歸,南海波斯舞柘枝。青山只解磨今古,流水何曾洗是非。
(以上《增集續傳燈録》卷五)

釋誠
古心誠,其人燈録不載,僅笑隱大訢《蒲室集》有《誠古心住仰山杭諸山疏》,然《重刊貞和類聚祖苑聯芳集》卷三《聽雨》詩標作者爲"古心",注"心下一本有'誠,元人,嗣雪巖'六字",據知爲雪巖祖欽法嗣。法系:密庵咸傑——破庵祖先——無準師範——雪巖祖欽——古心誠。《全元詩》無其人。輯佚:

聽雨
紙窗茅屋夜蕭蕭,半滅寒燈幾度挑。塞却娘生雙耳朵,聲聲聽不在芭蕉。

和懷古
積雪堆中起悟端,工夫元不在蒲團。普通年代雖深遠,一度思量一度寒。
(以上《重刊貞和類聚祖苑聯芳集》卷三)

退院後寄本源
無心住院無心退,也有傍人説是非。老子耳聾都不聽,倚長松樹看雲飛。

平生赤脚走埃塵,不獨人憎亦自憎。業債通身償足了,者回還我作高僧。
(以上同上卷四)

賀靈隱書記
抹過洞山三頓棒,没商量處有商量。花開鷲嶺春如染,打破誰家古錦囊。

敬上人省師
離却仰山回舊隱,古靈舊話不須提。只將自己參得底,歸去殷勤説與師。

寄百丈如庵和尚
百廿斤枷渾是鐵,上肩容易下肩難。傍人不識難中意,只作尋常易事看。

醋梨自古愛人稀,兄棄無端弟拾之。吞不成兮吐不下,一場酸澀有誰知。
(以上同上卷五)

義侍者
三唤殷勤三應諾,逼龜成兆有何靈。仰山不打閑之繞,四下藤條送出門。

(同上卷六)

徹書記

一法通時萬法通,語言文字不乖宗。黃龍唯是南書記,自立三關振祖風。(《新撰貞和分類古今尊宿偈頌集》卷中)

釋修

竹洲修,法系:密庵咸傑——破庵祖先——無準師範——別山祖智——竹洲修。《全元詩》無其人。輯佚:

偈頌

有來由,没己鼻。一種春風,萬般花卉。年年費盡巧精神,見徹根源能有幾。直饒見得親切,也是玄沙道底。

一葉墜林端,山河珠走盤。隨流能轉物,世上獨稱尊。離微不犯,切忌垛根。不見古人曾有言,猶是王老師兒孫。(以上《增集續傳燈錄》卷五)

釋悟逸

樵隱悟逸(?—1334),法系:密庵咸傑——破庵祖先——石田法薰——愚極邦慧——樵隱悟逸。《全元詩》無其人。輯佚:

偈頌

道非物外,意在目前。十字街頭,騎牛入鬧市;孤峰頂上,仰面數屋椽。拊它背覓文錢,從教人笑掣風顛。

兜率王宮,無明窠窟。劫住劫空,頭出頭没。年年此日一盆湯,至竟洗塵難洗骨。啞,佛佛。

雪鰲倚空碧落開,中有古佛號真覺。舀來一杓龍象奔,輥動三毯喧海嶽。從緣非緣了無得,住相非相徒名貌。誓將一滴寒泉波,□洗昏衢塵劫濁。木人起舞木馬嘶,歲歲重來情不薄。遍參有志如善財,青山不患無樓閣。

兩兩宮娃醉管弦,含情多在九霄邊。桂香影裏輕移步,偏與嫦娥鬥少年。

宣流善政,燕北閩南。石門關低含夜月,通霄路暗鎖晴嵐。行棒行喝,彼此何堪。雪峰贏得放癡憨。

念念不停,新新不住。迷悟兩岐,全機頓趣。靈雲去後誰與論,桃花枝上翻紅雨。

龍樓雲暖,鳳闕春濃。大千一統,車書混同。必竟雪峰,如何祝頌。日出扶桑束。

　拘尸城,業窟平。熙連河,愛水傾。無憂芳樹老,覺苑落花深。閑愁一掬冷關情,流鶯歌徹斷腸聲。

　一人泉淺,古澗泉深。點水無涉,恩深愁深,今日爲甚供陳?蘋藻香,爇水沉。啞,破鏡終懷五逆心。

　幻普光明殿於一彈指中,大功不宰;現丈六金身於一莖草上,法令全彰。象骨雲開,寒泉春漲。蓋天蓋地看新樣。

　水拍金盆,肌勻玉藕。净智圓明,靈光獨耀。金輪浴出扶桑曉。

　即此用,離此用。全主全賓,有擒有縱。龜毛拂子千鈞重。

　印塔春融,松山月皎。大雅岸流,蠅鳴蚓竅。廣陵一曲千峰曉。

　肘後靈方,不傳妙訣。殺人活人,有誰辨別。澗底菖蒲生九節。

　大圭不錄,至理忘言。臨濟爲甚三度問佛法,雪峰爲甚九度上洞山。麟遊兔徑,虎食雕殘。

　諸佛秘訣,列祖玄綱。聲前句後,無可商量。山深六月涼。

　指月話月,弄巧成拙。廣寒洞無扃,憑誰賞清絶。換立嫦娥雙鬢雪。

　秘魔擎叉,魯祖面壁。暴風無崇朝,驟雨無終月。霧掃長空,秋明八極。駕海曦輪碾虛碧。

　單提獨唱,撒土拋沙。黄花非般若,般若非黄花。多情風雨秋家。

　流沙浪急,淹溺不得。熊耳雲深,埋没不得。即假即空非聲色,風撼松濤山月白。

　坐破蒲團心下事,奔馳驢馬;拈來木杓舀不上,千五象龍。漢官威儀,不圖復見;自我作古,不宰其功。高堂千古留香風。

　三乘要義,一句全該。後架桶箍爆綻,堂前漆桶相揩。咄,新羅人草鞋。

　西來意,冬來意。枯木花從雪裏開,瑞雪先呈三白喜。何故,乾道變化萬物兹。

　風月平分,一天霽雪。理事互融,如何如説。山到平中見孤絶。

　明鏡當臺,玄機在掌。德戀戀官,功戀戀賞。雪峰者裏無重輕心,無取捨相。總在無星秤子上。

　昔年此日雪山雪深,今年此日雪山雪晴。雪山人午夜憨眠一覺,雪山人午夜悟明一星。道有所證,道無所成。留得雙眉蓋眼睛。

雪店更殘,征客夢驚寒旅枕;雲床晝永,守孤定空費蒲團。剗削盡時胸中有物,豁空見地簾外無天。歷古窮今難消冷恨,天荒地老舊話誰論。說妙談玄,陳年曆日;分賓立主,釘過桃符。殊不知臘月三十日,元是歲除夜;五更鐘動,依舊是新年。象骨一峰高插天。

龍樓薦瑞,鳳曆須新。九州四海,咸沐堯仁。雪山高並南山青。

然燈前,然燈後。一年兩度慶元宵,萬解金蓮徹昏曉。彩鳳搏空,金雞唱曉。九天一札頒新詔。

金棺自舉,業風不停;化火自焚,星焰不息。年年此時,年年此日。何堪桃李春狼藉。

春靄鰲山,潮平鱷渚。啐啄同時,正偏回互。烟水南來,合明何事,百丈再參馬祖。

生緣不在刺桐城,行脚何曾見德嶠。五月長衢冰片寒,嶺上木人開口笑。

破鏡生兒離毒樹,墮地能行便能語。五天無光日色苦,九龍攪春吐腥霧。雪峰用處拙於古,木杓拈來作佛事。和泥和水輥風雨,亂紅翻波澗聲怒。

執著者星子,餓寒業莫逃。不知黃屋貴,偏樂雪山高。何故,色窮歸皁。

蘆膝黃金冷爆芽,定寒午夜燦星華。六年不了修行事,白日虛消一麥麻。

風高塞雁,露冷庭螿。老胡特地歷魏遊梁,秋杵閑添搗夜長。

曉露明殘葉,晴雲擁翠杉。遍參人不會,秋老百城南。

野店疎籬護竹烟,新蒭初熟菊花天。主人惜別偏留客,賤價饒沽不論錢。

施主張深澗入祠堂架祖殿并松山閣

離重城,香風一葉隨波輕;登雪嶠,炎雲散盡千峰曉。一靈真性,隱顯全諧;三際頓超,去來得妙。慨然一諾,揮囊金以助建興;煥爾新規,開樓閣于雲縹緲。住山顯刀斧之無痕,叱吒掃寒灰於劫燒。烏石嶺橫空萬仞字,磨崖莫既雕鑽;赤松子遠曳長裾躡,英風不離談笑。深澗源分古澗流,心月輝涵松月皎。銘公之施,昭昭乎前;祠公以堂,燈燈永紹。山僧與麼說話,總是彩繪深澗影子邊事,只如不歷化城,直登寶所一句是如何,虛楊迂公久矣。

黃雲巖宣教掩土

緣聚爲生散爲死,白日長繩繫不住。蓬萊水淺人世非,虛幻轉頭皆夢事。去家不遠奢山春,山中住城最住處。傳家契券明有據,青石丹書黃姓字。左爲龍,右爲虎。天爲門,地爲户。以此澤屋廬,以此福孫子。棣萼芳聯枝葉昌,蘭玉森羅茁庭宇。神衛山林,永安永固。千古萬古一坏土。

肅翁和尚入塔七處住山,嗣偃溪

示向上機,提末後句。三山孤月烟秋光,五里烟雲迷古路。建善住最初法幢,居天王莊嚴住處。掃任仙丹竈,靈光耀玉黍之珠;登謝郎釣舟,竿影拂珊瑚之樹。雪峰頂上直教潤水逆流,直指門頭恢復普通年事。出遊歸隱,城市山林;生死去來,霜花曉露。翠峰壽塔已先開,葉落歸根無剩語。便與麽去時如何,竺國夜三更,閻浮日卓午。(以上《樵隱悟逸禪師語録》卷上)

出山相

境風飄蕩昏腥埃,愛水錯注黄金胎。逾城噬臍已不及,凍餓雖死心難回。出山出山了何事,認着星兒被星誤。禪河教海掃不乾,回首邯鄲多謬路。

逾城午夜鐵心肝,箭脱空弦力挽難。有道可成山可出,雪霜猶欠六年寒。

觀音

願輪默運真機冥,六入互用俱通靈。八統虚曠色非色,萬象喧撼聲非聲。①紅蓮泛香霜月苦,悲心曲爲時人傾。柳瓶一雨利海平,昏波不敢閑吹腥。

返聞淨觀具大悲,在在化境圓通機。金蓮香浮草色碧,靈禽翔集天雲低。磐陀石冷潮拍拍,玉瓶柳軟春枝枝。以聲求我空中影,以色見我眼中眉。百城童子歸何時,苦心遠逐洪濤飛。

超證圓通,頓忘光境。黄金草色寒,碧天春晝永。定眼不搖瓶柳靜。

定久磐陀夜浪回,錦心綉口向人開。一針孔裏三千界,線路無門笑善財。

茸綉

金沙難掩玉魂飛,碧藕香殘夢覺遲。應以比丘身得度,髑髏且待眼開時。

金沙化一老僧挑髑髏

彌勒坐睡

貪着塵寰,不居尊貴。堆堆坐地等何人,舉世有誰是同類。缺減界中,風波日委。閉眼依前不成睡。

抛離兜率天,垂手閻浮界。拈得主丈在肩,未免打失布袋。行貨没些,貴買賤賣。長汀山色青如黛。

囊中有貨不須忙,水繞汀流曲曲長。誰信松根欠伸頃,率陀宫掩幾昏黄。

---

① 原注"非下疑脱聲字",可從,據補。

松下欠伸

達磨渡蘆
流沙無關天無扃，老竊挾詐窺王庭。禁嚴玉陛守九虎，赭面羞映紅袍輕。長安長安雨雪聲，蘆風葉葉搖心旌。絕憐楊子江頭水，一波不洗塵腥臊。

瑞靄臺城王氣新，胡塵難浮玉樓春。西來十萬無根脚，全肯承當沒半人。

逆鱗一語，駟不及舌。逆流一葦，逝波不回。洛陽征夢酣風雪，鳳臺倚天空崔嵬。

寶公
顯異鍾靈，雲踪鳥道。一十二面，僧繇畫不成；三十六化，梁王覰不破。宮妃執侍翠鬟低，天神拱衛金申鎖。鷹巢兮月冷，鶴塔兮風高。九百餘年事宛然，山深雲暖蒼松老。

魚籃觀音
衣珠露明，籃魚風腥。衒賣女色，以偽亂真。信知倚市無傾城。

鬢亂釵橫，丰姿英雅。斂手無言，弄真像假。魚籃放下時如何？捨落地價。
放籃在地

定光
蒙頂兮袖雲英英，曳策兮道服輕清。觸時暴虐兮，蠅生片玉；勸惡從善兮，身為法城。寂定光明兮，中天月皎；願海無邊兮，百川潮平。隨機而感，曰雨曰晴。此特師願力中之一塵，太虛寥廓兮，徒加丹青。

寒山
手携破竹筒，是甚閑舉止。零零星星，捨得些菜查；喜喜歡歡，相逢誇鼎味。香透普賢毛孔裏。

閣筆靜沉吟，意中無活句。清骨瘦如柴，多為吟詩苦。芭蕉葉上無愁雨。
芭蕉題詩

拾得
施于在苕箒，一味弄奇怪。紛紛飛飛，竟日掃不休；瑟瑟瀟瀟，松頂風鳴籟。狼藉文殊金世界。

錯脚到寒巖，夢逐塵寰轉。倚仗默思惟，客情多繾綣。峨嵋歸路如天遠。

初祖
轢暑躪寒，逾沙越漠。鳳臺春霧深，鷺渚寒潮落。梁宮家不受糊塗，寶誌公妄生描摸。神光隻手終難扶,嵩少至今寒色惡。
二祖
求道艱難,修行無力。腰深積恨深,雪白通心白。斷隻臂於心何安,禮三拜受胡迷惑。逴得春從袖裏歸,少林花果無顏色。
三祖
宿業熏肌,通身是病。覓罪了無根,難醫真病證。脫居士俗氣不除,接司馬宏張暗阱。三傳花葉轉芬披,狼藉何堪春滿徑。
四祖
巖定孤禪,脅席不印。解脫了無門,開眼入邪定。名大醫起死無方,賺頭陀逆條老命。紫雲散盡花鳥殘,風撼牛頭山雨淨。
五祖
日暮窮途,投胎蹉路。污却濁港波,溯流溺不死。題壁偈惑亂參徒,攤賊贓控人暗渡。叢林從此帶寒酸,淮山愁聽黃梅雨。
六祖
傳法無心,擔柴有力。潛身破碓坊,污偈楞伽壁。① 竊衣盂與獵爲群,辯風幡賊身欠密。惡名千古辱宗風,八十生爲善知識。
政黃牛
吟肩聳宕窖,定眼湛湖水。黃牛角指天,八腳垂過鼻。句外須明者個意。
郁山主
回首看青天,渾不顧腳下。跌倒眼眩花,山河光照夜。寒驢頭上角生也。
蜆子和尚
以蝦爲目向人開,攏盡江波心未灰。僧戒不持争怪得,爲他廟裏出身來。
猪頭和尚
風流徹骨恣癡獃,覿面全提死眼開。口裏不曾知由味,猪頭飽喫素持齋。
宗道者
祖意何曾悟得玄,桐城客路渺風烟。袈裟無相鞋無綫,破綻終難裏得全。
泉大道
古策橫肩韻絕塵,目前大道體全真。瓢中拍拍春如海,一滴渾無醉得人。

---

① 原注"污字可在偈字上乎",今從乙。

平田婆
客路相逢要實論,何消姐語又婆言。一犁春雨翻新綠,難洗牛兒背上痕。

巖頭婆
一棹雪轟未易酬,親兒拋下恨難收。恩波拍岸無行路,月滿洞庭湖上秋。

趙州把數珠
見燕趙無傲尊大,不下禪床契南泉。擬向即乖,礙膺有物。空過甲子七百餘,一串數珠不出。無德有年,數趙州古佛。

投子提油瓶
參翠微問西來意,勾賊破家對趙州。覿面全提,引鬼入市。從來見處總瞞肝,用處何曾有巴鼻。不見道投子道底。

栽松
萌心放不下,白髮老頭陀。一寸未入土,礙人枝已多。

買薪
來處語何堪,村蠻出嶺南。一字也不識,手中柴一遍擔。

五祖顧圓悟雞飛上闌干圖
水冷橋橫,山深雲暖。指東話西,情想變亂。雞聲驚起故鄉情,劍閣無梯歸夢斷。

百丈侍馬祖山行見野鴨圖
沙禽影翩翩,翔集適其類。行客鼻頭酸,痛處憑誰委。樓臺倒影山容開,孤雲不飛天在水。

平田圖
客路相逢,婆言姐語。牛背痛加鞭,多爲不平處。一犁春雨高原深,至今荒却平田路。

扣角圖
天竺秋陰,飛來月夜。一等弄精魂,死生難放捨。牛背聲中扣角歌,餘音遠寄長松下。

百丈
一喝耳聾,山摧海傾。如行而說,炳猶日星。以身爲舌,正今時之誤;以己爲律,曠百世而彌新。滔滔末流,烏蟻戰爭。瞻睹遺像,昏憕當明。故國喬木兮,猶有典刑。

開山真覺祖師

棒頭打脫,早遭德嶠熱瞞。跳下客床,暗被巖頭鈍置。一十二人最初投契,不是棟梁材;千五百衆舀自杓頭,亦非瑚璉器。衲僧向上全提,要且了無巴鼻。不謬喚作七家村土地。

碑本遠法師

雁門無關曉山霽,虎溪激湍磨石齒。東林社冷寒漏長,白藕花開香霧細。風流消歇晋衣冠,大雅聲沉酣瓦耳。虛空爲碑天爲紙,影堂舊事應難紀。

巖頭

笠重蓑輕,令嚴法弊。停橈仁思時,趁船人未至。淒淒恨逐蘋風起。

船子

三寸離鈎,一懸絲命。怜悧人不來,道吾杳無信。朱涯潮落寒紅静。

靈照女

賣盡貧女相,多因怨阿爺。笊籬錢足陌,饒現不饒賒。

馬郎婦

一掬藕香浮,牽人以慾鈎。金沙痕玉冷,難掩馬郎羞。

魚籃 丹霞提主丈

悲心一點海天長,半斂珠衣冷射光。賣弄這些貧賤相,籃魚腥染玉蓮香。衣寒衲冷,貌古風高。篤龐老瘦肩道伴,對靈照覿面干戈。居士在麼,居士在麼,三尺杖子攪黄河。

朝陽

破綻通身不覆藏,謾從刀尺上搏量。工夫綿密急着手,寒日初無一線長。

對月

閑淹果豆爲誰忙,雪覆雙眉眼鬭霜。經卷難窮義難了,雲根幾度月昏黄。

三笑

東林社暖,白藕吹香。持戒破戒,執相未忘。溪聲何似笑聲長。

四睡

人虎爲群,是何火伴。心面不同,夢想變亂。風撼松門春色晚。

題三生圖

濯錦春晴,篷窗夜雨。茅檐一笑時,竺天在何許。三生愛别離,一種冤憎遇。拍波烟棹畫圖開,馬牛風遠瞿塘怒。

寶公塔
殺氣鷹揚振木梢，秦淮照影水痕交。漫天鐵網煩巾下，完耶偏尋舊覆巢。

法眼塔在建康無相寺菜園裏
去來無相萬機冥，早是泥加冢上深。未了當年行腳話，繞籬內外菜抽心。

保寧塔在建康南門鐵索寺後
金剛鑽子話何堪，價索遼天死未甘。大法乘繩鐵索朽，一原秋色鎖城南。

應庵塔在天童
一經虎穴差含沙，抵死難防毒爪牙。痛恨至今埋不得，春風吹血上桃花。

密庵塔
大徹何曾有悟門，末梢句子果何遵。當時曬穀無遺粒，不到窮煎累子孫。

破庵塔在徑山
庵破人亡草自春，家私無一可區分。浮屠三尺高天下，礙塞凌霄峰頂雲。

石田塔
三繞蘿龕訴苦情，荒田不到少人耕。春風契券重抄藉，家住梨花村姓彭。

五臺方石
力宏大智闢玄關，毫涌金光石暈寒。座局萬機無一轉，隨方即易人圓難。

香山紅土
刻骨寧忘振父恩，眼祐愛水地天昏。苦心碾盡飛塵土，千手難收墜血痕。

白馬經臺
道虛冥漠貴冥心，真偽寧容一髮侵。污血不隨焦土盡，葛藤無影翳黃金。

少林影石
隻影孤栖雪窖漫，九年無地着羞顏。生平缺相終呈醜，斷蘚雖遮石齒寒。

送長蘆鈞藏主
天荒地老熟超宗，落日孤雲眼眼空。教外別傳無剩法，長江吹冷一蘆風。

鐵庵
拳頭豎起純鋼鑄，打硬承當見幾人。不到潑天爐韛冷，綉花蝕盡壁痕春。

太原聞梅
老孚夢裏錯尋芳，聲色叢中見未忘。二十四橋風信遠，枝枝吹恨不吹香。

大惠謫梅
萬卉叢中獨擅芳，騷人閣筆費平章。不因疏放蠻烟外，誰信枝頭別有香。

悼仰山雪巖和尚
雙樹纏悲事可嗟,說無所說太過遮。業風寒攪雪巖雪,一夜生埋小釋迦。
庚寅秋先師絕岸和尚示寂於杭之岑山聞訃有作
岑山雲散月垂秋,澗水哀鳴日夜流。孝順似兒應問見,哭師淚上額尖頭。
密室
單提一句鐵崑侖,據座方方白晝昏。暗地何堪明付授,黃梅放賊自開門。
光首座出世住崇福
首座已出世了也,崇山瑞色擁晴空。自知結得冤憎甚,無怪逢罵雪峰人。
遊古寺三題
風低瑤草暗潮泉,地闢天開見混元。不識此基元已有,三登九上別人門。
文殊臺
寒聳雲邊一髮青,高高有路界飛塵。長虹貫日山含影,曲爲黃金一臂伸。
應潮泉
來往如期信不移,石泓澄碧自清漪。山花褪雨浮紅膩,香透尾閭春不知。
友人夜話
涼飇獵獵逗窗紗,枯坐清談隙月斜。一語爭機失回互,隔床飛唾濕燈花。
詮上人歸建鄴
家住烏衣夕照濱,客因語別憶閑情。六朝往事鳴今古,偏寄長干塔上鈴。
東林復上人
一尋寒木鐵橫肩,眼冷南荒瘴雨天。未入門時先識破,衲衣香染晋池蓮。
棠溪
靈根一種異春風,曲曲寒流水印空。誰信枝頭香韻少,品題不到浣花翁。
芝庭
地靈薦瑞紫英柔,玉砌亭亭爛不收。秀色可餐名可傲,商山尺土富瓊樓。
竺鄉
西乾正派許誰分,一法應難舉似君。白日空來知己少,手肩寒重五天雲。
月屋
玉斧修成不記秋,廣寒宮殿冷光浮。潑天門戶無遮挌,普與人間作蓋頭。
雪村
漫漫大地絕中邊,凍鎖茅檐尺五天。憶得七家鼇店裏,夜寒旅枕不成眠。

示崇智道者
智莫能知識亦難,絲毫纔涉隔重關。山花如錦毯門路,知爲何人一破顏。
越州巴上人血書法華經求偈
依經解義蝸沿壁,七喻三週血聚蠅。吹去萎花雨新好,亂紅零落剡溪藤。
和上人五月之江西
江流西去雪濤飛,冷恨胸中只自知。和核和皮親咽却,荔枝樹下定回時。
秦上人回越
秦望峰高雪霽時,古今難換目前機。右軍祠下山如洗,飛筆無鋒冷硯池。
雪心
枯木春痕糝玉英,乾坤凍合幾消凝。祖庭寒色誰關慮,寸寸肝腸寸寸冰。
高上人回鄉
冷淡相依一夏殘,花根無艷虎無班。臨行特地相撩撥,主丈今朝恰未閑。
特上人江西禮祖
黃落山山樹色矄,炊巾未易染閑雲。西江法窟名天下,不是牛群是馬群。
祖維那遊浙之天童
春融澗底玉鳴沙,東望巖層海日斜。路入堆雲寒翠裏,碧桃看實莫看花。
釰潭
鐵冷無花古意多,影寒誰共照澄波。難淹千尺干霄氣,秋水一痕霜不磨。
田維那回東林省師
子無板齒父重牙,照影龍媒產渥洼。千古晉風猶未歇,白蓮香綻一池花。
壁禪人回錢塘
祖道何堪語寂寥,未甘恨逐陣雲消。風前嚙鏃誰明旨,箭是錢王射過潮。
建上末山長老收月林和尚法衣求偈
丹山隨處着禪房,底事人傳有許長。林月一枝誰寄重,袈梨猶帶桂花香。
忩上人歸太平
雨過山山暝色開,層鼇一見掉頭回。角聲曾攪禪僧夢,家近誰樓莫聽梅。
藍田首座遊建
田田藍玉照丹山,劍氣難淹射斗寒。今古溪山今古恨,夕陽橋影莫憑欄。
悼薦福月磵和尚
薦福碑轟姓字留,楚天空闊句誰收。長竿影冷磯痕雪,磵水無聲月自秋。

康上人之浙西
康莊有路任飄飄,秋入空林葉半凋。一點吳雲添客恨,塔鈴長短送江潮。
悼蔣山月庭和尚
得處何曾負佛心,退耕田地恨難平。從茲荒却鍾山路,秋色凄凉月一庭。
定書記遊浙
紙襖抄來語欠靈,客途緘恨苦連心。雪山薑杏雖無味,爛得人腸毒最深。
士農工商
奮臂名場占榜初,飛騰多是起犁鋤。而今于禄多奇藝,貴賣花槖賤賣書。
文武醫卜
奎星久矣晦寒芒,學劍無成鬢已蒼。四海瘡痍斂無藥,多從龜殻决興亡。
漁樵耕牧
絲輪放罷水浮空,閑撥殘雲拾墜松。擊壤歌喧酣老耳,桃林聲暖捲桐風。
琴棋書畫
弦奏南薰萬物敷,更新局面見賢愚。山川天下一部史,駿索權奇多按圖。①
小師汝霖遊方
凌晨炷別雪山前,恰值秋霖雨霽天。湖北湖南與麼去,遊方第一莫參禪。
耕隱
荒荒荆棘刺人眸,遁姓逃名恐未休。祖父田園閑契券,一犁風雨回天秋。
荆石
紛紛真僞的難論,玄質憑誰剖化根。老却卞和雙眼碧,白添雲影抱春痕。
楷上人之徑山兼簡虛谷和尚
風雨昏酣苦湊奔,控人一代有龍門。禪床一見便掀倒,劍是黃巢過後痕。
常寂道者求偈
寂然常照照還非,參究須明向上機。一自靈山微笑後,嫩紅不上落花枝。
題吕洞賓
半幅烏紗襯道妝,匣中斗氣冷涵光。蓬萊日月閑難守,樹老城南酒正香。
明上人歸古田資福善侍者道場
慈明見後便歸鄉,煩子傳言侍者傍。耽着座山無好味,出爐胡餅飯吹香。

---

① 原注"門疑圖",今從改。

釣臺開上人之浙
半肩毳衲下龍臺，剩着閑錢買草鞋。有問南閫消息子，蔦枝花向雪中開。
益上人回建康半山
茶邊語別意偏勤，客土終難兩地分。鄴上宋家丞相宅，樓鐘時撼半山雲。
文大師號錦溪
灘流繞岸浸明霞，眼底誰分是漚麻。濯濯一機收萬像，莫言剪水不成花。
淮上大禪人之天台
西望淮濠隔杳冥，天涯隻影伴孤藤。明朝飛錫亭前路，看瀑穿雲剩一僧。
傳上人遊方
訊別臨分引話長，具參方眼碧含霜。閩中土豹少行脚，不出飛鳶是謝郞。
供堂净髮陳待詔求
精藝家傳壓當行，刀蚩寸刃冷含光。山僧毫髮難瞞汝，舍利雖無却有霜。
贈製僧履待詔
十分時樣帶湖山，線路終難略放寬。一着高人有妙處，雲根背手蹬飛鸞。
謝南山無言和尚建留香堂
南山鱉鼻毒橫飛，夢裏無言啟化機。曲爲遮頭千載計，牯牛圈着鐵巴籬。
李白
六合風塵未掃清，酒腸如海破愁城。月沉采石潮痕落，還似吟魂醉未醒。
杜甫
憂國憂民客異州，塞笳聲裏戍樓秋。浣花寒漲溪流膩，難洗風塵一掬愁。
東坡
人間得喪果何憑，空裏浮花日裏冰。瓊海不知身是客，生前慣作水雲僧。
山谷
涪江秋晚日荒荒，逐客閑吟意味長。身後身前一炊夢，鮓魚腥冷桂吹香。
題蒲萄
斜曛弄金柔，剪剪寒棚秋。渴漿魂欲醉，夢繞西涼州。
翠濕珠露香，影瀉瑤月白。水晶帷幄寒，憑誰喚仙客。
畫蟹
沙降潮落渚，郭索戲蹣跚。酒興誰牽夢，蘆風葉戰寒。
努眼資旁行，側翻波底天。人間湯火沸，不到敗荷邊。

畫鷹
鐵觜怒嚙金縷柔,英英俊氣思離韛。霜眸一舉剿狐兔,平蕪血冷關河秋。

蓮社圖
圖荒烟老晉封疆,投社人歸歲月忘。利祿難牽香火夢,芙蕖影裏漏聲長。

桃源圖
圖畫溪山足四鄰,晴雲難挖洞門春。不因漁棹吹腥網,老却桃花獨厭秦。

寄香城昇長老
憶得相從古澗旁,更深夜靜與商量。熏天炙地者些子,花蔚重城帶雪香。

小師禮周侍者書語録辨求偈
語言陳腐欠生機,累子編刊數月期。待到糊窗縵缶處,方纔此録話行時。

傅知客火
雨夜讀傳燈,傳博極淵源。錯認白是紙,死句終難詮。要會活句麼,山青花欲燃。

小師曇侍者火
三年執侍玉無瑕,十八春殘一夢賒。夢破塵消恩義斷,優曇火裏別開花。

璘净人火
璘璘非玉,碌碌非石。黃梅死貨活賣時,夜半三更人不識。即今玉石俱焚時,火裏烏龜雙眼赤。

嚴都寺入塔
進道嚴身,去名就實。石窗燈盞颺下時,幻泡空花復何物。蛻骨龍眠香霧窟。

傑維那火
江上青山,屋頭春色。一語傑出叢林,千古翻成芽蘖。傑維那,葉落歸根見得親,火裏花開色如鐵。

怪石珍首座火
片板橫擔,絕世高古。虛空撒手便行時,大地山河無寸土。一物長靈,不墮生死,火雲影裏怪石露。

璋首座火曾住院號錦溪
我首座已出世,錦濯溪流波已逝。我首座已行脚,珪璋也要重磨琢。道絕功勳,情忘鑒覺。焰冷紅爐雪花落。

自讚
潮州廣法文長老請讚
法不可傳,文不加點。嗣永元學拙於愚,據雪山道無兼善。聲震海陽,一新聞見。潭裏鱷魚眼如電。

三峰定長老請讚
金襴擁座,玉麈談空。定其宗如雲門之有文遠,唱其道如慈明之有黃龍。住山有前輩之古執,應世無今時之變通。秉權衡於量外,欠繩尺於胸中。似此絕標致,誰能躡其踪。雲外三峰聳碧穹。

雲門彬長老請讚
道絕古今,機全殺活。笑曾郎嵒來千五眾木杓欠長,鄙洋嶼打發十三人竹箆太短。非色非聲,滿耳滿眼。雲門一曲江風暖。

視音明長老請讚
機兮默默,用兮冥冥。攬螺江慣將折箸,釘虛空不口寸丁。即真即假,非色非聲。明月半窗梅影橫。

小阿應天貴長老請讚
嚴冷難親,溫良易見。歷浙訪道尋師,歸閩授宜住院。恢大中之道,洞徹玄微;續雪嶠之燈,光明發現。無師之智,孰盡其善。克家有子,貴宜得賢。一滴寒泉浪拍天。

興福煜長老請讚
氣宇閑澹,面目巉巖。出林白額,腥風莫掩。磨牙鼇鼻,毒氣正酣。描寫不得,青出於藍。煜煜星光輝斗南。

俶藏主繪像請讚
智無師授,學有專愚。放出南山鼇鼻,生擒南海鱷魚。似這模樣,其誰與俱。何堪赤手捧天書。

小師正心藏主請讚
口毒心慈,氣嚴貌古。嗣永元不識佛心,膺宣命對揚天子。有胸中全屋之規模,無蓋世驚人之名字。何消描模向人前,殆似攘羊證其父。

外甥正韶都寺請讚
遠之而冷,即之而溫。續廣陵道,散音諧韶;護滅中峰,撼碎沙盆。渭陽正派,其來有源。一滴寒泉四海分。

梅石宋宣教真贊

雁塔無心,雞窗有意。百稔猶幻兮,傲時粃糠;三教精研兮,洞明一理。肝腸鐵石,至老難移。平生心事梅花知。

平村李郡馬真贊

巾籠犀頂,秀挺芝眉。卜重城之隱,易書貿屋;賦盤谷之歸,疏泉鑿池。炊夢忽醒,人世已非。桃源花霭春枝枝。

橫秀陳宣教真贊

山雲瓏而秀橫,池月清而鏡明。詩禮傳家兮,禮席春暖;湖海延士兮,陳樓畫晴。後學模範,尚有老成。故家喬木干雲青。

東禪方巖和尚像請贊

巖巖偉瞻,隆隆顯擢。笑談融度外之町畦,英特絕今時之作略。閑居山之雲,影自捲舒;麗覺城之月,輝流海嶽。句下丹青,機先描模。重重烟水昏樓閣。

送乾維那遊方

乾坤今古日月明,山川不逐郵傳更。肩磨踵接烟塵腥,沙空漠冷鸞鳳冥。洞桃未到春葉零,野草幾見霜叢青。壁根主丈□跳鳴,芒鞋背蹙鴛鴦繩。了無一語堪將行,晴雲倒影翻玄泓。

送劍上人歸嚴州

一錫朝離澗泉曲,凉空一雨收殘溽。雪峰法道今何如,但言粥足飯亦足。衲僧無營亦無欲,自家水牯自家牧。釣名釣祿兩茫茫,月浸嚴灘半鈎玉。

寧上人回泉州

雪鱉去天無一握,南來北來難湊泊。南山鱉鼻老磨牙,南山白額頭帶角。上人一見便面頭,甘草何曾輕動着。烏藤拗折到家時,洛陽月冷潮痕落。

壽上人歸杭州

上人久別西湖秋,一筇來作南州遊。青山在在栖棘鬧,樓閣處處昏鴉投。寒泉收聲鐵虬蟄,枯木春老苔花收。參須自參急着手,大法誰為正宗壽。心花忽爾發現時,桂子香瓢月如晝。

明藏主回潮陽省師

向來別我鰲山巔,今復見子逾十年。孤筇冷挾北山雨,毳衲香染西湖蓮。倦遊懶作吳楚興,歸夢飛逐炎雲邊。參方貴展極則事,圓相不用呈師前。老余清興不可到,瘴霧不礙雙眸懸。韓公書堂燈火静,唐柏黛色應參天。

送先藏主重建那羅延窟

南方法窟那羅延,法師無表名始傳。慈雲不逐野雲散,雜花濃染巖花鮮。木槲亟鎖竺梵古,鯨杵時撼蒼龍眠。巖房掩寂曉色瞑,樸握暖附寒孤禪。銅瓶和月汲潭淥,瓦甑敲火燒松烟。千村萬落信脚到,杖頭三合休論錢。巖中勝絶神蜇越,何當一策登窮巔。經臺分我一笑暇,老興引手摩青天。

恭侍者求遊方

癡雲蔽天苦冥漠,覺苑花殘寒色惡。百城烟水空微茫,善財處處失樓閣。朝來有客來潮陽,鰐海波中見頭角。誰家齏瓮應最深,覓我遍參語一則。欲書無語堪描模,四檐淒冷檐花落。

到方山寺

方方屹立山如屏,野色浮膩泉石清。舍桐蛻子朝露冷,草豆綻莢秋香零。蛇村鼠落俯脚底,迥隔凡俗烟塵腥。我來似與小有約,呼應萬象天風鳴。可人景物雙眼明,半窗日色山雲青。

仰山彥書記之徑山

昔年曾飲薑杏杯,香浮雪谷翻輕雷。城南鍾瑞見英秀,百草不敢争春魁。潮平三山瞑宿霧,雨閉樓閣昏腥埃。適途樵斧聲方閑,明窗有意何當開。滿襟吳楚齎舊恨,秋興入夢無遲回。龍門一代争仰止,招隗正築黃金臺。

中原寶首座之净慈

行行笑踏吳楚雲,一夏兩錯應休論。袖中自有中原價,温粹斲剖玄無根。青山不斷行客路,樓閣深閉誰家門。金波寒涌蚪痕合,梅香柳影空黃昏。

楠藏主回浙

澗泉鳴秋聲歷歷,烏石摩雲色如鐵。枯木凝春夜定回,方池蘸月涵虛碧。宏開藏海花重重,真機演出還演入。司其鑰者喜得人,不獨有權應有實。梗楠杞梓法棟梁,火棗交梨意荊棘。功成解印湖山秋,柳影梅香舊知識。老我炎雲澗雪濱,吳楚相望興何極。臨風重索餞行篇,一語欲書還住筆。玉泓翻水浪如激,檐松吹香翠欲滴。

蓬萊清水遠庵主

老禪清水庵中來,氣挾清水無飛埃。一從識得庵中主,花片不染庵前苔。胸中妙應有活法,粒米不蓄兼蓙柴。老來了却行脚債,幾辨布襪隨青鞋。毬門無關鐵限古,印塔瑞靄祥烟開。漲波梅雨激泉澗,倚天金碧飛樓臺。好山抵事不少駐,歸棹苦逐安溪回。炎雲引首一笑活,人間何處非蓬萊。

寄潮州東齋先生

古今宗教師昌黎,首以文學鳴海湄。古瀛禮樂盛化地,瘴雨不洗眉山碑。地靈薦瑞天不靳,爛爛照海奎星垂。齋名以東慕東魯,學古心古時難移。會堂克家侍鰲頂,極口公道談公詩。老余深樵髮如雪,何當一見掀雙眉。雲橫烏石鐵壁立,怒漲古澗春泉肥。臨風奮筆徒依依,寸心遠逐炎雲飛。

無藏主遊浙

當時錯聽小艷詩,藏海揭翻難洗耳。聲塵消盡義路忘,今古互融冥一理。吳雲楚水清興長,寓目溪山休寓意。平田淺草須隄防,不到大蟲老無齒。江空歲晚茲何時,力道勇決無遲遲。臨風一語難上紙,四檐擁雪梅花飛。

小師奉維那遊浙

凌晨炷別澗泉曲,切齒臨風無別囑。沖雲有志合奮飛,屋頭春色休馳逐。溪藤書偈推晴窗,檐竹飄寒散滕六。諸方五味正炊香,老僧一味拈不出。罷參畢事却歸來,地爐待子煨蘿蔔。

贈畫士

有客有客來城隅,袖裏秘捑丹青書。胚奪造化胎元樞,姝陋一髮窮緇銖。愧余深樵雪滿顛,毳衲寒染山雲曜。筠檐閣雨松烟疎,生綃半幅毋勞舒。渠今非我我非渠,太虛無影澄冰壺。山林鐘鼎分已殊,大手留寫凌烟圖。

竹房開首座回建之大中

竺璵芳披花雨紅,天風剪水春光融。上碑字可師前哲,嶮崖句掞機全鋒。峰頭數載閑相從,極口每見高誼隆。亭亭玉立竹房竹,靄靄香挹松山松。朝來語別情冲冲,碧水遠激寒流淙。難兄難弟無所擇,迎門一笑歡相逢。為余久疎多致恭,尺箋不敢干飛鴻。期將此道恢大中,澗水喜躍龍潭龍。(以上同上卷下)

端午

寒泉經雨澗聲長,冰擁山房五月涼。人事欣逢安樂節,懸門曉艾綠吹香。

千丈巖觀瀑泉

一徑通幽翠打圍,闌干十二倚斜暉。不知何處清飆起,千尺鯨噴洪浪飛。

(以上《重刊貞和類聚祖苑聯芳集》卷三)

送小師遊方

羹又無鹽飯有沙,壞人腸肚損人牙。諸方五味如靈驗,痛罵山中老骨撾。

棠溪

少陵題遍不知名,石綻沙崩兩岸深。衆手擬淘淘不得,一灘花影自搖金。

竹溪

虛心直節立灘頭,兩岸清風戛玉球。影倒萬竿浮水面,隨流中有不隨流。

(以上同上卷五)

龐德公歸隱圖①

携家終不嘆離羣,人世蓬瀛咫尺分。利祿難羈歸隱夢,鹿門白晝掩閑雲。

王質看棋圖

偶然携斧入深雲,看破仙翁一着先。個裏轉頭紅日下,不知塵世幾何年。

(以上同上卷九)

東皋友山

握空拳建東皋寺,一飯飽多雲水僧。身死百年曾未滅,數珠牙齒放光明。

(同上卷十)

血書蓮經報親②

毫端捹出妙蓮華,正是重添眼裏花。皮下若還真有血,直須擊碎白牛車。

(《新撰貞和分類古今尊宿偈頌集》卷上)

隆上主之五峰③

名實相當世所希,五峰老子好歸依。虎丘元是隆藏主,傳得楊岐五代衣。

人之雙林

去到雙林見舊遊,眉彎新月眼橫秋。謙暄未舉宜先問,因甚橋流水不流。

日本令上人④

夜來歸夢繞鄉關,滄海何曾礙往還。有問大唐天子國,爲言睹叟在人間。

---

① 此首及下一首載樵隱悟逸《桃源圖》詩後。《桃源圖》已見上。

② 此首載樵隱悟逸同題詩後。

③ 《重刊貞和類聚祖苑聯芳集》卷六作竺源永盛詩,題爲《隆藏主之五峰》,注云"一本無竺源二字"。今兩存之,俟再考。

④ 原書"樵隱"旁有小字"石溪"。此詩又見《石溪心月禪師語錄》卷下,文字有小異。今兩存之,俟再考。

(以上同上卷中)

畫猿①

三叠清聲出薜蘿，忘緣影子未消磨。蒼崖絶巘空垂手，月在青天不在波。

秋晚投林寄一枝，静中消息許誰知。意根空盡攀緣了，不似巴山叫月時。

(以上同上卷下)

釋善慶

千瀨善慶(1260—1338)②，《增集續傳燈録》卷五、《山庵雜録》卷上皆作"靈隱千瀨慶"，以爲愚極邦慧法嗣；《續燈存稿》卷三作"净慈千瀨善慶"，以爲荆叟如珏法嗣；《續指月録》卷四、《續燈正統》卷七、《五燈全書》卷五十四沿之。按如珏乃臨濟宗五祖法演下第六代，邦慧乃五祖下第八代，以《續燈存稿》所載善慶之年代衡之，似不及嗣如珏。③ 又《增集續傳燈録》與《續燈存稿》所載慶之言行事迹絶無重合，似各有所據，或疑有二"千瀨慶"，然《山庵雜録》謂"靈隱千瀨和尚者，浙右人也，嗣愚極，讀書綴文，眼空當世，嘗著《扶宗顯正論》"，則《增集續傳燈録》與《續燈存稿》之所載皆得其印證。詳情俟再考。《宋代禪僧詩輯考》未收千瀨善慶，今姑作愚極邦慧法嗣録於此。法系：密庵咸傑——破庵祖先——石田法薰——愚極邦慧——千瀨善慶。《全元詩》第19册録詩3首。輯佚：

頌玄沙因僧問話

白髮漁翁理釣舟，烟波萬里思悠悠。蘋花冷照江天雪，醉卧不知明月秋。

(《增集續傳燈録》卷五)

釋滿

舜田滿，法系：密庵咸傑——破庵祖先——石田法薰——愚極邦慧——舜田滿。《全元詩》無其人。輯佚：

---

① 此首載樵隱悟逸《畫鷹》詩後。
② 《續燈存稿》卷三載其"至元戊寅八月三日化去，壽七十九"，又云"嘗著《扶宗顯正論》，仁宗覽而嘉之"，據知此"至元"乃元惠宗年號。《五燈全書》卷五十四謂其"元世祖至元戊寅八月三日化去"，非也。
③ 如珏生卒年不可考，以其同門祖賢首座(1184—1239)、南翁汝明(1189—1259)之年代推之，如珏亦應活動于13世紀前中期。

送僧偈

昔年曾入長蛇陣,重整風前舊戰袍。春醉馬蹄花影亂,一鞭暗日上凌霄。(《增集續傳燈錄》卷五)

釋英

白雲英(約 1255—1341),法系:破庵祖先——無準師範——雪巖祖欽——高峰原妙——白雲英。有《白雲集》存世。《全元詩》第 18 冊錄詩 150 首。按,英以詩名,未出世住寺,故《白雲集》諸公序跋,並不及其法系。但集中有《寄呈天目山高峰和尚》詩云:"何時香一瓣,永立雪中庭。"嗣高峰之意甚明。又有《送明本上人游方兼寄蔣山申禪師》①,促中峰出山,而自稱"謝郎今老大",蓋年長於中峰也。

釋明本

中峰明本(1263—1323),法系:破庵祖先——無準師範——雪巖祖欽——高峰原妙——中峰明本。《全元詩》第 20 冊錄詩 252 首。《天目明本禪師雜錄》卷三包括《懷淨土詩》108 首,本書暫不抄錄②。輯佚:

偈頌

圓通示現潮音洞,幻住深栖天目山。至竟不能逃海印,嘉聲千古播人寰。
蓋天蓋地中原寶,無古無今塞太虛。價重乾坤酬未得,佇看皇化越唐虞。
春溢重山翠欲流,子規啼血正綢繆。紙錢灰滿千家冢,哭到斜陽恨不休。
今古清明節禁烟,道人住處不如然。地爐深撥枯柴火,砂罐頻煨野澗泉。
擊竹見桃心有契,化錢酹酒事無偏。男兒未具超方眼,莫道曾參佛祖禪。(以上《天目中峰廣錄》卷一上)

三尺黑蚖眠暗室,一雙白鼠囓枯藤。家山咫尺無行路,有底閑情逐愛憎。
七斤衫重出青州,老趙州禪觸處周。聖制九旬今日滿,杖藜千里又驚秋。
十方世界火爐闊,冷灰堆裏深深撥。得一星兒遽喜歡,今古拈來鬧聒聒。諸禪流,休抹撻。燎却眉毛莫便休,或不如斯遭凍殺。

---

① 《全元詩》據日本刻本《白雲集》錄此詩,"申禪師"原作"忠禪師",又據國內傳本改爲"申"。當以"忠"近是。

② 卷一《懷淨土》10 首已輯錄,見下。又,《禪宗雜毒海》卷二"示徒"題下有天目明本詩 4 首,亦出自《懷淨土詩》108 首。

紫磨金色,涅槃妙心。未由契悟,莫向外尋。提所參話,保護寸陰。萬仞壁立,志願資深。冷灰豆爆,握土成金。纔涉意地,即被魔侵。波旬起舞,慶喜沾襟。妄陳生滅,遠背玄音。報諸禪德,不用沉吟。春風不在華枝上,淺碧深紅古到今。

今夜臘月廿九,處處迎新送舊。惟有衲僧面前,動着便成窠臼。不如念一道真言,消遣殘年不唧嗾。是大神咒,是大明咒。試聽五更樓上鐘,百千幻法皆成就。

九旬禁足意何殊,生殺難將古制拘。未到身心平等處,豈應容易白安居。

春秋夏五,不書其月。記史之人,乃疑文闕。闕不闕,十字街頭石敢當,恣向人前逞妖孽。倒騎艾虎上高樓,皆挂神符施妙訣。禁赤口,消白舌。收捲門門五色錢,將謂無人能鑒別。忽被無手法師劈胸搊住,拽向蟭螟眼孔中,却把真機都漏泄。庭中一樹石榴花,曉日照開如潑血。

臘月初一日,老和尚遠忌。新建大同庵,也要效年例。曇華處處開,狹路難回避。如是展家風,曾不離世諦。

春入寒巖不可加,枯株朽幹盡萌芽。化工無處藏形迹,紅白都開一樣華。

天上月月月,二十九夜缺。只有今夜圓,莫教雲霧擸。擸不擸,眨得眼來天又明。寬着程途,且待三生六十劫。

四時與八節,循環十二月。今夜盡破除,禪流瞥不瞥。若瞥則陳年曆日不用檢尋,不瞥則明日新條也須甄別。東村王老化紙錢,後巷竹聲俱爆裂。窮神無地可送,福運有天難接。巖前枯木糝銀華,庭際嫩條抽玉葉。將謂陽春已發生,子細看來盡是殘冬雪。(以上同上卷一下)

爲求佛法爲遊山,口縫纔開落二三。一十二重悲願海,藥師燈現古優曇。

南泉陸亘舌無筋,圓覺華嚴語未真。何似東衡原上月,照空群象最相親。

(以上同上卷二)

頌古

世尊初生

無明滿肚惡纏身,纔出娘胎軟廝禁。目顧四方周七步,不知脚下水泥深。

文殊答庵摩羅女其力未充

將軍有令下重圍,八戶風高馬不嘶。兩眼忽開天地闊,太平無象到今時。

女子出定
花落銀牀春爛熳,月沉金帳夜迢遥。虛堂寂寞無人共,只把檀香盡意燒。
即心是佛
硬似純鋼爛似泥,甜如崖蜜毒如砒。渾侖吞又渾侖吐,賺殺江西馬簸箕。
非心非佛
大地衆生成正覺,百千諸佛陷泥犁。休將此話頻頻舉,却恐闍家老子知。
南泉住庵被人打破碗鑊
一把黃金鈍钁頭,引他白日鬼來偷。自從去後無踪迹,入眼青山總是愁。
趙州無
翁翁年老齒牙疎,口不關風道個無。肝膽一時傾吐了,苦哉邪法正難扶。
洗鉢盂去
粥罷教伊洗鉢盂,翻成特地費分疎。是非得失渾休問,真個闍黎悟也無。
黃檗云不是無禪只是無師
不是無禪是沒師,猫兒尾上繫研槌。夜深打殺街頭鼠,路上行人那得知。
臨濟四喝
小廝兒偏愛弄嬌,絲毫不挂赤條條。劣獅筋斗重翻擲,拶得蟾蜍下碧霄。
香嚴上樹
全提三寸殺人刀,千里聞風鬼亦號。沒興有人輕犯着,饒伊得命也無毛。
嚴陽尊者問趙州放下因緣
地沒朱砂翻赤土,廩無粒米倒礱糠。赤窮自是活不得,又被人來指賊贓。
趙州勘婆
生鐵蒺藜當面擲,琉璃坑塹繞身開。勸君莫問臺山路,多少平人被活埋。
洞山三頓棒
蹉口相酬罪莫逃,放伊三頓轉切切。使他飯袋江西去,添得廬陵米價高。
石鞏張弓
平生伎倆盡施呈,拗折蓬蒿箭兩莖。半個聖人還不薦,依前日午打三更。
僧問夾山境,法眼拈云我二十年只作境會
哭月狂猿攀古樹,嘯風猛虎踞懸崖。人間別有通霄路,不必行從這裏來。
大事未明,如喪考妣。大事已明,亦如喪考妣
萬里山河平似掌,一條官路直如弦。行人若問窮通事,鐵壁銀山在面前。

丹霞燒木佛

火燒木佛丹霞罪,脱落鬚眉院主灾。一陣東風回暖律,幾多春色上梅腮。

則監寺參青峰法眼丙丁童子公案

觸着神鋒劈面揮,電光石火較猶遲。不因洗耳池邊過,肯信人間有是非。

丹霞訪龐居士靈照提籃因緣

放籃斂手舉籃歸,自是多情惹是非。月落畫堂人去後,不堪歡笑只堪悲。

四大分散作麼生脱

空奮雙拳窮滴滴,橫擔片板赤條條。夜來得個揚州夢,騎鶴腰錢跨九霄。

眼光落地向甚處去

鐵狗銅蛇正奮瞋,風刀火鋸肉成塵。茫茫長夜幾經劫,舉眼無親怕殺人。

黄龍三關

我手何似佛手,也解攀花折柳。牀頭脱落秤槌,打破竈前熨斗。

我脚何似驢脚,翻轉草鞋倒着。走遍四大神州,寸步那曾踏着。

人人有個生緣,夜半胡孫駕船。撞破黑風白浪,踏翻水底青天。

佛手驢脚生緣,三關一句齊宣。更問如何即是,黄龍口裏無涎。

達磨一日命門人各言所得遂分皮髓云云

九年冷坐,一旦惺惺。是非易辨,得失難明。分張皮肉骨髓,令人路見不平。汝得吾皮,前長後短;汝得吾肉,多肥少精。汝得吾骨,只堪喂狗;汝得吾髓,脱賺平生。盡情爲伊註破也,只道得八成。要見達磨大師麼,嶽邊頓落千山勢,海上全消萬派聲。(以上同上卷三)

偈頌

死了燒了,身空物空。那個是我性,海底日輪紅。直下領略不過,快須着意加功。密作用時聖凡莫測,實究竟處水泄不通。無常生死拽不斷,見聞知覺難包容。是非憎愛絕朕迹,菩提般若俱無從。單單只有這一念,與此一念潛其踪。無影樹頭撑夜月,不萌枝上吹春風。以慈爲護,非南非北。以護爲慈,自西自東。無向背,絕羅籠。鳳凰池上玉簫奏,聲在天涯杳靄中。(同上卷四上)

僧非僧,俗非俗,六六從來三十六。俗是俗,僧是僧,從教日午打三更。僧亦得,俗亦得,畢竟本來無間隔。無間隔處忽承當,笑看大蟲生兩翼。

丁一卓二,築着便是。卓二丁一,百事大吉。海東走出黑波斯,眉毛鼻孔長三尺。説甚麼生死與輪回,説甚麼虚頭與真實。草鞋兩耳忽聞聲,僧俗由來都不識。都不識,誰辨的。春風吹破嶺南花,一一漏盡真消息。

若人欲識佛境界,提起話頭休捏怪。忽然兩手俱托空,佛祖直教齊納敗。當净其意如虛空,勿於聲色詐盲聾。工夫做到意根脱,鐵壁銀山處處通。遠離妄想及諸取,本色道人都不顧。華嚴性海盧遮那,疑團破處全機露。令心所向皆無礙,法界何曾分水火。盡未來際一刹那,漆桶莫教全不快。

衲僧有病在膏肓,趙老全施不死方。萬象森羅開活眼,更於何處覓醫王。

白雲黃葉石棱棱,一塔中藏一祖燈。三尺炊巾無地展,又携金錫下危層。

有一句子藏不得,三千里路覓家鄉。未拈拄杖先開眼,始信途中歲月長。

(以上同上卷四下)

從來至道與心親,學到無心道即真。心道有無俱泯絕,大千沙界一閑身。
萬物性情皆有德,惟人之德與心通。自從識得這些子,語默昭昭合至公。
聖賢垂教幾千般,化育鈞陶宇宙寬。我欲仁兮仁即至,不須心外覓毫端。
心到平時物我齊,等閑行處自相宜。但教法性無差別,不礙興慈與任威。
威儀進止非爲禮,心到中時禮自臻。相見不須陳玉帛,一聲彈指見天真。
萬籟夜吹無孔笛,兩溪朝奏没弦琴。要知此樂從何得,只屬當人一片心。
念惡先將心受誅,三千條貫治形軀。道人善惡俱忘念,刑法分明是有無。
心似權衡定重輕,到頭斤兩自分明。從來善政還相似,千古令人作準繩。

(以上同上卷五下)

佛事偈頌

紅芍藥邊方舞蝶,碧梧桐裏正啼鶯。目前大道無遮障,自是衆生没路行。
現成公案絕安排,無位真人笑滿腮。吸盡太湖涓滴水,寒梅樹樹待春開。
團團轉作大圓鏡,條條照出珊瑚枝。盡大地人都不見,只許馮公獨自知。
徹骨窮來三十年,每於佛祖結生冤。巨靈捏碎虛空骨,大用塵塵總現前。
明日優曇華茂發,净飯王宮生悉達。只從這裏便承當,千古萬古阿剌剌。
萬朵祥雲匝地飄,叢林枝葉半肩挑。今朝區檐兩頭折,千日斫柴一日燒。

(以上同上卷七)

盧舍那佛讚并序

佛身無相,隨念現形。佛身無爲,依作而住。當其念之未起,作之未興,所謂佛身與虛空合。有劍門上人智慧者,嘗發大心,刺十指血,染雜華藏海之文八十一軸,以其筋膜日積月累,聚爲舍那佛像。經書既畢,佛身亦圓,高二寸許,眉目可睹,毛髮微露,冠纓衣褶靡不分明,飾以黃金,奉以朱塔,隨處供養。惟見若聞,莫不稱異。彼上人者,返觀十指,了無痕迹。經自何來,佛從何見,初心既滅,所作亦忘。惟佛與經昭然不隱,如是了知盡法界性,及微塵刹,起滅不停,動靜無間,如我佛身等無有異。以此一盧舍那依幻而見,如是了知百億盧舍那,大而虛空身,小而微塵身,未有一佛不依幻而見者。以其所見白於幻住比丘明本,於是歡喜合掌而說伽陀以讚之:

稽首盧舍那,安住雜華藏。金色妙相好,燦如日月輪。縮作二寸身,從十指中現。指相寂不動,現理無所爲。悟此舍那身,虛空微塵等。靡不依幻住,法界本空寂。上人悟佛身,而獲性常住。如是功德聚,微妙難可測。我作如是觀,說此妙伽陀。與法界衆生,同入智慧海。

釋迦如來十大弟子圖像讚并序

釋迦如來展化權於五天之中,有聲聞弟子上首者十人,各擅一能,而如來併其十者之能,曾不滿一毛孔之法量,何况一一毛孔所容受者,豈心思意解而可了知耶?故佛法如大海,香象一飲十斛,而蚊虻不過涓滴,各盡其量而後已。然十斛與一滴之飽無異,特量之大小而所受之多寡不同耳。詎謂二千年後,能專其一亦未之見,烏有所謂兼善其十者乎?雖然,須知一即十、十即一,互融互攝,全主全賓,審如是則上無師尊,下無弟子。展開圖畫,坐立儼然,傀儡一棚,不加線索,眼目定動,肯遭熱瞞。三搭不回,更聽說偈:

稽首迦葉解禪定,鉢盂不用重安柄。多聞爲最阿難陀,那事還容記得麽。神變目連稱上首,忘却家鄉沿路走。保綏清禁優波離,至體誰言有犯持。説法富樓那第一,水中捉月爭拈得。阿那律多天眼通,銀山鐵壁障雙瞳。羅睺密行稱無比,脚底白雲千萬里。論義莫敵迦旃延,佛法驢年也現前。長老解空爲領袖,究竟何曾離窠臼。身子專開智慧門,遇無義語渾侖吞。惟有迦文都不會,任有弘爲俱請退。四枯榮樹非斷常,竹林冉冉沉蒼翠。面面相看何所爲,行人猶在青山外。

歷代祖師畫像讚并序

世尊教外別傳,脫略義解之大旨,二十八傳而至菩提達磨大師,是爲東土第一代禪祖。初,師觀東震旦人有大乘根器,乃越重溟,三周寒暑,以梁普通七年抵金陵,尋往少林。居九載,得可祖領荷心法,已而翩翩隻履,復返流沙。五傳至黃梅,而橫出牛頭一枝。六傳至曹溪,則有南嶽、青原,派而爲二。自南嶽、青原而下，宗而爲五。南嶽出馬祖，祖出百丈，丈出黃檗，檗出臨濟，濟以金剛王寶劍之喝，雷轟霆震，不容掩耳，別傳之道，由斯而盛。濟十七傳而至仰山雪巖和尚，先師入巖翁之室，於群弟子未造之先誤中其毒，口耳俱喪，既而深栖天目，影不出山，三十年無一法與人。領荷杭之妙行寺，嘗集五宗傳道之師遺像數千軸，每遇歲首展挂，緇白瞻禮，目之曰祖師會。有好事者圖少林至天目直下相承二十八代祖師遺像。歲遇少林諱日，薦羞粢盛，以酬遞代傳持之德。明本爲述小傳，并偈以贊之。小傳不錄

少林初祖圓覺大師菩提達磨
大法資始，妙存直指。唯不可藏，汝得吾髓。
二祖大祖禪師慧可
雪腰刃臂，忘己安心。十萬里師，芥投以針。
三祖鑒智禪師僧璨
達罪性空，爲法作則。信此心兮，唯嫌揀擇。
四祖大醫禪師道信
縛脫兩忘，威武莫屈。破頭山高，一枝橫出。
五祖大滿禪師弘忍
青松未老，室女懷胎。黃梅東皋，五葉華開。
六祖大鑒禪師慧能
縋腰石存，風幡話在。一滴曹溪，雄吞四海。
南嶽大慧禪師懷讓
金雞有識，玉鏡非磚。躍天馬駒，實資其鞭。
馬祖大寂禪師道一
耽耽虎視，足印兩輪。其遭踏者，八十四人。
百丈大智禪師懷海
不作不食，大智惟昌。痛難忍處，扭折鼻梁。
黃檗斷際禪師希運
神珠在額，智鏡潛心。棒頭眼活，大樹垂陰。
臨濟慧照禪師義玄
用金剛王，作師子吼。真照無私，雷奔電走。

卷三　臨濟宗破庵派禪僧詩輯考　　　　　　　　　　　　　　177

　　　　　　　　　興化廣濟禪師存獎
罰克賓飯,削臨濟迹。還識老僧,投枴而寂。
　　　　　　　　　汝州南院禪師慧顒
同時啐啄,電捲星馳。未詳終始,鐵裏摩尼。
　　　　　　　　　汝州風穴禪師延沼
濟北之道,遇風欲絕。荷負之誠,益增餘烈。
　　　　　　　　　汝州首山禪師省念
法華放下,拂袖便行。動揚古路,落塹墮坑。
　　　　　　　　　汾陽禪師善昭
龍袖拂開,西河師子。停箸便行,孰云其死。
　　　　　　　　　石霜慈明禪師楚圓
惑亂神鼎,彌縫李楊。生機活眼,不離平常。
　　　　　　　　　袁州楊岐禪師方會
總院十年,親遭教壞。突出金圈,兒孫遍界。
　　　　　　　　　舒州白雲禪師守端
相逢一笑,觸着父諱。猛省得來,聲光振地。
　　　　　　　　　東山五祖禪師法演
拽海會磨,轉東山輪。沸騰佛海,一遠二勤。
　　　　　　　　　佛果圓悟真覺禪師克勤
錦帳夢回,金雞報午。陵跨古今,蕩除佛祖。
　　　　　　　　　平江虎丘禪師紹隆
拳邊獲見,已露一斑。最親切處,坐視耽耽。
　　　　　　　　　天童應庵禪師曇華
播屋頭春,料老虎尾。太白峰高,甘露門啟。
　　　　　　　　　天童密庵禪師咸傑
投機以句,頂門廓徹。唯破沙盆,萬古一傑。
　　　　　　　　　破庵密印禪師祖先
一庵破壞,磊苴無餘。瞎金剛眼,走玉盤珠。
　　　　　　　　　徑山無準佛鑒禪師師範
用文武火,行密化周。鳳毛麟角,一網齊收。

仰山雪巖慧朗禪師祖欽

機前語活,棒頭眼開。山河倒走,仰嶠再來。

天目高峰佛日普明廣濟禪師原妙

揭開天目,坐斷死關。峰高萬仞,險絕難攀。

少林初祖

揚子江心波,少林峰頂月。寥寥一片心,直指成曲折。謂其有傳兮,胡爲乎壁觀九年;謂其無傳兮,因甚麼花開五葉。秋山落木猿晝啼,行人眼底流鮮血。

大鵬展翅取龍吞,一攪滄溟徹底渾。觸碎珊瑚枝上月,至今千古暗昏昏。

遮漢捏怪,爲欠禪債。此土西天,重重納敗。最初見梁王言不識,末後受神光禮三拜。淒淒隻履西歸,漆桶依前不快。似遮般阿師,貶向師子巖頭雲蒸霧鎖千百年,且看眉毛壞不壞。

栽松道者

種得千山無空地,一枝猶挂钁頭邊。不因脱賺周家女,衣法何緣到你傳。

粥薪漢子

荷條柴擔眼頭空,路入黃梅伎已窮。賣得叢林枝葉盡,嶺南無地種春風。

馬郎婦①

深願弘慈無縫罅,乘時走入衆生界。窈窕丰姿都没賽,提魚賣,堪笑馬郎來納敗。　金沙露濕衣裾壞,茜裙不把珠纓蓋。特地掀開呈捏怪,牽人愛,曲盡許多菩薩債。

布袋

兜率天宮降人世,忘却當來下生記。閑家潑具有許多,勾引兒童恣游戲。袒肩赤膊當神通,揚眉瞬目稱三昧。奪將拄杖劈頭揮,一齊趁入龍華會。黑拄杖横挑布袋,轉頭忘了率陀天。茫茫不顧肩頭重,猶要逢人乞一錢。②

臨濟

堊三拳於大愚肋下,捋虎鬚於黃檗面門。肆一喝如雷砰霆震,摇寸舌似電

---

① 此首寄調《漁家傲》,姑存之。
② 此詩末四句又見《禪宗雜毒海》卷一"布袋"題下,單獨成篇。

激雲奔。掣風顛漢世希有,普天匝地皆兒孫。

趙州

腦後萬莖雪,面前三尺霜。肚裏直儱侗,語下絕囊藏。勘破臺山婆子,大坐平欺趙王。萬里海門攔不住,遠遺清影過遼陽。我只喚作三百年浸漬不朽底陳爛葛藤樁,試將此話傳諸方。高麗僧請贊

丹霞靈照

放籃斂手,提籃便走。弄鬼眼睛,自呈拙醜。及至歸家舉似爺,毒蛇不肯輕開口。牛妳無端赤土塗,是非從此難分剖。

郁山主

朵朵山河眼裏塵,明珠一顆匪家珍。至今千古溪橋月,看盡驢前馬後人。

政黃牛

跨牛背兮執牛尾,一片吟懷淨如洗。鷺鷥終日自忘機,何曾見你常來此。

天童東巖日禪師

匡廬山高,太白山高。較吾圓應老人面門鼻孔,猶太虛之一毫。腥膻露兮螻旋蟻聚,槌拂動兮鬼哭神號。雙眸四海空牢牢,下視佛祖爲兒曹。

道場及庵信禪師

盡十方世界是古佛道場,盡十方世界是雙溪橋梁。不住而住兮風飛雷厲,非成而成兮虎踞龍驤。面目現在,如何讚揚。頷下眉毛十丈長。

南嶽鐵山瓊禪師

向上機若鐵,末後句如山。既不得而擬議,又豈容其躋攀。堅密不動,湛寂自閑。無端將戒定慧三學,編作漫天網子,向萬里鯨濤之東攔空一撒;直得高麗國僧俗二眾,沸騰上下,奔趨往還。腥風遍界絕遮攔,逐隊隨群入北關。錢塘妙行院祖師會請讚

徑山晦機熙禪師

面如臨濟三角,心似妙喜空廓。坐斷大雄峰,高踞慧日閣。自徑山而至仰山,肯受尊卑之束縛。是風動幡動心動,黑漆竹箆難湊泊。風幡寺長老請讚

徑山虛谷陵禪師

面冷如鐵,髮白如雪。起集雲萬古法幢,追凌霄三世遺業。① 奔走象龍,掃

---

① 遺,原作"道",據《徑山志》卷九改。

空魔孽。佛祖不敢正視，天人咸被慈攝。我嘗隔嶺望餘光，惟見曇華開五葉。

天童雲外岫禪師

太白峰爲屏，廿里松爲座。雲影外藏身，幾多人蹉過。不蹉過，元是隰州古佛再來，切忌機前説破。且道説破後如何。夜明簾挂須彌頂，走盤珠向空中墮。

靈雲鐵牛定禪師

那伽定裏，鑄鐵爲牛。白雪巖下，一握齊收。掀翻聖凡窠臼，結盡佛祖冤讎。茶陵千仞靈雲寺，聲播元朝數百州。

高峰和尚

雙髻六，龍鬚九，一十八年師子吼。死關已掩三十秋，惡聲萬里猶奔走。既陷險機，親遭毒手。一回見面驀上心，恩怨難教自分剖。義首座請

天目三千丈，難方高峰之高；地獄十八重，莫比死關之險。我曾親近十餘年，不願頻將畫圖展。

三十年影不出山，二六時情不附物。逼釋迦達磨生陷鐵圍，鞭白牯狸奴立地成佛。便是這個不睹是底阿師，坐斷天目山，深踞師子窟。你若不是我本師，更要罵教你見骨。

掃帚兩眉橫，塵埃堆面上。依俙徐十三郎，仿佛高峰和尚。松江江上姚道人，好把香華勤供養。

斷崖義禪師

撞漫天網，解師子鈴。情忘義斷，石裂崖崩。奪龐老金珠高揮大抹，將阿爺門户竪拄橫撐。這邊那邊了無羈絆，問禪問道不近人情。大地山河一片雪，話頭流落至今行。

失脚踏斷懸崖，逢人更不安排。取性入真入俗，一任神猜鬼猜。掉臂獨行時拖拽不住，狹路相逢處推托不開。虛空拔得無根樹，要向蟭螟眼上栽。

中竺布衲雍禪師

浙東山，浙西水。面目儼存，真機不倚。蓮華峰突兀半天，桂子堂腥臊萬里。玻璃誰道匪家珍，沉沉法海深無底。決海院珍知客請讚（以上同上卷八）

自讚

繩牀枯坐，兀爾忘緣。面皮厚三寸，鼻孔没半邊。盡世藏形避影，徒勞掘地覓天。鬼神推不出，佛祖謾加鞭。幸爾師同天目山，年同大海水，鄉同西浙路，道同金剛圈。就中一種不同處，愧我未曾參得禪。斷崖禪師請

咄哉此僧，無本可據。倚中之峰，依幻而住。手裏三尺黑竹篦，何嘗有此閑家具。話頭流落古伊吾，風前笑倒人無數。蒙古宣差請

虛空有體貌，墻壁具耳目。惟有這個漢，完全離背觸。喚作幻住，漚華翻性海之波；謂非幻住，陽焰轉識田之曲。不墮兩頭，如何付囑。常憶開沙十萬家，錦團團兮華簇簇。馮默庵請

幻不可寫，可寫非幻。惟幻既非，復云何讚。金飆濯濯兮，雲深天目萬峰；玉露沉沉兮，月照鴛湖兩岸。不於這裏覓中峰，展開圖畫從教看。魏塘吳宅請

渠無面目，不受拘束。謂是幻住則背，謂非幻住則觸。有時一葉扁舟，有時半間破屋。但不教渠作住持，一切盡情皆準伏。爲甚麼，休逼促。波斯嚼冰牙齒寒，蚯蚓吞鹽尾巴曲。宣政院官請贊

參禪禪未明，學道道何悟。從來只解平實商量，脫略人前只成笑具。年來衰病滿空身，任運惟依幻而住。寄言怪怪學道人，動着何曾不相遇。阿呵呵，有甚長處。馮待制子振請

磐石上，蒼松底。踞坐者誰，元非是你。問伊佛法，信口惟言不知。俾之住山，驀鼻橫牽不起。見無所見剩雙眸，聞無所聞多兩耳。塊然一物人共嫌，不識喜庵何所喜。阿呵呵，誰共委。似這般兜搜面孔傳得十萬八千，只宜埋向一微塵裏。喜庵三藏請

雁蕩結茅廬，大德庚子歲。依幻住其中，身心無向背。鼻孔與眼睛，今古常相對。從來不覆藏，堪嗟人錯會不錯會。水澄澄而涵空，竹蒼蒼而積翠。望虎丘山上，月光透吳中；聽楓橋寺裏，鐘聲騰物外。休將佛祖巧相於，渠儂不入它群隊。平江幻住庵請

這漢無檢束，弁山結茅屋。生緣湯團灣，受業西天目。要識渠是誰，不用問龜卜。若非孫七郎，定是郭八叔。佛法無半星，人緣頗相熟。莫知何所長，標形歸畫軸。留之幻住庵，又要頻叮囑。夜深禪影照蒲團，劫風吹入平田綠。湖州幻住庵請

至大己酉夏，曾憩白洋曲。明年役般輸，荊棘變華屋。隨順一切心，元是此尊宿。胸中無寸長，渾不受輕觸。禪衲滿門參，且是無拘束。太湖吐一漚，容受西天目。笑面當慈悲，苦心含惡毒。倒拽牛尾巴，説法無機軸。震禪請渠自贊揚，合掌稱爲田八叔。吳縣順心庵請

這個面目，無本可據。既染丹青，曲勞指註。眉横眼上，仿佛中峰；鼻搭唇

邊，依俙幻住。更有問大同庵主面目短長，問取彞庵蔣教諭。丹陽大同庵請

咄哉此僧，有甚巴鼻。大坐胡床，全無義味。談禪禪不曾參，論道道非所契。以茫茫業識當參學眼睛，以擾擾幻緣爲平生住計。有時橫孤舟於青莎白水之上，笑船子便棄渾身；有時撥魁芋於寒灰冷火之中，笑懶瓚不收殘涕。千手大悲推不向前，八臂那吒捺不入地。盡指南閻浮提，喚作西來祖意。只如斯鹵莽爲人，如何做得他徐十三郎之後裔。西來庵俊用二上人請

我不是渠，渠不是我。物外變通，目前包裹。閑雲居此幻住身，狹路相逢來合火。咄咄咄，我我我，是甚麼。一天星月影團團，萬叠湖山青朵朵。雲居庵請

幻住不識實際，實際却識幻住。分明兩個題目，究竟一般情緒。昔年狹路相逢，今日不勞指註。蘇州城裏月當秋，天目山頭雲滿樹。實際庵請

這漢懶入骨，誓願不做佛。寸心空牢牢，長年坐兀兀。雲谷居士不識渠，新興積慶濱西湖。準擬開門待知識，要憑幻手聊相扶。只將這個持虛壁，天目山深難辨的。幻相何曾有住時，春滿六橋天地寂。積慶庵請

這個面目，有誰喜見。依幻而住沒地頭，舉措全無巧方便。拗曲作直，遇貴即賤。本中峰諸，將謂是如何，入地獄如箭。喜見庵請

這軀殼，難摸索。謂善何善，道惡不惡。空煩惱根，去菩提縛。却笑靈山話，曹溪指，争似渠儂掉棒打，水中捉。當的諦都丁，華梵何曾有兩般；烏巴剌室利，丹青不用頻描貌。捲向柴床壁角頭，片月流輝照山嶽。高昌顯月長老梵名烏巴剌室利請

海會庵裏，水雲如歸。更着這漢，意欲何爲。謂辦道渾無孔竅，謂結緣殺欠慈悲。天目山水枯雪老，慶元府雷動風飛。兩頭坐斷渾無事，仾看人間十二時。

咄遮頭陀，也甚偉傑。髮亂如雲，脊硬如鐵。問渠佛法禪道，便謂無可言説。三十年天目山，有一句繫驢橛。還會麼，海底烏龜頭帶雪。日本如偉禪人請

遮呆漢，只好看。殺有丰姿，全無氣岸。謂知道不明本地風光，謂會禪罔測古人公案。最無分曉處佛祖爪牙，極有來由時鬼神茶飯。從來伎倆只如斯，一字如何可加讚。普徑寺主請

大德庚子相見，便是這個。至治辛酉請讚，也是這個。謂其無心兮，吳松江水徹底深；謂其有形兮，天目山雲忽飛過。兔角拄杖龜毛拂，竿木隨身翻成滯貨。阿呵呵，中峰元不是渠儂，只做此回重説破。理悟上人號無心請

幻住庵不記幾年，天目山三千餘丈。畫得像鼻孔搭唇邊，畫不像眉毛橫眼

上。萬人海裏化機行，真珠撒出紫羅帳。頭陀苦行合如斯，狹路相逢肯多讓。逢人便與麼展開，要教他識取描不成畫不就底無面目中峰大和尚。善助化主請

依幻而住三十載，自賣由來還自買。不知別有何所長，盡把虛空圖五彩。江山圖畫新展開，全身半身俱絕待。依俙只似本中峰，仿佛渾如滿覺海。伊兮余兮休度量，他家自有公評在。智滿院主號覺海請

你道渠是誰，誰道渠是我。萬古只如斯，直下是甚麼。狹路相逢處以毒攻毒，和光同塵時無可不可。便喚渠作幻住時如何，溫州橘皮不是火。

幻在耳，絕所聞；幻在眼，離所見。全身半身，日面月面。紹隆祖道，無端教石女生兒；射中鐵牛，特地用蓬蒿爲箭。幸自少叢林，孰謂多方便。祇將這個錯流傳，幻住家風，其誰肯羨。頭頭物物皆成現。

此是幻住真，是真非幻住。兩段文不同，一句無回互。挂在水晶宮，不勞重指註。從來修證絕安排，絕安排處全機露。全機露也，春風二月百花香，子規聲裏山無數。湖州修禪人請

截斷紅塵石萬尋，衝開碧落松千尺。巖花朵朵水泠泠，楊柳一瓶甘露滴。莫便是本中峰麼，不識不識。①

道是渠，不是渠。謂非渠，却是渠。非神非鬼，非馬非驢。指十方空爲幻住，向一塵中結草廬。龜毛拂挂繩床角，緣木何曾捉得魚。

一峰居中，富嫌千口少；依幻而住，貧恨一身多。阿呵呵，好大哥，不妨隨處薩婆訶。多禪人請

月在山頭，分明不露；風行水上，自然成文。萬里飛鴻踏雪，四方野鶴離群。本中峰面目易辨，幻住庵真僞難分。

淵默忘言，繩床兀坐。喚作本中峰，當面都蹉過。不蹉過，丈二眉毛頷下生，笑倒東村王小大。淵禪人請

中峰之中，喚西作東；白庵之白，指南作北。面目現前，有甚奇特。眉毛鬡裏大江橫，鼻孔尖頭玄路窄。三十年後忽展開，笑倒東村王大伯。

水泠泠，石齒齒。净瓶邊，青松底，這一個便是你。擬追尋，千萬里。朱選卿，頗相委。拈起寸毫顛倒揮，左右逢原妙無比。低聲低聲，本中峰來也，馬頷驢腮没兩般，笑破虛空半邊觜。

---

① 此首《全元詩》第 20 册輯録，僅收前四句。

眼如泥彈丸,面如憨石袋。喚作幻住頭陀,漆桶元來不快。撞見高平林,且不存知解。要覓末後句,低頭禮三拜。自買依前還自賣。

天目山,心未忘;幻住庵,話誰領。要識渠儂行藏,良馬不待鞭影。

我相是幻,畫出尤幻。其不幻者,如何加贊。眉毛罅裏劍光橫,廬陵米價齊霄漢。觸着無明劈面揮,無了辦中教了辦。莫便是爲人處麽?首座既相知,也須抬眼看。

堅密不動石,柔和善順草。又似海中巖,澄湛水環繞。會合老幻相,彼此無欠少。只有一處傳未真,歲久年深當自曉。

抱一爲天下式,得一而萬事畢。道人見處一亦無,眼睛本橫兮鼻孔元直。異路忽相逢,同途誰辨的。雲龍風虎漢壇高,圖畫展開明歷歷。

你不識我,喚馬喚牛無不可。我不識你,十字街頭白日鬼。非你非我,空裏忽生花朵朵。非我非你,雲合雲兮水投水。離此四路葛藤,中峰不在這裏。鐵丁飯與不濕羹,拈來塞破虛空觜。行人不識東隱庵,都只來尋馬塍裏。東隱接待庵請

形質既幻,描寫亦幻。所不幻者,急着眼看。是甚麽,莫杜撰。推不向前,便是這漢。既不曾讀孔仲尼之詩書,又不解參老楊岐之公案。何緣人見每相憐,多是五百生前,燒牛糞香供養,作鬼神茶飯。常憶東西兩馬塍,二月春風如錦爛。西隱接待庵請

無見頂相,不用丹青。與麽挂起,一切現成。你豈不見僧問末山境,山云不露頂。如何是境中人,山云非男女相。盡謂末山一期剿絕,古今之下幾多人路見不平。再煩妙筆從頭寫,要見中峰眼上橫。尼出白絹請師預贊

遮個空皮袋,開口便納敗。有時強説禪,無人不笑怪。誓死深山咬菜根,通人不用頻相愛。雲南通講主請

無慧亦無福,口裏水溮溮。要開幻住法門,且不受人拘束。海天萬里白雲橫,只此是渠真面目。雲南福講主請

寂而照鼻無兩竅,照而寂家無四壁。見得徹處頷下眉長,靠得穩時機前意的。鐵如意擊珊瑚枝,秤錘捏出黃金汁。匡床坐看北庭花,春風處處成狼藉。善達密的理長老譯名慈寂號照堂請贊

欠蹄不馬,無角非牛。聲穿兩耳,色貫雙眸。不與人天共轍,不希佛祖同儔。生涯半個矮屋,活計一葉扁舟。見不見,月澹遮山千尺霧;識非識,風清幻

海一浮漚。虛空手動龜毛拂,仁壽庵中夜不收。遮山修上人號幻海請

　　頭如木杓,口似區檐。要識渠儂,便是遮漢。何曾悟得佛祖心,剛道十方都是幻。幻不幻,好生剔起眉毛看。趙州無,雲門普。到渠面前,都成莽鹵。匡床坐握如意柄,眼裏何曾有今古。青山綠水自茫茫,春風吹入建寧府。莫教錯認定盤星,呼爲幻住庵中主。

　　不寶尺璧,不貴寸陰。一塵絕待,萬慮平沉。是渠非渠,勿向外尋。一樹幻花成幻果,十分春色滿空林。空林果上人請

　　露腹袒胸,指西話東。毗耶室內,相逢逸翁。連忙認作本中峰,何異濕紙包虛空。阿呵呵,熨斗煎茶銚不同。天目山,太湖水。高不見頂,深莫知底。盡謂渠德之流行,若置郵而傳命。子細檢點將來,莓苔石上亂草窠,伸脚元在縮脚裏。吳江急遞鋪信人請

　　何清翁寫幻相盡謂逼真,子細看來頷下欠丈二眉毛,腦後欠一點神色。三十年後再相逢,似與不似總奇特。何以如此?春風元不在花枝,至體由來無揀擇。全身半身,是幻非幻,積庵居士剛要求贊,與其壽泉庵圖畫展開,何似天目山覿面一看。莫便是本中峰麽?山明水秀古杭州,生遮一枚擔板漢。

　　枯坐草窠,了無向背。心安未安,道會不會。天目山三十年,澄不清,撓不濁;幻住庵二六時,推不前,約不退。憶着太原孚上座揚州聞角聲,却笑孔夫子三月不知肉味。

　　公伯真,我住幻。遮個面目,如何毀讚。太虛空壓碎上唇,驢鞍橋且非下頷。大江日夕水東流,海門潮拍西津岸。影像昭章,聲光蕩漾,是甚麽,急着眼看。盛伯真請

　　遮漢沒意智,開口要觸諱。撞見松間隱人,指出當生羅計。第一無分做佛,第二容身無地。只好向深山窮谷中,苦行數百生,更待驢年蒙授記。阿呵呵,也甚奇異。日者松隱請(以上同上卷九)

跋牛腰佛頌軸偈

　　無位真人赤肉團,牯牛腰內總相瞞。法雷震地通身口,若要親聞着眼觀。(同上卷十)

信心銘闢義解偈

　　至道不應嫌揀擇,莫言揀擇墮凡情。快須擉瞎娘生眼,白日挑燈讀此銘。
　　似地普擎天普蓋,如燈俱照日俱臨。擬於明白中蹲坐,脚下不知泥水深。

說個無差共有差，俱成捏目起狂花。　天懸地隔同今古，擬涉毫釐事似麻。
欲得現前徒逐妄，不存順逆更乖真。　香塗刀割忘分別，亦是空王眼上塵。
順違相諍心生病，違順俱忘病在心。　今古死人常繼踵，謾傳盧扁有神針。
玄旨是誰親識得，釋迦彌勒尚茫然。　爲憐滯寂沉空者，獨宿孤峰是幾年。
蟭螟巢結瘦蚊眉，直與鯤鵬接翅飛。　若謂太虛無少欠，依前開眼陷重圍。
取既非如捨不如，是牛誰敢喚爲驢。　大千沙界金剛體，也是重栽頷下鬚。
有緣莫逐還成易，空忍教他勿住難。　難易兩頭俱斬斷，祖庭依舊不相干。
泯然盡處事無涯，百草頭邊正眼開。　生死涅槃俱捏碎，不知何處著平懷。
火焰差容蚊蚋泊，劍鋒寧許赤身挨。　少林堂奧無門限，把手相牽孰肯來。
是一種兮非一種，是非情盡若爲知。　休將雪裏莓苔石，喚作溪邊白鷺鷥。
一種由來無地著，二邊何處立功勳。　老婆只爲頻叮囑，累及渾家落見聞。
只爲桃符釘得高，鬼神白日把門敲。　何如三尺茅檐下，雲月溪山伴寂寥。
因言顯道道忘言，忘到無言亦妄傳。　脫略是非言象外，虛空無口解談禪。
絕慮絕言同木偶，何時成佛永嘉非。　聲前未領通玄旨，拈起毛端隔鐵圍。
隨照歸根事一同，不須特地展家風。　偷心未向機前死，得旨何曾異失宗。
本來非照何勞照，說甚須臾與久長。　但見一期超象外，不知二子共亡羊。
空何有變變非空，莫把山河著眼中。　水底波斯吹石火，金烏飛上海門東。
著意求真真復隱，盡情息見見還生。　當門雖不栽荊棘，自是無人有路行。
法法本來無所住，於無所住絕追尋。　陽烏昨夜沉西嶺，今日依然上曉林。
說有是非無是非，重門高啟待誰歸。　參天荊棘橫官路，那個行人不掛衣。
一法併教伊莫守，不知莫守未爲貧。　何如醉臥花氈上，亂把黃金擲向人。
萬法本來無過咎，一心何更有生緣。　叮嚀固是婆心切，牧笛難教合管弦。
法法只因無咎咎，心心多爲不生生。　寒猿夜哭巫山月，客路元來不可行。
共知光影因燈現，咸謂波濤仗水興。　燈滅水沉波影盡，政堪門外喫烏藤。
因能生所所生能，能所俱忘生不生。　老蚌吸乾鯨海水，珊瑚枝上月三更。
夢中钁得黃金藏，又跨青鸞上寶臺。　盡夜喜歡無著處，天明只落得場呆。
一不成單兩不雙，夜深寒月印長江。　無邊宇宙光吞盡，又引梅花上矮窗。
一喝迅雷難掩耳，蟭螟負海入蚊眉。　泥豬癩狗齊開眼，三世如來總不知。

（以上同上卷十二上）

攤麻樹上困來睡，祖意惟言百草頭。　三個一般無眼孔，扶籬摸壁幾時休。

天豈容伊坐井窺，盡其見量總成疑。翻身跳出虛空外，剔起眉毛已是遲。
執心未盡花常贅，結使還除果不遙。只就從前邪路上，等閑回首赤條條。
見聞知覺盡皆捐，本不期然却自然。君入西秦我東魯，頂門誰不戴青天。
任他法性自周流，轉見心王病不瘳。更欲逍遙求合道，鐵鞭三百未輕酬。
繫念乖真真不乖，昏沉不好好何來。上牢漆桶連箍脫，戴角披毛入禍胎。
既知不好復勞神，役盡精神愈不親。何似三家村裏漢，飽噇高臥契天真。
色聲香味與觸法，六處從來契一乘。取捨之情猶未瞥，又於平地起稜層。
不惡六塵同正覺，少林堂奧隔天涯。會須伸出擎空手，佛與衆生一窖埋。
愚人自縛還須解，智者無爲縛殺人。寸刃不施俱截斷，爲憐平地喪天真。
法無異致體還同，同體如何展化功。少室九年惟面壁，不知將底播真風。
即佛是心心是佛，擬承當處早乖疎。飲光眉向花前展，平地無端起範模。
古今天地誰曾悟，無悟何曾更有迷。翻憶溫州老真覺，無端一宿憩曹溪。
二邊不用頻斟酌，一道齊平亦妄傳。覿體未超言象外，見同佛祖政堪憐。
雪山午夜觀星處，業鏡臺前照影時。一種做成顛倒夢，不知誰是得便宜。
兩手撒開無一事，是非得失盡皆捐。擬將遮個超生死，腳下臘蛇正繞纏。
金剛正眼何曾睡，大夢須知沒覺時。寄語祖師門下客，休將鶴唳當鶯啼。
心不異兮同萬法，空拳惟把小兒欺。擬教依樣描將去，脫賺平人没了時。
一如如外更何如，重叠溪山隱故廬。睡到三竿紅日上，笑看潘閬倒騎驢。
萬法如何類得齊，那堪歸復自然時。知音自是從來少，徒把黃金鑄子期。
方之兔角長三尺，比較龜毛短一分。却有一般渾厮稱，眼睛難見耳難聞。
動時塵起靜冰生，把手相牽入火坑。象體自來無蓋覆，苦哉顛倒是群盲。
不放春歸春自歸，園林處處綠成畦。萬紅千紫知何處，剩得一雙蝴蝶飛。

（以上同上卷十二中）

信手拈來信口談，縱橫放肆總司南。不存軌則如留念，動輒依前落二三。
罷問程途撒手歸，一庵高臥對晴暉。百千玄妙俱忘却，整日無人扣竹扉。
信根不正起狐疑，疑念冰消信自持。説得宛然相似了，祖庭何翅隔天涯。
一切不留還有見，了無可記尚存知。故家田地非親到，畫餅何曾療得飢。
輪王一顆黃金印，須是當陽正受之。暗地拾來無用處，那堪穴隙去傍窺。
非思量處情難測，學佛玄徒合共知。直下不知欠甚麼，又來開眼被人欺。
內無自己外無他，一個渾侖花木瓜。驀直向人人不委，依前撒土又拋沙。

祖翁門户絕支離,石火電光猶是遲。要急相應言不二,老婆嚼飯喂嬰兒。
黄金鑄就雄雞卵,擊碎依前又鶻崙。裏許不知包甚麽,孤光長夜照乾坤。
盡説此宗難得妙,十方智者若爲論。懸崖未解抛雙手,撞入無非地獄門。
刹那萬劫非延促,不把虚空較短長。便與麽時還諦當,且歸門外錯商量。
不離當處是何物,逼塞四維含十虚。抛向目前無蓋覆,直教覷着眼睛枯。
須彌納芥人皆委,芥納須彌佛也疑。縱使見超情量外,刻舟求劍不勝遲。
小大悟迷俱屏迹,百千神用頓忘時。衲僧狹路相逢處,棒折須知未放伊。
無中現有有還無,此物應難入畫圖。笑老趙州忘管帶,强言東壁挂葫蘆。
有無情盡色空忘,白日青天賊獻贓。賤比黄金貴如土,爲憐無地可埋藏。
大地撮來如粒米,當陽打鼓大家看。眼中若未除金屑,要辨玄黄也大難。
如是如是復如是,要問畢時那裏洎。捋下重重鐵面皮,家鄉猶隔三千里。
凡聖悟迷俱不二,了知元自信心生。心非生滅誰迷悟,開眼無端入火坑。
熱椀晝鳴翻古調,瞎驢夜吼換新腔。語言道斷道不斷,一任傍人錯較量。

（以上同上卷十二下）

別傳覺心偈

首問如來本起因,擬相酬處喪天真。標圓已陷無明阱,謂覺難逃有漏塵。出匣太阿那敢觸,當臺古鏡若爲親。未能言外超方便,盡是華胥夢裏人。

白牯狸奴咸具足,那知具足處難憑。千般幻妄元依覺,萬種修持總滯能。石虎空中吞皓月,波斯夜半嚼寒冰。遺情離謂離還遺,物物全彰最上乘。

無邊刹海虚明鏡,積劫埋塵光未虧。肯把幻緣滋幻影,誰將真智起真規。徒誇萬里還家日,謾説千燈照室時。安有住持圓覺者,教人容易作思惟。

罔知覺性離生滅,縱悟無生覺未圓。花亂長空三惑起,浪翻平地五宗傳。礦中金出功猶在,月外雲行見政纏。何似横身聲色裏,從來千聖不同塵。

輪回幾種問來端,至理如何可自瞞。一點愛源常滴瀝,萬尋欲海政瀰漫。徒將二障論深淺,枉對群迷説易難。圓滿覺心皆已證,擬思量處不相干。

中不容他清净慧,階差地位叩瞿曇。月行空界憑虚指,花燦心田貴實參。息妄固知非正覺,尋言安得是司南。未曾跨過黄金限,且向門前宿草庵。

有幾種修威德問,未能直捷世尊酬。三重妙觀爐中雪,萬種奇功水上漚。夜氣冷沉深雪谷,曙光遥映白雲樓。無人爲向靈山道,那事如何着意求。

單複圓修啟辨音,沉沉覺海政淵深。諸論指體還迷體,三觀惟心又覓心。

玩月靈犀蟲禦木,求珠罔象芥投針。寄言并法不隨者,難免空花翳幻林。

覺心迷悟若爲通,净業那能奪至功。能所頓消何相遺,妄真俱盡豈情融。無空作境空猶在,有我談玄我未窮。向古鏡邊閑照影,山重重又水重重。

欲開知識門前路,普覺興慈意獨新。狎近不憍離不怨,偏邪惟敬正惟親。通身是病通身藥,遍界全真遍界塵。話到摶財妻子處,古今疑殺幾多人。

道場加行設威儀,圓覺當機立問時。打水杖痕人共覓,釘空槌迹我全知。三期政不分長短,一法何須論順違。話到安居平等處,老婆心特爲誰癡。

以賢以善標爲首,最後當機欲播揚。道樹不栽圓果熟,靈根未種覺花香。謾將修證論真假,難把虛空較短長。脱略語言文字外,須知別有好商量。（以上同上卷十四）

擬寒山詩

參禪一句子,衝口已成遲。擬欲尋篇目,翻然墮水泥。舉揚無半字,方便有多岐。曲爲同參者,吟成百首詩。

參禪莫執坐,坐忘時易過。叠足取輕安,垂頭尋怠惰。若不任空沉,定應隨想做。心華無日開,徒使蒲團破。

參禪莫知解,解多成揑怪。公案播唇牙,經書塞皮袋。舉起盡合頭,説來無縫罅。撞着生死魔,漆桶還不快。

參禪莫把玩,流光急如鑽。那肯涉思惟,豈復容稽緩。時刻不暫移,毫釐無間斷。撒手萬仞崖,乾坤無侣伴。

參禪莫涉緣,緣重被緣牽。世道隨時熟,人情逐日添。工夫情未瞥,酬應力難專。早不尋休歇,輪回莫怨天。

參禪莫習懶,懶與道相反。終日尚偷安,長年事疏散。畏聞廊下魚,愁聽堂前板。與麼到驢年,還他開道眼。

參禪莫動念,念動失方便。取捨任情遷,愛憎隨境轉。野馬追疾風,狂猿攀過電。醮唾捉蓬塵,癡心要成片。

參禪莫毀犯,動輒成過患。作止誠可分,開遮豈容濫。內外絶安排,自他俱了辦。突出摩尼珠,光明照天岸。

參禪莫揀擇,舉世皆標格。曾不問閑忙,何嘗分語默。一念離愛憎,三界自明白。更擬問如何,當來有彌勒。

參禪莫順己,動須合至理。工夫要徹頭,志願直到底。瞥爾情念生,紛然境緣起。白日擬偷鈴,難掩虛空耳。

參禪宜自肯,胸中常鯁鯁。不擬起精勤,自然成勇猛。一念如火熱,寸懷若冰冷。冷熱兩俱忘,金不重爲礦。

參禪宜退步,勿踏行人路。橫擔一片板,倒拖三尺布。得失豈相干,是非都不顧。驀直走到家,萬象開門户。

參禪宜具眼,庸鄙休觀覽。千里辨雌黄,雙輪豈推挽。洞見佛祖心,爍破鬼神膽。搖搖照世光,不受眉毛鹽。

參禪宜樸實,樸實萬無失。纖毫若涉虚,大千俱受屈。話柄愈生疎,身心轉堅密。一氣直到頭,捏出秤錘汁。

參禪宜努力,真心血滴滴。如登千仞高,似與萬人敵。有死不暇顧,無身未堪惜。冷地忽抬頭,何曾離空寂。

參禪宜簡徑,只圖明自性。了了非聖凡,歷歷無欠剩。擬向即是魔,將離轉成病。脱略大丈夫,塵塵自相應。

參禪宜及早,遲疑墮荒草。隙陰誠易遷,幻軀那可保。當處不承當,轉身何處討。寄語玄學人,莫待算筒倒。

參禪宜正大,切勿求奇怪。真機絶覆藏,至理無成壞。拽倒祖師關,打破魔軍寨。赤手鎮家庭,塵塵俱出礙。

參禪宜決定,莫只成話柄。瞥爾墮因循,灼然非究竟。但欲了死生,何曾惜身命。一蹋連底空,佛魔聽號令。

參禪宜捨割,命根要深拔。活計再掃除,生涯重潑撒。十念空牢牢,萬古阿剌剌。放出一毫頭,光明吞六合。

參禪要明理,理是心王體。每與事交參,惟有智堪委。法界即其源,禪河以爲底。後園枯樹椿,勿使重生耳。

參禪要直捷,一切無畏怯。用處絶疎親,舉起無分別。法性元等平,至理非曲折。過去七如來,與今同一轍。

參禪要到家,不必口吧吧。履踐無生熟,途程非邐迤。寸心常不動,跬步亦何差。踏斷芒鞋耳,門前日未斜。

參禪要脱略,何須苦斟酌。道理要便行,事物從教却。豈是學無情,自然都不着。更起一絲頭,茫茫且行脚。

參禪要精進,勿向死水浸。動若蹈輕冰,行如臨大陣。晝夜健不息,始終興無盡。捱到髑髏乾,光明生末運。

　　參禪要高古,備盡嘗艱苦。身世等空華,利名如糞土。深追雪嶺踪,遠接少林武。道者合如斯,豈是誇能所。

　　參禪要識破,萬般皆自做。榮辱與安危,存亡并福禍。元是現行招,等因前業墮。如是了了知,世間無罪過。

　　參禪要本分,只守個愚鈍。豈解叙寒暄,何曾會談論。兀兀似枯椿,堆堆如米囤。一片好天真,常不離方寸。

　　參禪要孤硬,素不與物諍。白日面空壁,清塵堆古甑。遇境自忘懷,隨緣非苦行。昨夜煮虛空,煨破沙糖甏。

　　參禪要深信,豈應從淺近。直擬跨懸崖,不辭挨白刃。橫披古佛衣,高佩魔王印。道源功德山,咸承慈母孕。

　　參禪爲生死,豈是尋常事。從始直至終,出此而沒彼。不啻萬劫來,曾無片時止。今日更遲疑,又且從頭起。

　　參禪爲成道,丈夫宜自保。雪嶺星欲沉,鰲山話將掃。疾捷便翻身,更莫打之繞。轉步涉途程,出門都是草。

　　參禪爲超越,大地無途轍。寸心千丈坑,萬里一條鐵。躍出威音前,坐斷僧祇劫。回首照菱花,鋭氣生眉睫。

　　參禪爲絶學,擬心成大錯。既脱文字禪,還去空閑縛。拈却死蛇頭,打破靈龜殼。腰間無半錢,解跨揚州鶴。

　　參禪爲究竟,直入金剛定。兩端空悟迷,一道融凡聖。澄潭浸夜月,太虛懸古鏡。你擬着眼看,即墮琉璃阱。

　　參禪爲直指,未舉心先委。動足路千條,抬眸雲萬里。安心鋪雜金,懺罪乳加水。棒喝疾如風,暖熱門庭耳。

　　參禪爲己事,要明還扣己。得失莫回頭,是非休啟齒。不肯涉蹊徑,直欲探源底。流出自胸襟,孤風絶倫比。

　　參禪爲圓頓,豈分根利鈍。草木尚無偏,含靈皆有分。一法印森羅,三藏絶言論。更擬覓端由,道人今日困。

　　參禪爲求悟,胸中絶思慮。但欲破疑團,決不徇言路。寢食兩俱忘,身心全不顧。蹉脚下眠牀,絆斷娘生袴。

　　參禪爲明宗,道不貴依通。鷲嶺花猶在,熊峰髓不窮。心空千古合,見謝五家同。情識猶分別,門庭是幾重。

參禪無利鈍,且不貴學問。妙悟在真疑,至功惟發憤。任說他無緣,直言我有分。一踏桶底穿,蠛蠓吞混沌。

參禪無古今,但勿外邊尋。席上沉孤影,窗前惜寸陰。志密行亦密,功深悟亦深。打開無盡藏,撮土是黃金。

參禪無貴賤,各各不少欠。密護在真誠,精操惟正念。廊廟倦躋攀,輿臺忘鄙厭。悟來心眼空,昭然無二見。

參禪無奇特,惟貴心無惑。對境消佛魔,當機泯空色。問着有來由,舉起無踪迹。曾不離平常,通身自明白。

參禪無巧妙,非覺亦非照。將底作光明,以何爲孔竅。佛祖弄泥團,象龍噇草料。海底黑波斯,却解逢人笑。

參禪無限量,古今稱絶唱。跳下破繩牀,拈起折拄杖。祖令要親行,佛亦難近傍。子細點撿來,盡是做模樣。

參禪無秘訣,只要生死切。心下每垂涎,眼中常滴血。盡意決不休,從頭打教徹。脱或未相應,輪回幾時歇。

參禪無僧俗,四大同機軸。一念根本迷,萬死常相逐。推開生死門,打破塵勞獄。携手下烟蘿,共唱還鄉曲。

參禪無愚智,家親自爲祟。智者落妄知,愚人墮無記。捘破兩頭空,轉歸中道義。拈起一莖柴,覆却西來意。

參禪無靜鬧,盡被境緣罩。聞見有兩般,混融無一窖。水底月沉沉,樹頭風浩浩。更擬覓家鄉,路長何日到。

參禪非義學,豈容輕卜度。拽斷葛藤根,解開名相縛。一句鐵渾侖,千聖難穿鑿。蹉口忽咬開,虛空鳴嚗嚗。

參禪非漸小,至體絶邊表。難將有限心,來學無爲道。一證一切證,一了一切了。遥觀兔渡河,特地成煩惱。

參禪非可見,可見墮方便。鳥迹尚堪追,電光還有現。靈鑒寫群形,體用成一片。擬剔兩莖眉,浮雲遮日面。

參禪非可聞,敲唱謾區分。語默影摶影,放收雲合雲。石鼓鳴晴晝,烟鐘送夕曛。未能忘口耳,響寂動成群。

參禪非勸誘,誘引那長久。超越須自心,出生離佛口。一步跨向前,萬夫約不後。作略解如斯,步步無棄曰。

　　參禪非術數,單提第一句。佛祖不能窺,鬼神争敢覷。静若須彌山,動如大火聚。遍界絶覆藏,當機無覓處。

　　參禪非息念,妙性圖親見。瞥起落緣塵,不續墮偏漸。起滅有踪由,渾侖非背面。當處悟無生,塵塵離方便。

　　參禪非自許,至理通今古。覓處不從他,得來須契祖。句句合宫商,門門追步武。毫髮若有差,惺惺成莽鹵。

　　參禪非杜撰,要了舊公案。擇法任胸臆,爲人若冰炭。道本絶疎親,理争容混濫。一點更留情,自他何了辦。

　　參禪非教外,亦不居教内。兩頭能混融,一道無向背。法法契真宗,處處成嘉會。少存分别心,直入魔軍隊。

　　參禪絶所知,有知皆自欺。靈光雖洞燭,當體屬無爲。撾瞎棒頭眼,掃空繩上疑。更來存此迹,節外又生枝。

　　參禪絶能所,獨行無伴侣。既不徇涯岸,何曾立門户。空棒鞭鐵牛,幻繩牽石虎。機關活卓卓,疑殺少林祖。

　　參禪絶聖凡,三界没遮欄。染净遭他惑,悟迷還自瞞。倒卓青雲眼,横趨赤肉團。欲名名不得,今古許誰看。

　　參禪絶階級,坦蕩又平直。擬動脚趾頭,直墮心意識。三界鼓狂花,萬里栽荆棘。舉似王老師,堪嗟又堪惜。

　　參禪絶露布,機前莫罔措。喝退趙州無,趁出雲門顧。縛住走盤珠,塞斷通天路。不假拈一塵,兩手都分付。

　　參禪絶有無,道人何所圖。空中書梵字,夢裏畫神符。不有何庸遣,非無曷用除。話頭如不薦,徒費死工夫。

　　參禪絶真妄,語言難比況。幻名惟兩端,空花非一狀。智者欲掃除,愚人常近傍。舉措似勤渠,於法皆成謗。

　　參禪絶修證,生死那伽定。三有金剛圈,十虚大圓鏡。遍界净法身,極目真如性。動着一毛頭,驢年會相應。

　　參禪絶照覺,道人休卜度。擊碎明月珠,剪斷黄金索。拈過赤斑蛇,放出青霄鶴。去就不停機,依前未離錯。

　　參禪絶影像,豈許做模樣。象龍徒蹴踏,佛祖謾勞攘。遍界覓無踪,當陽誰敢向。有人稱悟明,快來噇拄杖。

參禪最易爲,只要盡今時。不作身前夢,那生節外枝。日移花上石,雲破月來池。萬法何曾異,勞生自着疑。

參禪最簡捷,當念忘生滅。聞見絶羅籠,語言盡超越。昨夜是愚癡,今朝成俊傑。好個解脱門,惜無人猛烈。

參禪最成現,元不隔條線。滿眼如來光,通身菩薩面。圓聞聞不聞,妙見見非見。墮此兩重關,入地獄如箭。

參禪最省力,不用從他覓。壯士臂屈伸,師主影翻躑。纖疑或未銷,操心來辨的。回首望家鄉,鐵壁復鐵壁。

參禪最廣大,一切俱無礙。橫亘十方空,竪窮三有界。既不涉離微,曾何有憎愛。時暫不相當,依前入皮袋。

參禪最明白,太用無軌則。揭開三毒蛇,放出六門賊。遍造業因緣,都成性功德。勿使路人知,恐他生謗惑。

參禪最瞥脱,不受人塗抹。來去赤條條,表裏虛豁豁。喜時則兩興,怒來便雙奪。觸處不留情,是名真解脱。

參禪最安樂,不被情塵縛。真照豈思惟,靈機非造作。一處證無爲,千門成絶學。窮劫墮輪迴,由來自擔閣。

參禪最枯淡,冥然忘毁讚。兀兀守工夫,孜孜要成辦。如飲木札羹,似噇鐵釘飯。此心直要明,不怕虛空爛。

參禪最寂寞,寸懷空索索。四大寄禪牀,雙眸懸壁角。疑團不自開,情竇徒加鑿。但得志堅牢,何愁天日薄。

參禪不持戒,那更存知解。弗省是自瞞,尚欲添捏怪。生死轉堅牢,輪迴無縫罅。坐待報緣消,且來償宿債。

參禪不守己,硬要説道理。卜度須彌山,便是柏樹子。但只鼓唇牙,不肯憂生死。禪到眼光沉,噬臍無及矣。

參禪不合度,紛紛徇言路。公案熟記持,師資密傳付。世道愈相攀,己躬殊不顧。十册古傳燈,轉作砧基簿。

參禪不解意,纔聞便深記。兜率有三關,曹洞列五位。楞嚴選圓通,雜華宣十地。及話到己躬,一場無理會。

參禪不着物,立地要成佛。肯將生死心,沉埋是非窟。從古墮因循,如今敢輕忽。生鐵鑄齒牙,一咬直見骨。

參禪不顧身,直與死爲鄰。寸念空三際,雙眸絕六親。門前皆客路,衣下匪家珍。誰共滄溟底,重重洗法塵。溫陵曰:法塵非相,因意知顯。

參禪不可緩,自心須自判。迷悟隔千塗,首尾惟一貫。撥轉鐵圍山,現出金剛鑽。變化不停機,把伊眼睛換。

參禪不屈己,人天咸讚美。英氣逼叢林,真風振屏几。千聖共抬眸,萬靈皆側耳。一句絕承當,敲出少林髓。

參禪不求勝,勝爲禪人病。勝乃修羅心,勝即魔軍令。勝非解脫場,勝是輪回阱。惟佛無勝心,所以稱殊勝。

參禪不求名,參禪不爲利。參禪不涉思,參禪不解義。參禪只參禪,禪非同一切。參到無可參,當知禪亦戲。

參禪第一義,全超真俗諦。達磨云不識,六祖道不會。古月照林端,高風吹嶺外。兒曹共指陳,呼作西來意。

參禪欲悟心,該古復該今。仰處如天闊,窮之似海深。名聞三際斷,體露十虛沉。圓湛含空色,奇花秀晚林。

參禪非戲論,直欲契靈知。積學非他得,施工是自欺。精金離鍛日,古鏡却磨時。或未忘聞見,何曾出有爲。

參禪禪有旨,旨悟亦無禪。少室空餘月,靈山獨剩天。認聲言直指,對影説單傳。今古尋玄者,區區亦可憐。

參禪緣底事,獵縣更遊州。但覺千山曉,那知兩鬢秋。工夫增執縛,學問長輕浮。逗到龕幃下,清燈照古愁。

參禪何太急,東去又西馳。走殺天真佛,追回小廝兒。空中施棒喝,靴裏動鉗錘。縱有神僊訣,難教出水泥。

參禪誰作唱,少室有神光。雪重齊腰冷,刀輕隻臂亡。真風陵大法,英氣勵頹綱。孰謂千年後,門前賊獻贓。

參禪無樣子,樣子在當人。本净通身白,元無徹骨貧。胸襟懸古鏡,懷抱積陽春。不待重開眼,何曾隔一塵。

參禪作麼參,切忌口喃喃。擺尾淹齏瓮,低頭入草庵。有言非向上,無句起司南。未解如斯旨,前三復後三。

參禪參不盡,參盡若爲論。鶴放青松塢,牛尋碧水村。雨深苔蘚路,雲掩薜

蘿門。更覓禪參者,歸家問世尊。(以上同上卷十七)

大覺寺無盡燈偈①

一燈穿十鏡,非法亦非心。理極空何廣,功全海不深。當機無得失,應念絕追尋。物物彰無盡,垂光照覺林。

寂寂庵辭②

天地一蓬廬,萬物一屏几。中有無位人,太虛藏兩耳。聲來空合空,聲去水投水。靈焰亘星壇,光芒射衣袂。百鳥不飛來,琴鶴自相委。寂寂復寂寂,如是而已矣。(以上同上卷二十二)

送明然上人居山歌③

水邊有山,可以縛茅廬。山中有屋,可以藏幻軀。屋下有柴牀,可以結雙趺。牀前有尺土,可以開地爐。所以無用者,一個黑鉢盂。既無着處,懸之太虛。我非所輔休塗糊,天高地遠道何孤,惟有斂衽退縮真良圖。極目誰非大丈夫,不須特地做規模。豈不見釋迦老子二千年外,黃金髑髏也會枯,謾言遺臭在江湖。爭似我今已去,不爲一物度朝晡,佛法從教説有無。

止止堂偈

萬境之體詮曰心,一心之用表爲境。道人非境亦非心,心境俱非非亦泯。止止之名堂兮,奚語默動靜之所該;堂之名止止兮,豈思惟分別之能領。止非止兮我獨知,非止止兮人莫省。一團風月啟晴櫳,萬象森羅照清影。

設利偈

圓明湛寂真設利,靈焰神光貫三際。開士由之百福尊,菩薩依之二嚴備。十萬里傳西祖意,五色祥光吞大地。棒喝交馳珠走盤,觌面相呈無忌諱。先師一髮不留根,勿將聲色輕相戲。百寶摩尼一顆珠,非俗非真非聖諦。五目不得睹其踪,十聖那能知子細。上人如未獲此珠,懸崖撒手非容易。驪龍頷下月團團,禹門千尺還重閉。赤手推開迿得歸,有意氣兮添意氣。回觀八斛四斗多,添得衆生眼中翳。

觀音菩薩補陀巖示現偈

妙圓通體超諸礙,包裹色空含法界。見與不見二俱離,始識大悲觀自在。

---

① 輯自《大覺寺無盡燈記》,標題爲編者所加。
② 輯自《寂寂庵記》,標題爲編者所加。
③ 輯自《送明然上人居山序》,標題爲編者所加。

琴軒居士佛眼通,白華巖畔追靈踪。狹路相逢避不及,似鏡照鏡空合空。引墨援毫書所見,揭破浮雲呈日面。盡十方空一普門,妙相塵塵俱露現。梅華山裏老禪翁,滄海一粟夫子馮。浩浩春雷鼓筆舌,巨篇長偈真豪雄。俾我重圓末後句,口縫未開先吐露。若以耳聞非所聞,不以耳聞非所據。我昔曾遊碧海東,海王抱日扶桑紅。怒浪搖金光閃爍,照開朵朵青芙蓉。無位真人潛洞府,洞裏潮音喧萬鼓。珊瑚樹頭月徘徊,水晶簾外蛟龍舞。波神拔劍驅長鯨,吞空浪雪粘青冥。撒出龍堂珠萬斛,寶光射透琉璃屏。法身驚入一毛孔,一毛孔裏波濤涌。爾時大士失却盤陀石上吉祥草與蒼葡華,但見玉烟翠霧埋雙踵。有眼共見耳共聞,妙圓通體鐵渾侖。最初末後句非句,萬里潮聲撼海門。

觀音菩薩瑞相偈

心鏡光明皎如月,聖人智體無生滅。一念纔興即現前,古今凡聖相融攝。海岸人招海岸人,不知誰現宰官身。紫金光聚圓通體,應現何曾隔一塵。萬峰圍繞蓮華國,龍象倚闌看不足。鼓鐘鐸鞳間燈香,出生世代光明福。

示善助道者居山歌①

去年放吾之舟兮,絕長江之迅流。今年藏吾之舟兮,將返乎山丘。假汝操之之術兮,吾乘之而遠遊。視今昔之大幻兮,傾逆浪之輕漚。勿謂無吾之舟兮,將捨是而何求。勿謂有吾之舟兮,離踪迹之去留。憶昔佛與祖兮,以慈爲舟,葦爲舟,杯爲舟,鐵爲舟。更有一個大闡提漢,要以大地撐爲舟。如是之舟,汝能操不?如其不委兮,提起從前閑話頭。挨拶不入處一齊透過,吸乾鯨海兮萬象全收。生死無拘兮誰與儔。(以上同上卷二十四)

般若偈②

般若無知亦無相,非曰無相非無知。有無知見二俱遣,了般若體常無爲。無爲之體即無作,百草頭邊光爍爍。已忘證者名醍醐,見病未袪名毒藥。般若非良亦非毒,般若之機離背觸。喚作般若沉悟坑,謂非般若遭迷局。般若非悟亦非迷,迷悟俱忘復是誰。玉雞啄破琉璃穀,鐵牛觸碎珊瑚枝。法身解脫即般若,覿體難容分別者。般若解脫即法身,三事何曾隔一塵。法身般若即解脫,如珠走盤活鱍鱍。一三三一相容攝,水底蝦蟆吞却月。三一一三相互融,半夜金

---

① 輯自《示善助道者居山序》,標題爲編者所加。
② 輯自《般若説》,標題爲編者所加。

烏海底紅。三既遣兮一不立,虛空爲紙須彌筆。擬書般若兩個字,已是抱贓重叫屈。一不立兮般若空,龜毛繫住毗嵐風。滿庵歡喜着不盡,張起東南般若宗。

月舟偈①

天上一輪,水中一葉。上人乘之,余復何説。(以上同上卷二十五)

幻住庵歌

幻住庵中藏幻質,諸幻因緣皆幻入。幻衣幻食資幻命,幻覺幻禪消幻識。六窗含裹幻法界,幻有幻空依幻立。幻住主人行復坐,静看幻華生幻果。放還收,控勒幻繩騎幻牛。時或住,八萬幻塵俱捏聚。時或眠,一覺幻夢居四禪。有時動,幻海波翻幻山聳。有時静,幻化光中消幻影。可中時有幻菩薩,來扣幻人詢幻法。我幻汝幻幻無端,幻生幻死幻涅槃。净名室內龜毛拂,龍女掌中泥彈丸。更有一則幻公案,幻證幻修須了辦。莫言了辦幻云無,只此無無名亦幻。學人未達真幻輪,動輒身心自相反。幻心瞥爾生幻魔,幻翳忽然遮幻眼。陽焰空華乾闥城,天堂地獄菩提名。有問此幻從何起,雲月溪山自相委。要見庵中幻主人,認着依前還不是。

十二時歌②

玉兔走,金烏飛,百年影子空相追。山翁兀坐禪牀角,使得人間十二時。
半夜子,震旦竺乾無彼此。五白華狸叫一聲,牀頭老鼠偷心死。
雞鳴丑,僕僕起來伸兩手。趁忙捉起赤斑蛇,到頭却是生笤帚。
平旦寅,眼空佛祖絶疎親。斷送渾家窮性命,一條白棒血淋淋。
日出卯,獲得輪王如意寶。散在春風百草頭,三世十方何處討。
食時辰,大開兩眼喪天真。笑擎一鉢和羅飯,十字街頭等個人。
禺中巳,赤腳波斯穿鬧市。滿把驪珠撒向人,醉倒玉樓扶不起。
日中午,倒跨南山焦尾虎。驚動溪邊石丈人,一槌搗破虛空鼓。
日昳未,也解隨群并逐隊。橫拈鐵笛向西風,嗚嗚吹起斜陽外。
晡時申,恣縱五欲生貪瞋。竈前不見破木杓,惡口小家冤四鄰。
日入酉,擘破面門呈拙醜。選甚魔來與佛來,一喝直教顛倒走。
黃昏戌,那事一時都打失。撲滅空王殿裏燈,且喜眼前烏漆漆。

---

① 輯自《月舟字説》,標題爲編者所加。
② 原作一篇,今據禪詩傳統析爲十四首。

人定亥,净裸裸兮赤灑灑。取性長伸兩脚眠,誰管桑田變滄海。

與麽去,好好好,争免全身墮荒草。有人更擬問如何,彌勒下生時却向你道。

道要歌

本色道人無孔竅,不必問渠重覓要。口門未待鬼擘開,機先已被虚空笑。古今多少明眼人,不怕羞慚惟絶叫。强言一句有三玄,又道一玄具三要。從前公案既現成,今日殷勤添草料。第一要,踏着麻繩兩頭䪞。波斯疑是赤斑蛇,白日青天把燈照。第二要,金剛眼上蝦蟆跳。一槌擊碎獻空王,元來却是新羅鷂。第三要,熨斗煎茶不同銚。普賢失却白象王,十地面前來討珓。此語諸方耳共聞,總解移腔并轉調。直饒伎倆現盡時,愈失自家真道要。休將識量立疎親,肯信靈源無老少。毗婆尸佛早留心,直至如今不得妙。

皮袋子歌并引

幻人枯坐次,有皮袋子者見訪。乃曰:人以我具六用之根,於順逆愛憎,起諸倒見,没溺於生死海中,莫之能脱。而我嘗返思三世佛祖,咸以我爲成無上道之具。今不知果爲惡耶?果爲善耶?果能聖耶?果能凡耶?幻人乃歌以答之。

皮袋子,佇聽幻人歌。目前法界名娑婆,華言堪忍誰奈何。浩浩湯湯摇世波,百千皮袋暗消磨。良由一念不肯瞥,無明愛見相交羅。今日瞋,明日喜,朝榮暮辱何曾已。幾回銜鐵并負鞍,幾度腰金并衣紫。窮也是皮袋,富也是皮袋,等屬陰陽相管帶。忽然報盡共沉空,夢裏何勞生捏怪。人亦是皮袋,獸亦是皮袋,宰割烹炮誇手快。昔相負兮今相償,自買依前還自賣。娘生皮袋不堅牢,寒暑迭遷成又壞。脆如泡,薄如雲,幻如陽焰,輕若游塵。倏忽起滅幾萬古,積骨如山難比倫。大皮袋,小皮袋,幾人嫌,幾人愛。嫌者爲因貧病攻,愛者多緣身自在。皮袋子,教你知,通身是假,盡世成非。了知名業質,委棄爲死尸。四大蚖蛇同處一篋,壞空成住變滅無時。因甚時人不解事,盡情放出貪瞋癡。上天入地巧中巧,暮寢晨興迷外迷。朝飯飽,午還飢。熱摇扇,冷添衣,百計惟思巧護持。偶乖調攝,遍界求醫。禱鬼祈神無感應,客杯弓影生蛇疑。男須婚,女還嫁,換面改頭呈矯詐。忽然觸動利名心,地獄現前都不怕。只算一期圖快心,肯信鐵圍無縫罅。誇文章,説道理,三教勝流誰不爾。一朝學問夢魂消,依舊打歸皮袋裏。皮袋聽余真實説,舉心盡屬輪回業。不思皮袋本來空,茫茫弄巧翻成拙。莫多知,莫多會,但有施爲都拽退。不須禮拜與散華,只此是名真懺悔。不思善,不思惡,兩種由來皆妄作。不緣凡,不緣聖,聖凡盡是心王病。不着悟,不着迷,迷悟何曾離有爲。不貪生,不畏死,定業從教起還止。皮袋子,空勞勞,披毛帶角,要做便做;成佛作祖,道高不高。四聖六凡體元具,十方世界目前包。皮袋無情無喜怒,頭頭盡是無生路。但於見處不留情,法王大寶親分付。如來獲得意生身,皮袋何曾隔一塵。你若區分成兩個,笑倒靈山會裏人。

警策歌

　　三界塵勞如海闊,無古無今鬧聒聒。盡向自家心念生,一念不生都解脫。既由自己有何難,做佛無勞一指彈。此念即今拋不落,永劫鑽頭入鬧籃。名何名,利何利,一息不來成鬼戲。愛何愛,憎何憎,惹着毫毛是火坑。既無人,還沒我,你見空華曾結果。休辯是,莫論非,大夢無根總自迷。生死無常繫雙足,莫待這回重瞑目。翻身一抹過太虛,展開自己無生國。有何難,有何易,只貴男兒有真志。志真道力自堅強,力強進道如遊戲。有何熟,有何生,是路何愁不可行。拚得一條窮性命,刀山劍嶺也須登。亦無鈍,亦無利,剔起眉毛休瞌睡。不破疑團誓不休,寒暄寢食從教廢。亦無鬧,亦無閑,靜鬧閑忙總不干。如一人與萬人敵,覿面那容眨眼看。大丈夫,宜自決,莫只隨情順生滅。今日不休何日休,今朝不歇何朝歇。況是叢林正下秋,千門萬户冷湫湫。參禪必待尋師友,敢保工夫一世休。師禮自心師,友結自心友,除却自心都莫守。縱饒達磨與釋迦,擬親早是成寃曰。自己叢林到處興,誰分村墅與州城。脊梁三尺純鋼鑄,肯聽堂前打板聲。行也做,坐也做,尺寸光陰休放過。心存少見失真誠,意涉多緣成怠惰。有般漢,更呆癡,文章今古要兼知。參禪設使無靈驗,也解人前動口皮。口皮動得有何好,聰明只是添煩惱。脚跟生死如未休,千里萬里沉荒草。穿馬腹,入牛胎,塗炭曾經幾度來。此生幸作金僞子,莫把繩頭易放開。生同生,死同死,萬年一念常如是。胸中能所兩俱忘,境寂心空無彼此。蹉口咬破鐵蒺藜,傑出叢林也太奇。休將萬里西來意,黃葉空拳嚇小兒。德山棒,臨濟喝,儘有神機都潑撒。一千七百爛葛藤,不勞動手和根拔。心空及第真衲僧,堪傳佛祖不傳燈。照世光明只這是,立地頂天誰不能。到此時,盡由我,混衆獨居無不可。團團一顆如意珠,覺知聞見全包裹。也無禪,也無道,也無解脫并煩惱。三界明明大脫空,凡聖悟迷何處討。盡是從前眼自華,然雖到此勿矜誇。法塵見刺擺不脫,舉足玄途鮮不差。我語切切非眩惑,志在同參相警策。五湖四海抱禪人,若未到家無自畫。

即心庵歌并引

雲南福元通三上人,遠逾萬里訪余窮山,坐夏未了,欲歸故鄉,結庵爲禪居,以圖究明己事,預乞爲庵立名。余以即心二字示之。蓋大梅常和尚參馬祖,聞即心是佛,一住空山,誓不再出。既有志於住庵,當追古風以繼芳躅,庶幾吾道之有望也。乃爲之歌曰:

庵即心兮心即庵,十方世界無同參。靈山四十九年説,舌頭拖地空喃喃。却笑少林言直指,已是白雲千萬里。未形言處鐵渾侖,纔挂口門都不是。三個道人歸故鄉,秋江萬里秋風涼。誅茅就樹縛間屋,即心二字懸高梁。心不自心安用即,心即即心誰辨的。百億日月繞四檐,光射銀山穿鐵壁。一庵内外赤條條,拈來總是心王苗。龜毛束破混沌轂,蒲團壓折虚空腰。雲南即是西峰頂,兩頭踏斷俱非境。你若無端喚作心,依舊隨人認光影。見地不脱還茫然,己眼不透成虚捐。只消竪起生鐵脊,不拘歲月勤加鞭。待伊咬得即心破,是佛是魔俱按過。等閑竪起個拳頭,住庵活計天然大。

翠巖杭上人省師靈巖

萬法無根,那伽非定。擘開生鐵枷,躍出琉璃阱。杖頭挑起吳中第一峰,脚跟踏斷洪崖千尺井。古靈背上血淋漓,良駒豈待摇鞭影。君不見杭之東,海潮推出玉萬丈,雷奔電激翻晴空。不是境,且非禪,纔擬議,路八千。男子丈夫活鱍鱍,肯受他家強塗抹。好兒既不使爺錢,草鞋跟底乾坤闊。等閑失脚跨一步,萬象森羅連底脱。那時赤手走歸來,好把虎鬚顛倒捋。

寄實西堂

金鰲背上珠一顆,爍破淮山青朵朵。百衆人前玩弄時,圓機錯落飛星火。揭來照我青茅屋,隱顯回旋看不足。夜深翻轉碧玉盤,直射斗牛光奪目。胸中痛恨山頭老,向曾奪我靈蛇寶。無端落在他手中,抛墮深崖瘞荒草。鐵蛇入海今其死,抖擻空囊有些子。覷體分明不一同,仿佛依俙頗相似。叢林日午打三更,堂堂祖道皆縱横。何當傾出一栲栳,免使男兒摸壁行。

恭上人

靈山有一機,少林有一語。幻住不覆藏,明明爲君舉。那一機,金烏啄破青玻璃。那一語,玉兔踏翻紅馬乳。慶雲上人知不知,死生大事非兒嬉。猛着精神拚命捘,掃空情解捐階梯。忽然失手欛柄脱,屋頭有路如天闊。步兮趨兮露堂堂,進兮退兮活鱍鱍。始知靈山一機狀如鐵牛,少林一語不在舌頭。生擒活捉兮奔雷走電,高揮大抹兮倒嶽傾湫。君不見,黃龍古洞深無底,山鬼吸乾金井水。鞭起泥蛇飛上天,回首白雲千萬里。

戒上人遊江淮

拄杖頭邊,草鞋跟底。踏倒萬叠淮山,穿過千重江水。秋風八九月,白雲千萬里。髑髏堆裏葛藤椿,窣堵波前暗號子。會不會,星明日麗照雙眸;知不知,石裂崖崩喧兩耳。有佛處不得住,毳袍滴瀝松露寒;無佛處急走過,古路岩嶢净如洗。已躬下事,總在目前;向上一機,道委不委。諸方門户盡敲開,究竟何曾離這裏。

琪藏主化藏經然一指

破一微塵,出大千經。不撥自轉,通身眼睛。明明字與義,山河及大地。歷歷文與科,萬象自森羅。三界揚真旨,古今曾未已。白馬胡爲來,何其十萬里。爲憐半偈捨全身,何當灰爐嬭生指。談笑推開大施門,毗盧藏海波濤起。但看烟霧濕溪藤,拂拂香風動屏几。琳琅數百函,縱橫千萬紙。謂是一大藏,金剛腦後鐵三斤;謂非一大藏,碧眼胡僧穿兩耳。萬叠湖山擁翠雲,渺渺湖光净如洗。爲君併作經上題,以字不成,八字不是。

寄此道監寺

此道自來無改變,城市山林總成現。上而諸佛下衆生,阿那個人曾少欠。遠經曠劫至目前,今古何嘗隔絲線。聲前不解便承當,更爲從頭歌一遍。靈山密付絶疎親,少室單傳無背面。離陶鎔,非煅煉,一法何須分頓漸。若於語默未忘情,經書謾讀三千卷。如過駒,等流電。德山屋裏販揚州,臨濟堂前開飯店。聞無聞,見無見。楊岐倒跨三脚驢,鹽官强索犀牛扇。誰言佛法今下衰,此道依前有靈驗。滿眼滿耳非覆藏,自是當人不能薦。緬思張公洞裏老杜多,活捉生擒如虎健。死關既掩氣猶高,彼此男兒宜自勸。黑漆桶底如未穿,幻影浮光休慕戀。始終不放話頭寬,何患工夫弗成片。五藴身中大脱空,不用棄離并健羨。有何貴,有何賤。鳶掘持刃惡不惡,羅睺沉空善非善。境逢逆順謾依違,緣遭憎愛無欣厭。古廟香爐,一條白練。胸中寸寸結冰霜,消落聖凡諸妄念。始知萬法本空閑,自心未了徒攀援。等閑瞥轉目前機,此時方愜平生願。涅槃謾説安如山,生死從教急如箭。十方世界鐵渾侖,觸着通身是方便。拔出繫驢橛,拈却吹毛劍。打開荆棘林,直入空王殿。若教除却此道時,更唤誰爲親法眷。

別絕際

伊余十載交,情懷若冰檗。一處最親,千機莫測。燒尾紅鱗躍九淵,鐵脊金毛走深澤。神駒十影謾追風,眨得眼來天地隔。君不見長沙岑大蟲,訇訇一嘯爪牙直,凜凜崖谷生陰風。不見潙山水牯牛,山北山南水草足,掣斷鼻繩誰敢收。我亦非牛子非虎,休將爾汝論今古。明朝拄杖各西東,男兒豈肯埋塵土。何當橫擔片板,抹過那邊更那邊。拈一毫頭吞四海吸百川,興雲致雨生風烟。始知造化只此是,慶快何止三十年。

開爐日示祖上人

祖道迢迢,祖風寥寥。祖師心印,七花八裂;祖翁活計,瓦解冰消。林下相逢祖禪者,爲言祖意何蕭條,尚有祖關崛起千七百丈高。何當一拶百雜碎,從他大地空牢牢。風雨閉門十月朝,死灰撥盡相向無聊。祖堂氣焰不炙手,祖庭積雪空齊腰。爭如自斫一把青槲柮,静對祖燈深夜燒。

坐禪箴并序

夫非禪不坐,非坐不禪。惟禪惟坐,而坐而禪。禪即坐之異名,坐乃禪之別稱。蓋一念不動爲坐,萬法歸源爲禪。或云戒定是坐義,智慧即禪義,非情妄之可詮,豈動静之能間。故知不離四威儀,而不即四威儀也。乃爲作箴,箴曰:

參禪貴要明死生,死生不了徒營營。至理不存元字脚,有何所説爲箴銘。或謂參禪須打坐,孤硬脊梁如鐵作。如一人與萬人敵,散亂昏沉休放過。或謂參禪不須坐,動静何曾有兩個。楊岐十載打塵勞,險絶祖關俱透過。坐而不坐心外馳,摩裩擦袴空勞疲。釘椿搖櫓消白日,心空及第知何時。不坐而坐志還切,寸懷鯁鯁難教撇。説到無常與死生,眼中不覺流鮮血。如是坐,如是禪,不勞直指與單傳。寬着肚皮只麼守,誰管人間三十年。如是禪,如是坐,蒲團七個從教破。拍盲志氣無轉移,肯把身心沉懶惰。禪即是坐坐即禪,是一是二俱棄捐。話頭一個把教定,休將識鑿并情穿。坐禪只要坐得心念死,今日明朝只如此。若是真誠大丈夫,一踏直教親到底。坐禪不怕坐得多,百歲光陰一刹那。老爺喫乳如大海,爲要掃空生死魔。坐禪豈可爲容易,莫把聰明遮智慧。千七百則爛葛藤,何用將心求解會。坐到坐忘禪亦空,吐詞凌滅少林宗。只個渾身也拈却,未待口開心已通。有志坐禪須與麼,若不如斯成懡㦬。便拚性命也嫌遲,大事因緣非小可。擬將此作坐禪箴,不特自欺還謗我。(以上同上卷二十七上)

送斷崖禪師遊五臺

五臺山在天之北,師子吼處乾坤窄。我兄曾解師子鈴,擬向山中探幽賾。文殊老人雙眼黑,一萬菩薩滿坐莓苔石。只憑倒卓鐵蒺藜,一齊趁入無生國。諸子去時誰繼踵,盡將五臺攝入草鞋雙耳孔。虛空滿貯赤玻璃,笑看祕魔巖石動。歸來說與傍人知,德山臨濟皆兒嬉。今生元無佛與祖,就手拗折烏藤枝。坐斷高高峰頂那一着,銀山鐵壁人難窺。翻思少林九載面空壁,千古萬古知誰知。信手拈起一莖草,總是金毛師子威。

送儔都寺監收

世上共言人種田,不知却是田種人。但見烏頭看田水,俄然白骨埋黃塵。轉眸又作烏頭子,依舊重來看田水。田水洋洋似笑人,入死出生元是你。農夫見說心欲折,歸來翻轉犁頭鐵。不耕田水耕虛空,不種青苗種明月。虛空可耕,明月可種。先以智拔,後以定動。白牛露地生拽回,即此用兮離此用。大千撮來一粒粟,鉢飯搏歸香積國。靈山問訊老瞿曇,福慧由來二俱足。有問禪,兩堤楊柳含青烟;有問道,一片斜陽卧芳草。江頭衮衮搖世波,古岸移舟宜自保。

送燈副寺監收

松江江上莊中底,萬廩千倉且非米。檀翁一片鐵石心,歲去年來磨不已。粒粒盡是金剛圈,粒粒盡是鐵彈子。出生勝妙性功德,轉入恒沙福無比。莫教拋散一粒在路傍,莫教誤入一粒歸自己。勿欺一粒如此微,塵沙法界從茲起。焦脣焰口鬼亦嫌,輪回業果無終始。撥開罪福異路行,一點真燈光萬里。照開蓮華峰頂選佛場,伐鼓考鐘宣要旨。歸來重把簿書看,妙用神通只此是。

留別馮居士

片片秋雲飛,瑟瑟秋風吹。團團秋月白,英英秋露垂。道人挑起七斤山衲衣,回首萬里外,復覓青山歸。倚松卧石,飲溪飯藜。眼空佛祖口挂壁,從教四海相追隨。珍重長安市上長者子,莫教貪着五欲,樂住火宅如兒嬉。大白牛車在門外,轉身便可縱橫推。莫教推不動,墮在途轍中。我有鐵鞭懸屋角,不勞搖影行如風。君如要見我鞭影,大江日夜流天東。

贈鏡堂一洲二座主

鏡堂之鏡不照象,草木雲烟自消長。一洲之洲不容物,清波浸爛虛空骨。夏前握手登西峰,江湖盡謂來更宗。天台少林共一舌,禪關教網俱相通。有問教,古鏡堂前風浩浩;有問禪,一洲風靜波影圓。生死輪回機不破,教禪總是心王禍。道人論實不論虛,肯爲世間聞見墮。西風兩袖下嵯峨,七尺烏藤拂薜蘿。長安市上眼前事,不啻周身毛孔多。阿呵呵,與麼與麼。一外不知洲際遠,堂前無奈鏡光何。

送聞上人歸南山

己躬下事作麼參,木人笑倚青蘿龕。己躬下事如何委,瞬目白雲千萬里。上人念念扣己躬,去年橫錫來西峰。眉毛廝結住一載,己躬下事深如海。秋風吹動碧海門,己躬下事俱休論。娑婆世界浮漚幾出沒,銀山鐵壁元無根。靈山密付,少室單傳。不立文字,已墮言詮。己躬下事俱不然,當機非道尤非禪。一塵覆却四大海,一步跨闊三禪天。南山突兀幾千仞,青松翠竹摩蒼烟。極目無非舊途轍,己躬下事瞥不瞥。腳未跨門先轉身,重來共看中秋月。

船居述懷

道人行處無途轍,買得船兒小如葉。終朝縮頸坐蓬窗,聞見覺知俱泯絕。往來解纜橫大江,逆風衝破千堆雪。或行或住人莫猜,兩岸中流靡經涉。也無橈可擎,也無棹可舉,更打船舷俱不許。古帆未挂天地空,森羅萬象忘賓主。或隨順水下前灘,西天此土無遮攔。古今千萬個佛祖,出沒漚華誰共看。我船有時撐不動,藏在蟭螟眼睛孔。我船有時挽不回,五須彌頂波濤涌。我船不載空,百千奇貨皆含容。我船不載有,毛髮更教誰納受。説有説無誰辨的,問着篙工都不識。但見海東紅日曬灣梁,柳西斜月穿蘆席。有時四面雲雨收,波光萬里沉虛碧。當處不知我是船,亦復不知船是我。勿將空有論疎親,船與非船無不可。歸去來,是甚麼。推開烟浪望雲頭,突出好山青朵朵。

火記并引

皇慶壬子冬,艤舟于漣海洪福院側,剪茭蘆縛屋丈許以居。越五日,工畢,道者煨秕糠以乾壁土。至後夜,丙丁童子逸出檐外而火之,實十月二十七夜四鼓也。因思先師居龍鬚山時,亦有此事。故書偈以記之。

新縛茅屋壁未乾,頭陀不耐冰霜寒。盛把十斛真珠殼,牀頭午夜俱煨殘。舞馬潛踪穿屋角,霧捲茭蘆鳴嗶嗶。河神禁水凍不開,星焰騰輝射寥廓。頭陀跳出虛空外,摸着虛空無向背。須臾對月掃寒灰,發明幻住真三昧。緬想龍鬚炙壁時,造物端若重吾欺。雪磴九年生鐵脊,於斯寧敢忘先師。又憶當年老婆子,縱火偷心元不死。驚回枯木倚寒巖,是非涉入兒童耳。我生五十,未曾親見火燒屋。但聞水底火發,燒破無生國。虛空撥出死柴頭,手搓十丈龜毛束。幻

法由來無斷續,尺地不妨重卜築。一把茭蘆又縛成,漣海依前青溢目。(以上同上卷二十七下)

幽居聞市聲

鱗鱗萬瓦下,蓋覆物與人。五更幾夢覺,眼底秋復春。側耳白雲巖,鬧市喧埃塵。二毛轉鬢脚,白日迷天真。疾馳生死岸,獨立人我濱。少壯習輕肥,老大成貪瞋。英雄與才智,紛紛復紜紜。浮光自苦樂,幻影徒冤親。一念不返照,萬劫歸沉淪。良哉美丈夫,好景休因循。混沌鑿七竅,開合俱漓淳。肉團裹枯骨,枯骨藏靈津。靈津忽散滅,太虛包一身。太虛亦妄見,轉復諸苦論。瞠目視乾坤,云胡而不仁。乾坤不加對,萬象俱橫陳。輸與寒山子,時時笑眼新。

即事十首

一刻復一刻,每日數盈百。過去等河沙,未來積塵墨。忽忽若跳丸,遄遄如轉息。當處絕踪由,瞬目天地隔。

一時復一時,非速亦非遲。歷涉幾千載,循環十二支。金雞催曉箭,鐵馬報春旗。諗老云能使,真成戲小兒。

一日復一日,金烏無路出。團團三界圈,密密兩儀窟。諸佛不露影,眾生是何物。更擬覓玄門,苦哉咄咄咄。

一句復一句,那事逐時新。圖寫虛空相,雕裝混沌身。祖庭深白雪,佛海翳黃塵。一句無生話,誰將污口唇。

一月復一月,那個知時節。走殺老兔精,埋深繫驢橛。再閏十三圓,小盡廿九缺。少室不傳機,渾侖都漏泄。

一年復一年,談笑歲華遷。夢裏轉作夢,塵中更入塵。迷時猶海隔,悟處正天懸。眼底無行路,纔方好着鞭。

一紀復一紀,流光如逝水。佛國徒有名,人海元無底。一息忽平沉,萬死從頭起。當處不回眸,祖庭空側耳。

一世復一世,三際無碑記。過去不可追,未來信相繼。十方不二門,萬法真三昧。彼此皆丈夫,緣何猶不會。

一生復一生,把手共誰行。耕破識田識,瀝乾情海情。色色猶非色,聲聲豈是聲。自從聞見絕,觸處是無明。

一劫復一劫,那知幾生滅。髑髏鑽得空,皮袋打不徹。生死有異方,涅槃無秘訣。火急要相應,一塵元不隔。

示行堂

至道常湛然,萬古絶成壞。良由妄想生,輪回三有界。曠劫至今朝,展轉償宿債。超越在精勤,沉淪由懈怠。操履貴平常,言行休捏怪。去除雜語言,掃蕩閑知解。一個死話頭,悟來方慶快。挑包打十方,有利而有害。大事不思惟,前程何所賴。殷勤報汝知,古人曾有誡。自在不成人,成人不自在。莫隨眼底貪瞋癡,換却如今好皮袋。

教禪律總頌四首

聽教欲奚爲,思同佛祖齊。機前空境觀,句外脱筌罤。見不離文字,心常滯水泥。縱饒華雨墜,還是法中迷。

參禪須致悟,不悟總虛捐。啟口循知解,存心着妙玄。五宗雲蔽月,二派管窺天。更覓西來旨,何時得正傳。

制律緣何事,單防毀犯心。念空真羯磨,情盡正持任。作止冰侵骨,依違雪滿襟。遮那曾未委,羈絆去來今。

生死依情妄,輪回事可嗟。鼎分元有據,壁立更無差。修學水中月,講明空裏華。當機如未瞥,三者謾誼譁。

次魯庵懷净土十首并序

永明和尚以禪與净土揀爲四句,謂有禪有净土,無禪無净土,有禪無净土,無禪有净土,特辭而辨之,乃多於净土也致業,單傳者不能無惑焉。或謂禪即净土,净土即禪,離禪外安有净土可歸,離净土豈有禪門可入。審如前説,則似以一法岐而爲二矣。不然,教中有於一乘道分別説三,永明之意在焉。魯庵和尚,宗禪之師也,效古作懷净土章句,辭達而意明,語新而思遠,使人讀之,曾不加寸念,咸置身於純白蓮華之域,豈尚異耶?蓋變體説禪,亦善巧方便之略耳。本素昧禪學,尤疎净行,披味至再,不覺於一毫端,戲成偈以贅韻脚云。

惟禪惟净土,非下亦非高。謾爾章群品,何曾間一毫。妄情終自瞥,悲願肯辭勞。誰信泥犁底,常光雜俊髦。

十萬億何迂,回光即有餘。惟心標一實,自性奪十虛。易簡超群作,高閑越太初。古今玄達者,誰不嘆猗歟。

純白蓮華土,高賢每共論。有心皆是佛,無地不名坤。截斷輪回路,掀翻解脱門。眼聲幷耳色,逆順總承恩。

千聖體無差,彌陀即釋迦。擬心猶捕影,動念若蒸沙。刹刹寶絲網,塵塵車軸華。那知孤露客,具此大榮華。

慈親興法利,似賈復如商。帆截貪癡海,華吹戒定香。信心人易入,垂手願難忘。嘉號方存念,音書已到鄉。

飯食經行外,觀光倚玉樓。風微天樂奏,波静水禽遊。寶網珠常曉,瑤階樹不秋。一從心地印,隨處絶馳求。

稽首黃金父,眉間玉焰橫。昔年曾去國,今日幸聞名。衆寶天常雨,纖塵地不生。大慈無界限,那肯禁人行。

萬德芬陀利,人間現一枝。祥光分處處,靈焰發時時。月滿水精網,藕香雲母池。笑逢諸勝友,謂我到何遲。

故家名極樂,清净凛冰霜。直捷超三觀,褒揚讚六方。覺華含古色,靈草照春陽。樓閣雲天外,雙雙彩鳳翔。

斫額望慈親,相違幾度春。頓忘三際業,徒剩一閑身。失路難逃妄,還家豈是真。西天并此土,元不間纖塵。(以上同上卷二十八)

寄同参十首

本來成佛非他得,不信分明是自欺。一個主人翁既失,萬生皮袋子難醫。昇沉相續蟻旋磨,憎愛交纏象溺泥。未肯懸崖親撒手,不知辛苦待何時。

自從昔日昧天真,掘個無明窖轉深。因業受身身造業,由心起境境生心。輪回動是經塵劫,修證何曾惜寸陰。生鐵秤錘牢把手,莫教東海又平沉。

修行須是用心真,心若真時道易親。迷悟二途端在我,是非兩字莫隨人。黃金猛與鑄肩脊,白醭常教生口唇。漆桶驀然篐自脱,心華開發少林春。

法界何曾間自他,見聞知覺眼中華。衆生心佛三無別,煩惱菩提兩不差。嚇你老爺臨濟喝,惑他兒女祕魔叉。低頭更擬求玄解,十萬程途未是賒。

即心是佛佛惟心,三際同時絶古今。將仁思問駒過隙,擬承當處鼠偷金。拍盲快向聲前領,脱略難於句下尋。早不立成男子志,驢年方會芥投針。

今古奔趨幾象龍,禪禪禪直是心空。二宗得旨非南北,五派歸根絶異同。得馬還牛閑口鼓,鍛凡鎔聖假神通。苟非真實超玄者,端的難教振祖風。

即心是佛大家知,涉境難教絶順違。既悟且言無戒律,不迷安得有貪癡。閉門説路語何直,出户親行步却遲。故國苟非真到者,萬般施設總非宜。

如來禪與祖師禪,一手猶分掌與拳。既得髓時忘直指,已拈華處喪單傳。烏焉成馬今皆是,黃葉爲金古亦然。未具照空生死眼,争教仰不愧龍天。

相逢盡説做工夫,謂做工夫何所圖。不是坐忘消白晝,豈應高卧守清虛。多生憎愛情難遣,積劫輪回業未除。不做一回親斬斷,空將名字挂江湖。

十方聚會號同參,半入叢林半住庵。大法不明宜自譴,靈源未透欲誰甘。識田塞斷泥犁阱,心地熏開優鉢曇。今日伊余容易別,牛頭自北馬頭南。

示玄鑒講主二首并引

雲南鑒講主知有教外別傳之旨,越一萬八千里而來西浙,自相見至相別,恰三載。一日尋我客中,夜話湖山間,因舉宗門下數段陳爛葛藤,不覺咬斷拇指。臨別匆匆,不欲徵其罪犯,且放過一着。異日抵匡廬而之故鄉,却不得出露醜惡,被人叫駡,而累及我也。就以二偈贈之。

狂心未歇爲禪忙,萬八千程過遠方。喪盡目前三頓棒,揮開腦後一尋光。陳年故紙渾無用,今日新條亦頓忘。見説雲南田地好,異時歸去坐繩牀。

衲僧用處絶羅籠,捘着渾身是脱空。輾破一塵如有旨,撥開萬象覓無踪。德山焚疏情先死,良遂敲門路已窮。積劫塵勞忽吹盡,黑龍潭下五更風。

夢幻泡影總頌五首

夢中作夢日悠悠,究竟何嘗有斷頭。槐國既無分晝夜,漆園那復論春秋。半窗月吐三更影,一枕風含萬古愁。不識有誰曾獨醒,揭開宇宙縱雙眸。

幻本非生非不生,實無而有政縱橫。纖塵靡積乾城聳,涓滴那容焰水傾。火宅長年機未息,雪山午夜道初成。謾將凡聖閑分別,把手同歸一路行。

泡因雨點激平川,脱出規模顆顆圓。倏有忽無彰起滅,隨成即破示抽添。山河密裹虛玄毂,法界深藏空寂圈。却笑幾多兒女戲,重重撲碎又依然。

影子從來不離身,惟於光外獨分真。日中疾走誠難避,水底深探豈易親。三界昇沉踪已舊,四時遷謝迹方新。古今多少英靈者,曾不遭迷有幾人。

三界何人得暫離,六如處處未相違。捕風吹網人皆笑,逐色隨聲自不疑。迷所以迷知幾劫,墮之又墮更多時。不能彈指超無學,擬剔眉毛已時遲。

送禪者歸鄉①

直下本來無一事,謂言無事早相欺。輪回不翅三千劫,履踐何拘十二時。竹筧引泉聲滴滴,松窗來月影遲遲。市朝見説黄金貴,誰買青山種紫芝。

---

① 原題《送禪者歸鄉二首》,第二首已見《全元詩》第20册,今録第一首。

船居①己酉舟中作

大厦何知幾百間，爭如一個小船閑。隨情繫纜招明月，取性推篷看遠山。四海即家容幻質，五湖爲鏡照衰顏。相逢順逆皆方便，誰暇深開佛祖關。

家在船中船是家，船中何物是生涯。檣栽兔角非干木，纜繫龜毛不用麻。水上浮漚盛萬斛，室中虛白載千車。山雲溪月常圍繞，活計天成豈自誇。

散宅浮家絕所營，閑將行色戲論評。烟蓑帶雨和船重，雲衲衝寒似紙輕。帆飽固知風有力，柁寬方覺水無情。頭陀不慣操舟術，幾失娘生兩眼睛。

爲問船居有底憑，渾無世用一慵僧。拋綸擲釣非吾事，舞棹呈橈豈我能。轉柁觸翻千丈雪，放篙撐破一壺冰。從教纜在枯樁上，恣與虛空打葛藤。

懶將前後論三三，端的船居勝住庵。爲不定方真丈室，是無住相活伽藍。烟村水國開晨供，月浦華汀放晚參。有客扣舷來問道，頭陀不用口喃喃。

船無心似我無心，我與船交絕古今。漚未發時先掌柁，岸親到處不司針。主張風月篷三葉，彈壓江湖艪一尋。袞袞禪河遊殆遍，話頭從此落叢林。

山居②六安山中作

三尺茅檐聳翠岑，去城七十里崎嶔。誰同趣入忘賓主，我自住來空古今。雪磵有聲泉眼活，雨崖無路蘚痕深。爲言海上參玄者，庵主癡頑勿訪尋。

行腳年來事轉多，爭如縛屋住巖阿。有禪可悟投塵網，無法堪傳逐世波。偷果黃猿搖綠樹，銜華白鹿臥青莎。道人喚作山中境，已墮清虛物外魔。

觸處逢山便做家，祇緣甘分老烟霞。盧都唇觜生青靨，藟苴形骸上白華。四壁光吞蓬戶月，一瓶香熟地爐茶。苟非意外相知者，徒把空拳豎向他。

一住空山便廝當，兩忘喧寂與閑忙。但聞白日銷金鼎，不見青苔爛石牀。印破虛空千丈月，洗清天地一林霜。客來不用頻饒舌，此事明明絕覆藏。

閑雲終日閉柴扉，海上同參到者稀。白髮不因栽後出，青山何待買方歸。拽簾諗老投深阱，薙髮曾郎墮險機。要覓住庵人住處，擬心難免涉離微。

千巖萬壑冷相看，不用安心心自安。識馬乍教離慾廄，情猿難使去玄壇。竹烟透屋蒲龕密，松露沉空氀衲寒。此意山居人未委，未居山者更無端。

---

① 原題《船居十首》，《全元詩》第20冊收錄4首，今續輯其餘6首。
② 原題《山居十首》，《全元詩》第20冊收錄4首，今續輯其餘6首。

水居①東海州作

漚華深處寄幽栖,聞見天真分外奇。一枕香吹紅菡萏,四檐光浸碧琉璃。繞圍雲水盈千衆,爛嚼虛空遣二時。幻住叢林無間歇,苟非同道欲誰知。

住個茅庵遠市塵,東西南北水爲鄰。風休獨露大圓鏡,雪霽全彰净法身。波底月明天不夜,爐中烟透室常春。閑將法界圖觀看,心眼空來有幾人。

水中圖畫發天藏,不到無心孰可當。雪谷春深沉玉髓,冰壺夜永泛銀漿。洞然圓湛融三際,廓爾净明空八荒。縛屋且依如是住,難將消息寄諸方。

極目瀰漫水一方,水爲國土水爲鄉。水中縛屋水圍繞,水外尋踪水覆藏。水似禪心涵鏡像,水如道眼印天光。水居一種真三昧,只許水居人厮當。

廛居②汴梁作

古稱大隱爲居廛,柳陌華衢間管弦。畢竟色前無別法,良由聲外有單傳。錦街破曉鳴金鐙,綉巷迎春擁翠鈿。覿面是誰能委悉,茫茫隨逐政堪憐。

綠水青山入眼塵,心空何物可相親。既無世務堪隨俗,却有廛居最逼真。月印前街連後巷,茶呼東舍與西鄰。客來不用論賓主,篆縷橫斜滿屋春。

山居何似我廛居,對境無心體自如。手版趣傾樓上酒,腰鈴急送鋪前書。沉沉大夢方純熟,擾擾虛名未破除。白日無營貧道者,草深門外懶薅鋤。

起滅循環事若何,萬般妝點苦婆娑。榮膺廊廟三更夢,壽滿期頤一刹那。玩月樓高門巷永,賣花聲密市橋多。頭陀自得居廛趣,每笑前人隱薜蘿。

廛市安居儘自由,百般成現絶馳求。綠菘紫芥攔街賣,白米青柴倚户收。十二時中生計足,數千年外道緣周。苟於心外存諸見,敢保驢年會合頭。

山根水際我嘗諳,特地移居逼閙籃。人影紛紜方雜沓,市聲撩亂政沉酣。千樓燈火爲標準,萬井笙歌作指南。却喜頭陀忘管帶,無邊法界是同參。

山居却似苦無緣,既不居山學隱廛。新縛蒲團侵市色,旋移禪板近人烟。庭華日暖藏春鳥,櫩樹風高噪晚蟬。一鉢普通年外雪,與誰同共潤心田。

廛居不費買山錢,溢目風光意自便。逐日驊騮蹄踏踏,弄晴蝴蝶翅翩翩。見忘境不須頻遣,執謝心常合本然。如是住來知幾劫,難將消息與人傳。

市廛卜築道何親,物物頭頭契本真。微有得心魔所攝,擬存住念鬼爲鄰。

---

① 原題《水居十首》,《全元詩》第20册錄6首,今續輯其餘4首。
② 原題《廛居十首》,《全元詩》第20册錄1首,今續輯其餘9首。

招提禁夜鐘聲近,閭巷催年鼓吹頻。三世如來諸法相,一回新又一回新。

題佛母堂
熱鐵洋銅地獄坑,禍胎今日又重生。黃梅山下人無數,誰解門前掉臂行。

贈桃溪法華經會
一會靈山曾見不,聲前句後莫輕酬。碧桃溪上三更月,龍女明珠夜不收。

贈鐵山道人禮補陀
腳跟下鐵山萬仞,眼睛頭白浪千尋。不於這裏承當去,更要重參觀世音。

送澄上人之江西
大江西去水無垠,澄不清兮攪不渾。一吸直教乾到底,莫將涓滴上人門。

題廬山佛手巖
清净身中金色臂,匡廬叠叠曉雲開。為人隻手無伸處,且聽勞生空望崖。

丐者堂失火就死者數人
乞兒男女苦相煎,捘得無明火現前。一夜渾家都喪却,死枯髏上不生烟。

題十六尊者揭厲圖
十六高人去就輕,天台南嶽任縱橫。不知着甚麼死急,個個拖泥帶水行。

次韻酬李仲思宰相①
歸鞭未舉且婆娑,平地須知險處多。休把世間名字相,累他巖穴病頭陀。
物我遷流興未疲,正圖誇勝與稱奇。逝多林裏真慈父,也把空拳嚇小兒。
機裏藏機復見機,秋霜點點透征衣。話殘夜壑三更月,又約天雲擁毳歸。

晦室
千燈不照六窗寒,光影俱忘始解看。三萬二千人去後,至今門戶黑漫漫。

逆流
出源便遇打頭風,不與尋常逝水同。浩浩狂瀾翻到底,更無涓滴肯朝東。

藏山
等閑掇轉太虛空,百億須彌不露踪。盡大地人尋不見,是誰收在一塵中。

送空藏主禮高峰和尚塔
三尺毒蛇潛古洞,一堆白骨鎖寒雲。石樓夜半關猶啟,只待銜冤負屈人。

---

① 原題《次韻酬李仲思宰相四首》,《全元詩》第20冊錄1首,今續輯其餘3首。

贈鄱陽裁衣李生

番水一條生白線,廬山半幅舊青羅。李生提我袈裟角,補得渾侖不欠多。

太古

七日莊周才鑿破,百千諸佛未投胎。衲僧一個閑名字,端的親從那畔來。

次韻酬馮海粟待制①

雄談博辯振玄音,莫把黃銅唤作金。脱略語言文字外,方知佛祖只傳心。
西天目頂望錢塘,佛與衆生共一航。六月火雲飛白雪,是誰觸熱是誰凉。
瓦爐燒盡柏根香,筆債何須苦用償。幸有頓空文字在,披衣終日坐茅堂。

别友十首

色空明暗遮雙眼,地水火風周一身。八萬四千閑妄想,江南江北幾多人。
世有百千閑日月,人無一點好身心。知他爲甚麽邊事,添得茫茫業海深。
一死由來對一生,了知迷悟不多争。如何滿地栽荆棘,白日青天没路行。
千里路行千里馬,一重山隱一重人。都緣昧却從來底,日夜紛紛輥六塵。
佛與衆生共一家,了知法性等無差。何緣白日隨他去,特地新栽眼上華。
世間只是許多事,更要如之與若何。盡大地人剛不省,前娑婆又後娑婆。
兩兔兩丸虚跳躑,象龍千里謾追尋。誰知優鉢曇華種,當處出生無古今。
十方世界鐵渾侖,順逆横開不二門。更向是非中薦取,何妨無佛處稱尊。
憎愛是非情易瞥,山河大地迹難收。故鄉人寄并州剪,拈起虚空也斷頭。
十虚圓裏一片天,這裏何曾異那邊。勿謂去來無管帶,道人行處合如然。

(以上同上卷二十九)

擬古德十可行②

宴坐

竟日巍然萬慮忘,脊梁節節是純鋼。待教七個蒲團破,却與空生較短長。

入室

鏌鎁横按碧油幢,叱咤神威孰敢當。若是定乾坤好手,到來那肯犯鋒芒。

普請

我扣華鯨汝便來,區區運水及搬柴。爲憐逐隊隨羣者,伸手從人覓草鞋。

---

① 原題《次韻酬馮海粟待制四首》,《全元詩》第 20 册録 1 首,今續輯其餘 3 首。
② 第十首《道話》已見《全元詩》第 20 册,今輯録其餘 9 首。

粥飯
兩度煩他展鉢盂，舌頭誰不辨精粗。醍醐毒藥渾休問，粒米還曾咬着無。

洗衣
通身脫下笑抬眸，一片雲霞浸碧流。久雨不晴難曬晾，從教張在屋檐頭。

掃地
蕩盡從前垃圾堆，依然滿地是塵埃。等閑和柄都拋却，五葉曇華帚上開。

經行
當胸叉手去還來，多少闍黎踏破鞋。金地繞旋知幾匝，老僧一步不曾抬。

諷經
薩怛他了悉度提，浩浩潮音播口皮。清磬一聲齊側耳，子規啼血染華枝。

禮拜
紫金足下寶華壇，多少人來展布單。既自倒時還自起，不知誰覺腦門寒。

示妙上人五首
捩轉面門爺不識，瞠開眼孔佛難親。一條性命先拚却，要做心空及第人。
參禪渾似咬生鐵，齩破唇枯未肯休。力盡忽然和口破，舌頭拖地始風流。
三條椽下睡魔窟，七尺單前散亂坑。笑倒憍陳如上座，驢年將會快平生。
工夫切勿墮空閑，念念拌身透祖關。一剎那間成斷滅，依前鐵壁又銀山。
上人忒殺不留情，和我先師共個名。何似也吹無孔笛，教他千里外聞聲。

寄玄鑒首座四首
妄談般若罪無涯，項上先擔生鐵枷。清淨法身膿滴滴，令人追憶老玄沙。
十萬八千家未遠，六根四大病何多。撥開眼裏瞳人看，當體潛消佛與魔。
叢林衰替不堪憑，少室兒孫沒路行。肚裏有禪須吐却，莫留毫髮誤平生。
山中無路不須來，病足難禁着草鞋。寸步未離言見了，如何真個到忘懷。

無隱
眼見耳聞元不隔，晝明夜暗絕商量。本來成現何多事，切忌當機自覆藏。

古田
七佛如來陳佃户，五千餘卷舊砧基。稻華香熟黃雲老，多少兒孫自不知。

偶成①

秋雲片片秋空闊,秋葉沉沉秋雨寒。林下野人難矖眼,眉毛終日不曾乾。
五色花狸與赤斑,南泉拭眼動慈顔。太阿斬斷虛空骨,白血橫流滿雪山。
青鞋布襪道人家,兩眼何曾肯着華。飯裏忽逢砂一粒,無端彈破半邊牙。
眼前何是復何非,好把龜毛一貫之。撞着燈籠穿不透,是非築殺老闍黎。
睡到五更無個夢,籬根壁底亂蛩吟。夜來拾得鐵酸餡,撒在牀頭鼠不侵。
起引來勾要到官,吏曹磨勘事多端。誰云款出囚人口,得個驢兒便喜歡。
宿雨洗空三伏暑,曉風吹動一天秋。四時遷謝承誰力,疑殺溈山水牯牛。
一種秋砧幾樣聲,爲憐深夜最堪聽。老婆腕力無多子,斷續渾如擣不成。
挂帳不須尋閉日,出行何用揀良時。了知蚊蚋非他物,家舍途中百事宜。

定叟

爲人散亂現威儀,千劫渾如坐片時。白日未曾輕動着,西風吹白兩莖眉。

警世廿二首

多生業累入胞胎,合水和泥與麼來。極目境緣遮道眼,未知何處得忘懷。
舉心盡屬輪迴業,動念無非生死根。要與太虛無向背,常吞一個鐵渾侖。
聰明盡解諸家語,英俊橫吞四庫書。這個念頭如未瞥,口開都是費分疎。
貧窮致賤富生驕,等是無明火自燒。倏忽報緣顛倒轉,方知一點不相饒。
貪榮冒寵日匆匆,行到窮途興轉濃。半點便宜非外得,無端虧殺主人公。
逆之則怒順之歡,天下人情沒兩般。肯信順窮還逆至,眼開休把自心瞞。
夢眼未開重做夢,青天白日黑漫漫。靈臺幸是無遮蓋,不識何緣轉自瞞。
四序循環暖復寒,獼猴深戀六華村。耳聲眼色曾無暇,念念那知是死門。
把一片心迷得盡,又於迷處起規模。自纏自縛誇能所,笑倒西天碧眼胡。
飢來喫飯冷添衣,三尺之童也共知。一個話頭明歷歷,如何開眼恣愚癡。
口喃喃地説青黃,自謂高才壓當行。話到主人公分上,到頭一點不承當。
衰殘忽忽二毛斑,鶴骨雞皮澀又酸。老與病來呈伎倆,笑他皮袋有多般。
業緣牽引入娑婆,百歲光陰一刹那。換面改頭無了當,野田添得髑髏多。
髑髏未冷氣猶抽,尚把青銅照兩眸。將謂百年多少事,徒增幻海一浮漚。
茶傾三奠復三奠,一個髑髏燒不乾。業識又鑽皮袋去,鐵人聞也骨毛寒。

---

① 原題《偶成十首》,《全元詩》第 20 册録 1 首,今續輯其餘 9 首。

火燒水浸與沙埋,白骨曾經幾度來。早不回光休歇去,又如何要巧安排。
三百六十段骨節,東拄西撐竪又橫。不做一回枯得盡,又來行了又來行。
男兒不肯受人欺,意氣英豪也大奇。衣底有珠渾不顧,萬般都是喫便宜。
一條大路如弦直,開眼人人總現前。彼此不知緣底事,更無人肯賦歸田。
閻羅王是真彌勒,向鑊湯中轉法輪。輥到聖凡情盡處,直教無法可相親。
愛網空虛欲海乾,千門萬戶是司南。塵塵與麼相親者,方不謬稱除饉男。
生死且無僧與俗,性真那有悟和迷。伽陀寫寄同參者,杜宇聲乾日又西。

(以上同上卷三十)

偈頌

師子巖頭日卓午,萬象森羅俱起舞。正宗樓殿倚天開,一會靈山耀今古。

即休歌

道人之休即便休,不待朝暮并春秋。此休不隔第二念,只於當念機全收。有問道人何緣休得速,生死輪迴如轉轂。自恨從前不肯休,枉被塵勞苦拘束。即今更不肯休去,意馬情猿攔不得。隨聲逐色如跳丸,瞥轉機輪無覓處。即今不休何日休,壯色不停如水流。古今多少未休者,髑髏堆積如山嶽。休復休,更休休。任是北鬱單越,誰管南贍部州。只將一個大休字,千古萬古為同儔。你不見,二千年前甘蔗種,走入雪山拖不動。等視富貴如冰花,更不打他三界鬨。自從那時一休直到今,黃金裏面光嚴身。千葉紅蓮捧雙足,不染世間煩惱塵。即便休來還不早,更不即休徒懊惱。世出世間一齊休,此時方達菩提道。休盡菩提道亦空,白雲壓碎須彌峰。到頭佛也不要做,從教四海揚真風。

勸念阿彌陀佛

是心是佛是心作佛,三世諸佛證此心佛。六道眾生本來是佛,只因迷妄不肯信佛。智者覺悟見性成佛,釋迦世尊開示念佛。彌陀有願接引念佛,觀音菩薩頭頂戴佛。勢至菩薩攝受念佛,清净海眾皆因念佛。六方諸佛總讚念佛,祖師起教勸人念佛。捷徑法門惟有念佛,一代宗師個個念佛。古今名賢人人念佛,我今有緣得遇念佛。念佛念心念心念佛,口常念佛心常敬佛。眼常觀佛耳常聽佛,身常禮佛鼻常數佛。香花燈燭常供養佛,行住坐臥不離念佛。苦樂逆順不忘念佛,着衣喫飯無不是佛。在在處處悉皆有佛,動也是佛靜也是佛。忙也是佛閒也是佛,橫也是佛竪也是佛。好也是佛惡也是佛,生也是佛死也是佛。念念是佛心心是佛,無常到來正好念佛。撒手便行歸家見佛,一道圓光即性空佛。了此一念是名爲佛,常住不滅無量壽佛。法報化身同一體佛,千佛萬佛皆同一佛。普勸有緣一心念佛,佛不念佛失却本佛。貪瞋嫉妒自喪其佛,酒色財氣污天真佛。人我是非六賊劫佛,一息不來何處求佛。地獄三途永不聞佛,萬劫千生悔不念佛。丁寧相勸念自己佛,急急回光休別覓佛。念念不昧誰不是佛,願一切人自歸依佛。回向西方發願念佛,臨命終時親睹化佛。九品蓮臺禮彌陀佛,得無礙眼見十方佛。

懷淨土

七重樹影覆青霞,九品蓮胎孕白花。鐵壁銀山遮不得,衆生何事覓無涯。
茫茫三界輥埃塵,一念貪生是苦因。無上法王悲願切,猶將金色臂長伸。
終朝合掌念彌陀,舉念之間蹉過多。和個念頭都颺却,全機獨脫苦娑婆。
四十八願水投水,十萬餘程空合空。只隔眼前聲與色,東西兩土幾時通。
六藝俱全美丈夫,畫堂終日醉相呼。要知不陷輪迴阱,莫負黃金丈六軀。
一十二時機未瞥,百千萬劫苦難逃。雖然身在同居土,誰肯低頭禮玉毫。
重重最勝黃金閣,叠叠莊嚴白玉池。多少衆生無夢到,鑊湯爐炭自羈縻。
勢至常談母憶兒,同於形影不相違。自憐一個彌陀佛,却把黃金鑄面皮。
仰扣當來父母邦,導師遙指在西方。草鞋不是無錢買,惟恨家鄉路易忘。
一尊古佛天來大,四色花池海樣寬。自是衆生無眼力,當機不隔一毫端。

生老病死總頌五首

恩愛縈纏與麼來,三緣和合住胞胎。鑿開混沌通身瑕,踏破虛空滿面埃。
命若懸絲分母子,形同浮泡示嬰孩。遽忘赤白堆中苦,引着依前笑滿腮。

老來終日自嗟嘘,頓覺因緣與世疎。語近不聞雙耳聵,夜深無寢寸心孤。
精神密耗皮先折,筋力潛消骨盡枯。翻憶少年狂未歇,那知今日費工夫。

偶乖攝養病緣侵,未禀良醫日漸深。燈影沉空添寂寞,雨聲敲枕助呻吟。
逢人有語惟求藥,對境無聊只擁衾。衆苦聚藏安樂法,惟堪哀痛不堪任。

火風地水忽分離,正是年窮歲盡時。口裏乍無三寸氣,眼前徒有萬般奇。
業從識變非人與,魂逐緣飛不自知。抛却蘊空皮袋子,茫茫三界竟何之。

死生老病起何因,形骸縈纏古到今。觸境未能起有念,逢緣不肯契無心。
業從畢竟空中積,苦向元非實處深。眨眼便沉千萬劫,豈應虛喪好光陰。

立志

單單一味拍盲禪,枯淡肝腸似鐵堅。坐斷聖凡行正令,要明父母未生前。

辭住院
千金難買一身閑,誰肯將身入鬧籃。寄語滿城諸宰相,鐵枷自有愛人擔。

寄人
林雞處處五更啼,啼到聲乾日又西。故國有家歸未得,無窮憎愛尚縈迷。

示高麗王
人生猶如幻中幻,塵世相逢誰是誰。父母未生誰是我,一息不來我是誰。

湛然即事
一池波影浸山光,中有禪僧萬慮忘。夜半屋頭松子落,湛然心地絕承當。

病中寄友
都盧三寸氣牽抽,要斷從教即便休。夢幻死生知幾許,我渾不着在心頭。

示頭陀苦行
雪山苦行古頭陀,夜越王城爲甚麽。眼裏明星藏不得,二千年外定誦訛。
頭陀即是比丘名,苦行何時得暫停。壞色衣穿荷葉補,自從霜後日羚羘。
頭陀獨讓老迦葉,兩眼空來徹骨窮。傳得破伽梨一頂,至今枯坐在雞峰。
比丘誰肯學頭陀,苦行繞行不較多。活業蕩除空到底,世間那事奈伊何。
鬅鬆短髮蓋眉毛,住處惟甘守寂寥。脫却陳年烏布衲,展開雙手赤條條。
閑忙動靜苦中苦,聞見覺知窮外窮。無地卓錐錐亦盡,逢人方好展家風。
化機展向富豪家,笑指黃金是毒蛇。轉作檀波羅蜜用,香風吹綻福田花。
破鉢盂兮沒底船,頭陀活計自相宣。青茅屋住千巖底,雪滿柴床夜不眠。
甘得盡生行苦行,頭陀之外百無求。束腰已辦三條篾,佛法從教爛了休。
世間惟有頭陀好,苦行之餘又若爲。三界眼空忘取捨,便如斯去更由誰。

示喜禪人
參禪學道莫因循,捩轉娘生鐵面門。是聖是凡俱喝退,直於無佛處稱尊。
參禪學道要真心,拚死拚生不顧身。捱到虛空邊底脫,十方世界一微塵。
參禪學道現成事,擬剔眉毛路八千。縱使披襟能領略,話頭依舊不曾圓。
參禪學道爲生死,生死未明須急參。一個話頭如不在,無邊生死又包含。
參禪學道要成佛,豈比尋常兒女嬉。今日便拚窮性命,較之前輩不勝遲。
參禪學道貴忘機,切忌將心辨是非。常憶南泉好言語,如斯癡鈍者還稀。
參禪學道在心傳,一大藏經曾未詮。聞見不能超象外,口開還墮語言邊。
參禪學道契玄微,盡大地人爭得知。不是個中真種草,等閑移步便相違。

参禅學道古今多，一個蒲團瞌睡寐。不解縛身言外者，朏臀未着已遭魔。
参禅學道念如麻，動爲情塵劈面遮。心裏一微塵未破，工夫添得眼中花。
参禅學道絶馳求，只個疑情未肯休。撞着冤家如決破，聖凡迷悟一齊收。
参禅學道喜中喜，敢問闍梨喜甚麽。昨夜蟭螟蟲啟口，吸乾千萬里禅河。

山舟十首

古云用拙存吾道，吾道何緣用拙存。三萬劫中唯扣已，二千年外不稱尊。
雪埋古路誰親到，雷動玄關我獨昏。豈愛對人誇憒憒，惺惺多墮是非門。

巧拙何須苦自誇，古今天地莫能遮。舉心旋長無明草，絶念頻開般若花。
劍阱日長渾在我，藕池風細豈由他。靈山四十九年説，一字如今不可加。

手足班班是幾人，幻踪無似拙爲親。塔燈兩夏思同哲，巖事三秋肯共陳。
芳樹雨餘新氣象，寒梅雪後古精神。道人久已忘憎愛，話到依然入夢頻。

遠歸着我住山舟，日與毗耶話舊遊。夜掩六窗明似晝，夏橫一榻冷如秋。
松濤輥地輥非動，雲浪翻空底不流。怪得篙師頻耳語，又將移棹過滄洲。

自遠歸來欲罷参，道人留住景疎庵。眉毛罅裏堆青嶂，脚指頭邊擁翠嵐。
六月有霜人未委，九旬無夢我全諳。空花影子何多事，撩撥勞生日夜貪。

景疎庵裏景疎人，常轉金剛不住輪。有念肯求緣作對，無心只與道爲鄰。
破蒲團以龜毛補，折竹筯將兔角伸。不把人間閑夢想，消磨十二個時辰。

嘗與景疎庵作銘，朅來庵下暢幽情。兩山鐘在床頭听，萬里雲從檻外生。
庭柏停霜浮冷焰，石池含月露清明。門前客自雲南至，獻我軍持汲水瓶。

道人住處絶安排，白晝扃門自懶開。風引竹聲穿壁破，雨拖雲影透山來。
倚松石爲誰撐拄，鋪地花應自剪裁。説與景疎庵主道，得忘情處且忘懷。

自慚分薄與緣卑，縛個茅茨已強爲。佛法混融無爛日，虛空消長有休時。
喙長三尺徒多語，身脆一漚誰共知。盡把聰明交保社，肯思今日致扶危。

道力從來苦不全，塵埃滿面卧林泉。語無靈驗慵書字，見絶玄微懶説禅。
爛碎破衣堆過頸，鬅鬆亂髪養齊肩。休將世務頻相伴，今日居山話始圓。

天目四時春夏秋冬

深居天目底，道韻不尋常。祖意塵塵合，身心念念忘。雜華誰點綴，群木自芬芳。萬物隨時變，春多水亦香。

深居天目底，幽邃絶逢迎。一個話頭破，千生夢眼醒。竹烟粘毳冷，松露滴門清。共厭人間暑，頭陀想不成。

深居天目底，惟與萬山鄰。禪外有真趣，眼中無俗塵。新霜傳氣候，古篆約時辰。葉落知秋者，林間有幾人。

深居天目底，道者自忘機。念盡禪心密，情逃戒體肥。凍雲侵石磴，寒雪護苔衣。料想參玄者，殘冬不我歸。

贈徑山旨曹溪

靈源滴滴下曹溪，此事如何類得齊。向道現成千里隔，更言差別百生迷。怒雷驅雨迴山北，皓月拖雲過屋西。聲色未彰前領略，無端眼上又添眉。

贈與雲谷客東林

萬叠匡廬青入目，冉冉慈雲覆幽谷。瀑花濕透山衲衣，松根卧聽寒猿哭。池上藕花千片玉，屋下溪聲斷還續。一大藏教不能詮，八萬四千談未足。我來雁門秋正高，清霜凍老淵明菊。回首人間幾丈夫，六窗野馬空馳逐。就手拗折七尺藤，直擬口邊生白醭。何如共君手提折脚鐺，地爐撥火煨黃獨。

寄陸全之避大覺寺請

自笑無端二十年，教人平地覓青天。了無人寄風前句，時有書催月下船。遣我去償操斧債，教誰來補買山錢。渾侖嚼破鐵酸餡，只憶山邊與水邊。

贈道士張友梅

參禪不解救頭然，蹉過工夫萬萬千。猫捕鼠非真譬喻，人騎牛是錯流傳。四溟絕滴猶存海，萬里無雲尚有天。當念一齊翻得轉，頭頭是出世間緣。

福慶幽居

傳家三事衲，物外一閑僧。默默持黃卷，寥寥對碧層。地蠶穿壞葉，山鼠撼枯藤。笑閱人間世，何時忘愛憎。

虎溪夜話

共客虎溪濱，交情似水深。話殘今夜月，驗盡古人心。禪話非干學，高詩不在吟。匡廬多白社，應是有知音。

宿天池寺

吉祥千古寺，一塔聳巍峨。路自天邊上，人從雲外過。聖燈懸木末，雷瀑下巖阿。獨愛冰池月，無心出薜蘿。

山中春夏秋冬

春到山中也太奇，淺深紅紫綴花枝。東君不管茅茨窄，逼塞陽和十二時。
夏日山居味更長，蒼松翠竹繞柴床。南薰帶雨來天岸，整日惟聞白雪香。

道人山舍頗宜秋,索索西風響樹頭。千嶂月寒清露滴,不知深夜濕緇裘。
山深茅屋畏冬寒,雪老冰枯只自看。就地掘爐渾没底,夜深誰共撥灰殘。

春謁龍池

林花紅雜翠,雨霽政春融。萬壑雪翻谷,三池水印空。錦霞迷藥徑,香霧鎖琳宫。却笑前人誤,來詢通不通。

夏隱蓮峰

碧蓮峰世界,熱惱不能侵。萬衲擁蒼壁,一花開少林。聽松忘畫筴,聞瀑認瑶琴。遥想人間暑,知誰得訪臨。

秋登絶頂

三千九百丈,路盡忽逢巔。板石籠珠箔,金飆老翠鈿。群龍橫大野,萬馬驟平川。四際閑舒目,高低總是天。

冬倚師巖

師子巖前路,崩騰壓半山。老禪和雪立,孤衲帶雲還。冰磴懸千仞,霜鐘撼兩間。擁爐思佛日,曾與死爲關。

春

池邊細草依依緑,檻外夭桃灼灼紅。試向色前開兩眼,個中無地着春風。

夏

萬株楊柳噪風蟬,烈烈燒空火一天。當處若能忘熱惱,不須重覓藕花船。

秋

天垂玉露月沉沉,一片清光照古心。最是不能遮掩處,亂蛩唧唧對寒砧。

冬

數片凍雲粘斷石,半空晴雪灑窗紗。倚欄獨自籠雙袖,認着梅梢又着花。

幻海五首

幻法滔滔深似海,從來無古亦無今。長鯨吐出粘天浪,輥入一漚何處尋。
大幻無根深似海,百川萬派一齊收。一漚未發已前看,究竟何曾有實頭。
幻深似海若爲知,好看雄吞萬派時。着實究來無一滴,風前愁殺老波斯。
空中花與鏡中像,木馬草人乾闥城。無底無涯深又闊,窮年終日怒濤傾。
實無而有是何物,沃日洪濤萬里寬。千尺層樓粘雪浪,望崖誰不骨毛寒。

題雲海亭四首

雲接天兮海接天,縱眸舒望若爲邊。規模更不容雕琢,氣象從來出自然。

梅萼冷含千古雪,柏根清吐半爐烟。客來借問春消息,門外幽禽話最圓。
　　雲溶溶與海沉沉,自有乾坤直至今。見謝不須求祖意,情忘安用覓禪心。松花滿帚填虛廩,瀑韻浮空逼古琴。城市火塵人正苦,那知山舍雪盈襟。
　　雲高海闊正當秋,物外禪包任去留。生佛既知無本據,悟迷安得有來由。蒼巖净貯三更月,野壑深藏萬里舟。誰管清飆剪林麓,道人山衲自蒙頭。
　　際天雲海廓無垠,六户虚容一個身。松葉擁爐煨老芋,竹烟凝毳接陽春。夜庭立雪情方泯,古澗敲冰意獨新。盟此歲寒人有幾,多於忙處喪天真。

示一禪人五首
閑處相逢鬧處違,船頭曾有再來期。靈機瞥轉尋行路,不覺和身陷鐵圍。
見面聞名總不親,擬思量處昧天真。隔江招手橫趨者,今古誰能繼後塵。
約我再來無別意,多同要問葛藤禪。虛空有口説不得,鐵壁銀山面面穿。
伽陀遠寄莫疑猜,生死牢關要打開。剔起兩莖眉自看,誰云幻住不重來。
去却一分拈却七,死生生死太無端。男兒未具超方眼,十二時中莫自瞞。

遠谿雄上人求加持布衣爲説偈
吾宗大雄,曾搭此衣。寸絲不挂,一肩横披。優鉢曇花綻一枝。

爲烈禪人袈裟加持
衣名無相福田,佛祖遺風餘烈。如是而披,净如冰雪。仔看一花開五葉。
　　烈禪人以大布製條相衣一頂,求爲加持。願世世不失此衣而續佛慧命。當知此衣無相,而所參之話亦無相。然披此衣參此話,久久不間,則謂佛慧命豈外事耶?宜勉之。

無隱
此道分明絶覆藏,森羅萬象露堂堂。西風滿院誰人共,山谷先生聞桂香。

遠山
淡烟一抹寫晴空,仿佛須彌露半峰。萬里崖州行欲盡,巍巍猶在白雲中。

雪谷
千巖萬嶽玉成團,隨扣隨音孰解看。裏許有神元不死,我曾親到骨毛寒。

梅谷
陽春昨夜到寒崖,花向其中五葉開。一片白雲遮不斷,天風吹出暗香來。

愚叟
終日不違緣底事,無能多是死偷心。從來大巧只如拙,到老誰知是淺深。

拙庵
弄巧翻成錯用工，全身墮在草窠中。着衣喫飯也不會，那竪拳頭繼祖風。
無相
凡所有時皆是妄，從來絶處未全真。頂門若具超塵眼，草木纖毫總法身。
古木
飽歷風霜不計年，森森涼蔭幾多人。看他不涉榮枯處，只爲根沾劫外春。
海耕
一吸滄溟乾徹底，肯留涓滴活魚龍。分成田段都犁了，牛自閑眠人自匆。
滄海
烟茫茫又水茫茫，輥底渾潮浸八荒。夜半老龍眠未起，曉雲推日上扶桑。
捷翁
未啟口時先領略，始抬眸處已知歸。老來轉覺機輪活，説法猶如閃電輝。
石榴
久於林中胄廬都，幾被秋風着意吹。時節到來開口笑，滿懷都是夜明珠。
寄朱高岡
以忠以恕性皆然，一寸靈明廓大千。天下歸仁知絶學，物皆備我識無傳。鳳凰鳴上高岡月，烏兔挨開碧落天。極目縱心如不昧，又何須用覓他緣。
贈謝壺天
道不屬知與不知，見成三昧絶離微。汞鉛豈是長生藥，離坎那出向上機。跨得玉鸞歸鳳闕，挽回石馬上天墀。若教來入空王室，拈起毫端隔鐵圍。
贈静居士
静庵居士住金陵，藉藉江湖有道聲。出水蓮花三葉白，帶霜松幹半生青。横推象駕歸峨嶺，倒跨牛車出火城。待得度人心願足，却來叩我話無生。
送僧
大哉八月錢塘潮，千堆怒雪摩青霄。七尺烏藤烏律律，信手拈來天遥遥。卧龍山前鏡湖水，冷浸天光清似洗。三江九堰共經過，太白玉几清嵯峨。二十里松蔽天月，萬工池上三重閣，重重閣影浮清波。潮音洞裏觀音體，瞬目白雲千萬里。石梁五百老聲聞，鷓鴣啼在深花裏。萬八千丈花頂峰，綠蘿千尺懸蒼松。要識東州只這是，何必重穿草鞋耳。當機莫做境話看，也要一回行到底。

和瓶梅

折來斜插膽瓶中,數點半開春意融。疎影橫斜窗漏月,暗香浮動戶來風。既無根本那能實,徒有標姿總是空。莫待棄情時節至,只今便作朽枯容。

華藏雲海亭

雲海亭高望野原,半空晴雪捲遙天。龍拖遠岫青螺濕,鯨吐寒蟾玉鏡圓。三萬頃沉吳主劍,二千年恨越王船。道人不管興亡事,聽罷疎鐘枕石眠。

禮惠照大師塔

祖印全提爲指南,白雲堆裏現優曇。珠流光焰三千里,玉鏤文章五百函。匝地古霜埋石磴,繞檐蒼雪護松龕。我來此地空鳴指,多少兒孫欲罷參。

山中訪隱者

半生心事寄烟霞,策杖閑過隱者家。啄木鳥啼山遠近,采樵人語路橫斜。亂風吹落青松子,細雨蒸開白豆花。不是少林門下客,如何消得此生涯。

山行

雪梨花落豆梅青,兩袖春風杖屨輕。翠竹籬邊聞犬吠,紫荊花下見人行。烟收遠嶂嵐光老,雨絕前村溪水平。客路正長歸未得,不禁時聽杜鵑聲。

山居

無影到人間,逍遙自駐顏。半床清夢熟,四壁白雲閑。野鹿赴無出,狂猿去又還。惟應朝市客,思我住深山。一塢白雲藏石磴,半間茅屋挂藤蘿。銜花幽鳥不知處,門掩夕陽春思多。

賀靈隱燒香侍者

古爐烟噴紫栴檀,簾幕香風動曉寒。靈鷲山中人未起,金雞啼上玉欄干。

贈全居士母骨

萬仞峰高塔影垂,黃金骨冷夕陽微。老娘面目分明在,淚灑東風恨附誰。

送雲溪住九品觀

暮雲叠叠鎖溪寒,水澀蓮華漏滴乾。九品師僧從定起,夜潮推月上欄干。

廬山道友之江西

倒卓烏藤出雁門,摩空雙眼蓋乾坤。江西有底老尊宿,眨上眉毛一口吞。

贈誦蓮經

日宣一部妙蓮華,襲襲香風透齒牙。窗外日斜門半掩,藕絲牽動白牛車。

贈血書蓮經
向一針鋒顯大功,血淋淋處扇醒風。夜深吹到寶池月,白藕花開葉葉紅。
血書華嚴經
遮那真體遍塵沙,血染春風二月花。一百十城烟水外,善財童子不歸家。
血書金剛經
云何降伏云何住,問得瞿曇口似錐。印板不知文彩露,杜鵑啼血上花枝。
寄義斷崖化緣
阿爺門户盡欹傾,舉眼誰人不動情。十字街頭伸化手,也須還我老師兄。
寄天柱長老
古風不振世波摧,萬里江湖捲怒雷。天柱峰高人起定,旋挑山芋撥寒灰。
龍池庵山房
蒼龍吟破冰池月,山翁獨對寒崖雪。人間大夢忽驚覺,樹頭索索吹黄葉。
朗上人竹房
森森緑玉排欄立,籟籟清聲繞幽室。衲僧一片坐禪心,耳根不礙聞塵入。
妙喜山前泊舟
水滿清溪月滿天,一條歸路直如弦。不知客與何日歇,啼殺空山老杜鵑。
夏日村居
草塘拂拂水風微,凉雨初晴豆葉肥。野樹亂蟬吟未歇,捲桐聲裏放牛歸。
金陵道中
六代繁華逐水流,岸莎汀草碧悠悠。瘦藤斜倚東籬下,笑問黄花幾度秋。
贈僧行脚
七尺烏藤生鐵鑄,等閑拈起留不住。霜空月落天宇寬,脚頭踢出山無數。
爲道日損
工夫未到方圓處,幾度憑欄特地愁。今日是三明日四,雪霜容易上人頭。
題妙湛無爲塔
無爲之體契天真,妙湛何容瞖一塵。千仞蜀原高突兀,末山活計又重新。
贈在別山
天目久同參,廬山又同宿。就中一處却不同,彼此今年三十六。我有一把無弦琴,臨别與君彈一曲。非陽春,非白雪。宛若雨餘萬丈崖瀑傾,又如雪壓千株山竹裂。驚起赤梢錦鯉,吹動鄱陽湖底波;趁出金毛師子,吞却珊瑚枝上月。

阿呵呵,也奇絕,草木萬象皆欣悅。此音不入時人耳,莫共時人分彼此。捲衣抱琴歸去休,自己家山任去留。三十年後忽相見,此曲不應輕和酬。

立玉亭偈并序

竊聞天台有華頂石橋,匡廬有天池綉谷,清凉石之於北臺,祝融峰之於南嶽,擷雲林泉石之勝,殆非人間世也。吾東西兩天目,長岡遠岫,倚空入雲,其舞鳳飛龍勢已嘗見矣。先師高峰和尚,至元己卯駐錫師子巖,未幾而宴坐死關,兩建道場。四方萬里業空寂之士肩摩踵接,咸謂茲山虛曠高寒,惟未有絕勝之地。越三十七白,延祐乙卯,院門樹卒堵于龍岡之巔。偶蹕空而下,可數十步,忽雲泉松石奇怪萬狀,時睹者驚相告曰:殆造物珍護而有所俟於今日耶?不然,則此山與天地相爲開闢,且古之搜奇覽勝之士,未嘗一寓目,而何因構小亭冠于危石之上,扁曰立玉亭,蓋取海粟學士賦天目有"下視群峰之立玉"之句。猶至人之有所蘊,雖不欲聞達,而一旦時緣既至,遮掩不及,則聲名腥臊,文彩發露者,差似也。或謂山無心於求遇,而至人亦何有心於待遇哉?蓋理使然也。昔僧問夾山境話,答云:猿抱子歸青嶂裏,鳥銜花落碧巖前。又無盡居士問璣禪師翠巖境話,答云:門近洪崖千尺井,石橋流水繞松杉。其二師置丹青於三寸舌端,濃妝淡抹,描寫殆盡。今古之鮮有不爲境所囿者,既不作境,忽有人問立玉亭,如何祇對。予素不能答話,謾以長偈似之。

八百里山花簇簇,點染乾坤真畫軸。盤空師子尾吒沙,崖懸不停飛猿足。龍岡幻出翠浮圖,設利晶光射林麓。轉身忽發天所藏,咸池洞府皆塵俗。蒼松怪石眼未見,矮亭壁立千尋玉。雷車擷下雨餘瀑,壓碎驪珠幾千斛。巨靈鞭起鐵昆侖,槎牙萬丈排空谷。古寶幽潛劫外春,藤蘿冉冉堆寒綠。酷暑無風冰滿懷,夜禪不動鬼神哭。無邊宇宙一毛端,謾將心境論生熟。未曾來此一憑欄,莫言曾到西天目。

東天目昭明院四軸

院立昭明額,令人憶有梁。與其行過越,何似守平常。心華開佛屋,道韻啟禪房。不上東天目,難教物我忘。昭即明之體,明時不昧昭。理於言外得,悟向坐中消。遠憶麻充腹,翻思石墜腰。流光毋把玩,生死不相饒。西峰高崒嵂,東殿更巍峨。乳鹿卧巖穴,花禽啄薜蘿。繞欄霜竹老,緣砌雨苔多。未肯忘心境,區區擬若何。道心昭且明,安用苦論評。枯坐無閑日,凍居絕異情。雲粘斷石疎,樹倚危屏晴。到東天目頂,前塵分外清。

頭陀苦行歌

真實頭陀行苦行,不修苦行非頭陀。若有真心爲道者,試聽苦行頭陀歌。苦頭陀,無度用,陳年破衲千斤重。冰雪齊腰堆上肩,遇夏繩穿挂梁棟。苦頭陀,面不洗,夜半三更先走起。拍盲竪起鐵脊梁,誰管蓬塵過兩耳。苦頭陀,沒家舍,樹下冢間忘晝夜。幕天席地樂空閑,赤骨律窮爲保社。苦頭陀,最勇猛,廢寢忘餐心自肯。單單提一個話頭,面門鐵鑄冰霜冷。苦頭陀,百件做,誰管牽犁并拽磨。陸沉賤役心自甘,一任娘生皮袋破。苦頭陀,最堪惜,一切時中赤骨律。動時鐵石也磨穿,靜處長年惟面壁。苦頭陀,無忌諱,遭人罵辱如浮戲。盡形只與道爲鄰,任你人來欺入地。頭陀苦行難較量,又不驚人又久長。頭陀苦行難摸索,純是真心無做作。頭陀苦行難理會,一行直入如來際。頭陀苦行難注解,高比須彌深似海。盡說頭陀苦行時,不思議,不思議。忽若苦行都翻轉,便是優曇花一枝。

托鉢歌

道人家,真快活,萬户千門持一鉢。不是叢林無飯餐,不是自家無出豁。却緣折伏我慢幢,要把衆生貪愛割。古佛曾離萬乘尊,日向七家垂濟拔。或受罵,或見喝,或遭醉象當頭踏。盡是莊嚴功德身,利他自利稱菩薩。三世十方諸聖賢,靡不由斯獲通達。我持鉢,脚頭脚尾乾坤闊。極目無非祖父田,誰管一升并一撮。或與多,出門拍手笑呵呵。或與少,但得慳囊破便了。或言無,隨緣善巧着工夫。待得傾倉都捨與,翻轉鉢盂渾不取。本來只要破爾慳,不是養身充化主。游人間,遍聚落,不爲幻聲虛色縛。入短巷,穿長街,怛蕩身心任去來。逢村莊,遇山店,閑把鉢盂持一遍。謾說天台與五臺,管你甚茅茨與官院。渾侖一個黑鉢盂,信手拈來無少欠。無少欠,絕承當,托鉢歸來萬事忘。一日二時需粥飯,只向鉢盂中取辦。第一不愁檀佃頑,又喜官司無打勘。朝托出,暮托歸,裏許有無惟自知。半世生涯只麼去,眼上何愁不帶眉。慳囊破,慢幢摧,鉢盂内外生光輝。兩手從空俱放下,茅庵四壁清風吹。兀坐蒲團無伴侶,閑將一年十二月從頭舉。正月一,鉢盂不用從人覓。二月春風吹大地,鉢盂上下千花綴。靈雲悟道三月春,鉢盂也解笑翻身。四月叢林齊禁足,鉢盂不受人拘束。光陰瞥爾交重五,黑漆鉢盂街上舞。六月六,鉢盂裏許無三伏。七月秋,萬象森羅一鉢收。人間八月中秋節,錯認鉢盂是明月。黄花滿地知重九,黑鉢仰天開大口。十月十,一日鉢盂兩度濕。月建子,無底鉢盂提不起。數到年窮并臘盡,鉢盂不用重安柄。人間光影急如流,明日新正又起頭。説甚麽德山用棒,投子提油,香嚴上樹,雪峰輥毬。任你祖師西來十萬里,光吞赤縣,道播神州。爭似儂家持一鉢,一切時中得自由。

行脚歌

七尺烏藤鑄生鐵,幾向山中拗不折。横拈倒用二十年,從來觸處無途轍。一雙草鞋元沒底,况是龜毛穿兩耳。深包十個脚指頭,踏着風雲四邊起。我有鉢盂惟一隻,非瓦非金亦非錫。朝朝托向十字街,具眼衲僧俱不識。三般道具又隨身,天上人間不隔塵。便與麽去當行脚,四海眼空無近鄰。行脚來,行脚去,業識茫茫無本據。行脚東,行脚西,路在胸中孰共知。有人唤我作行脚,風前笑倒黄番綽。我儂不學老趙州,走上人門尋戲謔。縱目不知湖海寬,動步只嫌天地窄。掉臂拂開天外雲,轉身衝破千山色。有時行脚還不然,看山看水只隨緣。不留此土,不到西天。五臺不要訪室利,峨眉不求親普賢。了知大道如弦直,長安路不生荆棘。有脚要行爭奈何,佛祖至今浮逼逼。要知幻住行脚到何處,未跨出門機已露。更若問我幾時回浙西,那裏見予曾動步。

自做得歌

佛法混融無間隔,四聖六凡同一脉。良由迷悟瞥然興,昇與沉皆自做得。古人心口如弦直,突出機先無揀擇。看渠落處絕商量,如何是佛。自做得,莫生受,眉裏白毫充宇宙。古今不肯回首看,何緣只管隨人後。自做得,最端的,動輒由他第八識。輕輕轉作圓鏡光,一毫不用從人覓。自做得,難躱避,劍阱火坑遭陷墜。方知業不從外來,都緣自把靈光背。自做得,不可解,積世無明深似海。驢腮馬頷不知羞,佛也難教伊變改。自做得,要你知,快須識破貪嗔癡。三界無根無主宰,生死輪回怨阿誰。自做得,須早悟,也没西天并此土。自從踏碎鐵圍山,脚跟總是無生路。自做得,宜猛信,覷體不須論遠近。纖毫凡聖情未消,依前輥入魔軍陣。自做得,真道理,達磨當門無板齒。口開露出鐵心肝,擬待承當還不是。自做得,是甚麽,遇境逢緣無不可。天下何曾有鬼神,禍福從衡皆在我。我亦自做得,人亦自做得。壽夭窮通,動静語默。只個自做得,亦是自做得。會得自做得,也没自做得。自不做號做不自,得得何曾真得得。自做得,自做得,叮嚀只爲分明極。了事男兒更不知,請待當來問彌勒。

紙襖歌

道人活計無價好,一幅溪藤裁個襖。脱白露净光浮浮,絕勝形山如意寶。

有時坐,冽冽風霜吹不過。有時行,藉藉春風動地生。有時不動亦不静,表裹虛明照心鏡。蘆花明月共相親,一團雪底藏陽春。説甚秦麻并越苎,吴綾并蜀錦。更堪笑,在青州做底重七斤。争似我寸絲不挂,萬縷横陳。全體用,最天真,富貴如何説向人。

水雲自在歌

我愛水雲常自在,任運逍遥無變改。直下千山成遷流,遠對斜陽散文彩。水無心兮雲無心,只此無今蓋無古。膚寸長空非遠近,巨浸蹄洼何淺深。水兮雲兮人莫測,宇宙雖寬拘不得。萬里鯨波漲海東,千丈龍光照天地。水雲合配聖賢心,舒捲流行不涉塵,霖雨垂澤何曾外一人。水雲只合方吾道,光煒煒兮聲浩浩。鬼神莫測其機,起盡元無謾尋。道人住此水雲中,自在自在無終窮。圓湛影裹浸虛碧,明白光中藏太空。水合雲兮雲合水,水雲自在同天理。我見君心合水雲,自在應知絶倫比。客來共觀梁上題,俯仰水雲誰不知。自在奚止到今日,百世相傳無盡時。

松花糜歌

半生幻住西天目,每愛好山如骨肉。破鐺無米不下床,瘦腰三篏從教束。鄰翁白日來打門,且笑且言聲滿屋。還知屋外老松花,絶勝農家千斗粟。堪作飯,玉穗金英光燦爛。堪作粥,碧雪紫霞香馥郁。壓成餅,冰雪蟠屈龍蛇影。捏成團,烟雲磊硊牙齒寒。我聞千年老松花爲石,肉眼凡夫有誰識。更擬尋枝摘葉看,我道未曾甞此食。絶末籽,非栽培,秋濤萬里驅風雷。我疑烏兔推翻八角磨,盡把虛空輕碾破。不向機先信手拈,眨得眼來俱蹉過。毗耶謾自求香積,展手開田徒費力。誰知只在屋檐頭,萬劫要教飢不得。阿呵呵,誰辨的。苔階掃盡糜未空,明月春風又狼藉。(以上《天目明本禪師雜録》卷一)

偈頌

參禪最要心懷正,正令全提只麽參。參到了無依倚處,前三三與後三三。

示禪人

上人若要超生死,日用單提那着子。莫問得力不得力,萬劫千生只如此。提不起處猛提撕,舉不起時須舉起。切莫住輕安,輕安不是西來旨。切莫顧危亡,纔顧危亡迷正理。更須不得坐在静閑閑忙中,見聞知覺裏。但只常教一念絶所依,非但忘嗔亦忘喜。等閑和個忘亦忘,信脚踏翻東海水。非不非,是不是。差之毫釐,失之千里。

示禪人
參禪學道,有甚巴鼻。生死無常,不是兒戲。坐斷情識,揩磨志氣。永絕愛染,永忘嗔恚。勿起狂心,妄談佛智。看個話頭,冷冰冰地。但盡此生,勿暫拋棄。擬求速悟,轉落魔魅。但不懈怠,何須猛利。此事本無難與易。但存正見不癡顛,何患不明西祖意。

重陽示海東諸禪人
今朝九月九,黃花處處有。所參那一句,但拚長遠守。守到心孔開,決定無前後。東海鯉魚飛上天,驚起法身藏北斗。(以上同上卷二)

示碩禪人
道人有故鄉,不在東海岸。剔起兩莖眉,風前宜自看。若看不見時,提起古公案。急如救頭然,操心求了辦。一念忽湛然,當處沉昏散。白日摸壁行,遠歸何所幹。大事須早明,觸目皆浮幻。趁此身強,莫言佛法不怕爛。

示祖禪人
祖師來,萬象森羅活眼開。净法界身全體露,香匙茶盞舞三臺。你若有眼看不見,提起話頭須勇健。十二時中不暫停,千劫直教無轉變。忽然冷地驀相逢,鐵壁銀山有路通。有問西來祖師意,平叉兩手惟當胸。

偈頌
衲僧無剪爪之功,學道身心疾似風。若使暫時輕放過,依前落在有無中。

參禪學道要圖成,劍刃冰棱縱步行。行到路窮回首處,堂前三板放禪聲。

一歸何處話頭通,佛祖齊教立下風。門戶孰云將欲墮,須知撑拄有長松。
(以上同上卷三)

橄欖①
本分叢林輥出來,尖頭利觜果中魁。不因一咬百雜碎,爭得甜從苦處回。(《重刊貞和類聚祖苑聯芳集》卷八)

病中有感②
愛閑似覺趨時懶,多病偏於故舊疏。珍重太湖三萬頃,波心明月照人無。

---

① 此首載中峰明本《石榴》詩後。
② 《重刊貞和類聚祖苑聯芳集》署"中峰",原注"'中峰'一作'作者未曉'"。

（同上卷十）

山居
屈指無由記歲華，緑蘿庵裏一生涯。安禪雖不是山水，大底人間外事多。
領略深雲寄一生，閑中閑味養閑情。沃州支遁西山亮，猶被世人知姓名。①
（以上《新撰貞和分類古今尊宿偈頌集》卷中）

柘榴②
一種靈苗石上栽，開花結果絶安排。珠璣滿肚無人識，直得通紅口自開。

木犀
一句鐵渾侖，吾無隱乎爾。脱賺彼涪幡，打失娘生鼻。庭院年年風露寒，無限天香飄不已。（以上同上卷下）

釋先睹

無見先睹（1265—1334），法系：破庵祖先——無準師範——斷橋妙倫——方山文寶——無見先睹。《全元詩》無其人。輯佚：

偈頌
風泠泠，日杲杲。蒼蔔花開滿路香，池塘一夜生春草。堪悲堪笑老瞿曇，四十九年説不到。

一口吸盡西江水，鷓鴣啼在深花裏。縱饒直下便承當，何啻白雲千萬里。

示玭禪人
昔日雪峰多苦行，不辭九到與三登。幡然有意思前古，一策春風下碧層。

示尼無瑕
清標不讓末山尼，純净無瑕亦未奇。噴地一聲真慶快，英雄真個丈夫兒。

示徒妙理參方
教理精通驢繫橛，祖關透徹鳥栖蘆。二途不涉超諸見，方稱出家大丈夫。

示顯禪人
頭頭物物顯真常，即是圓通遍十方。四萬八千峰頂上，寒梅樹樹噴清香。

---

① 此首載中峰明本同題詩後。
② 此首載中峰明本同題詩後。

頌古

世尊拈花
禾黍不陽艷,競栽桃李春。翻令力耕者,半作賣花人。

那吒太子
廓清五蘊吞十方,平分風月已乖張。陽春雪曲知音少,打瓦鑽龜謾度量。

達磨門人各言所得
甜瓜生苦瓠,美棗多荊棘。利旁固有刀,貪人還自賊。

六祖風幡
不是風幡不是心,紫荊樹上結林檎。高山流水尋常事,不是子期誰賞音。

百丈野狐
不落不昧強名模,那個男兒是丈夫。夜靜虛堂人寂寂,一輪明月照平湖。

南泉斬貓
狸奴提起太生獰,擬議停機隨見坑。最好一刀分兩段,免教千古競頭爭。
頭戴草鞋便出去,趙州何事太匆匆。沾衣欲濕杏花雨,吹面不寒楊柳風。

不是心不是佛不是物
頂門竪亞摩醯眼,肘後斜懸奪命符。堪笑東村王大姐,却來壁上畫葫蘆。

陸亘大夫問南泉天地與我同根
天地同根物同體,尋言逐句太模糊。牡丹花發如春夢,會得依然在半途。

庭前柏樹子
謾將庭柏示來僧,見得分明未十成。偏愛暮雲歸未合,遠山無限碧層層。

僧問投子和尚住此山有何境界,子云丫角女子白頭絲
丫角女子白頭絲,四海禪流知不知。一旦風雷化龍去,刻舟求劍太愚癡。

趙州狗子佛性
狗子佛性,秉劍行令。擬議停機,喪身失命。

溈山與仰山摘茶
子形不見只聞聲,體用全彰撼樹鳴。黃鶯枝上千般語,不是謳歌不是經。

趙州青州布衫
無弦琴別曲,穴鼻針穿線。西風一陣來,落葉兩三片。

僧問法眼如何是曹源一滴水,眼云是曹源一滴水,韶國師於言下大悟
曹源一滴混涇清,打碎焦磚連底冰。鸚鵡故鄉歸不得,大都言語太分明。

僧問首山如何是佛
新婦騎驢阿家牽,太虛空中生閃電。笊篱無柄攏春風,撼動落花飛片片。

五祖示衆釋迦彌勒猶是他奴,且道他是阿誰,便下座
雨洗淡紅桃萼嫩,風吹淺碧柳絲輕。縱饒曠劫生前會,也是空花翳眼睛。

俱胝竪指
一生受用不盡底,單單嚇得小孩兒。金華峰頂團團月,仔細看來似舊時。

僧問首山學人到寶山空手回時如何,山云家家門前火把子
家家門前火把子,也是盲人撞瞎虎。畫棟朝飛南浦雲,朱簾暮捲西山雨。

德山托鉢
紅蓼汀洲一笛風,暮雲滅盡水吞空。可憐無限深秋意,祇在沙鷗冷眼中。

黃龍三關
我手何似佛手,人前剛要揚家醜。雨打梨花蛺蝶飛,風吹柳絮毛毬走。
我脚何似驢脚,瘥病不假驢駝藥。堪笑靈山老古錐,無端拋下個木杓。
人人有個生緣,三個猢猻夜簸錢。風送水聲來枕畔,月移松影到床前。

僧問石頭徹禪師如何是教外別傳一句,徹云東村王老夜燒錢
東村王老夜燒錢,脫殼烏龜飛上天。盡道草生芒種後,誰知葉落立秋前。

犀牛扇子
國師無故索犀牛,侍者連忙呈破扇。聾人不聽天上雷,却向雲中看閃電。

良遂參麻谷
上門上戶苦辛參,携钁入園亦未甘。十二本經幾賺却,誰知又被谷師瞞。

石頭馳書
寧可永劫受沉淪,不從諸聖求解脫。南嶽峰頭太險生,上天下地一隻鶴。

女子出定
青山不動勢崔嵬,百鳥逢春晝夜啼。公子不知時節換,玉鞭揚起過山西。

馬祖踏倒水潦
一脚踏倒太無情,秋月寒潭徹底清。試問慣諳途路者,長安去此幾多程。

青原參六祖
聖諦不爲何階級,風吹不入雨不濕。縱饒脫體便承當,也是餬餅裏覓汁。

長慶問靈雲如何是佛法大意,答云驢事未了馬事到來
驢事未了馬事來,喜得陽春大地回。唯有嶺梅先漏泄,一枝獨向雪中開。

僧問石霜如何是和尚深深處,霜云無鬚鎖子兩頭搖

無鬚鎖子兩頭搖,六月雲深雪未消。萬仞峰頭獨足立,不妨提起活人刀。

馬祖問野鴨

飄然野鴨過長空,逐浪隨波不見踪。忽爾鼻頭知痛癢,大雄峰頂喪家風。

臨濟囑三聖

瞎驢滅却正法眼,當頭切忌錯商量。天荒地老無人會,優鉢羅華遍界香。

百丈再參

振威一喝,虛空釘橛。三日耳聾,弄巧成拙。

僧問百丈如何是奇特事

獨坐大雄峰,烟雲千萬重。鳥啼花自笑,何處不春風。

趙州訪二庵主

柳色拖藍重,桃花爛熳紅。遊人看不足,分付與東風。

真贊

出山相

六年苦行,一麻一麥。餓得面皮黃,凍得眼睛白。夜半睹明星,無端揚醜惡。累及後代兒孫,個個無繩自縛。鬅頭跣足出山來,一任天下人貶剝。

觀音大士

寶月光中,慈悲相好。白水粼粼,綠楊裊裊。普與眾生除熱惱,無煩惱處討煩惱。

善財

百城烟水無知識,辛苦參尋去復來。是處春山春水綠,不勞彈指閣門開。

達磨祖師

直指人心,見性成佛。誑諕間閻,未有了日。一華五葉成狼藉。

折蘆渡江,平地荊棘。心不負人,面無慚色。

寒山

心似秋月,話作兩橛。石壁題詩,弄巧成拙。

拾得

捱墨作戲,無可不可。閭丘老人,當面錯過。

三教圖

視不見我,瞻之在前。法身無為,不墮諸數。會得三家村裏事,隨機權變開

門戶。陳年葛藤齊剗却，杲杲日輪正卓午。

馬大師

即心即佛，揚聲止響。非心非佛，露柱抽骨。出八十餘員知識，個個口裏水漉漉。誰云踏殺天下人，六六元來三十六。

韶國師

心外無法，滿目青山。冬瓜直儱侗，瓠子曲灣灣。枯曹源一滴之水，破清涼惟識之關。隨機應用顯綱宗，承言滯句管窺斑。四萬八千峰頂上，一輪秋月對慈顏。

無準和尚

者個僮儗，果難名模。非但蕌苴，且是惡辣。誰知正法眼藏，向這瞎驢滅却。落賺後代兒孫，敲打虛空鳴嘍嘍。咄。

斷橋和尚

南山白額虎，踞地大哮吼。虛空弄爪牙，佛祖皆罔措。陳年莧菜根，毒氣多遍布。破家散宅者，競搥塗毒鼓。松山風撼碧濤寒，眼裏聞聲爲舉似。

自讚

窄庵首座請

鬢頭破衲，百醜千拙。種豆不生苗，栽蔬根倒苗。勿逢穿耳客，機先還漏泄。眉間挂劍時，對面成途轍。窄則遍寰沉，寬則不容針。寒山撫掌笑呵呵，老倒豐干太饒舌。

錦江模書記請

真形無形，真相無相。不依本分，打模畫樣。捩轉鐵面皮，虛空敲作響。看你這般伎倆，宜乎貶向錦江之上。

無文綺藏主請

一樹青松，一輪明月。佛法下衰，出這妖孽。妄言綺語，話作兩橛。鬢頭破衲坐磐陀，誰知弄巧翻成拙。明眼人前笑不徹。

昌禪人請

覿面相呈，更無回互。振威一喝，千聖罔措。青山滿目無今古。

海會寺印空長老請

萬峰頂走馬，大海中輥毬。面目如親薦，鐵船水上浮。

壽寮元請

鬅頭破衲一村僧，火種刀耕住碧層。年老成魔無足怪，呵風罵雨得人憎。

范居士請

描也描不成，畫也畫不就。拈起黑漆竹篦，直得移星換斗。堪悲堪笑老維摩，一點酬人太多口。

有道潘學士請

以我爲隱乎，吾無隱乎爾。面目太分明，認着還不是。阿呵呵，囉囉哩。柳栗橫肩不顧人，月明又渡坦溪水。

心海涌首座請

長松樹下，坐磐陀石。這般伎倆，對面不識。當陽一喝，太虛霹靂。波翻浪涌未爲奇，生鐵蒺藜當面擲。

遠禪人請

耳朵兩片皮，鼻孔向下垂。一一皆明妙，覿面莫遲疑。長松樹頂月光輝。

自省新戒請

父子不傳之妙，豈可打模畫樣。若是跨竈兒孫，終不如盲摸象。不見臨濟參黃蘗，臨機進前劈口掌。者裏酌然能猛省，鼻孔元來搭脣上。

道源新戒請

形直影端，源深流長。描摹逼真，也只尋常。若是克家種草，當陽掀倒禪床。本來面目無遮覆，颯颯松風爲舉揚。

顯禪人請

通身無影像，遍界絕行踪。面目如親薦，長松撼碧空。（以上《無見先睹禪師語錄》卷上）

示坦禪人

大道坦然，不可依倚。大道虛曠，寧存規矩。休執文字，勿滯妙理。水月非喻，鏡像莫比。寂静忘心，坐鬼窟裹。向外馳求，白雲萬里。參玄上士，興決烈志。坐卧經行，密提祖意。心心無間，念念不異。異見狐疑，自暴自棄。打破漆桶，有何諱忌。截普賢脛，斷文殊臂。得大安樂，自在游戲。慎勿掠虛，欺誑巧僞。一翳在眼，空花亂墜。止止不須説，妙法難思議。溪邊白鷺鷥，飛上長松樹。

示文禪人

秋露滴禪衣,秋風翻木葉。拈起鐵蒺藜,舉步自超越。爲言西峰來,披雲扣巖穴。問訊了喫茶,一一皆明徹。胡爲更覓語,對面成途轍。幽鳥隔窗啼,長松挂新月。

示永嘉圓首座

覺海性澄圓,慎勿從他覓。烟水百城南,遍參善知識。相別已十年,尋訪千岑碧。凛凛冰雪中,坐對松根石。一喝分賓主,青天轟霹靂。應笑老瞿曇,彈指超彌勒。

呈方山和尚

佛出現於世,爲一大事故。開示正知見,利鈍悉皆度。偉哉天人師,參徒蟻羶慕。不涉思惟中,白雲千萬里。曲開方便門,示我轉身句。明朝雨脚收,捲衲便歸去。瓦鉢煮黄精,地爐煨紫芋。

示山禪人

與汝拄杖子,虛空裏釘橛。奪却拄杖子,大海中捉月。提起殺活劍,弄巧翻成拙。寒山與拾得,撫掌笑不輟。奇哉妙蓮花,出水常清潔。胡爲乃不然,行污空言説。邪師過謬多,滔滔説甄別。縱饒玄會得,猶是眼中屑。不經大爐鞴,焉能抽釘楔。沃洲山上人,遠來扣巖穴。有大丈夫志,作事頗決烈。單方巴豆子,盡底爲傾泄。通身冷汗流,再甦方奇絶。應病故與藥,不盡閑施設。憍梵波提側耳聽,舜若多神驚吐舌。

示贊禪人

雪老低頭歸庵,麻谷携鋤入園。一對無孔鐵錘,剛要掘地覓天。縱饒機先着眼,已隔三千大千。若還句下承當,如蠶作繭自纏。猛虎不食雕殘,俊鷹不打死鷯。一一天真明妙,千聖亦莫能傳。驀然如桶脱底,始信吾不虛言。風送水聲來枕畔,日移松影到檐前。

示可西堂

居山二十年,自得山中趣。山鳥白晝啼,山花開滿路。木屐印蒼苔,蘿龕鎖寒霧。鐵錫與銅瓶,長年挂枯樹。山高分外寒,紙衣鋪艾絮。携籃挑笋芽,開畬種紫芋。上人如不忘,伴我峰頭住。

示興禪人

無端一念瞥然興,好似浮雲點太清。萬疊台山親到頂,桃花爛熳雨初晴。

示顯殿主
蜂房蟻穴光明藏，綠水青山正覺場。叉手進前休擬議，頭頭物物顯真常。

成知客之淨慈
不逼生蠶繭不成，丈夫立志要堅貞。南屏山裏參尊宿，慧日煌煌照世明。

示友維那
我儂忍飢尚不暇，奚暇爲汝說佛法。萬峰頂上雨初晴，松杉翠滴蒼苔滑。

答劉知州
目擊道存真慶快，心如水月照何窮。蒙頭跣足寒山子，珍重閭丘慎覓踪。

與克密釋兒宣差
宿雨初收暑氣清，御烟新染葛衣輕。大千沙界同文軌，鍾產賢良輔聖明。

贈南明趙青山學士
春深相與登華頂，扣問葛洪舊丹井。六合茫茫人未知，月瀉千峰萬峰影。

示璝禪人
生平自笑百無能，破衲蒙頭住碧層。壁角落頭生掃帚，弗曾拈起當烏藤。

示海禪人
寶陀巖畔海濤闊，滑石橋邊差路多。聞說爭如親見好，一聲幽鳥出烟蘿。

示日本揀禪人
未跨船舷三十棒，現成句子切須參。華峰四萬八千丈，流水松風爲指南。

示玄禪人
冰河發焰非爲妙，枯木生華亦未奇。對坐松根無別語，抬眸祇看白雲飛。

贈劉星士
白雲紅葉擁柴門，且捲星書坐石根。禍福盡從心召得，無心禍福不須論。

示安禪人
好個安心法，當陽妙不傳。誰知潭底月，元在屋頭天。

示何大夫鑄鐘
大冶爐中煆出來，頑銅鈍鐵總良材。清聲遠播三千界，擾擾勞生眼豁開。

送西臺常御史
腰佩黃金已退藏，苦心剋志扣諸方。華峰頂上曾親到，雲自閑閑水自忙。

答東嶼和尚
三世如來一口吞，陳言冷語不須論。三錢買個黃砂鉢，埋向爐邊煮菜根。

答闊闊出院使
異寵恩光下日邊,方袍新染御爐烟。雲中老衲將何報,一炷清香禮佛前。

示常禪人
平常心是道,舉步入荒草。要知端的意,一老一不老。

禮方山和尚塔
雲巒暫下禮慈容,誨語如同一日中。佇立塔前泥半掩,湖光黯黯雨濛濛。

韶國師受業
心外無法揚家醜,滿目青山途路長。四百餘年行道地,繞檐柏子散清香。

法身頌
急水灘頭鳥作窠,槃陀石上種油麻。虛空踔跳須彌舞,鐵樹風前自放華。

新成東净
净頭新構欲如何,努力須還者一屙。若是等閑蹲坐去,空添臭氣上身多。

窄庵
藕絲竅裏乾坤闊,芥納須彌世界寬。有指有拳機用別,柴門常掩白雲間。

懶牛
不是無心耕石田,鼻繩掣斷已多年。橫眠三界乾坤窄,堪笑梁山寫不全。

懶庵
日上三竿猶未起,人來也弗竪拳頭。銜花百鳥無消息,一曲松風瀉碧流。

無文
素甘質樸欲何為,草座麻衣合自宜。胸次不留元字脚,一拳打碎五須彌。

信庵
驀然桶底脫,決定更無疑。獨坐茅檐下,拳頭接上機。

月潭
一輪常皎潔,冷浸碧波心。無物能堪比,清光照古今。

四威儀
山中行,紅莉花開錦一棚。幽鳥鳴,試問禪流作麼生。
山中住,獨扇柴門亦懶拄。雙老烏,每日飛來又飛去。
山中坐,松根塊石莓苔裏。舉頭看,應笑白雲閑似我。
山中臥,藁薦年深都抖破。寒夜長,煨取柴頭三兩個。

十二時歌

平旦寅，究明祖意莫因循。着衣喫飯尋常事，大死一回方始親。
日出卯，世智聰明誇善巧。煮沙安得會成糜，畫餅從來不能飽。
食時辰，取相修行徒苦辛。洗面忽然摸着鼻，元來只是舊時人。
禺中巳，碧眼胡僧猶罔措。秘魔手裏擎木叉，道吾座上執笏舞。
日南午，大地撮來無寸土。無毛鷂子潑天飛，焦尾大蟲吞却虎。
日昳未，剖露西來第一義。文殊不是七佛師，釋迦豈受燃燈記。
晡時申，見得分明亦未親。若也從門而得入，須知不是自家珍。
日入酉，對人懶得開臭口。老鼠成群偷芋栗，床頭打翻破瓦缶。
黄昏戌，又見月從峰頂出。石上松根獨自行，風笑露滴麻衣濕。
人定亥，山蠻杜伵全不改。一拳打碎五須彌，信脚踏翻四大海。
夜半子，不惜爲君重舉似。趙州使得十二時，却被十二時辰使。
雞鳴丑，茅檐不掃青苔厚。紛紛黄葉墜巖前，片片白雲生谷口。

言語機關句

我有一言，千聖不傳。阿難合掌，迦葉擎拳。
我有一語，切忌錯舉。昨日好風，今日好雨。
我有一機，分明示伊。若也不會，鋸解秤錘。
我有一關，會也大難。風號萬壑，雪覆千山。
我有一句，非思非慮。瓦銚煎茶，地爐煨芋。

山居詩

一樹青松一抹烟，一輪明月一泓泉。丹青若寫歸圖畫，添個頭陀坐石邊。
莊生有意能齊物，我也無心與物齊。獨坐蒲團春月暖，一聲幽鳥隔窗啼。
雁聲歷歷冷雲邊，補得裙成袴又穿。紅日西斜松影轉，蒲鞋移曬屋檐前。
山寮也作裝寒計，窗紙重糊分外牢。乾燥竹柴成把縛，夜深逐個取來燒。
三間箸屋青松下，四壁重泥好置身。經又不看禪不坐，瓦爐終日自生塵。
偶挑野菜過坑西，嫩草齊腰路欲迷。春雨弄晴春日淡，杜鵑啼住竹雞啼。
山房寂寂坐深夜，一點寒燈半結花。老鼠成群偷芋栗，床頭打倒破砂鍋。
白雲常鎖千峰頂，立處高兮住處孤。掘地倦來眠一覺，鋤頭當枕勝珊瑚。
蟄處雲深活計疎，從他得失與榮枯。開畬墾地閑消遣，佛法身心半點無。
蘿蔔收來爛熟蒸，曬乾香軟勝黃精。二時塞却飢瘡了，誰管檐前雪霰聲。

和永明禪師韻

高束瓶盂住翠微,從教世愍自隆夷。深明吾祖單傳旨,閒擬寒山出格詩。
啼渴野猿窺澗水,聚群林鳥折霜枝。賞音百舌陽春調,千載悠悠一子期。

機智無勢較淺深,青山有路可追尋。聽教兩鬢莖莖白,消盡平生種種心。
今古桑田多變易,朝昏烏兔自昇沉。齋餘洗鉢歸來久,飽飯安眠不解襟。

到家舊路須忘却,未到家時路覺遥。每見落花隨逝水,笑看枯木上凌霄。
千尋學海空奇浪,一片心田長異苗。構得茅庵可容膝,虛窗不礙四山朝。

卓錐無地可言窮,年老幽栖心轉慵。情識頓忘齊槁木,色香不壞貴遊蜂。
千山草木歸春緑,一幅丹青古意濃。檢點庵前舊行路,銜花麋鹿久無踪。

林泉寂寞難招伴,世路縈紆必假媒。捉月騎鯨狂未息,凌雲跨鶴志須摧。
慧光自我性天朗,花種從人心地開。雙足跏趺香草軟,此身知是幾生來。

陰極陽生陽復陰,萬機不昧去來今。雜花遍界眾生念,霽月澄潭諸佛心。
送臘寒梅香吐玉,迎春晴柳影搖金。了無淨穢分方所,禽鳥時時演妙音。

法法圓融妙莫論,無餘無欠眾中尊。雨滋白石生雲母,露引青苔上蓽門。
爛煮木芽清有味,頻燒柏子澹無言。相逢禪客祇禪指,古佛家風喜復存。

爛堆黃葉買山居,無德於人且自於。可喜身爲林下客,從教塵積案頭書。
死生二事歸呼吸,真妄雙緣已斷除。當日遠公修白業,區區結社在匡廬。

片懷澹泞白雲鄉,堪笑勞生日日忙。海島定無延壽藥,仙家空有化金方。
中天星斗明寒水,極目烟雲暗八荒。寂寂柴床孤定起,一聲清磬覺天長。

松蘿爲蓋屋頭青,慣下生臺鳥不驚。雲片自開還自合,客情無送亦無迎。
春回大地群芳嫩,水漲前溪兩岸平。割愛毀形今已矣,是誰來涉世間情。

袈裟不展任灰塵,三十年來罷問津。天外難窮千里思,雲中自老一生身。
群峰雨後重添翠,幽谷華開晚見春。寄語東村王大老,今年貧勝去年貧。

晨鐘殷殷出林巒,又起人間事萬端。今日住來山水窟,昔年曾向畫圖看。
青松萬本花無數,紅日三竿露未乾。但得此心平似地,任他鹿馬路欺瞞。

誰將心識苦評論,今古茯苓松樹根。道絕修時方合道,恩無報處始知恩。
長年褐布衣三事,静夜青天月一痕。百億恒河沙數佛,不消一口渾侖吞。

同人訪我喜盈眉,夜坐沉沉月影微。不是半生消積習,那能一語便投機。
燈挑餘燼紅英落,火撥浮灰白雪飛。誰肯深山話岑寂,明朝未可即言歸。

夜梵千聲月未央,不知消盡篆文香。斷槎東海静中鬧,一枕南柯夢裏忙。

自覺娑婆光影短,憶歸清泰念頭長。寶幢珠網重重護,種種莊嚴不可量。

三合聊資六尺軀,過天名利任他圖。自從念斷諸緣息,誰管山平萬象枯。水鳥引雛沿澗走,樵童尋伴隔林呼。有心固必夷齊輩,千古首陽成餓夫。

清冷雲中到者稀,廓然物我自同歸。桃紅李白資真諦,燕語鶯啼闡妙機。新水漲溪魚影密,宿雲歸洞日光微。祇將一默酬知己,是不是兮非不非。

世路從茲不轉頭,鬖鬆寒拾我同儔。玄珠自是無心得,黠慧徒然盡力求。困臥飢餐消歲月,花開葉落認春秋。可憐貪利貪名者,一個狂心百樣憂。

法門無量愧無成,玉兔金烏戾又盈。對境時時消妄念,有身日日厭浮生。山深樹密招提靜,路轉溪回略彴橫。像教顛危在今日,更誰來話道中情。

烟霞鎖翠接天濃,疑與人間路不通。寂爾忘言超物外,怡然適性樂其中。祖燈燦燦真堪續,教網重重未易窮。霜犴一聲溪月白,此情非異亦非同。

老我林泉喜陪佳,曾將行李客京華。塵緣此去終無慮,生計年來漸有涯。夾徑長高烏竹笋,滿池開遍白蓮花。日沉歸鳥翻身急,獨倚柴門看落霞。

鳥不銜花事悄然,一輪白日挂青天。戒規末學論持犯,道合中庸絕正偏。凝碧寒泉甜似蜜,揉藍細草軟如氈。下方寒暑多遷變,門外青松知幾年。

褒貶春秋自魯丘,賢才不肖筆端收。人亡金谷貪方息,路極烏江心未休。青冢霜凝千古怨,後庭華落幾多愁。莫來笑我論時事,偶把浮言對俗儔。

不用尋幽遠色聲,遁形何事要馳名。過山明月元無意,出岫浮雲豈有情。覽鏡滿頭霜雪白,看經兩眼眩花生。燒殘榾柮和衣睡,一覺起來天大明。

春暮山深花木香,咿嗚桐角鬧村鄉。晴潭波暖魚遊躍,古樹枝高蔓引長。終日獨看松頂鶴,百年誰悟草頭霜。閑思往古英豪事,總屬人間夢一場。

愛欲沉迷顯異殊,未蠲諸漏總凡夫。四生有想情多惑,萬事無心貴一愚。秦世長城空萬里,漢宮細柳謾千株。時中若欲知三業,舉目頻看地獄圖。

佛祖遺風亦懶追,千差萬別亦忘之。休言已得未為得,不立長期與短期。眾水咸歸東畔海,群芳先發向陽枝。八紘雲淨天如洗,一句明明舉向誰。

暗室清天了了然,全歸寂滅樂三禪。可憐俗子求長壽,却問仙翁學妙玄。陋巷簞瓢閑境界,畫堂歌管業因緣。一溪流水年年綠,只麼如如傲聖賢。

茫茫三界轉車輪,隨力資持養幻身。數顆芋煨經宿火,一瓶茶煮去年春。深栖禪定蒲龕穩,重寫經題貝葉新。羅什廣翻三藏教,清名高譽藹姚秦。

方便門開悟有由,衣珠未顯可言休。屠龍得角真堪羨,鑽燧逢烟正好求。

數片山雲沉晚照,一潭野水泛輕鷗。世間不見蓬萊客,海上空聞有寶洲。

　　置身高在半雲霄,回首下方人境遥。蓮漏水澄蟾影墮,石樓風細磬聲消。夙緣會遇非今日,往事思量似昨朝。一味埋頭且憨睡,世人嫌我太清寥。

　　枕石眠雲仰看松,從來佛法自流東。閑情祇把詩消遣,妙道難將理性窮。依約天花飛木末,丁東檐鐸響空中。寄言役役閻浮客,莫用機心輥業風。

　　着意馳求萬里遥,得來元不隔絲毫。法門廣大含諸有,祖道衰微賴我曹。宗立五家元氣在,航浮一葦浪頭高。參玄未具超宗眼,渾似夜行披錦袍。

　　一嘯風生拍手歸,谷人相答樂熙怡。細看秋月寒山句,祇有天台拾得知。境入静時山始好,橋逢斷處路方危。窮通已定宜安分,不見當年薦福碑。

　　雲林一入不知年,深羨孤標出世賢。雲葉亂堆檐外地,漚華輕弄水中天。柴門長掩緣無客,紙閣重糊爲惜烟。短髮任從頭上白,寒温動静體安然。

　　等觀塵世一蘧蘆,名上凌烟不足圖。馬爲路遥知力乏,草因霜重見心枯。渴來任掬清泉飲,客至曾無熟炙呼。獨倚柴門發清嘯,躡雲歸與應真俱。

　　山寒終日懶開門,至理深明不用論。落落明珠還合浦,滔滔逝水絶歸源。破裘重補經三紀,鈍钁深鋤自一村。偏愛春風無揀擇,階前依舊長苔痕。

　　默坐柴床絶所依,眼前物物契真機。莓苔自裹生香樹,松露時沾壞色衣。石罅泉甘茶味足,雲根土淺蕨苗微。雙雙白鷺衝烟去,一曲樵歌送落暉。

　　松徑逢人懶問名,徘徊無語立溪亭。遇飢只煮山中石,遮眼閑看案上經。翠竹每逢丹鳳宿,碧潭深貯老龍靈。炎涼毁譽時時别,惟有青山今古青。

　　曠劫靈機挽得回,大千沙界一塵該。手招明月歸茅屋,衲捲寒雲坐石臺。雪點梅腮供冷笑,日烘柳眼帶青開。洞然一片真如境,清净願深今復來。

　　曲曲斜斜門外路,東西南北總相通。三重玄要毋勞舉,五位君臣不借功。一徑落花春雨過,滿山啼鳥夕陽紅。何人更問庵中事,憶殺當年個懶融。

　　石老松枯境寂然,折旋俯仰紀前言。慢幢岌嶪摧真智,業海煎熬喪本源。當制無鉤狂性象,須防得樹縱情猿。頓空諸有超三際,高揭清風下竹軒。

　　一天清露冷禪衣,吟斷殘鐘思轉微。百舌忉忉醒客夢,杜鵑怛怛勸人歸。階前苔蘚高低緑,門外楊花上下飛。滿眼緑陰春又過,是誰格外透玄機。

　　綿密工夫不計程,森羅萬象伴閑情。下方地傑蛟龍遁,午夜天寬斗柄横。東土人心多忽忽,西來祖意自明明。藏鋒寶劍光如日,幾度紅爐煉得成。

　　同迷五濁實堪悲,濟濟緇流貴寶之。苦行一生堪上傳,清名千古勝刊碑。

汲深綆短徒勞力，水到渠成自有時。祖道騰芳在今日，令人樹下憶楊岐。

獲叨斯教足優游，不用歡兮不用愁。對境静心觀化理，逢人無口問來由。乳麋逐母眠花下，松鼠呼兒上樹頭。懶瓚當年機欠密，天書來往幾時休。

林邊閑想昔時人，巇嶮途中要立身。霸顯功勳慚管晏，縱橫事業恥儀秦。生前利祿隨陽焰，死後聲名等隙塵。四海五湖流浪客，至今知假不知真。

近來四大喜調和，老我無心閑轉多。竹户經年長自閉，岳僧昨日忽相過。春茶旋種庵前地，秋豆先收隴下坡。任汝功名賤如土，掉頭不買奈吾何。

六户虚閑夜不扃，孤燈耿耿徹昏冥。宗風未墜思諸祖，詩句重吟憶二靈。鐘斷月樓人已定，猿啼霜樹夢初醒。曉來撥雪尋行徑，自折山梅插瓦瓶。

世道如斯念合忘，世情厭我苦韜藏。自空五蘊離諸病，不把千金換一方。對衆拈花迦葉笑，迷頭認影若多狂。有爲總是忙邊事，事到無爲總不忙。

結屋高崖轉步慳，翛然四壁夜無關。門前山在春長在，門裏人閑景亦閑。風掠枝頭花片墜，雪消谷口水聲還。終年居此應無愧，大道不離方寸間。

安樂窩中早授方，要知貧富總虛忙。忙中境界須臾過，静裏光陰分外長。紅日影浮青嶂淡，紫霞光聚紺天涼。山林自可傲朝市，繞屋松蘿滴翠香。

我本田夫今釋子，我師門户大慈悲。一齋粗守精神爽，雜念不生情性怡。溪柳經霜辭故葉，山花得雨長新枝。會來萬法皆同轍，是聖是凡休遠之。

未悟權分愚與賢，悟時無後亦無先。華池歸去定何日，布衲披來不計年。卜舍自甘鄰虎豹，滿朝誰肯棄貂蟬。有時更上磐陀石，極目塵寰一惘然。

門外浮雲任去留，法無定法不須愁。行藏林下有龜鑒，興廢人間等蜃樓。飯罷欠伸閑鼓腹，寒來兀坐只蒙頭。黃金白玉成何事，日不休兮夜不休。

望斷斜陽憶故鄉，淹留塵世十年強。當時不下菩提種，今日豈聞蒼蔔香。暗長竹梢高透屋，新栽松樹已過墻。月沉後夜誰相委，數點山螢照草堂。

等觀大地度流年，行亦禪兮坐亦禪。堪愛四山塵絶點，何妨一室静蕭然。洗盆換水梳堯韭，掃石焚香禮竺仙。彼彼光明看得破，槃中落落寶珠圓。

亭亭修竹護禪關，未許白雲來借閑。巖下古松青不減，天邊飛鳥倦知還。追賢有愧慵歸社，老我無心別買山。今日不圖明日計，火風分散霎時間。

揚鞭舉棹去紛然，不爲名牽即利牽。百歲光陰過瞬息，一生心力事他緣。豁然悟鏡頭元在，倏爾昏來鳥落弦。澗草山花渾似錦，是誰來此立峰前。

參罷歸來事宛然，了無一點世情牽。梵音續續終三鼓，清夢頻頻到五天。

鐵鉢飯香霜下稻,砂鍋茶煮石根泉。龐眉道者來相訪,學海瀾翻語入玄。
　亂山平處夕陽多,抱子黃猿入翠蘿。品字柴頭伴岑寂,一尋拄杖共漚和。喜無俗子喧孤定,時有樵人唱短歌。瞥爾情生機智隔,纖塵瑕纇早揩磨。
　光明性海渺無涯,尺本無添寸又加。爲道了無寒暑變,尋師寧憚路途賒。情迷自用分高下,理在何須辨正邪。堪笑舊時行履別,會來萬法即吾家。
　終朝兀坐似癡呆,無倚無依實暢哉。白髮滿頭難再黑,青春過眼易重來。燕辭社去如相約,蜂爲花忙似有媒。未盡餘齡隨所住,天真佛不假蓮胎。
　雨餘絕頂晚生涼,一種襟懷孰較量。寂寂空山轉青碧,茫茫塵世幾興亡。逢人資舊傷時異,顧影臨風坐夜長。誰證無師無漏智,忽來一陣白蓮香。
　茅欄蕭灑挹溪濱,禪罷搜玄妙入神。流水廣談空諦義,青山頓顯舍那身。烟雲雜沓如排陣,日月流行似轉輪。茅舍入深應有路,不須重問采樵人。
　天晴拂曉啟巖扉,穆穆霜華帶葉飛。時至理彰雖有待,功成名遂合知機。張翰豈是思蓴去,陶令休言爲菊歸。可止可行人不薦,大都是處却成非。
　日出扶桑觸處紅,三千刹海體元同。庵摩羅果無生智,優鉢曇花畢竟空。倒握龜毛酬至化,高提兔角振宗風。一聲啼鳥春光裏,何處是西何處東。
　同中有異異中同,六用門頭具變通。頓發辨才瓶瀉水,不留朕迹月行空。定回衣濕蕉花露,吟就詩清竹葉風。入佛入魔俱莫問,太平無象孰論功。
　祖師遺韻難輕擬,六十九篇消性情。甘自守愚全素節,從他尚巧耀虛名。久長受用貧邊得,安樂工夫拙處成。此理明明亘今古,黃河知是幾番清。

辭世
現成句子,不妨舉似。虛空撲落,須彌起舞。(以上同上卷下)

連藏主
破衲襤褸斫斷雲,踏冰巖下拾枯薪。匆匆相見又相別,莫把家私說向人。

侍者
侍者參得禪了也,客來問訊免燒香。五峰昨夜巡寮報,使得福州人肚腸。

寬侍者
秋風萬里碧天寬,鐵錫橫肩過越山。踏斷石橋無罣礙,一溪流水繞松杉。(以上《重刊貞和類聚祖苑聯芳集》卷六)

山居和東嶼韻①

果然年老多顛倒,掘地無端欲覓天。香界六行燒到曉,四行打坐兩行眠。
日照窗前曉氣清,弗燒香篆懶看經。個中消息知誰會,獨倚松根聆水聲。
修行願入三摩地,最是年來懈怠深。筋竹巖根盤脚坐,一輪紅日又西沉。
終日寥寥坐石床,更無餘事可思量。却嫌黃葉遮苔徑,自折松枝掃夕陽。
華頂巍巍插漢霄,誰云四萬八千高。長年只住茅庵裏,一任門前草没腰。
水落巖根添竹筧,方池一派暗相通。有時獨立青松下,風送殘雲眼界空。
知足節量世所宗,含辛茹苦愧相同。飢來只喫蕎花粥,應笑床頭米桶空。
電光火石機難測,棒喝交馳何太孤。堪笑老胡無計較,要沉鐵網取珊瑚。
三世如來一口吞,陳言冷話不須論。十錢買得黃砂鉢,埋向爐邊煮菜根。

(同上卷八)

和樸藏主山居

住在天台最上層,巖崖峭峻路難通。春山處處花如錦,誰謂雲深雪未融。
隨緣任運度殘時,三界休求也是奇。頭髮鬅鬆鬚不剪,被人喚作野沙彌。
心似圓珠轉不停,口如風撼樹頭鳴。從來心口常如是,爭得能超最上乘。
雲深終日掩柴門,布衲襤褸帶蘚痕。經藏不行坑下路,偶因送客到巖根。

(《新撰貞和分類古今尊宿偈頌集》卷中)

釋元湛

秋江元湛,法系:破庵祖先——無準師範——斷橋妙倫——方山文寶——秋江元湛。《全元詩》無其人。輯佚:

辭世偈

洗浴着衣生祭了,跏趺宴坐入龕藏。華開鐵樹泥牛吼,一月長輝天地光。

(《續燈存稿》卷七)

---

① 《重刊貞和類聚祖苑聯芳集》卷八、《新撰貞和分類古今尊宿偈頌集》卷中皆收無見先睹《山居和東嶼韻》一首,即語錄中《山居》題下"一樹青松一抹烟"之作;兩部《貞和集》於此詩之後皆另載詩10首,雖未確指爲《山居和東嶼韻》組詩之作,然二書載錄詩作相同,應即爲一組詩,且"山房寂寂坐深夜"一首亦載無見語錄中《山居》題下。今姑將未見於語錄者輯錄於此。又,《新撰貞和分類古今尊宿偈頌集》卷中尚有無見《和樸藏主山居》5首(見下),其中"蘿蔔收來熟爛蒸"一首亦見語錄中《山居》題下。無見似頗作《山居》詩,語錄所載10首僅爲其中一部分。

釋古

鏡堂古,法系:破庵祖先——無準師範——斷橋妙倫——方山文寶——鏡堂古。《全元詩》無其人。輯佚:

偈頌

東山水上行,直截爲敷揚。静裏乾坤大,閑中日月長。

一不成,二不是。閃電未成,霹靂隨至。耳裏著得須彌山,眼裏著得大海水。萬論千經只這是。(《增集續傳燈録》卷六)

釋靈

一源靈,法系:破庵祖先——無準師範——斷橋妙倫——方山文寶——一源靈。《全元詩》無其人。輯佚:

偈頌

百千諸佛及衆生,休向圖中錯較量。心印當陽輕擲出,①堂堂高坐寂光場。(《增集續傳燈録》卷六)

釋如砥

平石如砥(1268—1357),法系:破庵祖先——無準師範——西巖了惠——東巖淨日——平石如砥。《全元詩》第23册録詩4首。輯佚:

偈頌

顢顢頇頇,百醜千拙。扶桑人種陝西田,一二三四五六七。

一二三四五六七,鶻眼龍睛覷不及。七六五四三二一,鐵額銅頭跳不出。

同床各夢,異姓同居。千變萬化,少實多虛。渠今不是我,我今不是渠。休將白額虎,唤作黑菸蒐。

家家看盡野狐兒,正是年窮歲盡時。何似東村廖胡子,倒拈鐵笛逆風吹。

將謂無人識得渠,臨行賣弄紫金軀。當時一衆無人會,獨許波旬是丈夫。

少室單傳旨,年深冷似灰。一爐文武火,今日爲君開。

孟夏已過半月,普天匝地漸熱。衲僧鼻直眼橫,那個皮下無血。九旬禁足安居,剛道憐鵝護雪。更説克期取證,大似虛空釘橛。煮砂未必成飯,陽焰如何止渴。雙峰無可論量,一句爲君直截。但能無事於心,自然應時應節。

---

① 當,原作"堂",據《續燈存稿》卷七改。

六月雨,無價寶。高田低田水盈盈,早禾晚禾雲緲緲。農夫聚首話年豐,斗米三錢端可保。衲僧家,沒頭腦。飽飯嗔眠,知恩者少。

今朝九月九,相喚不出手。若是個中人,舉意便知有。金雞飛上玉闌干,一聲啼破千峰曉。

新年佛法聊相問,解道東山西嶺青。昨夜陽和回地底,十分春色滿江城。

準擬看元宵,恰值終朝雨。燈燭照笙歌,遊人不出戶。一段好風光,特地成孤負。雪峰輥毬,禾山打鼓。笑倒燈籠并露柱。

孟夏漸熱年年事,三世如來總不知。昨夜燈籠開口笑,堂前露柱皺雙眉。

和尚問寒山,學人對拾得。親言出親口,平地成狼藉。

日出心光耀,天陰性地昏。不知天地者,剛道有乾坤。我行荒草裏,汝又入深村。

翠巖眉毛在不在,山未為高海未深。一曲無弦千古意,相逢誰是好知音。

人漸老,水長流,一年又是結交頭。出門撞着劉幽求,大帽壓耳手提油。

我此一室,綿綿密密。眨得眼來,青天霹靂。

十方世界香水海,萬象森羅淨法身。須信鑊湯無冷處,杓頭拋下辨疏親。

藏主不識字,侍者參得禪。首座有長處,各自見一邊。掀翻洞山五位,擘開臨濟三玄。須彌峰頂浪滔天。

炎炎老火向西流,一雨翻然報早秋。暑往寒來今古事,幾多白盡少年頭。

茱萸滿泛一甌茶,冷淡家風亦自佳。不用登臨追往事,眼前隨分有黃花。

西天殿後,東土先鋒。不識第一義,剛言破六宗。老蕭硬寨打不入,渾身乾沒熊耳峰。不有宋雲知敗缺,擬於何處覓行踪。

清霜鋪大野,白月滿空山。目前明歷歷,一點不相瞞。

病時還有不病者,他不看吾吾看他。一陣香風來枕上,庭梅開遍臘前花。

萬里無寸草,出門便是草。昨夜問龜哥,報道今朝好。步步踏着長安道。

西風陣陣涼,秋雨番番急。時節不相饒,一夏今朝畢。解開布袋結,頭涾涾涾涾。何似生遼天鶻,萬里雲只一突。

臘月火燒山,眉毛眼上安。叮嚀辨柴炭,必定有春寒。

懶拈凍筆紀風雲,陰極陽生理事真。一炷清香林下客,太平時節太平人。

老向山中償宿債,拖犁拽耙十三年。如今筋骨條條露,鼻孔頑然不受穿。村草步舊田園,桃花如錦柳如烟。放教臥月眠雲去,飢有青蒻渴有泉。

真讚
觀音
枯木巖前坐片時,輪珠數盡復思惟。南詢童子無消息,月在波心説向誰。
魚籃觀音
籃裏魚,衣内珠。左提右挈,腥風滿途。茫茫宇宙人無數,那個男兒是丈夫。
達磨
聖諦廓然,忠言逆耳。折蘆渡江,事不獲已。脚下無風匝匝波,滔天沃日從兹始。
寒山
天台山中,國清寺裏。掃帚隨身,塵埃滿地。只知指點笑他人,對面有人還笑你。
拾得
爾名拾得,拾得者誰。不識一字,却要題詩。秃筆未曾輕點着,芭蕉葉上墨淋漓。
維摩
嘆大褒圓,彈偏擊小。通身是病,自救不了。引得文殊問疾來,狼藉一場非小小。
朝陽穿破衲
穴鼻針,無絲線。蹙斷雙眉,討頭未見。日炙風吹破衲衣,補得完全是幾時。
對月了殘經
看未了,歇不得。向下文長,付在來日。咄者腌黑豆老僧,何曾解轉如是經。
船子
天無四壁地無門,舞棹呈橈誑後昆。索性和船都覆却,免教空記刻舟痕。
徒弟大用都寺請
倒拈栗棘與金圈,坐斷威音大劫前。賤似黄金貴如土,好兒終不使爺錢。
山行壽像
浮世能得幾時閒,老我青松白石間。霜竹一尋聊作伴,近聽流水遠看山。

送岑侍者參方

衲僧行履處,遍界没踪迹。撥草與瞻風,先聖儼遺則。塵勞八萬門,門門皆可入。應須辨主賓,慎勿落階級。揚眉瞬目間,機鋒巧相直。國師喚侍者,青天轟霹靂。侍者酬國師,天岸一團日。男兒四方志,所向隨所適。吳疆會有終,楚甸來無極。脚瘦草鞋寬,辛苦竟何益。學道如學射,久久自中的。直教心手兩俱忘,拶透銀山并鐵壁。

贈中竺囡藏主

衲僧家,没巴鼻。主丈一枝藤,草鞋六個耳,南北東西無定止。大事未明,如喪考妣。有甚閑心情,遊山并玩水。拾得如來藏裏珠,認着依然還不是。颺向圾垃堆頭,一任匙挑不起。待他時節因緣,自然放光動地。寶掌巖前歸去來,抬頭撞着自家底。

謝炬藏主寄七佛石刻付法偈

向上一句子,不在威音前。字義炳日月,翰墨動人天。意想不可到,況復以言宣。若云有所付,是法成妄傳。匡廬古崖石,摩勒亦有年。上人事幽討,掇贈非偶然。豈特起衰墮,直使空蓋纏。揭之素壁間,七佛常現前。

送禮維那之兩府

興化爲人徹底漢,覿面全提如閃電。克賓不入者保社,罰錢喫棒趁出院。天童年老少機關,衲僧自合知方便。茫茫淮甸接天長,金碧樓臺倚雲漢。六朝風物足觀光,莫教失却空王殿。

送龜山運上人

衲僧門下有一句,當機覿面無主賓。春風一夜掃殘雪,天岸忽睹五色麟。無心碗裏空王飯,直教一飽忘飢嗔。瞻風撥草豈細事,下情不精安得真。上人自是七閩秀,虛心善應谷有神。叢林寥落愜老眼,行行莫負青春身。

示昴侍者

鳥窠吹布毛,侍者便悟去。拶透嶮崖機,截斷聖凡路。不是玄中玄,亦非句中句。玉兔挨開碧海門,金烏飛上珊瑚樹。

送空維那

興化打克賓,無事閑相惱。諸方受熱瞞,商量閙浩浩。若是活衲僧,不向那邊討。秋初夏末時,南北東西道。之子行行好善爲,萬里長空净如掃。

送藪首座遊金陵兼柬蔣山正宗和尚

此軒今年七十九，拈得鼻孔失却口。一尋霜木挂寒松，閑看白雲變蒼狗。有客有客來何從，靈鷲峰前天竺後。兜率宮中説法回，玉雪精神驚老醜。檢點衣單一物無，鋪張手面千般有。蟭螟眼裏蹴鞦韆，虛空背上翻筋斗。匆匆取別大無端，利生求法尋初友。珍重梁園寶誌公，多年抛却軒中叟。

江西源上人歸廬阜

衡嶽峰頭雲，鄱陽湖裏水。雲水兩無心，相思隔千里。主丈七尺長，草鞋六個耳。去去宜善爲，總是自家底。

寄南湖我庵法師

奕世台衡一大家，軒橫青玉映金沙。兒郎羯末毋多讓，閥閱崔盧未足誇。蓮沼重重涵止水，猊臺日日雨新花。雪山香草煩休戀，群稚盈門待賜車。

贈照堂楊居士進修

茫茫只向外邊求，自己靈光本自優。直下了無諸法相，從來不挂一絲頭。休令白璧生微玷，任使明珠混濁流。爲語照堂楊處士，神仙何必更封侯。

贈雪峰鏡侍者

當軒寶鑒鎮長開，湛湛寒光徹夜臺。萬象森羅歸一照，十方世界絶纖埃。直饒南嶽磨成得，爭似東平打破來。笑看菱花生碓觜，春風謾殺老黃梅。

建新僧堂

大家看取好僧堂，一柱依然拄一梁。太白名山天下勝，隰州古佛法中王。三條椽下乾坤闊，七尺單前日月長。坐卧經行如是住，自然身放白豪光。

次月江和尚韻送何山句侍者

何山山裏鄞峰前，一句臨機未易宣。養羽靈禽宜擇木，追風良馬不須鞭。花開少室人歸國，月滿華亭客上船。老去逢君無限意，相看話到普通年。

瑩上人還鄉

七閩山水秀天南，欲去無因老未甘。羨子端如新乳犢，嗟吾已作欲眠蠶。鄉緣美惡宜深省，世味醇醨要飽諳。珍重祖師門下客，蒼龍不許卧澄潭。

送育王邂維那禮祖

須信壺中別有天，行藏直到古皇前。一爐芋火輕五鼎，滿屋松風直萬錢。禪榻未應嫌敗簀，祖庭毋惜掃頹磚。鄞峰送子寧無意，臂曲何曾向外邊。

次韻贈上竺禮闍梨兼柬靈石禪師

信之一字道之元,色見聲求也大難。六用門頭如是住,無生路上作何觀。禪林風月渾披露,教海波瀾盡揭翻。寄語老禪無恙不,嘉禾春水綠當軒。

次無言和尚韻送京維那

十聲椎下禿却舌,百尺竿頭轉得身。散宅破家應此子,守株緣木更何人。松枝凍徹巖前雪,桃萼香浮洞裏春。好向龍門重蛻骨,誰云獨角有祥麟。

用前人韻送正上人

此事本來無欠缺,有心用處卒難周。紛紛黑白徒名貌,往往朱黄錯校讎。撥草瞻風休特地,逢場作戲且隨流。別峰他日如相見,與子重圓舊話頭。

悼楚藏主春雨庵無際和尚徒弟

古人三十爲一世,非夭而亡義所安。信是有形從物化,可能無念到才難。長庚影裏言猶在,春雨聲中夢未寒。回首重重華藏海,擬於何地着悲酸。

隆知客禮祖

卓錐無地亦無錐,獨露堂堂信不疑。全主全賓皆在我,入魔入佛更由誰。機先能縱復能奪,句下絶毫還絶釐。滿地落花春已老,祖翁密意幾人知。

送愠藏主參紫籜竺元和尚

我此軒中如斗大,與誰携手話門風。曹溪有路無人到,少室無人有路通。何暇閑情供想像,只留老眼送歸鴻。此行莫怪無多囑,東海于今一暮翁。

次北隱和尚韻送惠侍者歸潮陽

少室春光過眼非,風前獨立思依依。江烟岸柳絲千尺,澗水山花錦一機。莫向目前明得喪,好於言下洞玄微。潮陽舊路如天遠,此日何妨擺手歸。

贈寫真厲月泉

空裏浮埃鏡裏塵,一彈指頃百年身。了知本體元無相,謾説毫端別有神。鶴髮雞皮誰似我,虎頭燕頷彼何人。相逢底用閑描貌,明月秋泉自逼真。

藏室

出頭無好手,退步足安身。佛眼覷不着,凡情見得親。寰中千世界,量外一微塵。堪笑毗耶老,重開不二門。

牧庵大師回龍翔

後生端可畏,克念事參尋。佛法自南北,江山無古今。澤毛憐霧豹,養羽惜庭禽。去去重回首,百城烟水深。

題昫藏主藏春閣

道人行履處,密室不通風。百念寒灰後,一身和氣中。餘生未有限,此道樂無窮。竟日冥心坐,瓶花糝案紅。

謨上人參方

佛法遍天下,談玄口不開。萬機俱寢削,一物不將來。是處是慈氏,無門無善財。龜毛并兔角,移向眼中栽。

蔣山勝維那回江西

法戰場中得勝歸,鷹巢飛出鳳凰兒。升堂打鼓普請看,笑倒江西馬簸箕。

贈東林忍侍者 日本人

虎溪截斷雁門關,一句臨機下口難。夜半扶桑日頭出,金雞飛上玉闌干。

寄靈石和尚

南山老虎齒無齦,撲面腥風不可聞。射石虛聲徒没羽,只應羞殺李將軍。

堅上人禮補陀

誰家屋裏没觀音,底事區區向外尋。迢遞海山行一轉,落花芳草又春深。

示泉南湛上人

湛然不動是真常,少室門中未厮當。大地撮來如粟粒,木毬無口笑曾郎。

送栖維那參净慈靈石和尚

南山萬叠錦雲屏,宗鏡堂高不易登。熱喝噴拳須照顧,從來老子没鄉情。

送雪竇亨藏主

胸次不留元字脚,一大藏教眼中塵。春歸錦鏡花如海,莫謗如來正法輪。

便舟

不施櫓棹不張帆,萬里鯨波指顧間。滿載驪珠三百斛,打頭不怕浪如山。

示均侍者

莫怪天童口門窄,從來無法可商量。犀牛扇子破了也,贏得清風滿大唐。

圓上人江西禮祖

叵耐江西馬簸箕,和敠耀夯討便宜。承虛接響八十四,此去從頭捉敗伊。

題無無居士集註金剛經

諸法皆從此經出,借問從何出此經。離却此經詮註得,那時居士筆方靈。

富上人歸龍華省師

是何魔魅教行脚,是何魔魅教出家。老我不能窮詰汝,就煩歸去問龍華。

示磧上人
瑞巖長喚主人翁，業識茫茫未得空。今日天童重指出，又揚家醜向渠儂。

成净人參方
菩提無樹鏡非臺，兔角龜毛眼裏栽。拖個娘生臭皮袋，朝游南嶽暮天台。

聞鐘
鐘聲歷歷報朝昏，下徹幽泉上徹雲。塞却耳根須聽取，勞生誰復反聞聞。

净髮張生求
佛病祖病衆生病，何似衲僧毛病多。識得病根無起處，吹毛用了急須磨。

送長蘆然維那入閩禮祖
淮山法戰偶不勝，竿木隨身入瘴鄉。百草頭邊輕撥着，休言佛法在南方。

道者普圓之天台
誰言道者少機關，慣向人前放軟頑。一對眼睛烏律律，天台勘破老寒山。

南上人禮補陀游天台
南能北秀各分宗，墮在是非區宇中。踏斷石橋心路絕，脚頭何處不圓通。

悼無異和尚
千丈巖前陷虎機，當陽拈出有誰知。髑髏乾盡眼睛活，正是虛空落地時。

贈澄院主
丹霞投宿值天寒，木佛燒來滿屋烟。院主眉鬚都落盡，諸方多是錯流傳。

壽侍者歸閩省師
執侍巾瓶志已酬，臨風南望賦歸休。玄沙不出飛鳶嶺，築破娘生脚指頭。

次月江和尚韻送顯上人游補陀天台
石橋南畔海門東，大士聲聞不易逢。未跨船舷相見了，縵天網子百千重。

贈術士陳景猷
我與虛空同壽量，虛空亦與我同年。先生算得虛空定，我與虛空出命錢。

言侍者回閩
天童送子有一句，蠱毒之家水莫嘗。即栗迸開天地眼，眈源無口罵南陽。

寶藏主禮祖參方
天然一寶秘形山，不在乾坤宇宙間。未展炊巾如搆得，老胡雙耳帶金環。

寧侍者省師于閩
吐却諸方五味禪，哥羅管你米疆年。到家不用呈圓相，密意明明在汝邊。

嵩上人歸泉南
泉南佛國露堂堂,千古靈踪有耿光。九到三登徒費力,不妨歸去問曾郎。
示表上人
杜鵑聲裏三更月,楊柳枝頭二月春。打失眼睛拈得鼻,從教落賴在風塵。
住知送還吳
家住吳淞烟水鄉,迢迢古路接天長。相逢底用論賓主,一句分明没覆藏。
密海
千重百匝不通風,誰解窮源到劫空。會得一漚曾未發,滔滔江漢盡朝宗。
送志維那游金陵
克賓不入者保社,興化徒施陷虎機。明日石頭城畔去,空山老我望東歸。
存上人禮峨眉五臺游天台回江西
金色界中銀色界,脚頭一步不曾移。天台若見寒山子,應問江西馬簸箕。
竺芳
達磨不來東土,二祖不往西天。會得花開五葉,休言教外別傳。
日本巨藏主省師
唐土澄清拙,扶桑一國師。少林無孔笛,一任逆風吹。
四威儀
山中行,烏藤七尺長。回首松關外,前村已夕陽。

山中住,家醜休呈露。糲飯淡黃齏,無鹽又無醋。

山中坐,善因招惡果。達磨老臊胡,無端成話墮。

山中臥,老鼠牀頭過。仰面視屋梁,知心無一個。
十二時歌
雞鳴丑,拈得鼻孔失却口。門頭户底鬧啾啾,李四張三競頭走。

平旦寅,世間宜假不宜真。自家肚皮自擘劃,不用低頭更問人。

日出卯,摘草拈花争鬥巧。莫教撞着當行家,狼藉一場非小小。

食時辰,砂鍋五合煮黃陳。粗餐雖然易得飽,不如細嚼味方真。

禺中巳,從生至老只如此。達磨無端强出頭,被人打落當門齒。

日南午,苦中之樂樂中苦。無位真人笑漏腮,燈籠吞却露明柱。

日昳未,鬼面神頭誰識你。當機若更問如何,一時撒向長江裏。

晡時申,眼底寥寥絶四鄰。客來莫怪無茶點,蒿湯一盞當殷勤。

日入酉,剩得一雙窮相手。樓閣門開彈指間,善財童子逢初友。
黄昏戌,自己工夫欠綿密。斂衣獨坐審思量,今日六兮明日七。
人定亥,只麽惺惺要長在。淺草平田差路多,莫教失腳無明海。
半夜子,自倒依然還自起。重尋殘夢了無蹤,不覺天明透窗紙。(以上《平石如砥禪師語錄》)

破庵

父子密傳真秘譯,由來閩蜀本同風。及乎話到諸訛處,肚裹依然各有蟲。(《重刊貞和類聚祖苑聯芳集》卷二)

僧之天台並江西

奇哉石虎角而翼,嚇殺天台五百年。更向江西行一轉,馬駒蹦跳不回頭。

東湖舟中

舊地重遊似隔生,風烟叠叠水雲鄉。青梅野店松醪熟,斑竹田家麥飯香。乳燕嬌鶯相物色,雄蜂雌蝶自風光。人生行樂尋常事,百歲能消夢幾場。(以上同上卷六)

釋宣

無言宣,全名待考。法系:破庵祖先——無準師範——西巖了慧——東巖淨日——無言宣。《全元詩》無其人。輯佚:

跋晦機初住仰山偈

南屏徑塢皆叢席,闡法弘宗豈偶然。白晝長鯨吞碧海,清宵涼月炯中天。曾提正令行吳越,無愧全肩荷竺乾。臺殿玲瓏集雲裹,短衣投老想高眠。(《重刊貞和類聚祖苑聯芳集》卷一)

題惠崇秋畦蛺蝶圖

憶昔幽栖在碧巔,草根木葉過年年。薜床蘚磴依巖竇,糞火砂鐺煮石泉。東壁螗螂催莫景,西籬蛺蝶送秋天。惠崇老筆吾真錄,宜與林間靜者傳。(同上卷九)

釋崇

東山崇,法系:破庵祖先——無準師範——西巖了慧——月澗文明——東山崇。《全元詩》無其人。輯佚:

偈頌

趙州無,雲門普。雪峰毬,禾山鼓。東山瀋,黑漆拄杖七尺五。

泥牛吞却南山虎,萬象森羅齊起舞。木人笑分石女歌,露柱燈籠齊唱和。是何曲調萬年歡。

春風習習,春日遲遲。是處桃花破萼,發明向上真機。堪悲堪笑靈雲老,打失眼睛鼻孔剛道不疑。(《增集續傳燈錄》卷六)

釋了義

斷崖了義(1263—1334),法系:破庵祖先——無準師範——雪巖祖欽——高峰原妙——斷崖了義。《全元詩》無其人。輯佚:

證道偈

大地山河一片雪,太陽一照並無踪。自此不疑諸佛祖,更無南北與西東。(《增集續傳燈錄》卷六)

觀音

小白花巖不是真,龍華會上現全身。者般士子能乖角,肚裏時時着萬人。(《禪宗雜毒海》卷一)

鴿①

飛騰活計遍天涯,霧罩雲迷路不差。自己屋頭明白了,者回不落別人家。

建東司

潑天臭氣立門庭,要見傾腸倒腹人。向未厠先如薦得,不來者裏再蹲身。(《重刊貞和類聚祖苑聯芳集》卷三)

失鉢盂

大庾嶺頭提不起,德山親手托將來。不知那個閑尊者,借去降龍未送回。

香積厨前一木魚,頭角崢嶸肚裏虛。昨夜誤入僧堂裏,吞却座元一鉢盂。②

湯瓶

常將仰口笑虛空,肚裏奔波怨氣衝。想汝別無煩惱處,只因埋在火坑中。

轎子

竹頭木屑盡兜籠,密密工夫不漏風。任汝兩頭扛得動,中間自有主人翁。

(以上同上卷八)

---

① 此首作者,《禪宗雜毒海》作"斷巖義",應即斷崖了義也;又見《重刊貞和類聚祖苑聯芳集》卷九,作斷崖了義詩,題爲"放鴿",文字有小異。

② 此首載斷崖了義《失鉢盂》詩後。

蛙
胡言漢語月三更,有脚分明不解行。眼大不知東海闊,爛泥深處寄平生。

絲瓜
不成蔬菜不成瓜,沿墻傍壁也開花。只與諸人除垢穢,不知自己一團滓。(以上同上卷九)

粽子
頭角崢嶸堅束腰,鑊功裏面轉□遭。端的山僧開大口,通身剝地赤條條。

柑子①
密葉叢中半露黄,莫輕采摘使經霜。自知時到輕拈出,嚼破方知透頂香。

琉璃燈
不假鉗錘火造成,圓陀陀地發光生。看他一點從心起,氣與虛空作眼睛。

燈花②
星兒點着便生花,瑞世優曇不似他。暗室明明藏不得,宜隨光彩混泥沙。

且過
一條黑木不玲瓏,撥着須臾透頂紅。省得這些玄妙處,冷湫湫地暖烘烘。

火筒③
兩頭截斷便心空,一竅纔通萬壑風。借得渠儂些子氣,死柴頭上便通紅。

木魚
不歸滄海不歸津,專共伽藍受苦辛。白日催僧齋僧席,夜間梁燕宿風塵。

茶磨
一合乾坤上下齊,兩重日月不差移。中間些子機輪轉,六月炎天下雪來。

啄木鳥④
雙戴珠冠子,身披緑蘿衣。幾度來敲户,問君知不知。(以上《新撰貞和分類古今尊宿偈頌集》卷下)

釋以假

室中以假(?—1336),法系:破庵祖先——無準師範——雪巖祖欽——高

---

① 此首載斷崖了義《粽子》詩後。
② 此首載斷崖了義《琉璃燈》詩後。
③ 此首載斷崖了義《湯瓶》詩後。
④ 此首載斷崖了義《放鳩》詩後。

峰原妙——室中以假。《全元詩》無其人。輯佚：

頌狗子無佛性話

趙州一個無，春暖花齊發。直饒恁麼會，眼裏重添屑。（《增集續傳燈錄》卷六）

辭世偈

地水火風先佛記，掘地深埋第一義。一免檀那幾片柴，二免人言無舍利。（《五燈會元續略》卷三）

釋祖雍

布衲祖雍，法系：破庵祖先——無準師範——雪巖祖欽——高峰原妙——布衲祖雍。《全元詩》無其人。輯佚：

題李源訪圓澤圖

天竺山前相會時，源公認得澤闍梨。果然頭角能奇特，十二年前也似伊。（《增集續傳燈錄》卷六）

和永明山居偈

我要心灰即便灰，何須更去覓良媒。千差路口齊關斷，萬別機頭盡截摧。就樹縛茅成屋住，拾荊編戶傍溪開。是他懶瓚無靈驗，惹得天書三度來。①

尋常冷解自知非，退步沉踪住翠微。掃蕩百年榮辱夢，倒回多劫本根機。蟻因覓穴沿階走，蝶爲尋花遍圃飛。須信先天并後地，洞然物物有真歸。（《五燈會元續略》卷三）

釋清珙

石屋清珙（1272—1352），法系：破庵祖先——無準師範——雪巖祖欽——及庵宗信——石屋清珙。《全元詩》第27冊錄詩268首，所用底本"清抄本《石屋禪師山居詩》"即爲《石屋清珙禪師語錄》卷下，但有少數遺漏。輯佚：

偈頌

因我得禮你，自倒還自起。鵓鳩樹上啼，意在麻畲裏。

鍋子大小，杓柄短長。自家裏事，何必論量。

南泉放牧没東西，兩岸春風綠草齊。總是國王家水土，不如隨分納些些。

---

① 《續燈存稿》《續燈正統》《禪宗雜毒海》等以此詩後四句爲另一首詩。

三月安居一月過,園林是處綠陰多。蛙聲只在池塘裏,試問禪流會也麼。片段高低總是田,溈山父子見何偏。福源手不沾泥水,坐看禾收勝去年。

今朝七月十五,涼風開我竹户。嶺上一片兩片白雲,被他吹得七橫八竪。輕飄飄,浮逼逼。欲散不散,欲聚不聚。老僧招手向白雲,白雲白雲何不住。到頭終是覓山歸,流落天涯與途路。

天上月正圓,人間月方半。諸人恐未知,打鼓普請看。道是如來藏裏摩尼珠,又似賓頭盧尊者手中琉璃碗。比也不可比,辨也不可辨。天風吹露濕桂華,香浸雲邊廣寒殿。

九旬同禁足,自恣是今朝。暮雨青燈寺,西風白石橋。孤身三事衲,萬里一輕包。若到溈山處,須防笑裏刀。

年亦窮,月亦窮,三十六旬窮。伎倆破除,全在五更鐘。窮則變,變則通。尋常一樣窗前月,纔有梅華便不同。三條椽下禪和子,囊亦空,鉢亦空。拾得斷麻穿破衲,不知身在寂寥中。惟有福源拄杖子,不屬陰陽造化功,了無春夏秋冬。自古自今撑天拄地,同行同坐嘯月吟風。又誰管你江湖滾滾,日月匆匆。等閑靠在禪床角,一片雲中挂黑龍。

指天指地日吧吧,傍若無人自說誇。有意氣時添意氣,滿園香霧濕枇杷。

動若行雲,止猶谷神。水中鹹味,色裏膠青。細雨濕衣看不見,閑華落地聽無聲。

神光不昧,萬古徽猷。但從己覓,莫向外求。養雞意在五更頭。

所聞不可聞,所見不可見。昨夜五更風,吹落桃華片。蒼苔面上生紅霞,百鳥不來春爛熳。

我本山林拙比丘,等閑來此伴禪流。縱饒相聚人情好,那個人情得到頭。休休休,綠霧紅霞千嶂錦,西風黃葉一天秋。

月出海門東,金波浩渺渺。圓又圓不虧,明又明得好。寄語白兔翁,說與嫦娥道。收彩不宜遲,潛光須及早。莫待黑雲四面來,一天光彩都無了。世間惟有道人心,歷劫至今常皎皎。

今朝八月一十五,樹凋葉落金風露。野狐窟宅梵王宮,狗子尾巴書卍字。大藏小藏從何來,盡從這裏流將去。等閑道個鉢囉娘,截斷古今閑露布。

一日一日復一日,二三四五八九十。數到紅殘綠暗時,人間又是四月一。朝悠悠,暮悠悠,滿目毗盧藏海,棄之認一浮漚。休休,修心未到無心地,萬種千般逐水流。

　　六月七月天不雨,農夫曉夜忙車水。背皮焦裂脚底疼,眼華無力欲悶死。公人又來逼夏稅,稅絲納了要盤費。大麥小麥盡量還,一日三餐不周備。思量我輩出家兒,現成受用都不知。進道身心無一點,東邊浪蕩西邊嬉。三個五個聚頭坐,開口便說他人過。及乎歸到暗室中,背理虧心無不做。莫言墮在異類中,來生定作栽田翁。前來所說苦如此,那時難與今時同。古德訓徒有一語,對人天衆拈來舉。緇田無一簣之功,鐵圍陷百刑之苦。

　　佛法無人說,雖慧莫能了。開口便不是,我宗無語句。

　　百骨酸疼攢簇難,一番熱了一番寒。覓他起處竟不得,藥銚風爐盡打翻。

　　有問冬來意,京師出大黃。地爐深夜火,茶熟透瓶香。

　　懷州牛喫禾,益州馬腹脹。粗餐易飽,細嚼難飢。只恐不是玉,是玉也大奇。

　　没興相逢處,西峰與建陽。不平多少事,盡在一爐香。

　　日日日東出,日日日西没。出没知幾回,又是五月一。咄哉門外人,把手牽不入。拽杖獨歸來,門開空嘆息。

　　一塵起,大地收。四月十五日,結却布袋頭。一葉落,天下秋。七月十五日,解却布袋頭。正當自恣,何證何修。草鞋底北鬱單越,拄杖頭南贍部洲。朝悠悠,暮悠悠。無拘無束,自在自由。

　　昨夜蟾宮桂子開,好風吹下天香來。昭王白骨埋青草,無人爲掃黃金臺。

　　記得去年時五月,火雲燒田天不雨。家家插種望今年,不料今年又如此。偉哉公侯將相心,憂民切切如憂己。叩之龍神便感靈,來此閻浮澍甘雨。霈然不止三日霖,天人群生悉歡喜。

　　萬仞龍門一拶開,傾盆驟雨假風雷。袈裟打濕歸來看,半是紅雲半海苔。

　　人間秋十日,湖寺便生涼。竹色溪邊綠,荷花鏡裏香。即心猶未是,作境漫搏量。空劫已前事,今朝爲舉揚。

　　初三月,十五月。缺時無圓,圓時無缺。圓缺不相干,清光常皎潔。昨夜蟾宮雨露多,天風吹落黃金屑。

　　香飄桂子十分月,雨滴芙蓉一半秋。門外任他時節換,穩將衲被自蒙頭。

　　雪山高且深,忍凍吞麻麥。如此過六年,酌然是快活。無端睹明星,剛言成正覺。拂袖下山來,早是低一着。更云度衆生,重重露拴索。看他世上榮,何似山中樂。錯錯，年年有個臘月八。

福源今日開爐，炭蘖也無一個。五湖四海禪和，衲被蒙頭打坐。不是冷眼傍觀，免見挑灰弄火。寬心寧耐到春來，屋外梅花香朵朵。

昨夜陰回陽復爻，曉來湖岸見冰消。皇宮日影喜添線，胡地筍長梅破梢。春漏一痕舒柳眼，雲拖五色束天腰。明明空劫已前事，不是虛言誑爾曹。

尺可量兮秤可平，短長輕重要分明。都盧衹是一雙手，難掩世間人眼睛。

新年頭說話，舊年裏不同。舊年裏說話，新年頭不同。秦山雪解，湖岸冰融。髮從今日白，華是去年紅。

山堂兀坐思悠悠，節令推遷莫暫留。新歲始聞歌鼓吹，元宵又見挂燈毬。心田荊棘參天長，業海波濤滾底流。不向死前先畫策，草根從自鎖枯髏。

報緣虛幻，豈可強爲？浮世幾何，隨家豐儉。淡靜生涯水一湖，寂寞相從雲數片。思量誰是個般人，獨自舉頭天外看。

今朝四月十五日，行脚師僧念頭息。草鞋乾曬待秋風，金錫罷遊留靠壁。鸕鶿偏愛守空池，鳳凰豈肯栖荊棘。平生肝膽向人傾，相識猶如不相識。

老牯偷閑去半年，祖翁田地草芊芊。歸來懶更重還債，犁杷春風又上肩。是即是祖禰不了，逃難逃宿業拘牽。四蹄耕白水，兩角指青天。可惜無人知此意，風前令我憶南泉。

卸却項上鐵枷，颺下手中木杓。合眼跳過黃河，騰身衝開碧落。獅子趯倒玉闌干，象王擺壞黃金索。白雲兮處處相逢，青山兮步步踏着。

佛祖門風將委地，說着令人心膽碎。扶持全在我兒孫，不料兒孫先作弊。紛紛走北又奔南，昧却正因營雜事。滿目風埃滿面塵，業識茫茫無本據。縱饒挂搭在僧堂，直待板鳴歸被位。聚頭寮舍鼓是非，收足蒲團便瞌睡。癡雲靉靆性天昏，石火交煎心鼎沸。暫時寂寂滯輕安，一向冥冥墮無記。百丈清規不肯行，外道經書勤講議。因果分明當等閑，罪福昭然渾不懼。或遷一榻一間房，放逸總由身口意。頭上瓦脚下磚，身上衣口中味，一一皆出信心檀越人家施。未成道業若爲消，捫心幾個知慚愧。今日三，明日四，閑處光陰盡虛棄。一朝老病來相尋，閻翁催請死符至。從前所作業不忘，三塗七趣從茲墜。袈裟失却復再難，鱗甲羽毛披則易。看他古之學道流，直忘人世輕名利。煮黃精煨紫芋，飯一搏水一器，爲療形枯聊接氣。石爛松枯竟不知，洗心便作累生計。物外清閑一味高，世上黃金何足貴。劫空田地佛華開，香風觸破娘生鼻。選佛場中及第歸，

圓覺伽藍恣遊戲。兹因結制夜小參，不覺所言成此偈。（以上《石屋清珙禪師語錄》卷上）

七言絕句①

新縫紙被烘來暖，一覺安眠到五更。聞得上方鐘鼓動，又添一日在浮生。

示衆偈

説是説非何日了，無明海闊我山高。修身如未清三惑，凡事須當減一毫。閑静光陰空過了，現成粥飯若爲消。殷勤説向諸禪客，莫把袈裟換羽毛。

羅漢二首

一切不爲，長年打坐。執法修行，如牛拽磨。寂滅現前不見前，待出定來重勘過。

一個渾身，一瓶秋水。物外生涯，只這便是。白眼看他世上人，手捺雙趺笑而已。

達磨

面黑齒缺，心粗膽大。梁王殿上，撒沙抛土；少室峰前，開華結果。槲葉巖臺，蒙頭宴坐。夫是謂之，菩提達磨。

讚及庵和尚并師同幀

二老比丘，有何因由。先覺後覺，東州西州。建陽山中相見時，好於骨肉。西峰寺裏再參後，惡似冤讎。從此父南子北，不知雲散水流。在你也報盡，已歸兜率；在我也業煩，尚寄閻浮。是非恩怨難分處，一片松陰蓋石頭。

自讚

板齒生毛，面孔無肉。受靈山記，欠人天福。瘦棱棱，却如碧海波心涌起一座玉巖；硬剥剥，好似白雲堆裏突出千尋石屋。道是天湖庵主，不是我同流；謂是福源住持，亦非吾眷屬。眼裏無筋底，未免向影子上胡猜亂猜；皮下有血底，終不向丹青上東卜西卜。咦，切須莫展與人看，挂向閑房伴松竹。

禪人求讚

髮白面皺，皮黄骨瘦。用盡自己心，笑破他人口。情知衰世道難行，却來静

---

① 《全元詩》中此詩前後詩作皆編爲《山居詩》，獨不見此詩，今據《石屋清珙禪師語錄》輯出；《語錄》中此詩編於"七言絕句"題下，與以"山居詩"爲題之詩並列，故仍以"七言絕句"爲題。又，《全元詩》所收《山居詩》184首中有"青山不着死尸骸"一首，《語錄》中乃清珙之辭世偈。

處閑叉手。看天湖鵝湖二水同流,對霞峰胥峰兩山並秀。何緣得此優游,端的自能跳透。不是禪翁自點胸,古今盡道蘇州有。(以上同上卷下)

釋至剛

石門至剛,法系:破庵祖先——無準師範——雪巖祖欽——及庵宗信——石門至剛。《全元詩》第 52 冊錄詩 2 首。輯佚:

竹拂子
出得泥來節節高,剝除枝葉嗣龜毛。等閑拈向華王座,大地山河也動搖。

餛飩
飽駒駒地出頭來,叉手當胸擘不開。百沸湯中輕轉側,三心點破絕疑猜。

湯團
工夫做倒圓成處,自然潔白絕纖埃。深深鍋裏翻身出,便是癡人也口開。
(以上《禪宗雜毒海》卷六)

偈頌
歲事除,年華畢。尊莫尊乎道,貴莫貴乎德。覺即般若因,順即菩提佛。當知種豆不生麻,因果自然明歷歷。

辭世偈
七十六年,了然寬廓。拶破虛空,須彌倒卓。(以上《續燈存稿》卷七)

釋惟則

天真惟則(1323—1393),法系:破庵祖先——無準師範——雪巖祖欽——匡山(一作匡廬)源——天真惟則。《全元詩》無其人。輯佚:

偈頌
晝見日,夜見星。登舟疑岸動,捏目便華生。

蟋蟀鳴曉庭,芙蓉照秋水。遙望海天晴,鷗鷺多如雨。若也別解參,隔越三千里。往往事從叮囑起。(以上《續燈存稿》卷七)

山居
草堂秋似廣寒宮,金色花開碧玉叢。坐久不知凡骨換,天香清散月明中。

茶罷焚香獨坐時,金蓮水滴漏聲遲。夜深欲睡問童子,月上梅花第幾枝。
(以上《禪宗雜毒海》卷八)

釋本誠

覺隱本誠,法系:破庵祖先——無準師範——雪巖祖欽——虛谷希陵——覺隱本誠。《全元詩》第 51 冊錄詩 20 首。

釋良念

空海良念,法系:破庵祖先——無準師範——雪巖祖欽——虛谷希陵——空海良念。《全元詩》無其人。輯佚:

賀淨慈起千佛閣兩牌門畫五十三參壁改路偈

千佛束之高閣了,百城烟水一毛吞。縱饒別有通天路,也落南山第二門。(《增集續傳燈錄》卷六)

釋壽寧

居中壽寧,法系:破庵祖先——無準師範——希叟紹曇——克翁紹——居中壽寧。《全元詩》第 52 冊作"釋寧",錄詩 1 首。

釋存

古愚存,法系:破庵祖先——無準師範——斷橋妙倫——古田德垕——古愚存。《全元詩》第 66 冊據明成化《重修毗陵志》卷三十八收"釋古愚"詩 1 首,不知是否即此僧。輯佚:

僧之台州天寧

巾子峰前好去遊,田翁一見必相留。千年莧菜和根煮,喫得闍梨飽便休。(《重刊貞和類聚祖苑聯芳集》卷六)

釋洵

東澗洵,法系:破庵祖先——無準師範——斷橋妙倫——古田德垕——東澗洵。《全元詩》無其人。輯佚:

偈頌

雙峰高聳東西塔,一日平分早晚潮。燈揭半空璇斗出,日昇東海玉龍搖。

頌大通智勝佛話

直節虛心不受污,采薇甘隱首陽居。警言不食姬周粟,千古夷齊只餓夫。(以上《增集續傳燈錄》卷六)

釋元長

千巖元長(1284—1357),號無明。法系:破庵祖先——無準師範——雪巖祖欽——高峰原妙——中峰明本——千巖元長。《全元詩》第32册錄詩2首。輯佚：

偈頌

天上無彌勒，地下無彌勒。千門萬戶開，輪槌只一擊。

心地自閑閑，萬般空擾擾。門前流水忙，屋上青山老。

供他死漢亦徒勞，發我無明把火燒。若是久經行陣者，不妨一箭落雙雕。

拈起須彌槌，打破虛空鼓。驚得鱉鼻蛇，咬殺白水牯。從教血濺梵天紅，夜半日輪正當午。

我無佛法也無禪，暮雨初晴四月天。要會西來祖師意，一池蛙鼓正闐闐。

六月山深日正長，道人行處不尋常。團團圍繞青松樹，殿閣無風也自凉。

一人無却臂，一人無了頭。二俱誇好手，何處不風流。

今朝正是三月三，釋迦老子露尊顔。樹上桃花開爛熳，階前紅雨點班班。

夏日喫麥粥，頭頂茅草屋。東司雨淋淋，無處可下足。中有老頭陀，豈可稱尊宿。可憐諸禪和，剛要相攢簇。雖然無受用，且喜相和睦。健者共成襪，病者奉水菽。今朝端午節，無酒又無肉。擎出一杯茶，滿泛菖蒲玉。

陳年布襖破毿毿，新製金襴天上來。裹得虛空無少賸，山河朵朵笑顔開。

世尊拈華，迦葉微笑。賣與買人，不要不要。

集雲峰下四藤條，虎驟龍奔海嶽搖。選佛若無如是眼，如何留得到今朝。

釋迦太饒舌，達磨太孤絶。諸方明眼人，敢保猶未徹。

黄葉任隨流水去，白雲從便入山來。寥寥巖畔三間屋，兩片柴門竟日開。

貴糴廬陵米，大做鐵酸餡。普請諸禪流，堂中自吞唊。阿呵呵，聊表殷勤，莫嫌冷淡。

十五日前後，鈎錐常在手。正當十五日，大家要知有。一任面南看北斗，草木叢林師子吼。

今朝臘月二十五，雲門一曲曾無譜。爭似無明調轉高，等閑唱出千山舞。大地爲琴，虛空爲鼓。拍拍相隨，聲聲相助。汝諸人，須聽取，白雪陽春何足數。個中端的孰知音，寥寥永夜松風度。

絶頂高高未是高，天堂地獄亦徒勞。若論生死輪迴事，今日明朝與昨宵。

檐頭雨滴滴，屋頭山寂寂。西來祖師意，大地人誰識。正當與麽時，不費纖毫力。分付與東風，隨處生顔色。

六陰已極一陽生，佛道還同世道亨。唯有祖師門下客，依前日午打三更。
莊子能齊物，千巖無物齊。飢來喫麥粥，衣垢洗清溪。
蓬頭垢面個頭陀，天下禪和不奈何。便是佛來須喫棒，如今年老却成魔。
一喝分賓主，照用一時行。要會個中意，日午打三更。
本來無一物，赫赫動乾坤。擬議不來時，迢迢十萬里。
何故宏開選佛場，心空便作狀元郎。傳來只個無文印，桂子香中舉手忙。
鎮州蘿蔔大，青州布衫重。要會個中意，虛空剜窟籠。
大地渾侖黑漆鉢，吞吐虛空口門闊。白飯山堆叠叠來，死人吃了都教活。畢竟此功歸阿誰，常州在家蔣菩薩。老僧也只得一分，大家有眼何曾瞎。分付囊藏又展開，千古萬古阿剌剌。
九月九，家家盡飲茱萸酒。堪笑山居道者家，兩枚豆粽塞却口。大寒酸，無可有，八角磨盤空裏走。却有些兒勝俗人，日日面南看北斗。
眨上眉毛蹉過伊，大開兩眼復名誰。滿天滿地無人識，百草頭邊活祖師。
披衣登法座，道者是高僧。將謂多奇特，元來百不能。西風吹細雨，落葉滿空庭。有客來相訪，青山自送迎。
摩耶今日產嬰孩，剛道天宮降下來。不是雞窠生鳳卵，分明象子出驢胎。無明果向空中結，三毒華從火裏開。堪嘆禍根深不拔，叢林一歲一番灾。①
御香來自九重天，一縷烟雲遍大千。林下野人何以報，祝延聖壽萬斯年。
雙塔崔嵬聳碧空，東陽獨此梵王宮。義烏有個無明老，拄杖携來見主翁。
一花一國一如來，無影枝頭葉葉開。遍界光明遮不得，黃金地上玉樓臺。
二十餘年住伏龍，一茅庵對兩三峰。近來老病唯貪睡，覺起東方日已紅。

頌古

結得冤讎報得恩，高提鐵棒打雲門。二千二百餘年後，不謂如今有子孫。
日出天歡喜，雲生地起愁。如何人不老，得似水長流。
命根欲斷氣未斷，正是臨行撒手時。家活不須分付得，棺材頭哭有親兒。
鐵笛橫吹宇宙清，蝦蟆蚯蚓解翻身。相知不在千杯酒，一盞清茶也醉人。
邪法靈驗，正法難扶。潦倒瞿曇，好不丈夫。
出門便遇打頭風，不許灘邊泊短篷。何似海天空闊處，一絲牽動碧潭龍。

---

① 此詩前四句又見《禪宗雜毒海》卷一"佛誕"題下，單獨成篇。

老牛舐犢,馬駒踏人。寰中天子,塞外將軍。

明來暗去太無端,煉得通紅鐵一團。百億須彌頭上轉,炎天飛作雪花寒。

一個拽來還拽去,一人牽去又牽來。深山一段無根樹,直至如今鋸不開。

巢知風,穴知雨。磁石吸針潮漲醋,汝等諸人莫莽鹵。虎之缺兮馬之羿,① 東西如何密相付。

賣美小孩兒伎倆,竿頭却解倒翻身。堂中坐地應無分,只是逢場作戲人。

巍巍獨坐大雄峰,個是無牙老大蟲。佛到也須遭一口,普天匝地起腥風。

衝開巨浪百千重,透網金鱗氣勢雄。江上漁翁空眼熱,不知拄杖化爲龍。

雷轟電掣雨傾盆,風捲波濤透海門。脱殼烏龜頭戴角,只將一滴潤乾坤。

西方舶主眼睛赤,南海波斯鼻孔粗。拼得滿船無價寶,博他一顆夜明珠。

靈龜曳尾迹紛紛,攪得滄江徹底渾。若不藍田射石虎,幾乎誤殺李將軍。

廣南鎮海珠,分文也不直。撞着瞎波斯,更問作何色。當下一槌百雜碎,溈仰之宗未墜地。

虚空無壁落,四面亦無門。日月照不到,别是一乾坤。

嶺雲片片如飛絮,拈作青衫出當家。後代只貪斤兩重,洞山貼秤又稱麻。

黑豆好合醬,半斤還八兩。可憐破沙盆,唤作正法眼。

天上無雙月,人間只一僧。鎮州蘿蔔大,何處不聞名。

人頑似鐵,官法如爐,禾熟登場不納租。米裏有蟲,麥裏有麩。田庫奴,至道無難會也麽。

東西南北是門頭,問趙州兮答趙州。三四百條花柳巷,二三千處管弦樓。

此光不是佛光,群臣莫我敬王。陛下問處便是,管取龍顏大喜。休擬議,擬議白雲萬里。

秤頭有紐,秤尾無星。一個錘推上推下,兩片皮説重説輕。若是牙郎主人,豈定道麻三斤。

如何活水不藏龍,情願淹他死水中。提起當年齋瓮看,不堪惆悵動悲風。

不快漆桶,團圞無縫。一擔兩頭,中間最重。堪笑翁翁只賣油,勘破須還老趙州。

暉天露刃七星流,擬欲抬眸斬却頭。平地死人無數數,銅沙鑼裏滿盛油。

---

① "羿",原作"罷",據《宗鑑法林》卷二十改。

見有人來便咬殺，帶牌惡犬甚狰獰。是渠佛性都無了，情願輪迴墮畜生。
透網金鱗衝浪來，龍門萬仞碧崔嵬。不遭點額還燒尾，閃電光中吼怒雷。
雲門氣宇如王，偏要剜肉作瘡。觀音菩薩買胡餅，也是雪上加霜。
無明有一寶，青黃赤白皂。深山開鋪席，鬧市沿門叫。賣與世間人，可憐都不要。黑漆皮燈籠，撞着呵呵笑。
花藥欄，净法身，金毛師子玉麒麟。舌頭無骨饒陽老，那個師僧眼有筋。
對一說，八十翁翁嚼生鐵。咬却舌，流出血，萬象光中寒凜冽。明眼禪和總不知，剛把烏龜喚作鱉。
百億山河皆帝闕，古今日月一雙眸。不知那個無思算，獨據毗盧頂上頭。
六不收，一拳拳倒黃鶴樓。題詩崔顥今何在，萬古長江空自流。
翠巖打失兩莖眉，屋裏人家便得知。痛處一錐猶自可，那堪更下頂門槌。
動便遭人檢點，坐久却又成勞。古今公議，凡聖難逃。大地山河一片雪，日炙風吹竟不消。
吾家密事俗人知，月蝕盧仝便有詩。只爲慎初兼護末，不知失却兩莖眉。
僧問多福一叢竹，我道千巖一樹松。巨靈抬手無多子，分破華山千萬重。
識得娘娘便問爺，親生終是眼頭乖。人家男女河沙數，更有誰來慰老懷。
後園蘿蔔種，竈下火柴頭。屎窖蛆蟲子，呵呵笑不休。
且喜今年田稻熟，村歌社舞樂雞豚。斜陽影裏人皆醉，扶得翁歸是阿孫。

和梁山和尚十牛頌

尋牛
暫時不在急須尋，莫待渠儂入草深。滿目青山無別迹，只消回首一沉吟。

見迹
也知隔遠苦無多，只管貪程作甚麼。蹄踏蹄兮觜連觜，明明此物更非他。

見牛
臨風忽叫犘和聲，抬起頭來雙眼青。業債知他填未足，歸耕隴畝望秋成。

得牛
如今處處得逢渠，帶水拖泥不用除。總是國王田地上，何妨村草步頭居。

牧牛
百草頭邊百億身，如何得不犯纖塵。鼻繩拽轉從頭看，誰是牛兮誰是人。

騎牛到家
露地橫眠已到家,不騎泥像學丹霞。尾巴搖動三千界,還作宗門中爪牙。

忘牛存人
無牛得看只看山,一個翁翁閑更閑。喜有白雲相伴住,溪邊茅屋兩三間。

人牛俱亡
皮毛筋骨蕩然空,好手毋勞游刃通。正眼瞎驢邊滅却,更將何物顯真宗。

返本還源
現成公案孰施功,耳不盲兮眼不聾。一一音聲諸色相,分明黑白間青紅。

入廛垂手
殺人便解活人來,鬣頷何妨又吒腮。甘作畜生行異類,重重關鎖盡衝開。

答頑石和尚
一絕師弦四海秋,千巖萬壑冷颼颼。如今不用龍筋續,突出虛空有石頭。
棒頭活羨鐵牛機,臨濟聞風也皺眉。未蓺持來香一瓣,鼻端無竅已先知。
佛法從教爛便休,多年紙被自蒙頭。生涯只有數株芋,熟在山中亦懶收。

贈憲司張大使
眼光爍破人肝膽,挂起崚嶒鐵面皮。萬事一公都了辦,驚天動地丈夫兒。

送成首座
未罵一聲先喝我,當時賓主歷然分。如今相送出門去,彼此渾無半點恩。

寄絕照昶長老
見說明州薿菜鹹,夜船多趁海潮還。何時滿載千巖月,萬壑清風恣一餐。

示傅維那
祖道昭昭在目前,絲毫已隔路三千。自家桶底一翻脫,肯信西來別有傳。

示常上人
將謂平常心是道,誰知猶隔萬重關。看他破宅能容易,何似成家作活難。

送巖維那
峰頂雪晴春尚寒,芳庵老朽懶相看。禪和若是英靈底,何必溪頭望刹竿。

示榮上人
要明父母未生前,放下身心仔細參。我也別無奇特處,二三十載住茅庵。

示勝禪人
時把吹毛利劍揮,工夫無一暫停時。殺教生死魔軍盡,報道儂家戰勝歸。

送全上人
全然不識自觀音,訪我伏龍山更深。四月初頭三月盡,黃鶯啼過綠楊陰。
示亮維那
無明佛法無多子,一味砒霜藥殺人。待汝棺材瞠得眼,却教劍刃上翻身。
送印上人
我祖西來傳一印,風行水上日行空。要知文彩全彰處,問取諸方老凍膿。
送謹侍者游方
侍者果然參得禪,頭陀不用豎空拳。諸方門戶透不過,鐵壁銀山在面前。
授知客
授受莫言無窖子,七花八裂破沙盆。祖翁不解收將去,未免餘殃累子孫。
答本空和尚
懊悔當初入此門,至今無物獻家尊。伯勞破鏡渾相似,翻笑飛蝗多子孫。
雷聲未歇電光隨,雪片飛空幾個知。凜凜吹毛全殺活,太平寰宇斬頑癡。
昶首座
瞎驢種草自猙獰,頭角纔生話已行。甘露堂前轟一喝,青天岌岌大江橫。
示曇侍者
幾回禮拜又和南,個事惟憑慶喜諳。二十年來身畔立,何曾辜負老瞿曇。
示琛上人
大道本來平坦坦,祖師密意自深深。只將兩個指頭子,法眼親承地藏琛。
勤禪人
佛祖盡從勤苦得,未曾一法懶中來。我今只麼閒閒地,終日談玄口不開。
示珍净人
休將瓦礫當家珍,大寶元來在汝身。七百高僧無處覓,黃梅一鉢重千鈞。
送滿禪人
滿肚學來無用處,心空及第較些些。今朝一宿龍峰頂,明日臺山大會齋。
送淙侍者
侍者親從净社來,老拳不妄與人開。汝吾甚處相孤負,且向諸方問一回。
昌上人
峰頂高寒雪未開,上人忍凍為何來。齊腰不用庭前立,待得天晴暖自回。

示平知客
平高就下老無明，烏豆換他人眼睛。喚汝將茶來喫了，十分懞懂却惺惺。

示裕禪人
昔年曾喫石溪拳，今日重添巖上禪。兩處成龍一滴水，從教平地浪滔天。

新禪人
門前古路滑如苔，汝是何人敢入來。重賞更須三百棒，青山自解笑顏開。

祖禪人
西來祖意沒星兒，正是虛空落地時。我也不能重示汝，各家留取兩莖眉。

登禪人
佛祖階梯信步登，千巖堂奧未曾升。骨頭換却來相見，方信此間無老僧。

送人禮補陀
觀音和你甚冤家，涉水登山去討他。三十二身巖上現，頭陀切莫眼睛花。

辭石溪請
出世宗師萬萬千，只餘迦葉守枯禪。老僧若也隨流去，孤負山居三十年。
茅庵長是病羸垂，說與閻家老子知。兩碗粥延三寸氣，看來也是不多時。

示紹禪人
紹續須還是個人，嘉禾只有老雲門。當時雙脚拶得折，不到如今無子孫。

示方知客
順風把柁未爲難，逆水行舟險似山。櫓棹不施人到岸，山橫秋水月彎彎。

送宣禪人
適來一見便和南，百十餘城已遍參。謝子遠來無可待，低頭且自入茅庵。

送信禪人還里
十萬里來傳一信，一千七百個封皮。到家的的無文字，問你展開知不知。

示堅上人
汝來到此五千里，我住峰頭三十年。不隔絲毫相見了，方知教外別無禪。

示達禪人
達得名身與句身，更須超越本來人。趙州一領布衫子，因甚秤來重七斤。

示倡上人
祖師個個是優倡，竿木隨身美一場。妙舞只知誇好手，旁觀應恨曲聲長。

圓上人
圓殺闍黎得幾時，痛加一拶早傷慈。懸崖壁立三千丈，踍跳還他師子兒。
示遠上人
清遠親從高麗來，又言曾上帝師臺。我今顯示汝密意，終日談玄口不開。
答泉首座
須菩提在巖中坐，也被天花惑亂心。深水取魚皆信命，不曾將酒祭江神。
日本羲上人
萬里鯨波一策遊，萬峰頂上泊孤舟。夜深來下蒼龍窟，不奪驪珠死不休。
示珪禪人
白圭之玷尚堪磨，瞥爾情生垢轉多。活佛現前須打殺，方能親見老頭陀。
送興上人
纔興一念便多端，無位真人赤肉團。更擬諸方探深淺，那知脚下黑漫漫。
示常禪人
即心即佛錯承當，非佛非心亂度量。荷葉爲衣松葉食，阿誰不是大梅常。
送琇侍者
謝爾遠來求法語，火鍬三下當人情。明朝冷處重知痛，却罵千巖手太輕。
示興上人
興我宗與滅吾宗，隔壁如何口款同。未入門來三十棒，灼然再犯不相容。
與裁縫匠
四面好山花簇簇，一條溪水綠層層。大夫出手加針線，做領青衫與老僧。
示薛道仁
塵勞中事萬千般，攪得身心火一團。己眼不開看不透，灼然處處被他瞞。
示顧妙成
火宅塵勞何日了，本來面目要分明。昔知自己非他物，一切時中總現成。
謝谷居士齋
細抹將來百味周，飽他牛馬一千頭。豈無業力酬居士，香稻雲垂萬頃秋。
示券禪人
佛祖傳來真契券，不曾差錯一絲頭。現成□到閑田地，分付兒孫仔細收。
送死關藏主禮補陀
大藏是何閑故紙，潮音是甚碗鳴聲。死關透過透不過，莫道曾來見老僧。

送净慈新藏主
無端觸我無明發，擊碎如來藏裏珠。拋向六橋烟柳外，從教光彩落江湖。

示秀講主
秀也黃梅第一僧，豈無佛法繼傳燈。只知身是菩提樹，不覺衣盂付老能。

解夏留衆
山田叠叠稻高低，山北山南水滿溪。此去不愁無飯喫，大家相聚莫東西。

送本首座之杭州
此去錢塘三百里，脚頭不動到其中。只將一隻人天眼，照破湖山千萬重。

示國清清侍者
文殊貶向鐵圍山，不用門前指一彈。試問國清清侍者，豐干何似老千巖。

示聞上人
三十五年空過了，如何父母未生前。即今若不知端的，這話更參三十年。

示桃溪周自律
佛戒持身爲自律，更須參我祖師禪。桃溪溪上花開也，翻笑靈雲三十年。

示守明道士
九十七個徒自誇，槌殺佛來方作家。天上蟾蜍銜月走，其餘是甚臭蝦蟆。

答仲石和尚
古人個個屙漉漉，今日天寧却較些。象步截流連底過，却憐龜尾拂泥沙。
千巖説話少機關，棋遇仙人更是難。一着不能全殺活，幾乎輸了爛柯仙。

送日本透侍者
明得己躬生死事，祖師公案透何難。拈來一隻蓬蒿箭，射入千山與萬山。

示珍上人參方
從門入不是家珍，須要丈頭開眼睛。江西湖南與麽去，雨餘叠叠亂山青。

示巽上人
巽爲風也震爲雷，乾轉坤旋萬象開。未兆形名前一着，問渠端的是何來。

寄萬峰蔚首坐
郁郁黃花滿目秋，白雲端坐碧峰頭。無賓主自輕拈出，一喝千江水逆流。

送登州智首坐
一喝兩喝三四喝，喝得虛空雙耳聾。百獸聞之皆腦裂，瞎驢從此振家風。

寄高麗雲宰相
將相兼明文武才，赤心片片奉君來。更須知有通天竅，頂顙摩醯正眼開。
方誠翁生日
日暖風和二月春，鳥啼花笑慶生辰。吾儂示汝長生法，無相身中有相身。
示高麗尼妙華
佛性本無男女相，世間禮法有尊卑。單提一口吹毛劍，掗透吾宗向上機。
僧問萬法歸一話，乃說偈示云
萬法歸一一何歸，活捉清風細剝皮。更把虛空敲出髓，森羅萬象血淋漓。
送玉泉昱維那
八十斤刀手裏輪，一聲槌下進三軍。沙場血戰緣何事，直要生擒老布褌。
寄左吉平章
本是靈山會上人，如今權現宰官身。好將金鼎調羹手，撥轉如來正法輪。
示徐了庵居士
問渠佛作如何念，拜起呈予紙一張。胸次不留元字腳，看來猶是錯商量。
示任真牧
禾邊緊把繩頭拽，草裏重攜拄杖行。放去收來純熟了，荒田犁把任縱橫。
寄楊質庵
質庵狗子咬殺虎，山野牛兒瞎似驢。擺尾搖頭無兩樣，世間龍象未如渠。
示楊居士及妻黃氏德徹
祖師公案參教徹，見色聞聲不用盲。夫婦唱隨能事畢，團圞正好話無生。
慶雲滿長老
六十痛棒蒿枝拂，一喝須教三日聾。戴角擎頭行異類，即今誰肯滅吾宗。
示永嘉聞禪人
昨夜茅庵親一宿，今朝速返意如何。頭陀大有過人慢，不起禪床問永嘉。
示華藏藏主
信腳踏翻華藏海，不妨看月到雙溪。山形杖子秋來瘦，又欲穿雲過浙西。
示育王殿主
八萬四千真舍利，等閑撮向指尖頭。亡郎隻手長加額，一片光明夜不收。
龍藏主
龍藏團團轉未休，況兼甘露滴深秋。一絲牽動滔天海，不怕鯨鰲不上鉤。

送何鑄鐘
天下有名何鑄鐘,遠來相訪老巖翁。吾家火冷冰生也,且趁諸方爐鞴紅。

示慧禪人
我也出身徒弟院,不修智慧逞聰明。如今知得都無用,終日茅庵樂太平。

示應維那
應用門頭都打透,發揮向上祖師機。看渠無甚閑家具,絕後光前只一槌。

東隱
一自金烏出海中,三更早是一輪紅。何須更學西山亮,直到如今不見踪。

雨耕
滴滴之聲未肯休,雲垂大野水盈疇。從教笠重蓑衣濕,我且扶犁痛打牛。

無庵
誰曾架此三間屋,又是何人借住來。只把虛空爲壁落,從教門户潑天開。

諾庵
自喚一聲還自應,知伊未是到家時。如今門户天然別,未到家時也許伊。

古松
劫初無地着靈根,直下誰知有茯苓。子落叢林成大樹,萬年不改四時青。

大徹
虛空寬廓猶嫌小,透底何妨透頂頭。吾祖口門端的窄,過窗之後更無牛。

雲海
一片飛來點太清,彌漫萬頃覆滄溟。瞥然又是從龍去,深夜澄澄浸月明。

古田
空劫已前無界至,憑誰契券力番耕。拋來一粒無情種,香稻如今遍界生。

退庵
如何推不向前行,住個茅堂自暢情。好個省緣安樂法,門前一任綠苔生。

送樓國潤
江南春色濃於酒,江北春風醉花柳。深山角落拈石頭,春雨碧苔三寸厚。金烏飛,玉兔走,龍蛇驚起春雷吼。牛不行,引其前,馬不進,鞭其後。豈有人而不知有。七尺堂堂美丈夫,慎勿蓬然成白首。

澄靈和尚山居偈寶藏主求和
因僧問我西來意,我話山居三十年。火裏芋香留客共,擔頭柴重倩人肩。

困眠峰頂難磨石,渴飲松根不老泉。真正舉揚無別事,草深一丈法堂前。

和韻題布衲和尚墨迹後

休論南嶽與天台,師子親從窟裏來。大冶精金無變色,深山巨木有全材。骨堆法海肉猶暖,語落禪叢眼自開。翻憶闍維相送日,石頭路上滑於苔。

次月江和尚韻送何山首座

金輪王子萬人朝,正令喧轟動沉寥。黃蘗謾誇三頓棒,集雲休説四藤條。曾分猛虎口中肉,慣奪毒龍頭上標。此去西江俱吸盡,歸來漲起浙江潮。

絕照昶庵主

昔日曾居老觀巖,如今又住伏龍山。等閑識得庵中主,正好提持向上關。一百十城能事畢,二千餘載古風還。鐵枷荷負休嫌重,你若忙時我便閑。

謝宣州亨上人惠木瓜

世上久無真木瓜,宣州毒種又抽芽。樹頭結就團團果,葉底開來灼灼花。味惡頓甦諸佛病,香清常滿道人家。千巖嚼月和雲噞,直得冰霜透齒牙。

法弟修山主

寂庵十二三年別,今日何如舊時節。鬚鬢俱成班白翁,江山休語東西浙。半間茅屋冷如冰,一片梅花心似鐵。柴床坐久竟忘眠,夜深月照千山雪。

送心知客

上人鵝湖作知客,職滿江湖遍行脚。一條挂杖黑鄰皴,雙眼射人光閃爍。殷勤踏上伏龍山,恰好頭陀相撞着。不須更話坐禪銘,何必更求無病藥。一杯茶罷笑呵呵,噞了是誰曾吐却。

送何山維那

維那職在何山做,當時事還記得麼。堂前鐵鏡甚分明,袖裏金槌曾打破。説甚雲峰桶籭,管甚西來達磨。釋迦彌勒是他奴,文殊普賢無處坐。相逢喪盡目前機,溪上好山青朵朵。

送昇維那

道人來自凌霄頂,生鐵秤錘浮古井。拈來便好提綱宗,神機落落皆相應。笑我茅庵孤迥迥,怪我通身渾是病。破裰不換七斤衫,賤賣麻皮饒貼秤。飢來只煮芋頭噇,爭似諸方好胡餅。千年桃樹花一開,萬里神駒須一騁。踏殺天下人,不用償他命。吸盡西江水,且無涓滴剩。莫教撞着惡冤家,却道狗子有佛性。

送先上人還里

祖師個個埋荒草,末後句子不肯道。岳聱又用黑頭法,惑亂兒孫遍尋討。遍尋討,添煩惱。執之失度太無端,放之自然豈不好。秋風凉,秋月皎,分明唱出還鄉調。若謂生緣在括蒼,依然蹉過無明老。

示理侍者

伏虎巖前虎生兒,墮地便有食牛氣。或隨豹變變於時,或效人班班在裏。磨牙鼓蕩峰頭雲,攫爪逆濺龍門水。更當戴角復插翅,吞却金毛師子子。

示瑞禪人

衲僧家,休擬議,等閑吸盡西江水。江北江南任意遊,肯落他家羅網裏。通身是,遍身是,眉毛尖上清風起。冰雪堆中吐一花,誰道優曇不爲瑞。

示蔣道晟

荊溪居士蔣月堂,超出昔年之老龐。老龐只欲誇清譽,家財都把沉湘江。有男不婚女不嫁,漉漓換米塞飢瘡。爭如居士大乘行,不壞世相談真常。堂上事兄如事父,堂下諸子列成行。打開自己無盡藏,扶起末世光明幢。齋僧供佛濟貧病,并修寺宇及橋梁。又造一萬菩薩像,手持萬朵金蓮香。彌陀山寺新建閣,遣人擎送入清凉。又造鉢盂五百副,遠餉餘飯來東方。無明隨例得一分,五百羅漢龍象驤。普令聞見生歡喜,凡曰遠近皆稱揚。世法佛法成一片,不出居士毛孔光。願以此光施一切,光光交照日月長。四海清平萬民樂,永延聖人壽無疆。

送杲禪人參無見和尚

大唐國裏無禪師,趙州狗子無佛性。一千七百爛葛藤,總是鉢盂重着柄。衲僧唯貴眼目正,一句全提佛祖令。試看華王舉似時,杲杲日輪懸古鏡。

山中偶作

青山堆裏結茅廬,隨分生涯自有餘。松帶雨栽根易活,草無人鏟蔓難圖。清泉白石柴床座,紫芋黃精瓦鉢盂。道者家風只如此,不消更做別工夫。

過得一日是一日,誰管明年與後年。恍惚大千俱壞後,分明父母未生前。青山叠叠茅庵外,黃葉飄飄松徑邊。有客過門休問話,老僧不會祖師禪。

地爐黃獨終無味,屋角青松未有花。紅葉不題流水去,春山多少好人家。

多年布衲烟熏破,縱有工夫懶去縫。昨夜將來胡亂着,通身依舊暖烘烘。

粥罷行來坐看山,誰人得似老僧閑。農家去辦黃昏飯,隱隱青山出樹間。

石上打眠還打坐,松間行去又行來。白雲影裏山無數,杜宇聲中花正開。
溪流一帶凝清碧,四面青山擁翠藍。若問頭陀誰是伴,前三三又後三三。
梅杏纍纍滿樹頭,從人摘去不爲偷。青松庵住青山裹,溪水門前日夜流。
冬瓜棚外種葫蘆,茄子更栽千百株。九丈舌頭三百口,且同一夏住茅廬。
麥壟風清梅雨住,種瓜栽茄人無數。聞鼓聲歸喫飯來,鋤頭倒挂門前樹。
萬般世事一場空,開眼明明在夢中。堪笑嶺雲閑不得,幾回飛去爲從龍。
玉從石裏鑿將開,金自沙中淘得來。便轉衆生成佛去,當臺明鏡已塵埃。
臭穢身中清净身,誰云無我亦無人。古今天地長如此,諸佛衆生不隔塵。
四五月裏竹葉落,萬木青青梅子黃。冷地看他生死事,如何空過好時光。

四威儀

山中行,一條挂杖任縱橫。劃斷門前泥水路,千峰頂上浪花生。
山中住,松竹森森崖石露。眼界清虛即便休,擬欲更尋何處去。
山中坐,說甚西來胡達磨。古今天地一禪床,驢年得會蒲團破。
山中卧,抖擻起來無什麼。何更夢遊兜率天,眼合眼開誰是我。

警世

百年只是暫時間,莫把光陰當等閑。努力修行成佛易,今生蹉過出頭難。無常忽到教誰替,有債元來用自還。若要不經閻老案,直須參透祖師關。

佛祖興慈爲阿誰,恰如父母愛嬰兒。頻頻呼喚情何切,每每拋離夜不歸。四面火來終喪命,一條路直在忘機。分明示汝安心法,使得人間十二時。

金烏東上月沉西,生死人間事不齊。口裹吐將三寸氣,山頭添得一堆泥。塵緣擾擾誰先覺,業識茫茫路轉迷。要脱輪迴無別法,祖師公案好提撕。

眨眼光陰不暫留,莫因名利苦馳求。終成白骨堆青草,難把黃金換黑頭。死後空懷千古恨,生前誰肯一時休。聖賢都是凡夫做,何不依他樣子修。

知足歌

知足庵中無不足,説甚東西與南北。自家珍重用無窮,除外其餘都不欲。自從知足便歸來,今日與君歌一曲。行知足,象王步步蓮花蹵。住知足,一莖草上黃金屋。坐知足,笑他兀兀如枯木。卧知足,兜率陀天清夢熟。衣知足,青州布衫七斤足。食知足,一鉢擎來香積國。財知足,大地撮來一粒粟。朝知足兮暮知足,萬象森羅花簇簇。春鳥啼幽谷,夏風凉拂拂。秋月明兮秋氣肅,冬擁爐兮燒榾柮。有時東壁挂葫蘆,不用鎮州討蘿蔔。錯將耳朵看桃花,眼裏分明聞擊竹。者般知足幾人知,無憂無喜亦無辱。人間生死夢一回,世事輸贏棋一局。假饒弄到帝王前,也是一場乾躄蹭。我笑世人不知足,頭白蒿蒿心尚毒。一朝臥病叫爺娘,眼光落地如吹燭。前程惟有業隨身,閻羅老子難計囑。也不要你金,也不要你玉,也不要你文章與官禄。也不顧你僧,也不顧你俗,也不要你田園併眷屬,祇問平生知足不知足。不知足,業鏡高懸難隱伏。寒時請向鑊湯遊,困則教歸爐炭宿。糞裏長年養臭身,案頭又挂新鮮肉。者個唤作鬼,唤作畜,唤作獄。若知足,決然不受他拘束。玉殿珠樓任意生,香風微動蓮池浴。者個唤作天,唤作仙,唤作佛。却將知足化群生,令他個個來相逐。忽然有個田八叔,高聲唤我駡瞎秃。本來無一物,那更有罪福。討甚閑工夫,口裏水瀝瀝。何不騎頭水牯牛,溪東放,溪西牧。踏常住地,喫常住穀。芳草連天不舉頭,欸乃一聲山水綠。饒你與麽道,也出不得者知足。

快活歌

快活快活真快活,住庵道人活鱍鱍。雖然茅屋只三間,日月常閑天地闊。青嶂後,碧巖前,不在山林不市廛。截斷紅塵無半點,何須更討四禪天。或栽竹,或栽松,乘時消遣自家工。不是山僧愛瀟灑,爲憐松竹引清風。渴有泉,飢有飯,今日明朝如此慣。但只隨緣過便休,一個皮囊何足患。蔬爲肉,茶爲酒,白雲來往爲知友。大家吃得飽膨脖,直得虚空開笑口。一爐香,一卷經,常將此意奉君親。慚愧出家無一事,知恩方是報恩人。出家人,真個好,天上人間何處討。自從知足與知休,不知何物名煩惱。有時笑,有時歌,細語粗聲誰管他。發越胸中無限意,佛祖由來没奈何。要眠眠,要坐坐,竹几蒲團破幾個。休言我不是公卿,多少公卿不如我。要行行,要住住,七尺烏藤手中拄。水邊林下恣遨遊,兩脚何曾移一步。不圖利,不求名,只將富貴等浮雲。看他塵世紛紛者,當甚農家脚後跟。不貪生,不畏死,生死明明只者是。前程抛却任縱橫,擺手便行且無罪。不問道,不參禪,十二時中自坦然。不但日日是好日,亦乃年年是好年。六通謾説阿羅漢,快活休誇自在仙。我快活,能剔脱,大丈夫兒消一撥。有人如我快活者,同到庵中叫快活。快活快活真快活,莫學時人受摩捋。

出山相

飢寒難忍道難求,又去人間賣口頭。不得面皮黄似蠟,如何遮得這場羞。入未爲難出始難,當初何似莫居山。如今是什麽時節,又要將頭入閙籃。

讚觀音
巖上抱膝坐,且道看甚麼。重重世界淡雲中,寒月一輪俱爍破。

佛法水中月,清波無透路。證得圓通時,與汝一轉語。有照有用,亦慈亦智。通身遍身,不是不是。

三教
這三個無孔鐵錘,定盤星上等將來,固有些子輕重。總撒在大洋海裏,更無一個沉浮。休休。從教六耳共同謀,不是冤家不聚頭。

維摩
欺凌諸聖辱先賢,酬對何人敢近前。不是一番遭病打,口頭安得會無言。

達磨
你也不識,我也不識。謾自孤坐九年,肚裏參天荊棘。賺他立雪齊腰,畢竟安心未得。兒孫各有好生涯,春風滿地花狼藉。

行十萬里,坐八九年。不與諸塵作對,不與千聖同纏。攔空搭個無文印,是汝禪流作麼傳。

問着便道不識,看你有甚奇特。若無斷臂神光,空自九年面壁。雪裏花開大地春,葉葉枝枝到今日。

五祖
拋下栽松鈍钁頭,師還許我再來不。看看大樹成林去,蔭覆兒孫卒未休。

六祖
有偈言無物,三更却付衣。暗中些子事,天下有人知。

船子
意在目前,目前無法。一句合頭語,萬劫繫驢橛。住不住,而非身;談不談,而非舌。師資會遇兮以冤報冤,性命相負兮以楔出楔。江波釣盡兮兩岸蘆花,船子踏翻兮一天明月。

布袋
靠着布袋微微笑,半似癡憨半似顛。看你這般無去就,當來成佛待驢年。

寒山
一句子寫不出,拖下紙把住筆。我今助汝腕頭力,動着晴天風雨疾。

覿面相逢笑未休,現成句子筆尖頭。書來字字磨今古,只恐芭蕉不耐秋。

拾得
一個帚,拈在手。大地塵,日日有。轉掃轉多轉不休,放下自然清宇宙。十方世界海中沙,諸佛衆生眼裏花。一個竹筒些子大,如何盛得許多查。

朝陽
東補西補,針鋒不露。一線纔通,日輪當午。

對月
千説萬説,是第二月。老眼昏花,不如且歇。

絶學和尚
據曲録床,提長柄拂。用鐵牛機,碎千聖骨。亦名叢林瞎禿,亦名絶學古佛。

中峰和尚
道大德備,喧天震地。大小大國師,未會末後句。師王出窟,得大自在。金翅不飛,波騰四海。夫是之謂臨濟第十九世。

中峰和尚與師共幀
無孔鐵錘,上牢漆桶。一擔擔來,頭輕尾重。只要有人能賣美,誰云兩個多無用。

雅都寺請讚師相
楊岐十八年,我亦十八年,汝亦十八年。那個在後,那個在前。新婦騎驢阿家牽,伏龍山色青於天。

清都寺請讚
讚也讚不得,罵也罵不得。臨濟下兒孫,那有這個賊。

蘇州開都寺請讚
徹翁山中相見,恰似巖翁觜臉。眉毛鼻孔一般,鐵眼銅睛難辨。若非宿世冤家,定是多生法眷。有些不同,你西我東。蘇州呆子,婺州蠻儂。松根拄杖活如龍,卓破楊岐栗棘蓬。

德一侍者請讚
禪不參,道不悟。竪大慢幢,説大妄語。無明三毒當慈悲,大用現前無佛祖。

德然藏主請讚
德兮無德,然兮不然。僧來便棒,佛來便拳。慈悲没些子,毒害有萬千。道非道,禪非禪。我住松庵汝松隱,要悟更參三十年。

德猷庵主請讚

恣逞無明三毒,結盡生死冤讎。且非後人榜樣,豈爲上古徽猷。鐵繩牽挽不回頭,鼻孔遼天老瞎牛。

金剛吉院使請讚

金剛大士身,永永無有壞。證得虛空法,示等虛空界。

德冑首座請讚

生大我慢,説大脱空。殺人不用劍,血濺梵天紅。佛祖到來須乞命,茅庵別自展家風。

德贍侍者請讚

這個漢,無背面。明眼人,看不見。一絲頭上定涓訛,凛凛金剛王寶劍。

滋茂藏主請讚

佛來也一棒,祖來也一棒。這個老禿奴,真個是無狀。如何做得人榜樣。

如寶藏主請讚

咬牙嚗嚗,胡打亂打。猛虎當軒,誰是敵者。德山臨濟俱擒下。

道明藏主請讚

爲人爲徹,棒棒見血。烹佛煉祖,斬釘截鐵。年來潦倒大郎當,老婆禪對俗人説。石上種油麻,一花開五葉。

德久侍者請讚

這漢別無奇特,只是口快心直。三十年一個茅庵,四十年一文不蓄。撞着惡冤家,啐啄同時失。金剛與泥人揩背,一擦骨出。

德觀庵主請讚

六十拄杖蒿枝拂,萬象森羅痛徹骨。泥團土塊笑眉眉,一對眼睛烏律律。不是心,不是佛,不是物,是何物。

志敬維那請讚

眼又瞎,耳又聾。佛法不會,世法不通。肚腸窄狹,毫髮不容。個般喚作尊宿,滅却臨濟正宗。

德智知客請讚

這個真,難描模。有時善,有時惡。善時佛也不如,惡處虎頭戴角。雖然七縱八橫,未免千差萬錯。鐵床坐斷伏龍峰,棒打石人鳴嚗嚗。

德謙知客請讚

眉毛卓朔,鼻孔吒沙。無手行拳,能打難防之賊;有鉤不紐,誰稱貼秤之麻。阿呵呵,會也麼。從來貧徹骨,不比有錢家。

德讓禪人請讚

一味杜田,全無軌則。捩轉面皮,爺也不識。鐵棒胡揮打驢脊。

淳侍者請讚

山蠻杜拗,別無花巧。有來問禪,不棒便拳。如何稱得善知識,分明是個露面賊。

慈壽庵主請讚

你如要學安心法,一個胡孫須打殺。總持無物可當情,體若虛空何豁達。且道阿誰作證,茅庵六月雪花飛,千古松根盤石磋。

真空庵主請讚

拄杖不拈拈拂子,一頭白髮坐柴床。若論佛祖門中事,昨夜三更月到窗。

寧府張氏德真請讚

此間無我,目前無你。當軒者誰,拄杖拂子。

禪人請讚

不依本分居山,也要做模打樣。繩床角靠却拄杖,拂子頭龜毛數丈。説大脱空,起大妄想。佛來祖來,或拳或掌。教人只管長無明,如何不是無明長。

不是心,不是佛,不是物,是什麼。咄。字經三寫,烏焉成馬。

德然藏主請讚天龍無用和尚像

我住伏龍,你住天龍。彼此老大,鬢髮鬔鬆。當軒踞坐,半啞半聾。鼻孔全然不是,眉毛些子相同。更有一般謾不得,鄉談難改婺州儂。(以上《千巖和尚語錄》)

偈頌

斷崖和尚春圓寂,無見知翁夏亦亡。畢竟有生還有死,千巖不久也無常。兩輪日月如梭過,一合乾坤是磨忙。寄語諸方參學者,莫教蹉過好時光。(《萬峰和尚語錄》附《慈光寂照圓明利濟萬峰大禪師塔銘》)

辭世偈

半生饒舌,今日敗闕。一句轟天,正法眼滅。(《增集續傳燈錄》卷六)

釋惟則

　　天如惟則，法系：破庵祖先——無準師範——雪巖祖欽——高峰原妙——中峰明本——天如惟則。《全元詩》第33冊錄詩82首。續輯：

偈頌

　　一葉落，天下秋。一塵起，大地收。源頭截斷無涓滴，萬派百川俱倒流。
　　十方三世一切佛，墮在裹許跳不出。汝等既是勇猛漢，盡力打個踍跳看。
　　紙屏風上畫於菟，兩眼通紅似火珠。夜來突出一雙角，鬥殺楊岐三腳驢。
　　青州布衫重七斤，趙州無一線遮身。譬如趕狗入窮巷，轉過頭來亂咬人。
　　青州布衫七斤重，賊是臨時相鼓籠。如今見賊不見贓，帶累平民搜地孔。師子林下幸自太平，不許瞎驢趁隊哄。
　　慈悲不是佛，忿怒不是魔。明州布袋橫拖豎拖，人人自屎不覺臭。淨潔地上政好放屙，金粟草粟相去幾何。歲寒落葉無人掃，一任門前堆積多。
　　見桃擊竹悟天真，莫向燈籠說悟因。忽爾被伊開口笑，直教無地可容身。
　　今晨四月十五，諸方浩浩譚禪。不是結却布袋，便是同泛鐵船。者裏隨緣度日，誰能掘地覓天。飢來喫飯，困來打眠。只有一事不得不向諸人道，閻羅老子要打算飯錢。
　　明眼人前三尺暗，賓中無主主無賓。夜叉拈起吉橑棒，打落松梢月一輪。
　　海底波斯失却金，雙盲婆子草中尋。夜深摸得松毛刺，走遍東村叫賣針。
　　殿前地是側磚鋪，寸草年深根也無。有個師姑要還俗，夜來剃却赤鬚鬍。
　　鎮州出大蘿蔔頭，宣州出好花木瓜。相國寺裏芭蕉樹，風吹雨打仿佛破袈裟。諸方大有奇特事，師子林下無足誇。地爐燒柏子，蒿湯當點茶。
　　鶻臭布衫都脱盡，一絲不挂見全身。入門莫道無知識，壁上燈籠解笑人。
　　隔江招手橫趨，望見刹竿回去。知有般事便休，何用傷鋒犯手。
　　懶殘捉我芋頭煨，羨我深居似大梅。有客無端來借問，一花五葉幾時開。
　　蘇州呆，蘇州呆。門外雪成堆，徹骨還他凍一回。
　　小飛虹在獅林裏，橋下竹風涼似水。舊虹飛去新虹來，我跨虹飛從此始。
　　平地牢關立　重，佛來無路得相逢。分明只在尋常處，如隔千峰與萬峰。

（以上《天如惟則禪師語錄》卷一）

　　世事茫茫沒了期，自家活計猛提撕。落湯螃蟹人人見，投火飛蛾個個知。

病到始憐身是苦,死來惟有業相隨。浮光幻影須臾過,火急修行也是遲。

一念回光路不多,外邊尋討轉蹉跎。太湖三萬六千頃,月在天心不在波。
日用工夫絕覆藏,悟心言下好承當。經禪藏海俱拈却,涌出心花照十方。
了心心了了無心,當處全彰義轉深。瀝瀆變爲華藏海,覺華開遍雜花林。
茫茫烟水百餘城,誰肯隨人背後行。脚未跨門相見了,到家元不涉途程。
婆婆安養路無差,了得心源共一家。坐看重重香水海,紫金光照白蓮花。
銷冰爲水水如常,古鏡妍磨再發光。風不動兮塵不起,本來面目露堂堂。

(以上同上卷二)

是句亦剗非亦剗,臨濟滅却正法眼。拍盲曾築大愚拳,不識睦州會擔板。
老婆心是葛藤窠,佛法從來也沒多。一捏虛空成粉碎,眼前留得舊山河。
真照無私用不虧,同時先後不同時。鬼家活計掀翻了,氣殺曹州小廝兒。
如何是佛殿裏底,三世如來眼花起。燈籠露柱笑顏開,笑破虛空半邊觜。
參教透了悟教圓,佛祖拈他向一邊。莫學渠儂昧因果,妄談般若罪彌天。
圓覺楞嚴示密因,道人養拙契天真。礙無礙境俱超越,不歷僧祇獲法身。

老古錐,沒頭腦,一味隨人顛倒。也不會打草驚蛇,也不會按牛喫草。師子林中師子兒,大者大兮小者小。趁之不去招不來,增亦非多減非少。我無一法教渠,教是外邊之繞。待渠萬仞懸崖,自解翻身便了。地黑天昏吼一聲,珊瑚枝上日杲杲。(以上同上卷三)

閑人好歌

有客爲愛閑人好,冷眼看人忙未了。自言攜得閑家珍,受用一生閑不少。髑髏影子能幾何,去日已遠來無多。利門名路苦不徹,誰識我有閑娑婆。閑來佛也無心做,禪板蒲團何用過。沙鍋水暖沸松濤,爛煮白雲松粉和。諸方浩浩誇談玄,我已洗耳寒山泉。只貪夢裏好說夢,睡着不怕三千年。別有一閑不如此,不遭十二時辰使。伸拳放出虛空華,觸碎涅槃與生死。便能掘地求青天,逼拶佛祖成風顛。驢胎馬腹撞頭入,劍樹鐵網橫身眠。笑他枯坐忘昏曉,外似閑閑中擾擾。都緣不奈牯牛何,驀鼻牽來還入草。寧知絕處有生機,静却喧喧鬧悄悄。有時圓鏡裏藏形,帝釋散花無處討。有時鬧市裏挨肩,鐵壁銀山但靠倒。個是吾儂格外閑,離此別求吾未保。廬陵亦有閑道人,通身自被閑圍繞。等閑一語忽相投,爲伊歌作閑人好。

絶照講主棄教參禪

經有經師,論有論師,大唐國裏無禪師。古人一摑一掌血,是痛是癢誰曾知。當時德山好個漢,明眼人前三尺暗。紙燈滅處喪精魂,經論把作冤讎看。豈不見曹溪賺殺老永嘉,破家散宅尋生涯。葛藤露布擺不脱,入海依前去算沙。禪與經論果何物,有師無師誰辨的。草鞋跟底金剛圈,佛來祖來跳不出。絶照座主,生緣古荊。無佛無祖,海上橫行。有時問禪却答教,徹骨窮來思古窘。有時問教却答禪,三個胡孫夜簸錢。有時又向諸人道,教禪總是閑之繞。待我吹起殘紙燈,照看龍潭德山面皮厚多少。

送翠巖藏主

一大藏教是切脚,那字何曾切得着。向他問處一默酬,總是顢頇懵懂休。既非一默又非語,只貴點頭自相許。點頭自許也不然,擔板禪和見一邊。這邊那邊不恰好,若未到家俱不了。翠巖禪者不受人瞞,離却這個別着眼看。見成句子非心境,門近洪崖千尺井。非境非心作麼參,石橋分水繞松杉。便恁麼去成粘縛,不恁麼去難湊泊。何如瞥轉一機,放教磊磊落落。是甚麼,西山走入滕王閣。

贈天台宗無礙辨師

盡十方是個自己,獨露堂堂無可比。恒河沙劫只在一彈指間,三世如來只在一毛孔裏。等閑眨得眼來,早是白雲萬里。地自地,天自天,山自山,水自水。本具者誰,變造者誰。你不似渠,渠不似你。曰心曰佛曰衆生,萬別千差從此始。累及黃面瞿曇,只管粘頭綴尾。説實説權,指事指理。引得龍猛老漢論假論空,達磨大師分皮分髓。無端好肉剜成瘡,白日青天眼花起。疑團栲栳,鈎鎖連環。誤賺來學,胡蹟亂攀。進一步銀山鐵壁,退一步鐵壁銀山。不進不退,平地牢關。若是個定動衲僧,豈肯似瞎驢趁隊。如來禪與祖師禪,信手拈來百雜碎。理也無礙,事也無礙。諦境也無礙,觀智也無礙。乃至辭無礙,義無礙,千差萬別俱無礙。無礙之無亦復無,是名絶待真無礙。到與麼時,更須點檢王老師領下眉毛在不在。若於絶待處承當,行人猶在千峰外。

存心室歌

心不可存,可存非心。虛空背上釘木橛,娑竭龍王痛不禁。心無定所,操之則存。蚊蚋吸乾東海水,藕絲牽動鐵昆侖。格外之存不如是,放之不行把不住。一身普現一切身,一處普攝一切處。少林直指熱椀鳴,二祖求安捏怪生。牛頭觀底是何物,打失自家雙眼睛。道人作室天目頂,以境示心心示境。心境雙存人不知,如井覷驢驢覷井。火聚刀林正法幢,魔宮鬼國菩提場。紛飛妄想入正定,雜樹變作旃檀香。存與不存無不可,衆生心佛全包裹。客來更擬定譁訛,拈起橘皮喚作火。耳裏着得水,眼裏着得沙。莫問是不是,莫問差不差。有佛無佛莫亂走,也莫將身藏北斗。萬仞崖頭撒手時,聽取一聲師子吼。

送安上人歸廬陵跨牛庵

廬陵米,作麼價,鄉人眼空四天下。若喚作禪機,鑽頭無縫罅。若不喚作禪機,早是逼龜成卦。兩頭坐斷解承當,許你鐵牛顛倒跨。你是廬陵人,我說廬陵話。若言老漢有鄉情,三千里外遭人罵。

題了堂禪師松風堂圖

松而不風聲不吐,風而不松不成語。謂渠有情渠不知,謂渠無情渠不許。聲不孤起從緣生,聞不自顯因其聲。聲聞究竟本同體,物我孰辨情無情。龍吟枯木怒潮走,萬鶴起舞仙珂鳴。夜肅師行響金鐵,壯士劍吼神鬼驚。或言入耳便心閑,或言静聽聲愈好。静喧截作兩頭機,等是隨塵性顛倒。了堂松風獨不同,松堂攝歸圖畫中。畫堂畫松默無語,來者撥草徒瞻風。風無形狀誰曾識,聲相本空無起滅。無起滅處眼能聞,閑却一雙新卷葉。

靈溪歌

靈源浩渺無東西,九淵之深比不齊。乘機乘勢忽發動,流出一派爲靈溪。靈溪西來十萬里,決石排山誰敢擬。奔湍泛濫過曹溪,十八灘頭俱漲起。靈溪之湛也,如含古鏡之光,照人面目難覆藏。靈溪之鳴也,如聚萬鼓之發,喧轟海嶽聲浪浪。德山之棒震風雨,激濁揚清未輕許。臨濟之喝驚雷霆,逐浪隨波成錯舉。偃溪入處非真聞,虎溪舌相尤妄傳。古渡打濕洞山脚,淺灘翻却華亭船。大地群靈漚生漚滅,三世諸佛頭出頭没。急流勇退無先機,淹浸何止千七百。或謂溪無靈,溪之惡毒難具陳。或謂溪有靈,溪之妙用如有神。溪靈不靈,吾不可以智知而識識,君其問取松江江上靈溪源上人。

題金上人血書華嚴

遮那身住虛空土,垃圾堆頭寶光聚。普賢行海知識門,萬派百川同一源。七處九會因行掉臂,四分五周看樓打樓。塵說刹說熾然說,真佛現前難辨析。海水爲墨須彌筆,從古至今書不得。彼上人者別展神通,了知行布不礙圓融。攝遮那身土於十指頭上,含普賢境界於一毛孔中。針鋒一劃文彩露,血滴滴地談圓宗。紫雲行空現樓閣,雨染雜花春樹紅。五十三人口挂壁,風前疑殺善財童。

懶牛歌

懶牛一生懶入骨,自是天然懶標格。堂堂露地三十年,頭角崢嶸人未識。既不入桃林群隊,又豈受溈山鞭策。犯人苗稼久無心,鼻孔撩天穿不得。春山蒼蒼水茫茫,烟莎露草春蹄香。渴飲飢餐隨分納,卷桐聲外眠斜陽。抖擻渾身空索索,珍寶大車難繫縛。三界無家何用歸,平田識路俱成錯。五千四十八軸閑繩頭,惹着絲毫不自由。一千七百個未了漢,牽犁拽杷何時休。人言懶是偷安計,我懶豈容人妄擬。有時力挽不回,有時興來自起。觸碎微塵剎土,欄圈無門;踏翻祖父田園,虛空沒底。政恁麼時,不妨寄語老東山,尾巴不在窗櫺裏。

送道林訓書記

南匾頭,没伎倆。疑着洞山三頓棒,却來註解趙州婆,道有道無爭倔强。殊不知萬法根源只在一毫端上。一毫端上見根源,猶是眾盲同摸象。所以馬大師一扭扭折百丈鼻梁,一踏踏倒水潦和尚。又道自從胡亂後,三十年不少鹽醬。全放是收,全收是放。當時若會這一機,莫道老慈明,佛也難近傍。山僧與麼指點黃龍,敢問道林書記是贊是謗。若也緇素不行,佛手驢脚生緣,更下一分供養。

可庭歌

可師立處一庭雪,金剛脚跟凍欲裂。覓心不得便心安,敢保老兄猶未徹。一方明月可中庭,妄認浮光昧己靈。未明光境俱亡話,屋底窺天天杳冥。別有可庭非此類,以可爲庭無向背。萬象交參齊點頭,誰道我宗無肯意。有時捏聚輪圍山,浮幢王剎手可攀。佛佛祖祖落階級,只在周遭檐廡間。有時放開空索索,十方洞然無壁落。堂上一呼人不聞,舜若多神隨應諾。黃葉飄飄砧杵中,修廊浩浩鳴松風。生臺得飯鳥聲樂,一一代我談心宗。今人未信吾言直,門户萬差難可測。虛空落地已多時,柏樹子不肯成佛。却請盤龍詎可庭,爲他露個真消息。

中洲歌

我聞毗盧華藏海,海面涌出蓮華王。華中持地若洲潬,其地堅厚皆金剛。洲中復現海無數,海復現華若雲布。一一華持地若洲,各有剎種依洲住。種中現剎數復多,剎剎相依如蜜窠。一剎一佛一眾會,各現相好光交羅。又聞有説不如此，於諸法相俱無取。大海吞在一毛頭，諸佛安身無處所。若執有相非作家，天地之隔毫釐差。海洲洲海本非實，一切世界猶空華。又聞非空亦非有，拈得鼻孔失却口。盡在當人一念間，二由一有一莫守。楚士有海禪家流，因海得號爲中洲。我持如上三種義，試問中洲會也不。中洲曰恁麽也不得，不恁麽也不得，恁麽不恁麽總不得。仰天一笑忽忘言，雲盡湘潭暮山出。

金陵行

有一句，最捏怪，山圍故國周遭在。有一句，最氆氌，潮打空城寂寞回。山是山，水是水，平地無端骨堆起。水非水，山非山，五花猫子身無斑。衲僧格外有一着，道是道非都剗却。也解拏空塞空，也解將錯就錯。漢來現漢，胡來現胡。釋迦彌勒，猶是他奴。鉢袋傾出四大海，草鞋踢倒須彌盧。非心非境非三昧，絕照講師知此意。搜翻教窟與禪窠，却道古人都未會。第一要問牛頭融，第二要問鷹巢翁。杖頭門起金剛鑽，奮迅勢若龍翔空。我似大蟲看水磨，又如牛向窗欞過。雖然脚債還未清，學得蘇州呆打坐。這個這個及那個，與麽與麽不與麽。待君勘辨歸來，一一爲吾説破。

吳門清上人遊天台

石橋那畔有一路，只在轉身下床處。虛空踏得脚跟牢，橋流水流誰暇顧。華頂峰前有一關，只在推門落臼間。門裏門外總莫問，但見滿目皆青山。衲僧能捨亦能取，大地撮來無寸土。有時百億閻浮提，放開只在秋毫許。此話雖靈信者難，今人不受古人瞞。山高水深路長短，親到一回心始安。瀑龍吼空山欲動，萬雷急鼓奔相送。浪花飛上蒸餅峰，六月陰崖雪霜凍。雲鎖通玄路不通，國師去後無遺踪。頭陀坐石畫難就，明月在泉烟在松。半千尊者何由見，陽焰空花是宫殿。點茶莫認茶中花，花前認取娘生面。興闌政在下山時，山水絲毫不可移。離聞離見得消息，誰去誰來應自知。有問石橋亡恙不，那時切忌輕開口。又問華頂今如何，掉臂便行莫回首。若問靈巖與虎丘，不妨向道蘇州有。

送浄慈別流涇藏主歸湖南爲乃師鐵牛和尚建塔銘

我也不會説禪，釘樁搖艣三十年。禪也不會我説，赤眼烏龜喚作鱉。依稀南海老波斯，牙齒生來半邊缺。拍盲爛嚼虛空渣，吐作炎天三尺雪。洞山麻三斤，雲門乾屎橛。拈來一處看，不覺腦門裂。何似別流機更別，鐵牛之子金駢脅。蹉脚踏翻西子湖，拔出摩尼藏中楔。三世諸佛被渠橫吞，口縫纔開雷奔電掣。此行歸去靈雲山，要向懸崖峭壁上磨出先師金剛眼睛，却把髑髏都屏叠。

臨行求我下轉語，我無語，千里萬里一條鐵。

無文奎藏主

喫粥了洗鉢盂去，趙州死句是活句。向他開口處承當，者僧道悟何曾悟。個事本非悟得，又非直下現成。如蜜有砒綿有刺，動着絲毫即禍生。一大藏教臭肉爛鮓，千七百則烏焉成馬。仰山解用藤條，總是之乎也者。我一手搦一手抬，放之不去收不來。且無一法繫綴汝，待汝他時眼自開。眼開提起無文印，萬象森羅都印定。印破空王鐵面皮，三世如來從乞命。歸去橫推六字峰，納在蟭螟眼睫中。拈一莖草打噴嚏，萬壑凛凛生清風。有問吾儂着落，向道無你摸索。龍王吞却夜明珠，海底泥牛鬥折角。

無等功藏主

開口咬着舌，洗面摸着鼻。明明百草頭，明明祖師意。當年黃檗有眼睛，六十痛棒打臨濟。打得臨濟掣風顛，逢人吐出粥飯氣。大愚喚作老婆心，喪盡衲僧窮活計。擊着南邊動北邊，張公喫酒李公醉。若是英靈大丈夫，豈肯問人求解會。陽焰空花撮聚來，一捏虛空如粉碎。却向自己胸中，流出蓋天蓋地。有時越格示一機，攪得叢林成鼎沸。蒺藜輥作百花毬，橫拈倒用如遊戲。是名無等等功勛，亦名無等等三昧。直饒達磨再來，賣弄百千鬼伎。只消搖手向他道，老兄老兄那裏泊。

希雲悅藏主

雲峰之悅眼見鬼，精魂落在桶箍裏。指點他人藥汞銀，破桶自家提不起。希雲雖與悅同名，娘生鼻直雙眼橫。頂天立地作活計，一步不肯隨他行。曾向獅巖遭一拶，機前學得翻身法。倒握主丈江東西，拍盲撞倒張三八。石耳峰連馬耳峰，三喚如雷聽若聾。海藏摩尼都潑撒，龍翔觸撥僧中龍。此行會我吳門路，狹路相逢没回互。挂起風霜鐵面皮，爲他勘辨同參句。塞却現成途轍，摟空舊日生涯。也解虛空揣出骨，見佛見祖如冤家。斬新號令超今古，別有一機須薦取。揭翻狗舐熱油鐺，打作叢林塗毒鼓。

寂上人遊五臺

寂而常照，照而常寂。百億毛頭師子，師子毛頭百億。我真文殊，無是文殊。舉着當機不薦，目前遠隔程途。只如僧問臺山路，婆子向道驀直去。趙州勘破沒來由，古今疑殺人無數。上人此去挽不留，要勘文殊并趙州。肩橫栲栗健如虎，破衲價重千金裘。清凉石上雲似水，六月寒風冰骨髓。攝身光裏見文殊,隨人拜倒隨人起。前三三與後三三,見了文殊政好參。若遇善財莫相笑,牛頭自北馬頭南。

用邵庵虞學士韻送楚石首座

道人途路即家舍,也曾三處度殘夏。邵庵居士識此機,笑他坐破蒲團者。大千捏聚一毛端,萬斛驪珠恣揮灑。鐵蛇橫路斷人行,破山怒雷吼春夜。曾是毗耶詐病來,現陰非取前非捨。世人言下探淺深,兔子渡河疑象馬。自稱瞎漢眼生花,佛亦被他瞞了也。渠儂用處楚石知,此去重登庇寒厦。眉間拈出金剛王,截斷舊時長脚話。

贈洞山藏主

東山道個鉢囉娘,渾侖吞却一大藏。雲門颺下一片柴,生鐵蒺藜難近傍。誰知弄到如今,翻成不了公案。俊快衲僧,當斷即斷。會得最初一機,便是末後一段。没譊訛處却譊訛,殺活臨機無榜樣。豈不見慈明激發南匾頭,只消洞山三頓棒。

次篷字韻

道林書記與立卓峰二三禪友用篷字韻一再唱和,既已成卷,復於余言有所須。隨喜兩篷,聊當行廬。

船子不具眼,度水尋魚踪。斫盡釣竿竹,踏翻波面篷。近年有錦鯉,不落齏瓮中。擘開龍門浪,點額成點胸。回頭笑我懶,坐殺殘與融。問我舊行路,漿水錢誰供。我聚百千海,毛吞廓有容。勞汝探深淺,從西復過東。

古人用棒喝,挂角羊無踪。如經惡毒海,艫棹隨篙篷。覿面一蹉過,躲跟棄臼中。漆桶既不快,換手徒槌胸。道林脱教網,氣壓生肇融。徵我棒喝話,屎腸無可供。老大會魔説,人情無少容。北斗面南看,瞿耶尼在東。

用月江和尚韻送一如藏主

昨夜西風撼門扇,鄮峰關楔深難見。後二十載松月翁,爲渠和曰重推轉。一如振錫嘗造門,栗棘便解渾侖吞。捋猛虎鬚打踌跳,就地踏翻風水輪。去年喝石巖前路,拈出東山切脚句。萬丈龍淵徹底乾,搆取驪珠下山去。鉢袋中藏蠱毒盂,氣吞佛祖誠非虛。重來江上見松月,下視龍象皆黔驢。老蝦之屈爲其子,落草之談不成語。閩蜀同風話最靈,此去逢人莫輕舉。

送法眷順庵歸禾山白雲峰

坐卧非禪,禪非坐卧。口縫未開,早成話墮。六字峰頭有一機,祖父不曾輕説破。累吾與汝向外馳求，有佛無佛都走過。二十年間兩相見，查查牙牙俱老大。汝既知水漲船高，我亦道飯是米做。諸方浩浩今何爲，轉大法輪水推磨。水銀不敵阿魏真，巴歌將作陽春和。若之何兮争奈何，政與麽時堪作麽。白雲峰下汝當掃迹歸來，師子林中吾亦橫身打坐。莫隨祖父脚跟，賣弄陳年滯貨。豈不見道吾舞笏，禾山打鼓。盡是勾賊破家，燒香惹禍。三世諸佛一口吞，千人萬人個半個。

歸善室歌

太湖山上君祥錢，作歸善室栖吾禪。入門一見眼卓朔，坐久稍覺身安便。人言善惡本無性，取捨悉由情變遷。捨惡取善曰歸善，惡去善存猶是偏。善歸極善善亦捨，歸至無歸性始圓。亦如設藥以治病，病止藥除神自全。山僧用處不如此，善惡取捨無擇焉。見佛不欣魔不厭，出生入死皆隨緣。主人共我室中坐，我坐既倦還復眠。興來曳杖出門去，摩挲老眼湖山巔。湖山倒壓天在水，天水水月光相連。仰觀俯察天地闊，萬象歷歷森吾前。初疑湖山共一室，又疑一室容大千。大千廓爾遍法界，遍界群昏俱了然。佛法無所用其説，祖燈無所施其傳。兩岸中流人不見，山前閑却過湖船。

送玉磵首座禮祖

達磨未來那一着，獨露乾坤空索索。無端覓心又覓罪，重重鑽破靈龜殼。君不見破頭山下栽松钁，撞入禍胎揚醜惡。至今濁港水橫流，兩岸行人難湊泊。又不見黃梅夜半神鬼喧，墜腰石在無人傳。後來喚作鐵酸餡，滿世有口誰能吞。何況牛頭之融鶴林之素，橫出一枝閑露布。亂抛無孔生鐵錘，擊碎虛空重鍋鏴。承虛接響，熾然異同。正法既掃土，滿眼皆魔宗。君亦浩氣如秋虹，早曾拶倒雙峨峰。此行爲我拔魔壘，手握主丈猶獰龍。海門一關攔不住，雷電鼓舞號天風。石頭城外打踍跳，怒浪捲起長江空。不然割斷淮山路，轉身直上匡廬去。坐看銀河落九天，南山起雲北山雨。

托鉢歌

衲僧家，無活計，又無祖父閑田地。靠個隨身黑鉢盂，飢來喫飯困來睡。古佛棄却金輪王，領徒乞食遊城隍。兜羅綿手捧鉢出，千二百衆生威光。鉢盂喚作多寶藏，逐日生涯無限量。現成受用學無爲，佛與兒孫爲榜樣。鉢盂喚作長熟莊，古佛化飯吾化糧。化糧隨意作粥飯，雨濕風寒都不妨。鉢盂只是一張口，其量不過容一斗。有時吞却太虛空，千倉萬倉無路走。夜半曾將付老盧，黃梅一衆驚相呼。曹溪降得惡龍住，拍拍正令行江湖。趙州喫粥洗鉢去，禪者疑團頓開悟。德山托鉢下堂來，會得巖頭末後句。維摩取鉢來上方，飯顆如珠爭煒煌。百萬大士同一飽，毛孔七日猶生香。鉢盂靈妙說不盡，佛祖仗他延慧命。持來折我憍慢幢，發汝施心生正信。今年施了又明年，年年來結飯僧緣。我圖成道故持鉢，道成爲汝增福田。此事有因還有果，施少施多無不可。你若慳囊不肯開，是你無緣蹉過我。我不作化疏，亦不持飯籮。聊將佛祖求道意，寫作長篇托鉢歌。有人指我歌中病，笑我未空文字性。言多道遠佛難成，鉢盂何用重安柄。我笑諸人病更多，鉢盂無柄却諵訑。若還摸得柄在手，成佛何消一刹那。

勸世十首

有生有死大家知，知不回頭也是癡。傀儡一棚看不厭，可憐終有散場時。
驢事未了馬事到，鈎鎖連環沒斷頭。只管今朝又明日，等閑蹉過一生休。
蜣螂負糞長嫌少，老鼠搬金不怕多。只道臨終將得去，臨終却不奈他何。
病來便作死承當，個是單傳秘密方。你若目前無主宰，落湯螃蟹沒商量。
得休休去便休休，放去收來總自由。畢竟勞生非久計，休將妄想挂心頭。
修行如買世間物，肯破慳囊事即圓。只把口頭閑議論，恰如着價未還錢。
不知那個是我性，反覆看渠渠是誰。驀地相逢親識破，如魚飲水自家知。
工夫一步緊一步，鐵鑄牢關也拶開。父母未生前面目，還他親見一回來。
密意從來在汝邊，通身都是祖師禪。自家癢處忽抓着，海底蝦蟆飛上天。
一念不生成正覺，古人開口見心肝。機先若解承當得，快便何消指一彈。

吴門送牧幻藏主之江陵十首

會得雲門六不收，行藏無處覓踪由。姑蘇城外聞鐘意，却在江陵石馬頭。
八角磨盤生鐵鑄，秋毫才動泰山傾。那吒費盡腕頭力，攔不住時須放行。
蘇州有與常州有，湘北湘南誰道無。酒好不論深巷裏，醋酸何必大葫蘆。
龍潭滅燭口唇焦，南嶽磨磚臂骨勞。牧幻道人閑不徹，江陵水長看船高。
牧真牧幻絕商量，滿把摩尼解放光。拈却盤山光境話，佳聲從此播諸方。
丈六金身一莖草，一莖草上現瓊樓。陳年公案忽靈驗，頑石聞風也點頭。
三世如來一口吞，古人事出急家門。却將教化衆生事，千載相傳累子孫。
白蓮峰與白蓮橋，幾度交參話寂寥。一句現成曾舉似，鐵牛背上刮龜毛。
碧眼相看兩不疑，屎腸抖擻見家私。臨行縱有堪持贈，也是重添眼上眉。
不是冤家不聚頭，行人莫與路爲讎。淡交雖似水無力，却也能勝萬斛舟。

山居雜言十首

拈得尖頭小屋兒,諸方公舉兩無疑。有時地黑天昏去,也被雲來奪住持。
佛法文章一字無,柴床對客粸盧都。胸中流出蓋天地,老倒巖頭牙齒疎。
憶在蘇堤過六橋,小番羅帽被風飄。滿頭帶得湖山雪,幾度驕陽曬不消。
齒搖面皺髮星星,眼裏青黃不暫停。有個不隨他變底,鄉談依舊是廬陵。
剗草分明錯用心,殿前回首翠林林。工夫用在皮膚上,根脚誰曾見淺深。
髮生道我法財寬,白紙相呈請破慳。誰信山僧空好看,剃頭錢是別人還。
語言學解弄狐疑,莫費光陰强記持。多少英靈被埋沒,白頭忘却出家時。
野牛浪蕩本無家,纔擬關攔事轉差。遍界是國王水草,任他隨分納些些。
賓中主即主中賓,逆順縱橫莫認真。狹路相逢解回互,闊籃政好着閑人。
鼻孔裏有三寸氣,眉毛下有三寸光。好個西來祖師意,問人都是錯商量。

能上人回廬山省師
舊日廬山舊眼看,阿師有甚不平安。放蠅莫打紙窗破,風雨落花春政寒。

夢庵
三世如來眼未醒,昏沉妄想立門庭。客來不把拳頭豎,寐語從他隔壁聽。

玉圃
鑿開頑璞得些子,瓊樹瑶花種滿林。却笑祇園布金處,近年荒草沒頭深。

天目純上人歸萬峰庵
瓦鼎煎茶嚥芋頭,萬峰茅屋記同遊。開門趕出睡魔去,放入松蘿月一鈎。
枯木巖前舊路頭,松花滿地沒人收。叢林佛法無多子,倒握烏藤歸去休。

福首座禮文殊
文殊相見福城東,有語須防是脫空。曾道南方有知識,百城走殺善財童。

靈頭陀往五臺
都道文殊在五臺,幾人親到却空回。頭陀主丈有靈變,爲我一肩挑取來。

古關
二千年外立宗風,把定禪門第一重。千七百人拚命捼,至今歸路不曾通。

觀上人禮補陀
補陀巖畔去何求,不見觀音誓不休。見了觀音當自笑,元來胡餅是饅頭。

隆上人回廬陵
青原老漢得人憎,慣用危機辨衲僧。米價至今無倒斷,相逢莫説是廬陵。

無言演上人閱華嚴
了心非法法非參,勘破南方五十三。烟水百城知己少,低頭各自打鄉談。

保寧鐵舟首座歸新羅
保寧有個金剛鑽,首座傳來用處多。變作無毛生鐵鷂,鐵舟載取過新羅。

空庵
裏許洞然無一物,能含法界也虛傳。趙州不具機前眼,被個拳頭礙却船。

贈劉鶴心
會讀能消多少書,最聰顏子却如愚。丈夫莫被聰明使,能使聰明是丈夫。

盡大地人都病瘧,從生至死不曾閑。一年一度發寒熱,汝瘧明年五十番。

向聞遇風彭蠡湖,大舟欲没神鬼呼。驚魂脱死亂不定,一夜白却三牙鬚。

如海
比似滄溟納衆流,滄溟元不是同儔。世間何物能相似,惟有虛空似一漚。

古耕
威音王世墾荒丘,留與兒孫種復收。今代未知承佃法,教人空手把鋤頭。

贈費子潤并引
費子潤者,松江上海縣人也。其父謙甫嘗被盜,里有念佛婆子累受謙甫周急之惠,一日持金珠來賣,乃甫被盜之物。甫寬厚,隱而不問。家有寵妾謂婆曰:"汝賣賊贓,事發不汝累乎?"婆始悟且懼,遂自刎而死。未幾,妾有娠。將誕之夕,夢刎婆入卧內。妾叱之。婆曰:"吾與謙甫有宿緣,當為作子。過五年汝當償吾命。"及覺而誕,子潤是也。生五年,其母果卒。子潤今四十餘歲矣。生而頸有刎迹不吻,以手按之則鮮血津津而出,至今猶然。余目擊之,其事怪甚,因述三偈以贈,令知報償之説不誣,而業力有不可思議者也。

婆子前身子潤知,報緣影響巧相隨。皮囊脱換名生死,能死能生個是誰。

誰死誰生認不真,胞胎出入豈由人。最憐業力難思議,刎迹相傳到後身。

出胞胎又入胞胎,百劫千生與麼來。誰解髑髏前照破,摩醯眼在頂門開。

禪人以偈見呈索和凡三首
紙上傳來説得親,翻腔易調轉尖新。是人愛聽人言語,言語從來賺殺人。

長篇禪偈短篇詩,我又如何敢措詞。倒腹傾腸無點墨,看人文字眼如眉。

説甚全潮與一漚,定盤星在秤無鈎。陳年滯貨誰曾問,羊店即今懸狗頭。

送徑山閭首座歸住盤龍且勉其復出

夢升兜率在凌霄，夢覺和光把手招。井底蓬塵飛一點，龍峰增起插天高。
換一機來答問漚，秤錘落井也教浮。盤龍三十六盤路，須信盤盤有轉頭。

贈海上人

挂角羚羊迹已懸，追風良馬不容鞭。腳頭腳尾忽蹉過，又隔途程萬八千。
直下承當也不難，通身慶快始心閑。衲僧行履如遊戲，平地何曾有嶮關。

示天目同參五首

天目元無道可傳，神頭鬼面認難全。先師不具參方眼，見得師翁鼻半邊。
曲跦彎闌不是禪，單傳直指也徒然。古人一度被蛇咬，三二十年疑井圈。
波斯臘月嚼寒冰，灼艾眉間救齒疼。今日思量當日錯，病源不在灸瘡痕。
爛葛藤窠滿道途，諸方邪法愈難扶。熱油鐺子掀翻看，火性如今尚有無。
燈籠一笑口喃喃，露柱橫吞師子巖。接得當時第三句，老僧許你是同參。

水西原十首并引

至正丙戌，余年六十又一，緇白諸禪友念余不知老之將至，乃裒錢買山六七畝於虎丘之南二里許，爲余作歸藏之計云。今年丁亥秋九月戊申，作門于水際，榜曰水西原。廿一日庚申預定葬所，穴而覽之，徒僧善遇手刻于石，納諸穴以志之曰：師子林開山老人之壽藏也。穴之上覆大石以爲塔之基。河西大師唆南獻巧以圖塔樣，高丈許，塔之正體南爲門而洞其中，以安無量壽佛。佛高一尺有六寸，紫石琢而黃金塗，使天人鬼神知所敬仰。十一月九日塔按圖而告成。前爲軒似舟，扁曰山舟。皆諸友之力成之也。立卓峰買舟載余往觀之，舟自半塘而西，過金氏圓覺庵，又西過掠象寺不遠，水忽盡而舟及門矣。入山行數百步，路轉而折，萬松間一塔出焉。於是或循塔而行，或乘高而望，或倚松而立，或踞石而坐，或語或默，皆作已滅度想。既而復自念曰："生本無生，吾其果有滅耶？滅既無滅，吾其果歸乎此耶？"不覺隨意顛倒，衝口而發，說十偈以紀之。噫，古人有自祭者，有自狀其行者，有自銘其塔者，皆足以傳誦於人而垂化於世也。余敢望於古人哉？自警自訃而已。

大千世界水西原，百億須彌是土墳。無位真人埋不定，又添一穴累兒孫。
業債如山不可摧，當死隨業受輪迴。是誰望我先成佛，平地無端起骨堆。
胡孫樹上挂心肝，弄鬼精魂有兩般。未死先埋留活路，龍睛虎眼不能看。
仙人禮骨鬼鞭尸，恩怨難忘合共知。珍重娘生皮袋子，是吾弟子是吾師。

鍬鑺隨身不露踪，虛空掘窟葬虛空。虛空一夜生頭角，穿破白雲千萬重。
兒童好看活尸死，行去扛來喚不應。喚不應時當自悟，活時元是假精靈。
鑽天鷂子落黃泉，脫殼烏龜飛上天。半死道人渾不管，自敲瓦礫算流年。
曾從演若學狂來，老大新添一種呆。生死海中狂不盡，安排狂上涅槃臺。
山似排班水似朝，萬松繞座似兒曹。相看一念萬年去，老子門庭未寂寥。
地涌浮圖未足誇，風流須出當行家。髑髏眼裏春風動，遍界吹開五葉花。

（以上同上卷四）

讓後堂火

説法兜率宮，讓他第一座。翻身涅槃岸，奪得最初機。離四句，絕百非，烈焰堆中更發揮。

能上座火

拖個死尸來，鼻孔不對口。能所兩俱亡，蝦跳不出斗。如今跳出了也，水底火發燒虛空，叢林盡作師子吼。

依維那火

雲峰破桶箍，依稀似者個。一擊百雜碎，且道是甚麼。性火真空，性空真火。

瑞監寺火

輝天鑒地一着子，盞底漏油盛不起。眉毛眨上火星飛，礫破涅槃與生死。諸人還見麼，我見燈明佛，本光瑞如此。

自讚

小師善遇請

初參慧力海印叟，學得面南看北斗。及來天目見幻翁，笑破燈籠半邊口。高懸鉢袋三十年，下視萬峰如培塿。諸方拖拽不肯動，也不教人隨我走。如今面目露堂堂，試問諸人相似否。雷厲風飛見得親，滿林盡作師子吼。此話既行，又何待三十年後。

江西護侍者請

西江一吸無涓滴，天目踏翻無影跡。全身坐斷師子林，魔來佛來俱莫測。描不得，畫不得，大用現前無軌則。若言此是則天如，頂上眼睛添一隻。

卓峰立書記請

菩提蘭若樹，此樹爲樹王。我來樹下坐，因樹成道場。冬取暖，夏取涼，禪道佛法非所長。撩天鼻孔有覺觸,枝枝葉葉旃檀香。

道友隋志義請

樹爲寶蓋石爲床,獨占虛空作法堂。祖父家傳親切句,不曾漏泄到諸方。

雷燈珠三禪人請

師子巖前喫攦來,姑蘇城裏坐如呆。通身轉智都忘却,觸着無明吼似雷。不打諸方爛葛藤,不將名字挂傳燈。菩提樹下盤陀石,白髮蒼顏個老僧。似天如不似天如,似與不似無親疎。鼻頭有竅眼有珠,爲佛爲魔都是渠。

西川如山真講主請

談經口似懸河,答話機如掣電。諸方皆有作爲,個漢獨無靈變。長松偃蹇翠垂雲,怪石坡陀青潑潑。閑拈麈尾坐如山,百億毛頭師子現。

范氏净心居士請

趙州勘破臺山婆,没諙訛處有諙訛。圓悟激發范縣君,話頭少處路頭多。净心畫我供養我,且道趙州圓悟意旨如何。這裏下得一轉語,許你燒香供養他。

飯店蘇居士請

老子一生無背面,逆行順化皆方便。三家村裏持鉢歸,十字街頭開飯店。是聖是凡人莫辨。

泉南蔡國祥居士請

瞎驢趁隊出廬陵,天目山頭中毒深。滅却臨濟正法眼,變他百丈古叢林。蝦蟆口吐一輪月,師子毛生萬兩金。此話即今瞞不得,泉南佛國有知音。

高麗國古道長老請名達行

者漢拍盲無見解,到處不曾輕納敗。平生獨恨老中峰,屈我低頭禮三拜。觸着無明劈面揮,家傳陷虎機猶在。目視雲漢三十年,黃金未肯和沙賣。如今坐在闤闠城,盡底抖翻禪布袋。不問南來與北來,逢人便請還禪債。説甚麽千聖不傳,説甚麽漆桶不快。堂堂古道大家行,傳語諸方休捏怪。

高昌國無敵長老請名勝幢

生廬陵不知米價,飢把心肝樹頭挂。登天目遍體汗流,鵓臭布衫都脱卸。唳鶴灘頭蘸筆鋒,義海掃空閑話欛。師子林裏開禪窩,七佛呼來同結夏。不將正眼視諸方,一任諸方爭怒罵。以無所爭爲勝幢,是名無敵於天下。

出山佛

入山又出山,久静還思動。衆生成道多時,佛法一毫無用。阿呵呵,如今冷地思量,枉受六年飢凍。

空魚籃觀音
錦鱗賣盡手頭輕,撈摝江湖尚有情。回首長沙沙上路,腥風吹作夜潮聲。

獨坐觀音
鸚鵡净瓶無着處,善財龍女不相隨。寥寥獨坐閑如我,政是衆生界盡時。

布袋縮一脚
主丈橫拖,布囊斜倚。當來下生,都道是你。十字街頭等個人,伸脚元在縮脚裏。

寒山放苕帚看卷子
轉掃轉多須放下,自舒自捲看教親。通身是個無師智,不比誦苕忘帚人。

拾得携菜筒拾菜滓
隨時拾得隨時用,裹許空空實不空。本是願王無盡藏,向人只説菜滓筒。

寒拾同軸
曾共豐干枕虎眠,又對趙州學牛鬥。喚作文殊與普賢,衲僧頷下雙眉皺。

朝陽
破處補教完,工夫做成片。紅日上三竿,爲君通一線。

對月
要了末後句,點畫甚分明。莫因天上月,打失雙眼睛。

鬼扶過海羅漢
肩背相挨航一葦,觀於海者難爲水。龍王鬥富我鬥貧,不費一錢能使鬼。

僧繇畫寶公
鷹巢大士面兜搜,變現千差畫不佯。近世宗師好顔色,却無梁武詔僧繇。

高峰和尚
黄金眼睛生鐵面,三尺竹箆如掣電。坐斷高峰立死關,爲人都道無方便。有方便,千聞不如一見。(以上同上卷五)

雲海偈①
嵯峨萬仞兮西峰,金毛一躑巖穴空。天荒地老影迹絶,千崖萬壑悲秋風。向來謾走東西覓,芒鞋踏斷無消息。歲晏江空道路寒,狐兔縱橫滿荆棘。誰能

---

① 輯自《雲海説》,標題爲編者所加。

爲我重登萬仞之嵯峨,松根共掃苔花石。煨芋爐兮霜葉之烟,沸凡鐺兮雪眼之泉。招海雲於四野,誦雲海之陳篇。海爲雲兮退藏于我室,雲爲海兮遍覆乎山川。道人晴雨總不管,坐看雲海變化而升遷,佛法爛却不怕三千年。(同上卷六)

跋莊子畫像讚軸

翹翹招招,飄飄蕭蕭。子昂筆下有莊子,展兩手兮遊逍遥。于于喁喁,刁刁調調。諸公言下有莊子,集衆妙兮成牛腰。噫吁嘻,當時若會展手意,風一息兮萬籟聲消。

跋文殊問疾圖

通身是病,通身是藥。老倒維摩,自無發落。被人逼得口生膠,却賴文殊添註脚。誰知不二門,語默皆成錯。展開圖畫笑相看,傀儡一棚無綫索。(以上同上卷七)

頌虞集問別流涇①

鐵牛誰後復誰先,口未開時欠一拳。好本弄成模畫去,牽犁拽杷錯流傳。(同上卷八)

偈頌

生如寄,死如歸,未契吾宗向上機。離四句,絕百非,猶防語默涉離微。大力量人元不動,從教兔走與烏飛。生來死去渾閑事,大似着衣還脱衣。(同上卷九)

釋正友

古梅正友(1285—1352),法系:破庵祖先——無準師範——雪巖祖欽——鐵牛持定——絕學世誠——古梅正友。《全元詩》無其人。輯佚:

偈頌

月落山頭慘,雲横谷口陰。欲明生死事,直見本來人。(《續燈存稿》卷八)

禮黄龍南祖塔

石屋峻層覆骨堆,炊巾三展笑顏開。輕輕欲扣黄龍角,忽地傾湫倒嶽來。

---

① 輯自《答別流藏主》,標題爲編者所加。《續燈存稿》卷六"鐵牛持定禪師"條注云:"其徒別流涇,走浙江謁虞文靖公集求師塔銘。虞問:'先有鐵耶,先有牛耶?'涇曰:'先師親見仰山來。'虞點首笑曰:'吾試爲汝模畫之。'天如和尚頌曰(略)"所頌即本詩。

(《禪宗雜毒海》卷二）

琉璃泡觀音
一氣工夫做出來，圓陀陀地絕纖埃。都盧一個圓通境，門戶不將容易開。

血書金剛經入佛腹藏
點點滴滴娘生血，狼狼藉藉給孤園。盡大地人收不得，依然返本又還源。
（以上同上卷四）

水碓
閘斷江流十八灘，機輪觸處涌波瀾。點頭轉轉工夫到，春出驪珠照膽寒。
（同上卷五）

螢
不是祥光不是星，飛騰活計一身輕。看他一點光明處，黑暗林中作眼睛。

餛飩
叉手人前且鞠躬，誰知腹裏廣含容。鑊湯深處翻身轉，咬破方知味不同。
（以上同上卷六）

釋智度

白雲智度(1304—1370)，法系：破庵祖先——無準師範——斷橋妙倫——方山文寶——無見先睹——白雲智度。《全元詩》無其人。輯佚：

辭世偈
無世可辭，有衆可別。大虛空中，何必釘橛。(《續燈存稿》卷八)

釋夷簡

同庵夷簡，法系：破庵祖先——無準師範——雪巖祖欽——及庵宗信——平山處林——同庵夷簡。《全元詩》第52冊錄詩5首。

釋昌

明叟昌(？—1376)，法系：無準師範——雪巖祖欽——高峰原妙——中峰明本——千巖元長——明叟昌。《全元詩》無其人。輯佚：

辭世偈
生本無生，滅亦無滅。撒手便行，虛空片月。(《續燈存稿》卷九)

釋時蔚

萬峰時蔚(1303—1381)，法系：無準師範——雪巖祖欽——高峰原妙——

中峰明本——千巖元長——萬峰時蔚。《全元詩》第44册録詩6首。輯佚:

偈頌

千聖難明不了因,代代相傳古到今。今日嵩山重舉似,鐵樹花開別是春。

月頭是初一,光明漸漸出。月尾是三十,光明何處覓。假饒老釋迦,也道拈不出。拈得出,萬事畢。

寥寥自在本無説,寂寂空空豈礙留。蕩蕩悠悠無可立,心心不易絶玄鈎。

一對眉毛眼上横,莫問渠儂短與長。八字打開全剖露,分明遍界雨花香。

青青翠竹顯真如,柳緑花紅明皎潔。風生虎嘯石龍吟,燕語鶯啼爲汝决。衲僧家,活潑潑。滿懷撒出夜明珠,獻寶波斯難辨別。放倒和衣打覺眠,一任天崩與地裂。

一葉落,天下秋。一塵起,大地收。解開布袋口,衲僧得自由。脚頭脚底風雲起,撒土揚沙輥入流。逼塞虚空無影像,啼鶯元在柳梢頭。

四十餘年除糞來,清清浄浄絶纖埃。如如寂寂那伽定,肚裏無痾口懶開。

頌古

瞬目揚眉只此枝,栽培深處幾人知。傍觀若不揚家醜,無限香風付阿誰。
輕烟薄霧實難描,更有何人手段高。驚起暮天沙上雁,雙雙飛去入雲霄。
金襴傳外復何傳,弟應兄呼强指南。倒却刹竿緣底事,免教南北競頭參。
廓然無法面梁王,無地容身暗渡江。直入少林巖下坐,無端又賺老神光。
神光立雪夜深寒,達磨天明轉面看。斷臂安心流血髓,至今塗污未曾乾。
勘破少林端的意,了無一法付神光。近前合掌施三拜,好肉無端剜作瘡。
大地普觀都是藥,枝枝靈草總醫方。拈起口宣言殺活,直至如今藥道行。
三個奴郎總一家,幾多卜度路頭差。虚空撲落呵呵笑,識得他兮莫問他。
帝王法王,口放常光。一統乾坤,此土西方。
寥寥孤月挂寒空,大地山河寂照中。開口便能成話墮,緣風吹入九霄宫。
雲門公案親提起,便使通身冷汗流。香臭不知何處去,虚空落地笑無休。
趙州當路掘深坑,却要行人自酌量。透得重關無別路,頭頭物物總家鄉。
雲門太殺老婆心,放過烏藤未是征。明日再來重案過,果然頭角出群英。
白刃全提覷面揮,縱横殺活逞玄機。命根落在渠儂手,救得來遲總是非。
拈來劈面便相呈,獻寶還他龍子孫。捧出摩尼光閃爍,人間天上最爲尊。
與奪縱横顯此機,拈來渾不涉思惟。揭開佛祖無私眼,突出寒光滿太虚。

乾坤一踢不留踪,大智堂前暗號通。頭角崢嶸藏不得,英靈千古顯宗風。
一喝門前三轉身,儂家犬子没疏親。朝昏倚卧門限下,踏着迴頭咬殺人。
惺惺唤省更惺惺,苦苦拘龍入鐵瓶。觸着自聲聲裏諾,乾坤翻轉作滄溟。
趙州活計得能忙,黑豆渾淪入醬缸。今日有來篩磨過,破砂盆裏響璫璫。
輕輕點出這些兒,耀古騰今爍太虚。兩眼明明無別物,方知宫殿有龍居。
落昧都盧在半途,一掌分明脱野狐。夢眼豁開無一物,不將罪福問孫吳。
教外無言號别傳,别傳心印訥無言。馬師一喝輕拈出,不屬瞿曇話正偏。

黄龍三關
我手何似佛手,無端播揚家醜。乾坤都在掌中,寒光射翻牛斗。
我脚何似驢脚,伸縮無非踏着。掀翻於菟草窠,臭皮襪子脱却。
人人有個生緣,大道不涉言詮。開口便欺佛祖,抹過東土西天。
生緣斷處無驢脚,驢脚纔行佛手伸。要識三關端的意,鷓鴣啼處百花新。

靈光
一點靈光漚内空,風吹漚動走西東。漚生漚滅原無動,漚破還當覺性同。

寄仰山無念學首座
五派傳來臨濟宗,入門一喝露機鋒。老婆心切能容易,試看疑蛇變化龍。

又
竹篦倒握辯龍蛇,佛祖場中有作家。兩手展開親付囑,佳聲贏得震中華。

寄日照慧首座
金雞啼省覺心王,杲杲圓明耀十方。昇騰不息緣何事,要與衆生作眼光。

寄寶峰真首座
吕仙飛劍斬黄龍,一喝當前入地中。長老收看無用處,拈來分付與禪翁。

示虎丘圓首座
等閑坐斷死生關,寂寂如如得自閑。三十年來圓道者,清名從此落人間。

示應侍者
如如寂寂絶思惟,無古無今越太虚。會得個中端的意,夕陽元不落山西。

送如大海
洪波浩浩廣無邊,潮去潮來納百川。昨夜冷光浮海底,澄澄湛湛水連天。

示上人
金鞭在手莫遲疑,進步逢人即便揮。冷地一鞭知落處,山河大地發光輝。

示净慈性海真藏主
慧日峰前轉法輪,永明宗旨又重新。試看百千香水海,只消輕放一毫吞。
示虎丘現藏主
海涌峰頭笑轉身,五千餘卷若爲論。繞床三匝敷揚處,堪作龍峰派下孫。
示徑山照藏主
靈光洞徹刹塵周,世界河沙海一漚。萬象森羅藏裏許,明明晃耀碧天秋。
示因禪人
竹篦觸背妙難藏,分付渠儂孰可當。信隱居山恁麽去,自然道價遍諸方。
示悟首座
徹悟心源達本源,學無前後悟爲先。室中黑漆竹篦子,續焰聯芳千古傳。
示靈隱妙藏主
六十烏藤顯大機,三玄三要絕思惟。大愚脅下施三筑,萬像森羅展笑眉。
寄海舟慈首座
龜毛付囑與兒孫,挂角拈來問要津。一喝耳聾三日去,個中消息許誰親。
寄天界華首座
寶劍全提劈面揮,祖師心印鐵牛機。嵩山今日重拈出,分付渠儂繼祖衣。
贈陸鑽龜
汝鑽龜卜我鑽心,鑽透靈源直萬金。爆地一聲爻象露,六爻平静絕追尋。
示正庵主
正信參禪且學呆,通身疑起震如雷。情忘意寂高提話,鐵作心肝頓豁開。
示普祥居士開肆
家珍剖出與君看,萬户千門寶一般。賣與買人誰估價,須知覿面不相謾。
示就上人
涅槃心藏有何傳,七百千師總被穿。五葉花敷春爛熳,汝今休問棒頭禪。
示普明尼
百草明明佛祖機,黃花翠竹展忻眉。便從個裏承當去,超越當年尼總持。
贈瑛首座
妙明真性本天然,個事何曾有静喧。問着西來端的意,烏藤六十顯三玄。
贈清首座
傳衣表法獄囚枷,無底籃乘死活蛇。撞着知音開痛口,同生同死會龍華。

寄源首座
鐵蛇昔日透龍門，吐霧興雲日月昏。掣電光中轟霹靂，騰身普雨潤乾坤。

寄寶藏首座
大愚脅下痛還拳，三要三玄絕正偏。臨濟窟中獅子子，燈燈續焰古今傳。

寄果林首座
傳衣表法爲人師，不是閑人說是非。實地參來心自悟，何妨語默涉離微。

寄懶牛庵主
得來與我結生冤，老牯當年懶向前。大地靈苗耕種熟，呵呵活弄手中鞭。

寄光寂照
覺性無生五蘊空，真如頓息幻包容。無同無異如如體，照用俱忘法法通。

示本澄尼
澄源湛寂絕痕瑕，妙在其中會也麼。若向那邊明辯得，不萌枝上散金光。

示信上人
三遭發問顯三玄，六十烏藤話未圓。却被大愚親說破，至今不用棒頭禪。

示徒十首內第二首即示正庵主，見前不錄
參禪猶似下弓窩，莫放他行蹉路過。寂靜徑來還是發，忽然驚覺笑呵呵。
安然坐定困茫茫，滯寂沉空正念忘。未待放參閑雜話，可憐空過好時光。
一個話頭參到底，不須更做別生涯。若能念念心無退，智慧花敷不二家。
捽轉面皮爺不識，情忘意寂好參疑。平湖湛水波中月，萬里寒光擁翠微。
道人誓不趁人情，截斷恩緣與愛憎。大戒不違心寂寂，真名三界福田僧。
不用相拘自坐禪，如初月出漸團圓。經行坐臥心無間，定證如來大涅槃。
聞板方思去坐禪，若能成佛待驢年。死生大事何曾舉，此等愚人莫與言。
打板拘他不坐禪，不憂大事縱心猿。披毛戴角都拼了，警策徒勞結死冤。
安然體健好參玄，大道何拘身少年。看他七歲黃梅老，歸來松柏已天然。

示出家十首
出家堅，戒精專，禮佛燒香習坐禪。佛祖也知無妄語，依行父母盡生天。
出家人，發真心，一寸光陰一寸金。莫把世間閑骨董，等閑埋沒少林心。
出家戒，諸病瘥，貪嗔頓息超三界。堅持戒律等金剛，邪魔外道不能壞。
出家客，達宗風，古今佛法沒西東。一句了然超百億，萬象森羅轉笑容。
出家主，無散聚，色身外相分男女。赤白青黃體上衣，靈通佛性皆相似。

出家難,衝玄關,難中有易易中難。兀兀頓忘塵世念,呵呵一笑悉超凡。
出家人,莫因循,物物頭頭合本真。運水搬柴親薦得,鐵樹花開別是春。
出家守,莫游走,既是參禪施毒手。鐵壁銀山盡打穿,草木叢林獅子吼。
出家僧,任騰騰,大道玄玄息智能。了了明明無可立,心心無法續傳燈。
出家仙,達無傳,西來祖意宜何宣。棒喝交馳談般若,永祝皇圖萬萬年。

釋迦佛
如來誓願化三塗,錯降王宮出路無。不得净居天子力,至今同我是凡夫。

釋迦半身
依舊無端下雪山,將何憑據示人間。全身不立乾坤別,破盡有情生死關。

出山相
雪嶺堆堆坐六年,無風起浪出人前。未拈花已先微笑,教外何曾有別傳。
松澗求

又
衆生未度出雲霞,一見明星眼裏砂。大地雪山春色轉,人間何必更拈花。
明禪人求

魚籃觀音
西來祖意覓無縱,盡在盈盈信手中。撈破魚籃真好笑,白鷺飛過海門東。

童真觀音 頂上梅月
善財敬禮觀音相,碧玉巖磐事大差。要見童真端的處,廣寒宮裏笑梅花。
裴惟德求

又
三十二應,神頭鬼面。喚作觀音,童真示現。善財龍女喪家風,碧玉巖前通一線。南大師師求

涌壁觀音
碧玉巖前,寒波浪起。鳥啼花笑,風生竹尾。圓通極處了無聞,龍女善財齊側耳。晦巖求

梵相觀音
改頭換面,三十二應。喚作梵相,虛空安柄。要見大悲觀世音,全身坐斷大圓鏡。新禪人求

觀音

白浪生神足,衣珠泛海風。普陀山頂月,無處不圓通。_{欽侍者求}

妙音觀自在,海月印無心。龍珠光奪夜,善財仔細尋。盡大地人無覓處,浪花堆裏聽潮音。_{裴惟賢求}

碧玉巖前,妙觀自在。大圓鏡裏,了無罣礙。鶯啼柳眼舞春風,兒童更在乾坤外。_{如禪人求}

人人有個觀音相,童子何勞向外看。當處必然開活眼,梅花影裏逼人寒。_{裴學正求}

海底泥牛翻白浪,善財龍女禮慈容。若將此是觀音相,頂上圓光又一重。_{玉澗求}

玉石未分明皎皎,妙觀自在體如如。巖前已有花含笑,翠竹搖風拂太虛。_{相禪人求}

源上人讚

東州敗闕過西州,兀坐柴床得自由。想汝別無奇特處,一生偏愛杜田頭。

壽上人讚

也不讚,也不罵。有耳如聾,有口如啞。萬古一青松,蓋覆四天下。

昱上人請讚

遮頭陀,有甚德。不是寒山,亦非拾得。手握竹篦,口生荊棘,胡揮亂打,佛也不識。咄。面目分明,是什麼物。

維摩

不二門,誰能道。老維摩,入荒草。頓默然,未爲妙。把住云,道道道。

達磨

西來特地見梁皇,不了依前暗渡江。面壁九年無活計,豁然雙眼逼神光。_{慧禪人求}

童真五祖

面如滿月,困似泥團。童真非五祖,法界一齊觀。泥牛無覓處,爐香貝葉逼人寒。_{空禪人求}

五祖

有娘生,無爺姓。一點心,明似鏡。濁港灘頭記宿歸,青松以滿東山嶺。

六祖

擔橫肩,入市廛。舂米白,鏡非妍。三更得後成何事,嶺上風光不亂傳。

布袋

憨布袋,覓人錢。祖師意,亂相傳。將席鋪開市廛,怜俐漢見不見。

又

彌勒笑嘻嘻,問渠知不知。全身倚布袋,兩眼挂須彌。咄。率陀宮裏到人稀,隨處花開香滿衣。傑禪人求

朝陽

破衲襖,沒兩般。穿得透,補得完。抖擻看,骨毛寒。

對月

心戀惓,意懞懞。本無字,讀不通。回首看,日東紅。

蜆子和尚

笊籬日向江邊摝,不得蝦兒未肯休。人問西來祖師意,酒臺推出冷相酬。

船子和尚

一橈打落洪波裏,即要男兒自點頭。掩耳得來獨歸去,踏翻船子一齊收。

趙州

趙州直截,開口見舌。擬議得來,虛空迸裂。安禪人求

破衣歌

野禪和,超因果,把茅蓋頭癡呆坐。肌寒體露不知羞,八面狂風峭直過。赤灑灑,净裸裸,娘衫着久風吹破。真如面目本天然,笑道修行求佛做。有因果,無因果,疑是疑非招殃禍。着衫脱褲露真常,靈通實性難包裹。孤峰頂,隱泉坡,無常老病誰能躲。或寒或熱任交煎,且自長伸兩脚臥。披白雲,風吹裸,寒灰撥散無星火。人間多少好檀那,仰面看渠誰識我。比榮華,少什麼,寸絲寸線頻難捨。不用千羅萬兩綿,青州布衫只一個。忽有緣,撞着嗄,眼光迸出天來大。手中執顆爍光珠,大地山河皆照破。東峰行,西峰坐,諦觀日月穿梭過。未曾折亂三斤麻,着破娘衫知幾個。南州生,北州大,父母未生誰是我。恩愛頓忘真出家,忍衣法空如來座。建法幢,立香火,堪笑堪悲老達磨。九年面壁向西歸,不得神光至今坐。抛隻履,露齒牙,身衣襤縷往回家。香至國王多富貴,且歸宮裏受榮華。通智勝,坐道場,梵衆衣祴奉殿香。體暖安和心意樂,千生萬劫不思鄉。曠大劫,未爲長,繫珠何離七斤裳。傳布種麻栽石上,毳衣從棄火中央。經行坐,絕思量,隱山誰笑破衣裳。熱即捲簾寒放下,西天此土統家鄉。

(以上《萬峰和尚語錄》)

偈頌

如來臘八睹明星,也是將蝦作眼睛。爲有遠孫明悟處,日輪當午豁然明。
南泉不是惱人心,有要將心去捉心。不是我心不是佛,性空寬廓有何尋。①
慈悲無念,華開果熟。因地分明,慧寶致囑。清徹源源一派流,千古萬古來相續。

辭世偈

七十九年,一味杜田。懸崖撒手,杲日當天。(以上《萬峰和尚語錄》附《慈光寂照圓明利濟萬峰大禪師塔銘》)

偈頌

顛顛倒倒老南泉,累我工夫却半年。當下若能親薦得,如何不進劈胸拳。
龍宮女子將珠獻,價直三千與大千。却被傍觀人決破,誰知不值半分錢。(以上《萬峰和尚語錄》附《聖恩禪庵開山祖師萬峰蔚公傳》)

三玄頌

句中玄,孤雁唳長天。瀉出無生曲,隨方解逐圓。
體中玄,無正亦無偏。容光吞萬象,獨露水中天。
玄中玄,維摩頓默然。本來無一物,萬象盡钃钃。(以上《萬峰和尚語錄》附《萬峰語錄後跋》)

釋德然

唯庵德然(？—1388),法系:無準師範——雪巖祖欽——高峰原妙——中峰明本——千巖元長——唯庵德然。《全元詩》無其人。輯佚:

偈頌

未跨龍門,腳踏實地。已跨龍門,腳踏實地。一聲霹靂風雲起。
正直聰明,聰明正直。顯正摧邪,憑誰之力。
你者一隊,全無巴鼻。六耳同謀,有甚良計。
縱也在我,奪也在我。鐵額銅頭,也須按過。
日可冷,月可熱,衆魔不能壞真説。有來由,無途轍,六月炎炎撒冰雪。文殊無處着渾身,普賢特地呈醜拙。是真説,非真説。若無閑事挂心頭,便是人間

---

① 此首《萬峰和尚語錄》附《聖恩禪庵開山祖師萬峰蔚公傳》亦引,文字有小異。

好時節。

九十日包三大劫,諸人直要徹根源。會須撥轉當頭柁,覺海乘風駕鐵船。

明星一見出山來,剛道娘生已眼開。不是髑髏乾得徹,争知春色上桃腮。

一二三四五六七,金剛捏出秤錘汁。七六五四三二一,扶桑枝上懸紅日。鷺鷥牽動鐵昆侖,挨得虛空半邊側。

今朝是初一,龍象如稻麻。有事與無事,歸堂去喫茶。

黃米粽,喫一鉢,菖蒲茶,喫半甌。個是衲僧好時節,大家相見飽齁齁。縱横自在,自樂自由。說甚仰山開畬,潙山牯牛,禾山打鼓,雪峰輥毬。總是小兒雜劇,且非先德宗猷。只如端午掩殃,一句又作麼生。目前無怪異,不用帖鍾馗。

諸方盡喫菖蒲茶,唯我自酌青原酒。儱儱闖闖發顛狂,打落南辰連北斗。

十月風高作寒色,今朝正值開爐日。長途多少未歸人,祖父田園俱喪失。何如白鷺鷥,翹足溪邊立。毛長骨瘦歷風波,那論有食與無食。

頌古

世尊成道

六載雪山空冷坐,面如黃蠟骨如柴。縱然親睹明星現,也是街頭破草鞋。

世尊未離兜率,已降王宮。未出母胎,度人已畢

出得驢胎入馬腹,六六依然三十六。淵明固是不知歸,重陽耽着籬邊菊。

達磨大師初至金陵,見梁武帝。帝問云:"如何是聖諦第一義?"

師云:"廓然無聖。"帝云:"對朕者誰?"師云:"不識。"

帝不領悟,師遂折蘆渡江至魏。後帝舉問誌公,公曰:"陛下識此人否?"

帝云:"不識。"誌云:"此是觀音大士傳佛心印。"

曰:"當遣使詔之。"誌云:"莫道陛下召,闔國人去,他亦不迴。"

脚頭未跨帝皇畿,早已全身陷鐵圍。漁父只憐鈎上餌,不知蓑笠墮魚磯。

雲門因僧問:"如何是諸佛出身處?"門云:"東山水上行。"

秋林落葉擁闌干,砌下蛩聲枕上寒。最是月明風定夜,溥溥玉露滴金盤。

趙州因僧問:"狗子還有佛性也無?"州云:"無。"

出匣吹毛光灔灔,一番用了一番磨。鋒頭削落三斤鐵,始信將軍血戰多。

萬法歸一,一歸何處

萬法歸一一何歸,正是冰枯雪老時。葭管灰飛消息好,隴梅開遍向南枝。

赵州因僧问:"万法归一,一归何处?"
州云:"我在青州做一领布衫重七斤。"
一度拈来一度愁,风前月下几时休。丝来线去浑闲事,添得娘生两鬓秋。
高亭隔江见德山,山以手中扇招之,亭乃横趋而去
隔江招手横趋去,端的渠侬眼有筋。打麺还他州土麦,唱歌须是帝乡人。
五祖演和尚云:"譬如牛过窗棂,头角四蹄都过了,只是尾巴过不得。"
牛过窗棂尾过难,将军活陷在重关。当时不得鸡传晓,直至而今去不还。
赵州因访一庵主,问云:"有么有么?"主竖起拳。
州云:"水浅不是泊船处。"拽下帘子便行。又访一庵主,
云:"有么有么?"主亦竖起拳。
州云:"能纵能夺,能杀能活。"便作礼
卖扇婆子手遮日,卖油婆子水搽头。大底还他肌骨好,不施红粉也风流。

倩女离魂
数声羌笛最关情,去路迢迢恨不胜。仿佛暮云归未合,远山无限碧层层。

不生不灭
虚空一劈成两片,妙在逢缘不借中。黑漆昆仑骑白象,藕丝窍里舞春风。

睦州示众云:"大事未明,如丧考妣。大事已明,如丧考妣。"
山边水边待月明,暂向人间借路行。如今还向山边去,祇有湖水无路行。

有无俱遣
明头来明头打,暗头来暗头打。南海瞎波斯,眉毛生颔下。

一花五叶
一花开自少林春,五叶流芳遍刹尘。无限香风吹不断,紫金山耸玉昆仑。

临济三玄
第一玄,霹雳震堂前。裂开露柱腹,产下个奇男。
第二玄,陆地驾铁船。木人齐拍手,解唱啰哩嗹。
第三玄,泥牛吼上天。惊得虚空碎,大地血漫漫。

三要
第一要,机先离用照。一条折火叉,打破嵩山窟。
第二要,石女呵呵笑。拈起没弦琴,弹出无生调。
第三要,山门金刚悚。努目嗔伽蓝,佛也难解教。

黃龍三關

我手何似佛手,蝦跳那能出斗。金剛腦後拔丁,不知脫落兩肘。

我脚何似驢脚,動步早錯一着。豈知昔日襄王,倒被巫山迷却。

生緣畢竟人人有,獨我從來道是無。昨夜坑頭糞蛆子,無端咬落黃門鬚。

(以上《松隱唯庵然和尚語錄》卷一)

送天界真藏主

潛宮正脉出梅洲,夜夜潮聲撼石頭。以字不成八不是,護龍河上鐵船浮。

送蓮禪人回武林

好山只在屋檐頭,何必千巖萬壑遊。十里湖光烟柳外,畫船不是采蓮舟。

送整禪人歸揚州觀音閣

功德山頭觀自在,巍巍坐斷鐵牛機。大人境界無人到,門外長江映落暉。

次韻送天界玉藏主

颯颯西風撼樹庭,飄飄桂子落黃金。五千餘卷從頭說,潦倒瞿曇無二心。

送道者參萬峰和尚

你儂莫是盧行者,還我新州柴擔來。轉向洞庭那畔看,萬峰門户潑天開。

答觀維那

寄來佳句玉玲瓏,三復窮吟意萬重。獅子巖前春日暖,杖藜獨立倚晴空。

送圓藏主之靈隱

午夜白猿啼咬月,重重華藏顯全機。吾儂說話無憑據,去問靈山老古錐。

送天禧深知客

繽紛花雨講經時,主伴機忘合化儀。千古長干春意在,一甌白雪漾玻璃。

送澤源深禪人歸少林

一派流來空劫前,洗清魔佛見根源。到家句子如何舉,熊耳峰頭浪拍天。

送靈谷原維那

金槌影裏轉身來,頂顊堂堂正眼開。二月皇州春似海,鍾山雨過碧崔嵬。

送端藏主之靈隱

五千餘卷鉢囉娘,潦倒東山舌欠長。後夜鷲峰重揭示,猿啼松頂月蒼蒼。

示慧玉范百户

揮來三尺吹毛劍,凜凜光芒射斗牛。鐵額銅頭俱倒退,太平寰宇任遨遊。

示龍興如禪人
乾坤函蓋有來由,佛祖如何敢出頭。萬叠淮山青倒卓,桂輪孤朗一天秋。
示醫士朱慧覺
話頭一則耆婆藥,大藏諸經和劑方。抹過二途開口笑,不勞針砭起膏肓。
示洞庭玉禪人
現成句子沒淆訛,白玉無瑕底用磨。極目太湖三萬頃,一回拈起一回新。
示善哲女子
岌岌海山多秀麗,風光別是一般春。爪籬撈得湘江月,千古無生話又新。
示慧慶道者
菩提無樹鏡非臺,蕩蕩乾坤絕點埃。一夜櫓聲搖落月,衣盂傳得嶺南來。
示善寶居士
風絮烟絲春復秋,莫將情解混常流。海門空闊銀濤静,好看天垂月一鈎。
次韻答天目明長老
方處方兮圓處圓,水光山色兩相便。老來慵下蒼龍窟,萬仞峰頭泊釣船。
寄醫士何慧芳
雪山大樹世醫王,香氣纔沾病自忘。溪月松風無限意,不妨來與話宗綱。
寄寶陀原長老
一曲弦調師子筋,伯牙聞着膽魂驚。子期不用黃金鑄,小白花開滿四明。
寄涌泉無證和尚
棺材頭畔行糧瓶,我父臨行付與兄。淚滿雙溪腸寸斷,至今流水有哀聲。
化燈油
劫初一點光明種,猛烈工夫拶出來。瀉入碧琉璃裏去,百千諸佛笑顏開。
送雲南榮侍者之萬壽
萬八千里雲南路,鐵鞋踏破脚生胝。鉢囊高挂北山寺,對月長吟小艷詩。
送禮藏主
少室門風運未衰,西峰又見祖花開。携笻別我驚秋暮,黃葉庭前積滿堆。
送靈隱源藏主回天龍
演出何妨還演入,鷲峰口縫未嘗開。家山只在錢塘上,夜夜潮聲吼怒雷。
雪澗
六出遍遮千嶂色,翩翩釣艇竟忘歸。夕陽影裏東風暖,添得寒泉漲滿溪。

雲庵
一片一片復一片，重重叠叠覆青山。有時飛入松關裏，占我尖頭屋半間。
曉堂
金雞拍翅闌干上，六户當陽盡豁開。驚起階前石師子，倒銜玉兔去投胎。
示慧昭侍者
個事昭昭心目間，盡情放下見何難。南方五十三知識，眼上眉毛八字安。
上伏龍和尚
羊腸鳥道絕行踪，日出三竿睡正濃。因憶祖翁田契券，夢魂長繞伏龍峰。
示天目禪人
翻身摸着虛空鼻，信手推開佛祖關。鴻雁數聲秋色老，西風黃葉滿千山。
船居十首
拋散家私徹骨貧，乾坤等是一閑身。水深不必篙竿探，柁轉何妨手眼親。
千尺絲綸潭底意，一輪明月眼中塵。掀翻櫓棹從頭看，誰是船兮誰是人。

船不疏兮我不親，兩相交處兩無心。水光碧處天光碧，帆影沉時月影沉。
隔岸藕花香冉冉，傍溪楊柳綠陰陰。個中一段真消息，知有誰人會此音。

船無定止柁無根，船柁於吾若弟昆。舉棹自然身有影，停舟依舊水無痕。
和雲宴坐閑神識，對月高眠絕夢魂。任爾打頭風浪惡，不妨左右自逢源。

不問前程淺與深，只憑一隻定南針。翻篷掉搶皆由我，轉柂推扳總在心。
千頃浪翻千尺雪，一枝櫓動一江音。滿懷風月難分付，斜倚篷窗獨自吟。

任從世諦自紛紜，獨處舟中絕見聞。順水行來船性穩，逆風撐出浪花分。
漏篷斜透波心月，壞衲橫披浦上雲。千尺絲綸忘未得，只緣潭底有金鱗。

輕舟一葉樂無窮，八面縱橫路路通。不必湖中尋范蠡，却從灘畔訪誠翁。
櫓聲搖出輪迴轍，帆葉搶歸逆順風。更有一般奇特處，柂頭常浸水晶宮。

梗迹萍踪任去留，往來灘畔懶拋鈎。帆修有漏還無漏，船逐邪流入正流。
四海烟波篷腳下，五湖風月眼睛頭。當陽唱起胡家曲，不染人間半點愁。

一葉孤舟下激湍，逆行順轉似龍蟠。開篷未覺乾坤闊，打棹方知湖海寬。
兩岸柳拖金色線，一江風戛玉綸竿。捲帆且泊斜陽外，謾洗砂鍋煮月團。

老來甘與世相違，今古乾坤一釣磯。畫槳一條全祖意，鐵篙三寸截流機。
飯炊芡實香偏好，羹煮蓴絲味更肥。此樂祇應同道者，莫教俗客等閑知。

生涯隨分復何為，只個船兒自住持。衝雨衝風青箬笠，禦寒禦暑綠蓑衣。

烟汀破曉數聲笛,月渚橫秋一釣絲。萬頃滄波真活計,天荒地老不知歸。

送北平了禪人

烟霞老我事如何,觀侍獅巖窣堵波。燁燁祖華開石罅,寥寥古月挂松蘿。自吾東海來歸隱,有子北平方見過。好把兩莖眉剔起,看他烈焰發冰河。

次韻答安藏主

老來懶打禾山鼓,一榻巖房聽雨風。謾有閑情思古道,且無餘力起先宗。白雲鎖斷三關路,碧澗分開兩乳峰。獨倚蘿窗宣妙偈,瀑花飛雪灑空濛。

送雲南嘆西堂

三千九百丈天目,秀色遙連金馬峰。錫杖六環鳴夜月,衲衣兩袖舞春風。堂堂顯露半邊鼻,着着全超向上宗。頷下眉毛三尺雪,莫將容易蓋雙瞳。

送雲南證西堂

合頭語是繫驢橛,此話傳來非等閑。風暖巴江開曉凍,梅香庾嶺露春顏。海神撲碎黃金彈,石女分開碧玉環。拈却劫初茅草令,重來峰頂闢玄關。

送大川順首座

道人何事下臺山,惹得虛空展笑顏。口縫未詢末後句,脚跟已踏上頭關。大川浩浩春波闊,少室寥寥夜月寒。重振宗綱當聖世,金毛師子大家看。

送慧振郭百戶之江西葬母

劬勞欲報貴真誠,一顆心珠耿耿明。陰壑三冬抽石笋,長江六月結寒冰。抱琴玉女朝天闕,步月祥麟出鳳城。最是酬恩親切處,楚天空闊曉風清。

示童福宗居士

二千年事至於今,鷲嶺拈花示此心。火在石中仍用擊,眉橫眼上不須尋。珠還合浦風波靜,鐘動玉樓星斗沉。莫謂空王無實相,骨頭節節是黃金。

送慧吉侍者徑山禮祖

凌霄秀拔群峰外,子欲登臨莫等閑。胸次鏟除元字脚,機先捹透上頭關。劍痕床在腥風泯,喝石巖高祖道還。千載欽師靈骨在,巍巍一塔白雲間。

送祖禪人之姑蘇

西來祖意本無傳,自是當人見處偏。可煞馬師無定策,累他南嶽苦磨磚。春回澤國開冰鎖,風轉松林奏玉弦。一吸太湖三萬頃,却來參我句中玄。

送徒弟慧照參雙林和尚

金華重叠皆靈境,獨有雲黃山最高。七級浮圖層落落,兩條溪水浪滔滔。

天燈燦爛朝精舍,花雨繽紛點毳袍。方丈老禪爲人處,揭天棒喝起風濤。

送四川琛長老

海寶千般,先求如意。琛也奇珍,絕乎倫比。了無瑕玷來先天,光華燁燁騰大千。迥然超出萬象表,當陽揭示玄中玄。個事明明誰辨的,翻笑卞和徒費力。只因喪却目前機,三獻由來仍受屈。昔年地藏驗法眼,塊石發機何太簡。函蓋乾坤兮玉振金聲,超越古今兮裁長就短。子若于斯見得親,揚起真風未爲晚。

送性海真長老

性海無風,金波自涌。撼倒須彌,大千儱侗。澄澄寂寂涵青空,森羅萬象難逃踪。鐵船浮動不浮動,總在一莖毛孔中。有時徹底無涓滴,蓬塵輥起三千尺。瞖却阿那律眼睛,直至如今開不得。

贈雲巢隱士隨所寓

隨所寓,隨所寓,任運騰騰無定處。泛宅浮家老此身,水雲影裏無生路。往來游戲一浮漚,宛如碧玉壺中住。逆風駕上須彌巔,背手拔得珊瑚樹。咄哉玄真子,不識吾真趣。老倒鴟夷翁,風月無今古。興來一口吞長江,金波汹涌充饑腸。化作無邊香水海,八萬四千毛孔皆清涼。或寓東西或南北,傍梅待月無遲速。片帆不覺過滄洲,欸乃一聲山水綠。紉草爲衣,狎鷗忘機。飯有雕胡,羹有蓴絲。唱紫芝於花汀月浦,歌白雪於蓮塘柳堤。梗迹萍踪無所依,高風千古寄漁磯。隨所寓,隨所寓,烟波歷盡無寒暑。老我乾坤雪一頭,滿懷風月難分付。

示智戒主

戒如瓔珞珠,亦如净滿月。汝當力堅持,慎勿暫時瞥。一念若遲疑,生死無休歇。光陰能幾何,子自宜甄別。吾家種草不易做,眨起眉毛須薦取。百尺竿頭解轉身,脚底何妨草鞋破。便甚麼會,石女唱巴歌。不甚麼會,跛驢拽鐵磨。囉囉哩,黃頭碧眼知不知,玉兔踏折珊瑚枝。

送虎丘統藏主

拈得鉢囉娘一句,絕毫絕釐没巴鼻。古木寒巖月色新,統攝大千歸自己。蘇州有也常州有,劍池夜半蒼龍吼。驪珠抉得本無心,一任猛風翻石臼。五臺山上隔塵氛,雲蒸飯熟香氤氳。驚倒生公點頭石,當機説法教誰聞。

送大龍興澤監寺

大用現前,滿眼滿耳。纔墮見聞,埋没自己。石窗漏燈盞,喪盡宗猷;楊岐三脚驢,全彰玄旨。似火燒冰,道人行履。澤禪澤禪,莫忘此理。

送玉禪人歸天台

格外之機,石中韞玉。渾渾侖侖,不受磨琢。當陽忽剖開,光明照幽谷。覷體絕瑕痕,誰能強名邈。得來不費纖毫力,翻笑卞和三度泣。邁古超今也大奇,驚倒豐干與寒拾。

示印禪人

文彩未施,全彰寶印。信手搭來,頭正尾正。印空印水及印泥,鼓聲咬折撞鐘槌。羅睺羅也竟罔措,聞根喪盡泄真機。印水印泥還印空,脚頭到處忘西東。金毛哮吼大千震,身在蟭螟眼孔中。印泥印空復印水,高峰頂上波濤起。撼倒上天三十三,舜若多神汗如雨。一二三兮三二一,六合茫茫誰辨的。筆描八臂那吒神,倒把秤錘捏出汁。

送四川明禪人禮補陀

明明百草頭,明明祖師意。直饒道得親,猶是半途底。此理灼然原自別,海底泥牛嚼生鐵。三峽銀河天上來,夜深浸爛峨眉月。明禪明禪知不知,江南江北徒纍纍。白華巖上頻伽語,不是西川啼子規。

大龍興由俊上人求語住山

一由一有,一亦莫守。俊快衲僧,不存窠臼。頂門正眼明如日,轉轆轆兮明歷歷。等閑照破劫空前,不是心兮不是佛。保福有願不撒沙,古也今也徒矜誇。第一山頭剗得脚,何妨處處開曇華。

示壽典座

佛祖向上事,急着眼睛看。機先見得真,方堪救一半。栗棘蓬,金剛圈,端的從來吞透難。若是吾家真種草,等閑一鏃破三關。驗人自具驗人眼,活路通身有何限。净瓶踢倒笑呵呵,堪與後昆作師範。

次韻示澤知客

脫略衲僧家,動轉如飛豹。不墮有無功,自然離用照。無星秤上沒滑訛,半斤八兩何須較。與麼也,一盞清茶醉不醒;不與麼也,耆婆妙藥難求效。驀直臺山路不差,夜行不許投明到。爛炒浮漚當飯噇,切忌翻却煎茶銚。

示現禪人

現成公案,不必提撕。塵塵剎剎,顯露真機。脚尖踢出西來意,泥團土塊生光輝。寒山拾得擔枷過狀,普化臨濟疥狗泥猪。風流出當家,還他師子兒。忽地青天轟霹靂,驚起洞庭湖水立。光福山頭浪拍天,舜若多神面皮濕。

送由藏主

道由心悟,理緣事有。提起破沙盆,打殺子湖狗。抹過太虛空,法身藏北斗。扶桑人種陝西田,鐵牛耕破昆侖巔。夜行人自愛明月,不知腳底芒鞋穿。阿呵呵,羅囉哩,三春依舊鷓鳩啼。

送日侍者禮補陀

機中有句,句中有機。不是圓通法門,亦非向上提持。磐陀金剛石,大海碧琉璃。紫竹旃檀林,八面香風吹。白衣仙人識不識,見時須是超聲色。拍天大浪撼潮音,夜半團團紅日出。

送在禪人

伶俐衲僧,行藏自別。在在處處,頭頭合轍。金鎖玄關信手開,銀山鐵壁難遮截。一機拋出絕商量,碧眼黃頭俱結舌。越山青兮吳水綠,今古遊人觀不足。觀得足,六六依然三十六。

次韻送皓首侍者

萬法本來空,一心何悄悄。石人打鐵彈,簸破虛空腦。血濺須彌盧,腥風四邊繞。吹綻優曇花,香噴苾芻草。今古絕遮藏,昭然明了了。腳尾與腳頭,總是長安道。一任山青黃,誰管歲月老。如意自家珍,楚璧原非寶。

送泥水

水泄不通那一着,八臂那吒摸不着。道人兩眼見得親,正好虛空中着腳。虛空着腳良可奇,絕躋攀處猶坦夷。腳底水泥無半點,手中泥水何嘗離。施爲動轉何超邁,老蒼龍脊從空駕。頭角崢嶸宇宙間,縱使毗嵐吹不壞。轉身句子無滲漏,逸量神機碎窠臼。旁提正按常住磚,片片光生絕塵垢。個樣從來本現成,未動手時功已辦。丈六金身草一莖,一莖草上黃金殿。

示慧本居士

欲了生死因,先凈心爲本。一念若遲疑,便落魔軍阱。直須提起話頭參,於一切處休顧頇。驀地黑漆桶底脫,萬象森羅毛骨寒。爪籬掂向風前舞,有口不説無生語。一吸西江徹底乾,瑞世優曇開鐵樹。(以上同上卷二)

幻隱歌爲靈隱明長老賦

世間萬事付一幻,道人依幻而自住。百千三昧在其中,只把莖眉以爲準。幻隱那分優與劣,隱幻何曾有生滅。是幻全超曠劫前,是隱不落今途轍。有時依幻顯幻,宛同大海一漚發,大千小千俱包括。有時從隱入隱,轉向蟭螟眼孔中,一身多身潛無踪。離幻身心自平等,離隱全彰大圓鏡。離無離處離復離,繁興永處那伽定。我歌幻隱荒蕪詞,珍重靈山老古錐。三百餘會説不盡,於幻從頭闡化機。

古音歌爲東陽諧長老賦

羲皇之先有一曲,音韻豈落平平仄。彈來不在十指端,屋角松風相仿佛。非絲竹兮非笙簧,非角羽兮非宫商。高山流水和不得,鏗金戛玉聲琅琅。極升沉之源,徹離微之根。衆樂百千,徒勞競奏;師子一弦,聊□比倫。有眼者覷之不見,無耳者則乃親聞。知音更有知音知,知音何獨鍾子期。

破屋歌爲華禪人賦

道人性僻無拘束,好屋不住住破屋。寥寥四壁蕩然空,明月清風常自足。其中栖泊知幾年,頓空世慮忘生緣。不撥萬象身獨露,曲肱一枕恣高眠。阿呵呵,不弄乖,生涯隨分絶安排。豈是甘心受窮苦,只圖賊不打貧家。

托鉢吟

我有鉢盂一隻,圓如日,黑如漆。瑩然内外絶纖塵,口大向天吞八極。大庾嶺頭笑翻身,七百黄梅徒費力。德山親手托將來,代代相傳到今日。有時獨弄春風前,萬象森羅俱失色。有時踍跳兜率天,驚倒當來老彌勒。有時降却老蒼龍,總有神通逃不得。有時滿給上方香積飯,三萬二千龍象飢腹皆充塞。管甚東山鐵酸餡子,豈論楊岐金圈栗棘。會須盡底盛將歸來,一任衲僧橫吞竪喫。直得天台五百一十六位聲聞僧,從定起來合掌念個摩訶般若波羅蜜。

船居吟

我泛扁舟活鱍鱍,四海五湖閑快活。一篙撐出愛河來,笑看漚生與漚滅。漚生全體現其中,漚滅是形如電掣。漚生漚滅本來空,自是道人心路絶。三界茫茫底用休,塵勞迥脱何干涉。利名畢竟是虛花,白玉黄金眼中屑。南北東西任去來,春夏秋冬無異别。任他寒,任他熱,道人自是心如鐵。陋身篷底一天秋,壞衲枕邊三尺雪。黄蘆白鳥共忘機,道人快活無可説。碧潭深處放絲綸,等閒一掣滄溟竭。翻起銀濤似雪山,極目江天無限闊。這回不怕八風吹,了然截斷輪迴轍。一聲欸乃歸去來,空船滿載千江月。

月海歌

長空萬里無雲翳,蕩蕩碧天竟如洗。萬象森羅影莫逃,一色洞然無彼此。昨夜金風輕漏泄,浪花翻作千尋雪。冰輪輾折珊瑚枝,大海總是白銀闕。海兮海兮何其清,月兮月兮何其明。海月交光兮照古今,寥寥宇宙兮贏得其高名。

洞玄歌

洞徹玄微歸至理,刹刹塵塵無不是。分明玄牝見端倪,十二瓊樓眉睫裏。蕩蕩乾坤闔還闢,霜天青鳥無消息。玉童倒跨天麒麟,蹉脚踏折虛空脊。窈兮冥兮精何精,恍兮惚兮物何物。廓開洞門三十六,清虛一片凝寒碧。真汞真鉛共一爐,真液真精同一坪。産出嬰兒姹女來,綠鬢朱顔更殊絕。三尺雲璈十二徽,琅琅玉韻徹離微。瞥然翻作無生曲,白雪陽春和不齊。我作洞玄歌,寄與洞玄子。記取洞玄時,火龍動天地。洞玄子,知不知,眼上何曾不帶眉。碧玉壺中天地窄,別有芥子藏須彌。

懶庵歌

道者機關如木石,此生不願循規則。一物時中更不爲,世上萬緣俱泯息。頹然兀坐茅堂中,灰頭土面何形容。百鳥銜花無覓處,天神獻供徒西東。擁坡看山兮簾不舒捲,生苔撇地兮路任苔封。一個蒲團閑靠壁,從教兩耳吹松風。

頭陀歌

蘦苴頭陀能脫略,胸次蕩然古標格。恰似明珠走玉盤,轉轆轆地無所着。衲衣下事何足誇,雲霞片片穿斷麻。生苔不借春風力,猶勝碓觜開天葩。拄杖郯皺,頭髮鬇㶳。耳能着水,眼能着沙。終不拈長柄舀溪之杓,換雪峰剃刀;更不露傾湫倒嶽之機,濕梁山袈裟。笑俱胝受用天龍一指,怪飲光微笑漏泄鷲嶺拈華。一味落落魄魄,齟齟齬齬,自是風流出當家。阿呵呵,歸去來。倒着一綱鐵鞋,踏破千丈蒼苔,東風西嶺謾徘徊。

萬山歌送榮維那之番易

萬山道人蒙見過,索我爲作萬山歌。太虛從來没涯岸,層峰叠嶂何其多。眼力到處未極則,秀色嵯峨鎖寒碧。迢迢古澗來劫初,源頭一派其中出。青黄不改日月老,屈指數到九千九百九十九朵之危峭。別有一峰聳出縹渺烟雲間,勢壓匡廬真絕倒。道人從此而得名,十分氣宇開懷抱。鳥啼花笑自春風,寥寥超出古皇道。萬山萬山知不知,見道忘山未是奇。

坐禪銘

參禪的的非細事,貴在當人發真志。真志不發願不堅,決定茫茫墮生死。古德垂慈何太切,教人參玄要直截。話頭一則重千鈞,盡力提持須猛烈。進前退後知幾回,恰似冰爐煉生鐵。冰爐煉鐵真個難,竭盡精神豈容歇。驀然一拶火星飛,面皮篷破通身熱。鉗錘妙密始見真,手兮眼兮用處親。就中煉出吹毛利,干將莫邪爭比倫。耿耿寒光耀空碧,在在處處興家國。外道天魔盡喪魄,鐵額銅頭俱失色。古今庫藏無爾珍,天上人間何處覓。殷勤爲報參玄人,趁此後生當努力。

桂庵歌

颯颯西風動林麓,炎欱散盡秋氣肅。姮娥開却蟾宮門,當陽散出黃金粟。漫空積地盈四檐,靈葩不許群芳妍。道人久住忘處所,直疑此境是先天。昔年山谷不知此,却恨晦堂無直指。鼻端蘧地來春風,洞徹吾無隱乎爾。子今桂庵兮爲名,索我再歌兮奚憑。晝寂寂兮花鳥無聲,夜寥寥兮月落空庭。

方竹杖歌

靈苗異種天然別,豈與凡竹同途轍。內則虛圓外則方,四棱凜凜凌霜雪。炎欱拂散露清標,歲寒歷盡全高節。昔年爲竿釣東海,六鰲三山等閑掣。今日以爲拄杖子,動轉施爲活鱍鱍。曉穿碧嶂雲,夜鳴寒嶠月。有時伴君行,探深探淺何縱橫。有時伴君住,劃斷從前閑露布。有時伴君坐,孤根一任莓苔裹。有時伴君臥,冰床石枕成清墮。或向高高山頂相扶進一步,或向萬仞崖頭通個轉身路。這竹杖,絕比倫,君子林中何處尋。雖然自家屋裏人,相忘無如汝無心。

送雲南妙書記

道人雲南來,訪我於雲間。腳頭未跨門,一鏃破三關。吾家種草師子兒,愬尾全奮金毛威。機奪機也,放兩拋三,全賓全主。境奪境也,添多減少,無欠無餘。百城烟水都抹過,信口橫吞鐵蒺藜。參方須具參方眼,莫道吾儂太擔板。看取精金躍冶時,普利人天有何限。

空處閑人歌爲清禪人賦

空處閑人閑趣多,索我空處閑人歌。我儂亦在空閑處,聽他塵世徒奔波。信知空處閑人好,空處從來少人到。個中別是一乾坤,六月冰霜寒悄悄。空處空空空四壁,空處長年自空寂。閑人偏愛空處居,動轉施爲無朕迹。個事明明觸處真,雙忘人法始方親。閑人原不異空處,了知空處即閑人。阿呵呵,囉囉哩。好把雲山舊衲衣,拂乾滄溟直教徹底蓬塵飛。

黃花翠竹歌爲空禪人賦

重陽九月霜花濃,芳英堆金東籬東。靈根不假陽和力,自是先天造化工。四檐匝地清風起,林薄有聲來不已。枝枝宛若老龍鬚,葉葉渾同蒼鳳尾。虛心耐歲寒兮,衆木森森豈能比。滿屋生清香兮,群葩簇簇難同委。一地所生二俱美,宇宙寥寥自終始。黃花翠竹誰辨的,灼然不許淵明識。却羨香嚴老凍儂,洞徹根源消一擊。古也今也絕覆藏,二三四七徒誇張。真如般若只者是,知音何必重商量。

十二時歌

十二時,幾人知,眼上何曾不帶眉。一口吹毛無背面,寒光凜凜七星飛。
半夜子,一忽覺來猶懶起。湯婆子怒竹夫人,一拳一脚打落地。
雞鳴丑,錯認南辰爲北斗。采寶波斯去路長,愁聞海底泥牛吼。
平旦寅,耳不聾兮眼不昏。金烏拍翅天大曉,畫角一聲消夢魂。
日出卯,目前總是長安道。張三李四驀相逢,一老元來一不老。
食時辰,活計從頭又斬新。平地波濤千萬丈,從教淹殺弄潮人。
禺中巳,成家須是敗家子。寸絲不挂赤條條,天地之間唯一己。
日南午,香積鼕鼕打齋鼓。大家飯飽肚膨脖,坐看須彌盧作舞。
日昳未,三尺竹篦無向背。鞭起生蛇作活龍,崢嶸頭角青雲外。
晡時申,刹刹塵塵不用論。阿修羅王鬥戰敗,藕絲竅裏去藏身。
日入酉,伸出一雙窮相手。當陽把定鬼門關,灼然不許行人走。
黃昏戌,也無禪兮也無律。萬派聲歸海上消,大地漫漫黑如漆。
人定亥,閑却從前舊兵鎧。寥寥宇宙古風清,皎皎寒蟾飛出海。

魚籃觀音

籃裏錦鱗鮮且活,遼天索價孰商量。拖泥帶水歸來晚,添得馬郎愁斷腸。

羅漢圖

人間天上無心住,多在山邊與水邊。彈指一聲龍虎伏,脚跟不費草鞋錢。

龐居士

慕富却忘貧苦日,一時拋散了家私。無端道個空諸有,波及妻兒賣爪籬。

達磨祖師

九年面壁,接得神光。一花五葉,遍界流芳。蘆葦悽悽暗度江。

天目山高峰和尚像

生羈死關,入易出難。千古萬古,西天目山。

禮高峰和尚塔

狗舐熱油鐺一句,集雲峰下四藤條。拈來擲向乾坤外,贏得棱層塔影高。

慧藏沈氏請贊

面皮凛冰霜,佛祖也不識。橫按黑竹篦,虛空驚戰慄。怪底臺山婆,逢人道驀直。未按指已前,頓起膏肓疾。縱使耆婆扁鵲,那有這般奇特。咄,留與兒孫爲法則。

慧本居士請贊

從來個漢無思算,一住茅庵三十年。白日打眠空過了,如何有口會談玄。

普首座請贊

揮黑竹篦,掃空觸背。雖不露師子咬人之機,要且不是韓盧逐塊。敲出金剛腦後釘,顯發普光明三昧。烟蓑擁膝坐漁磯,等閑超出威音外。

明首座請贊

誰向虛空添五彩,分明覿面不相瞞。蒲鞋踏破華亭月,萬象森羅徹骨寒。

金山百户張慧仁請贊

妙在一機,通身活路。擒縱自由,佛祖罔措。吹毛影裏覺華開,海上好山青朵朵。

百户龔慧衡請贊

手中三尺竹篦,狀似吹毛利刃。剷除邪見稠林,蕩却佛病祖病。一片真風挽得迴,千古倒行摩竭令。

慧質居士請贊

心不是佛,智不是道。白雲重重,紅日杲杲。揭開不二法門,驚倒嵩山破竈。一床獨坐净名老。咄。

慧銘居士請贊

竹篦黑漆漆,眼睛明歷歷。敲碎太虛空,趯出金剛骨。咄,抹過二三并四七。

慧山居士請贊

者個老漢,着甚來由。磊磊苴苴,豈識宗猷。少年騎竹馬,恣意逞風流。當場衝破龍蛇陣,縱橫自任樂悠悠。長大牧水牯,耕遍劫初疇。叠叠高低風景好,笑看黃雲萬頃秋。拈得龍峰飼貓器,無端放在松溪頭。止有一條龜毛線,釣盡江波卒未休。(以上同上卷三)

釋守貴

無用守貴,法系:無準師範——雪巖祖欽——高峰原妙——中峰明本——

千巖元長——無用守貴。《全元詩》無其人。輯佚：

辭世偈

一蝸臭殼，內外穢惡。撒手便行，虛空振鐸。天龍一指今猶昨。（《續燈存稿》卷九）

釋寧

一峰寧，法系：無準師範——雪巖祖欽——鐵牛持定——絕學世誠——古梅正友——一峰寧。《全元詩》無其人。輯佚：

偈頌

青山叠叠雨濛濛，師子金毛撥不通。我也自知時未至，十回放箭九回空。（《續燈存稿》卷九）

卷四　臨濟宗松源派禪僧詩輯考

　　《宋代禪僧詩輯考》録南宋虎丘派禪僧,止於密庵下第五世,而於松源一派實多遺漏,蓋如古林清茂(1262—1329)者,已顯於元世矣。本卷即自密庵下第五世(松源下第四世)始,至元明之交,則斟酌收録。

釋净伏

　　虎巖净伏(？—1284),法系：松源崇嶽——無得覺通①——虛舟普度——虎巖净伏。《全元詩》第9册録詩1首。輯佚：

偈頌

　　過去諸如來,安住祕密藏。現在十方佛,成道轉法輪。未來諸世尊,一切衆生是。由妄想執著,結煩惱蓋纏。迷成六道身,枉受三塗苦。惟念過現佛,不敬未來尊。與佛結冤讎,或烹宰殺害。不了衆生相,全是法性身。昔有常不輕,禮拜于一切。言我不輕汝,汝等當作佛。若能念自他,同是未來佛。現世增福壽,生生生佛國。(《續燈存稿》卷六)

釋時中

　　庸叟時中,法系：松源崇嶽——無得覺通——虛舟普度——庸叟時中。《全元詩》無其人。輯佚：

頌僧問雲門殺父殺母佛前懺悔話

　　一般春色未嘗偏,白白紅紅各自妍。路轉溪回風景好,五須彌頂浪滔天。

頌古德道君若無心得似風話

　　君若無心得似風,東西南北路頭通。個中聲色非聲色,雲自高飛水自東。(以上《增集續傳燈録》卷五)

釋妙坦

　　竺西妙坦,法系：松源崇嶽——無得覺通——虛舟普度——竺西妙坦。

---

①　一作無礙覺通。

《全元詩》無其人。輯佚：

偈頌

静處鬧浩浩,鬧處静悄悄。謹白參玄人,莫向兩頭討。出門總是長安道。

五日風,十日雨,野老不知堯舜力。今日三,明日四,悠悠空度少年時。
(以上《增集續傳燈錄》卷五)

釋德海

東嶼德海(1246—1317),法系：松源崇嶽——天目文禮——石林行鞏——東嶼德海。《全元詩》無其人。輯佚：

偈頌

白玉階前舞癩牛,虛空背上看揚州。眼中瞳子吹長笛,紙畫仙姑踢氣毬。
(《增集續傳燈錄》卷五)

頌俱胝豎指因緣

深深無底,高高絕攀。思之轉遠,尋之復難。(《續燈正統》卷二十二)

病中

一寒一熱又輕甦,正覓根源起處無。夜半鼠聲成陣出,牀頭打倒藥胡蘆。
(《禪宗雜毒海》卷六)

月浦

吞却七個與八個,十分圓處曲如鉤。魚翁一棹百雜碎,笑入蘆花萬里秋。
(同上卷七)

釋壽永

東州壽永,法系：松源崇嶽——天目文禮——石林行鞏——東州壽永。《全元詩》無其人。輯佚[①]：

偈頌

昨日朔風生八極,昨日籬頭吹觱篥。今朝起來看曆日,又是十一月初一。

頻頻喚汝不歸家,何處是家。貧向門前弄土沙,爭怪得他。每看年年二三月,不寒不熱。滿城開盡牡丹花,佛手難遮。

---

① 《重刊貞和類聚祖苑聯芳集》卷六有《中隱》《祖芳》《月窗》三詩,作者僅作"東州",已收入《宋代禪僧詩輯考》東州惟俊名下,然實不能確定是東州惟俊抑或東州壽永也。

一二三四五六七，無角鐵牛眠少室。七六五四三二一，波斯鼻孔黑如漆。空中木馬舞三臺，眼裏瞳人吹觱篥。千重關鎖一齊開，萬兩黃金亦銷得。（以上《增集續傳燈錄》卷五）

送僧偈
動靜何曾涉蓋纏，何須更透未生前。故園千里今歸去，陸有征途水有船。

頌約齋居士張鎡入道話
一棒鐘聲到耳根，三千刹海一時昏。賊從赤肉團邊去，明日依然不離門。（《續燈存稿》卷六）

釋景曇

竺雲景曇，法系：松源崇嶽——天目文禮——石林行鞏——竺雲景曇。《全元詩》無其人。輯佚：

偈頌
五五由來二十五，余山不打禾山鼓。等閑拈起金剛圈，當陽坐斷主中主。明眼人，莫莽鹵，發機須是千鈞弩。（《增集續傳燈錄》卷五）

化渡船
石流涇上水悠悠，來往猶虧一渡舟。長者巧施方便手，春風一棹曉烟浮。（《重刊貞和類聚祖苑聯芳集》卷八）

藏主
年遂八十無筋力，不翁爐錘展以人。坐看諸方放毒手，橫江網子取金鱗。

海維那①
克賓打出思興化，禪子相逢在鳳臺。等是一番成性燥，莫言千里賺伊來。（以上《新撰貞和分類古今尊宿偈頌集》卷中）

釋林

獨木林，法系：松源崇嶽——天目文禮——石林行鞏——獨木林。《全元詩》無其人。輯佚：

悟道偈
不識巖頭密啟時，有無之句幾多疑。風吹柳絮毛毬走，雨打梨花蛺蝶飛。

---

① 此首載竺雲景曇《藏主》詩後。

偈頌

二由一有，一亦莫守。寶八布衫穿，風吹石臼走。（以上《增集續傳燈錄》卷五）

頌古

如何是佛爛冬瓜，鐵額銅頭没奈何。萬里鴻溝歸漢後，八千人恨一聲歌。（《禪宗頌古聯珠通集》卷四十）

覺堂

濟北三年不出門，黑山鬼窟可堪論。無端撞着檐前柱，解道姊姑是婦人。（《重刊貞和類聚祖苑聯芳集》卷五）

明上主

四文已白見吳川，撥出摩尼處處圓。若謂閩山皆是藏，蒼天中更哭蒼天。（《新撰貞和分類古今尊宿偈頌集》卷中）

釋標

指堂標，全名待考。燈錄不載其人，《重刊貞和類聚祖苑聯芳集》卷一《開藏經板》作者爲"指堂標"，注云"標下一本注有'元人，嗣石林'五字"，據知其法系：松源崇嶽——天目文禮——石林行鞏——指堂標。《全元詩》無其人。《宋代禪僧詩輯考》附錄《江湖風月集》收指堂標詩9首。續輯：

贈別

倒拈禿帚默施功，向未屙前盡掃空。一大藏經揩糞紙，百千諸佛廁中蟲。（《禪宗雜毒海》卷二）

雪佛

三十二相冰骨格，八十種好玉肌膚。大家瞻仰莫生厭，今日有兮明日無。

扇

鹽官侍者錯商量，贏得風流話已行。今古有誰知柄欛，未曾搖動足風凉。（以上同上卷六）

化盂蘭盆經①

十年征戰殺人多，骨似丘山血似河。佛子結緣經一卷，盡令度脱出娑婆。

---

① 此首載指堂標《開藏經板》詩後。

爲母禮舍利

自是娘生一片心,幾曾向外苦追尋。瞿曇八斛摩尼寶,難抵男兒膝下金。
(以上《重刊貞和類聚祖苑聯芳集》卷一)

蓬屋

蒿枝隱着先師棒,入草求人惡起家。我不從它檐下過,誅茅各自立生涯。

空海

幻漚滅盡欲波枯,曾着山河影子無。透底洞然虛萬有,曉天何處浴金烏。

南海①

一漚未發事如何,向一針鋒見不訛。端的離宮元屬火,從來是水不離波。

冰海

茫茫烟水渺無邊,浪結波凝六月堅。往往只知連底凍,不知從底火燒天。
(以上同上卷五)

經山友人

馬師圓相寄欽師,暗寫愁腸起外疑。白紙一張今日事,聽教峰頂大家知。
(同上卷七)

瘞鼠銘②

白晝尋餐幾露形,明明刺腦入膠盆。一揮不是人心毒,猫口何曾有轉魂。

疏影動昏黃,風吹度暗香。鼠欺僧不在,跳擲過蕭墻。③

廬橘尚青酸,攪先奪我餐。鼠粘真可怪,虛却待賓柈。(以上同上卷九)

同行

鳴策來同去不同,忍看埋玉亂雲中。瀟湘後夜能隨我,惟有無情月一篷。

淺處深坑平處山,一行一步一辛酸。幾回擷倒重扶起,不是同行也大難。④

方丈

手頭規劃貴全材,十尺寬寬略放開。門限果然生鐵鑄,何因又費一圍灰。
(《新撰貞和分類古今尊宿偈頌集》卷上)

---

① 此首及下一首載指堂標《空海》詩後。
② 《重刊貞和類聚祖苑聯芳集》標此詩作者爲"指堂",原注"堂下一本有'一'字。""指堂一"之名不見於別處,今仍作指堂標之詩收錄。
③ 此首及下一首載指堂《瘞鼠銘》詩後。
④ 此首《重刊貞和類聚祖苑聯芳集》原注"一本有'作者未曉'四字"。

瘞鼠銘①

撞入錢筒忍死看,大千沙界一丘田。百年身後輸他底,壞廈蕭條雨滴傳。(同上卷下)

釋妙道

竺元妙道(1257—1345),元又作原。法系:松源崇嶽——天目文禮——橫川如珙——竺元妙道。《全元詩》無其人。輯佚:

證道偈

雲門乾屎橛,光明照十方。鄮峰纔發足,五日到錢塘。

偈頌

胡盧得雨方浮甲,豌豆新栽未上笆。日日後園行一轉,住山何事不干懷。

辭世偈

佛壽八十,我多九年。世間情盡,寂滅現前。(以上《增集續傳登録》卷五)

題天目弔和庵主

西丘老人八十餘,頭髮白盡黃牙疎。買得扁舟如葉大,哭和庵主過東湖。(《禪宗雜毒海》卷四)

靈隱禪師造壽塔

斫成青石樣團團,天上移來此地安。人到有年看得盡,塔因無縫見還難。雲連竺國千峰繞,月挂松櫚萬象寒。堪笑疏山垂手短,至今平地草漫漫。(《重刊貞和類聚祖苑聯芳集》卷一)

送能禪人鄱陽省師

能是當年六祖名,汝能何事亦名能。雖然不得西天鉢,也合來傳少室燈。昆阜斷烟秋漠漠,淡湖明月夜澄澄。但明此意光籌室,莫學風顛撫背僧。

送歸仗錫省師②

堂上阿師今已老,子規省覲忽悠悠。當時馬祖能行令,未必耽源不識羞。好看七峰粘凍雪,莫辭九堰鎖寒流。半間容得衰殘否,安個沙鐺煮芋頭。(以上同上卷五)

---

① 此詩載"指堂一"《瘞鼠銘》(前録"白晝尋餐幾露形"一首)詩後。"指堂一"不見於他處,今姑仍録於指堂標名下。

② 此首載竺元妙道《送能禪人鄱陽省師》詩後。

僧歸日本

鉢盂捧入大唐來，喫飯無端咬着沙。一粒粟藏諸國土，方知寸步不離家。

送人之吳中兼簡東嶼

師兄説法吳城畔，因子參尋思萬重。不寄平安書一幅，橋邊三度落青楓。

（以上同上卷六）

病中謝人訪

幻影欲隨殘日没，苦縈疲瘵卧雲隈。延齡道士丹不服，説藥故人書懶開。山鬼弄燈明忽滅，靈姑偷米去還來。十分感重文殊叟，霧擁經幢下五臺。

華頂無見

虚空昨夜笑開口，華頂老僧燒作灰。端坐胡床書偈别，和泥合水入輪迴。

（以上同上卷十）

華頂無見禾上①

西河師子解翻身，撞着虚空碎作塵。萬象森羅齊惡發，無言童子笑忻忻。

釋清茂

古林清茂（1262—1329），法系：松源崇嶽——天目文禮——横川如珙——古林清茂。《全元詩》第 33 册録詩 3 首。輯佚：

偈頌

豁開户牖，當軒者誰。紅霞穿碧落，白日繞須彌。

一槌便就，塞壑填溝。不假一槌，撑天拄地。無鼻孔底，不要聞香。有咽喉底，教他出氣。離婁行處浪滔天，大洋海底無滴水。

一切障礙，即究竟覺。不得春風花不開，花開又被風吹落。

須彌山上踤跳，拍手呵呵大笑。人人鼻孔遼天，只為目前不了。

迦葉糞掃衣，價直百千萬。輪王髻中寶，不直半文錢。

心眼既相同，一見即便見。舉古復舉今，由來少方便。獨掌不浪鳴，單絲不成線。拈起一毛頭，獅子全身現。

今朝五月十五，打起南泉破鼓。人人眼見耳聞，露柱燈籠起舞。

昨日也與麽，今日也與麽。一夏九十日，是甚麽熱大。敗壁蟲始鳴，秋林葉

---

① 此首載竺元妙道《華頂見禾上》詩後。

方墮。拈上死柴頭,且向無烟火。

一言用祝無疆壽,大地山河爲舉揚。昨夜祝融峰頂望,老松枝上又添長。

今日新年頭,昨日舊年尾。一年復一年,只麽隨它去。

入門見額,上馬見路。大用現前,丹霄獨步。

西天付囑,東土流通。懷藏日月,氣吐長虹。言詮不及處,萬里清風。

今朝臘月十五,正好爭先快睹。夜來雪暗長空,早起日輪卓午。

空手把鋤頭,三更過汴州。步行騎水牛,深深海底遊。人從橋上過,牽牛去拽魔。橋流水不流,樹上挂燈毬。

相見即殷勤,無故亦無新。千年桃核破,渾是舊時人。

於一切處常用心,目前萬象盡平沉。當門獅子正哮吼,達磨面皮三寸厚。手攜隻履西天去,軒知無著渾身處。葱嶺那畔逢宋雲,唵摩尼達哩吽鉢吒。

今朝七月十五,畫斷葛藤路布。從教天下橫行,免致抛沙撒土。

於一毫端,現寶王刹。坐微塵裏,轉大法輪。金剛神合掌,踏碎破砂盆。

今朝九月十五,多少禪和莽鹵。只知自古自今,豈解成佛作祖。山僧忍俊不禁,指出西天此土。

今朝臘月二十五,雲門一曲超今古。不如唱起太平歌,萬象森羅齊起舞。

刹竿頭上翻筋斗,萬仞崖前衮綉毬。有意氣時添意氣,得風流處且風流。

(以上《古林清茂禪師語錄》卷一)

一不得有,二不得無。摘楊花,摘楊花。三千里外無人會,種豆何曾得稻麻。

一見便見,有甚誵訛。龍門客少,鬧市人多。

一二三四五,五四三二一。渡水不穿靴,黃昏候日出。

善哉最勝大丈夫,能作世間希有事。住大解脫不思議,盡諸所有悉能捨。翦除荆棘建伽藍,殊勝莊嚴極完美。毗盧遮那大樓閣,寶華涌現千如來。交光相羅帝絲網,具足勝妙諸功德。於中安住僧伽耶,善能信受第一義。身心清净如蓮花,性地圓明無與等。譬如虚空含衆像,於諸境界無分別。於無分別境界中,種種幻化悉充滿。願力如山不動搖,佛功德海亦無盡。證此金剛不壞身,永爲山門作依怙。

釋迦不曾生,今朝四月八。白牯與狸奴,稱念摩訶薩。老雲門,休打殺。留與兒孫作話端,千古萬古活鱍鱍。

上乘菩薩信無疑,中下聞之必生怪。千年常住一朝僧,蘇武不受單于拜。

異苗翻茂處,深密固靈根。楊廣山前事,今朝喜再論。應真機不借,轉物道常存。湖水添新綠,苔階長舊痕。更看今夜月,和影落前村。

兀兀癡癡,愛討便宜。傍觀者哂,天下楊岐。

十五日已前,掘地覓青天。十五日已後,携籃盛水走。正當十五日,天明日頭出。待得黃昏月到窗,無限清光滿虛空。

有利無利,不離行市。買帽相頭,長人入水。

今朝九月初一,次第寒風凛慄。衲僧主丈化龍,吞却青天白日。

九日無白醪,免得醉陶陶。十日有黃菊,喚人牮廊屋。五更鐘未鳴,檐前雨滴聲。思量無限事,斫起佛前燈。

時節不相饒,今朝九月九。滿城風雨寒,相逢懶抬手。籬下黃花開,路傍人送酒。悠然見南山,急急向東走。

正當十五日,好本天下同。無事晚來江上望,三三兩兩釣魚翁。

恁麼恁麼,三載泮宫名已播。塵勞世事合忘言,百歲光陰等閑過。不恁麼不恁麼,話別還吳誠未可。三千里外既相逢,一室寥寥且同坐。休論世俗文章,說甚馬師龐大。侏儒自古飽死,方朔依然受餓。不如一種平懷,形迹相忘彼我。詩書自有家傳,孫丁已添兩個。聖明天子求賢,傳說更教誰做。

汾陽示,太容易。涅槃心,祖師意。上上人,須薦取,擬思量,失却鼻。燈籠嗔,露柱喜,疥狗泥猪逞唇觜。盡道今年勝去年,落花依舊隨流水。

檐聲不斷前旬雨,電影還連後夜雷。喚取瞎驢來趁隊,明朝依樣舞三臺。

今朝五月二十五,不說從前佛與祖。炎暑蒸人汗似湯,荷風拂拂來庭户。入荒田不揀,信手拈來草。認得大哥妻,元來是阿嫂。

今朝二月初一,門外寒風凛慄。雪消定是春來,天曉還看日出。

相逢不拈出,舉意便知有。和底盡掀翻,面南看北斗。

年年是好年,日日是好日。今日是初三,前日是初一。新年頭佛法,不屬有與無。明教與鏡清,盡力道不出。

新年已過十日,堪嘆時光易失。看看便是清明,虼蚤蚊蟲又出。雖然自古自今,且要一朝事畢。

上八不見參星,下八不見紅燈。唯有衲僧正眼,常時赫赫明明。

今朝七月初一,九夏相將告畢。衲僧正眼豁開,徹見青天白日。

天道久不雨,大地盡焦枯。衲子終朝打坐,園丁引水澆蔬。鉢裏飯,桶裏水,四七二三難下觜。

檐聲不斷前旬雨,電影還連後夜雷。待到天晴日頭出,不妨同步上高臺。

薩達阿竭二千年,一句該通五千卷。十風五雨樂升平,慚愧水賤米亦賤。

一夏九十日,今朝又過半。一句沒商量,大家着眼看。

一夏九十日,尚有十五日。報汝參玄人,光陰莫虛擲。天高高不窮,地厚厚無極。開單展鉢時,札札用心力。

淺聞深悟,深聞不悟。截斷葛藤,掀翻露布。一句恰相當,東西沒分付。啄破琉璃海上鳥,挨開碧落天邊兔。

善財熟處難忘,文殊將錯就錯。諸人若善參詳,救取靈山一會。

去住本無情,官舟迫去程。風清甘露室,潮滿石頭城。祖道如天遠,皇恩似海平。擬將肝膽瀝,葵藿向陽傾。(以上同上卷二)

黑蟻旋磨千里錯,巴蛇吞象三年覺。海壇馬子大如驢,潘閬倒騎擷折角。

處世行藏各有由,老來誰不愛心休。為圓鄞嶺先師話,來結鄱陽衲子讎。跛鱉但隨他逐浪,錦鱗終是解吞鈎。相逢試把家私展,蜜菓時懸檗樹頭。

舉不顧,即差互。坐斷上頭關,截斷千差路。更不着商量,千聖齊却步。

名不得,狀還非。千年常住一朝僧,楚雞不是丹山鳳。(以上同上卷四)

真讚

無量壽佛像讚

瞻禮無忘十二時,故鄉端可與心期。彌天相好清涼月,映日蓮開白玉池。為一切人垂隻手,現無邊界展雙眉。眾生念念皆相似,空盡塵勞不用疑。

維摩居士讚

搏大千界如針鋒,置三萬座于方丈。謂其實有墮見聞,謂其實無着妄想。是故大士不二門,於一切處超限量。我聞三十二菩薩,神通光明各自具。雖有言說遍剎塵,其實無有法可說。我此大士默無語,自然吻合諸知見。譬如大城有四門,殊方來者悉得入。是故三十二菩薩,各各皆證第一義。若言一默具眾智,演說無礙亦超越。佛子當作如是觀,毗耶離城即此地。

又

文殊有口成饒舌,居士無言計較生。兩處意根俱不墮,大千捏聚話方行。

初祖菩提達磨大師讚

九年面壁喫茶多,斷臂師僧没奈何。賴有雲門言念七,不妨山月照松蘿。

唐宣宗皇帝畫像嘉禾資聖言可長老請讚

大法顛危,聖賢隱伏。時當會昌,教罹其毒。夙于靈山,密受付囑。曆數在躬,萬邦賓服。龍章鳳姿,紺眉電目。痛掌未施,妄情桎梏。三際既除,一機不觸。佛日昭回,卿雲斯郁。秀水之西,爽溪之曲。遺像再瞻,春融百谷。

龐居士讚

彈没弦琴,唱無生曲。從茲鼻直眼橫,勘驗諸方瞎秃。被人捋下襆頭,大小渾家不睦。一口吸盡西江,唵摩尼達哩悉唎蘇嚧。

百丈大智祖師讚

野鴨飛來,何曾飛去。扭得鼻頭,無出氣處。竪拂挂拂,看樓打樓。直下耳聾三日,不妨賣弄風流。

臨濟祖師贊并序①

臨濟祖師遺像,予嘗見浙中衲子所藏。率皆黧面努目,張眉奮拳,若不可近者。其意不過以祖師尋常機用險絶,棒喝交馳,如雷轟電奔,致人於神飛膽顫之間,而仿佛之也。洎來鄱陽,獲瞻濟寧路所傳真本於北山安國方丈。其豐頤廣顙,珂齒丹唇,日精月華,儼若天人之表。此故知其荷擔大法,建立綱宗,使天下後世,知有靈山正傳綿綿不絶者也。由是衲子争相摹寫,求贊於予。迅筆爲書,成若干首。

無位真人,生鐵面具。掣風掣顛,無巴無鼻。據虎頭,收虎尾,難瞞小釋迦。不看經,不坐禪,嚇殺王常侍。

黄檗腮邊奮掌,大愚肋下揮拳。兩處牢關把斷,至今骨露皮穿。打殺煮與狗喫,方契靈山正傳。

百丈大機,黄檗大用。土塊泥團,拈來賣弄。千峰到嶽,萬派朝宗。在途中不離家舍,在家舍不離途中。

金牛昨夜遭塗炭,直至如今不見踪。驚起三峰頭倒卓,横吹玉管向秋風。

三玄三要四料揀,無位真人百草頭。兒孫個個眼卓朔,到底不辨金與鍮。

六十烏藤錯怨誰,輕如山嶽重蒿枝。不辭膝下黄金貴,又向高安見大愚。

---

① 《臨濟祖師讚》共十一首,此處僅録可視爲詩之六首。

法昌遇禪師贊

屋倒籬坍,東撐西拄。赤骨律窮,掀天富貴。十八高人到來,且共圍爐打睡。葫蘆棚上挂冬瓜,嚇殺南區頭,方纔是作家。

大惠禪師贊

握竹篦不分背觸,肆一舌惟要罵天。到底難逃夙債,木弓重續因緣。蠻烟瘴雨,默照邪禪。掃蕩不留毫末,重光濟北之傳。鞭起象龍千七百,免教死在瞎驢邊。

先育王和尚贊

二千年前滅佛種,一十七世臨濟孫。塞壑填溝乾屎橛,七穿八穴破砂盆。

自讚

妙果南楚和尚寫師真同幀請贊

行不在前,立不在後。輔車相依,通塞相守。扶起破砂盆,各自出隻手。長松樹下,瀑布巖前。獅子哮吼,象王迴旋。

營藏主請贊

不跳金剛圈,不吞栗棘蓬。一味喚鐘作瓮,從教凌滅宗風。當軒大坐,毫髮不容。昨夜南山,虎咬大蟲。

西山崇報槐長老請贊

佛法無寸長,應機有千變。驀直顯全提,縱橫看手面。重關把斷,一線聊通。簾捲西山白晝,門開少室真風。

茂首座請贊

是亦剗,非亦剗。併蕩三要三玄,戳瞎摩醯正眼。個是楊岐栗蓬,不比睦州擔板。

小師元浩首座請贊

萬仞峰前理釣車,三千里外摘楊花。祖翁一片閑田地,留與兒孫弄土沙。

悟理都寺寫澤山和尚遺像與師同幀請贊

四十年前道伴,三千里外相逢。話盡山雲海月,分開南北西東。梢金雞拂玉兔,打白鳳羅獰龍。廓太虛之寬廣,悟至理之圓融。兩鏡高懸一照中。

澤藏主請贊

冰棱上走馬,針眼裏跨跳。渾不涉孤危,用本分草料。澤廣藏山,理能伏豹。撥轉如來藏裏珠,萬別千差都一照。

思侍侍者請讚

睹面隔山河，東西沒分付。塞却兩耳根，試聽塗毒鼓。昔人有言兮，大丈夫先天爲心祖。

蕭藏主請讚

三關把斷雲門旨，兩喝商量濟北宗。不獨咽喉都併却，又兼雙耳十分聾。

頌古

纔出禮拜也好打，未跨船舷也好打。捲舒出没更由誰，銅頭鐵額俱擒下。山僧與麽道，莫是扶他德山麽。

水闊魚踪少，天高鳥迹稀。移舟過別浦，沙岸夕陽微。

紙撚無油不用愁，百川還是向東流。因看月挂松梢上，不覺青天在屋頭。

臘月火燒山，一身天地間。昨朝愁已遣，今日且歡顔。

蛇無頭不行，虎有脚方走。大盡三十日，小盡二十九。

萬里無寸草，出門便是草。瀏陽與洞山，一老一不老。君不見寒山子，十年歸不得，忘却來時道。

死店活人開，自買還自賣。斤兩甚分明，鐵錘打不壞。

舉手攀南極，抬眸望北辰。横身天地外，誰是我般人。

冬去春來，陰陽消長。殺活臨時，當機不讓。縱横妙用兮草偃風行，就下平高兮抛三放兩。南北東西打野榿，横擔主丈千峰上。

兔馬有角，牛羊無角。石臼翻空，須彌倒卓。

束村王老夜燒錢，迎取新年换舊年。無角鐵牛眠少室，拽來露地更加鞭。

我手何似佛手，拈起糞箕苔帚。掃開碧落烟雲，撞倒南辰北斗。

我脚何似驢脚，萬仞峰前失却。羚羊挂角無踪，獵犬尋他不着。

人人盡有生緣，休論者邊那邊。達磨不來東土，二祖不往西天。

舉不顧，即差互。北斗裏藏身，手脚已全露。笑倒老韶陽，邯鄲學唐步。

送供萬佛會化主

與麽與麽，得之於心，伊蘭作栴檀之樹。不與麽不與麽，失之於旨，甘露乃蒺藜之園。當頭坐斷祖師意，信脚踏着如來禪。普化建法幢於紅塵堆裏，玄沙立宗旨於釣魚之船。所謂道人行處如火燒冰，如箭離弦。不拘東土，豈隔西天。撞着吾家種草，問渠覓一文錢。

送堯禪人之永嘉

不見一法,是大過患。逼塞虛空,滿耳滿眼。無端瞥轉一機,直得星移斗換。擘開臨濟三玄,風動蘆花兩岸。突出金剛眼睛,海底鯨魚生卵。老僧與麼提持,一火鑄成金彈。拋來擲去自由,且不受人呼喚。將歸雁宕峰前,打鼓普請試看。

送淨慈侍者再參

百丈參馬師,伎倆俱已盡。一喝三日聾,當機須猛省。若謂大冶金,正是佛祖病。所以無盡公,掩卷未肯信。妙喜天人師,今古眼目正。雲庵與死心,提掇事已定。敲唱既雙行,節拍頗相應。一舉便知音,撫膝始加敬。堂堂臨濟宗,壁立千萬仞。三玄建法幢,千聖不敢近。踏着上頭關,坐斷毗盧頂。廓然如虛空,赫爾日月並。二三與四七,寧免弄光影。上人根性聰,囊錐方脫穎。昔年登南屏,不枉事馳騁。如救頭上然,直與寸陰競。喝下既承當,棒頭亦深證。有禮復有樂,有呼即有應。彼此不相辜,總入大圓鏡。此行宜再參,續佛祖惠命。

示璧禪人

黃檗老婆,大愚饒舌。雖然佛法無多,直是斬釘截鐵。果然直下承當,便是紅爐片雪。表裏純淨一如,上下四維通徹。他年倒捋虎鬚,定是雷轟電掣。跨鐵牛兮祖師心印,印泥印水印空;作獅子吼兮旃檀林中,玩月話月指月。

寄淨慈斷江首座

南屏山中第一座,頂顙一着超諸方。恰如韶陽見靈樹,任以大法提宗綱。有時借得上方座,更不作禮須彌王。拈來拂子正在手,對揚又擬懸繩床。風之來兮草必偃,箭不發時機自忘。瞎驢滅却正法眼,寶劍凜凜生寒光。驚群駭衆難迴避,忽然坐却南泉位。王老機鋒没奈何,不如下地巡堂去。

寄淨慈笑隱書記

夫子不識字,達磨不會禪。吞底栗棘蓬,透底金剛圈。不吞復不透,一着尤當先。如書暗中字,字義雖不全。縱橫得自在,文彩已燦然。昔日老黃龍,荷負智力堅。泐潭死水中,浸得鼻孔穿。怒枕擲老悦,未即忘正偏。倏來見慈明,一語脱蓋纏。譬如百煉金,繞指顏色鮮。照耀大千界,心月常孤圓。丈夫事探索,舉措思齊賢。況炳智慧炬,行當拍其肩。三關不用立,直造威音前。

送雲藏主歸舊隱

雲無心而出岫,水盈科而或流。遇高山而必止,至大海而方休。知止乃爲貴,不止將焉求。脚頭脚尾,橫三竪四。東去西去,萬里無寸草。秦不管,漢不收,突出雲門主丈頭。五千餘卷對一説,語默豈可窮其由。若不然也,臨濟三玄要四料揀,與夫向上直指之奧,又何上遇大風而止。直得窮天地,亘萬古,大行此話於赤縣神州。山悠悠,水悠悠。百千年滯貨,何處不風流。

示禪人

言凡即全凡,舉聖即全聖。頂門眼未開,何處分邪正。西天老比丘,或定或不定。

送源禪人之江西

十方無虛空,大地無寸土。不是李將軍,誰識南山虎。任運分身百草頭,隨機一二三四五。線去絲來驗作家,銅頭鐵額河沙數。神機互換兮石鞏張弓,節拍相酬兮禾山打鼓。驚起嵯峨五老峰,看取機關木人舞。

送懋侍書之徑山

金色頭陀,論劫打坐。爾來扣門,覓個什麼。又言上徑山,開口早話墮。胸襟流出尚等閑,向外馳求誠不可。豈不見毫釐繫念,三塗業因。瞥爾情生,萬劫羈鎖。一塵不立歸家,更與從頭注破。達磨未來時,何曾有者個。佛祖不能窺,古今成滯貨。貼秤麻三斤,賊是小人做。當頭坐斷沒商量,雪曲巴歌有人和。

送禪人

丹鳳舞青霄,烏龜鑽破壁。抹過兩重關,忍死吞栗棘。虛空包不過,萬象明歷歷。全提與半提,綿綿復密密。鐵壁銀山萬仞高,看取日從東畔出。

題一擊軒

香嚴一擊傳來久,遺響至今獅子吼。達者雖云上上機,小根終謂虛開口。多聞學道固所難,知覺頓忘從古有。體寂塵鎖性自圓,根境法中何足守。道人當軒種修竹,不種此君人謂俗。何年除礫打空梢,擘窠大榜追芳躅。滴雨鮫珠點點圓,搖風鳳尾叢叢綠。人生行脚貴眼正,我識道人心自足。話頭不特愛南陽,臨機又欲超多福。客來見榜須見人,見人會見真規復。

送旨首座

佛祖未生前,太虛何逼塞。憑誰盡力推,三九二十七。日月輪弗齊,海水謾盈尺。楊岐跛脚驢,踢踏無踪迹。聲前沒商量,句後愈綿密。行行躡寒霜,主丈生兩翼。

贈宣藏主

衲子英靈，渥洼之種。道本無言，名還可重。學海波澄，靈源水涌。萬象自沉，一塵不動。有主有賓，有奪有縱。放兩拋三，單提獨弄。石上栽花，空中覓縫。前三後三，眼睛鼻孔。倒捋虎鬚，百發百中。滅正法眼，破塵勞夢。大施門開，十八不共。平等無涯，廓徹空洞。從教德山棒頭滴水滴凍，忽然捩轉面皮，接住也與一送。佛祖低頭，人天膽聳。金剛圈，栗棘蓬。三脚驢子弄蹄行，踏殺湖南凍膿。

送則侍者歸江西

侍者參得禪，烝砂不成飯。紙襖上抄來，何時能了辦。磊落自天真，光明常燦爛。舉一不得舉二，截斷江西十八灘。放過一着落在第二，免被廬山葛藤絆。歸去來，歸去來，行看平地風雷。

示億維那

水上葫蘆捺不住，空中石臼推不去。刹竿頭上舞三臺，黑漆昆侖遭指註。稀復稀，少復少，四七二三無處討。忽然突出主丈頭，把定教渠道道道。拋出袖裏金槌，撒下衣中至寶。津濟九有四生，使夫敗善根非器衆生，知有吾門單傳直指之妙，好也不好。

送堅知客之永嘉

保福有願不撒沙，趙州見僧惟喫茶。德山之棒臨濟喝，雲門俱字猶堪誇。塵塵自己光明藏，眼正便可分龍蛇。涼風西來入我牖，江月夜照禪人家。還鄉曲子調自別，問佛莫答三斤麻。

哲藏主請益圓悟問東山佛身無爲不墮諸數示以偈

佛身無爲，不墮諸數。二三既分，七六俱露。譬如摩尼，映於五色。照用失宗，動靜自得。道人行處，如金與金。輝天鑒地，耀古騰今。碎三玄不勞鉗鎚，穿九曲豈用金針。懸曹溪不拂之鏡，碎龐老無弦之琴。多多和和時眼橫鼻直，磊磊落落處山高水深。

送仲侍者再參徑山

坐斷毗盧頂，踏着凌霄峰。不稟釋迦文，拈却第一句。道人行處湯銷冰，千里萬里搏鵬程。龍門無波白日黑，鯉魚躍出風雷驚。精金百煉色須失，耳根何止聾三日。

送静侍者省師

道人來雲巖,未久即言別。將歸阿師傍,早晚侍巾鉢。揩背機未諳,袖紙請予說。援筆直爲書,更不慚蕪拙。佛道本現成,參尋貴猛烈。先秉智慧刀,盡把愛網裂。次握金剛槌,打破生死穴。休於一法中,便謂攀緣絕。休於一門中,妄自生途轍。一知與一解,爭得疑情決。多知復多解,重增煩惱結。一念頓忘懷,天無第二月。縱橫妙用時,臨岐看施設。倒捉虎尾收,平將驪頷擇。炎炎六月天,處處飄霜雪。洞山麻三斤,雲門乾屎橛。法法本無差,頭頭自超越。更問如何是古靈,不出于今者時節。

贈芳藏主

一句合頭語,萬劫繫驢橛。舉步踏南辰,超過鬱單越。頂門眼蓋乾坤,手面機如電掣。大梅悟心於馬祖言下,即心即佛,細不通風;臨濟契證於黃檗棒頭,佛法無多,大通車轍。東敲西擊兮社舞村歌,暗合明投兮陽春白雪。

送懷藏主省親游湘潭福建歸台溫

閻浮提人苦爲樂,日用現行都不覺。果然一念證圓明,頓解多生煩惱縛。父母非我親,靈機洞照廓。諸佛非我道,頂門眼三角。騰騰任運福建章泉,稱性優游天台南嶽。永嘉不到曹溪,爭得無爲絕學。燒尾雲雷震一聲,等閑驚起遼天鸚。

送天童瑞首座之仰山

有句無句,如藤倚樹。百匝千重,經天緯地。忽然樹倒藤枯,畢竟句歸何處。纔聞大白來,又往仰山去。三千年桃樹花開,九萬里鵬程逸鬐。一拽石,二搬土,信脚踏着須彌山。離四句,絕百非,一口吸盡西江水。咄咄咄,力韋希,上士勤而行之,中下聞之不喜。看取珠回玉轉時,正偏兼帶雙雙舉。

示禪人

咄何物,上上人,剛受屈。旱地遭釘,青天霹靂。佛祖不同途,古今何得失。頭頭海月山雲,處處青紅間碧。拈却南山鱉鼻蛇,一二三四五六七。

送禪之台雁

主丈雲生,鉢囊花綻。抹過百城,去游台雁。石鑿鑿兮白水漫漫,花片片兮錦霞爛爛。吞楊岐之栗蓬,笑睦州之擔板。續少室之真燈,開人天之正眼。君不見應化寒山,松門獨掃兮,啟大潙三生宿習之既忘;吾祖曹溪,大坐當軒兮,摧永嘉振錫繞床之我慢。

自牧歌示謙禪人

道人名謙號自牧，牧之以道無不足。當知此道出天然，受用何嘗不純熟。溈山水牯牛，東觸復西觸。如是三十年，年年溪草綠。岸南岸北春風吹，山前山後日遲遲。橫眠倒臥實快活，此意豈許他人知。明朝放出去，依舊牽將歸。索頭拋下背上坐，看取鼻孔遼天時。

送超侍者歸鄉

侍者參得禪，臨機少方便。千人萬人中，是誰看不見。三更月到窗，日午風吹面。滅却少林宗，何妨通一線。早晚即歸來，光陰急如電。

次韻送照禪人再參仰山虛谷和尚

江西諸老阿瀘瀘，八十四人數不足。較得些些是仰山，見説年來舌還禿。子今歸去追再參，到門爲我伸和南。百衲袈裟剪裁罷，屋頭膡種青松杉。

示東禪道禪人

少室真機日午變，黑月即隱白月現。鎮海明珠總不如，頂上金烏急如箭。道禪得之猶等閑，信手拽脱須彌山。黃河奔騰大華裂，獅子踞地雲濤翻。東禪老人眠三角，識得渠儂誠不錯。壁觀空逾九度春，一花五葉開還落。

送宜首座西川省母

狗子無佛性，有問即便應。一句恰相當，拈却佛祖病。此是禪流頂門眼，照地照天光燦爛。迢迢萬里出南來，不動脚頭俱了辦。洞山得之，列而爲五位君臣；臨濟用之，分而爲四種料揀。楊岐金剛圈栗棘蓬，白雲多處添少處減。及至老東山，咬破鐵酸餡。貼秤麻三斤，賤賣擔板漢。變通逸格，千差萬別。固有多途，妙圓超悟。直下現成，毫髮無間。只將此個獻尊堂，利益人天有何限。

送嘉藏主歸永嘉

曹溪心印誰傳得，一宿曾聞造其極。扣其所以識其端，三繞禪床振金錫。死生大事没奈何，開口即喪閉口失。三千威儀八萬行，六十小劫風雨疾。休休休，算沙入海徒悠悠。歸去松風閣上看江月，休居老人口無舌。

送圓通瑞藏主

五祖和尚云，説禪是惡口。若是真道流，此語宜堅守。祖師不西來，諸佛豈知有。盡力爲提持，寧免空兩手。臨機應用時，着着離窠臼。謂是圓通門，何曾立户牖。謂非圓通門，此語亦不受。生過彌勒前，死落瞿曇後。今日又明朝，明明三八九。

送雲居祐藏主

集雲峰下四藤條，天下大禪佛。雲居山中安樂公，何人敢輕忽。兩處牢關一擊開，梢空背日遼天鶻。虛空解失笑，萬象争突兀。石人腰帶寬，露出脊梁骨。豈不見老雪峰，對人落落提綱宗。南山鱉鼻噴毒氣，嚇得韶陽無處避。如今藏在獨龍橋，來者教渠着眼覷。

演福仕座主號行可求偈

可行則行止則止，此是如來中道義。即空即假即三千，我觀初不從緣起。昔日靈山三百會，果亦不修因不昧。未離兜率降王宮，天上人間實爲最。舌底青蓮香馥馥，眉上白毫光奪目。妙中之妙玄中玄，愛河慾火同烹煎。白牛露地載不起，拋向雪山香草裏。歸去南天竺國前，眼覷不透耳可傳。不然更聽休居仔細説，截斷聖凡途路轍。

送坡禪人之南山

下坡不走，快便難逢。高提佛祖，開發盲聾。自己神通三昧，頭頭應用無窮。分太華連天之秀，搏扶摇九萬之風。竭苦海奔騰之浪，屏稠林異類之踪。踏倒跛驢何處去，南山燒炭北山紅。

送湛禪人

湛然常寂，兀爾忘緣。虛空有柄欛，無手能行拳。臨濟正法眼，楊岐金剛圈。瞎驢邊滅却，不直半文錢。蘇州有，常州有。江東西，湖南北。頂後神光萬里，眼前秋水連天。分開五位，突出三玄。有問如何是佛，雖然不答，也須漱口三年。

送安侍者再參徑山

我心未安，乞師安心。如山之固，似海之深。無一毫而可擬，致萬法以平沉。頂門上堂堂顯露，脚跟下密密推尋。蓋天蓋地，亘古亘今。大丈夫，大丈夫，直是當陽坐斷，休教歷涉程途。仰山手裏藤條通身是眼，雙徑龍淵一滴透頂醍醐。既是親承記莂，何妨再捋虎鬚。相逢有問如何也，兩載相從在澹湖。

飯不足歌四首

澹湖山中飯不足，衲子往往如雲奔。鉢盂無口但挂壁，栗棘擲出渾侖吞。萬法紜紜自生滅，誰道飢腸曾百結。跣足肩擔老更癡，爐邊鑄錯從人説。

澹湖山中飯不足，眼盼東西手摩腹。繞屋松聲入座寒，一盦春水當門綠。撈波無魚攏蝦蜆，釣竿不用重添線。見説巖頭打渡時，江邊日日風吹面。

澹湖山中飯不足,早禾晚禾俱不熟。床頭短拂去年梭,壁角一尋霜後竹。家貧著脚自古難,瞻風撥草須加餐。黃梅七百肚正飽,夜半衣盂付盧老。

澹湖山中飯不足,衲子遠來唯一粥。免教坐折舊禪床,勞他侍者將薪續。浙右門庭盡知識,一舸須流消七日。有問休居事若何,道個渾侖黑如漆。

示小師道綱

我有一句語,不敢望汝會。突出口皮邊,虛空百雜碎。趙州古佛牙齒疎,解道狗子佛性無。東山老漢心膽粗,釋迦彌勒渠之奴。神機出沒有如此,快若駿馬奔長途。又如千丈崖頭攦下一塊石,驚起草裏戴角之菸菟。若不然也,又何必紹玄風於鷲峰孤頂,發智照於旃檀林中,顯自己衣單下之工夫。坐重圍標赤幟,排偃月佩靈符。山形主丈,東壁葫蘆。拈來便用,叱咤喑嗚。黃河澄清四大海,白日照耀須彌盧。晏安六國,端坐團蒲。呼童取茗,煮瀑拾枯。踏倒門前古松樹,聽教千載鶴來扶。

送性首座

鐘樓上念讚,床脚下種菜。僧堂裏坐禪,後園驢喫草。此語誠合頭,且免別尋討。皇皇祖道無復論,世上竊服徒紛紛。趙州八十眼目正,豈意行脚登人門。本空胸中有天地,日用現行根本智。百步曾投輥芥針,纖塵不動遼天鼻。不墮靈樹機,不坐南泉位。不探諸方淺與深,一條主丈隨緣住。海上橫行正此時,高秋獨鶚搏空飛。

送梵藏主之南華禮祖

新州城中賣柴漢,八十一生擔片板。黃梅衣鉢是渠傳,緯地經天有何限。又云從前不識字,黑底是墨白底紙。三千威儀八萬行,鐵作脊梁金作齒。後學但嘈嘈,有如風過耳。南嶽與青原,所得良有以。至今曹溪流,竭底無滴水。子今獨往休問人,問人便見波濤起。更言突出一馬駒,踏殺天下人,何曾有自己。

悟首座扁所居之室曰真照求偈并序

真照現前,幻境俱寂。幻境既寂,真照亦空。真幻既無,佛祖之道可得而近矣。是故妙在體前,寂而常照,不動本際,遍塵勞中。此所以虛巖之新構,南楚之立名不徒作也。休居叟美其所稱。爲說偈云:

太虛空中,具含衆象。性智妙圓,無分別相。觀察十方,如珠在掌。能緣所緣,超越格量。真照無邊,人間天上。

送學侍者歸受業

什麼魔魅教出家,什麼魔魅教學道。男兒出處須自強,慎勿將身入荒草。侍者參得禪,一拳即便了。三千剎海空,百億須彌小。虛空既消殞,萬象無處討。開摩醯頂上之眸,顯自己衣中之寶。寬廓非外兮,靈山密付觸處光輝;寂寥非內兮,祖父田園勉力可紹。

送丹侍者省師

行脚一千餘里,何曾賣却布單。留得通身暖氣,歸來重禮師顔。是我好兒打不殺,是他人馬騎即難。梢金雞拂玉兔,轉地軸迴天關。直下痛施三頓,方知虎體元斑。

送全侍者省師

四人同一船,兄弟添十字。彼彼不相知,佛祖亦如此。況是三年在澹湖,拈匙放箸渾相似。全機應用時,何曾有宗旨。擘太華謾逞其威,透龍門孰燒其尾。歸去師前試展看,千里百匝難迴避。

送因侍者歸浙

老病既相仍,無心弄筆墨。袖紙立吾前,覓偈贈行色。幸有從前劈箭機,等閑拈出當頭疾。我不如你兮,劍去久矣,刻舟奚爲。敢保未徹兮,曳尾靈龜,徒彰影迹。昨夜三更失却牛,天明起來捉得賊。咄。

題船子和尚圖

萬古清風,一橈活計。水面無魚,釣頭有餌。住則不似,似則不住。點頭三下欠商量,船子踏翻何處去。

贈則明陳居士扁所居室曰水月道場

則明居士求真宗,歲月既久忘其功。一塵飛來翳天黑,撥出萬象分西東。有時宴坐水月裏,解使六用塵勞空。治生產業乃餘事,左顧右盼開盲聾。山頭天明玉兔出,海底夜半金烏紅。無孔笛,沒弦琴,調高自有人知音。迦葉聆箏曾起舞,習氣未除繼吾祖。

示觀侍者

觀身實相,觀佛亦然。窮盡大千沙界,方明入理深淵。風動塵飛海底,雲開月在中天。離名離相,三要三玄。非言非默,顯實顯權。拈出犀牛扇子,清風頭角完全。何處長江無白浪,誰家竈裏沒青烟。

贈禄首座

金剛圈,栗棘蓬,拈來嚇殺東村翁。四明山中禄首座,見處不與尋常同。依天長劍握在手,忽然倒挂雙眉中。斷肱求法笑二祖,不解善用藏其鋒。

送宜首座之仰山號自然

把手上高山,騎牛入鬧市。各自討便宜,初不涉泥水。人天眼目親,佛祖玄關秘。珠穿九曲針,玉解聯環鋸。君看四藤條,機用孰可比。天下大禪佛,點頭還自許。梵僧從何來,露出醜舉止。擎拳復翹足,吻合第一義。兩口無一舌,剛道有宗旨。何由及自然,不奪亦不與。正如韶陽師,行脚到靈樹。一句恰相當,千古播人耳。巋然光明幢,指日看扶竪。

送筬首座回浙

相別相別,此事如何可說。三千里外逢渠,笑倒山雲海月。佛法不論有無,只貴當頭直截。自然流出萬端,毫髮曾無差別。雪峰九上洞山,踏着秤槌似鐵。又云三到投子,未免虛空釘橛。金剛脚下崑崙,烈焰爐中片雪。子今兩到鄱陽,不墮古今途轍。相別相別,此事如何可說。不如買個扁舟,送汝先回兩浙。

送營藏主回浙

相別相別,此事如何不說。相逢只貴知音,直下分明便決。祖師門户宏開,凡聖同途共轍。靈符肘後高懸,寶劍當頭直截。較之臨濟德山,棒喝輸他饒舌。非干句後聲前,豈在眉毛廝結。一塵不立歸家,便是心空時節。相別相別,此事如何不說。明朝大罵出門,管取人天歡悦。

贈舟山此堂長老

本色住山人,且無刀斧痕。拈出個一着,撼碎破砂盆。青天無雲霹靂吼,大海有底波濤渾。全那吒勇健之力,瀉鶖子辯慧之文。言如春溫,機如電奔。休居拾得口喫飯,不解細嚼渾侖吞。半夜捉得賊,早起牢關門。説與山前王大伯,聽教含笑入深村。

示教禪人

參禪學道教即會,古佛傳來此三昧。拈花豈不是求人,面壁九年終有待。我聞子往南山回,南山白額誠俊哉。磨牙齩齩戴兩角,四面颯颯腥風來。虛空落地日月黑,鐵壁銀山何偪仄。忽然一踏天宇寬,玲瓏八面胡爲難。

示李居士并序

庭佐居士,在家學般若菩薩也。與長江湛長老訪予鄱陽永福,求法語爲進修之徑。然佛祖之道，非假外求。在塵勞中，貴要猛利，把得定，作得主。至千難殊對，萬境交侵，能以空理洞照，則妙净圓明之性，於一切處自然廓徹融通，威德自在矣。復說偈曰：

塵勞之中，遍是空性。一念不生，本來清净。無法可求，無心可證。語默起居，中虛外順。透脫死生，調伏邪正。是故龐公，超凡入聖。我知庭佐，根性猛利。在火宅中，不沽名譽。豈不婚男，亦行嫁女。世緒萬端，身心廓爾。觀法性空，悟根本智。昔日維摩，非一非二。南閻浮提，西瞿耶尼。祖師心印，如鐵牛機。垂範後世，惟證乃知。作無所作，爲無所爲。脫棄裂曰，只有須臾。斯言或忘，紳亦可書。

示與禪人

不慕諸聖，不重己靈。萬機俱罷盡，方顯本來人。巍巍堂堂頂後相，磊磊落落天麒麟。雞不啄無功之食，左眼八兩；鷂不打籬邊之兔，右眼半斤。摘楊花，摘楊花。三千里外休輕舉，有願從來不撒沙。

示小師永元維那

言發非聲，梵音清雅無人聽。色前不物，五濁界中虛出没。拈出袖裏金槌，擊碎是非窠窟。興化打克賓，山鬼捉住天麒麟。罰錢趁出院，釋尊不坐空王殿。也不打，也不罰，辛苦年深須着襪。一言道出未生前，萬里清風起天末。千峰到嶽兮勢不重迴，百步穿楊兮箭不虛發。笑倒當來佛下生，正是和盲勃窣瞎。咄。

悼岳林柟堂和尚并序

岳林柟堂和尚訃至。臨終遺偈有云"八十三年，什麽巴鼻。柏樹成佛，虛空落地"。火葬，牙齒數珠不壞，舍利瑩然。因說偈以悼云：

虛空落地日已久，柏樹子超彌勒前。長汀水邊崖石上，大火聚綻黃金蓮。平生不露風骨句，敲磕齒牙無覓處。忽然迸出設利羅，八斛四斗何其多。

送潙山材藏主歸四明

大藏與小藏，總向者裏出。和底盡掀翻，直往問彌勒。來不涉程途，去亦没踪迹。一句定綱宗，超過百千億。潙山水牯牛，打殺狗不喫。

禪人携澤山和尚閑人歌求和

閑也好，忙也好，看來總不干懷抱。閑去還同水上波，忙時屢獲衣中寶。未全頭角謾隨流，纔入荒田誰揀草。是非二字起無根，善惡一言都識了。閑也好，忙也好，閑人說與忙人道。奔奔逐逐早回頭，看盡五湖山海島。鼻孔從來向下垂,摸不着時休別討。

贈興藏主

興也三年在吾側,日用現行渠自得。酬僧問字不尋常,電捲星馳惟一點。曉來瞬目江之東,夏雲舒捲多奇峰。庭前柏樹子成佛,撲碎虛空高突兀。

送禪人之南華禮祖

祖師靈迹遍人間,何獨南華與嶽山。草裹撥來金爛爛,石中敲出玉珊珊。山形杖瘦龍生角,竇八衫穿虎有斑。他日歸來倚庭樹,笑看千嶂起波瀾。

送禪人之永嘉禮師塔

赤手携來鈍鐵鍬,豈知脚下有波濤。擬尋靈骨埋頭入,已是全身被火燒。臥聽松風吹屋角,坐看江月轉山腰。盤山會裏翻筋斗,千古輸他普化高。

次虎丘東州和尚韻贈陳居士建接待

五鄉橋北水雲家,凡聖憧憧似稻麻。平等既炊無米飯,殷勤須點驗人茶。宗師指示宜經始,長者圓成在咄嗟。彈指便登香積界,大施甘雨沃焦芽。

寄斷江西堂

何時獨上千峰閣,幾日重游十里湖。南宕近來知識好,西丘終見話行無。乾坤老我三間屋,明舊疎他半幅書。昨夜北風連地起,一堆黃葉擁寒爐。

題一色軒

萬里晴空浸玉壺,不知何處是平蕪。飛來白鳥明邊没,望去青天盡處無。眼底乾坤如許大,人間今古未分初。迢迢生佛已前事,一曲漁歌落澱湖。

悼東州和尚二首

癸丑三月十九日,雲巖全示法王身。面前指出菩提路,頂上飛來熱鐵輪。自對波旬雙足露,不消迦葉兩眉顰。翻然又欲昇忉利,去作摩耶説法人。

雲巖活葬大火聚,靠倒勝熱婆羅門。話到法身無住處,方知萬象獨稱尊。戲波老蚌千年孕,出窟菸菟七世孫。撩撥春風更何物,糁花枯木鐵昆侖。

送禪人之徑山

蘇州有與常州有,更有凌霄在上頭。齧鏃一機猶是鈍,為人三頓亦輕酬。青天黯黯開圖畫,洞水滔滔瀉逆流。總是眼前成現底,拈來塞斷幾咽喉。

送禪人游江西禮祖

祖師靈迹在江西,誰道江東道不齊。盡力吸乾嫌口窄,潑天漲去放頭低。山高豈礙鸞鳳集,林密唯便鳥雀栖。漿水草鞋錢納了,却來相聚喫莖齏。

楊提舉見訪

聽法何年別鷲山,又乘悲願到人間。却將整頓頹綱手,對我提持向上關。喜有大年家世在,合追龐老古風還。自緣知識門庭少,相見何辭指一彈。

送禪人歸永嘉省親

堂上雙親盡白頭,逝波拍拍向東流。潮生野渡思黃蘗,蒲長春風想睦州。此日劬勞終可報,多坐心地更須修。永嘉未唱還鄉曲,曾向曹溪一宿留。

送實禪人之徑山

真實工夫做得成,三千里外古風清。本無階級何曾落,縱有機鋒不用呈。馬祖寄來圓相密,欽師點出意非輕。不知被惑如何也,莫是重敲火裏冰。

送逢維那之東林

三千里外忽相逢,拈起當年栗棘蓬。少亦不添多不減,南山燒炭北山紅。鄱江載月千尋浪,廬阜看雲五老峰。見說遠公曾結社,一池香散白蓮風。

送道侍者再參徑山

湖外霜寒雨乍收,與誰同買浙江舟。萬般總有衣單下,一物全無主丈頭。百丈耳聾因挂拂,鹽官扇破却需牛。二途不涉曾知否,千古龍淵水倒流。

寄商隱西堂

先師口吃不解語,意氣孰謂吞諸方。虛空落地自成佛,柏樹子燒還有香。

高麗送藏經至

玉殿珠樓盡豁開,高麗王子送經來。最初一句無人會,何事相傳遍九垓。

懷諸路化主

化洽毗耶事若何,好將得失付維摩。無心施也無心受,千古風流不可磨。黃梅石老眉間劍,寶八衫穿肘後符。我亦為人無一法,壁間挂個醋葫蘆。煮砂合供如來飯,香積誰云在上方。拈却毗耶佛祖病,一塵一剎是津梁。化緣纔了合歸休,路滑何須到石頭。世上罕逢穿耳客,對人難舉過窗牛。

觀僧坐化

旋拾枯柴聚作堆,坐看紅焰四邊來。果然瞎一城人眼,收取莖茅石上栽。

承天虎巖和尚臥疾

病無起處身還愈,藥有靈時忌自忘。何日獨携三萬衆,散花來繞阿師床。

擬汾陽十偈并序

予寓鳳山客欄,重閱汾陽和尚偈語。有《辨邪正》至《讚師機》前後十首,皆各立標目。觀其措意,實宗師方便誘掖,糅雜三玄,參綴五位。能使學者剪除葛藤,洞徹本源,超越格量,無間然也。嗟乎,運固季矣,人根益微。非惟不能叢其旨歸,使其深信從上佛祖,垂慈弘濟,有大利益者鮮矣。因不顧荒陋,妄擬前修,亦述十偈,仍總頌一首,以遺二三子,庶有所勉焉。

辨邪正
提唱宗師切要知,好分邪正驗來機。頂門眼在眉毛上,看到眉毛早已遲。

恐瞞頂
石中一片玉玲瓏,剖出方知匠者功。不觸當機須道着,教君休昧主人翁。

巧辯不真
舌底波濤滾萬千,須知不在口皮邊。剎竿倒却明真諦,方信西來別有傳。

得用全
凡聖賢愚一道分,德山臨濟下兒孫。絲來線去全生殺,滴滴醍醐透頂門。

擬將來
兩手持來一物無,棺材頭上挂葫蘆。定知不是神仙術,肘後徒誇奪命符。

辨作家
物物頭頭顯正宗,目前端可驗來風。不妨伸出那吒手,同上須彌撲帝鐘。

識機鋒
電光石火不容伊,覿面須明向上機。透匣七星光燦爛,得來那許甑人知。

句內明真
纔涉言詮早已差,更從言外覓還乖。眼親手辨分緇素,日用何嘗不偶諧。

顯宗用
挂拂遭呵示的傳,眼睛纔動墮深淵。不惟吐舌驚黃檗,出窟金毛鼻孔穿。

讚師機
發揮祖道稱全提,功大難將造化齊。腦後一錐猶閃電,七金山外日輪低。

總頌
十偈深明佛祖機,一輪紅日耀昏衢。汾陽昔日開天路,浮佛今朝舉要樞。濕性不移元是水,情塵纔鎖竟亡珠。拋綸擲釣緣何事,要覓雙雙樹上魚。

悼承天庸叟和尚
世尊涅槃無法說,老子坐脫留伽陀。髑髏打破不打破,奈此虛空落地何。無明業識成灰燼,定慧圓明百草頭。無量劫來明此義,未應今日是熏修。

雙峨峰頭日杲杲,涅槃城外空勞勞。活埋未免沾泥水,不若山翁火葬高。
重寫伽陀話死生,一甌春茗對爐烹。看渠來日元無伴,此去依然獨自行。

送小師元浩參方

侍吾左右聽吾言,一句何曾到汝邊。老大不辭心力倦,嚇兒偏要奮空拳。

辭天平檀越

來結高平石上緣,嘉聲何獨遠公傳。他年有會重相見,修竹蒼松在目前。

覺鐵觜與趙州和尚同祖堂

先師有語也不錯,口硬如鐵瞞清涼。灰寒火冷數百載,尊像忽聞安息香。

禮翠峰明覺顯禪師遺像

地闊天高仰祖風,水光山色石屏峰。不辭二十年辛苦,扶得韶陽已墜宗。
路轉峰回橘滿林,碧天明月下波心。定乾坤句知多少,作境商量古到今。
堂前說法井不涌,嶺上白雲相對閑。樹影霞光提祖令,舌端無處着波瀾。
樹號應真無兩耳,當年聽法亦神通。着他合出雲門調,脫華鳴枝浩浩風。

寄密庵大師遺像與天平斷江和尚

一句投機廓頂門,當陽提起破砂盆。七穿八穴重拈掇,千古從教累子孫。

寄鳳山別流和尚

鳳山今年無顆粒,解使一衆毛孔香。癡兒認作上方飯,兀兀坐守長連床。

贈達心陳星學

達心須達自家心,造化窮通古到今。昨夜南辰移向北,曉來紅日又西沉。

白雲松下

借得雲邊屋半間,老來容我看青山。因嫌積翠談禪病,又把柴門緊着關。

悼崇福良巖和尚辭世頌云:萬象森羅,聽吾說頌。寂滅無聲,大衆珍重

萬象森羅聽說頌,字字句句皆朝宗。阿師無口又無舌,六十九年生死中。
撒開兩手言珍重,超出三途示死生。不是從前腕頭力,如何日午打三更。
臨行無語手揶揄,唵字中藏殺活機。海底金烏夜來出,照天照地幾人知。
入滅無聲強主張,虛空無口自傳揚。試看嶽頂雲收夜,落月依然照屋梁。
空花無蒂樹無根,三世如來總滅門。六十九年如幻住,百千三昧與誰論。
強將生滅示無常,火後莖茅幾許長。再轉法輪今已矣,散花無復到禪床。
幻住老人口無舌,今日即死明日活。二邊不立中道空,三界上下佛與法。
來時無我去無人,一曲還鄉調自新。風度漁歌來嶽頂,月移松影到湖津。

幻住不死我不哭,日面月面常現前。露地白牛能活脱,載行無復痛加鞭。
了知萬法皆如幻,去住自生煩惱因。垢衣不脱便辭衆,大火聚中金色身。

析仰山晦機和尚送僧歸永福偈四首

夢中截斷天機錦,醒後來看壁上梭。吞却乾坤化龍去,眼中留得舊山河。
句外掀翻人語春,頂門一着驗如神。此時直下分緇素,八十翁翁解笑人。
自與澹湖兩平展,終有一機藏手面。無牙老虎合隄防,藤條倒握看方便。
不知誰是不平人,到底還他大仰親。兩口果然無一舌,驗人端的眼中筋。

示禪人

山前虎趁大蟲走,門外雨滴芭蕉聲。衆生顛倒不解聽,巖畔老龍長自鳴。
（以上同上卷五）

讀應庵語

堆雲老人癡肉塊,三百年來暖猶在。人間萬朵色正萎,洞裏一枝紅不改。
黃河水決奔鯨吼,太華山崩巨靈走。謾說屠龍手段高,且看渠儂咬猪狗。天南
地北無尋處,平不留分巇非取。彈指空來八萬門,白兔赤烏西畔去。

送翠峰長老之京

不見同光帝,收得中原未爲貴。茫茫海内没人知,至寶獲來有誰覷。興化
略借看,光明照天地。托起幞頭脚,露出金色臂。不見宋太宗,與僧相別靈山
中。三千年記語可驗,無影樹下盤金龍。當今天子更超越,我佛心宗親口説。
聖文神武三四王,大地山河凜英烈。左右盡皋夔,八方皆稷契。風俗既還淳,吾
道何昭徹。灌頂大國師,一一承記莂。切莫高眠愛洞庭,行行正好朝金闕。拈
却東山下左邊,覿體全真此時節。

送僧歸天台省師

休居説偈無平仄,七穿八穴成狼藉。閃電機先搆却難,從空放下如弦直。
況是佛法無定期,縱橫妙用誰能知。青天自可覆白日,井底不得蓬塵飛。道人
生天台,風骨頗靈異。觸熱來扣門,要覓贈行句。將歸阿師傍,一一從頭舉。南
山雲起北山雨,東行不見西行利。

送僧之五臺

五臺山上清涼國,山中盡是黃金色。重叠烟霞不見人,聞道文殊半天出。
當年無著曾未知,南方佛法成澆漓。三百五百何太少,前三後三多更奇。至今
眼底數不足,但見青山與幽谷。金鶯啼處白雲飛,師子吼時芳草綠。上人自是

寒拾流,翩然忽作臺山遊。神光萬里露片額,布褐一領青雙眸。衆生熱惱思甘露,大施門開爲流布。他日懸崖撒手歸,莫道東西没分付。

次雲外和尚韻送萬首座

從來一滴曹溪水,匝匝之波平地起。道人曾具截流機,力挽天河有如此。香爐峰頂擲金鈎,宿鷺亭前獲赬鯉。天宮説法夜夢閑,四句百非空妙理。當頭一諱不可觸,肋下三拳終莫比。藏身北斗五位分,瞬目白雲千萬里。朝來訪我江之東,江上春風正桃李。須臾話別去匆匆,脚下青泥渾不洗。

次前韻寄東州故人

鉢裏飯分桶裏水,不知此話從何起。一千七百祖師機,那個機先結構此。休居怒瘦懸空畢,問訊當年赤梢鯉。天高地厚竟不聞,二十里松談妙理。一塵不立萬境閑,明月清風安可比。楚江東畔望飛鴻,青海盡頭吾故里。何當一錫凌雲濤,石上同盤嚼紅李。笑倒街頭契此翁,湛湛鄞江净如洗。

送寧維那

寧可碎身如微塵,終不瞎個衆生眼。笑他黄檗老婆心,何似睦州擔片板。擘開三要與三玄,豎亞摩醯頂門眼。歸去來,歸去來。簾捲西山春晝永,淡烟橫處露崔嵬。

寧一川病作以寄之

昔人有病皮粘骨,不去街頭討藥喫。一川時復走醫家,病不能痊藥無力。玄沙通身是爛膿,曹山覓起處不得。挾方儲藥聞叢林,至今百病相攻擊。了知四大本來空,爲衆生故示此疾。當知維摩亦強言,畢竟身安道方適。我今快説此伽陀,速爲消除頂中癃。十方菩薩同證明,摩訶般若波羅蜜。

送可禪人之東禪

東山欲寫天邊雁,毛色不真成不辦。當年豈是欠工夫,無錢娶妻自擔板。休居欲畫西牧圖,手臂無力眼腦粗。量今較古盡如此,付與衲子爭名模。巖前袖手白日坐,對影分明成兩個。因看鳥奪樹頭窠,不知頂上紅塵墮。東禪老法兄,開口但笑我。佛法無寸長,只解吞飯顆。他日見閻王,推向鐵床卧。苦哉佛陀耶,放教肚皮大。

秋日懷天門書院山長范竹所二首

平明望青山,旭日照空壁。美人姑溪上,講誘登華席。明時重英才,眷此文正嫡。平生壯士志,所患心匪石。先憂後始樂,千載嘗未易。皎皎匣中鏡,璨璨荆山璧。鏡比古人心,璧蘊君子德。所以天地間,求之不可得。懷哉復懷哉,何時見顏色。

憶別吳城下,千里心悠悠。惜君事行役,山川鬱綢繆。文章乃小伎,明哲安可傳。清晨講書罷,□與諸生遊。浼浼姑溪水,匆匆成滯留。秋風起庭樹,缺月照屋頭。長空但過雁,平陸無停舟。豈不有所思,作詩寄無由。懷哉復懷哉,早晚歸林丘。

送林古巖之福寧州僧判帳

中吳法道天下稱,巨持要得僧中英。古巖三年職僚佐,條分案牘無勞并。天台自古文物地,掩勝潛奇産靈異。秋月尚明秋水清,胸次於公曾不二。福寧名郡山谷間,潮田種稻供盤餐。風淳俗厚聖化洽,棋分列刹星回環。紫騮一策霜蹄輕,褰帷夾道歡相迎。銅章在握馳政聲,仁看千里萬里搏鵬程。

送祥一雲之吳縣副綱帳

悠然一片西山雲,捲舒方外生華春。皇皇祖道望霖雨,爲吾一沃焦枯新。人生豈在五馬貴,護法安僧不容易。看取綱宗特盛時,夾道争迎福星至。橫塘柳眼搖波清,踏歌聲裂鷦鷯鳴。得錢沽酒聊相傾,願學當年杜陵叟,與公爾汝俱忘形。

送戴都綱帳號斷雲

冰壺徹底之清未足清,寶鑒照膽之明未足明。斷雲三年莅吳邑,皎如孤月懸青冥。東南法道大如許,何人勉力提綱紀。盡把功名付等閑,豈知造物怜才美。情深義重逾金石,攬轡殷勤問行色。見説三山舊姓名,馨香尚有多人識。天邊雨露來何遲,雲本無心斷還續。他日金門躍馬回,更對薰風酌醽醁。

古藏主貝葉爲示索偈

高人示我貝多葉,來自竺乾光燁燁。梵書初看墨尚鮮,行布橫斜不相涉。緬想當年結集時,法王真子知爲誰。阿難無學只强記,迦葉不語長攢眉。城東母不願見佛,豈復認此爲希奇。我今合掌尚加敬,意根夙習何由除。空花無根擬結果,分摘句讀開胸愚。晚生學道貴勉勵,赤水有底宜尋珠。須臾還復高人去,將止小兒啼不住。

珍藏主求

道人姑蘇來,何時離浮佛。相見情黯然,不語坐兀兀。良久乃舒顏,脱却胸中物。胸中之物既已無,真金百煉經紅爐。龍門萬仞忌點額,虎穴一探空菸菟。

楊岐之驢三隻脚,騰踏乾坤誇作略。放去收來百草頭,豎四橫三搆不着。須臾別我歸何處,袖紙欲書長短句。短也長也宜自看,是也非也河沙數。

贈鄭拱之

拱之昔在姑蘇時,聲名落落人共推。危言鯁論比先哲,有如脱穎囊中錐。拱之自别姑蘇後,月曉星殘幾回首。萬里雲開俊翻高,一聲雷震奔鯨吼。人生獨立世所難,臨風起我空三嘆。謀疎計拙不自揆,背名好德徒相殘。西風葉葉吹敗壁,肘露衣穿眠不得。見説編荷可禦寒,手頭更借針鋒力。

欲藏主號了庵

道人以了名曰庵,正與佛祖爲同參。即今已是萬想滅,豈待把手方相諳。人人自己光明藏,直下一錘成兩當。若將分别強形模,眼色耳聲俱是妄。庵内人,庵外事,差之毫釐失千里。捲舒出没任縱橫,笑倒神荼并鬱壘。上上人,休擬議,空洞難將太虚比。直須了却事方休,未了莫來庵裏住。

送僧

祖師遺下一隻履,千古萬古播人耳。東山老人眼搭眵,跣足肩擔日千里。踏着踏不着,總是自家底。廣大門風要力扶,神通妙用超言義。石上種瓢苗,法昌曾有語。結個大冬瓜,快斧斫不破。塞斷衲僧咽喉,管取三個五個。阿呵呵,會也麽。

寄投慈講主

佛法猶如水中月,黄面瞿曇親口説。衆生業識竟如何,逐影隨形妄分别。琴川有叟居其中,一心三觀俱圓融。虚空是口萬像舌,來者一一開盲聾。四座拂拂飄香風,萎花落盡新花紅。階前莫遣墮黄葉,没却來往人天踪。

送處維那之江西

荆棘不擇地,春至自華開。栴檀何日種,林下少人來。湘南潭北在何許,雲深路窈山崔嵬。男兒一了一切了,佛法於我何有哉。豈不見馬大師即心即佛,言下頓悟於大梅。又言非心非佛,大似平地起骨堆。既不遭其惑亂,何妨似鴨聞雷。朝遊南嶽,暮往天台。便與麽去,早晚却回。

寄淡齋劉理問

儒中之傑僧中雄,聲光浩浩恢吾宗。裴公龐老久不作,誰能企仰高其風。鐵樹團圞果方結,靈根異種天然别。無枝無葉赤條條,聞道花開當臘月。曹溪波浪深且寒,澄江瀉出如奔湍。漁翁却立不敢入,手中抛下青琅玕。我家活計公已知,一拳之外何能爲。他日相逢不須解下腰中帶,輸公手面機鋒快。

送僧歸雁宕

諸佛不出頭,祖師沒巴鼻。大力那羅延,抬腳也不起。上人天馬駒,奔逸有如此。頭頭凜生殺,着着超言義。始見風雷生,隨即霹靂至。休居伎倆無,相見但掩耳。見免三日聾,寧失一時利。因思諸詎羅,神迹顯靈異。崖頭瀑布落,屈膝但瞌睡。不怕蛟龍驚,惟見衲子懼。我昔與一拳,打落渠兩齒。當時祇拍盲,別也無長處。今日若相逢,稽首拜而已。不以筋力能,況是佛弟子。

送僧之永嘉

休居不跳金剛圈,亦復不能吞栗棘。渴飲飢餐恁麽過,那知別有真消息。上人幸是東嘉人,不將佛法爲人情。衲衣脫下痛一頓,棒頭有眼須相親。大覺老人真瞎賊,興化有言猶欠德。先師意旨本無多,豈是得它黃檗力。袖裏金錘誰敢道,頂門更有通天竅。說與曹溪一宿師,江月松風應絶倒。

送川僧遊天台

道人遠自西川來,捲衣又說歸天台。天台西川翠千里,朝遊莫到誠悠哉。神通妙用有如此,豐干拾得真堪陪。高歌數曲崖石裂,短舞一笑山花開。山花開時滿巖谷,誰道上人遊不足。石橋南畔老曼猊,相見定邀方廣宿。衲僧一隻通天眼,不在眉毛額角畔。廓徹靈明在頂門,照天照地光燦爛。半斤八兩沒高低,千古有誰親得見。忽然摸着鼻尖頭,便可與人通一線。既是明明在頂門,因甚知來鼻尖上。我行荒草汝莫行,汝若行時着草絆。不見江西馬簸箕,胡亂何曾少鹽醬。

示僧二首

語默離言詮,見聞越聲色。馬師纔陞堂,百丈出捲席。萬象魂膽驚,虛空雙耳側。電捲星馳格外機,天回地轉神通力。拈却須彌山,吞却佛殿脊。管取風流出當家,從教人喚無明賊。南山白額虎,踞地無人識。咬殺老大蟲,聲光何藉藉。擘破三玄頂上看,七穿八穴填心臆。

休居懶放日已久,老屋數椽成獨守。粥飯不擇精與粗,世情誰更分妍醜。巖前睡虎喚不應,嶺上白雲招可友。方塘日暖水雞飛,幽徑草深獅子吼。上人遠自中峰來,炯炯雙瞳射牛斗。寶劍提將手面揮,神珠撒向盤中走。妙矣深明格外機,嶄然肯落諸人後。他日當軒大坐時,爲吾痛罵中峰叟。

示超禪人

走石飛沙歲莫天,禪人來覓送行篇。鷲峰有則深深句,畢竟何人是的傳。不是栗棘蓬,亦非金剛圈。太湖三萬六千頃,黃河澄徹三千年。問口不在舌頭上,休來擔水賣河邊。因甚如此,不直半文錢。

示蘊禪人

一句截流,乾坤暗黑。不向己求,豈從他得。未興一念恰完全,纔動舌頭成過失。達磨不西來,少林空面壁。二祖覓安心,截却臂一隻。水乳曾未分,鵝王擇而食。還它過量人,盡力提得出。豈不見吾祖睡虎曾有言,畫斷生公葛藤,笑倒點頭頑石。廣大門風要力扶,休將日月虛拋擲。

送要禪人遊台雁四明

天台山高不可上,上時牢把山形杖。龍湫水深不可觩,觩時須用無底盂。山形拄杖無底盂,上人親手能提持。江頭梅梢玉始破,溪畔柳眼青方舒。目前一一露真智,世上擾擾誰能知。試問寒山子,題詩在何處,風瓢歷歷鳴高樹。亭前兩朵優曇花,抱子黃猿盡偷去。更探諾詎羅,瞌睡醒也未。袈裟裏却頭,開眼不見鼻。崖頭懸泉瀉不竭,喊空擷石飄霜雪。何時有約出山來,蹴踏驪龍雙角折。笑倒長汀契此翁,布袋滿盛乾屎橛。

送璉維那遊台雁

道人遊天台,亦復登雁宕。凌晨看瀑布,遇夜宿方廣。空潭蟄蛟龍,細路蟠巨蟒。曇猷但宴坐,詎羅亦來往。神通乃小見,佛法豈可罔。足下烟雲生,太虛日月朗。萬象圍繞時,青天須喫棒。此行真壯哉,百歲未爲枉。他日再相逢,眉毛應策上。

送贊首座省母

睦州昔日曾編蒲,二時粥飯氣力粗。嘉禾人來拶折脚,忍痛不得雙跏趺。纔入雪峰門,拄杖吞乾坤。步行騎玉馬,赤脚登昆侖。人天眼目有如此,古今天地皆相似。三千里外忽歸來,啐啄同時母與子。他日再相逢,拍手歌春風。虛空一撲碎,大地無行踪。

送勉侍者

永嘉一宿留曹溪,勉禪三年在吾右。果然佛祖不同途,脫略從前舊窠臼。更將五采畫牛頭,點額黃金誇好手。如斯標致出天然,堪續牟尼子孫後。萬機休罷眼上眉,千聖不携露雙肘。當時香嚴亦何事,忽爾此言成過咎。疎山不肯我自肯,豈待香嚴再開口。勉禪歸去舉似渠,不似疎山招倒嘔。

送允維那歸四明

休居來雲巖,偈債有千萬。年頭至年尾,迅筆寫不辦。是句與非句,一一從頭剗。子細審思量,豈是了事漢。臘月三十日,贏得手脚亂。不如興化師,當斷即便斷。大棒打克賓,罰錢趁出院。雖是死馬醫,就中有機變。後學參禪者,明取這公案。勇猛着精采,莫受人轉換。譬如涉重溟,直是到彼岸。南海波斯念八還,西天胡子來真旦。

玄藏主求入山卓庵

道人中峰來,云是金華人。鬱密檮樹中,曾結大士因。無錢買衣補破衲,隨分不管富與貧。松蘿爲庵華爲户,黃葉暖膝猛獸馴。如來正法眼,左右七八斤。有時一歡瞎,大地無纖塵。休居仰望不可及,何況寒山拾得梁寶誌,一見合掌禮意勤。更須拋下手中斷貫索,捉住五色天麒麟。

傳上人求演福聽教請益南叟首座

我觀此説明如日,一一當人口中出。佛性天真本現成,直下了然超百億。念經念佛復念法,晝夜舒光照塵刹。翻身直上白蓮華,挂體垢衣猶未脱。男兒學道貴猛利,方便門開成第二。客塵掃蕩數三千,顯出無邊真實義。法法既圓成,心心皆具足。十劫坐道場,六六三十六。是名真法供如來,撒手懸崖這一回。南叟老人親薦得,不妨舌底起風雷。

示圓侍者

天皇龍潭與麼道,未問已前先入草。德山之棒不虛施,粉骨碎身無處討。欽山顧前不顧後,豈解騰身藏北斗。大愚雪上更加霜,伸出蒼龍玩珠手。話頭久矣無人識,盡謂德山機用密。那知大事合如斯,證聖超凡承此力。圓禪侍我來浮佛,曾把斯言細徵詰。編逼教渠没處尋,黑漆竹箆當面握。如今各在天一方,袖香忽爾來其傍。更持此語爲拈出,奮迅金毛恣返擲。

送逸首座歸越州雲門

道人説法天宮來,舌頭滾滾生風雷。雙峨稜層智劍竪,碧玉宛轉神眸開。機鋒不受摩詰觸,妙語自許天人猜。蒼鷹掠草走狐兔,駿驥伏櫪驚駑駘。他年大坐萬象繞,佛日欲晚宜昭回。衲僧眼活正如此,若不如此胡爲哉。肩上烏藤生兩翼,忽爾尋思越山碧。扣門別我去匆匆,江路霜風凛寒色。雲門六寺相掩映,山色溪光尤絶勝。賀家湖上白蓮華,見之心净眼亦净。斯言勿許洞山知,今日風光昔日非。若教昔日如今日,未必當年賦不歸。

次韻送連維那遊洞庭

洞庭山水深且幽,山中木落鷺高秋。人家門前種梨橘,梨多橘熟歲不憂。琳宮佛宇相連並,下有白銀三萬頃。鷲嶺蓬萊不易登,此中宛是神仙境。漁翁出没忘近遠,手中閑把絲綸捲。國去那知范蠡賢,蓴香豈識張翰面。蘆邊柳下敲鳴榔,波頭驚起沙鷗雙。得魚入市買酒喫,醉倒不覺寒濤舂。盧公説法天人來,方池水涌蓮華開。至今遺像凛生意,禮足不敢驚飛埃。禪人此去誠嘉賞,藤鞋竹杖穿雲上。路轉峰遥不見人,一聲長嘯千林響。粗語説禪人不喜,□□去禪真有意。我今非去亦非留,詩亦不成禪不是。

送斷江首座月江藏主遊江西

達磨不來東土,家家有鹽無醋。二祖不往西天,草鞋耳斷無人穿。佛非佛兮祖非祖,此道分明賤如土。蓋色騎聲作者誰,與君更把從頭數。孰云馬簸箕,懸羊賣狗無人知。振威一喝三日聾,耳朵依前兩片皮。孰云白拈賦,佛法無多會不得。大愚肋下築三拳,飯白還從米中出。江西法窟自古多,如今此話誠如何。不信更上五老峰頭石上看,只有山北山南葛藤絆。

送怠侍者歸天台兼簡東嶼和尚

家山好,家山好,絕壁危巒分鳥道。昔不曾來今不歸,知心尚有寒山老。寒山作詩無題目,石上松根寄幽獨。金鶯啼處白雲飛,黃葉落時歌一曲。休居平生懶開口,咄咄擬題三百首。正音決定有誰知,古也不先今不後。南閻浮提人我山,上者極易下者難。去與溪邊石頭語,他日重來結心侶。

送僧之永嘉

道人八月來東禪,新春又買東嘉船。歸心切切有如此,定不枉費蒲鞋錢。永嘉曾作曹溪宿,高風豈是無人續。算沙入海謾勞神,不如且唱還鄉曲。休居石鉢破來久,夜來欲傳誰出手。他年補綴得完全,白飯滿盛將喂狗。

送肯禪人之大都

肯禪不自肯,亦不肯他人。但肯佛與祖,此理難具陳。昔日老韶山,曾問多口因。一語不覆藏,吞却赤肉身。休居無此機,但感請問勤。每坐浮佛堂,獅子驚嚬呻。森羅及萬象,消殞歸一真。七棒對十三,八兩即半斤。明明絕回互,歷歷分主賓。朝來別我言,去踏京華塵。叮嚀善參學,所得斯日新。當禮灌頂師,爲法忘疲辛。毋但事空言,虛負平生春。

贈魯松庵茂首座號孤雲

道人昔日凌霄峰，夜多說法昇天宮。三百五百鬧浩浩，爲渠一一開盲聾。孤雲出沒本無意，何時來此青山中。高歌幾曲碧雲合，下視萬境紅塵空。青松尚識魯君子，白石定有秦人踪。竹床坐久側兩耳，上塞下塞鳴悲風。當年兵氣王山谷，想見草木皆英雄。古今夢事有如此，胡不躡足遊空峒。汲泉煮茗供一笑，出門又在山之東。

星學王松齋携東洲和尚偈求和

三世如來同一性，蠢動含靈無多剩。若言狗子佛性無，喪却趙州窮性命。未得個入頭，須當發深省。驀然打破牢關，高佩毗盧正印。印泥印水復印空，於一切處無不正。上不慕諸聖，下不重己靈。壬癸人屬水，不怕毛頭星。臘月花開，冬行春令。松齋直下承當，諸境自然清净。

送信禪人之南屏

但信自己即是佛，於一切處皆天真。須彌峰高日卓午，大洋海底風蓬塵。不與萬法侶，便是逍遙人。若從宗鏡堂前過，一喝須分主與賓。

示滿禪人

道人行處如蓮華，不着泥水初無他。如王寶劍握在手，斬盡一切諸妖邪。須知自己佛與祖，亦是現世生冤家。巍巍堂堂是什麼，壁立萬仞如懸崖。諸方既火葬，我此但活埋。當頭一坐斷，豈受人差排。神通光明藏，受用俱偶諧。滿禪如此窮教徹，此是休居真實說。

送覺首座遊京都

去去實不去，椰栗一條生鐵鑄。來來實不來，門前古路生蒼苔。烟塵漠漠幾千里，白日照曜黃金臺。頂門眼既正，人我山當摧。一舉四十九，捏聚還放開。所以佛祖機，不着言語該。風行即草偃，處處興雲雷。丈夫行脚有如此，燕南冀北誠悠哉。使夫德山臨濟，聞而歡喜，見而贊嘆，是謂法王之真子。可以展三玄戈甲，列五位君臣，大張爐鞴之才，天上人間不可陪。咄咄。

送珍藏主遊西湖

天何高，地何厚，南北東西成隊走。塞破虛空一窖無，傾出神珠三百斗。取也不在進前，捨也不在落後。一物不將來，誰道空雙手。丹桂飄香十里湖，小艇輕舠賣菱藕。

送權禪人參東禪

權衡祖道無今古,四七二三難比數。忽然突出三脚驢,踏碎虛空無寸土。眼上眉毛雙卓竪,傾出黃河清到底。少待與汝都揭翻,洗光佛日誠不難。善用其心於一切處,佛祖難窺人天罔措。大千沙界没絲毫,八萬四千風過耳。全暗即全明,法爾渾不爾。跣足肩擔走不休,抬頭撞着自家底。阿呵呵,古往今來争奈何。

送宗知客

天無門,地無户,南北東西有何數。一句臨機萬仞崖,三玄指出千差路。草底捉飛鷹,樹頭走凉兔。水上輥蓬塵,大地無寸土。相唤相呼去喫茶,記取日輪正卓午。

送訓藏主回江西次一山和尚韻

山高水遠,峻陟清臨。見成一句,不用沉吟。破一塵出大經卷,截千差隨機淺深。三世如來休擬議,把手共行無可比。坐斷乾坤向上人,不留涓滴西江水。百丈重登馬祖堂,當頭寶劍舒光芒。振威一喝萬象怖,衲子至今成禍殃。黃檗老婆心,聞之驚舌吐。何似渾侖擘不開,三千里外無人舉。

示謙禪人

謙以學道,退以立身。萬機俱罷盡,方是本來人。聚十數雷爲一喝,臨濟宗風不勞拈出;揭百千日爲一照,洞山寶鏡猶涉纖塵。不墮三玄三要,休分五位君臣。無孔鐵錘成隊走,入門一隻重千斤。

與玻禪人

入門須辨主,泥水當時分。未暇開口話,憑誰子細論。休將正法眼,唤作破沙盆。當如十影駒,一躍登昆侖。巍巍三界内,何處不稱尊。

送文禪人

至言不文,至理不華。現行三昧,豈在周遮。青天廓徹萬象露,明月夜照千人家。無心自合道,有願不撒沙。東行不離西行利,問佛解答三斤麻。

送銑維那歸天台

白雲口裏道,誰敢道不好。此話誠未然,休向句中討。如王髻中珠,得之方是寶。天台銑維那,志氣非草草。遍歷宗匠門,所得恨不早。認着大哥妻,元來是阿嫂。此行歸故鄉,去問寒山老。黃葉滿階前,便是來時道。

與瑄禪人

雁蕩山中看瀑布，鐵壁銀山全體露。拄杖頭邊拶出來，南北東西贈行句。昨登浮佛堂，不說來何處。頂顙眼豁開，師子吼無畏。驚倒瞎驢兒，踏殺老鱉鼻。喚取東村李大公，爲吾拽却茶輪去。

送岸禪人歸東禪省師

汝師黃檗，非干我事。放兩抛三，丁一卓二。托開無位真人，捺轉衲僧巴鼻。非不非，是不是，截鐵斬釘須薦取。鏡裏迷頭演若多，水中捉月休居士。一句定乾坤，大棒打老鼠，笑倒祕魔杈下死。歸去東禪舉似師，金圈栗棘憑誰委。

鞋匠皮生求

祖師遺下一隻履，日炙風吹難比擬。有時裁作七八片，依舊完全綴將起。針孔線蹊成佛事，剎剎塵塵宣此義。豈特衲僧脚底下，不是放身捨命處。寸長尺短俱有功，添多減少皆從容。皮生手段更綿密，妙處不與尋常同。相逢莫問會不會，果然着着超方外。象王蹴踏震乾坤，海底須彌都喝碎。諸方浩浩稱宗匠，畢竟有誰依此樣。但把工夫壓當行，莫較三文幷兩鏺。

剖禪者求

栽田博飯真難得，不似楊岐個老賊。奪食驅耕手段高，湖南長老何曾識。芝塘湖寺剖禪者，越格超宗頗奇特。愛向門前弄土沙，兩手扶犁水過膝。殷勤覓偈休居翁，休居患啞還患聾。有時信口道一句，逼塞大地凌虛空。須彌爲筆海水墨，描寫太虛成五色。擬向階頭賣與人，笑倒寒山幷拾得。

送林首座省親

睦州昨昔參黃檗，傑出叢林古標格。至今大義塞乾坤，渡口波瀾猶拍拍。米山閉戶編青蒲，炊飯爲母供朝餔。韶陽曾來拶折脚，家風委地誰能扶。古山久矣明斯旨，奪食驅耕難比擬。倏然別我還天台，北堂萱草香風起。春深有意重歸來，杪羅滿樹花應開。不須更問石橋水淺深，且與握手同徘徊。

送瑰藏主歸遊天台雁蕩

道人手握智慧劍，妙用縱橫電光閃。東禪虎丘沒奈何，雁蕩天台歸弄險。石橋下有蛟龍蟠，淙淙西澗驚濤瀾。不妨信脚一踏斷，毋使大地人躋攀。龍湫水深不可測，雪瀑翻空雲洞黑。詎羅出入無定踪，擬欲追尋何處覓。如來藏裏摩尼珠，晝夜炯炯寒光舒。逢人傾出一栲栳，知音自會掀雙眉。

次韻贈陳待詔自號春野牛

野牛便是溈山牛，只要識取這一頭。遼天鼻孔没可把，東觸西觸飽即休。吾今爲汝施鞭索，從前水草都拈却。餓到皮消骨爛時，頭上依前戴雙角。

送姚希聲善子平數

韶陽一曲超今古，不屬宮商角徵羽。天上人間和轉難，只個臘月二十五。子平得之能變通，解别貴賤分吉凶。正音歷歷播人耳，豈在造化推排中。三世如來傳此曲，四十九年歌不足。始終一字不能宣，拈起花枝眩人目。達磨面壁經九年，欲高其唱猶未然。雪饕霜虐凍不死，一死忽吐春風前。桐江有叟楊希聲，格局向背俱分明。休言只學子平術，端與韶陽調平出。

送德藏主

黑風捲雨敲琅玕，雪雹打碎芭蕉壇。寒山拍手拾得笑，但覺眼底雲濤翻。道人何事兩眸碧，掌上摩尼耀紅日。照見三千刹海中，魚鱉鯤鯨頭角出。休居曲費平生力，香餌鈎頭分曲直。放去收來只麼休，畢竟水寒都不食。摩尼珠，摩尼珠，莫教海底驪龍識。當時臨濟不解惜，被人唤作白拈賊。

題癡絶和尚法語普説卷後，就普説中所舉機緣成偈

癡翁説法如雲雨，灑灑口中都是水。當知此水無竭時，浸灟虚空殊未已。五須彌山笑點頭，萬象聽之亦聾耳。強項無過是衲僧，見此亦須毛骨竪。□諭子母啐啄同，一歷耳根發歡喜。情塵交結任縱横，世緣逆順頭頭是。心之與道是何物，況復更分一與二。大智圓明廓頂門，方便隨機聊指示。荆公受氣剛且大，由剛大故問佛意。老元不答猶更親，言詞文彩義理備。當時文公亦何爲，扣之愈力障愈熾。道存目擊脱蓋纏，一刀兩段見猛利。更甘淡泊似頭陀，便是人間第一義。紫巖昆仲賢且明，忠義文章世無比。殷勤報母德□□，請法老謙不容易。趙州狗子佛性無，截斷根源消一句。山河大地當時空，自己靈明無着處。米胡兩眼如電光，應機接物等遊戲。既能索筆判虚空，胡爲不識王常侍。獅子從來解咬人，逐塊韓獹徒擬議。忽然會得也不難，八角磨盤空裏住。我觀癡翁説此法，譬如時雨沃大地。纖洪長短悉沾濡，隨其根力乃發耳。稽首説偈爲贊揚，同證此翁根本智。塵沙億劫常現前，胸中切勿留元字。

和東嶼和尚示攀藏主

寥寥祖室生光彩，千百年來古風在。一句渾侖擘不開，抛向千人萬人海。太虚不受塵翳沾，經頭以八無人參。當胸叉手問什麼，一字不識猶謙謙。有伎

俩兮無伎俩,總是隔靴抓着癢。何如一鏃破三關,截斷百千閑妄想。笑倒東禪個老翁,爲人徹骨鏖清風。不惟除却苦熱惱,直與大地開盲聾。

猷藏主相訪

道人來凌霄,打我松下門。開門見顏色,笑語春風溫。人生會面難,感此氣義敦。祖道如何陳,勿以言迹論。明朝出門去,赤脚登昆侖。

舟中有感

我生近桑榆,萬事滅料想。幽居傍深林,回首脫塵鞅。看雲但高歌,對月或撫掌。乘風度澗壑,坐聽松韻響。枕石傲許由,麈手謝玄毫。胡爲事行役,徇物聊俯仰。孤踪若萍蓬,飄忽隨蕩颺。檝來江海遊,波浪駕輕槳。風餐曉氣浮,水宿夜潮漲。篙人拂晨霜,飛雪灑頭上。新春有餘寒,旭日照萬象。明朝到匡廬,足以慰嘉賞。

次韻送持首座

三五十五,南山石虎。二三非一,魚稠網密。放去收來,有何法則。擘開臨濟三玄,戳瞎頂門一隻。鼓無明山上之雲雷,轟煩惱海中之霹靂。不惟三世諸佛,六代祖師,天下老和尚膽戰魂驚;抑使毛凡道敗,善根非器衆生一一眼橫鼻直。是所謂天宮說法,離四句,絕百非。看象龍之崢嶸,乾坤太窄。

次韻送合西堂

拈出分明主中主,何須更擊雷門鼓。聲前領旨謾徒爲,句後精通非衲子。顯出百千三昧門,象龍雜沓狐兔奔。虎鬚倒捋笑臨濟,不妨賣弄閑精魂。從來此話無人識,魯祖見人空面壁。垂慈端不在多言,萬別千差宜賞識。頂門電捲星馳,脚下波翻浪激。殺活臨時,箭鋒相敵。土上加泥施棒喝,拄杖聊將太虛撥。東西南北沒商量,八萬四千俱解脫。豈特如此而已,更看輝天鑒地。

次艮巖和尚心庵歌韻

幻住老人剛咄咄,一個心庵着不得。只知開口便成非,當年馬祖如何即。天邊明月不可比,庭際雪寒何處覓。也不喚作庵,也不喚作物。無名無字盡包藏,三界茫茫有何極。長伸兩脚眠,快活曾無敵。四面沒遮攔,太虛何迫窄。從教拽下面前簾,是聖是凡俱不立。若言萬象是同參,我道偶然成窒塞。鏡無塵,休更拂。心是庵兮庵是心,限甚天南并地北。

送仲禪人參徑山

多人乞語上徑山,仲禪亦向那邊去。集雲峰下四藤條,拈來打落龍王鼻。

欽師被惑猶等閑,豈在馬師圓相問。即今休居只亦啞,他年來必無人罵。

送瑛禪人之廬山

瑛禪來澹湖,兩夏如一日。四大雖少安,一念頗真實。咄咄聽吾言,扎扎用心力。捨近而趨遠,舉枉而措直。所以日用中,有損而無益。三玄妙法門,何曾立閫域。佛祖本同途,太虛無影迹。有如摩醯羅,豎亞眼一隻。息妄當自知,求真轉難覓。此行遊廬山,參盡好知識。萬境豁然空,神機迥然出。他日再歸來,掀眉笑何極。

送輝禪人遊浙

三要三玄,鑒地輝天。權實照用,眼目定動。妙挾兼帶,遍周沙界。一一分開有主賓,全機出沒俱無礙。住則不似,似則不住。浙中清水白米,喫了知慚知愧。頂門戳瞎摩醯,管取拈匙放箸。

送寧藏主

寧可截舌,不犯國諱。一句截流,長人入水。轉得身來萬仞崖,千重百匝難回避。拈燈籠,擊露柱。昆侖兒,眉卓豎。爍破摩尼藏裏珠,無限清光照天地。

送溥禪人遊嶽

南嶽山高,澹湖水淺。山高難登,水淺易見。擬把長竿釣巨鰲,莫教失却釣絲線。水茫茫,尋不見。踢倒峰頭八字碑,娘生兩眼明如電。

次虛谷和尚韻送覺侍者

出袖入袖金錘,從來佛祖傳持。不問是凡是聖,一槌擊碎無遺。信手拈來不擇,物物頭頭暴白。須知萬里神光,到處輝騰顯赫。豈在多多和和,特地討縫吹毛。若不當頭坐斷,轉見以訛傳訛。渠深自然有水,空洞元無表裏。行看五髻峰頭,井底蓬塵競起。摩尼吒哩悉哩,總是吾家奧旨。

送福藏主遊徑山

江浙迢迢去復來,水餐風宿興悠哉。須知入林不動草,從教古路生蒼苔。酬僧問字但與說,不說此道今如灰。君不見峰頭萬仞龍門開,宿客不來魚曝腮。

送義侍者遊浙

勝義諦中真實義,八萬四千塵勞門。一句不來慚拙訥,黃河九曲出昆侖。珠有采而川媚,玉無瑕而石溫。行盡吳頭楚尾,眼頭清濁須分。颺下犀牛扇子,等閑坐斷乾坤。四七二三俱罔措,百千諸佛競頭奔。

贈吳實山卓庵

學道身心貴真實,到此不分儒與釋。果然一念頓忘懷,世出世間爲第一。衆生日用總現成,取捨行藏無固必。神通寶藏莫它求,性地圓明從此出。番陽信士吳實山,志願堅凝等金石。與妻陳氏發大心,誓脫塵勞煩惱域。貪瞋世網正交羅,人我稠林亦深密。實山既握智慧劍,陳氏亦修慈忍力。資財抛擲付兒孫,夢幻光陰同瞬息。求真息念理自明,絕世攀緣屏人迹。剪菑除翳結草庵,越聖超凡離心識。南山嵯峨聳蒼翠,寶林華樹相連直。道人不出心地間,出亦何曾惹荆棘。念經念佛復念法,無欠無餘無得失。但從此去樂平生,自然獲證波羅蜜。

贈上藏主衡維那

佛祖從來没踪迹,南閻浮提人不識。道人昨自廬山來,家在天台石橋北。自言此道今荒涼,不辭跰足來番陽。江邊撈波黑如漆,三人欲買何人強。休居年來腕無力,誰解提携古刀尺。且坐同烹屋後茶,鐵磬聽敲甘露室。

次東嶼和尚韻送輝首座

睦州昔日來韶陽,入門吐氣凌諸方。當機一拶脚爲折,至今負痛呼蒼蒼。東陽首座振金錫,開發人天轟霹靂。辛辣過如老睦州,不掃其言掃其迹。春風爛熳閑枝條,剪除況有如意刀。操來遠遠入吾室,不憚水闊并山遥。搏空萬里看鵾鵬,誰聽喃喃梁燕語。五葉花開正此時,動地驚天方可矣。

次必大饒居士韻

達磨不會禪,夫子不識字。各各不相知,胡爲立宗旨。迢迢空劫前,浩浩俱周圓。三皇及五帝,此土并西天。有如屈伸臂,展握掌與拳。要知大化中,擾擾生死根。無心即是道,契理元非禪。願言着精采,毋守癡肉團。

送長江西堂

禪翁有口自解説,説着令人舌頭結。況是親登卍字堂,當軒大坐分風月。懷哉小釋迦,伎倆一何拙。梵僧纔跨門,便好當面截。更待呈神通,未免繫驢橛。何如足峰頭,臨機看施設。言行既相應,着着自超越。峰頭白浪翻空出,井底蓬塵遮白日。時來忽到澹津湖,窮教到底無涓滴。話别欲何之,還尋舊山去。袁州城裏鬧啾啾,法身驚起無尋處。

送篋藏主與師造塔

去去何處去,深秋木落霜風起。來來何日來,明年二月桃花開。抛沙撒土呈懵袋,青天白日興雲雷。祖師一隻履,寥寥千載留熊耳。東山老人氣力粗,跣足肩擔在半途。楊岐一頂衣,七穿八穴無人知。鷲峰深藏歲月久,兩手持來渠不受。先師靈骨今猶在,歸去欲添黃土蓋。君不見疎山造塔曾大嗔,三文兩文酬匠人。

送古霞然書記

道人住在西湖頭,時來忽作姑蘇遊。胸中萬卷若灰燼,量外一句如川流。夜深對坐群象息,石火電光照四壁。盡道當臺鏡有神,誰知大海空無滴。雙峨峰前一條路,去去來來幾朝暮。明日前村又有齋,得錢買綱青蒲鞋。

送僧上天目見魁首座

無明業識成何物,一念不生空突兀。須彌崩倒大海枯,信脚踏翻師子窟。我生自秉智慧劍,白刃中挨赤身嶮。拋來擲去石火飛,叱咤喑嗚電光閃。如今還坐青山巔,水間雲净心悠然。瞎驢滅却正法眼,石上迸出黃金蓮。君不見紫垣道人天目山,垢衣埒窣烟雲間。調高一曲無人委,見說髮長過兩耳。

送西國曇藏主

天無四壁,地絶八荒。道無南北,遍界難藏。唯君二十年,樹北光明幢。聲前非聲色非色,頂顙一着超諸方。驅耕奪食直易事,移星換斗誠難量。我來白雲鄉,荷負心已忘。螺螄蚌蛤夢,徹見威音王。何由得一語,萬里充資糧。猛虎不食伏肉,俊鷹那打死兔。明朝拄杖頭邊,管取乾坤獨露。

火後送僧化藏經

五千餘卷非干舌,業識一團遭火爇。可憐三世佛慈悲,立在渠傍聽渠説。文殊普賢心膽寒,至今不得成泥洹。觀音大士妙智力,不將耳聽將眼觀。如今又是幾百年,最初一句無人宣。但知力盡道不得,炳然字義何周全。斯言盡是紙上語,居士無心解相許。一毫頭上定乾坤,轉大法輪而已矣。

送舜禪人遊廬山

去去來來,有甚憑處。寒暑到來,如何回避。搖扇取凉,伸脚打睡。日出東方夜落西,山是山兮水是水。五老峰頭子細看,靈踪更在猿啼處。

送泉西堂

江西湖南與麼去,草鞋包在袈裟裏。不是雲門語路深,發言未必能容易。雲門脚折不解走,七尺烏藤携在手。有時擸出南山蛇,觸着便作獅子吼。玄沙沒奈何,叉手在背後。雖不用南山,難塞別人口。湘南潭北雲悠悠,袞袞不盡長江流。兄呼弟應笑復語,左提右挈皆良籌。他年莫道石頭滑,到我一舉還一喝。

送珍藏主到廬山

衲子工夫論實地,不在那邊并這裏。從來毫髮不相瞞,千古萬古播人耳。深秋落月千峰雨,廬阜看雲三百里。有問經題字若何,不消注脚分明舉。

送福維那

興化打克賓,罰錢趁出院。澹湖明窗下,安排叵成現。聲前明殺活,手面存機變。減少與添多,所得亦不淺。佛手開,驢脚展,腦後神光如閃電。袖裏金槌影動時,海門驚得波濤捲。夫是謂之道人行處如湯消冰,無蹤迹之可求,在臨機之方便。分三成六兮宜自看,江上西風急如箭。

送海東曇侍者入浙

家住海門東,扶桑日先照。萬里復南來,此心俱了了。杖頭水石烟雲,眼底風帆沙鳥。索取一顆明珠,等閑傾出栲栳。落落神機轉不難,茫茫手面誰能曉。煒煒煌煌兮可貴可尊,寂寂寥寥兮非大非小。更探驪龍頷下看,歸來説與休居老。

次韓知事韻

余生在空門,苦樂皆可受。萬事如鴻冥,焉能同狗苟。放浪雖任真,戒律還自守。大法適澆漓,祖肩當荷負。縱橫妙用時,一一啟聾瞶。當鋒噛鏃機,斫堊運斤手。物我既相忘,誰能分薄厚。兢兢惜寸陰,幾見日入西。堆床萬卷書,祇可供覆瓿。冰懷藐姑射,豈類效顰醜。世態等浮雲,倏忽變蒼狗。憐君佐幕才,卓犖昌黎後。固無排佛篇,富有辨河口。不特事廉明,抑且識休咎。文章有源流,渥澤乃能久。八嘗登清臺,苦苦縈印綬。感德賢士趨,聞風奸吏走。政軋暴勝之,行比公孫丑。視彼瑣瑣徒,才能空赳赳。焉能使風俗,純愛如孟母。華裾謾騈闐,莫擇賢與否。旦評有公論,此語能會不。君看堯舜時,王佐豈多有。皋夔與稷契,落落衆星斗。沛澤及斯民,如解倒懸紐。懷哉商道衰,暴虐共刲剖。箕子但佯狂,惡來名不朽。天賦自有由,難將仁義誘。微生值明時,暮景及耆耇。凌霜羡松柏,凋秋嘆蒲柳。美不愛芝蘭,惡不病莨莠。鳩鷃適枋榆,麟鳳集郊藪。飲啄但隨緣,終不離畎畝。豈知禪宴餘,得此方外友。軒渠見真情,破戒爲沽酒。賸采湖上芹,少割園中韭。坐久壺未傾,詩成已千首。休誇十丈蓮,謾説如船藕。學幻匪吾真,言哤乃塵垢。至道本自然,古今同一偶。千里立機關,百匝開戶牖。三玄泥水分,一喝師子吼。當知驚雷門,豈在擊瓦缶。涼風從西來,洗我炎熱恼。琅琅讀君詩,侍立環左右。信筆聊續貂,字字爲君壽。

送辨侍者

大巧若拙,大辨若訥。口邊白醭霏霏,脚底紅塵垺垺。坐斷乾坤,色前不物。三千年激浪奔鯨,九萬里捎空俊鶻。明暗路歧,聖凡窠窟。歸來臨汝峰頭,試看全機出没。

和定山和尚韻送篔侍者參徑山

大元國裏多禪師,一個兩個千萬個。本無位次可安排,曾把虛空都塞破。山頭老古錐,無大得做大。萬斛明珠信手撒來,不比諸方野狐涎唾。後生晚學參禪,知它道個什麼。縱饒百煉精金,也被渠儂煅過。見量了無存坐,豈是拍盲推挫。無非真實爲人,直要空花結果。禪人此去遭呵,黃檗老婆心,舌吐足可賀。

次韻示侍者

休居有口甜如蜜,點着令人肝膽裂。入户休將見解呈,望風只合頻加額。門外湖波漾秋碧,白日無風荷露滴。須知此境出天然,絶勝咸池浴朝日。須彌倒卓大海枯,覺道既成甘露滅。(以上《古林清茂禪師拾遺偈頌》卷上)

綉法被

一方方是一佛刹,一片片是一如來。少林面壁看不破,五葉一花從此開。

天源

一條寒瀑界青霄,聲落滄溟萬派消。向上有人窮到底,始知來處十分高。

毒川

一滴沾唇便滅門,滔滔東去更難論。百千諸佛同生殺,攪得滄溟徹底渾。

峻宗

祖佛門庭着脚難,萬重崖壁萬重關。果然挨得渾身入,振領提綱總是閑。

此宗

只者便是爲人句,百匝千重總莫論。歷劫傳來到今日,單單留得破沙盆。

石崖

一片巉巖萬仞高,孰云無路透青霄。有時捺着通身句,撒手全憑者一遭。

中山

四面孤危迥不同,巉然一簇插晴空。德雲只在高高處,童子徒勞過别峰。

無己
四大何曾解累人,不妨剎剎與塵塵。直饒轉得山河去,也是從前認識神。
同虛
無相無名等太清,目前萬象自分明。個中若也論緇素,又是多添眼上星。
一庵
獨坐寥寥絶四鄰,白雲流水冷相親。渾無百鳥銜花獻,門掩晴輝幾度春。
竹所
森森寒玉繞虛欄,多福曾將作對談。曲曲斜斜誰會得,前三三與後三三。
蕙畝
澤國風光久不聞,眼頭蕭艾正紛紛。誰知九畹春歸後,又向荒畦誅楚魂。
立巖
一片嶄然聳碧空,孰云無路與人通。曉來一陣花狼藉,添得崖前蘚暈重。
無學
胸中不留元字脚,祖師心印從誰傳。拭瘡疣紙五千卷,別有正眼開人天。
竹坡
渭川千畝即平原,曲曲斜斜在眼前。擺雨搖風提祖令,是真如境復何言。
月樓
萬里無雲轉玉盤,幾多人在上頭看。古今只有寒山子,若不將心比亦難。
次韻夜坐無燈
祖師肝膽昔曾傾,解道無油不点燈。暗暗昏昏莫相笑,對人挑剔我無能。
次韻酬碧山祝總管訪予懷祖庵五首
道韻如山不可攀,禪心似井更無瀾。不因月下舒長笑,何事乘驂到此間。
道韻如山不可移,頂門一着亦曾知。鐘聲畢竟先來耳,靖節何因却皺眉。
道韻如山不可摇,閑情猶復訪吾曹。松頭落日荒村遠,破戒何妨送過橋。
道韻如山不可登,未應無髮便言僧。銀魚紫綬真如識,堪作人間照世燈。
道韻如山不可躋,此身端與白雲齊。不緣金粟稱居士,爭見蓮華出淤泥。
謝净提点寄秋扇二首
形迹疎來越兩霜,寄將秋扇意何長。老懷只怕西風至,莫怪逢人少舉揚。
細骨纖藤巧樣圓,腕頭力弱覺輕便。看它無意凉人處,不屬炎炎造化權。

題墨蒲萄二首
翠藤斜落影團團,曾向晴檐月下看。不是和棚秋雨夜,黑風翻作老龍蟠。
一枝高又一枝低,風蔓牽長苦不齊。喚取金僊來下降,盡情收拾過涼西。

求燈籠頌次韻示之
一段光明聚作身,不勞挑剔自生春。有時沿壁天台去,笑倒石橋南北人。

净髮待詔求
拈起霜刀盡剗除,不留些子做根株。曉來再把青銅看,只見橫分眼上眉。

示鏡藏主
平如鏡面嶮如崖,一點酬僧話未諧。演出更須重演入,大千渾不費安排。

次陸教授韻
大教污隆不易評,偶因池畔得歡迎。重看一幅伽陀上,盡是塵沙古佛情。
遠公結社逢修静,道在何妨送又迎。千古虎溪流不竭,累人特犯欠忘情。
去去來來總強名,有何相送與相迎。纔存一法難忘我,蕩盡絲毫亦是情。

贈相士月巖
識得人多相便高,胸中元没一絲毫。夜來一片巖前月,無限清光在碧霄。

次東禪韻送孚侍者歸鄉
東禪一曲還鄉調,音韻傳來世所稀。賴有東嘉孚侍者,等閑拈起向人吹。

示鑄知客
拈起茶甌驗作家,主賓分處定龍蛇。誰云獵犬無靈性,曾對韓公露齒牙。

送竹鶴與鄭郎中壽二首
竹有高枝鶴有齡,畫堂宜並老人星。錦衣不用朝金闕,自有芝書出鳳城。
春風桃李正斯時,誰敢違條把壽卮。只合指它千載柏,與公同作歲寒期。

次韻答陳治中二首
鄉曲難忘是道情,胸中涇渭自天真。也知一見龍潭後,不怕橫岡白蟒嗔。
湖海聞名已十霜,小舟何日到吳江。寄來佳偈清人骨,一夜燈岡憶老龐。

次楓橋韻送僧二首
覓得寒山偈一張,入門便覺菜根香。不煩拾得重分付,自有豐干爲舉揚。
霜濕輕色露濕衣,白雲深處怪來遲。破沙盆是閑家具,正是商量煮菜時。

寄無外僧判壽
涼秋時節近重陽,喜見優曇一朵香。手把茱萸語龜鶴,此生同生樂年長。

送全上人之東州
全放全收正此時,目前生殺看臨機。明朝青海頭邊去,萬里秋空一鶚飛。
送僧之南屏
句要新鮮説要長,不知無法可商量。南山白額令人怕,切忌遭它一口傷。
送僧歸金陵
六朝烟草正萋萋,喜見家林路不迷。潮滿石城船到岸,山形丈子手親携。
華維那求
洞裏桃花處處開,阿誰不折一枝來。年年江上青山好,莫道春光尚未回。
送規藏主
大藏小藏八羅娘,舉得完全尚欠長。浮佛盡情都説了,凉秋時節是重陽。
祝總管號碧山,又稱栖碧山人。三十年前夢一童行持金剛杵,令洗腸肚。言畢引至一池所,金蓮萬柄,樓閣穹崇,鼓樂喧闐。友人徐居士以偈贊之,出以語予。遂成十偈贈之
皇慶咸淳五十年,故交情重在書編。一時拈出人前看,鐵畫銀鈎尚宛然。
栖碧山人長者身,昔年曾夢見童真。倒持七尺金剛杵,信手拈來没半斤。
皂絛氈帽白衣衫,夢裏相逢爲指南。清净池邊樓閣裏,春風啼鳥語喃喃。
三十年前洗肚腸,到今猶帶藕花香。定知八德池中水,沃盡衆生熱惱凉。
衣冠盛集殿堂深,鼓樂喧闐發妙音。人近華臺童子笑,夢中慚愧遠相尋。
沉醉春風復是誰,夢中消息我先知。茫茫三界皆非實,空裏無花不用疑。
佛無誑語示衆生,自是迷徒異路行。一個葫蘆尖屋下,五湖烟景有誰争。
怡齋居士没來由,夢事將來作話頭。賴是碧山元未覺,竹林斜月正深秋。
瓶内荷花遍界香,夜深鐘作梵音長。不知童子何方去,留得春風夢一場。
大法何曾不顯然,三千刹海廣無邊。當陽坐斷毗盧頂,水自寒潭月在天。
寄子元先奉御
華騎親從日下來,好山行盡到天台。雲中五百閑尊者,喜見曇花一朵開。
歷盡風波白盡頭,閑情還憶舊交游。西風寂寞錢塘寺,多謝停驂爲我留。
釋烏回別流寄希白偈四首
人來一一扣行道,是聖是凡俱靠倒。萬里雲關灝氣收,澄潭月落霜天曉。
半幅霜藤莫問安,弟兄情重話應難。自從迦葉傳衣後,誰向門前倒刹竿。
白雁乍聞秋日薄,上下四維空索索。何人更把笛横吹,一聲驚起遼天鶚。

仰看雲影度天邊,鐵馬追風着快鞭。安貼家邦是今日,好兒終不使爺錢。
佛成道
衆生易度還難度,麻麥難吞復易吞。惠日有光舒不夜,覺華無蒂綻乾坤。
留故人
白雲紅樹正清秋,踪迹胡爲不我留。坐對天寒燒木葉,火爐頭話互相酬。
送願禪人
有願從來不撒沙,古人此話休輕忽。若向諸方探水時,莫教踏碎蒼龍窟。
送廣南尚禪人
前三三與後三三,鎮海明珠出廣南。知識門頭呈似看,一輪霜月照寒潭。
次上藍竹田韻二首
聲價喧傳已熟聞,洪州城裏大開門。看它結角羅紋處,百匝千重自解紛。
慚愧生緣共浙東,腕頭隨力闡真空。西山老亮能知不,春盡飛花處處紅。
送僧禮祖
祖師門户盡蒿萊,徑路何人爲剪開。見説手平胸了也,不知何日是重來。
示壽上人
是身壽命無多日,古德曾言過隙駒。行脚又尋山水去,自家田地竟何如。
送僧疎山禮祖
問人聲色矮闍梨,長處驚群幾個知。見説木蛇今又活,入門須看令行時。
題挹翠軒
四面軒窗盡豁開,遠山重叠送青來。白雲也解知人意,爲雨爲霖去不回。
頭聽溪寮
返聞聞盡至聞心,杓柄拈來探淺深。終始不教聲入耳,淡烟籠岸碧沉沉。
次雪巖和尚韻
佳偈携來至澹津,定知寂子是前身。貝多葉上香風起,散作人間一樣春。
次孤雲和尚韻
見得分明又不真,祖師巴鼻没疎親。曉來駐日寒江上,天外出頭能幾人。
送楚上人
楚江城畔水東流,慎勿茫茫向外求。昨夜一輪波底月,澄澄無滓冷光浮。
送星上人
天上星辰端歷歷,人間萬事競紛紛。衲僧有眼覷不見,認作如來萬行門。

送禪人上徑山
憧憧都在半途間,慚愧禪人上徑山。抉得龍王珠一顆,却來呈似老僧看。
袁叔英號静處求
鬧處工夫静處看,世間聲利不相干。未明萬法皆如幻,欲出塵勞也大難。
徹維那求
古佛垂慈直至今,徹頭徹尾老婆心。澹湖終不隨它後,熱喝噴拳要汝禁。
送壽上人省師
去去參方復省師,昔人標格亦如斯。古靈豈特能揩背,一摑分明將虎鬚。
峻藏主之徑山
知識門庭俱歷過,澹湖水淺難泊船。凌霄峰頭看日出,下有萬丈蛟龍淵。
送惠禪人行化
大事圓成在咄嗟,莫愁途路苦波咤。三千里外逢知己,筆下能開五葉花。
示元新戒參仰山
胸中果不留元字,只合教參小釋迦。若比大禪無伎倆,藤條雖折莫饒它。
寄頂山闡静長老二首
途路三千到澹津,故交情重別無人。快須張起漫天網,着意羅籠白鳳麟。
一夜思量到頂山,便尋杯渡去何難。不如且用玄沙底,白紙封來也一般。
蒲萄無架
説與涼州使者知,屋頭新蔓手親移。臨窗不欲撐高架,會見秋風着子時。
檐前插架枉施功,況有涼生殿角風。昨夜墻西看新葉,蕊珠斜絡草棄中。
送敬上人
參方須具參方眼,法戰須諳法戰機。探水烏藤好牢把,莫同趙老到茱萸。
送源藏主江西禮祖
佛佛授手無言説,祖祖相傳錯指踪。八十四人阿轆轆,至今狼藉草棄中。
送僧上徑山
一句分明直似鈎,曾抛香餌觸鰲頭。何如抛下長竿去,坐看凌霄一網收。
送心源上人入浙
一笻烟雨出西川,正念圓成道力堅。佛祖門庭深似海,不妨重買浙江船。
聞杜鵑偶成
山頭蜀魄暗消魂,古木陰陰郭外村。隔岸一聲啼更切,去年吳地曾不聞。

悼橫溪和尚五首

此日胡爲獨慘魂，故人千里死生分。不知黑漆柴龕外，誰伴荼毗出寺門。
吳江塔下三更別，巾子峰前一日亡。自是情深重悽愴，看來於道亦何妨。
幻滅幻生漚一點，真如真異路千差。髑髏前面菩提草，火後還應長舊芽。
重看昔日寄來書，盡是提持向上機。讀罷不愁應不得，故人如此見還稀。
泣向風前酬茗甌，死生端不與君愁。都緣祇樹無多葉，一度飄來一度秋。

送滿禪人之金陵

禪人別我上金陵，月棹風帆理去程。見說近來春水滿，夜潮猶打石頭城。

送僧

花偈聯聯説向誰，此心唯有老胡知。秋深時節重來也，與汝深加腦後錐。

送李郎中求藥方

三方來處極艱辛，此日如何可授人。賴是世間醫國手，不妨傳去活疲民。

雙頭蓮

並蔕聯莖出水來，一權一實一華臺。憶曾八德池中見，特爲金仙兩足開。

次韻示小師虎維那

老我情懷歲月過，眼頭諸子苦無多。破沙盆話千鈞重，提掇其如腕力何。

田中十首并序今收九首

友人斷江首座留山中，會予田間歸，方出迎，即曰："僕來吳數年矣，以靈巖虎丘二詩未就爲欠。比來白雲，山深水寒，冥會二境之妙，輒易搜索。今成矣，冀剪裁之。"予曰："詩非吾所長，方將以佛祖之道爲己任，痛法社之衰微，惜後學之不振。行其所未到，篤其所不能，使其各各契證本地風光，開鑿人天眼目，相與紹續，尚未有毫髮之利，何暇事聲律哉？"比來小院，無可任之力，事無大小，必躬爲之。洎往田間索租，而民奸佃猾，租瘠田肥，觸境遇緣，皆貪瞋癡三業之事。以無上妙道誘控之，周如也。然蘆邊柳下，鷺冷鷗寒，水肅霜清，風休月白，亦足資吾法喜禪悅之樂。不覺形之於言，唱而爲偈，遂成十首，目之曰《田中謳》，實非詩可比也，試以錄呈。

度日生涯苦不多，住山情緒合消磨。無端又向林中去，草舍茅檐特地過。
風急霜寒雨乍晴，數聲柔櫓出孤城。夕陽西外無人處，依約林梢月又明。
洋城湖裏北風吹，擬欲停舟問阿誰。蘆葦岸邊枯樹下，倚危檣坐過齋時。
水餐風宿到村家，相見無言一盞茶。説法利生誠有恨，道根何日見生芽。

禾已登場未變礱,田家那識住山翁。一杯村酒聊相勸,慚愧相忘禮貌中。
寄語山中道伴知,山翁江上事鋤犁。村南村北愁人處,正是西風做雨時。
菜麥青青稻已無,田家猶自未還租。試將升斗論高下,便覺人前語話粗。
溫良禮數全輸我,機巧言辭不及他。贏得眼前升斗利,不知身後事如何。
萬浪堆中曾鼓棹,一蹄涔裏亦揚波。黃童白叟休驚訝,奈此全機出沒何。

雜言六首

靈鋒寶劍提歸手,栗棘金圈束在腰。三個孩兒抱花鼓,莫來攔我面前跳。
佛祖機緣成話墮,眾生業海苦炎涼。一塵不立重拈掇,大地山河自舉揚。
既作如來大法梁,話頭纔舉力須爭。狗無佛性猶還有,車若行時牛自行。
般若靈光處處通,百千三昧笑談中。德山不會末後句,白棒揮來伎已窮。
荊棘林中纏著腳,旃檀林裏未聞香。馬駒踏殺四天下,八十四人無路行。
沒弦琴上聲猶在,無影枝頭葉更鮮。不二法門都啟了,維摩病也只如然。

山居

老去居山自有情,屋頭泉石四時清。卓錐豈怕貧無地,鑒物唯嫌鏡不明。
滿貯玉壺冰片片,高堆銀碗雪盈盈。烏藤不動禪床角,時有風生萬壑聲。

寄賈經歷

院幕聲名獨讓雄,教門扶植見全功。道將行處形名滅,僧可尊時禮樂崇。
瑩潔一泓泉徹底,高名千古月當空。坐令寒谷回春意,盡在無私橐籥中。

湖邊即事

三冬時節極荒寒,況在湖邊水石間。冰合斷橋留宿棹,柳枯危岸見它山。
回途駿馬來何速,過眼靈禽去不還。最是黃昏好風景,老梅枝上月團團。

次韻贈初心林學正

萬事紛紜理可憑,山何能嶮水何平。閑消白日情偏好,夢入青雲念愈輕。
洙泗立言誠足慕,鷲峰垂訓亦分明。休將得失論高下,一榻湖山儘自清。

庵居自述

老去投閑正合宜,蒲團枯坐只如愚。纔關世念兼身念,便有名拘與位拘。
門徑草深人罕到,地爐春早炭先除。明年五十重添一,不用頻看過隙駒。

次韻寄東嶼和尚

東嶼師兄格調深,灼然超出世間音。直教落盡天魔膽,不獨能傾學者心。
執個平常休卜度,擬它機用莫擔任。七穿八穴縱橫處,鶻眼銅睛不易尋。

寄大梅東湫和尚

洞上宗師數莫多，獨遺梅嶺老禪和。拈來便用竿頭線，落處不停機上梭。嫌佛不爲應在我，借功明位合還它。當頭一諱誰能觸，自向風前唱哩囉。

妙禪人求

妙圓超悟正斯時，況是吾家跨竈兒。東土西乾無佛祖，南來北往更由誰。鷹搏俊翩離霄漢，龍玩神珠躍海湄。昨夜春風撼庭樹，少林花綻兩三枝。

益維那化香燭

祇夜伽陀發妙音，九旬修證見功深。十方諸佛同宣唱，百萬人天共儼臨。不獨審除微細惑，直教徵究本來心。香花燈燭莊嚴具，自有檀那爲辦金。

次竹莊首座韻

力探滄海遍神州，萍梗孤踪任性浮。累見炎涼方覺曉，豈知蒲柳又驚秋。一身退縮皆方便，萬事隨緣得自由。幸有歸宗钁頭在，斬蛇機用對誰酬。

會了書記

焦公山中逢故人，喜將踪迹寄江濱。半生已透浮華盡，三際不來煩惱因。門外清波無透路，峰頭碧井自生塵。此行豈在提綱要，郢匠徒誇斫鼻斤。

送僧

夾嶠當年曾出浙，空禪今日又思歸。吳中行脚經三載，橈下翻身少一機。船過洞庭青草宿，鳥銜重障落花飛。溪山雲月皆相似，作境商量久入微。

真覺溥首座相訪

真覺堂中第一人，遠來松下語殷勤。因思老懶成無用，愛子機鋒妙入神。血濺梵天眉上劍，箭穿紅日眼中筋。蒿枝大棒唆人喫，尊宿于今說老陳。

易上人禮祖

老矣無心繼此宗，去尋諸祖禮慈容。從教脚下泥三尺，誰管人間路幾重。鐵石身心終不易，山林氣象本來同。臨行豈在頻饒舌，自己光明處處通。

送僧下浙

試問行藏有甚忙，鄱湖住了又錢塘。定尋知識凌霄去，未必將身北斗藏。井底蓬塵纔垎垎，山頭雲樹正蒼蒼。頂門眼活分緇素，不比尋常孟八郎。

陳宋二居士造黃連橋求

橫空截壑架飛虹，一片精誠鐵石同。不特爲蘇民病涉，直須要顯自家風。三生願力因緣在，千里江山活路通。從此黃連成偉觀，試看人躡曉霜中。

送間藏主之靈隱

大用還它作者知，頂門廓徹露巍巍。橫行豈憚三千里，覿面難謾第一機。探水不愁猿臂短，論交多怕鶴群飛。鷲峰一柄生苔蔂，驀地拈來定是非。

會徐總管

詩禮傳家古到今，此心端可合天心。洋洋浙右嘉聲著，藉藉江東氣象深。佛法金湯誠有賴，功名廊廟實堪任。定知不忘三生約，湖寺相看坐綠陰。

寄溈山長老

大坐當軒古佛場，虛空無口自傳揚。橫拈倒用分途轍，線去絲來較短長。展托不成須展托，商量未就更商量。相逢若只呵呵笑，罪過難教矮子當。

次韻送立知客

相逢何必舉茶甌，已見叢林禮數周。況是情塵都掃盡，有何心緒問端由。江邊落日人投宿，門外西風葉墮秋。轉得山河歸自己，不妨頭上更安頭。

次韻送忠侍者

纔得無心便合休，言多與道轉難投。萬年一念澄潭月，歷劫無明背鏡猴。雁過長空猶滯影，龍吟枯木正逢秋。師資會遇明斯旨，坐斷乾坤最上頭。

次徐總管韻生日

天上佳期兩日前，人間分端毓英賢。芰荷香裏來車馬，牛女聲中奏管弦。老柏傲霜方蓊鬱，蟠桃着子正團圓。三千年事渾相似，會見芝書下日邊。

次韻徐總管

軒昂聲價藹儒林，千載難磨孔聖心。天稟情懷能拔俗，家傳忠孝振遺音。堂前佳木留清坐，洞下流泉伴瘦吟。明日山川正分瑞，彩衣應豁北堂襟。

次韻送宜藏主省親

少室門庭冷似灰，語言三昧豈能該。直饒坐得禪床折，不若參教已眼開。慈母北堂當衣彩，法王宮殿合生苔。二途不涉曾知不，斷際禪師再世來。

寄天長立雪岑

衲子爭趨道德香，不辭途路覓天長。只求一語離窠臼，免得多生落斷常。冰片滿街當酷熱，鐵牛出領待新凉。相逢一笑千峰上，藥嶠門風久益昌。

次韻送金侍者省師二首

令行吳越已經年，此日看來恐未然。不涉程途猶作解，欲分泥水合加鞭。布單賣却元無價，紙襖抄來不是禪。見說阿師無個事，廣開陸地植金蓮。

身世無拘任往還,半生行脚爲名山。一拳肋下才知痛,三應聲中已透關。
要要玄玄并了了,勞勞役役與閑閑。師資會遇都休問,只合相看展笑顔。

送陳草廬
奪得先天數幾分,敢將窮達對人論。且非嫵媚沽時譽,只擅聲名駭衆聞。
魚躍禹門雷自震,日臨滄海水無痕。老僧拄杖拈來也,懸向床頭自有根。

寄鶴舟居士禮佛
龐老當年師馬祖,鶴舟今日禮瞿曇。未容寒拾來饒舌,且與豐干作對談。
分別不曾生一念,聖凡時復許同參。七顛八倒陶彭澤,便是攢眉也未諳。

送達藏主遊京
掀翻藏海出番湖,正值西風葉隕初。穩泛鐵船遊巨浸,橫肩藜杖上皇都。
夜床啼得蛩聲切,銀漢飛來雁影孤。徹底不留形與迹,趙州東壁挂葫蘆。

送華首座遊吳
話頭徵詰洞無垠,湖寺堂中第一人。列焰豈容蚊蚋泊,截流須是象王親。
因思少室空庭晚,來看人間上苑春。圓却祖機千七百,杖挑廬嶽入吳雲。

送僧之天目
澹湖水淺船難泊,天目山高不易登。轉得棹時移得步,佛何曾覺祖何能。
頂門合具摩醯眼,暗室宜燃照世燈。過得西尖鐵門限,却來騎馬驟冰棱。

送海東胤首座
滅宗滅却滅翁門,吾祖家風蕩不存。慣涉海涯輕雪浪,曾登仙嶠眇昆侖。
遠來湖寺情尤重,夢入天宮道益尊。一句不辭如鐵橛,要人擔荷到兒孫。

贈大都水月寺化藏經
水月光中建道場,大千經卷合敷揚。一塵未剖須成就,三藏圖新賴主張。
筆下未書文彩露,軸中先注姓名香。不惟廣植檀那福,更祝堯天日月長。

送林藏主入虎丘蒙堂
一氣轉得大藏教,衲僧覷着眼睛枯。中峰故是口門窄,虎阜不妨牙齒疎。
放去乾坤千句有,收來佛祖一毫無。翻身百草頭邊看,大地從教似焰爐。

示禪人八首
話頭深憶老韶陽,解道法身二種光。須彌山頂日卓午,透過一一還尋常。
一句曾聞振祖風,南山燒炭北山紅。個中若也分去妙,金屑拈來着眼中。
大道何曾有正邪,眼生三角辨龍蛇。家家門前火把子,問佛解答三斤麻。

窗前佳致頗幽哉,碧沼紅蓮帶露開。直下便明心地印,廓周沙界絕纖埃。
擘開滄海跨鯨魚,抉得驪龍頷下珠。落落神光含寶月,拈來端可嚇癡愚。
睦州昨昔參黃檗,臨濟當年訪大龍。一等共攀仙桂樹,孰云千里不同風。
平生糲食與粗衣,語不驚人自入微。向下文長待來日,無毛鷂子貼天飛。
拋來擲去不徒然,我佛初生手指天。將謂巖頭空授記,果然德嶠只三年。

寄萬壽無授和尚
罪業如山當下空,擬尋來處亦無踪。翳花不復重生蒂,鐵樹枝頭海日紅。

辭天平檀越
一方香火白雲深,崖屋重重蘚暈侵。十載登臨同一日,不勝依荷眾檀心。

送悟侍者之浙
悟了還同未悟時,衲僧三昧要深知。今朝喫飯今朝飽,未到天明肚又飢。
三應聲中事已差,不知明月落誰家。老僧豈是婆心切,門外春風處處花。
浙右門庭似海深,未明心地合參尋。歸來大棒應須喫,六十蒿枝不易禁。

雕刊吳元輔求
雕鏤花朵藝精通,萬柄優曇出水紅。縱使法空為佛座,也須端坐寶臺中。

送興禪人
正興一念即圓成,不用區區更問程。十字街頭三世佛,本來心地極分明。

送義禪人
識得長汀契此翁,不妨行腳扣宗風。休居老矣無分付,門外秋光在菊叢。

毛德庸求
道在中庸莫妄求,直教心地一時休。百千諸佛同深證,不用多生着意修。

拙禪者省師
汝拙何如我拙多,老來無德竟蹉跎。九旬期滿須歸去,叉手師前會也麼。

用材
大彰家世起吾宗,臨濟曾栽檗嶠松。不特陰涼覆天下,棟梁千尺要施功。

贈璧禪人血書蓮經
璧禪十指頭尖血,撒出摩尼六萬餘。好是眾生無盡藏,坐看香露滴芙蕖。

送雅侍者省親
父母恩深不可忘,涼秋時節去錢塘。書來紙襖休嫌黑,留在床頭解放光。

送西蕃大師
脚下雲山幾萬重，遍遊南北與西東。祖師門户深如海，盡在紅塵閙市中。
本來無我亦無人，何事區區苦問津。白紙寫來成第二，出門花柳又重新。

送梵僧禮補陀
流砂過了過黄河，又向南方禮補陀。脚下波濤千萬丈，觀音見了竟如何。

連山
一重重又一重重，夜半金烏一照中。幾度白雲飛不過，却留玄路與人通。

古澗
源流端自劫初來，注作狂瀾障不回。瞪目若教窮到底，雪峰有口亦難開。

別源二首
涓涓不與衆流同，逐浪隨波渺莫窮。必竟滄溟無一滴，大千何處不朝宗。
不知一滴自何來，流入滄溟白浪堆。道是曹溪猶未是，且將深淺與人猜。

無我
己靈不重復何言，莫是威音曠劫前。到底不教千聖食，方知蜜意在渠邊。

無方
廓周沙界是全身，百億彌盧眇一塵。東看是西南是北，赤烏頭上轉金輪。

禪人書金字蓮經化靈山接待求
七軸蓮經六萬言，靈山一會尚依然。黄金自有黄金價，寶所分明在目前。

送萍維那
萍梗相逢盡半途，到家一句莫言無。百千諸佛閑名字，正好人前下一錘。

送僧遊天台補陀雁宕
見盡天台五百牛，詎那猶在大龍湫。更將大士神通力，柳梛橫肩海上遊。

聽泉
夜禪枯坐到更深，繞屋流泉發妙音。八萬四千非是偈，直教明取本來心。

懷宣莒二藏主
雲返故山應有約，鶴離松頂竟無聲。不知海上橫行後，較得遑公幾日程。

念佛圖
一圈一點一彌陀，那個圈中佛最多。清曉藕花池上看，露珠無數綴新荷。

送虎丘約首座
首人説法來天宫，夢中宛與尋常同。舌端滚滚萬竅吼，四座凛凛生寒風。

四句本非有,百非何用空。羚羊未挂角,大地無行踪。寶劍正出匣,誰敢當其鋒。玲瓏八面正如此,赫日照耀須彌峰。

寄仙藏主

提綱語句未曾聞,一面相招氣義敦。得一個牛還一馬,不妨扶起破沙盆。

來來禪子歌

來來,石田茅屋門常開。神光不昧萬古意,機鋒未觸三玄摧。來來,聲前浩浩轟春雷。何人掩耳聽不及,爲我喚醒金牛回。菩薩子,菩薩子,人人喫飯皆相似。嘔出肝腸幾個知,利物利人誠有旨。來來來也更須來,古佛廟前休議擬。金雞解銜粟,玉馬登昆侖。善財南詢百城會,樓閣重重雲路渺。

釋迦

棄金輪位入塵勞,三界茫茫路轉遥。四十九年行不盡,鷲峰依舊插天高。

觀音

坐盤陀石示慈悲,楊柳枝頭玉露垂。多少衆生沉苦海,聲塵消盡是何時。

送通禪人之永嘉

佛不遠人,即心而證。萬里望崖州,箭穿紅日影。夜光舒光照有無,獼猴觸碎軒轅鏡。永嘉到曹溪,一宿傳心印。幾多入海算沙人,不分鞭影分邪正。我聞古東甌,人物亦興盛。嶄然住山者,名實俱相稱。不愛楊岐白雲,痛罵雲門真净。是非既不辨,得失由真性。江月松風入坐寒,爲吾喚起那伽定。

贈聖藏主

黄檗打臨濟,六十拄杖蒿枝輕。揭示佛祖奥旨,皎如赫日懸青冥。波騰海涌太華裂,迅機雄辯轟雷霆。我亦何爲苦尋討,外道學佛惟聰明。請君從頭放下看,自性一一皆天真。

送簏禪者再參徑山

一見更不再見,一聞更不再聞。此是衲僧行履,金剛脚下昆侖。正體堂堂顯露,等閑坐斷乾坤。永嘉到曹溪,一宿真鈍根。雪峰上洞山,九度何足論。百匝千重只者是,不妨扶起破沙盆。

塤侍者再參徑山

百丈再參馬祖,塤禪重上徑山。既到含元殿裏,何須更覓長安。謂是無禪可說,此話已播人間。少室單傳直指,何曾毫髮相瞞。巖畔香飄丹桂,欄前風動琅玕。井底紅塵遮白日,黑花猫子面門斑。

送滋藏主之江西禮祖

九夏未曾圓,早辦遊山計。我亦何着忙,先書送行偈。祖師不西來,靈迹遍人世。頂門眼未開,何由見真諦。人人脚跟下,各有衝天勢。一念豁然空,明如杲日麗。圓融貴入微,活脱在猛厲。星飛鏡上塵,電捲眼中翳。行棒侮德山,下喝慢臨濟。機前應用時,何曾立限劑。放去與收來,着着自超詣。所以日用中,不將實法綴。一口吸西江,未舉即先契。

送明藏主之江西

江西湖南,便與麽去。拶着不來,通身泥水。日月天人面前立,妙峰聳峻頭上住。此是西河獅子兒,吒吵出窟翻身句。拈却雲門六不收,突出拄杖頭邊,獨露乾坤底。

送勝維那遊金陵

凌晨話別遊鍾阜,欲贈一言何處有。好是明明百草頭,爛然光彩輝星斗。古人有言非干舌,相逢正好頻頻說。脱却籠頭卸角馱,豈墮聖凡途路轍。古也今也須自看,青山屈曲龍蛇蟠。布單賣却尋常事,不怕霜風徹骨寒。

送照藏主

道得不得,萬法根蒂。照用同時,太虛生翳。八萬四千毗尼,三百六十法會。重重帝網交羅,一一融通自在。理柱箭鋒,事存函蓋。從教玉轉珠回,不與諸塵作對。金剛寶劍正好傍提,黑漆竹篦橫分向背。天之高,地之厚,茫茫天地誰知有。湘之南,潭之北,南地竹兮北地木。此行端可繼綱宗,五葉聯芳看高躅。

送約首座

西風昨夜生林樾,朝來便與高人別。但囑途中好善爲,相逢會有知音瞥。况是天宮說法來,頂顙一機如電掣。四句離,百非絶,二三四七俱超越。管甚江西馬簸箕,也教喫水咽喉噎。

送定首座歸西川

蜀山深,浙水苦。去住本無心,看取脚下路。玲瓏八面氣如虹,壁立萬仞吞佛祖。普賢不在峨眉,文殊豈來東土。象駕崢嶸進途,獅子嚬呻回顧。

承天重蓋佛殿施主域都寺感舍利現瑞

峨石峰前,空王殿上。日炙風吹,泥龕塑像。虛空突兀兮百福莊嚴,萬象崢嶸兮三十二相。德山折却無留,丹霞燒作火向。既然精進全無,說甚真法供養。

從頭蓋覆將來,到底還它過量。擎拳底擎拳,合掌底合掌。歡喜底歡喜,讚嘆底讚嘆。一會靈山,儼然未散。楊岐金剛圈,石窗漏燈盞。爍破如來藏裏珠,開發人天有何限。

次虎丘東州和尚韻送僧歸蜀

大力量人,抬脚不起。舉步涉程途,回頭迷自己。妙轉機輪一着先,星流目瞬三千里。謾說追風天馬奔,徒誇出海獰龍戲。矢在弦而一鏃三關,芥投針而千差齊舉。抹過瞿塘灧澦堆,金圈栗棘閑家具。

送虎丘閩藏主

摩尼珠,人不識,得之受用真奇特。我道如來藏裏無,有時還向衣中覓。閩禪覓得一栲栳,盡情撒向雲巖老。鑠破虛空作兩邊,四七二三俱靠倒。沒價數,有商量,拈却須彌無處討。撥草瞻風驗作家,江南江北如稻麻。

與霖首座

道人來琴川,琴水清可掬。行將一勺清,沃彼煩惱毒。肘後懸雙符,頂門亞一目。分座惠日堂,魔外不敢觸。我有焦桐音,弦斷久不續。馬師曾與彈,龐老聽不足。吁哉八十人,個個阿轆轆。若不較些些,何由聞此曲。

送久侍者再參天童和尚

優曇花正開,嗅着無香氣。若是真道人,端的知來處。動靜即乖差,思量成巧偽。坐斷上頭關,着着超言義。鄞江久侍者,出處有高致。祖道曾遍參,風骨頗靈異。有如八駿駒,一躍三萬里。因思老隰州,光明照天地。荷負洞上宗,傳持西祖意。回互立正偏,不犯分五位。昔日登其堂,此行復歸去。擊碎珊瑚明月珠,鳳栖不在梧桐樹。

次韻贈廉御史二首

家傳忠義久,清譽薄天都。民物期攸濟,綱宗賴力扶。綉衣光燦爛,甘澤潤焦枯。踐履侔先哲,經綸乃遠圖。芝餐輕野叟,柯爛鄙樵夫。佛記誠難忘,皇恩豈可孤。丹心終不老,華祝與嵩呼。

曾持玉斧走天涯,剔蠹除奸不少差。臺閣清風凛朝野,笑談時許衲僧家。

次韻送高麗真長老回京

道人來高麗,訪我山水中。銳志不少少,教法期流通。毋當迹二遠,要須追璉嵩。他年萬指繞,盡力鞭象龍。神機妙出沒,佛祖難其踪。天都萬國會,豈復分西東。有如百谷王,江漢俱朝宗。吾道亦復然,演說何由窮。澄渟白玉池,突兀青蓮宮。坐此百寶臺,挺特如孔峰。天顔仰咫尺,音吐如洪鐘。端拱北極辰,高祝南山松。昏衢輝佛日,覺苑回春風。功成即歸去,錯落襌袍紅。

送玉柱不花舍人

玉柱不花真佛子,捨身求偈渾相似。磕頭禮拜比丘僧,至理一言忘彼此。三界無家誰是親,大千捏聚唯一塵。一塵之中證法界,善財童子來南詢。彌勒門前一彈指,樓閣崢嶸刹塵裏。玉柱不花立其傍,同證如來第一義。我觀此義亦不實,此是不花精進力。從前伎倆盡消忘,一時輸與維摩詰。大哉佛法須審詳,捨其所短從其長。神通妙用乃餘事,萬機罷盡菩提場。

送初維那歸鄉

參禪須識最初機,此言今古無人知。金烏但覺頂上過,擾擾豈解忘其疲。丈夫先天是心祖,濟北真風宜荷負。興化當年打克賓,棒頭豈是無分付。高秋木落一峰寒,肩橫鐵錫辭長干。詎羅尊者面瀑布,與爾相見開歡顏。

送杞藏主

五千餘卷何人説,黃面老人猶未徹。止啼之葉要重拈,除却兒流眼中屑。道人自是千里駒,行行豈肯忘馳驅。衆流截斷止一句,百斛燦爛摩尼珠。休居老矣但辟易,問子重來是何日。屋角松聲爲舉揚,床頭拄杖休拈出。咄。

擬新豐吟送輔禪者

秋初夏末東西去,三界茫茫何處住。道伴交肩即便過,肩頭拄杖通身句。長天月落千江水,萬木驚風葉初墜。覿面相呈墮嶮巇,拋將背後當頭諱。磔愗金毛何所畏,一聲哮吼驚天地。踪迹教他没處尋,顯出西來祖師意。布單賣却三千里,勤苦當年爲何事。別我明朝卜鳳臺,莫忘參方最初志。

送江西相士鄒天然兼看地理

相人須相心,觀地合觀理。當知理與心,非一亦非二。萬法究其源,歸根乃得旨。非惟知他人,抑且識自己。富貴何足榮,貧賤不爲恥。所以山林人,其樂勝朝市。天然合知言,知言即知止。

送旨藏主東歸

手中玉鑰千鈞重,腦後圓光萬丈長。轉向如來藏中看,到家須合爲敷揚。金陵鳳臺春已老,萬里南歸宜及早。大唐國裏無禪師,問答縱橫休草草。若言是有還是迷,此宗豈可論東西。當機出没走迅電,大用縱奪轟奔雷。我今無言汝休領,念汝殷勤再三請。晴窗掇筆寫長歌,窗外梅花弄清影。

送柏藏主

道人扶桑來，日輪正當午。脚下無波濤，眼頭空佛祖。五千四十八卷藏裏神珠，八萬四千法門葛藤路布。捎金雞，拂玉兔。凜吹毛，咄抽顧。嚇得老韶陽，通身沒回互。陳睦州一生擔板，老雪峰失却隻眼。門風委地，赤手難扶。枯木寒巖，陽春可挽。出林虎怒，橫岡蟒嗔。全機殺活，妙在當人。大唐國土無邊表，南北東西只一身。

東州和尚因落齒有偈見寄次韻用酬四首

齒牙落盡意尤深，併却咽喉發妙音。徹底不干脣舌事，到頭渾是祖師心。且無密語通傳授，止有真規可力任。草滿法堂高一丈，果然無路與人尋。

當陽提起意何深，盡是黃鐘大呂音。敲磕齒牙真有自，爭鋒脣吻本無心。虎肩插翅人偏懼，龍頷抉珠誰可任。睡虎門風正如此，免教禪衲強追尋。

竹屋茅堂住最深，頻驚禪侶報來音。不將嫵媚沽時譽，只把提持服眾心。伏櫪且安駑鈍質，截流還是象王任。門前百鳥閒來往，切莫遭他弋者尋。

得處精通用處深，當陽大坐顯玄音。青天白日綱宗句，露柱燈籠古佛心。駕苦海船終有濟，起膏肓病實堪任。頂門一隻摩醯眼，覷瞎教人不可尋。

贈川藏主次韻

湖外高人道韻奇，夜床相對共怡怡。吟成玉轉珠回句，慰我天荒地老時。索性不留閒影迹，大家剖破舊蕃籬。因思普化垂慈切，臨濟曾呼小廝兒。

陳居士携諸山偈化遊主建接待和虎丘東州和尚韻

五鄉橋北水雲家，凡聖憧憧似稻麻。平等既炊無米飯，殷勤須點驗人茶。宗師指示宜經始，長者圓成在咄嗟。彈指便登香積界，大施甘雨沃焦芽。

寄南屏道友

聲價傳來足數車，瓶盂深寄法王家。竭乾西子湖邊水，渴殺南山鱉鼻蛇。非鎮海珠終有纇，是連城璧定無瑕。笑它多少爭鋒者，腐熟機關儘自誇。

送彝禪人歸四明

師子窟中師子兒，爪牙渾已利如錐。三江九堰從茲去，百怪千妖盡屏除。喝下白雲捎玉兔，擘開滄海跨鯨魚。阿爺兩眼懸紅日，望爾重來捋虎鬚。

寄友

事到關心易得愁，曉星殘月見交遊。論情且作投籠鳥，做夢甘同在檻猱。百丈再曾參馬祖，雙峰何意接牛頭。大家催起三臺舞，只要教人笑便休。

會雍熙長老

聞說江濤解覆舟,此行猶喜是安流。相逢且慰十年夢,傾蓋何妨三日留。渾無包笠爲身累,祇有雲山作勝遊。慚愧不隨孚上座,任它寒角起城樓。

送超藏主之江西禮祖

船已買來多日了,偈猶未寫竟如何。超宗異目誰家事,撥草瞻風豈屬他。萬里南遊鯨浪險,一筇西上楚山多。祖師靈骨俱塵土,百草頭邊蟻作窠。

和中峰和尚題布衲山居韻

道人生計在山窩,誰謂山窩事更多。撥萬象開窮碧落,嚼虛空碎竭黃河。吟邊不要神來助,頂上從教鵲作窠。佛祖玄關俱裂破,客來入室莫操戈。

送栖賢靖藏主

擎頭戴角下龍峰,五老雲邊萬壑中。寶藏掣開珠宛轉,瀑泉飛出石玲瓏。未忘法執休云是,消盡情塵始見功。洛浦不曾參夾嶠,一家齏瓮百家同。

送月書記東歸

水在深溪月在天,祖師拈出句中玄。明朝萬里長江外,抹過扶桑更那邊。

題松壑御史所題思退所山水壁

御史胸中有丘壑,思退筆端風雨作。老僧坐此冰雪堂,樹頭颯颯天花落。（以上同上卷下）

送僧偈

如蠶作繭自包纏,百匝千重在面前。裂得破時全體現,渾家送上渡頭船。（《山庵雜錄》卷上）

猪頭

托起猪頭,佛祖不及。有問若何,肥從口入。

蝦子

水裏撈來,當陽拈出。三界茫茫,蝦爲子屈。（以上《禪宗雜毒海》卷一）

禪人誦蓮經

七軸靈文一句收,舌頭不動念如流。看渠功行圓成日,是佛流通願力周。寶所未登憶進步,草庵雖到不須留。炎炎火宅清凉地,鞭起當陽露地牛。

送機大師造髻珠塔

落落層層插太虛,馬鞍山上顯孤危。時人只作浮圖看,那個能標髻裏珠。（以上《重刊貞和類聚祖苑聯芳集》卷一）

印上人省親

骨肉都還父母了,此是那吒向上機。要知祖師心地印,好將此語爲傳持。

裝佛彭君壽求

迦葉曾裝萬德身,位承吾祖度迷津。彭君藝業多精巧,會見名超一切人。

印匠求①

不與尋常點劃同,亦非彫琢上論功。看渠文彩全彰處,印水印泥還印空。

送畫魚先生

活鱍鱍處常惺惺,識得江湖浩蕩情。必竟不知魚樂處,筆端幻出似生成。

結緣净髮

不較工夫不要錢,誠心要結衲僧緣。廬山面目知多少,霜鑷一彈秋夜蟬。

(以上同上卷四)

徑山維那②

凌霄峰頂事曾經,尺雪分明一丈深。蟄户未開龍睡穩,勸君槌下放教輕。夢中説法覺時同,海底金烏半夜紅。駭衆易驚師子吼,截流難覓象王踪。晴空亂落天華雨,西竺飛來小朶峰。不是爲人親切處,丈頭挑起浙江東。

送靈隱藏主

靈山百萬聽敷揚,白馬馳來滿大唐。佛祖不能提掇得,衲僧多是錯商量。擎開寶藏琅函露,展出霞條菡萏香。一默因知酬不得,從教人道話頭長。

天童侍者

侍者曾參太白禪,抉珠直入九重淵。機先不用論兼帶,句後須妨墮正偏。寶鏡未懸天已曉,玉梭纔動月初圓。好將三寸吞吳口,嚼碎虚空吐出烟。

滋上人省師

動静寒雲總不知,逢人應説見休居。拈來向上真巴鼻,已落爺爺第二機。

小師③

子行就父覓伽陀,凍筆難書着手呵。父子不應談世諦,嶺頭梅放暗香多。

紀西堂爲師虚谷和尚化緣開塔銘

欲求一語上碑難,試把肝腸剖露看。盛德果然昭日月,師恩應是重丘山。

---

① 原注"一本無'古林'二字"。
② 原注"古林一作'作者未曉'"。
③ 此首載古林清茂《小師元浩參方》詩後。

道吾骨冷洪波裏,雪老名鐔翠琰間。古往今來同一揆,子孫相見合舒顏。

恩維那省師入浙

走遍蘇杭復省師,此行應不憚神疲。十聲槌下超凡聖,百丈竿頭步嶮巇。誰言克賓能法戰,宜教興化也攢眉。罰錢出院機先墮,盡令須加腦後錐。(以上同上卷五)

恭侍者

笑殺香林着紙衣,便於抄寫失傳持。澹湖門戶如相似,落盡娘生眼上眉。

振侍者下浙

肩橫浙右過頭杖,脚踏江東淺水船。兩處總無栖泊處,方知不負草鞋錢。

蜀志上人參徑山

八千里路尋知識,豈是閑登五髻峰。脫口一言須便領,抉珠切莫怕驪龍。

禮禪人之廬山

識得廬山面目真,自家擔帶亦須親。天邊灑落銀河水,脚下騰驤白日輪。祖佛話頭曾不昧,衲僧行履自因循。杖頭撥出金剛眼,嚇殺爐峰十八人。

送宗侍遊方

我宗無語亦無傳,此去西天路八千。三界無家誰是主,八方空洞復何言。江梅已破叢叢玉,溪柳初生淡淡烟。昨夜雲開鍾阜月,黑光相映紙衣鮮。

珠藏主回海東

沒踪迹處露堂堂,合浦珠還發耿光。海底珊瑚枝爛爛,嶺頭無影樹蒼蒼。人皆行脚途中覓,誰肯將身北斗藏。昨夜海雲師發笑,一輪紅日上扶桑。

湖南講主禮補陀

白花巖畔清風起,東海龍王鼻孔深。空盡塵勞三十二,湖南城裏聽潮音。(以上同上卷六)

次天寧芳草堂韻

祖道傳來古至今,炎炎六月散清陰。少林獨坐乾坤闊,濟北三玄語路深。不圖黃泉甜如蜜,自愛旃檀種作林。高歌一曲來何處,聲落千江沒處尋。

答演福繼首座

憶着當年舊話頭,天邊日月去如流。寸絲不挂機猶密,三觀潛通理最優。臥聽松濤翻石室,講殘花雨滿林丘。何時爲着登山屐,細酌清泉汗漫游。

次韻答袁伯長學士

蟾宮折得最高枝,壯志那容俗子知。賸有風流開口笑,更多清氣入詩脾。既全道力何由昧,纔涉言詮即是疑。一擎六鰲連海嶠,長竿千尺手親持。(以上同上卷七)

摘椒

顆粒纔沾便辣人,且無甜口驗來賓。家風不是天然別,徹底難忘在苦辛。

浴主化柴

洗體分明爲洗塵,一塵不洗浴何人。行檀布施功雖大,荷法流通語更親。香水海深居士福,宣明室暖比丘身。熱鍋爲我添柴助,一諾能消萬斛春。(以上同上卷八)

題三仙圖

萬壑千巖古洞深,笑談天地古來今。也知世上無仙骨,未必三人共一心。

聞杜鵑偶成①

啼斷疏雲暝雨村,行人如鐵亦銷魂。淵明冷盡田園夢,安得聲聲到九原。

雞

未分曙色已先鳴,幾度臨窗側耳聽。多少世人沉醉夢,剛然天曉不惺惺。

東林白蓮一枝開七花

七佛師大人境界,古今智用法無差。色身三昧塵塵現,一朵蓮開七寶花。(以上同上卷九)

徑山本源②

有伴即來無伴去,人言師死我言存。山頭日日翻銀浪,井底曾無一點渾。

徑山寰藏主奔葬

跳出龍門萬仞來,又尋廬阜陟崔嵬。阿師靈骨今猶在,滿目無非白浪堆。

悼天平穎中山

鈯斧携來得幾時,白雲巖畔赴荼毗。覺花未綻枝先折,斷岸纔逢棹即移。空盡滄溟漚一點,消磨歲月夢三祇。東山下有左邊底,只許追風木馬知。

---

① 此首及下一首載古林清茂《聞杜鵑偶成》詩後。
② 此首載古林清茂《橫溪和尚》五首詩後。原注"源下一本有'達和尚'三字"。按,《新撰貞和分類古今尊宿偈頌集》亦載此詩於《橫溪禾上》五首之後,題即作《徑山本源達和尚》。

悼南翁西堂

逢人便出成兒劇,嫌佛不爲眞丈夫。搭起伽梨去辭衆,待無常到即跏趺。春風上苑花争好,落月祇園樹忽枯。昨夜鍾山新月上,道容冰雪未生初。

悼日東智侍者

伽陀書罷入無聲,生死工夫已十成。滄海東邊曾着脚,覺城西畔問歸程。三呼不得聲前會,一句還從棒下明。火後莖茅元自在,春風吹着又重生。

悼東州禾上

雲巖活葬大火聚,靠倒勝熱婆羅門。話到法身無住處,方知萬象獨稱尊。戲波老蚌千年孕,出窟於菟七世孫。撩撥春風更何物,糝花枯木鐵昆侖。

悼四祖松月彬講主

東南法道正澆漓,大義持來欲問誰。豈是闡提無佛性,自緣方便少人知。松梢月落千峰慘,海底珠沉萬派悲。見説黃梅坐禪石,丫環女子又生兒。(以上同上卷十)

師訃①

雙趺空夜露金棺,靈骨知藏何處山。義斷情忘争諱得,東風吹雨淚闌干。(《新撰貞和分類古今尊宿偈頌集》卷上)

東林禮祖

家傳歲月唯刀筆,情重丘山在白蓮。此去東林禮知識,又添一個社中賢。

入浙

山蒼蒼又水茫茫,跣足肩擔下浙江。三百里潮行盡處,海門驚起白鷗雙。(以上同上卷中)

橘椒②

曉來枝上摘紅□,辛辣難將比桂薑。等是模人腸肚處,十分親切要人常。(同上卷下)

釋覺恩

斷江覺恩,法系:松源崇嶽——天目文禮——横川如珙——斷江覺恩。《全元詩》第8冊録詩12首,小傳云其"詩名頗著,但其詩傳世并不多",然中國

---

① 此首載古林清茂《住山寰藏主奔葬》詩後。
② 此首載古林清茂《橘椒》詩後。《重刊貞和類聚祖苑聯芳集》題爲《摘椒》,是。

臺灣佛學規範資料庫"覺恩"條著録中國國家圖書館有刻本《斷江禪師詩》①,待訪。輯佚:

雪屋珂禪師贊
雪屋今亡四十年,高風凛凛尚依然。伯顔丞相拜床下,不肯爲渠來冷泉。(《增集續傳燈録》卷四)

偈頌
茶塘茶與水井水,此味由來屬老饕。鐵鷂春風吹不起,兒童争放紙鳶高。(同上卷五)

元祐黨籍碑
天上文星與將星,一時生下佐升平。可憐荆國王丞相,黨籍碑中無姓名。

開先暹道者塔
三更月下竟無傳,雪竇何曾爲説禪。千古胸中不平事,屋頭雙劍倚青天。

照覺塔
説法東林與泐潭,門庭端的缺森嚴。撞鐘萬指清溪上,從此諸方傳小南。(以上《重刊貞和類聚祖苑聯芳集》卷一)

僧禮石佛
過去莊嚴已夢如,未來星宿只斯須。百年人世八萬壽,一念石城千尺軀。雞足伽梨應爛却,龍枝寶蕚自開敷。不知説法終三會,度得眾生界盡無。

寒山拾得
國清寺裏個蓬頭,相唤相呼去看牛。禿帚生笤偏峭措,襤褸破衲轉風流。拈來一片芭蕉葉,寫出百篇峭措油。叵耐豐干輕觸諱,至今落賺老閭丘。(以上同上卷二)

己巳冬十二月廿日山中雪
土燥泉枯民正憂,倏然爲瑞蠻林丘。英雄無復持漢節,寂寞猶思泛剡舟。正使萬邦齊玉帛,應須九地絶螟蟊。天工作意裁新巧,未放梅花一出頭。

戊午早春雪②
臘前豈止成三日,臘後那堪又兩旬。巖壑電翻龍睡少,茅茨烟絶鹿踪頻。

---

① http://authority.dila.edu.tw/person/search.php?aid=A007932.
② 此首及後三首載斷江覺恩《己巳冬十二月廿日山中雪》詩後。

谷鶯早失林間友，池草還生夢裏春。說與東君休懊惱，由來薄相是天人。

正月十四日夜雪，是日立春

天上誰修白玉輪，霏霏玉屑滿乾坤。陽春曲裏猶爲瑞，鐃鼓聲中不見繁。瀉竹崩松聽後夜，煮茶燒栗賦清言。道人庭院無燈火，只把飛花作上元。

次韻咏雪

未苦壓僧笠，寧憂打客窗。關山正漫滅，戈戟尚春撞。穴處蝨應盡，松栖鶴自雙。誰知李長侍，賊壘夜能降。

和阻雨

秋霖今日復明朝，滴瀝檐聲苦未消。補漏女媧應煉石，渡河烏鵲謾成橋。陰晴未定農心切，寒暑相催客鬢凋。幾度禪房聽亦厭，怕將雙耳近芭蕉。

端午以角黍餽雅青山

獨一獨醒何所娛，昌花菰葉憶三閭。沈郎固已肥如瓠，得似侏儒一飽無。

九日枕上書懷

欲采黃花病未勘，臥看斜日上疏簾。老來縱有登高興，不到秦皇望海尖。

開爐①

自古開爐向此朝，幾人炙得面皮焦。城隍却憶山居趣，旋斫生柴帶葉燒。

九日

無風無雨重陽節，四十九年清健時。但得手中藜杖在，未嫌崖畔菊花遲。風流杜牧齊山會，寂寞陶潛己酉詩。萬嶺千峰在窗几，不須辛苦更登危。

匡廬九日②

索索秋日短，悁悁羈思長。有笻登五老，無菊過重陽。雁外孤雲白，蟲邊亂葉黃。畦衣如可典，沽酒酹柴桑。

次韻砥平石九日二首

二謝臺頭覓句忙，豈知元亮臥尋陽。雖無美酒浮大白，亦有新詩寫硬黃。勝日因多愁作壘，餘生只合睡爲鄉。蕭蕭落木千峰裏，厓菊無人也自香。

楮藤閑看水雲忙，嘯罷東皋又夕陽。何必風流追晉宋，只堪疏懶樂羲黃。蒼龍雪瀑真歸處，玉雁金渠豈故鄉。聞道雙峰賦招隱，桂枝秋晚更吹香。

---

① 此首載斷江覺恩《九日枕上書懷》詩後。
② 此首及後四首載斷江覺恩《九日》詩後。

正月十四日立春

又是燒燈節,初看斗指東。亂山茅屋在,深雪菜盤空。得句知吾健,焚香願歲豐。老來惟嗜睡,賣困向兒童。

中秋無月

不見玉蟾蜍,孰同形影娛。雲門且高卧,天桂勿狂趨。少待纖霾盡,還看萬象俱。堂堂大圓鏡,寧受妄塵迁。

緑筠軒

道人開軒面緑筠,豈唯忘世亦忘身。當暑不須揮塵尾,自然清吹拂衣巾。多福數竿生節目,香嚴一擊墮聞塵。誰知絶粒對寒碧,不若題詩寄此君。

浮青閣①

爲愛斯樓每獨登,夫渠萬朶插青冥。秀連海上三神島,高出潯陽九叠屏。始信虎頭妙越絶,終慚鵝鼻刻秦銘。道猷一去無消息,瑶草紅泉護石庭。

溪山好處

絶怜王謝風流遠,奈此溪山醞藉何。更着幽亭俯清淺,不妨老子小婆娑。東坡亦有雲門興,太白曾經草市過。幾度墨灰吹劫海,巋然金殿出烟羅。

靈雲寺栖雲樓

一壑雲深穩晝眠,豈知天上有三禪。闌干暝色香城翳,簾幕祥光帝網懸。不向人間作霖雨,却來僧舍伴茶烟。可憐亦是無羈者,野態閑情惣自然。

松風閣

蟠空清吹自度曲,一洗人間胡部淫。勝力歸來但高卧,寒山癡絶更幽吟。忽驚汗漫魚龍舞,肯作伊優兒女音。禪子家風唯寂寞,只應孤月到中林。(以上同上卷三)

退天平

只應巖谷寄衰慵,薄福那堪繼祖風。持鉢四年供老宿,折腰幾度向王公。興來又似雲出岫,棄去肯如龜脱筒。快活今朝無着處,一聲長嘯落千峰。(同上卷四)

送文首座見古林

鳳去臺荒知幾時,年來又見鳳來儀。翔空五色非文采,向日孤鳴也太奇。

---

① 此首及後三首載斷江覺恩《緑筠軒》詩後。

寂寞叢林猶好在,參尋餘子復奚之。雲門若不見靈樹,一語如何得上碑。

樵隱

放下柴車便咏詩,山頭月出照茅茨。自煎石上紫茗飲,不爇巖中青桂枝。何人除道見露綏,有客爛柯因看棋。塵世真同覆蕉鹿,知君未暇曉妻兒。（以上同上卷五）

藏主歸天台俗家不出寄禪人之行而有招

寒山燒火滿頭灰,此去煩君喚出來。依舊還它金色界,免教埋沒在天台。

僧北游並簡虞伯生侍講

上人去作五臺遊,爲問文殊無恙不。六月山中飛雪片,草衣終不似貂裘。
見了臺山見大都,衣冠文物盡難如。奎章一閣九天上,猶有白頭行秘書。①

送暢文溪

暢公別我遊天目,莫學魁公便不回。歷歷山川自今古,茫茫劫海是塵埃。下方雷作嬰兒叫,後夜魔爲眷屬來。崖菊漸斑霜葉赤,東峰西嶺爲徘徊。

送暢上人遊瑞巖兼柬方山禪師

驃騎山人栗色衣,年開三十最能詩。怕稱得得來和尚,去禮惺惺着祖師。華頂更高應獨上,黃甘初熟定相思。西庵老宿知無恙,我亦平生願見之。

送澤天泉北遊并簡袁伯長學士

赤髭大士晉風流,紅帽紅如安石榴。又逐薰風馳駿馬,可同滄海狎閑鷗。妙談快對九重殿,舊化空餘六十州。若見玉堂袁學士,爲言石佛也能浮。

送若季蘅歸南天竺

金鐘寺裏招隱日,玉筍山西罷講初。一舸春風殊懌爾,千峰寒色正愁予。未嫌佛隴領徒寡,頗怪道猷爲計疏。男子由來四方志,長松杜宇不關渠。

送萃一門歸暨陽

九夏愜千峰,錫條懸个松。別時黃葉亂,歸處碧雲重。栗顆如拳大,茶甌似粥濃。門前無俗客,贏得卧高舂。

送觀上人遊天台

天台獨去遊,春樹綠衣裘。靈衲逢雲背,仙兒隱石頭。瀑開青菡萏,花醉白獼猴。勝界終難極,馳光不少休。

---

① 此首載前"上人去作五臺遊"詩後,觀詩意,當爲同題組詩。

送家伯長赴召

上國愛清才,滄江一舸來。萬方隨地貢,孤抱向天開。白塔優闍像,黃金郭隗臺。人生重離別,華髮莫相催。

次韻送春上人①

學者自不到,玄門盡日開。只今成蹉過,它後幾時來。踏着通霄路,方知滿面埃。待伊能變化,燒尾逐雲雷。(以上同上卷六)

暢道元

相想日日看湖水,又上山頭望海波。記得同遊伏龍寺,猛風飄下鬱多羅。

寄三山鄭所南

廣文三絶世無雙,蘭玉遺芳有此郎。曾把清詩敵鳴籟,肯紉幽佩學沉湘。鏡中夜月方干島,洛下風光郭伍莊。何似逍遥所南叟,乾坤無處覓行藏。

寄佛智老師

看了楞伽慧敏碑,白雲泉上坐題詩。當日兒童齊指笑,而今老大欲追思。玉室金堂鄰禹穸,芷江蘭浦夢湘纍。何緣消得仰山飯,不用去尋商嶺芝。

寄呈瑞巖雪磯

大坐鞚峰裏,青天空四鄰。主人翁不唤,門弟子皆嗔。一樹獼猴月,千山躑躅春。有懷終獨往,淹泊轉愁辛。

寄戴師初架閣

咸淳折桂手,歲暮抱琴歸。海内無玉局,鄉中只布衣。一千尋瀑近,四十九年非。幾擬携手去,折鐺同煮薇。

寄吴松存②

亂後無宗武,悲來爲阿咸。澗聲知寂寞,松影見枯嵌。已售題詩硯,唯留種藥錢。雲門若耶路,稚子識儒衫。

酬晦機禪師

推枕軒中聽雨翁,何暇折簡問長松。子規夜半似裂竹,長松老來如卧龍。冰雪湯師無住着,風流賀監有遺踪。向來天鏡三百里,截斷若耶千萬峰。

酬珪大章

金地無塵空白雲,寶華遍界自繽紛。譚經對石底須數,尚友彌天也不群。

---

① 此首載斷江覺恩《送家伯長赴召》詩後。
② 此首載斷江覺恩《寄戴師初架閣》詩後。

萬頃芙蕖孤艇出,一堂菖蒲五天聞。諸君未解虛空講,好與焚香讀祖文。

　　釣竿擬拂珊瑚樹,如意罷揮龍象筵。華髮忽生明鏡裏,葛花宜上青松巔。新詩灑落千餘首,舊社荒凉四十年。菰菜蓴羹秋正美,不妨招我月中船。

次韻答伯長見寄

故人妙語來天上,吟對天平卓筆峰。白雪調高誰屬和,紫薇花下自提封。謫仙豈意論當世,盧老唯甘事夜舂。百歲功名一炊黍,官情何似道情濃。

暢上人不來

天竺書來麥始秋,書中曾説去湖州。青天萬里忽飛雁,落日千峰獨倚樓。

雪晴出游懷如一溪

破帽迎風出翠微,諸峰殘雪映斜暉。大珠山頭田已熟,空手把鋤人未歸。源澄去作汀州夢,潛子再歌冰雪詞。滄波白鷗飛欲盡,華表獨鶴歸何遲。

懷靈峰寺靜翁上人

情來無處寫詩題,忽憶靈峰道者栖。一榻虛空寒似水,半巖烟雨黑如鱉。松西高閣俄秋草,谷口平田是故溪。過了黃花應寂寞,霜天唯有野猿啼。

病中有懷猊峰道人

折肱老人卧巖隈,問疾大士殊未來。雲際每煩猊乘出,月邊多作雁行回。九天貝葉金碧爛,千頃玻璃烟霧開。慰我渴心消底物,紺園珠樹白楊梅。

懷暢上人

何處相思暢美中,青山流水五雲東。折殘短短長長柳,立盡朝朝暮暮風。誰付酒家三十萬,曾臨鐵限一千通。野人自足歌招隱,巖桂新栽綠未叢。

　　短景易悽惻,遠人增鬱陶。地寒叢菊變,天晚獨鴻高。未嘆潛公屐,還思范叔袍。石帆山下路,猶見第三遭。

招魁一山

鬢霜何用三千丈,金錫猶存十二環。苦行六年今既滿,好隨流水下青山。

招學古先生

移家又向寶幢坊,一堂可容師子床。蟲臂鼠肝名利絕,幅巾梨杖笑談香。廬陵晝錦猶堪詠,大學朝齋豈未忘。門外楊花正無賴,若耶山水好徜徉。

次韻學古先生屢招不至

病闌神思澹於秋,惕惕懷君苦未休。瑞室尚傳齊隱逸,山亭猶識晋風流。巖花澗草多幽趣,竹杖芒鞋好漫游。人壽幾何頭已白,著書終不樂窮愁。

招訢笑隱二首

室空塵似積，歲晚雪如筵。倦鶴松千尺，美人天一涯。南屏潛子興，西隱亮公思。烏鵲何時喜，玄猿日暮悲。

一自西湖別，西湖幾度梅。烏回說法去，白下看山來。隔水夢不到，臨春思莫裁。青鞋若耶路，乘興亦悠哉。

喜暢上人至

十年不住文溪上，一策重來鏡水南。短髮未應齊我白，新詩端合共誰譚。潺湲亭外山無數，躑躅花前月又三。石眼出泉如玉乳，雲峰當日有禪庵。

夢瞻無及

故人窣堵光中住，亦有寒松生夜濤。平昔相過唯坐穩，暮年併絕是吟豪。床頭瑞竹千霜在，檻外海棠三丈高。將謂禪遊無覓處，春風吹夢忽相麈。

夢遊赤松小桃源①

夢入桃源裏，青童引客看。兩橋橫斷澗，二峽瀉驚湍。石化羊何在，丹成爐未寒。誰云仙迹遠，咫尺紫雲端。（以上同上卷七）

雙竹杖

君子有連璧，扶衰勝杖藜。同心忘楚越，清節尚夷齊。不見湘妃泣，曾經竺叟題。未成龍比目，閑挂草堂西。

竹拂子

籜龍因聽法，化作雪髯翁。高節天人表，清風像季中。千峰時挂壁，萬象自談空。何物堪爲侶，龜毛也不同。

紙襖

莫笑山翁紙襖穿，尚堪泥補過窮年。杜陵短褐亦瀟灑，季子貂裘終棄捐。野鶴形儀非近玩，落花時節是深禪。香林暖氣有多少，贏得韶陽語話傳。

紙被

表裏凝霜彩，橫斜皺縠紋。夜禪初學繭，寒夢忽成雲。白氈寧無愧，黃紬豈足云。鐔津骨已冷，誰策楮生勳。

瓦枕

老瓦苔蘚色，禪餘代曲肱。黃鸝語深樹，白首觸層冰。試問邯鄲客，何如衡

---

① 此首載斷江覺恩《夢瞻無及》詩後。

嶽僧。蘿陰一塊石,萬事付夢騰。
松癢和
刻削成仙爪,爬搔勝小兒。地爐燒葉夜,茅舍負暄時。得自暖枝墮,閑同麈尾垂。平生快活處,無過是頑皮。
筆冢
鐵限功成藉爾曹,不封不樹意尤高。著名自足垂千古,濟世誰能拔一毛。
墨池
陶泓毛穎每用事,此水解膠并濯昏。老龍早歲得一滴,白日人間黑雨翻。
鄴瓦研
天上昆吾玉似坏,何年風雨下銅臺。可中寧飲墨三斗,不用曹瞞鴆一杯。
吳牋寄戴架閣
薜窗塵几過秋風,千杵吳霜落枕中。多少文章待湔拂,江南唯有剡源公。翠崖題遍寒山子,紅葉書殘鄭廣文。誰把吳松一江水,染成秋月與春雲。楮生頗有君家舊,莫訝三年信不通。眠底諸郎水潦鶴,人間萬事馬牛風。
水團
香粉搓成顆顆柔,鑊湯裏面試沉浮。有時撩向金槃內,一似銀河爛斗牛。
與戴剡源食笋
春風一夜籜龍吟,童子緣雲荷鍤尋。謾說中堂骨頭美,久長滋味在山林。
謝季蘅惠芋
楮雞桑鵝君自羹,着毛蘆菔誑吾腸。獸爐龍腦探金箸,未見山人白玉墻。五雲山中劚黃獨,長松樹底逢青牛。風期千載尚印手,寒涕滿頤懷嶽頭。珍重法師真法供,天酥陀味亦何須。年來錐也無卓了,何處青山好芋區。
仲深作樹雞供
木鱉固知非九肋,樹雞初不解三號。可中弗作蔬笋氣,一任諸公賦老饕。
食苦蕒
葉如霜劍味如荼,瓜瓠輪囷總僕奴。怪得詩人能薄命,武襄筵上亦豪須。
一鉢
牛蘄馬蘭亦充腸,一鉢無勞取眾香。閑想甯師荷葉供,不消韓相橘皮湯。
仲深惠梧桐子
南荒薏苡空招謗,西域蒲萄不要詩。他處明珠得盈掬,五雲溪谷鳳凰枝。

劚芋
霜曉劚蹲鴟，輪囷滿竹扉。水蕉空老大，山□自甘肥。作糝殊增價，爲墻適救飢。有生聊復爾，何必首陽薇。

箭笋
竹箭東南美，明時惡不祥。亂錐叨貫土，寸玉且撐腸。也惜猫頭醜，寧如鱉脚長。薏苢書禮曲，風味在吾鄉。

烹薺
菥蓂有甘味，醯鹽無喪真。不唯和血氣，亦足洗酸辛。葉底猶黏雪，墻陰每過春。幽人謂天賜，公子未渠珍。

采菌
卧木蒸生菌，纖雲朵朵新。誤餐寧有毒，還施本無身。所戒在三奪，何勞問八珍。園中得黃耳，天賜玉堂人。

龍山水竹居以蓮實煮茶佳甚
翠擘蜂房裏，珠回兔椀中。的知風味別，還愛苦心同。水厄遭餘子，蓬漂愧此翁。西江一杯露，宜享雁門公。

澱山方丈寒夜與印廷用然竹枝
冰酒折綿裏，頓令春意回。誰知竹尊者，也勝木如來。斷簡經秦滅，清歌入楚哀。窮塗有蛇虎，留取化龍材。（以上同上卷八）

蘇李泣別圖
屬國生當萬里歸，胡雲漢月兩依依。莫言別後無消息，塞雁南飛又北飛。
老大杜陵客，囊中無兩錢。吟詩驢子上，安得酒如泉。①

題杜子美孟浩然跨蹇圖
槎頭懶垂釣，冒雪走長安。五字風雅古，一身天地寒。

太白放舟圖
青蓮居士金粟儔，偶着錦袍天上遊。萬里風沙夜郎國，百年身世一虛舟。

題碧崖圖
巖壑東南擅沃州，嶄然千尺似蒼璆。老夫忘却無聲句，便欲題詩在上頭。

---

① 此首載《蘇李泣別圖》詩後，失題。觀詩意，似是《題杜子美孟浩然跨蹇圖》中咏杜甫者。下《題杜子美孟浩然跨蹇圖》一首似咏孟浩然。

題雲山萬里圖

春水射工毒，雲林格磔言。天涯游子淚，不用聽巴猿。庵摩大千界，棗葉小神通。獨一春夢足，青山滿目中。

野牧圖

落日蒼烟外，枯株鐵一尋。乍堪牛礪角，莫遣火燒心。

題畫册

天地分明一畫笥，草木人畜常充然。個中只欠嵇中散，目送飛鴻揮五弦。

題枯木竹石

木石以爲伍，此君殊不嗔。世無韓子議，孔墨併成塵。

温日觀枯木

爛醉三昧酒，閑眠吾竺雲。何年倒滄海，拾得老龍筋。
籍甚知歸子，寧師射澤翁。千年無影樹，五彩畫虛空。

和題季衝所藏高尚書墨竹

長身尊者懶說法，聽雨聽風眠石根。聞道墨家生二子，凜然清節照衡門。
清風滿院碧琅玕，住久老僧毛骨寒。高侯到處寫風影，不似若耶溪上看。

墨松竹梅①

冷淡相依歲月長，虛心無復較清香。毫端識得根源後，肯藉春風爲發揚。

題仲言蒲萄子昂蘭

松雪居士蘭佩香，日觀老人瓔珞漿。同是東林社中客，底須一斗換西涼。

亨上人所畜獨雁

羈栖亦自有閑態，想見飄然江海中。野鶴固知非近玩，仙山誰復駕飛鴻。
更着黃蘆數葉秋，便同崖白畫中收。到頭不似梁間燕，去去來來得自由。

題嚴氏蜂雀圖②

章德乃賜爵，讒言已如蜂。超然古君子，所以巢雲松。

三月晦日舟中聞鶯

獨立滄江看晚晴，綠陰無數似幢旌。送春句子無人咏，時有黃鸝一兩聲。

竹

此君真具正法眼，不墮他家寒翠中。曾答香嚴一轉語，至今冷雨打斜風。

---

① 此首載斷江覺恩《和題季衝所藏高尚書墨竹》二首後。
② 此題下有詩二首，第二首標爲斷江覺恩之作，錄於此。第一首作者待考，暫不輯錄。

嘆太元斫樹木

萬木森森截盡時,青山無處不傷悲。斧斤若到耶溪上,留個長松啼子規。

橘花

絶憐皇樹璨珠璣,十日清香不住吹。老子病餘詩興少,却思書後欲題詩。
清於月裏丹桂子,韻勝巖中小白花。閑想荆州千樹雪,品題應不到詩家。①

謝惠芍藥

可離何事忽相親,贈我應憐獨殿春。憶昔揚州萬花會,太平天子太平人。

雪中蓀花

幽分小白滄溟外,誰見空江霽雪中。九畹已無紉佩客,十洲還有采芝翁。
玉簪初墮月階前,黃鈿紫冠相後先。俄頃凝霜迹如掃,雪情風思亦飄然。②

平江開元後園裏拾得怪松

塵居六月了無悰,際此亭亭十八公。便覺微風生晝寂,會聆仙鶴唳秋空。
亂篠惡藤欺偃蹇,層冰積雪見青葱。滄江不用萬牛挽,我欲持歸東海東。

雲門月中桂子

月壑風林獨夜禪,紛紛桂子落中天。何煩怪石供三百,肯羨真珠累十千。
便恐雲門無地種,曾因天竺有詩傳。暮年樂事君知否,聞健且歌招隱篇。

月裏仙枝孰可攀,空中瑤實自飛翻。娟娟不作星斗大,落落何知塔廟尊。
後夜玉蟾應有淚,前身金粟本無言。秋風挾爾東南區,更置丹山赤水根。

次龍淵蕉花露韻

蜀叟冰盤薦柿霜,湘僧但愛葫蘆漿。誰省畫圖摩詰手,且分仙掌素心房。
遊蜂豈必知風味,渴鹿何由到吻吭。閑想碧油幢下客,不惟難咏亦難觴。(以上同上卷九)

次元叟病中韻

凌霄偶示毗耶疾,户外楊花如雪抛。水狗但知魚作祭,山猿肯與鱉爲交。
禦寒未致衾無楮,除饉寧思菜有巢。雪曲由來寡人和,諸君豈是舌生茅。

茅山梁真人挽詞

不從勝力葢伽梨,只許麻姑奠酒卮。玉桂洞前雲似夢,杜鵑聲裏月如眉。

---

① 此首載斷江覺恩《橘花》詩後。
② 此首載斷江覺恩《雪中蓀花》詩後。

石堂香火元無像,方丈蓬萊總是詩。焚却奚囊賦歸去,碧峰何處隙安期。

悼韓學古

家世孰能侔,潮州又相州。有兒兼釋老,知我獨春秋。未補謝公展,空餘季子裘。唯應鏡中月,千古照神遊。

悼晦機禾上

白雲同看石,滄海獨歸篷。東土有小佛,西湖無此翁。德音殊未遠,吾道豈終窮。水落江空後,遺緘到旅中。

悼樵法師

本學無生理,尤精起死方。神山百草泣,金界九蓮香。琴響空流水,樵歌自夕陽。雲邊翠蓬閣,遺像挂中央。(以上同上卷十)

仙侍者禮祖

二三千里風霜客,四十八灘烟水寒。諸祖髑髏青草裏,不知那個未曾乾。
(《新撰貞和分類古今尊宿偈頌集》卷中)

釋予

商隱予,法系:松源崇嶽——天目文禮——橫川如珙——商隱予。《全元詩》無其人。輯佚:

雞鳴接待

一粒米從檀度乞,一莖菜是別人栽。家私不與諸方比,也要開門接往來。
(《禪宗雜毒海》卷四)

牛頭

古人履踐到真實,便向牛頭穩坐禪。四祖就他相見了,門前花鳥去翩翩。

鳥窠

長松樹上可安身,垂手應緣徒苦辛。接得杭州通侍者,布毛吹起化爲塵。

趙州

觀音院在石橋北,苦口邀人來喫茶。一個葫蘆懸壁上,三千里外摘楊花。

誌公

一聲呱地鷹巢上,歷劫塵煩當下消。顯化梁主宮殿禮,剪刀尺子杖頭跳。
(以上《重刊貞和類聚祖苑聯芳集》卷二)

送寧西堂再住報國

晚年再住江邊寺,杳杳長廊吹北風。井竈生塵無飯喫,衲僧甘聽話西東。

釋慧

無機慧①,法系:松源崇嶽——掩室善開——石溪心月——無機慧。《全元詩》無其人。輯佚:

頌同安察禪師因僧問話

樓上鳴咿角已吹,燈前蝴蝶夢猶迷。如今要識不遷義,日出東方夜落西。(《增集續傳燈録》卷五)

釋弌咸

澤山弌咸,法系:松源崇嶽——大歇仲謙——覺庵夢真——澤山弌咸。《全元詩》無其人。輯佚:

偈頌

祖意教意,全提半提。翻風蝴蝶舞,呼雨鵓鳩啼。海上明公秀,趙州東院西。

日遲遲,風細細。解脱門開,不可思議。土宿騎黄牛,那吒伸八臂。(以上《增集續傳燈録》卷五)

釋鏡

月林鏡(1254—1339)②,法系:松源崇嶽——天目文禮——石林行鞏——東嶼德海——月林鏡。《全元詩》無其人。輯佚:

偈頌

本來人,本來人,無腦無頭作麽尋。驀然揪着個鼻孔,試勘元來是白丁。(《續燈存稿》卷七)

釋守忠

曇芳守忠(1255—1348),法系:松源崇嶽——無得覺通——虚舟普度——玉山德珍——曇芳守忠。《全元詩》無其人。輯佚:

偈頌

枯木老龍吟,髑髏師子吼。九九八十一,面南看北斗。

---

① 石溪心月弟子,如柏堂祖森、南叟宗茂、雲谷懷慶、南洲永珍等,已收入《宋代禪僧詩輯考》。
② 月林鏡卒年,《續燈存稿》卷七、《五燈全書》卷五十二皆作"至正己卯",然至正無己卯。《續燈正統》卷二十四作"至元己卯",姑從之。

不用思量不用疑，目前法法是全提。即今休去便休去，欲覓了時無了時。
明暗有去來，虛空無動轉。萬象既歷然，一真自忌鑒。
開眼開眼見，合眼合眼見。蕪湖與當塗，不出廣寒殿。
開口便道着，開眼便覷見。青山老婆心，何曾通一線。
少室峰前金鳳舞，曹溪路上玉雞啼。青山今夜打參鼓，留得閑僧立片時。
春風日夜扇，春雨及時滋。曹溪人不來，悠悠生我思。
筆端幻出諸佛像，謂是心耶是手耶。心手兩忘知落處，少林春色□天涯。
萬法是心光，諸緣唯性曉。本無迷悟人，只要今日了。
苦樂逆順境，諸佛從中生。曼殊普賢師，逆行而順化。偉哉令德人，扶持折腳鐺。煮飯復煮羹，二時無缺少。芥子突落地，虛空成粉碎。
地爐新種火，窗戶更重封。黃昏一覺睡，不覺五更鐘。
優鉢羅華最勝幢，屠刀放下恰相當。天生伎倆能奇特，千個元來五百雙。
東海鯉魚吞却海，西河師子口門大。金剛喚起足行神，還却趙州行腳債。惱亂春風卒未休，來年更有新條在。
廓然無聖，麗天杲日。分髓分皮，遍地荊棘。千古萬古成狼藉。
心隨萬境轉，轉處實能幽。隨流認得性，無喜亦無憂。
臥雲深處不朝天，虎嘯龍吟豈偶然。撼動杖頭古刀尺，少林春滿九重天。
山前一片閑田地，風月何曾屬別人。二百年來到今日，九天雨露一番新。
喚醒溈山水牯牛，因緣時節謾相酬。爐中火種星兒子，鬧熱叢林卒未休。
大士講經竟，山深水亦深。豐干騎猛虎，拾得笑吟吟。
具足無量勝妙智，拓開浮幢王刹海。或現諸佛相好身，或現菩薩衆妙相。或現金剛天王神，地水火風男女像。種種變化極無盡，各轉微塵妙法輪。歡動上下及四維，聲撼九重天帝闕。聞見咸發歡喜心，皇恩佛恩無窮盡。普願天地諸有情，同證無上妙菩提。
曹溪一滴深，衲僧鼻孔長。薰風自南來，殿閣生微涼。
今朝五月初一，萬法本來空寂。山前二麥已熟，監收莫教狼藉。街坊善巧化人，職務荷擔竭力。長老住持事繁，討甚衲僧氣息。
祖庭寂寞甚，弟兄能幾人。彈指十年別，唯喜道彌尊。
開眼不要尿床，合眼不要瞌睡。放出雲門趙州，把住德山臨濟。七十三，八十四。衲僧鼻孔大頭垂，業識茫茫無本據。

二十餘年住此山，住時容易退時難。今朝難易都拋却，一個閑人天地間。
庭前柏樹勢參天，話落叢林已有年。江北江南杜禪客，問來問去口皮穿。
栽田博飯喫，日用無偏頗。輸納王租了，鼓腹唱謳歌。
春山叠亂青，春水漾虛碧。少室無門戶，曹溪絶消息。東風一陣來，滿地花狼藉。
插鍬叉手立，拽鍬即便行。無繩自縛漢，日午打三更。
今朝三月十有五，五峰擊動鹽官鼓。雙林大士講經竟，雲從龍兮風從虎。趙州茶，雲門普，明眼衲僧莫莽鹵。
四月已過復五月，臘人成冰鵝護雪。黃梅石女笑呵呵，少室鐵牛驚吐舌。床頭主丈忽踍跳，歡喜讚嘆無量阿僧祇劫。
飯錢還未了，世路又匆匆。萬里八九月，一身西北風。
三十二相，八十種好。水灑不着，切忌落草。蚊子上鐵牛，未免成懊惱。休懊惱，天上人間何處討。
今夜今宵盡，明年明日迴。寒隨一夜去，春逐五更來。
日出連山，月圓當戶。大士講經竟，覿面無回互。火中鱉鼻蛇，咬殺人無數。
無種靈苗火裏栽，江南江北盡花開。栗蓬突出三千顆，曠劫無明當下灰。
通身是病，通身是藥。病去藥除，千峰月落。火裏鐵蛇橫，頭戴黃金角。
（以上《曇芳守忠禪師語録》卷上）
堂堂大道透長安，一片皇恩似海寬。六月龍河翻白浪，江南江北普天寒。
三脚驢子弄蹄行，金毛獅子大哮吼。今朝突出主丈頭，一一面南看北斗。
南山鱉鼻蛇，傷人毒無藥。清風數百年，夜來生兩角。擬議即喪身，不擬議也着。
父子相從步廣寒，弄他光影太無端。何如只似尋常見，銀漢無聲轉玉盤。
樹凋葉落問雲門，笑裏旋乾復轉坤。朱夏火雲歸碧洞，清秋玉露滴金盆。
今日記得去年來，去年定着今朝去。椰榢橫肩不顧人，直入千峰萬峰住。
金刹龍翔天上去，夜摩兜率駕雲來。斧斤不動渾如舊，樓閣重重次第開。
堪笑雲門老古錐，口頭突出五須彌。十方世界清平了，更把綱宗説向誰。
文宗皇帝潛邸時，登鍾山，親自舉鋤，開山崇禧，命師説偈。師恭對偈云
金鋤三舉帝基寬，百億山河掌上觀。千古鍾山增瑞氣，恩光雨露滿龍蟠。

賀東林盛藏主
撥轉如來正法輪,還他本色社中人。爐峰跳出藕絲竅,笑倒憨癡老雁門。
謝平險崖惠衣
森羅萬象體融通,今古難施蓋覆功。突兀一座何處起,雨餘清曉白雲封。
寄城中道友馮松山
空諸所有有非有,實諸所無無本無。十字街頭石幢子,熾然説法度三塗。
送僧之江西
江上青山來叠叠,脚頭官路去迢迢。馬駒踏殺人無數,少室宗風未寂寥。
示蟾光二禪人參方
空裏蟾光撮得麽,目前機境絶謌訛。曹溪少室渾俞句,雨洗秋林落葉多。鍾阜不行摩竭令,電光石火早三千。肩横一錫出門去,它日諸方莫妄傳。
贈侍儀司舍人張仲
有子出家宜向善,無心爲禄盍歸耕。目前萬法皆虛妄,莫把閑情污道情。
送慶禪人之浙
慶快平生事若何,泥牛哮吼木人歌。二三四七無玄旨,百越三吳秋意多。
贈魯國公趙迁軒子清遠太守
海肅波澄玉宇寬,光風霽月屬誰看。父翁勛業無今古,九曲溪頭竹萬竿。
示徒弟蕙監寺
三脚驢兒解弄蹄,叢林千古見風規。等閑一笑鍾山頂,尺二眉毛額下垂。
奉詔入京,舟次徐州,和廣智韻
金錫重携入帝京,無窮秋色助行程。黄河岸上西風急,搖鼓船頭發五更。
示聰浄頭
履真踐實空王子,見色明心了事人。壁角落頭生柄帚,花開爛熳却前春。
陳同知奉敕製納失失法衣,説偈爲贈
莫只量人須自量,一針鋒下一封疆。老僧不動古刀尺,百億乾坤雨露香。
贈奉訓大夫趙安道奉旨鍾山繪佛像
筆底功超造化先,縱横妙用是心傳。一新鍾阜龍蟠寺,雨露恩光億萬年。
示穎侍者遊方
當陽烜赫無文印,百煉精金小艷詩。意句一時俱不到,脚尖踢出五須彌。

贈清真居士
純清絕點到真常,白藕花開遍界香。曲几團蒲消永日,無窮風月滿軒窗。
送傳侍者歸蜀省師
金雞鼓翅玉闌干,紛碎虛空鐵一團。伸出古靈揩背手,錦江無地着波瀾。
送心侍者之京
國師三喚便三酬,一片恩光觸處周。萬里中原平似掌,好携金錫御街遊。
贈嶽禪人書華嚴經畢遊浙
主丈頭波騰嶽立,毫端上香水浮空。楚天木落千峰外,樓閣重重夕照中。
贈地僿
老僧造個無縫塔,突兀無陰陽地中。南北東西都是向,琉璃殿上日堂空。
送恢首座歸鄉
衲捲寒雲出定林,萬峰秋色壯歸心。摩訶衍法離言說,吞爍乾坤自古今。
送天之性長老首座職滿回翠微
天宮內院提綱要,照用雙行小釋迦。吳水越山秋色裏,微塵佛刹法王家。
示潤知客
雖是門頭戶底事,應用還它過量人。眼裏有筋皮有血,一甌春茗便通神。
示修禪人
勤修戒定出家兒,七尺單前佛祖機。鐵鑄脊梁三十載,德山臨濟浪頭低。
送華藏性維那
金槌擊開華藏海,波心七十二峰青。可憐童子貪程速,烟水茫茫百十城。
子威御史北上賦雪林以贈
殘臘欣逢驄馬回,祥光瑞氣滿空來。玉階千樹銀花合,好獻豐年萬壽杯。
謝事蔣山,笑隱和尚以偈見賀,次韻奉答
五湖龍象絕咨參,我亦何曾解指南。主丈一條獰似虎,且隨老倒卧東庵。
贈深講主
自己深深大寶藏,性空便是法王家。茫茫更覓祖師意,白玉無瑕却有瑕。
送何山俊侍者兼柬月江和尚
小溪深處是何山,中有高人爲法檀。吹起布毛些子力,山河大地骨毛寒。
送睿侍者
達磨不曾來東土,二祖亦不往西天。南陽三度喚侍者,虎驟龍驤幾百年。

送玉藏主

玉露瀼瀼鍾阜月,秋風颯颯楚江雲。道人去住渾無礙,一片清光遠共分。

次靈石和尚韻,送嘉興天寧嵩維那

九十之翁送子遊,龍蟠虎踞豈堪酬。高峰盤結草庵去,佛祖如何敢出頭。

寄江心無言和尚

四七二三水底月,江上一翁誰與儔。老我此生成拙計,三回撥火覓浮漚。

謝徑山行中仁書記寄手書華嚴經至蔣山

無邊剎境一毫端,字字如珠轉玉盤。五十三人休寐語,龍華師主莫相瞞。

出山相

午夜明星,換却眼睛。摩竭掩室,法出奸生。

布袋和尚

守個破布袋,下生是幾時。手面弄光影,街頭嚇小兒。

水月觀音

天上月,水底月。或暗或明,或圓或缺。白華巖上初無說,净瓶楊柳偏饒舌。

維摩居士

臥病毗耶離,幾乎成滯貨。七佛祖師來,一時俱領過。四顧丈室何寥寥,容盡三萬二千師子座。

文殊問疾圖

傍人看你兩個,語默俱成話墮。病痛若也無人知,毗耶離城且孤坐。

趙州和尚

天下趙州,法王中尊。超今邁古,吞爍乾坤。東門西門,南門北門。

郁山主

堪笑茶陵老,騎驢入荒草。一跌起來時,千峰日杲杲。

晦機和尚

大雄白額虎,南山鱉鼻蛇。慈悲勝菩薩,忿怒逾那吒。謂是佛智捏目生花,謂非佛智特地隨邪。一千七百隨高步,靠倒西天小釋迦。

自讚

祖首座請

人天眼目,獨角祥麟。倒用西祖印,白日怒雷奔。瓦礫場中瓊樓玉殿,大洋海裏簸土揚塵。親把一枝無孔笛,玉階吹起少林春。

智昱都寺請

踞猊床,揮塵尾。萬象聽說禪,虛空還共舉。楊岐栗棘蓬,東山暗號子。莫怪不相當,對面隔千里。

楊雲巖居士請

是真非真,是相非相。如太虛空,具含萬象。識得渠儂面目,不出毗耶方丈。

成都昭覺堅長老請

惟一堅密身,一切塵中見。水灑不着處,北山曳杖步。松陰和泥合水時,頂門突出十二面。是它克家兒,決定不喜見。

福州西禪成長老請

手裏輪珠百單八,胸中三毒無時發。有時向瓦礫堆上現瓊樓,有時把衲僧頂門眼戳瞎。若人知得渠落處,許你分身遍塵刹。

婺州上巖明長老請

胸中空洞洞,身外意閑閑。不知有甚麼長處,九重城裏動龍顏。

一藏主請

握黑蛇,踞猊座。未開口,先話墮。三世諸佛,六代祖師,天下老和尚,俱成滯貨。萬峰春曉顯全提,匝地清風更有誰。

聖監寺請

三脚驢子弄蹄行,踢出聖諦第一義。咄哉僧繇畫不成,叢林千古爲祥瑞。

灌溪崟長老

龍門萬仞高,灌溪劈箭急。巨闕兩重關,掉臂徑直入。木馬嘶曹溪,鐵牛眠少室。一時分付,別峰長老,碧眼黃頭,仰望不及。更有一着,銀山鐵壁。

定林持長老請

定林古寺勢參天,橫界東南一道泉。不涉纖毫相見了,人間天上錯流傳。
(以上同上卷下)

釋淳朋

獨孤淳朋(1259—1336),法系:松源崇嶽——無得覺通——虛舟普度——虎巖净伏——獨孤淳朋。《全元詩》無其人。輯佚:

偈頌

春風吹,春雨滴,落花滿地春狼藉。雲外青山青又青,獨立寥寥望何極。諸人要識朱頂王,者漢從來頭腦赤。(《增集續傳燈錄》卷六)

釋契了

即休契了(1269—1350後①),法系:松源崇嶽——無得覺通——虛舟普度——虎巖凈伏——即休契了。《全元詩》第67冊錄詩1首。續輯:

釋迦像
持錫擎盂示化儀,結跏蓮坐又巍巍。何須善現更伸請,舍衛王城一轍歸。

古寺瓦礫中瓷佛現光
毫相騰騰灰燼間,匪金匪玉匪栴檀。十成好個天真佛,莫作尋常陶瓦看。

布袋和尚
背負肩擔徒費力,時人有幾識機權。何如拋却布囊好,歸去來兮兜率天。

踏蘆達磨
西來語不契梁王,萬頃秋江一葦航。祇道懷羞衝浪急,誰知入水見人長。

裴相國
山崇十二全黃檗,位重三公弼大唐。五季隨更炎宋換,度泥一笏話頭長。

岳知客歸國清
煙筇日日渡江皋,北送南迎不憚勞。何似者回休歇去,五峰靜處聽松濤。

送元寮元
別峰見後何曾別,明月清風挂杖頭。東楚西吳從踏遍,太湖依舊跨三州。

題瑤首座瓢苗集
秦城築土杵無欄,漢祖斬蛇劍有鋒。拋向扶桑日頭裏,唐人誰解辨來踪。

趙州七斤衫話
七斤衫子出青州,一葉舟橫古岸頭。日暮途長人不渡,何妨載月過滄洲。

送僧歸雙林省師
海門親見海雲師,江月團團印夕輝。檮樹雙雙同一照,何消圓相別呈機。

和知客
到與未到喫茶去,和盤托出見情真。在家既善迎賓客,遍歷何嫌少主人。

---

① 其《即休契了禪師拾遺集》末有自跋,署"皇元至正十年庚寅春,紫金山八十有二老人"。

畫雞冠
秋花矮矮擁高冠,雞頂休争染血丹。天寶盛時無此象,不堪寫出與人看。
木石
蒼壁春生冰雪枝,夏蟲不敢近根飛。石橋南畔先曾見,幾樹含秋獨鶴歸。
送廣維那
大音倡出廣長舌,揚子江濤撼瓮城。巖內頭陀驚起定,吳中浮佛亦吞聲。
送珍藏主
往來是藏不相瞞,西蜀東吳豈兩般。庭柏夏炎枝鎖翠,井梧秋冷葉飄丹。
送及侍者
雞聲唱徹炎天曉,已向聲前契祖機。揚子江流東入海,臨流未可買舟歸。
出山相
霜宵逃出王宮去,凍得雙睛擘不開。誤認星兒爲正見,誑人又出雪山來。
送杲書記
海柳花時出户迎,花曾未老又催程。何如南北渡江客,兩不相知無怨情。
送道場春知客之金陵
苕水春深碧似苔,曾將煮茗接方來。六朝豪傑多沉醉,喚醒何妨與一杯。
題龍王請羅漢齋圖
龍王宮裏飽香齋,渡水穿雲費往來。何似凌虛振金錫,朝遊南嶽暮天台。
送澄首座
摩訶衍法何言説,試假山藤示一機。揚子攪乾無滴水,炎方散作雪花飛。
送巖上人拜祖塔
道固巖巖不可鑽,湘潭樣子亦難傳。更尋知識琉璃殿,無影樹頭從駕船。
送璞上人禮祖塔
抱璞投師貴琢磨,未能成器又如何。不妨撥草叩諸祖,青塔縈縈鎖綠蘿。
次韻送雲巖大師
權門要路長羈鎖,山水清華豈得遊。争似河西閑散士,五湖風月一筇秋。
摭侍者歸明州
座上笑花雙眼活,摭芳拾秀謾誇奇。翻身踏倒長汀子,放出中天青鳳兒。
寄成元章
吳楚相分十七年,片音曾不到吟邊。想知道體無離合,月白風清共一天。

達磨隻履相
熊耳峰前示密機，何聲何迹到人窺。無端逢着嶺頭使，一種行藏誰不知。
梁王對語不投機，一葦橫江去似飛。可是九年無折合，又携隻履向西歸。

達磨忌拈香
竺乾宗破六師衆，震旦花聯五葉芳。此日風前追往事，令人又費一爐香。

送安藏主
柴爿抛下便抽頭，活似盤珠不可留。鰲頂望窮雙眼老，海東那得共乘舟。

半身達磨
西來東土爲傳心，心作麼傳謾誑人。語觸梁王無避處，至今不敢露全身。

贊日本松嶺和尚
松嶺孤高當海東，四方莫不仰宗風。道場三坐皆昌化，正續綿綿起少嵩。

送相士
象緯能從掌上分，星禽尤善化中論。古今窮達無逾此，獨許兼通天地根。

送基上人
道學要知弓矢學，由基不許奪機先。千鈞一發看他日，射破虛空作兩邊。

送欽書記
高流高業衆難攀，文海寬如法海寬。一筆掃乾揚子水，禪林宜作翰林官。

送章藏主歸閩
真教無文章句全，長江萬里印長天。一毛吞却絶涓滴，漲起謝郎破釣船。

題周武王扇喝人圖
五帝三皇并列代，山河宮闕總成塵。何如周武遺芳澤，萬古蘿圖寫喝人。

漁隱圖
胸中藻綉足經綸，溪畔竿絲甘隱淪。盛代那容抱奇士，高居獨老百年春。

贊中峰和尚
師子巖前放鐵鷂，吞却南山白額蟲。大地叢林無寸土，十方世界絶狐踪。

次韻送浩侍者歸省獨孤和尚
鉗錘妙密令森嚴，非但宗通説亦兼。是父固應生是子，如何逃逝遠咨參。

跋中峰和尚法語并書
劫初鈴子未嘗陳，王庫刀兒新發硎。兩物將爲一物用，若非好手謾勞形。
天目山中幻住翁，暫時隔闊想書通。況歸真寂年深遠，怎不臨文懷德風。

有上人禮塔

蘇州有兮常州有,知有非親用要親。八十四人草窠裏,杖頭敲出玉麒麟。

墨梅

西湖和靖歸三島,南嶽華光去九州。疎影橫斜烟水遠,一枝留得舊風流。

龍翔輝藏主下遺書呈偈用韻答之

五千餘卷總閑閑,文錦藏胸不露斑。江上忽投天外句,喚回拾得與寒山。
龍崗道樹未飛灰,五葉花從劫外開。無限香風生下載,大聲千古挾春雷。
曠劫論來豈渺茫,目前不外威音王。是曾滅度非滅度,一任諸方自抑揚。

題日觀蒲萄

龍鬚馬乳顆纍纍,總道流沙將到時。誰識竺天凉月夜,樽前分得雨中枝。

題喜鵲

門有喜將至,雙聲先報及。墨翎藏雪幹,豈善翔而集。
枝枝無綠葉,花下謾偷身。喜近能先兆,寧知有弋人。

容齋號并序

空相之大,含容萬象,而萬象不能以窒塞,故運行四時而得全其氣。心體之大,含容萬法,而萬法不能以雜壞,故應接諸緣,而得全其音。趙實甫處士,名智大,非達斯旨,具斯智,何其取斯耶?故稱容齋爲宜。仍訂以章句云。

囊括森羅曾不逼,縱橫妙用絕危機。高居一室誰爲伴,喚起巢由此共歸。

歲次辛巳,年七十三。山靈預報十月內山門有灾。

九月二十八日即退院,圖免灾。上堂白衆云

山僧今年七十三,有難將臨十月間。老病在身難任重,何如卸却伴雲閑。

既而寺衆不信,至十月初四日,首座孟喆領大衆同到退居,再三懇留,不容退去。因勉從請,再上方丈。至是月二十七日晚,果灾。

不救,致墮劫灰,今越三年矣。并誌示衆

瓦礫堆中獨奮身,頭蒙白雪面蒙塵。七旬有六猶還債,笑倒江邊幾木人。

詩上丞相代疏

大人大用絕殊封,蕩蕩山河一轍通。扶日長明俱照耀,補天不漏永絣幪。
獨憐梵刹難逃劫,雙朵浮圖亦化空。安得轉鈞追舊觀,千秋萬歲頌元功。

謝囊八同知

江寺昔年遭劫火,今朝賴掃劫灰空。浮圖載要分雲表,梵刹仍瞻涌浪中。

插竹賢于非具智，聚沙童子豈全功。得公相力追元觀，千古流芳百福同。

次秦子晉韻

淮海文章從古傳，誰知後出得先天。功成非假三餘力，道著元由一大緣。葉落花開全妙體，鶯吟燕語總旁詮。既明物格師東魯，麾却南華齊物篇。

次韻答呂朱李三解元

三公未許學三休，盛代求賢尚白頭。海闊波深鯨吼月，天高風緊鶴衝秋。功成豈假朱衣助，句好寧隨紅葉流。難後懷歸無計遣，瓦堆草坐誦登樓。

次韻答古林和尚見寄

好山總道占魁場，誰解當機不墮常。打雨打風還棒辣，入泥入水見人長。大聲直與雷相挾，浚辯難將海比量。千古鳳凰臺畔寺，禪翁一旦起諸郎。

次韻答南臺外郎

霜華筆舌吐蓮花，慚愧香傳到齯家。魚鼓敲風甘飯顆，燕泥濕雨涴袈裟。雞林競市增芝楮，鳳沼虛斑待草麻。那得扁舟凌素浪，同邀陸羽品靈茶。

次韻答黃雪洲提舉

蕪城邂逅古河濱，不得煎茶然竹根。玉旨蚤曾承少海，金章晚合拜修門。獻言要必凌臺陵，蘇瘝寧容坐席溫。昔日龔黃今日見，瑤階仁聽佩聲喧。

次韻臘前雪

農事多憑三白占，臘前喜見片纖纖。鶴身怯冷蒙飛絮，馬足翹寒困負鹽。雲葉有聲敲竹戶，天花無蒂散茅檐。林間不識田中瑞，茶鼎深移傍嶽尖。

次韻答成元璋

鰲寺重迎歲事移，圓顱飛絮鬢飛絲。蒲帆片片遮紅日，楓木蕭蕭減翠時。山月藏雲分曙色，江濤翻雪洗秋悲。瓮城斫額蕪城阻，多謝情人重寄詩。

次韻答靈巖訢藏主

江居舊見固多才，無若新知獨俊哉。鐵錫飛從瀛海至，金文傳自竺天來。箭涇掬月雨初霽，香徑尋春雪未開。那得投閑追勝踐，塤篪迭作古琴臺。

跋補藏經頌軸

衡陽干將隆真教，捐俸迎經歸覺場。玉葉半猶穿鐵棘，金章獨得固銀槳。重重雲影涵江影，爛爛霞光奪日光。净治既嚴全法藏，群公宜頌美林郎。

次韻送松壑僉事入京

每望吳門眼不閑，華驄喜報入松關。六年白過好風景，一夕清談忘歲艱。

鳳沼相將瞻日角,龍章應合破天慳。來春約莫二三月,還踐盟言迎遠山。

梅隱逸士棄儒就釋

選官選佛孰尤宜,盍抖塵勞擇所依。杜老句豪非至道,董公墨妙豈真機。花拈座上旨須究,草劃階前志莫違。慧日峰高籌室廣,秋深期向此中歸。

次韻答南臺郎中

鰲峰頂上望昇州,雲外霜臺憶日休。歲熟豈干葯狗力,時清那許木鵝流。潮聲撼碎一江月,樹色裝成萬壑秋。大塊氣嚴才氣並,青鞋莫忘踐天遊。

贈陳漢翁方士

神眼能靈鑒,相逢渡口船。長房徒縮地,鄒衍謾談天。象緯分諸掌,牛腰載巨篇。却言老禪衲,耳遠更饒年。

總師仁山公,分填常潤二郡。方外群英祖之以什,且承不以城市山林有間,枉遣垂教。非惟識公文武才備,抑予獲攬,蒙益尤多。然虛辱可乎,謾勉扶憊,綴言卷末,以致敬服之懷云

北固毗陵連望郡,分符兼填自英豪。尊前迅辨奪三史,幄內良籌空六韜。岳器盍更農器用,騷壇可並將壇高。全吳共慶無危阽,羽翼南藩有鳳毛。

古山歌

太始太素未兆先,山之真體已具全。盤盤然莫窮其邊際,巍巍然莫極其層巔。飛走曾不有栖集,草木亦不有葱芊。光明照耀不假於日月,陰晴開合不涉於雲烟。芥子那能納,藕絲那能牽。太華高高不得並,蓬壺朵朵不得聯。風雨不能以摩洗,春秋不能以變遷。巨靈抬手莫分秀,夸父盡力莫奪堅。嵩丘壁觀坐豈冷,鷲嶺說法音常圓。耳觀之者乃能解,眼聽之者乃能傳。海外好山環翠,何啻庾多數,豈若此山蒼古,出自威音前。威音面目識不識,匡廬詩什箋徒箋。它山非古,任彼衆者取,此山獨古,惟應歸仁賢。仁賢山立,一方雄跨於四嶽;千秋萬歲,合作砥柱永擎天。

龍華悟宗主血書華嚴經

華嚴大經八十一卷,世之流傳者多以墨本,衆少信而義少圓。今龍華會主圓悟,乃出指血,通書全部,期與來者傳誦。庶信易興,而義易圓,四恩酬而三有資,利不加博乎?敬贊以偈。

鷲峰說得血滴滴,龍會今朝又指陳。耳處能觀眼處聽,雜華開遍百城春。

化金塑飾佛像偈

釋尊寶殿已興新，衆像妝嚴出衆心。要得人人圓福果，好於佛面賸添金。

龍華悟宗主空巖師壽容贊

毗陵託質，龍華傳宗。七處九會攝毫末，三乘五教貫胸中。混諸緣兮莫雜，悟諸法兮本空。摩尼顆顆念不異，彌陀佛佛體元同。子子孫孫宜仰則，千秋百代振玄風。

郭竺隱居士道容

羽扇麾三軍，豈足爲奇勛。惟茲汾陽裔，善善衆莫群。弱歲熟韜略，壯年攻梵文。輪珠配香鼎，雪蕊同清芬。松篁衍遐算，南極應東雲。定國不煩弓矢力，法王長護聖明君。

代疏呈白塔檀主

皇元統國四海同，宗檀贊化萬法通。華文梵語貫胸次，南禪北教宜歸公。正印單提偏正辨，頑石點首森象空。圓音一唱雷音振，群盲破暗群瞶聰。凡生既度聖壽衍，豈假效彼三呼嵩。何當一語爲獻可，重興江島金仙宮。飛樓涌殿冠鰲頂，下壓蛟室上摩穹。烟帆來往賴安濟，水陸香火回祥風。妙峰依舊德雲住，南詢童子來城東。景純懸讖何足記，千秋禪侶歌豐功。

代疏呈宣政院三旦八院使

江海之深蛟龍藏，山嶽之高松柏蒼。霜松可以爲棟梁，雩龍可以澤亢陽。如公厚德兼才良，國綱賴振教賴匡。慨茲晉寺歷梁唐，復越宋元四遭殃。景純懸讖何彰彰，安得贊力興覺場。昭回佛日吞三光，永延聖主壽無疆。公應臻福猶倍常，等山不動江流長，更磨崖石勒頌章。

醴陵行答可齋處士

醴陵君子真可人，可人可宅湘之濱。珍禽清響三更月，琪樹芳聯四序春。峨峨華蓋蔽穹日，一一反掌糜埃塵。種瓜逸老本同侶，紉蘭醒士宜相親。我居雲頂苦蕉額，半朝接席忘舊新。何當西溯託衡宇，千秋長共齋爲鄰。

李知州、郭教授、石縣尹作畫作字于庫院，索題

天材拔地匠不收，空埋雪壑成乾休。李侯郭公識真態，寫影肯作山堂留。古松古檜對立碧，潤莎散髮和湍流。新篁擢秀搖翠葆，石面突出夜叉頭。白日黯慘青烟濕，鶴群飛下孤猿愁。霜枝缺處露冰柱，蝌蚪倔強欺蛟虬。向來虛壁木泥土，墨香一染金難酬。風月長年生六户，大夫封樹空千秋。羨君總爲廊廟

具,快我無錢得沃州。

送隆上人歸閩

閩山蒼蒼浙水寒,還閩歷浙本閑閑。機先早透石門句,句外何有趙州關。玄沙徒誇嶺不出,指頭堃破笑旁觀。寶壽更言河不渡,脚跟泥水曾未乾。普化鈴兒與撲碎,何妨颺向墻垃間。收拾風月杖頭挂,大千攝向一毫端。紹隆釋種看高作,祖師心印作何顔。

陳逸士臨清軒

華軒突兀臨清流,銀河倒瀉長涵秋。秋光蕩摩無六月,火龍卷焰藏雲頭。長隄蟠蟠翠蛟舞,遠山點點青螺浮。柳外漁舟釣殘雪,烟中童笛吹涼州。五城樓觀阻弱水,一天風月滿滄州。主人邀客話湖海,海上機忘來白鷗。醉裏濯纓仍濯足,古今賢達徒悠悠。何時共倚朱欄曲,洗我昏濁清雙眸。盡吸浩氣發胸次,相羊物表追天遊。

擬古送陳茂才歸松州

萬山松蒼蒼,小大凌雪霜。根本均一氣,何有短與長。長者既獲采,短者尚投荒。豈俟長而碩,終焉充棟梁。陳生產松郡,齒茂才固良。況與薛春宮,先後同一鄉。願言益培植,喬喬拔豫章。梓匠還重顧,層構庇四方。毋逐桑榆暖,榆景宜延光。餘光能及遠,秋迫回春陽。

蒼山一首贈雲菩薩

蒼山雲白連姑臧,凌霄聳壑色寒芒。長河西來判涇渭,如襟如帶控朔方。高人生彼足清氣,春秋異色皆文章。昔甘挂冠向神武,今服田服辭帝鄉。教海禪河翻舌本,直欲上濕日月光。江南江北幾烟浪,一葦杭深恣相羊。亦欲廣渡迷流衆,俱脱沉溺登康莊。丈夫浩志有若此,吾年望八那敢當。但期雲不改山蒼,千秋永壯河西疆。

和月江和尚送哲上人拜祖韻

德山見僧有何語,脚未跨門棒先舉。棒頭敲出玉麒麟,鳳舞鸞翔安足數。哲禪況出明極翁,莫學亂世詩英雄。合勉麾戈東海外,毋使日轂易西春。西極陰雲障東極,直教破散如破敵。大明照徹十方空,那有諸祖與諸佛。謾將塔樣問耽源,離説名爲不二門。靈徑遺踪在何許,休混時流念八還。

次韻答何山月江和尚

神光謂受老胡記,大渴如何望梅止。更將皮髓盡分張,直得渾無卓錐地。

滿面慚惶歸去來,剛言五葉一華開。山兄三昧誰能識,機如大地藏春雷。劃然一震空衆説,衲子疑團湯沃雪。巨壑何曾却細流,千江有水千江月。狂瀾倒久復障回,小溪從此清於昔。五月香浮天瑞雪,寒山拾得笑哈哈。

育上人歸雪峰

曾郎育個落賴兒,四七二三莫敢窺。百城知識門户廣,門門有路祇獨往。德山棒粗非惡辣,臨濟聲低休亂喝。揚子江頭風月多,何妨收拾入禪那。禪那本寂何言説,風度晴空水流月。秋高氣冷木飄丹,衲捲寒雲復故山。阿師徵問有何得,拄杖拗折抛壁角。三拜起來立依位,可祖同歸尤拔萃。六花秀與五葉聯,芳傳千古看他年。

蕭世德雕鏤衆象,擬古一首

蕭子才良奪天造,一木能成百花朵。枝枝葉葉玉玲瓏,豈少香風生四座。龍騰鳳鶱尤應祥,獅象鬥角威益張。金剛座擁須彌頂,蓮華内現法中王。群靈呵護群魔伏,來者再拜罪還福。江聲喧殿挾芳聲,千秋百代播南北。

擬古一首題貞節巷

松篁冬昌昌,抱節凌雪霜。桃李競春艷,未炎已飄香。惟玆胡節婦,堅貞欺松篁。一子與一女,冲幼保閨房。既長延師教,鱣雜苢蓿長。照書眼如日,錦綉變肝腸。異時功名遂,曳紫佩金章。雖承母慈力,終猶父義方。鳲鳩豈配德,希瑞等鳳凰。願言千秋算,孟母同耿光。

擬昌黎體古風一首,代疏上帝師堂下,兼呈丞相閣下,乞照梁大寶末、唐會昌及故宋建炎初例,聞奏、頒降恩,塑佛、蓋殿、造塔

皇元帝師佛法主,佛法得主僧得所。僧徒得所禪誦勤,永贊丕圖傳萬古。當今聖主得佛心,等視僧民猶赤子。干戈偃息泰階平,佛刹莊嚴遍寰宇。獨嗟江島晉招提,劫火一朝化焦土。歷推此寺逾千年,先已三遭熒惑苦。皆由宰輔進嘉言,朝庭優恤復元矩。況今主法有帝師,左輔右弼賢於彼。一言獻可帝曰俞,衆作立功等彈指。巍巍金殿涌波心,朵朵浮圖撐雲裏。金山增聳培壽丘,何假磨崖鐫石鼓。

祈病安,施財塑佛及祖師諸天

佛身清净同秋月,祖祖及天體何別。普現衆生心水中,處處光明常照徹。祇緣貪垢壅心源,致使病魔作妖孽。外財能捨内除貪,病自痊安垢清絶。圓明

妙相即現前，慧命延長千萬劫。

土地開光明

惟聖惟神，威威靈靈。頂眼本正，逾日光明。良由昧者不能睹，今爲點出示諸仁。江山雙碧，風月雙清，物物全彰儀象真。千秋萬載，永護斯教，而安斯人。

觀音菩薩開光明

大士大慈開智眼，照今照古照天人。江山風月增華彩，大地含生證法身。

觀音贊

大明生東，衆闇皆空。大悲應世，利物亦同。寂而非寂，草座蒙茸。不說而說，瓶柳青葱。善聽以眼，刹刹圓通。

猗歟妙智力，善救群生苦。群苦固有殊，救之無彼此。譬如月在天，光涵一切水。水雖有淺深，光照無今古。以是因緣故，名爲大悲主。

草衣文殊贊

頂髮垂臂，草衣蔽身。梵書在手，辨假明真。真假雙泯，如日始晨。昏暗破散，森象回春。不住東際，喚起南詢。大地狐群俱屏迹，出林師子獨嚬呻。

偈頌

一聲振動界三千，喚起親親登九蓮。功德無邊利無盡，現存兼得衍椿年。

晉代招提號澤心，古今信善共傾誠。齋修兩畫功尤勝，財施千僧德豈輕。經轉圓音翻海口，燈分真照奪星明。親恩報畢更何及，福集兒孫代代榮。

山僧四舍人起靈偈頌

江城夏五水天凉，清曉蟬聲噪綠楊。好個轉身時節子，金山試爲指生方。

夭而不朽歲何少，壽而不學歲何多。詩書舊業未消磨，有意重來取甲科。

雲山蒼蒼江月白，潭北湘南元不隔。覿面當機覰得親，何用當來問彌勒。

冷公提舉掩土偈頌

四大合成身，有身有生死。一性本虛寂，無今亦無古。如水行地中，萬古自流注。如春回物表，百花自紅紫。

是性無有形，能成一切義。是義如了明，即出生死路。生死既不迷，名住吉祥地。如是如是，千秋佳氣擁佳城，萬頃江光增福聚。

范氏孺人掩土偈頌

真際不分男女相，迷情妄見有多般。百年未半棄榮養，豈是真歸起世間。

春風淡淡山日明，菩提一路坦然平。春水溶溶林月白，解脫一門無壅塞。

潤都寺入塔

圓通門戶啟當年,春去秋來幾變遷。惟是一真曾不變,黃金萬煅骨長堅。雖然,與其顯用於身前,豈若歸藏松塢邊。江水橫流波印月,山容長潤玉生烟。何假從他求塔樣,湘南潭北本如然。圓寂觀音庵開山,潤公無澤都寺,到這裏,莫留連。快把跛驢加着鞭,翻身更進毗盧顛。扶起韶陽孫獨秀,千秋彈壓老耽源。

顏居士掩土

世人多背道,觸事生煩惱。擾擾無寧時,何殊蟻旋磨。惟是顏大光,不逐衆顛倒。自幼持清齋,年高不退墮。日日誦佛書,念念稱佛號。有子亦善傳,諸孫同所造。譬如登寶山,到者俱得寶。西方路豈遥,今日已親到。到後又如何,勝地無凡草。粲粲黃金花,九品千萬朵。

龍華會月江庵主掩土偈頌

龍華真界無邊畔,造入之者骨須換。滿公善友豐骨殊,不待餘言能自判。

佛殿上梁

抛梁東,駕海紅輪轉妙峰。大地群昏俱照徹,森羅萬象莫逃踪。
抛梁西,廬阜分青到水湄。何假種蓮續芳事,川光照戶郎花池。
抛梁南,勝友初參自此門。古往今來道何異,德雲現住妙高山。
抛梁北,遥拱天庭瞻日角。經宣衆口香一爐,永祝皇元贊皇覺。
抛梁上,日月星辰垂瑞象。周遮不有震凌虞,普請長瞻玉毫相。
抛梁下,群類無依今有藉。既承恩力仰絣幪,盡各進修隆法化。(以上《即休契了禪師拾遺集》)

釋正印

月江正印,法系:松源崇嶽——無得覺通——虛舟普度——虎巖净伏——月江正印。《全元詩》第24冊錄詩6首。輯佚:

偈頌

三門俱開,門門可入。通方上士,把手同歸。
握古刀尺,秉大權衡。珠回玉轉,雷動風行。
斬釘截鐵,出眼中屑。百丈耳聾,黃蘗吐舌。
翻着襴衫歌雪曲,倒携席帽趕村齋。只知隨例餐餛子,也得三文買草鞋。

初秋七月有二日,毗嵐捲空海水立。吹倒凌霄第一峰,直得神號并鬼泣。

洞山麻三斤,趙州柏樹子。蚊子上鐵牛,無你下觜處。衲僧家,今日三,明日四。但知隨例餐餛子,也得三文買草鞋。

新元布令,四序開端。千山雪白,萬壑雲寒。大地山河齊稽首,紫宸殿上曉排班。

三十二相,八十種好。麻三斤,乾屎橛。殿裏底,九九八十一。

莫論佛法與神通,放出光明爍太空。振錫松林朝解虎,持盂石室夜降龍。改頭換面休瞞我,抹彩塗金嚇你儂。大振千年湖上寺,眉毛之下起清風。

天平山上白雲泉,雲自無心水自閑。何必奔衝下山去,又添波浪向人間。

日裏僧馱像,夜裏像馱僧。黃昏候日出,天曉打三更。

世界古鏡火爐,門上休釘桃符。洞賓失却寶劍,果老踏碎葫蘆。古鏡火爐世界,一段風光没賽。盧公邈得衣盂,佛法依然不會。火爐世界古鏡,知他是凡是聖。丹霞暖氣烘烘,院主眉鬚落盡。

妙湛總持不動尊,首楞嚴王世希有。銷我億劫顛倒想,不歷僧祇獲法身。

日面月面,桃花李花。燒香禮拜,采奔齓家。

譬如擲劍揮空,莫問及之不及。臨濟德山,過者邊立。

魯多君子,秦豈無人。美玉精金,陽春白雪。

登山須到頂,入海須到底。坐斷上頭關,清風來未已。

大點小癡螳捕蟬,有餘不足蘷憐蚿。退食歸來北窗夜,一江風月闊漁船。

病僧半夏居溪寺,湖海禪流合自知。一陣西風起林末,蠟人跨得鐵牛歸。

長春殿上金鐘動,萬歲山前玉漏遲。祝贊歸來日卓午,不知身在鳳凰池。

山河及日月,時至皆歸盡。未嘗有一法,不被無常吞。

萬國衣冠萬國春,昆蟲草木悉歸仁。大元扶得真天子,還是商山四老人。

三世諸佛不知有,羊頭車子推明月。狸奴白牯却知有,没底船兒載曉風。

大雄峰頂坐巍巍,兔角拈來好畫眉。談笑據他獅子窟,阿誰奪我鳳凰池。一天明月照瑤席,滿院秋風生桂枝。稽首祝君無量壽,大家同樂太平時。

敗壞多年苔帚椿,等閑拈起定宗綱。君臣道合風雲會,不比諸方孟八郎。

好個元宵節,無油不點燈。乾坤新雨露,雲水舊師僧。石虎翻身轉,泥牛盡力耕。太平無一事,日午打三更。

法身廣大等虛空,生滅何須較異同。夾道桃花風雨後,馬蹄何處避殘紅。

行看山兮坐看山,春風花鳥自關關。善財別後無人到,樓閣門開盡日閑。
若人欲入佛境界,當净其意如虛空。遠離妄想及諸取,令心所向皆無礙。
巢知風,穴知雨,一句明明爲君舉。森羅萬象盡交參,渤海新羅齊鼓舞。報諸人,休莽鹵,古德有言兮先天爲心祖。
三十年來住子胡,二時粥飯氣力粗。無事下山行一轉,借問時人會也無。
三四年來住道場,二時粥飯氣力強。普請下山行一轉,萬頃田疇稏稌香。
一二三四五六七,地水火風空覺識。一微塵内有真空,三世如來從此出。不是心,不是佛,不是物。大方獨步更由誰,頂門放出遼天鶻。
雲門一曲,臘月二十五。雲峰一曲,仲冬二十五。葭管動飛灰,日輪正卓午。昨夜東海鯉魚,吞却南山猛虎。驚得文殊普賢,走入堂前露柱。
善哉三下板,收足上蒲團。脊梁生鐵鑄,透過祖師關。一氣轉一大藏教,背手拈却須彌山。七處徵心,無心可覓。八還辨見,無見可還。夢入天宮猶未醒,金雞啼上玉闌干。
性覺妙明,本覺明妙。截斷衲僧命根,撥開向上一竅。牛皮鞔露柱,露柱啾啾叫。凡耳聽不聞,諸聖呵呵笑。虛空踍跳舞三臺,熨斗煎茶不同銚。
唤醒馬耆千載夢,招回船子一帆風。何如晏坐獅子窟,哮吼一聲天地空。華藏海,十三重,都盧收在一塵中。若是機輪能獨脱,看他八面自玲瓏。
兜率宮中閑不得,却來生此苦婆婆。指天指地成何事,添得叢林攪閙多。儱儱侗侗,婆婆和和。千年無影樹,今時没底靴。
玉几山中人,老眼光爍爍。遠持教府文,與我長柄勺。柄長把不下,還歸舊處着。寄語甬東人,莫莫莫莫莫。
拖犂拽杷幾經年,鼻孔遼天不受穿。業債依然逃不得,又吹鐵笛過鄞川。
三面狸奴腳踏月,兩頭白牯手拏烟。戴冠老兔立庭柏,脱殻烏龜飛上天。
揮魯陽戈,重光佛日。廣大教門,斯爲第一。
壁立萬仞,不必高升。合水和泥,聊通一線。
赤日曬來乾絡索,秋風吹起又新鮮。幾向江邊問消息,鷺鷥踏却釣魚船。
東邊是知事,西邊是頭首。獅子兒哮吼,龍馬駒踍跳。火爐闊一丈,古鏡闊一丈。古佛塔廟前,面南看北斗。
育王不會説禪,屋破覷見青天。等閑從頭蓋覆,寧免紙裏麻纏。但願有錢留客醉,也勝騎馬傍人門。

有問新年事,東君總未知。燈籠纔起舞,露柱便掀眉。雪嶺泥牛吼,雲門木馬嘶。樵歌與漁唱,同共樂無爲。

　　暑運推移,日南長至。明明百草頭,明明祖師意。三更夜半唱巴歌,無端驚起梵王睡。

　　二千年前臘月八,黄面瞿曇雙眼活。阿僧祇劫喫鹽多,苦行六年添得渴。凍不殺,餓不殺,脚頭脚底乾坤闊。①

　　一池荷葉衣無盡,數樹松花食有餘。剛被世人知住處,又移茅舍入深居。

　　鐵輪王使鬼神功,靈塔飛來鄮嶺東。有客不隨流水去,磬敲疎雪細雲中。

　　三尺劍爲安國計,五言詩是上天梯。青霄有路終須到,金榜無名誓不歸。

　　大道透長安,古今行不到。鮎魚上竹竿,大蟲看水磨。推出江西馬簸箕,踢倒嵩山破竈墮。

　　推倒涅槃城,打破華胥國。楊岐一頭驢,踠跳乾坤窄。五蘊山頭,火光爍爍。

　　立春之日,百事大吉。門上釘桃符,籬頭吹篳篥。林下參玄人,有口只挂壁。泥牛鞭起趁春耕,通身總是黄金骨。

　　今朝正月十五,處處村歌社舞。曲彔牀上老僧,隨分說佛說祖。雪峰輥毬,禾山打鼓。驚起東海鯉魚,吞却南山猛虎。報諸人,休莽鹵。我見燈明佛,本光瑞如此。(以上《月江正印禪師語録》卷上)

頌古

　　廓然無聖,應病與藥。再言不識,盡情拈却。提起白玉槌,却是黄金鑿。十萬里西來,個是當頭着。却留隻履不將歸,至今挂在龍牀角。

　　至道無難,鐵壁銀山。未明三祖意,難透趙州關。揀擇明白中,誰知黑似漆。却道我不知,重言不當吃。

　　日面佛,月面佛,無位真人赤骨律。嘉州大像喫鹽多,陝府鐵牛添得渴。阿剌剌,百川倒流鬧聒聒。

　　德嶠馬前求廝撲,潙山賊過後張弓。孤峰頂上相逢着,兩個無毛老大蟲。

　　大地撮來如粟粒,雪峰老漢枉勞神。何如輥出三毬去,接取釣魚船上人。

　　日日是好日,全身在帝鄉。花衢并柳陌,遊子踏青忙。放牛桃林之野,歸馬

---

① 前四句又見《禪宗雜毒海》卷一"成道"題下,單獨成篇。

華山之陽。不知何處是封疆。

清溪直截指根源,潮打空城浪拍天。大小慧超猶寐語,却言我是酒中仙。

翠巖長慶,雲門保福。舟中之人,自爲敵國。眉毛落盡又重生,鼻孔眼睛俱失却。

東門南門,西門北門。東風得意馬蹄疾,一日看盡長安春。

金剛寶劍鋒鋩鈍,踞地狻猊也只寧。不是將軍誇好手,幾乎打破睦州城。

大唐國裏無禪師,噇酒糟漢河沙數。十二峰前老古錐,參天荊棘無行路。

當頭一句沒商量,有藝從來壓當行。拈出雲門乾屎橛,半斤八兩恰相當。

銀椀裏盛雪,宗師見不差。西天多此種,東土數如麻。擒虎兕,辨龍蛇,眼裏何曾着得沙。

對一說,沒諑訛。寒山逢拾得,撫掌笑呵呵。却笑長汀憨布袋,到頭不識蔣摩訶。

倒一說,太分明,達者須知暗裏驚。黑白未分前一着,五湖風月有誰爭。

棒喝交馳猶是鈍,當機啐啄亦奚爲。曾爲浪子偏憐客,自愛貪杯惜醉兒。

坐久成勞趣味長,藥因經驗始傳方。分明指出西來意,不比諸方孟八郎。

團團無縫本天真,突出當陽見未親。除却耽源有誰會,大唐天子只三人。

俱胝一指頭,上下皆周匝。把住與放行,十方風颯颯。藥因救病出金瓶,劍爲不平離寶匣。

仁者見之謂之仁,智者見之謂之智。百尺竿頭坐底人,鳳栖不在梧桐樹。

出水何如未出時,宗師直截爲提持。幾多拾翠尋芳者,問着依然總不知。

南山鱉鼻蛇,多年死葛怛。諸子竟出來,弄得活鱍鱍。一人擊其頭,十方世界風颰颰。一人擊其尾,等閑平地風濤起。一人擊其中,風從虎兮雲從龍。至今象骨峰前路,寄語行人須照顧。

妙峰孤頂行人少,兩兩三三同入草。無端踢出百花毬,驚得髑髏師子吼。

牸牛雖老未摧頹,朝往臺山暮即回。我困欲眠卿且去,明朝有意赴齋來。

宏機突出振綱宗,栗橫擔入亂峰。石裂崖崩路頭絶,蓮花十丈照天紅。

扁舟泛五湖,鐵網拂珊瑚。不入驚人浪,難逢稱意魚。

樹凋葉落,體露金風。鶴歸華表,雁過長空。回首妙高何處是,巍巍屹立白雲中。

爲人不說,說不爲人。南泉少喜,百丈多嗔。個個皮下有血,阿誰眼裏無筋。王老師,太惺惺,掣斷金鎖天麒麟。

大千一火洞然空,突出無牙老大蟲。剔起衲僧三角眼,重來無處覓行踪。

鎮州蘿蔔,無根無蒂。塞斷咽喉,何處出氣。趙州親見老南泉,釋迦不受然燈記。

是是,不是不是。兩處親曾着賊來,思量冷地空餕氣。笑倒東村李大哥,翻身便解瞞良遂。

黃檗堂前遭痛棒,却來屋裏販揚州。累他多少旁觀者,覷着通身冷汗流。定上座,太風流。但得五湖明月在,不愁無處下金鈎。

賊來須打客來看,何用重重緊着關。不是機先能辨的,主賓雖好不相安。

不到廬山不是僧,元來五老不曾登。仰山蓋爲慈悲故,帶累韶陽草裏行。

前三三與後三三,數目分明不用參。回首夕陽歸路遠,擘開千嶂出烟嵐。

狹路相逢着,家風盡展開。始隨芳草去,又逐落花回。首座增光彩,長沙興未灰。芙蕖滴秋露,衲子莫相猜。

三界無法,何處求心。俗人沽三升酒,此地無二兩金。少林冷坐成何事,山未爲高海未深。

從來好語不消多,獨許盧陂是作家。慣釣鯨鯢澄巨浸,却嗟蛙步驟泥沙。擒虎兕,辨龍蛇。誰在畫樓沽酒處,相邀來喫趙州茶。

花藥欄,金獅子。雲從龍,風從虎。雪老輥毬,禾山打鼓。甜者甜兮苦者苦。

天地同根,萬物一體。癩馬繫枯樁,黑牛臥死水。王老師,太多觜。與渠拈却眼中花,無限風流出當家。

大死却活,是精識精。投明須到,不許夜行。不是與人難共住,大都緇素要分明。

送別連將兩掌施,得便宜是落便宜。朔風吹雪漫空白,冷暖龐公只自知。

寒時寒殺,熱時熱殺。洞山老人,以鹽止渴。

堪笑禾山老,從來愛撒沙。只言解打鼓,不會弄琵琶。直下蒼龍窟,還經蠱毒家。祕魔巖上叟,隨例也擎杈。

青州布衫重七斤,何似鎮州大蘿蔔。七百甲子老禪和,斷弦誰把鸞膠續。

丫鬟女子語如癡,終日無心理織機。化作山頭望夫石,不知郎去幾時歸。

白雲出沒太虛中,一片西兮一片東。昨夜抬頭看北斗,扶桑那畔日輪紅。

舉不顧,即差互。打翻茶銚捧爐神,拂袖便行王太傅。獨眼龍,朗上座,陽春白雪無人和。終日茫茫打野榿,笑殺嵩山破竈墮。

雪老太風流,峰頭駕鐵舟。古帆曾未挂,重整釣鰲鈎。橫海鯨方至,攔江網已收。有時乘好月,特地過滄洲。

鉢裏飯,桶裏水。渴飲飢餐,東倒西起。行脚師僧幾個知,靈踪不在猿啼處。

偈頌

堯眉八采輝寰宇,舜目重瞳照四方。紫金山頭日卓午,大千沙界仰恩光。

(以上同上卷中)

釋迦佛出山相

六年如兀復如癡,麻麥如何療得飢。成道時當三十歲,修行知歷幾僧祇。乳糜奉供先牛女,御服輕將貿獵師。示現凡夫世間相,故教金步混塵泥。

入山耐得雪霜寒,出得山來眼界寬。還了六年麻麥債,黃金殿上草漫漫。

旃檀佛

寶階三道降人間,忉利宮中説法還。輪輻香敷金菡萏,玉毫光耀紫旃檀。人天百萬獅音震,刹海三千象武寬。歷劫何曾異今日,巍巍常在鷲頭山。

文殊普賢

不居五臺山,豈住清凉寺。手内執何經,經中談底事。勘破維摩不二門,好個翻身獅子子。

雲興二百問,瓶瀉二千酬。有如香象王,截斷恒河流。如意擊開銀世界,峨眉山色玉光浮。

觀音菩薩

得大自在正法王,三千界舒白毫光。玉盂拍滿甘露漿,盤陀石上金剛幢。

稽首觀世音,深得大自在。三十二應身,變現周沙界。是故善財童,被此堅固鎧。能於十指端,涌出祥光彩。巍巍萬德尊,特立雲霞外。如日出扶桑,如月生滄海。一瞻勝妙容,滅卻曠劫罪。一稱大士名,功德獲萬倍。向此光明中,身心自安泰。爲語苦衆生,慎勿生懈怠。

悲願化行塵刹海,法身高出萬由旬。洗空魔界衆生界,震動風輪與水輪。白菡萏舟遊鬼國,碧琉璃殿駭波神。大家證入三摩地,甘露瓶中柳正春。

應以此身而説法,十方世界示童真。巖間人看水底月,水底月看巖上人。

魚籃觀音

利物垂慈度有緣,綠雲欹擁玉嬋娟。時人貪看衣中寶,三十六鱗飛上天。千鈞隻手提,滯貨無人買。何處是龍門,籃中有滄海。

啞子觀音

出得漁家網,提來入鬧籃。只圖論貴賤,無復避羞慚。慈願猶春育,悲心似海寬。莫教輕漏泄,啞子口喃喃。

重接續大悲菩薩三十二臂像

稽首大士,濁世福田。首目與臂,八萬四千。惟此大悲,三十二臂。如大樹王,眾枝所寄。究其所表,四八應身。一身一臂,任運屈伸。頂戴彌陀,手擎日月。持杵振鈴,群魔消滅。秉吹毛劍,提四楞菌。楊柳風清,淨瓶水滿。架精進箭,張智慧弓。天龍八部,風虎雲龍。月斧寶弓,棒矛槍戟。右印左條,慈威翼翼。或結四印,或握二蓮。大機普應,大用現前。或合兩掌,或捏兩拳。或伸兩臂,垂手入塵。大士一身,具此三昧。八萬四千,亦復如是。大周法界,細入微塵。千變萬化,歸乎一真。維朱祐之,曲盡其妙。心手俱忘,成於談笑。昔本不墮,今亦不增。曇華再現,枯木重榮。即一切法,離一切相。水月空花,無去來想。我作是偈,功德難量。開甘露門,樹光明幢。

吳興慈感天台教寺蚌珠觀音

稽首大士,千億應身。隨聲赴感,剎剎塵塵。一蚌殼中,無邊世界。非實非虛,非寬非隘。惟此蚌珠,日月精華。豈意大士,來生我家。行道白衣,端嚴妙相。頂佩圓珠,光明無量。諸天擁護,二龍前行。善財恭敬,頻伽欲鳴。潯溪蔣公,陰德所洽。應以此身,而為說法。爍迦羅首,以表法身。慈攝中道,如花藏春。清淨寶目,以表般若。照了萬境,無可逃者。母陀羅臂,以表解脫。定以止散,眾苦俱拔。我此蚌珠,三德俱備。即空假中,悉歸真諦。偉哉岳祥,千鈞重寄。罔象無心,獲此如意。前佛後佛,無二無同。法界海慧,平等圓通。昔日蚌珠,示現應真。今此蚌珠,示現佛身。佛身無為,不墮諸數。如太虛空,堂堂獨露。入此樓閣,彌勒同龕。萬花圍繞,間世優曇。

馬郎婦

頭不梳,面不洗。除却馬郎,知音能幾。流水無情戀落花,落花何事隨流水。

子昂趙學士筆

大士示現宰官身，宴坐玉堂而説法。一朝奉詔登寶陀，親睹如是慈悲相。誓圖千本散人間，普爲群生作依怙。玉堂仙去不記年，而此應身常住世。當時毛穎與陶泓，有情無情同作佛。

布袋和尚

拄杖拓開兜率院，布囊包裹苦婆娑。他無惱亂衆生意，自是衆生惱亂他。

三會龍華未厮當，長街短巷恣佯狂。布囊裏許乾坤大，主丈頭邊日月長。兜率陀天乾屎橛，毗盧樓閣水雲鄉。却言我是真彌勒，家醜無端向外揚。

維摩

詐疾欺人實自欺，散花玉女亦攢眉。若無香積盂中飯，一默應難療衆飢。

毗耶老人無住着，獨坐匡牀頓銷鑠。一半虛頭一半癡，通身是病通身藥。文殊領衆來對談，至極則處口即緘。上方鉢飯香郁郁，法筵華雨紅毿毿。庵羅樹園在何處，掌擎大衆同歸去。人天百萬世尊前，清風撼動旃檀樹。

羅漢

阿羅漢即無煩惱，常住人間不涅槃。渡水脚跟浮逼逼，穿雲頭上黑漫漫。不爲自己邏齋供，只要衆生破吝慳。日日遊行四天下，石橋方廣幾時還。

朝陽對月

寒暑一衲，補舊如新。東搭西搭，橫刎豎刎。金烏西没又東升，不把金針度與人。

者一卷經，談什麽事。不是唐言，亦非梵字。玉兔光中轉法輪，生芽黑豆河沙數。

穴鼻針，無絲線。用盡工夫，補成一片。紅輪幾度見昇沉，寒暑一裘金不換。

圓頓教，了義經。循行數墨，信受奉行。不是光明偏愛月，山堂寂寞夜無燈。

須菩提

祇園會上，問法如流。居士門前，置鉢欲去。巖間宴坐，惹動天花。倚杖思惟，無本可據。若將空寂證圓通，烏龜稽首須彌柱。

豐干寒拾

三人行，談甚事。不説峨眉五臺，便説西方净土。國清寺風月平分，寒巖下醜拙俱露。大人境界有誰知,幾回來往松門路。
寒山拾得
六月臺山雪,人間沸似湯。芭蕉搖動處,遍界是清凉。

手内一卷經,字字無人識。赤脚下峨眉,九九八十一。

國清寺裏個蓬頭,相唤相呼去看牛。秃帚生苔偏峭措,襤褸破衲轉風流。拈來一片芭蕉葉,寫出百篇張打油。叵耐豐干輕觸諱,至今落賺老閭丘。

是誰拾得便爲名,却道寒山是我兄。不放一塵來實際,盡將萬事付吟情。打他土地防鴉食,嚇倒潙山作虎聲。拍手高歌脱身去,寒巖回首暮雲平。
初祖
九州之鐵,鑄不得西來一錯。萬兩黃金,博不得老蕭一諾。五色麒麟飛上天,丹山鷥鳳巢阿閣。樹起東土勝幢,撼動竺乾木鐸。熊耳峰前急轉身,無限清風動寥廓。

梁江萬頃波濤立,魏嶺九年冰雪深。脱得渾身歸竺國,至今隻履重千金。
五祖
巍巍坐斷白蓮峰,静聽風吟萬壑松。七百高僧何處去,碓坊有米没人舂。
雪峰
雪覆鼇山,月明象骨。項上鐵枷,至今未脱。
李侍郎參藥山
天上雲,瓶中水。見面聞名,賤目貴耳。一段風光畫不成,樹頭瑟瑟寒濤起。
裴相國參黃蘗
手中佛,壁上僧。一呼某甲,即與安名。從此事師爲弟子,舉頭一十二峰青。
靈照女
年少龐家女,機鋒足可誇。笊籬撈白月,斂衽對丹霞。共說無生話,休攤樹上麻。臨終看日色,誑殺老爺爺。
政黃牛
湖水湖山得趣多,無邊風月暗消磨。黃牛角上一吟卷,半是樵歌半牧歌。
郁山主
來往茶陵歲月深,幾回春雨又春陰。不因驢上翻筋斗,打失明珠没處尋。

懶瓚

嶽頂雲深絕路行，卧藤蘿下過平生。十年宰相輕饒舌，一個高僧擅懶名。芝詔忽臨天咫尺，芋魁從此價連城。如斯標致今誰是，更看黃河幾度清。

天童净和尚

兩頭白牯眉毛竪，三面狸奴鼻孔凹。一隻皮靴能剝脱，月明金鳳宿龍巢。

紫籜古田和尚

擔官樣板，破天然家。用斷貫索子，穿衲僧鼻孔；放無毛鐵鷂，驗四海龍蛇。不願成佛作祖，钁頭隨分生涯。夫是之謂白雲關外，出嶺玄沙。

華頂峰無見和尚

道重如山，心明似月。眼着五須彌，口吞三世佛。黃沙鉢敲作金聲，老菜根甜於厓蜜。羚羊挂角不留踪，千古華峰高突兀。

許道卿七贊并序

雲間玉清觀道士静寄法師許道琯，潛心吾大聖人之道甚力。書《雜花大經》全部者三，《法華》全部者四十有六，《楞嚴》《圓覺》諸經不以數計。又書《法華經》塔二，常持准提，修嚴清泰。及化，其門人稟治命闍維，得不壞者六，曰指節，曰頂，曰齒，曰舌，曰數珠，曰右膝骨；靈瑞二，曰設利羅，曰化佛像。其徒玄素法師曹士勤，以其師嘗從予遊，求予識之，以信後世。乃各爲之贊曰：

指節

開則成掌，合則成拳。於一毫端，捏聚大千。破一微塵，出大經卷。蘸乾滄溟，書之不倦。是故十指，常放寶光。於烈焰中，粲然堅剛。上下稱尊，指天指地。我此法師，亦復如是。

頂

頂戴寶冠，類傅大士。火後鏗然，舍利無數。頂門一着，煒煒煌煌。貴同珠璧，粲若珪璋。由頂至踵，由踵至頂。是精進幢，是大圓鏡。螺髮不爐，髻珠常明。故此髑髏，敲作金聲。

齒

歌讚佛乘，皆出于口。是故齒牙，火餘不朽。世尊闍維，帝釋雨花。遣二捷疾，盜其寶牙。豈謂法師，慈悲喜捨。是其齒牙，無敢盜者。玄珠晶瑩，綴于枯齦。函以金玉，以示世人。

舌

六受用根,驗其功德。惟舌之功,一千二百。法門微妙,代佛宣揚。故此舌本,作蓮花香。如說而行,如行而說。火冷灰寒,如初偃月。了知味性,非有非空。藥王藥上,同證圓通。

數珠

憶佛念佛,晝夜不忘。百八摩尼,帝網交光。於其光中,承事諸佛。如敲門瓦,如渡河筏。珠即是佛,佛即是珠。薪盡火滅,珠體如如。樹堅固幢,被忍辱鎧。三災彌綸,此珠常在。

右膝骨

瞻禮聖容,一拜一跪。一一微塵,轉輪王位。屈伸俯仰,左右逢原。是故此膝,入火不焚。由膝而倒,由膝而起。折其慢幢,恭敬懺悔。谷神不死,玄牝長存。靈芝瑞應,福彼後昆。

舍利

人之色身,終歸敗壞。於敗壞中,光明盛大。闍維之法,始於竺乾。槃設利羅,八萬四千。戒能生定,定能生慧。玉潤山輝,珠明川媚。後無彌勒,前無釋迦。惟此開士,火中蓮花。

化佛像

仙家者流,寄身寂靜。有化如來,現之于頂。楞嚴圓覺,妙蓮雜花。流通書寫,如恒河沙。多寶浮圖,筆端涌出。分座談經,是爲化佛。投身火聚,開勝熱門。萬物一體,天地同根。

自讚

布金機長老請

打鳳羅龍,索鹽奉馬。劫石可消,松風無價。分付布金,大行此話。

徒弟壽嵩院主請

山行六七里,手把欄竭節。老去懶登高,十步九回歇。凉吾襟者天之風,照吾心者松之月。守乎真,藏乎拙。立嵩山,臥少室。一花五葉好流芳,父子不傳真妙訣。

如月維那請

眸子眊,耳朵聾。離婁明,師曠聰。石橋月,閩嶠松。松長青,月行空。夫是之謂松月翁。

雁山慧日安長老請

心如冷灰,言如枯柴。平如鏡面,嶮似懸崖。咬破東山鐵酸餡,百味珍羞,一時具足;拈起雪峰木勺子,千五百衆,盡舀將來。惠日重光,揮戈可駐;狂瀾既倒,砥柱能回。雁宕峰頭日卓午,棒如雨點喝如雷。

福城石泉嘉長老請

石中有泉,乃覺之源。松間有月,照徹大千。嘉州大像,腳跟不點地;陝府鐵牛,鼻孔却遼天。夢幻影子,始終而成壞;清净法身,歷劫而常堅。生涯都在钁頭邊。

饒州行侍者請

人境一如,色空無礙。惟一堅密之身,不與諸塵作對。登科任你登科,拔萃從他拔萃。三千里外有知音,屋角松風奏天籟。

玄藏主請

妙中之妙,玄中之玄。大洋海底走馬,須彌山上行船。摩尼珠兩手分付,栗棘蓬一任橫吞。鐵鞭擊碎珊瑚樹,月在扶桑枝上圓。

快侍者請

人根有利鈍,道無南北祖。俊快底衲僧,兩手親分付。金圈七穴八穿,栗蓬東吞西吐。要人直下便承當,曹溪佛法無多子。

俗侄劉頫請

五十餘年不在家,捏雙拳自作生涯。劉郎觀裏桃千樹,春去春來幾度花。丹青寫出,是相非相;當陽挂起,真耶假耶。如今唱個還鄉曲,眼底無人識得他。向你道,個是勝江江上古榕樹下彭城氏之子,十三歲去做和尚,喫了常住多少飯與茶。

徒弟普覺首座請

從無住本,立一切相。纔涉丹青,便成虛妄。大洋海底,簸土揚塵;須彌山頭,興波鼓浪。懷州牛喫禾,益州馬腹脹。父子從來妙不傳,劍氣直衝牛斗上。

道弘侍者請

道遠乎哉,觸事而真。人能弘道,非道弘人。於一毫端,現寶王刹;坐微塵裏,轉大法輪。獅子窟中無異獸,鐵牛生得玉麒麟。

拜四祖大醫肉身

巍巍坐斷破頭山,遍界難藏赤肉團。右虎左龍青未了,一枝橫出太無端。

拜五祖大滿肉身
再出頭來早事多,姓非常□便如何。黃梅一席今猶在,九竅百骸螻蟻窠。
拜寶公塔
飢鷹爪鈍鏡羞容,巢冷難禁木末風。一墮齊梁羅網後,至今無計出樊籠。
繼古林和尚擬汾陽十偈
辨正邪
上門上户數如麻,來者須教驗正邪。石火光中擒虎兕,電光影裏辨龍蛇。
恐瞞頂
煩惱真如休儱侗,無明佛性恐瞞頂。巨靈抬手無多子,分破千重大華山。
巧辨不真
八還辨見元非妄,七處徵心錯認真。惠我豈無三昧力,阿難謾自說天倫。
得用全
西河獅子坐當門,擬議教伊喪膽魂。一陌紙錢并酒肉,閑神墅鬼競頭奔。
擬將來
荆山所得非良玉,赤水求來不是珠。索性一槌俱擊碎,西天胡子没髭鬚。
辨作家
疾雷震地難回避,赫日當空照大千。劍客相逢無別事,磨礲三尺古龍泉。
識機鋒
德山棒下全生殺,臨濟喝中分主賓。擬議白雲千萬里,藍田疑殺李將軍。
句内明真
當陽突出渾侖句,按下雲頭子細參。無足仙人劈胸踢,無言童子口喃喃。
顯宗用
宗説俱通體用全,抛來栗棘與金圈。看他吞透不得底,空作楊岐直下孫。
贊師機
白拈手段少人知,板齒生毛老古錐。臂膊幾曾從外曲,倒拈禿帚畫蛾眉。
總頌
衲僧須透祖師機,大道堂堂達九衢。十聖三賢明此旨,森羅萬象轉靈樞。奪將石像手中笏,抉取驪龍頷下珠。捉敗汾陽與浮佛,禹門三級化龍魚。
送僧禮五臺
攝身光裏金橋現,獅子聲中玉臂伸。勘破臺山老婆子,趙州之後更何人。

寄禪友
滄海無風浪拍天,眼中時復見桑田。修羅采花釀成酒,醉倒文殊與普賢。
送成首座禮祖
青山無數水無邊,月在湘雲缺處圓。喫擷不消重禮拜,祖師鼻孔一齊穿。
贈靈巖通知客
硯沼泉香茶正熟,屧廊步響客相看。謾將庭柏供清話,屏後今無大伯韓。
次全僉憲韻悼古林和尚
鳳去臺空善類悲,法身獨露了無依。金剛幢下清風起,一曲無生聽者稀。
古往今來一欠伸,茫茫劫海起蓬塵。虛空昨夜翻筋斗,驚倒靈山會上人。
贈寫真沈月巖
一個皮囊元是妄,更添一個妄尤多。千江月與千巖月,筆下神仙没奈何。
訪月波講師不遇
南湖不住住東湖,一代宗工老不模。昨夜扁舟何處泊,清波冷浸月輪孤。
題耕隱堂
長沮桀溺禾生隴,甪里東園芝滿田。堂下一犁新雨足,春風水牯懶加鞭。
送泰維那歸萬壽省師
海國秋風生白蘋,捲衣歸去莫因循。阿師年老心孤甚,揩背如今正要人。
示濂禪人
江風凜凜雪濓濓,謝子登門問寂寥。只可聞名休見面,老來無力舉藤條。
明叟
心鏡照開千世界,眼光爍破四神州。生平不作暗中事,只爲惺惺白了頭。
山陰道中寄雲門獨一翁
去年九月江東別,宴坐千峰紫翠堆。昨夜嘯聲聞百里,想應爲我出山來。
贈中竺榮侍者
侍者參得禪了也,不須擇火更拈香。孤猿啼斷竺峰頂,桂子聲聲打石牀。
送聳藏主歸能仁省師
子懷聳壑昂霄志,師是再來支遁翁。圓相不須呈又抹,一盒天鏡挂晴空。
寄法藏劍南和尚
騰騰劍氣上干雲,秋水神鋒湛不痕。猛獸已馴蛟已化,太平誰識老將軍。

瑞上人參保寧和尚
東海烏鼈南山笋,拈來塞斷衲僧喉。上人要去明他話,大似寒潮打石頭。
疎山妙首座遊閩
矮翁迢遞入閩山,樹倒藤枯問懶安。今日布單無賣處,木蛇飛出紫雲關。
忠維那歸雁山兼簡成山和尚
臥薪嘗膽恨填胸,法戰當年不樹功。今日思歸重拔本,與他推倒展旗峰。
問訊巖西退牧翁,戒光如月照禪叢。一堆糞火煨黃獨,只恐清香透九重。
次清拙韻送俊首座省親
風月平分不宰功,曹溪正脉喜朝宗。蒲鞋高索連城價,挂向扶桑萬仞東。
玄上人禮無準塔
是他圓照下兒孫,自遠趨風掃塔塵。昔日烹金文武火,至今暖氣尚如春。
賀友竹改牧石寮作蒙堂
幽居改作蒙堂住,湖海高人不用招。大覺斷弦今復續,可無佛國與參寥。
白牛
露迥迥地趁不去,頭角四蹄銀色光。老倒北禪烹不得,雪山春草自吹香。
送喜禪人參方
遍參歷盡百餘城,到得迦山似不曾。無厭足王并勝熱,這般門户要人登。
送英禪人歸蜀
心猿愁絕劍閣棧,意馬奔馳灔澦堆。參遍百城知識了,南詢奪得錦標回。
淵維那禮祖
參他活底祖師意,不必扣之枯髑體。三尺炊巾收又展,千千萬萬土饅頭。
贈省淨頭
擬續當年雪隱弦,行菩薩行更加鞭。驀然自屎不覺臭,插翅蒲鞋飛上天。
堯上人參方
古人只爲驢馬事,來往玄沙與雪峰。蒲團未曾坐得暖,又從鄮嶺過天童。
遂上人遊方
良遂纔稱自己名,便知經論誤平生。大牀據坐多麻谷,不用敲門問老僧。
贈亨上人
趙州當日見南泉,膽大如天便發言。問子沙彌誰是主,禪幽老祖下兒孫。

東江

真丹國有大乘器，十萬西來一葦航。直下早知波是水，不須斫額望扶桑。

贈書楞嚴經僧

此經初到自神龍，常恨天台不得逢。惟佛宣揚多撫諭，羨君書寫廣流通。莫隨演若狂迷鏡，須聽羅睺細擊鐘。堅固願幢無怠墮，祇園樹樹正秋風。

寄保寧茂和尚

鳳凰臺上休居叟，三世如來一口吞。楓陛傳宣名已重，柏臺敦請道彌尊。爲人抛出金剛鑽，據令宏開甘露門。千七百人知識在，五湖龍象競趨奔。

送泳藏主參徑山

五髻峰頭老作家，坐籌帷幄布長蛇。老蛟淵底藏頭角，睡虎關中露爪牙。佳衲子如玉杵臼，善知識似鉢羅華。巖頭雪老弦誰續，千里神駒渥洼。①

贈西天道法師

來自西天十萬程，雙眸炯炯照人青。只憑道力神通力，深究三乘最上乘。雲净凌空飛鐵錫，夜凉彈舌念金經。要知直指單傳事，須向聲塵歇處聽。

送習侍者

侍者參得禪了也，明珠絶纇玉無瑕。電光石火誇機變，爐鞴鉗錘驗作家。千里江山歸實際，百城烟水足生涯。臨行莫怪無言説，有願從來不撒沙。

修慧不修福修福不修慧

狹路相逢話短長，只因昧却古靈光。千門應供阿羅漢，百寶莊嚴白象王。福海截流狂浪息，慧林行道覺華香。横身異類中遊戲，蹴踏堂堂古佛塲。

幽上人遊天台

幽州江口石人蹲，覿體寧容一法存。大總持門廓今古，爍迦羅眼耀乾坤。石橋雨過觀厓瀑，華頂雲開見曉暾。徹底冰壺無影像，好尋寒拾細評論。

用禪人禮祖

行藏用捨貴天真，逸格孤標與道鄰。思大口吞三世佛，馬駒踏殺天下人。雄峰歷歷清規在，仰嶠重重圓相新。須透祖師關棙子，莫教容易展炊巾。

送忠藏主回中竺

藏裏摩尼迥不同，光芒直射斗牛宫。五天竺國無人到，千歲巖前有路通。

---

① "渥洼"前疑有脱字。

照徹腦門松頂月,熏開鼻觀桂花風。靈踪只在猨啼處,莫向啼猿覓舊踪。

堅庵主求

世間萬事不堅牢,惟有居山志趣高。糞火堆中煨紫芋,黃沙鉢裏煮同蒿。緣溪野老偏栽竹,隔塢仙翁賸種桃。但得庵中主長在,不妨隨處樂陶陶。

追和宏智和尚留國清偈

玉殿簾垂向奉時,九苞祥鳳啄神芝。靈光爍破群昏曉,智刃閑將萬象披。日月雙明佛祖位,雷霆百世天人師。全機大用何拘礙,方中矩兮圓中規。

虛空踏裂自成蹊,寸步何曾跨佛梯。玉兔懷胎當戶入,金雞抱子向春啼。墨光炯炯寒巖上,道韻泠泠太白西。轉位回機歸去也,崢嶸樓閣五雲低。

送成侍者

布毛吹動百花春,道遠乎哉觸事真。彌勒千身隨步轉,文殊隻臂爲誰伸。碧梧宜宿丹山鳳,金索難覊五色麟。留得鼻端塵一點,諸方去驗運斤人。

示廬陵鑒禪者

佛法從來沒唯阿,正因行脚事如何。石頭玄旨參同契,宿覺宗風證道歌。趙老布衫提者少,廬陵米價驗人多。照天照地光明在,古鏡堂堂不用磨。

送智上人

智不到處道一句,覿面當機善應酬。但看先賢并後聖,初無六臂與三頭。要明幡動心非動,須會橋流水不流。參遍南方知識了,却來相伴老林丘。

贈常庵主

道人擬學大梅常,茅屋移將遠遁藏。荷葉爲衣勝紈綺,松花充食厭膏糧。猿猱虎豹同禪悅,雲月溪山是道場。我欲投閑消晚景,尋盟來訪竹間房。

示慧侍者

祖師慧命續非難,角有麟兮羽有鸞。紙襖抄來香墨重,布毛吹起雪巢寒。耽源不會南陽意,文遠深明趙老關。莫道山翁無指示,妙峰孤頂月團團。

送寧藏主歸天童

清苕溪上偶相逢,古意高標足起宗。袖裏金槌曾踍跳,胸中寶藏自玲瓏。沙盆玉振中峰祖,土餅酥甜太白翁。心逐孤雲歸舊隱,月明二十里松風。

寄石壁首座

朝悠悠也暮悠悠,彼此相思盡白頭。隨分一猿兼一鶴,孰論全象與全牛。據他鉢位無黃蘗,推出師僧有睦州。兄弟不妨添十字,月明炯炯澱湖秋。

贈保寧先侍者

身類孤雲捲復舒，朝遊百粵暮三吳。金剛幢對金剛鑽，丹鳳臺生丹鳳雛。有智相如歸白璧，無心罔象得玄珠。汝師黃蘗非吾事，慎勿瞋拳築大愚。

送蒙侍者

酷暑如焚坐甑中，略無餘暇話西東。翠巖留得眉毛在，玉几惟增耳竅聾。大道可求宜日損，聖心須養合泉蒙。諸方知識還知否，此是吾家大小空。

贈運維那

道在人弘要力爲，蘖雖云遠尚堪希。庭前柏樹當成佛，洞裏桃花有此枝。待得克賓心肯日，是他興化令行時。鄧峰全沒鄉情在，擬把黃金鑄子期。

寄保寧倫仲芳

天風吹起佛巖雲，出自無心迥不群。龍窟騰翔三級浪，鳳臺飛舞九苞文。梅洲春暖花如雪，蘿室年深肉尚溫。伯仲塤篪時迭奏，人間何處不知聞。

送句侍者之金陵

樹倒藤枯笑不休，布單賣却沒來由。一毛頭上金獅子，五百胸中活馬騮。白鶴明邊寶公塔，青龍翔處帝王州。秋風影裏飛禪錫，静聽寒潮打石頭。

贈祇園澤蘭州

瑞世優曇綻異芬，潯溪一脉出曹源。平分風月雲峰頂，仄布黃金祇樹園。佩肘後符欺佛祖，亞摩醯眼耀乾坤。莫嫌地褊難容舞，風穴楊岐道自尊。

謝玉山西堂妝塑開山龕像

道傳京兆翠微師，五百年來老古錐。目有重瞳光爍爍，手垂過膝坐巍巍。石從空裏依何立，玉隱山中始發輝。露出團團無縫塔，雲峰增重虎添威。

寄金山即休和尚

我認并州作故家，師兄塗毒不停撾。泥牛兩兩鬥入海，幽鳥喃喃駡落花。積翠道高珠絶纇，寂音名重玉無瑕。先師付囑休忘却，爛嚼虛空莫吐查。

贈承天鑒藏主

曹溪佛法絶廉纖，對蜜何須更説甜。拈出金剛圈子看，何如鞁輅鑽頭尖。衝開白浪千里衆，跳上青天三足蟾。好向威音前一鑒，當陽捲起夜明簾。

次韻贈詗書記遊兩府

坐斷慈明片舌頭，老婆勘破有來由。草庵未結孤峰住，金錫先從兩府遊。萬仞崖前騎駿馬，千層水上挂燈毬。上人智辯難酬對，只借毗耶一默酬。

怡侍者歸天衣,兼簡斷江和尚,借竺源和尚韻

年開九十斷江翁,宴坐蓮峰古梵宮。莫謂烹金爐鞴冷,直教冀北馬群空。時聞鐘杵千峰月,靜聽松吟萬壑風。爲我殷勤問無恙,若耶溪北鑒湖東。

贈見西堂參春雨庵頭老和尚

春雨庵中碧眼胡,烹金尚有昔時爐。龜毛兔角盈籌室,蛇足鹽香滿道途。酒美豈拘深巷陌,醋酸不在大胡蘆。吳中散席歸參禮,也着防他棒喝粗。

送安懺首歸下竺依玉岡法師

慈雲法席喜重開,今代彌天老辨才。寶塔涌從金地出,靈峰飛向竺天來。悟公焚體空留像,賢士繙經尚有臺。此去開科據高座,平分風月振衡台。

送禄藏主遊福州

蜃海通潮若坦途,蠻艖不怕浪花粗。東西兩塔城中有,鼓角一樓天下無。彼土鄉音還用譯,上人道價不須沽。荔枝橄欖羊萄橘,栗棘金圈不似渠。

送毅上人參竺源和尚

子去天台禮石橋,不逢知識不甘休。當知良遂參麻谷,也學雲門見睦州。紫籜山高宜努力,仙源水急可乘流。隨身竿木須牢把,路滑隄防是石頭。

陳希顏過訪次韻酬之

胸中書傳富縱橫,咫尺蟾宮不肯登。高臥樓頭隱君子,來看溪上閉門僧。春山消得幾緉屐,夜雨難忘十載燈。彼此暮年閑不徹,莫言林下見何曾。

了心上人之四明台雁

了得此心方穩坐,此心未了走西東。攜過頭杖六七尺,行未識山千萬重。明越台溫龍象窟,天香瑞雪旃檀叢。參取永嘉老禪將,一輪江月照松風。

贈承天遠藏主遊浙東

日出日入王國土,溪東溪西王水草。深固幽遠無人到,須信平常心是道。如來藏裏摩尼珠,光明赫赫照昏衢。平生受用只者是,不妨推出司南車。

和古林東州爲了庵頌墨迹

宗師提唱立雄關,拈却門前大案山。爐炭鑊湯成正覺,刀山劍樹只如閑。休居提起金剛鑽,本覺舒開鐵面顏。甘露二門雖久杜,潮生合浦見珠還。

贈靈隱濟藏主

眼竪摩醯肘佩符,無星秤子定錙銖。剖開竺國山中玉,收取如來藏裏珠。略露慈明橫水劍,不携麻谷入園鋤。道人千里同風句,白紙無端黑字書。

吴淞舟中

此行乘興泛吴淞,誰是忘機海上翁。落日潮生千浦浪,歸帆天送一江風。半鈎凉月蒼茫外,數點青山杳靄中。遥想故山溪上路,秋風開遍玉芙蓉。

寄西林椿長老

道聲籍籍類玄沙,不出飛鳶見作家。據坐西林開虎穴,親從法海拔鯨牙。木毬暖氣猶堪輥,石鼓清聲足可撾。老我江湖無可贈,三千里外摘楊花。

贈諾藏主

鷲峰鶴立象龍斑,人物昂昂駭衆觀。雲夢胸吞無楚澤,烟波眼闊小吴山。罰錢設供瑶鋪席,問字酬僧珠走盤。潦倒不行船子令,棹歌聊當碧琅玕。

悼明極俊禪師

一生槩衺更槎枒,鈍置凌霄個老爺。擘破華山撾鐵鼓,耕開東海種瓊花。翻身獅子無踪迹,戴角菸菟不露牙。前輩凋零空嘆惜,只今誰是指南車。

謝懋藏主蒲鞋

雲林袖出睦州蒲,奉母之餘又及吾。靈運登臨幾綱屐,子喬來往一雙鳧。王門珠屦人間有,御榻麻鞋世上無。軟他何妨長赤脚,老僧留得伴跏趺。

承天震侍者禮祖

祖庭虎踞與龍蟠,撥草瞻風子細看。少室千年無影樹,黄梅七百爛泥團。鴨飛拽脱雄峰鼻,雞唱豁開圓悟關。八十四人俱按過,西江一吸直須乾。

仁王檫長老三到

衲僧大用正當權,栗棘金圈任吐吞。日面佛同月面佛,仁王尊即法王尊。昔年同飲小溪水,三度來敲真净門。賴有祖翁家業在,金香爐下鐵昆侖。

和天泉別岸偈贈華藏壽維那遊浙東

江南江北浙西東,一錫飄然去興濃。傾出天泉三萬斛,借他別岸一帆風。補陀海涌三更月,方廣時聞半夜鐘。直到詎羅蹲坐處,千尋湫頂挂飛龍。

贈雪峰仁静庵歸閩

同飲連川江上水,三千里外偶相逢。飛來雪嶠聖箭子,何似楊岐栗棘蓬。出嶺時當梅子豆,到家恰是荔枝紅。有人問及松和月,白雪蒙頭一老翁。

寄安長老出世慧日

芳名躍出盡歡呼,罔象無心自得珠。千丈靈湫作甘澤,一輪慧日耀昏衢。巖西老子肉猶暖,春雨禪翁德不孤。遥想爛撾塗毒鼓,聲聞百越與三吴。

和仁王長老

從教草滿法堂前,千里銀蟾共一天。未可磨磚期作鏡,且先博飯學栽田。馬師一喝聲猶在,百丈重參話始圓。魯祖見僧長面壁,知音惟有老南泉。

贈答失蠻百川海大師

佛法玄機深似海,百川日夜競奔流。魚龍蝦蟹知爲命,蚊蚋修羅飽即休。不必多求如意寶,只消掣動六鰲頭。千波萬浪中游戲,收取珊瑚月一鈎。

本覺順藏主攜了庵仲謀提唱求跋

檇李單提鬼見愁,池陽抛出百花毬。阿爺誰似休居叟,生子當如老仲謀。石火電光中出沒,拳來踢去轉風流。百川來往傳消息,萬里長江一葉舟。

悼龍翔笑隱廣智全悟禪師

四住名山暢本懷,龍河深處駐浮杯。廣開智海傾甘露,全悟玄門震法雷。譚塵正橫俄墮地,勝幢高豎忽驚摧。等閑一笑翻身去,潮撼空城喚不回。

贈承天茂維那江西禮祖

且喜大事已了畢,何須向外別馳求。翻身藥嶠真獅子,露地潙山水牯牛。破布衲中藏至寶,銅砂羅裹滿盛油。風前普請施三拜,八十四人俱點頭。

贈萬壽通藏主回維揚

會得瞿曇那一通,四方八面自玲瓏。三千剎海光明藏,二十四橋楊柳風。詩卷擲還禪月老,角聲喚醒太原公。瓊花端的非凡種,收拾天香入袖中。

送育王瓊藏主

洞徹吾宗上上機,倒拈禿帚畫蛾眉。平生懷玉誰能識,定力如山不可移。圓悟會中睡虎子,南陽門下鳳凰兒。他年曲彔禪牀上,痛罵曹溪老古錐。

贈育王琪藏主

經歸藏與禪歸海,海有經兮藏有禪。撥轉南辰安北斗,移將東土向西乾。真身設利垂千載,大覺遺風數百年。今日因君過溪上,此心又到鄮峰前。

贈靈隱敬藏主瑞世奉化太清

宰官明足察秋毫,藪鳳郊麟不可逃。未有長行而不住,必須就下始升高。祖師自有真鈯斧,王庫初無如是刀。七十二汀烟水碧,高提兔角與龜毛。

贈東林□藏主歸海東

廬山面目也尋常,見後精神覺老蒼。十八高賢鞵輅鑽,五千餘卷鉢羅娘。幾年蝶夢家常到,萬里鯨波葦可航。梵語唐言都會得,更無一法可商量。

和元叟和尚贈安藏主

廿年説法坐凌霄,栗棘金圈恣意拋。木馬泥牛絶消息,釋迦彌勒可論交。爲人幾下蒼龍窟,信脚踢翻金鳳巢。戴角鐵蛇鑽不入,看他火後一莖茅。

平江幻住立庵主求

幻住禪翁有幻孫,亭亭玉立振斯文。圓伊三點摩醯眼,峭峻一方甘露門。鬱密檀林師子住,棱層石塔白雲屯。乃翁餘烈遺風在,不吝慈悲接後昆。

燈上人禮祖

蒲鞋挂向睦州城,千載巖前續夜燈。馬祖駒兒纔跶跳,楊岐驢子弄蹄行。東林尚有栽蓮叟,南嶽今無煨芋僧。虎穴魔宮遊歷遍,歸來拗折一枝藤。

徑山然書記歸溫州

浩然英氣塞坤維,雪竇門中一足夔。蘇子墨池供草聖,劉郎桃樹長孫枝。雁峰列石增奇秀,驪頷明珠璨陸離。積翠寂音弦可續,叢林草木亦華滋。

送龜峰運維那

當年癡絶在龜峰,接得曹源一脉通。海闊任教鰲轉側,天高容得鶴飛沖。於吾道愧雄峰祖,羡子名同斷際翁。捷出橫翔宜勉勵,從來閩蜀本同風。

梅嶺南作無盡燈

燈中有鏡燈無盡,鏡外無燈鏡亦羞。十法界分千法界,一神洲照四神洲。須彌常作光明炷,海水頻添智慧油。縱使毗嵐吹不滅,禪翁心似月輪秋。

道場意無極裝觀音諸天

大士分身二十天,互爲主伴下塵寰。珠瓔危坐金剛石,甲胄新排玉笋班。説法慈容如月現,摧魔寶杵迫人寒。瑶池席上功無極,五色光芒照碧瀾。

送空上人拜獨孤和尚塔

鷲峰普覺老庵頭,夢逐錢塘江水流。福慧兩全千事足,死生二字一時休。龍吟枯木瑶泉冷,猿嘯空山玉樹秋。鍬子橫擔扣靈塔,刻舟何處覓吳鈎。

何山鑄鐘

聽得鯨音出小溪,重興禮樂在斯時。羅睺擊處驚群聵,元亮聞時皺兩眉。殷殷地雷停苦趣,寥寥霜韻振清規。竺乾青石今無恙,空想拘留調御師。

寄德孤雲、獎鰲山、安雪心三藏主

菁峰蒼翠石房幽,鼎足分來互唱酬。汾水六人成大器,東山三佛是同流。經歸藏也禪歸海,弓學箕兮冶學裘。商略钁頭邊事了,同時踢出百花毬。

送靈石和尚歸天台

彌天聲價似黃鐘,萬衲歸依擁象龍。大振玄綱超曠祖,力行古道起中峰。永明的旨一湖水,天下宗師百歲翁。白雪調高誰敢和,且同寒拾撫孤松。

謝斷江和尚遠送

我來三拜大梅常,鼯鼠聲中夢一場。仙去難追梅少府,虎亡常護鄭襄陽。竹輿伊軋羊腸路,布帽棱層鶴鬢霜。舞袖不須嫌地褊,松花千載有餘香。

贈仰山令藏主

令名令聞見清標,佛法于今未寂寥。甘露室中百花醴,集雲峰下四藤條。朅來吳越尋知己,未跨船舷贈痛撓。莫怪空疎無哂啖,春風春雨正蕭蕭。

送僧禮祖

江東西與湖南北,卵塔千丘與萬丘。鼓簸箕唇多馬祖,弄撈波子少巖頭。西山走入滕王閣,黃鶴踏翻鸚鵡洲。打失眼睛拈得鼻,騎牛不必更尋牛。

兔角杖

長長兔角堪爲杖,月裏姮娥手自栽。種出中山多狡獪,根非下土可滋培。桂輪萬里推將去,太華千重卓得開。老倒芭蕉提掇處,有無與奪驗方來。

龜毛拂

龜背刮毛宜作拂,談玄不較短和長。挂時魔佛俱藏六,豎起人天聽舉揚。擊碎玄關明悔吝,敲成吉兆絕承當。趙州受用應無盡,末後猶將寄趙王。

贈中竺榮藏主

千歲巖前瞌睡虎,金陵臺上鳳凰兒。騰身時展九苞瑞,開眼光搖百步威。不墮諸方金網密,須防平地錦機危。翱翔遠舉高千仞,管內全斑未易窺。

送郁侍者省師

小玉頻呼處,欄雞爲發機。只教迦葉會,不許老胡知。唇水濤如雪,台山月似眉。途中得力句,歸問鹿城師。

答源藏主會住定水

識得祖師金矢法,角駄卸却籠頭脱。截流自是香象王,烈焰豈容蚊蚋泊。甬東開士能崛奇,芒繩要把虛空縛。知是般事便合休,驢漢更待何時瞥。伽陀寄我約秋來,劇談拚得禪牀折。石頭路滑知不知,牢着脚跟防喫撻。

送明禪人

明明百草頭,明明祖師意。伶俐漢撩起便行,矇憧底只管瞌睡。皓玉無瑕,明珠絕纇。草鞋乾曬待秋風,寸草不生千萬里。

送宗藏主歸里
有句無句藤倚樹,放下泥盤笑不住。是真獅子便咬人,肯倚他門傍他戶。道流器量古罍洗,杖頭敲出虛空髓。不同矮子賣布單,虛走三千五千里。罷參收拾歸去來,大潙笑口不敢開。閩中尊宿若具眼,爲君高築黃金臺。

寒巖二隱
清涼金色峨眉銀,兩枚漆桶徹骨貧。一人眼睛重八兩,一人鼻孔恰半斤。五峰雙澗松門路,兩枚漆桶熏天富。一人長拖獅子衫,一人高繫象王袴。老柳梢頭月半輪,一個拍手一指陳。自家不省者個意,却道修行徒苦辛。查筒打失無尋處,筥帚拈來且相慰。饒舌豐干去不來,萬古清風一紈素。

送昱藏主歸雁山省師
藏裏摩尼珠,古今人不識。永嘉真覺師,當陽曾指出。白月即見白,黑月即見黑。智者不可求,無心還自得。晦初雁山英,韜藏最綿密。一朝發現來,大千俱照徹。持歸呈阿師,好事明明說。公不見藕絲孔裏騎大鵬,等閑挨落天邊月。

伴雲室中贈玉侍者
白雲本是無羈物,冷淡爲身閑作骨。或舒或捲或去留,伴之者誰有明月。道人心與明月同,白雲故故來相從。巖間相對兩無語,慎勿隨逐東西風。只恐道人出山去,石上無人伴雲住。道人若去雲亦忙,月明彼此無尋處。

送本真侍者
黃金真人鐵面具,招不來兮推不去。布毛拈却未曾吹,金烏飛上珊瑚樹。宗門中事非等閑,翻身直上百尺竿。十方世界風颯颯,炎天雪片飛漫漫。中峰破砂盆,松源生筥帚。日午打三更,面南看北斗。刹刹塵塵甘露門,物物頭頭獅子吼。

送發上人歸茶陵
茶陵寒驢擷折角,千古清風動寥廓。明珠一顆價連城,虛空撼動黃金鐸。上人家亦住茶陵,西山之子鐵牛孫。華亭江上見船子,一橈之下波濤翻。于今又唱還鄉曲,爲吾寄語茶陵郁。滿目溪山古又今,白雲弦斷何人續。

贈三椽庵主
大廈千間單七尺,平生受用人人得。三條椽下作生涯,誰是三條椽下客。雪山六載無一椽,鵲巢冠頂蘆穿膝。少林九年沒把茅,冷坐堆堆空面壁。趙州拽下簾子去,到頭不識庵中主。兩個泥牛鬥不回,銜花百鳥來無處。掀翻三椽净裸裸,下無卓錐上無瓦。百億乾坤蓋得周,三椽從此增高價。

送蔣山果藏主禮寶陀

大士法身等虛空,大士悲心如大海。世間欲以尺量空,復欲持蠡測海水。虛空可量海可測,其人即與大士等。一毛端上無邊身,一一身毛刹塵海。拈出誌公古刀尺,處處盡是圓通門。收得摩尼藏裏珠,不屬中流及彼岸。磐陀石上日輪紅,大士法身全體露。

遊張公洞用天師韻贈陳景山

谽谺古洞天風凉,錦屏玉節搖金光。千年靈官笑迎客,銀髯丹臉修眉蒼。扳危歷覽忘初步,仙翁飲我瓊花露。一聲何處鳳凰鳴,玉童遥指烟霞路。

應真過海圖

海門萬丈洪濤春,水府隱現漩渦中。綵旌羽葆搖空濛,金釘朱户光玲瓏。龍君海若俱肅雍,奉送十八出世雄,不論殿後并先鋒。一踏玉塵誇神通,一擎寶塔碧兩瞳。一揮羽扇揚清風,一軍持現樓閣重。一杖卓立赤鱺公,一側風帽如張蓬。一老盤坐舁鬼工,一提貝多乘青驄。一躡獅子頭鬈鬆,一坐炊巾衣頂蒙。一披禪衲立鮎衝,一弄寶珠玩蒼龍。一坦便腹抉二童,一卓金錫象力充。一將到岸鱷如虹,一踞羊車行匆匆。一跨斑斑老大蟲,一焚熏陸香蒙茸。山靈出迎虔且恭,武夫甲胄來憧憧。方廣聖寺鳴昏鐘,木杪高挂金鐙紅。猿猱虎豹喧巖叢,隊伍直入天台峰。回顧阿耨琉璃宮,珍重娑竭厖眉翁。

送仰山印首座歸蔣山

正法眼藏瞎驢滅,祖師心印鐵牛機。寶公觀音十二面,集雲峰下四藤枝。何如睦州擔片板,是亦剗兮非亦剗。靠倒雲門一字禪,掃却臨濟四料揀。朝離寶席暮鍾山,盤走珠兮珠走盤。一拳打透圓悟關,鷹巢飛出黃金鸞。

題牧松軒

道人牧松不用鞭,抱瓮灌以巖西泉。向來毫末今出屋,倏忽偃蹉凌雲天。臨軒萬本青如黛,瑟瑟濤聲起虛籟。婆娑繞樹時撫摩,人與松兮今老大。道人只怕松化龍,松間結屋巢寒空。千紅萬紫隨春風,歲寒相伴惟髯翁。

送仰山性藏主回徑山

雲騰芬,始膚寸,倏氤氳。來從獺徑,聚擁龍門。挂空如有蒂,抱石本無根。静則岫盈谷滿,動則電掣雷奔。何當爲雨爲霖去,直得三千海嶽昏。

示應侍者

善應無方,大功不宰。呼兮應兮,無在不在。類虛谷之傳聲,廓大千而無礙。指月話月兮誰是傍觀,拈花笑花兮十分光彩。

禪石歌贈江心安藏主

少林一片安禪石,風吹不入雨不濕。祖師冷坐一九年,猛省忽從空裏立。五百力士揭不動,硈硈磣磣沒棱縫。藍田曾誤李將軍,一箭發機隨手中。一斑已露呈牙爪,奮迅過如獅子吼。蜃江江上出頭來,驚得陝府鐵牛顛倒走。

松月庵歌

吾有一庵曰松月,爲愛歲寒拜皎潔。不拘南北與東西,有月有松即休歇。撫松問松松不言,舉頭問月月在天。拾枯煮瀑邀明月,我心與月同孤圓。冰輪常繞須彌走,擎來不假修羅手。缺時圓處光不分,圓時缺處光何有。永嘉證道曾有辭,江月照兮松風吹。寒山静聽聲愈好,馬師賞玩增光輝。有誰識得庵中主,無去無來無所住。去來恰似月行空,住著猶如風過樹。此庵無壞亦無成,於中只麼老此生。松花采摘飢可食,桂子飄灑香風清。分明一片清凉國,松自青青月常白。傳家清白是此歌,堪與兒孫爲軌則。

送藻侍者雁山省師

巍巍雁宕峰,舉手天一握。西庵老禪虎,據坐如山嶽。白日鼓雷霆,青天飛雪雹。佛手未易窺,先且伸驢腳。衲子每登門,森嚴難湊泊。上人跨竈兒,應機猶啐啄。問子何方來,拈出當頭著。棒喝縱交馳,頎然活卓卓。獅子貴翻身,犀牛露頭角。一語忽相投,可解千生縛。歸來舉似儂,萬象鳴嚗嚗。

靈隱化藏主送天瑞老和尚語錄贈之

上人來自靈鷲峰,手擎兩朵青芙蓉。佛慧老人五會錄,夜光貫月如長虹。我本無心有希冀,今此寶藏何方至。普覺師兄結集時,此特太山一毫耳。無端印板上脱來,龜毛兔角空中栽。從前了無元字腳,平地忽爾生崔嵬。焚香展拜從頭讀,緬想不曾編此錄。胡爲列在門弟行,天瑞家風遭屈辱。寄言鷲嶺老西庵,千鈞重寄一擔擔。退藏於密袖老手,天生鼻孔誰司南。上人乃是庵之嗣,豹隱一斑曾未露。祖禰不了及兒孫,他日大方看獨步。

振寮元持净求警策

執持糞器,著弊垢衣。入净入穢,入水入泥。日用常行三昧,發揮古德風規。趙州東司頭,不説佛法,狼藉不少;湛堂指甲上,放光動地,誠不自欺。生箇帚,破糞箕,得便宜是落便宜。這般標致誰相似,靈鷲山中有隱之。

爲恩維那說義海偈

普賢百萬毛孔中,一一毛孔香水海。於中演說三昧門,各具無量微妙義。海水可知其滴數,微妙義理不思議。阿修羅王立半身,其頂亦與須彌等。采花釀作甘露漿,萬水千波同一味。一切鯤鯨及魚龍,沾其味者皆充滿。一沾其味無異名,恒河沙義咸通達。稽首普賢大願師,微塵義海同遊戲。

道藏主遊五臺

六月臺山飛雪片,白日深潭鼓雷電。玻璃盞裏素濤翻,攝身光內金橋現。此行要見七佛師,袖裏自有摩尼珠。清凉石上萬菩薩,不知那個真文殊。前三後三是多少,切忌渾崙吞個棗。問渠明白記將來,百萬人前獅子吼。

借楚石了庵韻贈喆藏主

密說顯說,遮詮表詮。惟行中道,不墮二邊。不在坐禪成佛,豈用作鏡磨磚。千七百則,且非祖師之語;一大藏教,亦非如來之禪。胸吞雲夢八九,眇視十聖三賢。蚯蚓驀過東海,蝦蟆跳上梵天。放出溈山水牯,耕翻祖父田園。有縱有奪,無黨無偏。棒如雨點,喝似風旋。檇李山中二禪將,了無一法與人傳。

和元叟和尚擬寒山三首

我見世間人,利名日交接。二鼠每侵藤,四蛇常在篋。要得脫苦輪,三生六十劫。廣額放屠刀,滅却三途業。

參禪并看教,迷悟千萬般。常啼學般若,何須賣心肝。賢愚同一揆,僧俗互相瞞。十步九喫攧,方知行路難。

菩薩不厭喧,二乘墮空寂。豐干騎虎來,拾得指羊迹。題巖千偈多,照水雙瞳碧。不貴萬戶侯,豈羨二千石。

和北磵曹溪見柳

春工造化本無私,草木萌芽類小兒。今日曹溪看柳眼,枝頭點綴似圓伊。

峰藏主血書華嚴經

塵說刹說熾然說,無邊香水血淋漓。雜華林內紅如錦,五十三人醉似泥。

血書金剛經

四句偈勝七寶施,祇園會上百華春。須知大士書經血,流出如來忍辱身。

任子敏州判二鼠圖

朝三暮四,衆狙喜怒。蘿白荔丹,二鼠交勸。千鈞之弩,藍田射虎。誰爲此鬆,而輕發機。

北礀和尚送柏庭法師序
台衡重寄柏庭老,黼黻宗門蕐室翁。二老風流無復見,惟聞大吕與黄鐘。

康上人血書華嚴經
破一微塵出大經,血痕腥汗百餘城。善財南去無消息,啼斷春山杜宇聲。

聽松軒
净洗山林耳,微風起沉寥。舒徐動天籟,澎湃震春潮。鶴夢驚清響,龍吟奏古韶。聞中有真趣,愛此歲寒標。

贈金山及藏主
金烏玉兔如梭急,八駿如何追得及。滔滔揚子大江流,夜半穿靴水上立。龍宫海藏盡豁開,赤手抉得摩尼珠。萬仞龍門一躍過,不假霹靂轟春雷。者回重入德雲室,不用參尋經七日。金鰲背上掉臂行,盡得真人好消息。

四祖與栽松道者立談圖
兩翁相對話無生,各要尋條活路行。千載流傳到今日,有誰來此聽松聲。

六祖墜腰石
龍朔年深色愈蒼,墜腰踏碓意非良。賊身已脫黃梅渡,千古空存舊賊贓。

(以上同上卷下)

哭徒舜逢源
精明見道出常流,造極登峰尚不休。聞說百骸同鶴瘦,可憐未死已枯髏。
法門非福嘆承天,爾不匡徒也棄捐。此土他方雖趁俊,鉢盂無底倩誰傳。
蝸角壁黏縣學帖,蠅頭手録劍南詩。觸人鐵石心腸碎,勝似三聲猿叫時。

(以上《禪宗雜毒海》卷三)

黄龍南塔
三關易透亦難透,積翠宗風不易明。更上鐘樓高念讚,三叉猛虎不須驚。

(《重刊貞和類聚祖苑聯芳集》卷一)

虎丘
圓悟會下瞌睡虎,當頭一着得人憎。胸中佛法無些子,接得黄梅村裏僧。

妙高峰
鬅鬆白髮面皮廣,天目山中獅子王。不出死關三十載,法身遍界露堂堂。

(以上同上卷二)

玉泉萬户凱還

廣海風塵鴻洞時,天山三箭早還師。維舟已讀中興頌,放牧還歌北伐詩。一統封疆恢社稷,九疑嵐翠捲旌旗。鷗盟未冷鴛湖上,秋滿乾坤酒滿巵。

周秀才出家

標心脱帽法丹霞,借力堂前劃草些。塞上不須嗟失馬,杯中端欲斷疑蛇。久懷甘露濯塵骨,將意叢林開覺花。古渡雪蘆明月共,一壺秋色屬吾家。

喜葉先生致政①

人知百計欲圖官,誰信千金難買閑。布襪青鞋殘照外,石田茅屋亂雲間。禽聲上下高低樹,樵唱東西遠近山。見説挂冠能事畢,不勞招隱自知還。

珍上人省親

鬻薪織屨古來有,泣竹卧冰能幾人。只把衣中自珍寶,殷勤歸去獻慈親。
(以上同上卷四)

賀藏主轉净頭

倒拈苕帚密施功,向未屙先一掃空。一大藏經揩糞紙,十方諸佛屎中蟲。

季東

孟仲之間孰最良,有如斫額望扶桑。老胡香至第三子,來向真丹立法幢。
(以上同上卷五)

郁侍者遊方

侍者參得禪了也,百城烟水古猶今。善知識與惡知識,無厭足王觀世音。

僧參蔣山曇芳

江南第一禪林刹,方丈老人中大夫。衲子憧憧來問道,紫羅帳裏撒真珠。

僧再參古林

在在門庭鎖緑苔,杖藜無地可徘徊。不知丹鳳臺中老,何術教人去又來。

僧之廬山兼簡開先南楚

子去南山看瀑布,爲余傳語老開先。當年不赴西禪請,添得廬山勢插天。

拾上人之浙東

笠在頂兮包在腰,脚頭歷遍幾岩嶢。未觀乳竇千尋瀑,先看錢塘八月潮。方廣聲聞高出現,寶陀大士暗相招。國清若會寒山子,拍手高吟話寂寥。

---

① 此首載月江正印《周秀才出家》詩後。

實上人禮補陀
真實向你道一句,觀音不在補陀山。盤陀石上一團日,爍破闍梨鐵面門。

京口道中
艇子凌風迫岸撑,何時廣岳又瀟湘。水雞對對眠沙尾,一個閑人自作忙。

(以上同上卷六)

日本清拙
阿耨達池請佛齋,長眉老僧預其數。貪看龍女手中珠,失却隨身拄杖子。
蠱家滴水投東海,蝦蟹魚龍盡縮頭。黑漆渾侖開口笑,六鰲吞餌不吞鈎。

(以上同上卷七)

謝人九日惠桂花
菊花無奈桂花催,節近重陽始放開。多謝一枝持送我,知君親向月宮來。

(同上卷九)

佛鑒塔①
昔曾供養今親近,子是渠儂幾世孫。三拜起來依然立,與他推到石昆侖。

虛堂塔
虛空面目紫蘆都,禪道知它有也無。若是渠儂真子的,爲它推倒石浮圖。

枯禪塔②
青鳳山前合澗邊,屋檐頭上更無天。而今劃地思量着,細壁春風作紙錢。

(以上《新撰貞和分類古今尊宿偈頌集》卷上)

雪竇忠侍者
侍者參得禪了也,千丈巖前掉臂行。高擁錦袍騎駿馬,鐵鞭提起驟冰棱。

懃上人之永嘉
永嘉英俊□何多,江月松風照薜蘿。狹路驀然相撞着,殷勤贈子一伽陀。

會稽净髮待詔
龜毛束去當消息,兔角拈來作剃刀。放出一輪頂門月,洗清雙耳聽松濤。

(以上同上卷中)

---

① 此首載月江正印同題詩後。月江正印詩已從其語録輯録,題作《玄上人禮無準塔》,見上,佛鑒即無準師範之賜號。

② 此首載月江正印《黄龍南塔》詩後。

釋若舟

別岸若舟，法系：松源崇嶽——無得覺通——虛舟普度——虎巖淨伏——別岸若舟。《全元詩》第 67 冊錄詩 4 首。輯佚：

偈頌

一葉落，天下秋。涼風暗度，酷暑潛收。一種可人描不得，夜明簾外月如鉤。

贈延上人書華嚴偈

雜華林裏展戈矛，筆陣堂堂巧運籌。五十三人俱納款，百城烟水一毫收。（以上《增集續傳燈錄》卷六）

釋本

無際本，法系：松源崇嶽——無得覺通——虛舟普度——虎巖淨伏——無際本。《全元詩》無其人。按，《宋代禪僧詩輯考》490—493 頁收錄無際了派詩，其中據《禪宗雜毒海》《重刊貞和類聚祖苑聯芳集》及《新撰貞和分類古今尊宿偈頌集》輯錄者，混入無際本詩。此三書僅標名"無際"，難以分別二僧。然其中《示徒》一首，《增集續傳燈錄》卷六已作無際本詩；《題斷江東州遺墨》亦顯爲無際本詩，因了派乃宋僧，佛照德光弟子，活動年代早於斷江覺恩、東州壽永；同理，《虎屏風》提及宋末虛堂（智愚），亦不能爲了派所作。其餘諸詩暫無從分辨。今重新輯錄《示徒》《題斷江東州遺墨》《虎屏風》三詩於無際本名下。

示徒

大地攝來如粟粒，九旬禁足誑嬰孩。楊岐種子無碑記，時把龜毛眼裏栽。

題郁山主跨驢圖

策蹇溪橋蹉腳時，誤將豌豆作真珠。兒曹不解藏家醜，笑倒楊岐老古錐。（以上《增集續傳燈錄》卷六）

題斷江東州遺墨

保福詩名重，虎丘宗眼明。二翁齊聞望，四海震雷霆。遺墨猶堪讀，斯人不再生。濡毫題卷末，感慨不勝情。（以上《重刊貞和類聚祖苑聯芳集》卷一）

和平石如砥僧之天台並江西

道人一見異常流，氣宇耽耽可食牛。西上未登廬阜路，東來先到雁峰頭。

(同上卷六)

虎屏風

槁木形骸紙作衣,虛堂獨自峭巍巍。長年對面何曾隔,自是時人不薦機。(同上卷八)

釋懷信

孚中懷信(1280—1357),法系:松源崇嶽——無得覺通——虛舟普度——竺西妙坦——孚中懷信。《全元詩》無其人。輯佚:

辭世偈

平生爲人列挈,七十八年漏泄。今朝撒手便行,萬里晴空片雪。(《續燈存稿》卷七)

釋法匡

正宗法匡,法系:松源崇嶽——無得覺通——虛舟普度——竺西妙坦——正宗法匡。《全元詩》無其人。輯佚:

偈頌

一雨火雲盡,千峰午吹涼。幽栖無個事,高枕卧長床。(《增集續傳燈錄》卷六)

釋宜

行可宜,法系:松源崇嶽——無得覺通——虛舟普度——竺西妙坦——行可宜。《全元詩》第 24 册錄詩 1 首。輯佚:

頌玄沙三種病話

潦倒玄沙巧用功,病源三種示宗風。巨靈抬手無多子,分破華山千萬重。

聽雨偈

檐前滴滴甚分明,迷己衆生喚作聲。我亦年來多逐物,春宵一枕夢難成。(以上《增集續傳燈錄》卷六)

留典座

寒山爨下供燒火,拾得堂前拾菜渣。贏得坐籌香積國,後園茄子又開花。(《禪宗雜毒海》卷三)

釋清欲

了庵清欲(1288—1363),法系:松源崇嶽——天目文禮——橫川如珙——

古林清茂——了庵清欲。《全元詩》第35冊録詩10首。輯佚：

偈頌

我此法門，直出直入。中下之流，自望不及。

世尊拈華，迦葉微笑。賴有文殊與普賢，熨斗煎茶不同銚。

真不掩僞，曲不藏直。石裂崖崩，雷轟電激。轉得身來，未有棒喫。

一佛出世，各坐一華。接影連輝，互不相借。

有主有賓，有酬有唱。坐斷舌頭，一椎兩當。

須彌燈王，面目見在。未善觀瞻，爲吾作禮。

鳳凰臺上對三山，嘯月眠雲趣自閑。一疏忽從天外至，又移身入閙籃間。

參禪須透祖師關，妙語要窮心路絶。殺人劍下驀翻身，活人刀邊流出血。曜靈寒，顧兔熱，四七二三難辨別。

重陽黃菊未成花，落帽無勞憶孟嘉。但得青山長在眼，不妨流水去無涯。

今朝九月半，萬事隨時變。霜風刮地來，木葉盡零亂。

歸宗事理絶，日輪正卓午。自在如師子，不與物依怙。

摩尼珠，人不識，如來藏裏親收得。萬象森羅影現中，一顆圓光色非色。

壁上安燈盞，堂前置酒臺。悶來打三碗，何處得愁來。

東村王老夜燒錢，爆竹聲中又換年。好是門前泥力士，不將閑事污心田。

一二三四五，五四三二一。渡水不穿靴，黃昏候日出。元正啟祚，萬物咸新。看取千花生碓觜，太平元不在麒麟。

叠叠綸音下九天，融融春意滿林泉。一爐沉水一聲佛，仰祝吾皇億萬年。

十五日已前，有得有失，有長有短。十五日已後，無高無下，無黨無偏。正當十五，洞裏無雲別有天，桃華如錦柳如綿。仙家不解論冬夏，石爛松枯是一年。

難難没多般，易易有巴鼻。好好元不老，默默無所得。過者四重關了，普州人送賊。

解制諸方有舉揚，中山一切只尋常。尋尋恰似秋風至，無意涼人人自涼。

鐵牛吼破雙溪月，石女含笙悲不徹。鶻眼龍睛總不知，聾子親聞啞人説。

深不深，密不密，昨夜三更黑如漆。海神推出夜明符，萬象莫能逃形質。釋迦自釋迦，彌勒自彌勒。達磨老臊胡，何處尋踪迹。刹竿頭上禮西方，九蓮開作黃金色。

心王不妄動,六國一時通。罷拈三尺劍,休弄一張弓。

今朝十月旦,開爐無獸炭。倒轉死柴頭,光明何燦爛。

華綻老梅,日南長至。笋迸陰崖,吉無不利。東鄰西舍,鐘鼓喧天;後巷前街,笙簧聒地。冷風吹帽正中偏,顛雨打窗粗裏細。是非榮辱何似生,瞎驢不受靈山記。

三世如來同一舌,大藏教中無法説。衲僧手裏定盤星,萬里長天耀孤月。

日日佛誕生,日日佛成道。空裏無華折去難,水中有月看來好。賣狗懸羊,一體三寶。垢面蓬頭輥出時,何異大蟲裏紙帽。

利劍拈來斬是非,何妨高駕鐵牛機。東村王老燒錢夜,正是年窮歲盡時。

我若坐時你須立,你若立時我須坐。趙州勘破臺山婆,子湖要打劉鐵磨。千古萬古黑漫漫,一曲胡笳少人和。

昨日是歲除,今朝是正旦。送舊與迎新,司空曾見慣。六龍已駕隨羲和,四海八荒光燦爛。

甲辰正月十一日,大元天子降生時。刹海塵毛咸稽首,萬年松長萬年枝。

三面狸奴腳蹈月,兩頭白牯手拏烟。戴冠碧兔立庭柏,脫殼烏龜飛上天。

釋迦文,也希有。脫珍御,着弊垢。降王宮,開大口。老雲門,真傑斗,一棒打將喂狗。山僧擊鼓陞堂,豈是自揚家醜。少間殿上沐浴金軀,也要諸人各出隻手。會麼,風吹石臼爭哮吼,泥捏金剛水底走。蹈翻海月爛波生,驚起土星犯北斗。

擘開太華逗黃河,直下商量不較多。推起一輪滄海月,三山倒影蘸清波。

一葉落,天下秋。百川東到海,何時復西流。朝錄錄,暮悠悠,看看白盡少年頭。用楔出楔,看樓打樓。腰纏十萬貫,騎鶴上揚州。

今朝十月一,天寒下暖簾。黃昏一覺睡,南海出榆柑。

入荒田不揀,信手拈來草。撞着大哥妻,元來是嫂嫂。

三四五六七八九,釋迦老子不知有。雪山六載眼瞇麻,錯認南箕爲北斗。一毛頭上見全身,百億毛頭誇好手。堂前鐵鋸舞三臺,嶺上石人開笑口。

瞿曇舌頭無骨,妙智皮下有血。西天解守蠟人冰,東土不聞鵝護雪。翻思百丈有三訣,喫茶珍重歸堂歇。末法師僧幾個知,茫茫弄巧翻成拙。

知有底道得,道得底知有。信手斫方圓,面南看北斗。野干鳴,師子吼。稽首文殊普賢,摩訶泥猪疥狗。

正令當行下一椎,從教遍界是文殊。驚群須是英靈漢,敵勝還他師子兒。

萬法是心光,諸緣惟性曉。本無迷悟人,只要今日了。咄哉老瞿曇,討甚閑煩惱。出山與入山,自起還自倒。夜來斗轉玉繩橫,不覺全身墮荒草。

九夏工夫一月過,克期參究事如何。莫嫌老拙頻切怛,浪死虛生數甚多。

百花深處鷓鴣啼,日出東方又落西。昨夜一番新雨過,今朝流水漲前溪。

江上青山老,屋頭春色遲。個中消息子,能有幾人知。

早間侍者覆上堂,山僧病餘要打睡。聽得堂前法鼓鳴,又把眉毛重剔起。說張三,話李四,淨行何曾有些子。打殺應知狗不噇,何事諸人妄相許。

一夏工夫餘半月,也堪歡喜也堪驚。山僧有口不敢道,留得雙眉蓋眼睛。

好個中秋節,莫言無供養。風吹丹桂華,清香滿天上。

大洋海底蓬塵起,百尺竿頭掉臂行。三世如來說不到,扶桑日午打三更。

臘月二十五,一曲喧今古。明日是新年,袈裟搭半肩。

日月有晦明,虛空沒明晦。佛佛體皆同,塵塵自三昧。拈將須彌盧,塞斷香水海。動靜不留情,是名觀自在。(以上《了庵清欲禪師語錄》卷一)

性覺妙明,本覺明妙。脫卻鶻臭衫,卸下膩脂帽。三世十方稱善導。

文不文,武不武。佛不佛,祖不祖。馬頷對驢腮,五五二十五。

萬仞崖頭通一線,佛手未收驢腳現。平田放出焦尾蟲,那吒眼開菩薩面。

袖裏金椎一擊開,大千沙界絕纖埃。祖師不會渾閑事,直往流沙去不回。

列聖叢中闡化權,掃除空有示真傳。一言截斷千江口,萬仞峰頭始得玄。

敲出鳳凰五色髓,擊碎驪龍明月珠。千古華山山腳下,只應潘閬倒騎驢。

興教提持不受謾,明招隨例弄泥團。棒頭有眼明如日,要識真金火裏看。

十五日已前,透底金剛圈。十五日已後,吞底栗棘蓬。正當十五日,解開布袋口,衲子路頭通。有星皆拱北,無水不朝東。

相逢不拈出,舉意便知有。撥轉上頭關,大作師子吼。展開驢腳,伸出佛手,握金剛椎碎窠臼。東土西乾何似生,个个看來日中斗。

覺即了,不施功,定慧圓明不滯空。東澗水流西澗水,南山燒炭北山紅。

惟心淨土露堂堂,自性彌陀不覆藏。直下豁開千聖眼,更於何處覓西方。

直鉤釣鯨鰲,曲鉤釣龜鱉。金雞啼上玉闌干,別有佳聲繼前哲。

高而無上,廣莫可極。淵而無下,深不可測。浩浩波光,重重山色。一道清虛亙古今,八面香風惹衣裓。

一喝分賓主,三玄辨正宗。祖師門下客,無處不融通。

冬至寒食一百五,今朝正是三月六。山又綠,水又綠,一聲欸乃漁家曲。

華冠不整舍那衣,禿帚還隨破畚箕。五个老婆三个醜,一雙紅杏換消梨。

兔不遲,烏不速,九十春光頓周足。今朝物候啟朱明,依然一水當門綠。

萬煅爐中烈焰紅,點金成鐵顯全功。一椎擊碎渾閑事,三世如來在下風。

頭上是天,脚下是地,南北東西依舊位。中間突出須彌盧,八寶七珍光煒煒。放便倒,扶便起,蟭螟睫上放夜市。老胡落賺沒人知,急携隻履流沙去。

晝見日,夜見星,妙高山色青又青。掀翻海嶽求知己,撥亂乾坤見太平。

久矣不上堂,口邊生白醭。侍者來燒請法香,拈出秦時𨍏轢。金剛腦後下一錐,空裏磨盤生八角。寒山撫掌笑呵呵,夜來月向西邊落。

兩兩不成雙,三三自成九。本色住山人,何處尋窠臼。

金烏飛,玉兔走,暑往寒來總仍舊。不涉春緣別有條,今朝臘月二十九。

得不得,是不是,差之毫釐失千里。歸雲誰使就青山,落花自得隨流水。

藥山久不上堂,院主椎鐘擊鼓。分明盡底掀翻,猶道一詞不措。本覺據令提綱,不作者般調度。今朝月旦拈香,撥開向上一路。誰言射虎不真,枉發千鈞之弩。

三四五六七八九,碧眼胡僧不知有。三更收得夜明符,天曉起來成漏逗。籬下黃華爛熳開,龍山落帽霑風埃。令人長憶龐居士,天上人間不可陪。

石頭一個住山斧,古往今來稱獨步。馬師胡亂三十年,誰道少鹽還少醋。

今日要上堂,夜來先作夢。破那羅延,百發而百中。

月生一,三世如來從此出。月生二,突出西來祖師意。月生三,森羅萬象競頭參。皇基磅礴三千界,寶曆開端億萬年。

休誇水上挂燈毬,妙德奇勛合預修。珍重法筵龍象眾,莫將容易度春秋。

老胡七十九,傀儡線索斷。飲光尊者來,桲裏雙趺現。如蛇入竹筒,曲性終難斷。公案既見成,如何為批判。不若燒香供養渠,從教人道無思算。

毗盧頂上一轉語,萬象森羅為君舉。昨夜三更失却牛,天明大棒打老鼠。

老胡三更失却牛,天明起來捨得馬。從茲要騎即便騎,到處要下即便下。

小盡二十九,大盡三十日。從頭撿點來,今朝二月一。春山疊亂青,春水漾虛碧。寥寥天地間,獨立望何極。

興化接同參,傷鹽仍費醋。本覺遇知己,目擊而道存。棒喝既不施,權實將焉措。石上與松根,相對意自足。爲復古人非,爲復今人是。到此休論是與非,畢竟古今無二致。須彌頂上擊金鐘,下載清風殊未已。

春日晴,黃鶯鳴。大藏小藏,鼻孔眼睛。木馬嘶,泥牛舞。壽山不打者破鼓。

三期不立見全勛,一念纔差喪本真。拈却髑髏前妄想,大千都是法王身。

人皆苦炎熱,我愛夏日長。薰風自南來,殿閣生微凉。無本據,有商量。水向石邊流出冷,風從花裏過來香。

五月五,天中節。不書符,不捏訣。放教心地坦然平,百怪千妖自消滅。

一手不獨拍,兩手鳴摑摑。擔板禪和氣食牛,抬頭只道乾坤窄。

今朝六月初一日,陞座拈香祝聖君。一句當陽須薦取,祖師元是嶺南人。

正旦值庚申,成湯德日新。皇元開鳳曆,八萬四千春。

法昌一力撾鼓,功臣萬象説禪。二老徐六擔板,未免各見一邊。本覺虛心閱世,一切任之自然。或則逆風把柁,或則順水行船。

山中二三日,啟建青苗會。開眼與合眼,總是法性海。三賢固不知,十聖何曾會。唯有主稼神,證此大三昧。各乘本願力,普應眾生界。眾生界無盡,此願亦不退。稽首毗盧師,和南觀自在。

雞足峰前風悄然,能仁堂下浪黏天。騰身抹過青霄外,一曲胡笳奏未圓。

木雞啼,芻狗吠。兩個老凍膿,各長三尺喙。古曲無音和得齊,安用兒孫作臨濟。

去年臘月三十日,今年臘月二十九。少處不減多不添,年去年來總仍舊。舊者不去新不來,新舊何妨自前後。

頭峭五嶽,眼生三角。左刮龜毛,右截兔角。焦尾忽乘雲雷飛,金毛亂觸日月落。月裏仙人巧畫眉,九逵擺動黃金鐸。

不垂巴陵三轉語,不作楊岐女人拜。只將此個報深恩,大似藏身露衣帶。賣賈精神休賤賣,漆桶自來多不快。留取雙眉蓋眼睛,鳳臺老人相體解。

一條古路坦然平,今古何人敢闌過。捎清風,拂明月,萬煅爐中拈得雪。和盤托出示諸人,幾個衲僧能辨別。庭前鐵樹本無華,強被一陽輕漏泄。

毛頭星現出山來,此日平生眼豁開。大地眾生總成佛,與誰攜手上高臺。

元正改旦,一句全提。萬機休罷,千聖不攜。紫烟籠帝闕,睿算與天齊。

(以上同上卷二)

千燈續焰，五葉芬葩。明來震旦，暗度流沙。關空鎖夢年年事，一炷栴檀一碗茶。

三咬下見骨，一舉四十九。喫飯了瞌眠，幾個能知有。

一年三百六十日，一日還他十二時。禪客相逢只彈指，此心能有幾人知。

今朝三月十有七，天壽聖節啟建日。大家圓證金剛心，摩訶般若波羅蜜。

硯池拍拍浪翻空，個是吳中第一峰。三萬頃湖歸眼底，二千年事在胸中。涅槃妙性無留礙，圓覺伽藍自混融。嚼碎東山鐵酸餡，始知風味不雷同。

丹山鸞鳳來阿閣，御殿簫韶奏九成。野老不知黃屋貴，六街猶聽靜鞭聲。

霏霏梅雨灑危層，五月山房冷似冰。莫謂乾坤乖大信，未明心地是炎蒸。

鋤畬種粟功非少，飽飯安眠德不孤。倒腹傾腸都說了，不知秋色在庭梧。

一葉落，天下秋，神仙何必更封侯。一塵起，大地收，萬里銀河輥玉毬。有意氣時添意氣，不風流處也風流。

一大藏教道什麼，如是我聞先已錯。廣福堂前正令行，空裏磨盤生八角。

入城思量上堂，歸來舉似大衆。只恐聽事不真，未免喚鐘作甕。

巖居關寂遠塵囂，多謝同人訪寂寥。心月有光吞萬象，普天無夜不元宵。

今朝四月十五，隨分椎鐘擊鼓。燈籠動地放光，露柱掀天起舞。揭開臨濟三玄，抽却雲門一顧，發機須是千鈞弩。

時節不相饒，今朝五月五。東家釘桃符，西家懸艾虎。孤峰絕頂頭，也須資一路。拈起須彌椎，且擊虛空鼓。翻身躍倒鬼門關，大地山河無寸土。

一葉落，天下秋。一塵起，大地收。國師三喚侍者，無端賣弄風流。

劈破華山雷未迅，照開滄海月非光。瞎驢滅却正法眼，直得哀聲滿大唐。

今朝九月九，萬物隨時候。滿泛茱萸茶，何用菊華酒。畢竟醉兀兀，不似長醒醒。

今夜群陰剥盡，明朝一陽復生。大家履踐通天路，莫向時人行處行。

幽幽寒角發孤城，十里山頭漸杳冥。一種是聲無限意，有堪聽有不堪聽。

雪嶺六年，弄巧成拙。出得身來，天闊地闊。好事大家知，今朝臘月八。

杜城山頂，打鳳羅龍；黃池水邊，張蝦釣鱉。逗到衣錦還鄉，一味斬釘截鐵。如今傀儡線索斷，五色祥麟步天岸。有伴何妨却再來，了却先師舊公案。

苦便哭，樂便笑，苦樂雙忘不同調。高山流水少知音，明月清風古皇道。

（以上同上卷三）

國師年老覺心孤,三度頻將侍者呼。饒你粉身并碎骨,不和酬得此恩無。
圓明借手行拳,雪竇捕風追電。畢竟俱胝老子,不在一指頭邊。(以上同上卷四)

世尊初生
指天指地獨稱尊,不是興家便滅門。拋却金輪聖天子,却來方外立乾坤。

世尊拈華
鷲峰龍象數如麻,獨有頭陀解笑華。半座平分多子塔,密傳金縷衲袈裟。

世尊陞座文殊白椎
電捲星飛下一椎,早成狼藉遍坤維。靈山密意無人會,秋後黃華自滿籬。

未離兜率已降王宮
臘月華開火裏蓮,神仙秘訣許誰傳。一毛端上三千界,買斷風光不費錢。

不問有言不問無言
剪斷群機立問端,舌頭拖地髑髏乾。影鞭良馬知何往,月上青山玉一團。

調達謗佛生陷地獄
莫問今吾與故吾,胡鬚赤對赤鬚胡。吹毛未動頭先落,烈漢元來是丈夫。

梵志獻華
兩手空來放下難,一椎擊碎鬼門關。堂堂大道如弦直,白月清風任往還。

金棺自舉
金棺三匝繞尸羅,常與無常會也麼。面皺只因陪笑得,背駝偏爲曲躬多。

阿難問迦葉金襴外別傳何物
金襴之外傳何物,問處分明答處端。倒却門前刹竿着,弟兄終是不相謾。

殃崛摩羅持鉢
賢聖中來不殺生,依言說與產家聽。當時子母便分免,佛法元來自有靈。

維摩示疾
病入膏肓念未灰,勞他佛子領徒來。不消一服清凉散,毛孔重重盡豁開。

善財南詢
覺城東際太顢頇,走得娘生兩腿酸。樓閣門前一彈指,念頭空盡髑髏乾。

阿育王問賓頭盧
阿耨宮中請佛齋,本來無位可安排。只知隨例餐餛子,也得三文買草鞋。

廓然無聖

廓然無聖，全提正令。撼動東土西乾，拈却佛病祖病。寶公既解賞音，武帝何妨聽瑩。折得莖蘆便度江，老子從來太着忙。少林一路如弦直，五葉華聯劫外芳。

龐公問馬祖不昧本來身

當陽不昧本來身，直上何如直下親。一曲無弦彈得妙，只今誰是賞音人。

肅宗問國師十身調御

十身調御露堂堂，直蹈毗盧頂上行。但見皇風成一片，不知何處是封疆。

馬祖即心是佛

肥不露肉，瘦不露骨。戲海獰龍，捎空俊鶻。明眼漢，莫輕忽，握金剛椎碎窠窟。

趙州勘婆

衲僧脚下路通天，舉目臺山總是烟。婆子趙州俱勘破，不教空費草鞋錢。

狗子佛性

狗子佛性無，狗子佛性有。擊碎兩重關，何處尋窠臼。山頭木馬嘶，海底泥牛吼。堪笑堪悲老趙州，黑黑明明三八九。

寒暑到來何處回避

急切相投事有由，臨川重下釣鼇鈎。因看月挂松梢上，不覺青天在屋頭。

百匝千重是何人境界

當陽擊碎連城璧，手面分開萬仞崖。明月清風兩無價，碧潭雲外絕安排。

俱胝竪指

俱胝一指鬧浩浩，十方剎海俱掀倒。如今浪靜風亦恬，綠陰滿地無人掃。

趙州訪臨濟

千金駿骨無尋處，兩個木人相耳語。白雲飛盡海天高，落華片片隨流水。

大禪佛到霍山

集雲峰下四藤條，夾鏡方瞳駿馬驕。一抹烟沙幾千里，相逢誰是霍嫖姚。

庭前柏樹子

九九百百，半青半白。祖意西來，庭前老柏。

日面佛月面佛

名不得，狀不得。日面月面，釋迦彌勒。馬師病入膏肓，證候鬼神莫測。打瓦鑽龜數似麻,除却耆婆有誰識。

有句無句

樹倒藤枯意若何,溈山特地笑呵呵。布單賣却猶閑事,惹起無風匝匝波。

僧問趙州晝昇兜率,夜降閻浮,爲甚摩尼珠不現

圓陀陀,光爍爍。影迹不留,十虛昭廓。往古來今幾個知,一聲天外黃金鐸。

臘月火燒山

臘月燒山,天寬地寬。衲衣下事,更不相瞞。無影樹頭,鶴驚殘夢;不萌枝上,春在曲闌。推倒生公點頭石,碧潭雲外不相關。

體露金風

樹凋葉落,體露金風。雲收大野,月皎長空。華鯨殷殷,鼉鼓逢逢。神山中聳,江漢朝宗。

如何是道墻外底

大道透長安,嚴冬日日寒。少林深雪裏,北斗面南看。

前三三後三三

前三三與後三三,數目分明不用參。師子教兒迷子訣,斷崖千尺倚層嵐。

丹霞燒木佛

高燒木佛禦嚴寒,和氣如春四體安。自作要知當自受,與他院主不相干。

丹霞燒木佛,院主眉鬚墮。古今競商量,往往成口過。壽山爐排開,與君重註破。重註破,還知麼。五熱炙身,迷逢達磨。

夾山見船子

明明法眼本無瑕,不奈傍觀冷笑何。撥轉船頭逢洛浦,也能平地起風波。

德山托鉢

德山托鉢小兒嬉,賴有巖頭點破伊。活得三年便遷化,個中消息幾人知。

仰山問溈山云大用現前,請師辨別

暗裏抽衡骨,明中坐舌頭。幸然平似鏡,何用曲如鈎。

常在家舍不離途中

家舍途中同一轍,不論空劫與如今。鬼神茶飯休拈出,南北東西意自深。

法眼問覺鐵觜趙州柏樹子話

暗去明來自有因,莫將容易辯疎親。鴛鴦繡出從君看,不把金針度與人。

洞山恁麼道即易相續也大難
覿面相呈道即難,一毫端上萬重山。直須坐斷毗盧頂,堪與他家共往還。

鰲山雪夜
胸襟流出始相應,直得三千海嶽崩。描不成兮畫不就,鰲山店裏喚師兄。

雪峰輥毬
截嶺橫岡鱉鼻蛇,遭他毒口數如麻。無端更把三毬輥,又是重添項上枷。

雪峰示衆
大地撮來無粒粟,毛端涌出須彌山。晨朝打鼓普請看,南海波斯念八還。

玄沙白紙
白紙封來落二三,鳴鐘集衆爲開緘。同風句在言詞外,不是通人不易諳。

中原一寶
中原一寶見還難,不在張眉引手間。金殿日高旗影轉,一爐沉水萬機閑。

五祖室中舉小艷詩
聲前句後太無端,金鴨香消夜未闌。一把柳絲收不得,和烟搭在玉闌干。

鉢囉娘
一大藏教是切脚,東山直示鉢囉娘。靈巖今日爲君舉,醉後添杯禮數長。

如何是佛肥從口入
波波挈挈,憨憨癡癡。人情若好,喫水也肥。

向上一路千聖不傳
夫子不識字,達磨不會禪。脚跟不點地,水底火燒天。

出山相
棄金輪位入深山,麻麥無功歲又闌。開得眼來天地闊,斗杓正插鬼門關。

栴檀佛
怛薩阿竭,栴檀瑞像。肇自優填,造於智匠。佛從天降,像亦地升。震旦之記,廣利有情。歷歲二千,三百有七。屆于皇元,延祐三秋。聖主仁宗,眷茲聖容。史臣奉詔,纂緝始終。勒文于石,用昭聖德。前聖後聖,聖心允格。善哉振鵬,王氏之子。慕君效忠,摹刻以施。譬諸滿月,影現千江。大光普照,靡間遐荒。瞻之仰之,以欣以忭。我作贊詞,捕風追電。

有異比丘以金剛經寫成釋迦佛像,高不五寸,
廣則半之,可視不可讀。爲作贊曰

三十二相,金剛法寶。色見聲求,是行邪道。應無所住,而生其心。夢幻露

電,功德之林。縱橫倒植,珠明玉潤。毫端發揮,攝入方寸。如明鏡中,而現色像。善哉佛子,顯此智藏。

高安陳茂卿書四大部經求贊

善哉茂卿大居士,深入諸佛法性海。乘彼無始大願力,而於一念了萬事。隨順世間一切相,不壞不雜悉平等,與我法性無差互。然此法性不可得,彼諸世相亦無有。以無有故無罣礙,於一切處無順逆。譬如虛空無所依,爲諸色相所依止。不即不離無取捨,具足成就一切法。而於一切無作受,若能若所寂靜故。居士既入此法性,無復發起世間想,若利若祿如夢幻。豈有智者於夢幻,一毫端許生染著,是名菩薩如幻智。居士以此幻智力,遊戲一切翰墨海。於一微塵出經卷,量等三千大千界。開敷一切三昧華,莊嚴諸佛法性土。具足無上大智慧,絕生死流到彼岸。衆寶積聚如須彌,涅槃自性無繫屬。發起普賢諸大願,於一切處爲先導。而此居士翰墨海,瀰漫汹涌無有涯。於一滴中具衆智,一一滴中無不爾。以一切智入一滴,一切智智亦復然。是爲菩薩無盡藏,於一切處作利益。是爲菩薩大法船,於一切處作津濟。是爲菩薩精進幢,於一切處無退屈。一切諸佛淨天眼,證我作此無畏說。普願一切法界海,與我所說無涉入。令彼居士法性身,與諸佛等菩薩等。而於諸佛法末世,興起廣大諸佛事。普使沉溺諸有情,同見自性天真佛。

何山復藏主血書法華,募印藏教,建殿曰毗盧性海

我觀如來真法界,清淨廣大如虛空。若性若相悉平等,故能建立於一切。能作所作不可得,而於諸法不染著。善哉佛子證此法,即見本身盧舍那。三際洞然入一念,不越一念了三際。譬如皎月行太空,不作明照一切想。是爲菩薩無功用,於一切處作佛事。交光相羅無壞雜,體用涉入如帝網。小溪不隔逝多林,遮那不起菩提樹。所以莊嚴大樓閣,動念俱息開復閉。於此不作奇特想,亦復不作無奇特。是爲不捨根本智,而能成就諸願海。今觀佛子所建立,始終不離如是義。毫端顯示妙蓮華,隨說而行血滴滴。乘時破彼妄想塵,全出無邊大經卷。普爲來者作饒益,不出遮那同體悲。自然常在於其中,若經若行若坐臥。求其實性不取相,即是諸佛所受用。我今隨喜說伽陀,聊爲太虛安耳穴。作是觀者爲正觀,異是說者即邪說。

承天量維那集同志書雜華大經爲十卷,其二乃吾雪心所寫,端楷入神,求余題之。說偈以贊曰

毗盧遮那華藏海,七處九會熾然說。文字句義悉平等,悲智行果所成就。

不起于座遍塵刹,一切諸佛亦如是。重重主伴互開演,歷歷交參同帝網。一經普攝一切經,一義具足無量義。言詞道斷心行滅,此經真體即無寄。是名華嚴大法界,若理若事無有礙。情與無情本一體,能所動靜性空寂。善哉心量十比丘,智願弘廣北溟水。安住無住冰雪心,各於毫端現神變。縮此大經八十一,萃爲十卷悉周備。我觀如來本無説,爾諸比丘未嘗寫。無説而説是真説,不寫而寫是真寫。受持讀誦與供養,開示悟入亦復然。佛子當作如是觀,安住解脱不思議。深入普賢行願海,同證遮那根本智。

天台碧上人歸百丈山建楞嚴精舍求贊

釋迦如來有顯訣,直截根源最無比。隨順一切群生心,同入諸佛法性海。諸佛性海無有涯,群生心體亦如是。無形無相不可名,強而目之首楞嚴。迷之背覺而合塵,慶喜乃爲魔所冒。悟之背塵而合覺,登伽即登無漏果。不迷不悟非背合,即修即證離證修。善哉無上妙蓮華,金剛寶覺無畏地。此方教體在音聞,彼觀自在從中證。文殊師利擇法眼,標顯實謂當其根。審是五五圓通門,豈以勝劣有取捨。譬如良醫療衆病,對病與藥無差互。病去藥除心體空,忽然超越十方界。末世衆生善根少,罕有知此勝法門。唯此道友碧上人,而於此法能信入。能信能入不思議,復能推廣利有情。我觀赤城百丈山,即是祇桓大精舍。是中宜建堅固幢,是中宜發光明藏。是中宜集諸佛子,一一圓通互開演。而於如來滅度後,令此慧命不斷絕。我以父母所生口,隨喜贊嘆作是説。聞者見者悉信受,同乘普賢大願輪。

靈隱昇藏主書華嚴塔求贊

毗盧遮那大經卷,量等三千大千界。書寫大千界中事,一一事相各差別。理隨事遍一即多,事得理融多即一。即多即一即事理,交攝融通了無礙。是爲諸佛法性海,儼然藏在一塵中。有大比丘名可昇,出生如來法末世。發起廣大同體悲,爲欲饒益諸含識,以净天眼普觀察。破此微塵出經卷,書成廣大華嚴塔。高顯挺特逾須彌,圍繞重重香水海。基陛下極金輪際,相輪上徹有頂天。五十二位列層級,一百一十布闌楯。十虛彌漫寶絲網,流出一切供具雲。覺樹開敷智慧華,園池涌現功德藏。佛之身光蔽日月,菩薩聲聞衆無數。而諸世主稱妙嚴,一一雲集普光殿。雖分七處與九會,其實不離菩提場。我此本師盧舍那,與十方佛當不異。我觀十方諸世尊,所現身土悉平等。而諸世尊刹網中,應有比丘出經卷。方便善巧總殊勝,所作佛事無有別。佛等刹等衆會等,悲智行願亦復然。如此無上窣堵波,全是遮那法身王。遮那法身入我性,我性即與遮那合。我願一切身衆雲,咸具無量辯才海。窮未來際贊此塔,而與我今無有異。我此言詞相寂滅,懸契諸佛真如心。若見若聞若隨喜,各悟自性獲道記。

法華塔贊

道人夏坐蓮華峰,晨起爲寫蓮華塔。深入法華妙三昧,旋而證得陀羅尼。八萬四千毛孔中,咸放光明照天地。是身即塔塔即經,離名離相絕能所。十方諸佛皆歡喜,異口同音贊善哉。當知世尊釋迦文,一代時教三百會。開權顯實示真要,難信難解唯此經。當時靈山大會中,嘗以此經囑累汝。是故佛子乘本願,篤生五濁法末世。通身被服精進鎧,畢生扶植堅固意。爲滅荒唐癡暗獄,耀此熾盛光明幢。開廓自己神通門,顯發諸佛知見海。方其點畫未形初,此塔遍界已充塞。塔中古佛與今佛,不從地涌從心現。所以引筆與行墨,行布圓融了無礙。相輪層級甚高聳,寶網香雲悉周遍。天華繽紛雨新好,法音清揚振金鐸。若聞若見悟本智,是名真法供如來。咨爾天神及龍鬼,在在處處爲訶護。令此寶塔鎮浩劫,永爲群生作饒益。

法華經塔爲道藏主贊

是法華經藏,深固復幽遠。開示與悟入,彌綸大千界。善哉道上人,以無作妙智。攝諸一毫端,幻此大寶塔。高廣至梵世,綿亘恒沙劫。無斷亦無滅,不騫亦不崩。仍於念念中,興起諸佛事。若見若供養,疾得成佛道。當知此寶塔,全是芬陀利。開權而顯實,一切義成就。是名經中王,於塔最第一。古佛與今佛,常在於其中,刹網互輝映。而諸分身佛,一時皆集會。能說與所說,言詞相寂滅。無取亦無證,吻合諸佛心。能契此心者,得法華三昧。我爲贊此塔,說此妙伽陀。以爾精進力,激我懶惰意。則知此上人,是我善知識。我觀十方國,此經無不在。諸佛法末世,無不書此塔。亦有贊塔者,與我將不異。安住四法故,即具普賢道。稽首釋迦文,證我如是説。

王朋梅摹刻阿育王塔贊

維阿育王,有大因地。昔爲幼童,聚沙嬉戲。邂逅佛來,拜瞻欣樂。蔑以致誠,奉沙爲麨。佛贊善哉,即授其記。再世當得,鐵輪王位。十善具足,萬方臣服。雖處世間,而享天福。造我寶塔,八萬四千。安我舍利,廣利人天。莊校嚴飾,不捨晝夜。驅役鬼神,布諸天下。佛滅度後,果符宿緣。凡所應作,靡不皆然。時有尊者,名曰耶舍。放五指光,紛如箭射。光所及處,塔乃隨至。華雨雜飛,天龍森衛。此真丹國,會稽之東。舍利所止,是謂鄮峰。感應道交,非近非遠。以劉薩訶,而乃出現。相輪五層,觚稜四起。高尺有四,廣則半耳。寶磬中懸,聖像外設。瑞采祥光,玲瓏瑩徹。由晉洎梁,閱陳而唐。吳越南宋,靈異迭彰。逮我皇元,混一車書。遂迎寶塔,入于京都。迭興大會,爲國祈福。光燭禁庭,耀奪群目。百寮進賀,龍顏大悅。頂禮繞旋,情均布髮。曰咨爾衆,佛慈等視。攝化有方,寧容久滯。宜從護送,歸奠于鄮。永永萬萬,以康吾民。後四十載,金華王氏。殫伎厲精,圖刻以施。自東自西,自南自北。如法供養,無量功德。我觀十方,惟一佛身。而此舍利,普現諸塵。一一塵中,含十方界。佛身舍利,無在不在。胡隱而顯,胡生而滅。一念洞然,空華水月。我如是說,真實不虛。稽首世尊,釋迦牟尼。

文殊大士

大智非名,真空絕迹。凡聖兩忘,體用雙寂。眸閃閃而電輝,髮披披而雲碧。握利劍逼老瞿曇,揮如意對維摩詰。入泥入水,道出常情;非默非言,義有所極。暗裏藏機,明中辯的。墻壁瓦礫,動地放光;疥狗泥猪,全威返擲。

漆眸炯炯,紺髮垂垂。執卷特立,孤風凛而。斥諸徒破碎大道,弘正智掃蕩群疑。是文殊,非文殊,雲開碧落;出法界,入法界,月滿坤維。龍蛇混雜兮凡聖同居,草衣勃窣兮七佛之師。

我真文殊,不可描貌。無是文殊,將錯就錯。金毛師子奮全威,等閑觸折祥麟角。

維摩居士

彈偏擊小門風,嘆大褒圓宗旨。示疾毗耶離城,攪得五天鼎沸。毛吞巨海,斷妙喜如陶家輪;芥納須彌,有解脱名不思議。靠倒文殊幾個知,伸脚只在縮脚裏。

瘦骨崚嶒,老懷虛曠。文殊不來,全無伎倆。喚作金粟應身,政是敲空取響。堪笑靈山一會人,個個望風先膽喪。

只個渾身沒奈何,又持妙喜入娑婆。不知一默酬人外,截斷群機更有麼。

毗耶一默,不二門開。手提大千,毫端往來。

觀音大士

聞熏聞修精進力,金剛三昧不思議。六根互用真圓通,善哉神力不共法。一法具足一切法,彌綸刹海不相礙。似月行空空印水,波波頓現非實相。於此明達洞無際,返觀自性悉平等。惟物與我既不二,乃能普運慈悲心。一念智入無量劫,無量劫智入一念。前際不往後不來,現在如如亦無住。一身遍至十方界,萬類交作而不勞。十方界復入一身,寂湛真常離喧雜。即樂即苦非苦樂,是謂如幻三摩提。我此父母所生口,含吐無量廣長舌。流出一切言詞海,發揮大士功德藏。大士功德無有邊,我此言詞亦無盡。從旦至暮月至歲,展轉聯屬不斷絕。一處既爾諸處同,見聞隨喜互相攝。圓證無上妙蓮華,安住金剛王寶覺。

吠琉璃椀,天甘露漿。無邊熱惱,一味清涼。證真圓通,得大自在,不動本際,普應殊方。峭壁巉巖,空中鐵脊,虬枝橫出,劫外春光。發揮普門之妙境,顯示如幻之金剛。杲日麗天,無幽不燭,清風匝地,厥德孔彰。海岸乾坤自孤絕,白華香雜紫檀香。

泛泛香水海,屹屹金鰲背。於心既無作,於法得自在。瓶中甘露漿,眼底眾生界。如幻三摩提,鐵椎打不壞。精誠忽感通,夢寐見光怪。譬如磁石針,合處無違礙。又如大圓鏡,形影自融會。我不離大士,大士不離我。偉哉功德山,面面長相對。

大圓照中,滿月慈容。六根互用,一性融通。香水海層層波浪,寶蓮座匝匝祥風。攝五濁全歸清泰,發眾吼普迪群聾。是所謂如幻聞熏聞修金剛三昧,不動本際,遍至十方,而無來無去,全始全終者也。

開圓通門,説無畏法。慈眼普視,慈心普攝。毫端十方,剎那萬劫。是所謂被精進鎧,發堅固意,於生死暴流之中,為舟為楫,而不退不怯者也。

從聞思修,證觀自在。開示不思議解脱法門,入一切眾生喜見三昧。直行徑前,妙轉不退。六根互用而非正非偏,剎海同觀而無向無背。

法門圓通,三昧如幻。一念了知,十方溥現。惟此大士,善巧方便。搏人天龍,置涅槃岸。坐斷巍巍萬仞崖,地右旋兮天左轉。

髧彼兩髦,屈斯五指。得真圓通,普施無畏。龍護法而不潛,鳥銜華以頻至。璚崖玉樹寶光浮,碧海無雲天在水。

三無漏學,大哉普門。耳根圓證,眼裏同聞。竭群生之業海,布萬德之慈雲。五蘊本空猶用照,滿身泥水若為分。

圓通入正觀,層崖落飛水。大千一毛端,三際小彈指。業海無邊涯,悲心豈得已。寂照兩俱忘,念念從緣起。

金剛三昧,圓通法門。不以耳聽,而以眼聞。入諸佛智,應衆生根。巖前懸水三千丈,落落聲光貫碧雲。

六用圓通,一機獨露。覿面相呈,了無回互。説甚三十二應入國土身,檢點將來,政是秤錘蘸醋。

此方真教體,清净在音聞。良哉觀自在,發此妙耳門。峭壁懸崖同一舌,寶雲香篆滿乾坤。

萬法圓通門,一月千江影。心精自遺聞,性相悉平等。峭壁懸崖露半身,巍巍坐斷毗盧頂。

妙辯如飛流,定力若山嶽。六用總圓通,諸塵洞昭廓。生佛由來體本同,白牯狸奴成正覺。

漚生漚滅,自起自倒。瀑能説法,石解體道。大悲行相,寂而常照。照亦何有,白日杲杲。

海印發光,玉壺寥廓。月滿滄州,風生碧落。普門示現,妙力無作。絶毫絶釐,如山如嶽。

縞衣不重,蓮舟素輕。耳中觀色,眼裏聞聲。善財一去無消息,覺海風休月自明。

廓圓通門,握菩提印。眼耳同觀,智悲獨運。銀山鐵壁露全機,業海無邊空一瞬。

峭壁懸崖,春容月影。極萬法源,徹千聖頂。小白華開大劫前,繁興永處那伽定。

正觀無我,垂手爲誰。六根互用,一等慈悲。圓通法界空三際,刹刹塵塵普應時。

寶石玲瓏,玉壺寥廓。一根返元,六用無作。童真相好月輪孤,海岸風清夜潮落。

根塵同元,動静無二。耳色眼聲,見聞超詣。萬仞崖前獨露身,普門境界非天地。

孰動孰静,匪泉匪石。孰見孰聞,匪聲匪色。童真稽首兩忘言,六用圓通自空寂。

一月在天,影含衆水。大慈悲行,只這便是。擬議還同萬仞崖,抬眸早已三千里。
願海無邊一葉蓮,普門方便廓心天。耳根不借眼根力,此是圓通自在禪。
返聞聞後竟何爲,回首塵勞未有時。獨倚蒼崖看飛瀑,春風不在綠楊枝。
衆生界上相逢少,五欲波中獨運遲。無我無人亦無佛,此心那許善財知。
金剛石上水天開,童子南詢遠遠來。八萬四千煩惱海,浪頭高處是塵埃。
六根互用三昧海,一切衆生喜見身。脉脉流泉繞蒼石,黃金地上不栖塵。
坐而倚,俯而視。從聞思修,入三摩地。絕壁春回薜荔椿,滄溟月輾珊瑚樹。
籃裏金鱗始褪潮,尋聲回首入塵勞。自緣今日無行市,莫道奴奴索價高。
善應無方自在身,縞衣蓬鬢不栖塵。一般經紀難將就,只合和聲送與人。
放下魚籃便展經,白蓮華帶錦鱗腥。玉鈎掣斷紅絲線,水漾金沙月滿汀。
碧崖丹嶂,玉樹瑤草。圓通法門,紅日杲杲。
空華無蒂,願海有船。按膝俯視,朝宗百川。
琅玕寶石,栴檀香風。大慈悲行,月影春容。
童真妙相,滿月慈容。反聞自性,懸水生風。
六用休復,一真圓通。蒼崖古木,劫外春風。
圓通法門,洞無邊表。石裂崖崩,聊露一竅。
釵橫鬢亂,口是心非。賣不着主,提取魚歸。
耳見眼聞,諸法無礙。大圓照中,金剛三昧。
六用無作,一機獨露。師子嚬呻,象王回顧。

布袋和尚

倒拈金錫,穩靠布袋。低眉斂目,袒肩露背。成佛尚隔一生,且入瞌睡三昧。料想龍華會中,也無如此自在。
拄杖頭邊,有照有用。破布囊中,無罅無鏠。拋却兜率陀天,愛向人間賣弄。稽首彌勒世尊,何得與麽鄭重。
指端光怪本相現,肚皮雖大眼已眩。放浪多遊族姓家,一个布囊推不轉。
挈挈波波走市廛,逢人伸手乞文錢。杖頭日月明中去,囊裏乾坤暗裏旋。
柳栗短長,布囊輕重。寬着肚皮,一笑自奉。

布袋魚籃同幀

長汀水邊,金沙灘上。一種風流,十分孟浪。破布袋有甚珍珠,無底籃好些魚樣。全肩擔荷,狹路相逢。赤手提持,是行不放。如斯顯異惑人,合喫手中拄杖。

寒拾二大士

混俗威儀,出塵標格。見個甚麼,自笑自拍。明月清風三百篇,流落人間無處着。

展開經卷,橫看竪看。脚瘦鞋寬,頭鬞眼眩。萬行門中一法無,手面神機日千變。

兩眼覷地,隻手指天。應得好拍,走不上前。國清寺裏齋鐘響,孤負巖西瀑布泉。

一笑相看兩弟兄,面皮塵土髮鬅鬙。驚人有句無題目,說與森羅萬象聽。

阿羅漢六

內祕外現,陸飛空走。龍獰而降,虎猛不驟。猴果于前,鹿花其後。跏趺忽作象王回,噴嚏也成師子吼。深則厲,淺則揭,有許周章;老者負,少者攜,無他怪醜。明朝又赴娑竭齋,想得人間未曾有。

山高尚可登,水深實難渡。下有不測淵,蹈着蛟龍怒。神通不用時,欣厭情盡露。豈無小歇場,未是安身處。前者勿作得度想,後者要君爲榜樣。石罅雲根急轉頭,日輪正照高山上。

乘虛誰言落空,度水自賴濕脚。龍王宮殿雖深,羅漢應供不薄。天上人間知未知,夜叉頭上擎雙角。

攫霧拏雲漫作狂,忽看平陸浪翻江。是何尊者從何至,彈指聲中即受降。

一嘯腥風生百谷,垂頭妥尾向應真。傍觀不用多驚訝,人若無心虎自馴。

三明六通,天上天下。一點水墨,千變萬化。

朝陽對月

凍日含春,霜風劈箭。綿密工夫,竹針麻線。

半舒半捲,如癡若呆。一笑自領,月滿瑤臺。

四睡

閉眉合眼人如虎,伏爪藏牙虎似人。夢裏乾坤無彼我,綠鋪平野草成茵。

咄哉豐干,抱虎而睡。拾得寒山,正在夢裏。可憐惺惺人,未能笑得你。

達磨大師五

下視竺乾,平欺震旦。直指單傳,胡揮亂揎。掉三寸舌而電掃六宗,蹈一莖蘆而風生兩岸。劫外春光喚得回,五葉千葩何爛爛。

倒拈鐵錫,側佩金環。屠龍有伎,畫虎無班。不得宋雲輕捉敗,誰知隻履竟西還。

目前起浪,脚下生風。西天可着,東土難容。羚羊挂角處,遍界絶行踪。

碧眼胡,天下無。赤兩脚,蹈莖蘆。爲愛洛陽春色好,長江不管浪頭粗。

齒缺不關風,眉粗膽氣雄。一言曾觸諱,無面見江東。

栽松道者

放下長鑱繼祖燈,重來恰值嶺南能。一絲倒引千鈞重,說與兒孫幾個聽。

八十翁翁七歲心,一機括盡去來今。钁頭邊事知多少,不似頭陀用力深。

破頭山下荷鋤翁,笠底乾坤不世同。但得髯郎霑寸土,不愁無地着春風。

栽松粥薪圖

落照蒼黃路欲迷,擔頭薪重首頻回。荷鋤有語君知否,我出頭時汝用來。

李習之見藥山和尚

雲在青霄水在瓶,客來無火強敲冰。無弦琴上無生曲,不是知音不易聽。

白樂天見鳥窠和尚

夷險忘來樹上身,無邊風月自爲鄰。使君問法休驚訝,行得方爲說得人。

李軍容見溈山和尚

破壁蕭條自上泥,不知背後客官來。看他轉笏相成處,直得虛空笑滿腮。

呂洞賓見黃龍禪師

幕阜山前陷虎機,且無雷厲與風飛。不徒剖破葫蘆去,收得雙雙寶劍歸。

三笑圖

攢眉不作入社客,送別乃復過虎溪。一笑三人幾絶倒,廬山高壓楚天低。

德山和尚

未離西川,有些柄把。泊到南方,全無說話。白棒一揮,天上天下。佛被訶,祖遭罵。神見神憎,鬼見鬼怕。不是巖頭點破伊,爭得三年便遷化。

船子和尚

一蓑一笠老生涯,獨向江干理釣車。拚得滿船空載月,直鉤端不在魚蝦。

普化和尚

木鐸震吼,蒲扇生風。打个筋斗,何處尋踪。

自初祖至先保寧,凡二十八世,日東壽藏主各求一贊。歸而圖之,刻諸楞伽院

十萬西來亦苦辛,逆鱗一批便翻身。九年面壁成何事,五葉華敷劫外春。

覓心無處即心安,大地山河鐵一團。一曲胡笳吹不徹,和腔留與後人看。

皖公山下人中寶,玉葉聯芳繼斷肱。接得沙彌年十四,白頭能許再來僧。

六十餘年脅不床,九天三詔自回翔。紫雲鎖斷雙峰頂,七歲人來付鉢囊。

濁港江頭夢未回,黃梅峰頂白蓮開。傳衣只作小兒戲,勾得新州獦獠來。

把定西乾屈眴衣,曹溪吞海百川歸。群機普應三千界,萬鍛爐中片雪飛。

坐禪成佛釘根楔,作鏡磨磚陷虎機。點得髑髏雙眼活,車行更不打牛兒。

即心佛,非心佛,清冷雲中雷光拂。即此用,離此用,疾雷破山海水涌。耳聾吐舌顯宗風,風從虎兮雲從龍。

頭嶄巖,耳卓朔。哭一落,笑一落。酌古準今,制禮作樂。奇特事,難描貌。獨坐大雄峰,車輪生八角。

大雄山下插翼虎,文彩斑斑牙爪露。親遭一口可憐生,說與傍人須照顧。咄咄咄,噓噓噓,凌辱宗風個是渠。

這小廝兒,是白拈賊。不往河南,便往河北。糾合克符普化,建立黃檗宗乘;熱謾三聖瞎驢,覆滅老胡種族。令行吳越付兒孫,六六依然三十六。

紫羅帳裏撒真珠,八角磨盤空裏轉。雷厲風飛法戰場,棒了罰錢趁出院。

八華九裂無縫塔,壁立千仞赤肉團。餓虎投崖鬼争桶,盲枷瞎棒太無端。

大用現前,不拘小節。駕鐵牛機,雷奔電掣。木雞啼處,韻出青霄;芻狗吠時,光吞皓月。是渠親見作家來,哮吼一聲魔膽裂。

白兆堂前收草賊,和贓捉敗豈徒然。一言截斷千江口,萬仞峰頭始得玄。

龍袖拂開,全體露現。象王行處,狐兔潛藏。酒肉僧不堪師法,亡父母特地為殃。皮膚脫盡,海印發光。築底六人成大器,灼然門户冠諸方。

西河師子嚬呻句,佛與衆生一口吞。鐵額銅頭元不會,黄河九曲出崑崙。

老楊岐,無旨的,栽田博飯招人喫。拋金圈,擲栗棘,和麩耀麪成狼藉。三脚驢子弄蹄行,十影神駒追不及。

出茶陵門,入楊岐室。少減多添,多虛少實。情盡圓明一顆寒,得錢買个油糍喫。

辛辛辣辣,婆婆和和。接來機用録公手段,操蜀語唱綿州巴歌。丹霄彩鳳,古路鐵蛇。惟其克肖,滅門破家。

本色川薑苣,用處不雷同。壞東山家法,滅臨濟正宗。棒頭擒虎兕,喝下辯蛇龍。獨立乾坤外,那知萬馬空。

菸菟肉醉呼不覺,腥風蕭騷撼林壑。長安路上斷人行,領下金鈴除不落。

出家行脚,總是正因。氣吞佛祖,眼蓋乾坤。妙喜徑山,禪師太白,叔侄相望,二甘露門。衲衣有托,佛日再暾。檢點將來,成什麼三家村裏臭胡猻。

破沙盆,正法眼。掀天紀,截地維。青山九鎖分中峰巍巍。

開口不在舌,明眼人落井。禿帚攪滄溟,魚龍俱乞命。把住楊岐黑黲衣,兩耳聾來呼不應。

平生一味督黃牙,不解成家只破家。郎罷耳聾兒口吃,眼頭何處辯金沙。

鄧峰崛起定綱宗,一旦追回萬古風。狴血真堪化驢乳,此心能有幾人同。

虛空爲口,萬象爲舌。寄妙辯於風霆,致方來于冰雪。橫身異類中,何處尋途轍。轉身蹴折大龍橋,千古鳳臺高嶒嵲。

龐居士

吸得西江徹底乾,說難説易太無端。大兒却倚長鑱立,一曲希聲不用彈。

靈運淵明

邂逅相逢處,論心不自欺。永嘉爲郡後,彭澤賦歸時。只許通人會,難教俗子知。有僧堪結社,無酒却攢眉。

黄山谷參晦堂和尚

老桂吹香,打失鼻孔。黔南道中,開眼作夢。從茲倒跨青石牛,貫華散作天女供。顧陸百巧畫不得,六月黃河連底凍。

大慧禪師

湛堂室中,口鑼舌沸。逮見勤巴,無出氣處。薰風殿閣,白汗通流。生擒虎項,活捉蛇頭。黑漆竹篦,掀翻海嶽。白日青天,雷霆雪雹。前佛性命,後佛紀綱。本色草料,衡陽梅陽。

朧庵超禪師

卧壑松枯,懷雲石朧。雙領山中,再來古佛;隰州會裏,兩脚書厨。白晝喚回空劫夢,元來鼻孔大頭垂。

野庵璘禪師

播揚大教,埏埴後昆。捫空揣骨,斫水求痕。由大仰而大溈,聲喧海嶽;既入魔而入佛,道滿乾坤。末後句,若爲論,午夜寒蟾出海門。

無準和尚

中峰再世,破庵嫡傳。宗通眼活,鑒地輝天。真四川本色蘁苴,結七世衲子生冤。萬仞龍門饒峻險,不妨袖手看風烟。

先保寧和尚

無住爲本,妙有爲用。入佛入魔,百發百中。碎惡叉聚,樹金剛幢。不離本際,普應殊方。一柱擎天,三關巨闢。東山瓦鼓歌,少林無孔笛。爲天柱住無住贊

咄哉休居,若爲描畫。三尺竹筯,天上天下。便是補處慈尊,也須勘過了打。只个破沙盆,索起遼天價。秋林十萬莫學渠,學渠和我遭人罵。爲兜率桂秋林贊

滅却正法眼,平生恣拍肓。面南看北斗,當午打三更。此關詔不起,西丘話大行。扶桑東畔看,萬國日輪明。爲日本感出玖石室贊

虹光貫地氣衝天,肋下真堪築痛拳。黑漆竹筯掀海嶽,正宗滅向瞎驢邊。爲興聖琦元璞贊

文廟御書大光明藏四字,僧光獲一明字,求贊

日月合璧,光耀九天。毫端發揮,萬象争妍。以明繼明,明終無盡。何以致之,篤於自信。睿哲文明,過於日月。覆盆之下,罔不昭徹。元首明哉,股肱良哉,庶事康哉,夫豈日月之可方哉。

高峰幻住千巖三翁同幀,僧傅請贊

目視雲霄,心空佛祖。不出死關,全是活路。獅巖吞却伏龍山,夜半日輪高卓午。

虛谷和尚真,梅長老請贊

聲震雷霆,氣吞寰宇。合眼驗人,點頭自許。四藤條令不虛行,三轉語總是活句。凌霄峰頂白浪滔天,師子窟中兒孫遍地。

曇芳和尚真,鐵佛燈自明請贊

堂堂師表,凛凛風骨。道契梁王,衣傳鐵佛。振金剛王之寶杵,碎野狐精之窠窟。掃鍾阜龍河之劫灰,幻玉殿瓊樓之突兀。九天飛下御爐烟,八面清飈香弗弗。

壽昌別源和尚真,天童兀明請贊

粵若此庵,有功宗教。掃蕩邪説,開闢正道。暮翁休居,異曲同調。屈信千古,俯仰一笑。別源秀出,分座玉峰。月犀雷象,風虎雲龍。簫臺巍巍,雙溪浩浩。鉢水投針,長庚橫曉。妙性元明,離諸名相。我作贊詞,捫空追響。

聖壽敬叟諲和尚真,景德雲海請贊

神機絶倫,駿骨空群。大坐當軒,風行草偃。橫揮短拂,電捲雷奔。發天泉見東平,爲兩浙之義虎;虛半座俟雲海,猶靈樹之雲門。賣弄黑豆法,鏗鎗破沙盆。是所謂峨峰庸叟之真子,徑塢虛舟之嫡孫者也。

南楚和尚真,爲延聖剛中贊

無面目漢,未描先像。黑漆竹篦,不可近傍。盡云打得剛中痛,不知被渠爬着癢。只好奪來拗作兩截,且看老漢有甚伎倆。既然放過合如何,深炷栴檀爲供養。挂角羚羊沒處尋,岌岌龍門五峰上。

珩琅一關和尚真,小師雲渺首座請贊

渺渺滄溟,汪汪襟度。即之煦日非春,激之雷霆不怒。架大屋養閑漢,開大口吞佛祖。知之者謂是本色白拈,不知者謂是再來杯渡。眉間長劍倚天寒,手面鐵蛇橫古路。

開福、月庵、老衲、月林、無門、法燈、高山凡七世,日東久藏主繪其像請贊以歸

春山青,春雨晴。白雲三片四片,黃鳥一聲兩聲。賣弄東山家法,鬧熱開福門庭。咄。大悲不展手,通身是眼睛。

奚仲造車一百輻,拈却兩頭除却軸。只因錯認定盤星,正音往往無人續。無人續,六六依然三十六。

控佛祖大機,廓人天正眼。鮎魚上竹竿,巴蛇入蘆管。咄。物相本無何用斷。

一門超出是烏回,喝下曾經海嶽摧。竺國不傳唐土信,薰風吹得桂華開。

白日青天,迅雷激電。萬象耳聾,虛空眼眩。須彌踔跳舞三臺,千古無門八字開。

正眼洞明,真風卓邁。親見無門,話行天下。八十二載脅不印床,三百餘人入大爐韛。髮毛爪齒動地放光,青紫緇黃望塵再拜。是所謂日本國九十九歲法燈國師火後摩尼珠,鐵錘打不壞。

高山仰止，景行行止。大名之下，不可久處。賓則全賓，主則全主。三千里外定譎訛，打破鏡來相見去。

仙巖仲謀和尚眞，敬藏主請贊

甘露室中打失鼻孔，鳳皇臺畔換得眼睛。坐斷杜城，廣揚大敎；掀翻曠古，撲滅眞燈。百草頭邊全正令，三姑潭上鼓雷霆。

自贊
大雲志長老請贊

作者相逢，未言先契。譬如大雲，普覆一切。捲而藏之，不過膚寸。散而六合，豈曰逾分。或爲風霆，或爲霖雨。萬化蠢蠢，各得其所。雖有是作，其本無心。雲兮雲兮，唯吾與爾能以此道自任者也。

長蘆毅長老請贊

會塵刹爲保社，莫羈汝身；廓十虛爲度門，靡愜汝意。時緣旣稔，乘興而來；氣象政嘉，興盡卽去。德山之棒未折，臨濟之喝未匱。以此扶樹達磨正宗，以此接引大乘根器。大似眞州望長蘆，何啻九十餘里。吁。傲睨萬物，徜徉一丘。芳聯焰屬，赤縣神州。

慶善皓長老請贊

松源室中三轉語，今古無人敢插觜。驀然突出委羽山，一口吸盡西江水。沒巴鼻，有來由。揭翻大洋海，重整釣鰲鈎。

世首座請贊

大虛爲體，萬象爲用。日照月臨，風行雷動。卽此見靈巖，劃波尋罅縫。離此見靈巖，喚鐘將作甕。不離不卽兩忘言，鵲巢飛出丹山鳳。

呆藏主請贊

大象隱於無形，大音匿於希聲。發揮混沌未分消息，戳瞎金剛頂門眼睛。把住則虛室生白，放行而百川沸騰。搣碎少林心地印，呆呆赤日懸青冥。

壽藏主請贊

平生肆口說禪，知他有甚憑據。華擘臨濟三玄，掃除洞山五位。壽侄摘撮編來，灝侄鼓合刊去。只好一坑埋却，免得遞相鈍置。那堪更把丹青，畫出個般面觜。大元國土雖寬，何處着落得你。咄。挂向扶桑日本東，管取光明照天地。

度藏主請贊

終日說法，無法可說。畢世度生，無生可度。揭翻第二義門，別有向上一路。坐斷孤峰正令行,雲從龍也風從虎。

碩藏主請贊

碩大無朋,廓焉妙明。截群機而獨運,混萬化而忘形。謂其流出胸襟,播揚大教,無乃愛忘其醜,聲聞過情。謂其退藏於密,粗安晚節,較之以身徇禍而辱其先者,或有半月之程。二俱列下,美從肚裏生。鶩過弱流三萬里,海天日上夜潮平。

明巖康長老請贊

德山鼻孔,臨濟眼睛。雲門抽顧,早不惺惺。孰謂寒拾流,殊途乃同轍。咄。無物堪比倫,教我如何說。

梨洲興長老請贊

口如木榰,眼似鼓椎。懸羊賣狗,討盡便宜。凌滅宗風更是誰,一雙紅杏換消梨。

明因道長老請贊

道非物外,物外非道。一語不投,鞭石雷吼。笠澤風清,獅峰月皎。坐斷全吳正令行,何用將身藏北斗。

寶藏主請贊

中原一寶,若爲酬價。堪笑同光,熱謾興化。天長地久,山高水深。本來無物,何處求心。提破沙盆,用黑豆法。土面灰頭輥出時,四生九有和根拔。(以上同上卷五)

次無想仲謀韻送皎首座

靈山密付,少室單傳。體用不二,事理昭然。拄杖頭分開太華,笠子下蓋覆三千。明來暗來指槐罵柳,東去西去回坤轉乾。石火流星苦未急,銀山鐵壁何其堅。徐六之板忽放下,竇八之衫還破穿。休居腳跟不點地,孰謂抹過威音前。七年四往返,掘地尋青天。移舟既別水,舉棹終逢源。將誰脊梁作砥柱,用爾鼻孔爲司南。翻身天岸看日出,照耀萬象分媸妍。

次仲謀法兄韻送肇侍者

世尊三昧,迦葉不知。破顏微笑,蠡測管窺。把斷重關,鬱鬱黃華,元非般若;放開線路,青青翠竹,總是真如。棘林中露無邊之蕩蕩,平地上峭萬仞之巍巍。知所不到,心焉可思。反常合道,提綱挈維。此是少林無孔笛,爲君去也聊一吹。自東自西兮將長補短,或南或北也夷高就低。

送慧藏主

一字也無,説個什麼。放兩拋三,弄真象假。脱體分明舉得全,草庵卸下琉璃瓦。拈黑豆換鬼眼睛,撥虛空尋針縫罅。我面前無你,你面前無我。南北東西,八字打開。當明中有暗,當暗中有明。成住壞空,一時裂破。德山臨濟小兒嬉,靠倒西來胡達磨。

送徹上人

頂顊機,打得徹,無言童子喃喃説。妙德空生總未知,憍梵鉢提伸出舌。丁一卓二,滴水冰生;放兩拋三,雷轟電掣。休不休,歇不歇,雪峰輥毬太孤絶。不是玄沙解斫牌,争得清風滿寥泬。子從何方來,根器乃超越。妙悟繼先宗,慎勿循途轍。況是親承古鳳臺,爲吾釘取虛空橛。

贈住首座

虛空爲口萬象舌,塵説刹説熾然説。到了依然一字無,衲僧眼裏重添屑。珠回玉轉分玄微,棒頭喝下看提持。驀然蹋着頂顊竅,天外一擲誰能知。有時收,有時放,明暗雙雙真絶唱。手面分開萬仞崖,目前衝起千尋浪。擊石火,閃電光,銅頭鐵額何能當。掃蕩從前野狐窟,正好揭示金剛王。四句離,百非絶,憍梵鉢提嚼生鐵。毒藥醍醐一道行,地老天荒誰辯別。

雪峰具知客禮祖

具足凡夫法,空中翻石臼。具足聖人法,面南看北斗。三毬輥出時,一舉四十九。秘魔手中叉,子湖門下狗。敵勝與驚群,還他師子吼。拈起簸箕別處舂,大淮南北江西東。八十四人阿碌碌,髑髏晝夜吟松風。

送百丈清藏主

獨坐大雄峰,有什麼奇特。轉得一大藏,自然超語默。神通妙用,手面施呈;換斗移星,聖凡莫測。俊鶻掉空亦等閑,抬眸已過新羅國。

送懋藏主

三千刹海如來藏,語默商量總成謗。掇轉須彌看指南,石裂崖崩難近傍。央庠座主還偃奇,手面一着謾楊岐。當時一席三五百,透得金塵端是誰。山僧有口無暇説,爾也前途好咨決。打落天邊白鳳雛,七尺烏藤冷如鐵。

送祖侍者歸溫州

有一句到你,平地無風怒濤起。無一句到你,赤腳波斯入鬧市。不如拈却有與無,大開兩眼空全吳。鐵牛之機是何物,雪華點破烹金爐。君不見禾山老人解打鼓,聲聲合着道吾舞。森羅萬象鬧啾啾,徹底自分泥水路。江上風,松間月,拔却多年釘根楔。永嘉親見嶺南能,便是如今個時節。少林曲調新豐吟,千里萬里誰知音。歸去西山掃烟榻,試把玉線穿金針。

送霖侍者

金剛圈,鐵酸餡。多處添,少處減。侍者參得禪,一斬一切斬。山河大地,不見纖塵。草木叢林,流光發艷。築着磕着,自痛自知。把住放行,如影如響。釋迦彌勒,猶是他奴。文殊普賢,討甚伎倆。坐斷乾坤辯正邪,伸手依然不知掌。咄。

送成侍者

男兒學道貴有成,舉步便合超途程。妙高峰頭赫日月,大洋海底轟雷震。拈來一隻蓬蒿箭,任是沙場須百戰。五位君臣列正偏,三玄戈甲隨機變。有時縱,全殺全生誰得共。有時奪,十方刹海橫該抹。君不見文遠全師未舉時,曾與趙州爭勝劣。

送明藏主之浙東

虛空解講經,萬象側耳聽。撥轉上頭關,拈却佛祖病。東去西去,前三後三。南來北來,頭正尾正。倒一説,對一説,鶻眼龍睛若爲別。平高就下,以機奪機。顯實開權,用楔出楔。辯而訥,巧而拙,逆順縱橫也奇絕。君不見蟭螟睫上土壘人稀,石火光中霜凝凍結。百越三吳正令行,誰道同途不同轍。

送雅藏主

道純明日龍翔去,索我燈前寫長句。滿天風雨作中秋,直得千江水東注。我也豈曾參得禪,信口合着玄中玄。釋迦老子不知有,大藏小藏安能詮。君不見瞎驢滅却正法眼,究竟只成擔板漢。堪笑東山解放收,方便依然沒方便。如今此道如泥土,塞壑填溝何足數。七金山外訪知音,夜半蟭螟吞却虎。

贈普光長老書蓮經募緣起佛殿韶國師道場

國師不露頂顙句,流出曹源一滴水。沃日滔天沒奈何,浸爛虛空知幾幾。通玄峰頂非人間,掣斷金鎖開重關。百尺竿頭逞伎倆,二三四七同舒顏。芬陀利華時一現,殿閣峥嶸插霄漢。要種梧桐待鳳栖,普光心印須高提。

送能藏主之金陵

親從道場來,相見有何説。以能問不能,大巧固若拙。撥動毗盧藏中寶,萬里神光射穹昊。古今多少弄精魂,出草有時還入草。金陵山川皆故國,高不可攀深叵測。秋風吹老桂華枝，脚下鐵鞋生兩翼。

送蔣山德藏主

道林來自江之東，天寒歲晚何匆匆。橫拈倒用總自可，舌本滾滾生雷風。藏裏摩尼時一擲，五色光芒射空碧。南海波斯鼻孔深，舜若多神面門黑。我觀佛祖初無他，乾城飛起陽焰波。僧繇不識鏡容老，此意往往成蹉跎。門外驚飆捲黃葉，霜白長堤水天接。天關地軸總掀翻，漢不能收秦不攝。

送净慈涇藏主

鄮峰深處曾相見，一拶虛空成八片。雖然補綴得完全，未免三頭并兩面。君談禪兮我談道，議論胡爲能恰好。西風老桂吹天香，大地山河明暠暠。君不見茶陵蹈折溪上橋，跛驢奮迅騰雲霄。至今萬象露風骨，低者自低高者高。檇李亭前重握手，拈得鼻孔失却口。笑把如來藏裏珠，撒向時人不知有。咄。

送度侍者

目前無闍梨，鐵鞭擊碎珊瑚枝。座間無老僧，焦尾徑逐雲雷飛。百千三昧入掌握，知音豈在鍾子期。君不見古皇先生拈華時，一笑豁開金面皮。承虛接響二千載，肩擔背負爭驅馳。禾山之鼓不易打，少林之笛誰敢吹。所以曹溪流，萬古清漣漪。觸着波濤忽澎湃，滔天沃日橫鯨鯢。如今且喜風色定，湛湛寒光浸空影。一舸乘流解問津，太平不用將軍令。

送初上人

混沌未分初，一句還成見。當機覿面提，日面與月面。靈利師僧不知有，昨夜三更白如晝。錦標奪得在何時，一機舂斷懸河口。汝要參禪宜猛省，入得邪時歸得正。鄮峰深鎖翠雲寒，會應坐斷毗盧頂。

次絶照翁送小師藻侍者韻

萬境紛紜不須遣，語默商量看平展。威音那畔即如今，日用現行誰不見。體本無生了無速，羅刹身心菩薩面。濟北兒孫未必然，棒了罰錢須出院。

送如維那

如來禪，祖師禪，拽脱鼻孔從頭穿。智者當機猛提取，蹉過只在眉毛邊。靈巖豈無興化棒，不顧危亡堪近傍。道人親見作家來，七縱七擒心愈壯。干木隨身有如此，直下同生復同死。又携明月過雙溪，一片寒雲映秋水。

送寧藏主之上藍

老胡平生多口業，且喜兒孫没交涉。没交涉處驀翻身，直得一華開五葉。

君不見馬大師,即心即佛恢宏機。雄峰捲席奮雄略,驚群敵勝超玄微。當時拽得鼻孔脫,大似死中重得活。更言三日耳根聾,笑倒山雲并海月。道人深入如來藏,袖裏神鋒難近傍。搜其窟穴窺其踪,謂我此言誠的當。壯哉吸盡西江口,便是龐公豈知有。但教觸處得逢渠,何用將身藏北斗。上藍法席天下奇,鍛凡鎔聖真爐錘。入門相見定相問,向道近離鴛鴦湖。

送畏上人歸省萬壽華國

拈一機,示一境,截斷葛藤須猛省。三千里外定譸訛,東平打破潙山鏡。不屬玄,不屬妙,吞爍乾坤迥然照。海神失却夜明簾,長汀拍手呵呵笑。倒握金桴擊金鼓,木人石人齊起舞。八臂那吒撲帝鐘,家家門首長安路。好個佛堂須作禮,惡水潑人終不悔。門外霜風劈面來,百越修途宜自愛。

真藏主求悟庵說答之以偈

悟則不無安用說,說則不無須用悟。悟後還同未悟時,說不說兮何足顧。大道無門從此入,五色祥麟脫羈縶。擊碎如來藏裏珠,驚倒生公鬼神泣。庵外事,曾不知,耽耽睡虎方藏威。解得金鈴掉頭去,碧天皓月揚秋輝。

送明侍者參竺元和尚

汝欲參禪須妙悟,汝欲弘宗觀列祖。列祖皆從妙悟來,扶竪真宗亙千古。德山臨濟何似生,掀天撲地隨縱橫。白棒高揮日月落,喝聲迅作雷霆轟。或全賓,或全主,互換機先分彼此。萬仞崖頭撒手回,個是金毛師子子。我昔從師事參學,敲打虛空鳴剥剥。不惟萬象笑相應,聚鐵等閑曾鑄錯。此道年來恐難說,遇着通人試甄別。紫籜峰高豹霧深,好把烏藤輕摺折。

送達侍者

路逢達道人,不將語默對。拈起鐵蒺藜,虛空須粉碎。雷捲星飛猛提掇,十方刹海橫該抹。全身放下看如何,解弄死蛇終是活。道人道人休問吾,問吾枉着閑工夫。不如捲衣歸故廬,奴兒婢使誰家無。

送慧侍者

小艷詩,新豐曲,斷弦須是鸞膠續。育王此語最分明,何須更向東西卜。輥鐵鼓,擲金鐘,鳥啼花笑春融融。干木隨身擬何適,碧崖丹嶂金仙宮。我亦乘風欲東去,望雲且種無根樹。蔚然枝葉覆行踪,便是君來無覓處。

送機維那

機奪機,楔出楔,正眼還從瞎驢滅。破關先下頂門椎,百匝千重須迸裂。興化當年不知有，法戰塲中垂隻手。克賓出院是尋常，直得虛空開笑口。祥麟掣斷黃金鎖，天上人間豈唯我。勘破諸方却再來，照乘明珠消一唾。

送閑藏主之金陵

絕學無爲道人事，一抽三兮二添四。山前猛虎趁菸菟，草裏毒蛇吞鱉鼻。頂門突出摩醯眼，是亦剗兮非亦剗。鷓鴣啼斷百華春，鍾山倒卓歸雲晚。龍藏琅函五千軸，頭頭盡是新豐曲。江流不盡楚天寬，正音畢竟何人續。

送明侍者歸道場

一明一切明，一了一切了。豁開總持門，諸法不相到。高高峰頭不露頂，千山萬山春晝永。深深海底不濕脚，李公醉酒張公醒。我不孤負汝，汝不孤負我。放過南陽忠國師，把住嵩山破竈墮。噫吁嘻，無人知，桃華落盡楊華飛。玉簫我欲吹瑶池，只恐鳳皇飛下蹈折梧桐枝。

送華藏性維那

性覺妙明，本覺明妙。吸乾三萬六千頃之波瀾，揭開七十一二朵之烟島。堪笑老臨濟，三度問佛法的的大意，三度被打六十烏藤，添了幾多無明煩惱。直饒高安灘上，頓解知非，便乃逆探龍頷，倒捋虎鬚。據實商量，何似遇飯即餐，逢寒着襖。全放全收，自起自倒。出群標格，正合如斯，廣大門風，憑誰繼紹。金椎影裏急回頭，應怪山僧入荒草。

送蓓侍者

諸法無實相，巧辯不能說。掃空知見雲，焉用辟歷舌。毗耶一默三千年，黃河之水流接天。曼殊大士摸不着，贊嘆罔及徒拳拳。爭如德山臨濟善用事，棒喝隨機若風雨。此事如今幾個知，分付闍梨自看取。

送雲侍者歸雲門

香林舊入韶陽室，紙襖年深黑如漆。我今一字不曾談，且免後人論得失。君不見若耶溪上雲千堆，一點不着人間埃。變化崢嶸亦何有，白銀宮闕黃金臺。涼風西來吹爾急，擘破玄關求路入。浙江潮信正如山，渡水莫教雙脚濕。

送大乘覺首座再參松月翁

識自本心，見自本性。明來暗來，頭正尾正。大乘菩薩信無疑，小根魔子安能知。手面擎來百日月，毫端涌出千須彌。君不見曹溪之流非止水，一滴不來波浪起。乳峰此語豈尋常，克配乃翁三尺觜。首座有長處，所以到這裏。摩挲兩眼對西風，白雲捲盡天無滓。從容近前與我言再參，願求長句爲司南。忽然樹頭推下金粟香觱觱,撫掌一笑應相諳。

送仰山初侍者

最初機,末後着,趙州石橋非略彴。拄杖頭邊正眼開,奧域靈區無鎖鑰。君不見仰山放出四門光,照天照地何煌煌。黃河澄清貫海碧,大華突兀摩穿蒼。南斗西,北斗東,空生巖畔華重重。小玉頻呼雖有意,檀郎認得元無踪。絕思惟,休擬議,忿怒那吒擎鐵柱。坐斷江西十八灘,密雲彌布陰凉樹。

送昂維那之江湘

開窗畏嚴寒,閉戶礙觀雪。跏趺萬慮寂,一性自超越。道人蹈雪來扣門,鐵石骨氣冰霜魂。笑我蒙頭紙衾重,軟語解使生春溫。明朝蹈雪江東去,天生有此濟勝具。九江江上看廬山,還向山頭看江水。鄱陽之湖天一角,洞庭秀色浮衡嶽。白雲飛盡日蒼涼,幾點沙漚鏡中落。我生豈無江海興,老矣無由事馳騁。冥心物表只神遊,佳處點頭唯自領。君不見克賓不入這保社,徹底能扶老興化。二十烏藤趁出山,饡飯吹香滿天下。

送岐藏主

對一説,倒一説,黃河無聲海水竭。三千刹土坦然平,八萬法門玄路絕。祖師意,如來禪,取之左右逢其原。只今坐斷千聖頂,何用顯實重開權。或全收,或全放,逆順縱橫難近傍。紅爐焰上結冰華,萬仞峰頭翻雪浪。歌不徹,笑不徹,海底蝦蟆吞却月。憤怒那吒撲帝鐘,金剛腦後添生鐵。

送朋侍者歸雲門

朋用良,友用益,益友良朋苦難得。上何高兮爾不扳,下何深兮爾不即。扳兮即兮高與深,上兮下兮古與今。一一從頭遍探討,却來聽我無弦琴。無弦之琴有聲律,河之洋洋山岌岌。龐公馬公骨已朽,俗耳要聽聽不入。雲門古來山水窟,雪骨冰相好人物。萬壑千巖夢寐中,布襪青鞋漫馳突。春風浩蕩吹晴波,爲子一唱雲門歌。明朝雲門見親舊,定應笑我成蹉跎。

琦上人求警策

汝欲參禪求警策,我正忘言味真樂。真樂無涯只自知,警策多方待君學。虛而靈兮寂而妙,萬户千門俱一照。除却頭陀解笑華,是誰蹈着通天竅。氈拍板,無孔笛,白雪陽春明歷歷。百草頭邊聽得真,下載清風有何極。

送聚書記

雲居山頭一句子,獨龍岡頭不相似。翻身蹈着凌霄峰,井底蓬塵亘天起。

驚倒象龍千七百,等閑擊碎蟠桃核。三乘教外論文章,一字元來不着畫。寂音憒懂潛子癡,炊無米飯充朝飢。身如椰子膽如斗,開口便欲吞須彌。我自龜藏老丘壑,何從扣門聲剝啄。揚眉瞬目驗來風,信是丹山多鸑鷟。黃河九曲應已清,岐陽阿閣隨所鳴。鈞天廣樂政可聽,兩耳安用笙笛聲。

送楚藏主自鍾山回天台省親

百丈野狐,我自不會。一句截流,千古無對。拈却髑髏前妄想,鳥啼花笑千峰上。把斷乾坤個是誰,烈焰亘天飛白浪。鷲嶺祇園有何說,梵語唐言試甄別。老胡版齒欠關風,九載少林曾漏泄。爭如金陵狂寶誌,杖頭剩有閑田地。對人劈破金面皮,不妨契得西來意。長林落葉西風急,一曲高歌擬何適。白髮慈親正倚門,莫道參方無所得。咄。

示志藏主

正法眼,破沙盆,金烏拍翅扶桑暾。煎膠續弦豈細事,胸次可使吞乾坤。君不見曾郎脊梁硬如鐵,鰲山雪深凍欲折。不是巖頭盡力扶,爭得光明滿寥沉。又不見瞿曇棄却金輪位,半夜翺翔雪山去。六載精修萬行林,一朝坐斷菩提樹。大丈夫兒合如此,局促軒籠不相似。五須彌頂擊金鐘,明月清風安可比。

送明侍者見松月翁

明暗雙雙底時節,山僧有口難分說。侍者親自峨峰來,猶向松江問松月。月明正照江上松,白雲散盡空噇空。一機不借萬境滅,赤手自可收全功。濟北宗風端若此,未必江西不相似。要須蹋殺天馬駒,方可人前論賓主。江南兩浙秋氣深,大江滾滾山沉沉。一曲兩曲無弦琴,天老地老誰知音。

送琦侍者

壽山初退院,侍者話行脚。築着脚指頭,清風動寥廓。天台雁蕩春意深,百華競秀春雲陰。鑒湖一望八百里,賀老不作誰知音。雲門六寺可圖畫,禹穴年深草應隘。老夫有脚不能行,孤負東州草鞋債。

送徹藏主

徹頭徹尾有一句,一大藏教該不得。文殊肆辯正忘言,净名杜詞夫豈默。君不見乾闥婆王奏天樂,大地山河齊應諾。飲光善舞不善聽,草中露出祥麟角。扶桑道人真傑偉,萬里東來發玄閟。象王蹴蹋振雄風,師子嚬呻更無畏。我今既老當投閑,道人且復歸家山。後夜滄溟浴紅日,一笑懸知倚檣立。

送天童覺藏主

三世諸佛是何物,一大藏教是何語。直指單傳顯正宗,爛爛覺華生碕嶾。自古上賢猶不識,中下之流豈堪測。戳瞎摩醯鬼眼睛,大地山河墨漆黑。黑中有白光熙熙,敲空作響開愚癡。空拳指上實性義,隱顯出沒超玄微。倒一說分對一說,今古幾人能辯別。紛紛墮在光影中,大似獼猴探水月。偉哉作者何方來,江村古寺相徘徊。提金剛椎碎棗臼,用黑豆法驅英才。撒開兩手時一笑,照中之用用中照。北斗藏身豈偶然,南山下雨還同調。明朝話別歸魯松,鐵船打就成匆匆。隔山相喚解相應,管取倒行摩竭令。

送慧禪人禮祖

打破髑髏,揭却腦蓋。四七二三,泥團土塊。青草堆中撥得着,鑒地輝天光爍爍。丈夫膝下有黃金,握節當胸何太錯。錯不錯,善斟酌。嘉州大像驀翻身,陝府鐵牛攦折角。

次韻贈忻侍者

國師三喚,失錢遭罪。侍者三應,認賊爲子。說什麼牙如劍樹,口似血盆,檢點將來,總是事不獲已。等閑驀過上頭關,自然不在平地裏。相唾饒你潑水,相罵饒你接觜。會則全放全收,不會則自倒自起。即色明心,附物顯理。撥火求漚,敲空取髓。盡情拈出與君看,認着依然還不是。直須自解倒騎牛,我也誰能管得你。

送焕藏主

八吉祥,六殊勝。一大藏教,頭正尾正。老胡舌端長復短,說盡偏圓并半滿。拈來固好拭瘡疣,放下豈能登彼岸。東山道個鉢囉娘,和盤托出誰承當。好手從來自無敵,捉賊要須先捉臓。摩尼之珠光燦爛,永嘉收得良堪嘆。撒向人前人不知,拾礫春池有何限。

送聰藏主謁晋卿學士爲竺元和尚求塔銘

歸源老人示真寂,草木叢林俱失色。眼睛不壞牙齒存,火後莖茅掃空碧。平生說法如春雷,震驚蟄户迷雲開。高風亮節激浮懦,傲世絶俗遺紛埃。休居後師恰五歲,入滅先師十七載。叢林未甚嘆寥落,尚賴東南有師在。師今既往如之何,山頹海竭江無波。衲子拊膺爭慟哭,淚雨不斷空成河。君不見湛堂末後一段事,赫赫光明在僧史。晋卿只今無盡公,子也孰知非妙喜。須彌爲筆天爲碑,大書特書不一書。南泉遷化正不惡,東家作馬西家驢。

送見書記歸仰山

相見已了，燒香換茶。一語不發，彼此作家。無端提起五色筆，濺得虛空半邊濕。撒出仰山圓相來，電激星馳海水立。尚喜老僧心眼正，鐵輪旋頂氣自定。坐看天外黑風收，但覺平湖净如鏡。從容指似湖上山，劇談抵掌開歡顏。拂袖還歸集雲去，一鏃徑破千重關。

送操侍者歸道場

操則存，捨則亡。衲僧門下，不用商量。得念失念，無非解脱；舉足下足，總是道場。拄杖頭乾坤廓落，鉢囊裏日月交光。向去底捨父逃逝，却來底久客還鄉。全超法報化，坐斷威音王。平高就下，振領提綱。左顧右盼兮龍騰霧集，前遮後擁也虎嘯風生。

次仲謀師兄韻贈焕上人

不道相似，只是不別。南北會同，上下交徹。一句忽當機，開口非干舌。佛海之龍，僧林之月。五領三湘，七閩兩浙。騎聲蓋色也賣弄風流，簸土揚塵兮豈存芳烈。囓鏃破關，斬釘截鐵。從頭撿點看如何，拽脱多年繫驢橛。

送源侍者歸江心

從源討流，葉落知秋。漆桶不快，騎牛覓牛。溯流逢源，洗脚上船。溟鵬九萬，遼鶴三千。老僧口角無憑據，試問通人是非是。是也山環九斗城，非兮江抱龍翔寺。振錫參方宜自決，負吾負汝俱休説。百煉鋼爲繞指柔，何似紅爐一點雪。

送裕侍者省師

覓菜根頭足生意，折脚鐺兒提挈去。迢迢自不涉程途，綽綽誰知有餘裕。有呼有應今古同，手面推倒須彌峰。塵毛刹海露迴迴，談笑便可恢吾宗。師勝資强水傳器，釋尊不受然燈記。没踪迹處解相逢，萬法豈能爲伴侶。

送明書記

萬仞崖頭轉身句，金毛師子自不類。一吸西江徹底枯，馬師縮首龐公畏。忽然平地波濤翻，浸爛鼻孔何時乾。虛空失笑萬象舞，栴檀葉底香曼曼。拈却洞山三頓棒，凛凛英風争近傍。北往南來總未知，蕭洲水落沙痕漲。

送慶雲東歸積善

海上日出雲之東，天南地北光瞳矓。六龍夾飛黃道正，幽巖邃谷皆春風。少林一花開五葉，竺國支那没交涉。没交涉處忽融通，若聖若凡俱慶愜。一大藏教説不到,半座平分顯圓照。太湖三萬六千頃,月在波心誰不了。誰不了,栴檀林裏栴檀繞。

次松月翁韻送育王旭書記

運斤之手受斤質,二妙相遭眼雙碧。鐵鞭鞭起泐潭龍,驪珠迸散慈明室。辟歷一聲飛上天,三關大啟天不言。捋虎鬚是分内事,豈惟濟北能風顛。咳唾隨風落珠玉,着渠政用天爲屋。曹溪波浪拍天高,天瑞流芳恢正續。

贈萬壽澤藏主

一代時教明什麽,十個五雙聾復啞。楞伽山裏有真僧,不動舌頭談得也。最初一句不在東,扶桑曉日光曈曨。末後一句不在西,玉樓撞動黃昏鐘。蒼蔔噴香芻草碧,萬境樅然自虛寂。長鯨輾碎珊瑚林,白月清風太狼藉。

送浩首座東還

甘露室中親得旨,掃蕩休居三轉語。大藏小藏俱不留,等閑坐斷南泉位。驅耕奪食何雍容,東敲西擊開盲聾。轉步徑超空劫外,到頭不離尋常中。興來唱起還鄉曲,調入陽春許誰續。九天風正一帆懸,遠水真成鴨頭綠。

次仲謀法兄送徒弟徹藏主韻

三乘教外,付法傳衣。大哉聖謨,誰其似之。方鑿圓枘,皆曰可疑。遊神絶域,妙證無師。電光匪急,石火還遲。粉身碎骨,分張髓皮。動弦別曲,伯牙子期。此戒定慧,彼貪瞋癡。迷其所悟,悟其所迷。萬機休罷,一體無爲。我以智眼,觀汝設施。言雖逆耳,心不汝欺。掃除四句,併蕩百非。懸崖撒手,乃到家時。飲水定渴,喫飯濟飢。但了許事,焉問其餘。稽首慈尊,三界大醫。直説曲説,理如事如。我作是偈,黃門栽鬚。

送永知客

庭前柏樹子,趙州無此語。築着老清涼,蹉過覺鐵觜。傍觀一笑真可驚,太華劈裂黃河崩。彈指八萬四千歲,日下不用張孤燈。畢竟同途不同轍,客到喫茶珍重歇。合浦明珠射斗牛,南山毒蛇鼻如鱉。

送榕藏主

榕葉滿庭鶯亂啼,一大藏教開金鎞。妙高峰頭赫日月,三千刹海無塵泥。逆順縱橫總三昧,捏不成團椎不碎。善財七日謾追尋,文殊百劫何曾會。揚子江心夜潮落,枯楊槎牙枕龍角。定回金殿鐵琅璫,目送孤鴻度寥廓。

送瑾侍者之廬山

廬山山南與山北，白蓮香風日充塞。滿空晴雪灑飛流，九江政作琉璃碧。道人胸次吞九江，骨氣直與山低昂。蹈着遠公行道處，朝鐘暮鼓相舂撞。玉峽飛龍掣巖電，久視不知雙眼眩。霜猿啼斷最高峰，回首孤雲海天遠。

華亭陸子才書《華嚴經》三部，善住、玉岡作偈美之。
寶林、別峰、仲寬、潘公輩十人咸和之，玉岡索予次韻

雲間九峰如卓筆，畫破虛空不成一。煥然文彩發天章，元是毗盧藏中出。毗盧之藏超斷常，杲杲赤日飛清霜。妙高巑岏露迥迥，百城助握何芒芒。心垢未除須用洗，不洗安能契真理。理絕情忘真亦非，白牯狸奴兩同體。宗亦通兮說亦通，頂門之眼懸三瞳。重重無盡法界觀，歷歷不昧空假中。酥酪醍醐最殊勝，寶林琪樹尤璁瓏。別峰相見是此日，握手一笑應相容。以禪爲悅法爲喜，陸潘豈亦滄洲子。善住堂前演貝葉，舌本瀾翻四河水。

送天平士瞻之仰山爲其師佛智立碑

金雞銜來一粒粟，石上迸出雙雙玉。江西從此闡宗風，捩轉天關并地軸。全機獨晦唯乃翁，羚羊挂角那留踪。涅槃後有大人相，光明爍破無邊空。奎章學士千鈞腕，筆端點出金剛眼。但將日月作穹碑，開鑿人天有何限。夏復夏，秋復秋，挂帆西上風颼颼。山悠悠，水悠悠，春光盡在梅華洲。

送柔首座

四句離，百非絕，兜率宮中熾然說。八萬塵勞一掃空，珊瑚樹底懸明月。道人胸中有丘壑，道人胸中有天地。祖意明明百草頭，全潮滾滾漚華裏。七年契闊方再逢，碧眸貫日磨青銅。净掃松堂掩黃卷，洞庭烟浪搖晴空。趙州茶，雲門餅，覿面當機須痛領。轉身撑倒石門關，不妨親到琴臺頂。

送義侍者之何山

字則不識，義即請問。一句截流，群機自債。百草頭上，薦得老僧。六十蒿枝，再思一頓。祖襧不了，殃及兒孫。似鶻捉鳩，方堪持論。妙峰聳峻天外青，小溪流水聲泠泠。領取八萬四千偈，歸來舉似吾與聽。

送玄首座之台雁妙庵

道人金陵來，志氣吞佛祖。燒香坐長夜，出入論今古。眉間挂劍全生殺，手面有機分與奪。翻着襧衫舞柘枝，電光石火橫該抹。台山雁山何崢嶸，挂帆東

度錢塘潮。春風浩蕩遍八極,石上正好栽瓢苗。

送資首座禮佛性塔還江心

欲識休居大人相,屎臭熏天難近傍。若謂華開臘月蓮,正是龜毛長數丈。鳳臺崢嶸春復秋,三山倒卓長江流。琉璃殿上無知識,湘南潭北何悠悠。四句百非俱一掃,中川月色連蓬島。謝郎只在釣魚船,黃塵自沒長安道。

送昇侍者遊江西

日日日東昇,日日日西落。君山一點洞庭秋,衡嶽千峰倚寥廓。遠公胸次吞九江,高揭太古窺洪厖。手挽飛流濯芒屩,幻視寵辱如枯樁。向來白蓮池上華,金臺隱現凌彤霞。浩歌一曲千載下,天風撩亂吹袈裟。

送靈隱康首座

法法向上有一句,特地思量無覓處。忽然突出口皮邊,萬象森羅眉卓竪。東行西行天地寬,左轉右轉珠走盤。金椎揮空日月落,寶劍出匣波濤翻。透網金鱗重躍浪,回途石馬爭相向。握手威音大劫前,明投暗合看敲唱。東山之曲下水船,妙自非妙玄非玄。拈來塞斷衲僧口,破的絕勝那羅延。第一峰頭如此去,八臂那吒留不住。勘破諸方却再來,別有清風動寰宇。

次韻送仰山珍藏主

不然不然,如是如是。道得分明,較三十里。金烏啄破琉璃殼,舜若多神剛發惡。當陽拶倒鐵圍山,歷劫昏衢頓昭廓。話盡山雲并海月,抹過江湘與閩浙。競誇赤驥解追風,誰信螳螂能拒轍。斷常已破談真空,二邊不立那留中。將南作北西爲東,熱喝痛棒驅雷風。

次韻贈熙侍者

見得到,說得好。者個事,無少老。不明自己擬謾誰,纔說爲人先落草。收虎尾,踞虎頭,謾誇倒嶽仍傾湫。提將來無有輕放過之理,撞着底是不共戴天之讎。忍辱衣,慈悲室,到此總須勾一筆。平田淺草驀翻身,佛手未伸驢腳出。正覺場,須彌座,把斷乾坤能幾個。只應侍者解參禪,始信祖翁家活大。

送敬藏主歸永嘉

一徑直,二周遮。大藏小藏,水月空華。永嘉謾誇一宿覺,繞床振錫成聲牙。韶陽老師倒一說,覿面豈免揚塵沙。捨窄從寬,欺胡謾漢。將長較短,把髻投衙。盡情列下,別有生涯。掣動六鰲三島轉,直鉤端不在魚蝦。

送梓藏主北上省師南山

北山來自凌霄峰，眼光爍爍寰宇空。掀翻華藏世界海，舉措不墮言思中。電轉星飛看布武，法戰場中肝膽露。叱咤喑嗚陷虎機，倒戈卸甲河沙數。西祖傳來古鐵鉢，誰道年深少提掇。碎打零敲不足論，千里萬里橫該抹。阿師黃金臺上客，鶴貌雲樣好標格。五位君臣列正偏，三玄體用超明白。我昔始撾塗毒鼓，曳杖來尋巖下路。奮翻長驅北海風，澤毛笑指南山霧。用捨行藏各有時，此意未許常人知。青山從教映白髮，赤驥自合隨龍飛。君不見南陽老，昔日對揚曾草草。大耳驚翻眼底華，紫璘喪却衣中寶。今兮古兮爭幾何，影草不露仙陀婆。子母驀然同啐啄，金烏迸出琉璃殼。

次松月翁韻送清上人

佛身無爲不墮數，往復要須行大路。鐵壁銀山拶得開，四方八面無回互。沒絲毫，全體露。禪之龍，律之虎，苦中之樂樂中苦。清禪清禪聽我言，先天未是心之祖。

送現藏主

現成公案，不涉安排。一見便見，早隔天涯。三世如來，開眼作夢；一大藏教，撒土拋沙。雪峰三登投子，九上洞山，洎乎鰲山店中，未免從頭列下。興化南方行腳，不曾撥着一個會佛法底，逗到大覺棒頭，深明臨濟在黃檗喫棒意旨，政好掘地深埋。咄咄。如今是什麼時節，初冬暴寒，長河凍結。可行則行，當歇便歇。此事何須待人說。

次仰山了堂韻贈齊藏主

一大藏教破故紙，未解爲人先爲己。眼底纔明向上機，口頭自沒閑言語。東山酸餡苦無多，嚼破方知滋味美。賢也由來固可尊，愚也如何便輕鄙。魯祖見人即面壁，俱胝見人唯豎指。隨宜施設有多門，究竟還源無別旨。一毛端上忽翻身，百億毛頭總如是。蓋天蓋地更由誰，脫體承當都在汝。

送國清朗藏主歸太平

大藏小藏，風高月朗；全提半提，雁蕩天台。羅漢寺裏一年度三個行者，真淨老子甚處得者消息來。倒一說，對一說，明眼衲僧，如何辯別；即此用，離此用，太平寰宇，迥絕疑猜。如此如此，俊哉俊哉。堪笑當年馬駒子，震威一喝聲如雷。

送道藏主歸蔣山

出得靈巖門,便入蔣山室。搣碎摩尼珠,乾坤黑如漆。寶公擘開十二面,僧繇閣起丹青筆。夜半放烏雞,觸着泥牛吼。正宗堂下草連天,三佛家風俱漏逗。咄。

次東山法兄韻送允藏主

三乘教外無能過,領略得去還仙陀。諸方豈乏斷貫索,奈此六馬追風何。見說虛名挂官府,點額曝腮多少苦。肯信深山窮谷中,別有高標繼先祖。我家大兄東山翁,玄關一擊千萬重。入泥入水寫妙偈,且可與子開青瞳。

前江心無言作偈送暢藏主來靈巖,無際仲謀和之。會余已謝事,因次韻以贈

法法本圓成,塵塵自參互。當知日用中,不離寂光土。鷺池鵞嶺拋沙土,何曾說着到家句。三翁苦口力提持,密意明明元屬汝。可憐王老師,不打者破鼓。休將理事論,迴出言思處。龍兮焉用攀,鳳也何須附。海上橫行儘自由,妙德空生俱欠悟。

送昶藏主

真性心地藏,日用無差忒。截斷萬機先,何處尋踪迹。透脫不過,金圈金圈;吞吐得行,栗棘栗棘。鐵壁銀山劈面來,個是真人好消息。

次韻贈仰山繁侍者

大仰拋來圓相,慈氏豁開樓閣。透出向上玄關,總是機先妙着。千年舊話重行,萬里神光閃爍。鳥窠吹起布毛,畢竟如何領略。諸方大有明珠,只作豌豆糶却。

次松月法兄韻送杲上人

黑漆漆地明杲杲,丈六金身一莖草。神頭鬼面謾施呈,聖解凡情須净掃。下自無底高無巔,毫端特地分天淵。破瓶不可作瓶事,如電久住芭蕉堅。萬里秋光連海嶠,霜清大野歸鴻叫。朗誦寒山三百篇,何待拈花發微笑。我觀古佛松月翁,老氣往往吞長虹。不知禪源倒溟渤,俱覺筆陣驅雷風。普應群機了無息,天瑞流芳轉光采。撲碎驪龍頷下珠,一粟真堪眇滄海。

次韻送靈隱芳侍者

國師三喚,曹溪一宿。會則白雲萬里,不會寸釘入木。支那竺國兩沒相干,四七二三有甚付屬。以一重分去一重,湖光瀲灧山空濛。不以一重去一重,海棠帶雨燕脂紅。白髮老僧夢初覺,屋角風響聲丁東。德山之棒臨濟喝,金剛腦

後添生鐵。糞掃堆邊輥出來,笑倒柴桑陶靖節。

送苆藏主歸翠巖

道人天馬駒,蹴蹈空寰宇。勘破主中賓,作得賓中主。信腳躍翻華藏海,日用頭頭自無礙。眉毛落盡又重生,翠巖可怪還堪愛。怪也怪不盡,愛也愛不徹。三千里外謾多情,覿面相看政無說。無說多情誰與知,爛爛黃菊開東籬。瓦盆炊黍秋日微,清霜滿地黃葉飛。

送效藏主之國清

少林之曲琴無弦,一鳴一息三千個。諸方欲和和不全,翻腔轉調徒喧闐。東山後來下水船,逸韻絕出玄中玄。節拍于今落誰邊,知音未遇還堪憐。和風吹衣陽艷天,浩興突兀三台連。石橋飛雪噴長川,豐干一笑寒拾顛。

送理藏主

以字既不成,八字亦不是。截斷心意識,顯示真如理。鳳臺主山頭倒卓,六月炎天灑霜雹。眼裏無筋不易窺,腳跟有路通寥廓。水就濕兮火就燥,擬究宗風須撥草。百尺竿頭舞柘枝,二三四七俱驚倒。

次紫擇了堂法兄示智上人韻

上既無傳,下亦無授。截斷衆流,涓滴不留。杓卜聽虛,承訛接謬。孰有智人,爲物所誘。合眼作夜,開眼爲晝。病入膏肓,神醫莫救。絕後再蘇,如鐘待扣。泉何盜而不飲,餌何驕而不嗅。物何以而謀新,人何以而求舊。爾其索玄珠於罔象,慎毋役聰明于契訐。庶幾契心祖于先天,政不必論遙遙之華冑。

和仲謀兄韻送塤侍者

參底未是禪,學底未是道。真參與實悟,無好無不好。東山老祖翁,求人曾入草。日午金雞啼,非晚亦非早。握手報長廊,殊堪慰清抱。高風三百年,撫掌贈一笑。隨聲逐色漢,何處尋頭腦。道流弓冶子,箕裘應自紹。平生白雪歌,毋勞語山獠。

送隱侍者

向上一着,不涉言詮。會即便會,擬即招愆。若是本分人,愁甚本分事。當知佛與祖,盡從者裏去。拈須彌山秤作二兩,東山老漢可殺生獰;用黑豆法換人眼睛,松源贑翁更不睹是。一絲一糁去不盡,動即遭他神鬼領。說妙談玄太可憐,馬後驢前恣馳騁。快須剪斷五色索,騰身坐斷千聖頂。阿呵呵,會也麼。古今天地,古今山河。晝明夜暗,日暖風和。一曲高歌歸去好,擘開千嶂入烟蘿。

送净慈明藏主

宗門有體復有用，後以智拔先定動。棒頭五嶽落崢嶸，喝下千江乾汹涌。即今拈却棒與喝，全與何妨亦全奪。戴角擎頭與麼來，幾個死中能得活。維揚道友真倔奇，一大藏教難羈縻。揭開宗鏡照塵剎，炯炯璧月揚清輝。昨宵爲我留一宿，話到無言心自足。撥轉船頭歸去來，斷弦誰把鸞膠續。

送廣藏主

佛法遍在一切處，何曾覓得芥子許。一芥子許不可得，遍一切處俱昭著。天之高，地之廣，日月星辰明朗朗。狸奴白牯念摩訶，妙德空生剛鹵莽。有照有用，有罰有賞。七棒對十三，幾人知痛癢。他日孤峰正令行，會須揭此毗盧藏。

送遠藏主歸省白鶴雪心

道無方，行者未易窺其疆。脚跟不動忽蹈着，誰謂近在眉睫旁。雖近而遠遠而近，至無所至那容量。春已過，日正長，入夏更覺南風凉。八絃雲收宿雨霽，一目萬里天蒼蒼。道人昨日離錢唐，今秋又云歸故鄉。阿師禪心瑩如雪，真與松月爭明光。往來不往來，是藏不是藏。除却南泉王老師，一曲清歌有誰唱。

贈模藏主

打破鏡來相見了，一輪杲日當空耀。三世如來不出頭，五千餘卷何從討。不權不實非偏圓，教外所以稱單傳。少林直指早成曲，瞎驢滅却方超然。道流頂門三眼正，草偃風行看號令。堪悲堪笑老瞿曇，昨日定兮今不定。

送皓藏主

我師休居，不師其道，不師其德。不師其當默即語，當語即默。不師其生擒周金剛，活捉白拈賊。惟無所師而師之，畢竟何如？豈不見白雲老祖曾有言，一文大光錢，買得個油糍，喫向肚裏了，當下便不飢。又誰管你南天台，北五臺。清凉山中萬菩薩，引得長汀老子拍手笑哈哈。咄。

送慶侍者之净慈

大千總是如來藏，宗鏡高懸空萬象。赤梢一躍透龍門，平湖漲起千尋浪。老僧急捲袈裟角，看汝青天飛雪雹。朝生便是鳳皇兒，笑倒松頭千歲鶴。

次韻送僧歸蜀

行甚驢脚馬蹄，惹起千疑萬疑。要識本來面目，好看秋月揚輝。多少點兒落節，重來眼上安眉。着衣方堪禦冷，畫餅豈可充飢。拶破劍門關子，回頭日在松西。

次育王雪窗韻贈印書記

一句子，龍無龍。總拈却，稱長雄，灼然不墮言思中。單非隻，兩非二，老胡打失當門齒。妙彈無弦誰賞音，還我東山左邊底。最卓犖，端尋常，毫毛豈足論短長。拶着三關應手破，海印湛湛涵秋光。跨三賢，超十哲，頂門別有通天穴。滿肚文章一字無，賊面似人人似賊。

送净慈拱藏主再參前蔣山正宗

經頭一字無人識，作者相逢拱而默。懸河四辯一時乾，八萬法門空寂寂。湖天雨足涼氣浮，翠波蕩漾風颼颼。語默商量不到處，柳岸數聲黃栗留。剔起眉毛眼如月，老我何須更饒舌。東歸會見鍾山翁，自有生機爲君説。

次韻送洽侍者

接響承虛真浪受，大丈夫兒還肯否。便請從頭放下休，不然且向東西走。今年已過還明年，祖意的的教誰傳。三喚三呼絶消息，未必落在空王前。南堂老比丘，有口不説禪。饒你領得去，且不涉語言。咄。如斯舉唱涴心田，須信壺中別有天。

贈操柏庭

趙州説禪真逸格，人間西來指庭柏。坐令門户生清風，豈唯體用超明白。突出楊岐尤傑特，栗棘金圈亂抱擲。弄蹄驢子快騰驤，蹈碎乾坤了無迹。兩翁不作知幾年，靈山一會還依然。剔起頭陀笑華眼，攢峰峭壁開青蓮。春滿江南又三月，柳絮漫天作飛雪。爲君傾盡此時心，昔也不來今不別。

送杲藏主

百丈再參遭熱喝，黃檗聞之驚吐舌。正宗滅向瞎驢邊，衲僧有口難分説。慈明易服歸汾陽，風餐水宿何皇皇。孤標拔俗三百載，高義乃復摩穹蒼。不顧危亡何太錯，虎頭截得蒼龍角。蹈着鴛湖徹底乾，萬里秋空飛一鶚。

韻碩藏主

一大藏中無法説，道人慎勿生枝節。少林直指早成紆，我也安能更饒舌。千葩萬卉方争春，出頭天外今何人。壁立萬仞轉身句，一蹴大地無纖塵。竪抹橫該君自看，寂兮寥兮光爛爛。百煉金爲繞指柔，直須再入紅爐鍛。

送慧藏主歸上江，兼來能仁清懶圓通約之歸宗玉嶼

以戒爲身，以慧爲命。演出演入，無少無剩。開口便吞三世佛，嚼碎虛空吐出骨。虎頷編鬚未作家，兔頭戴角方奇倔。我有一句在汝邊，白雲堂下波粘天。

圓通不開生藥鋪,頭陀石被莓苔纏。

送錫藏主自大仰東還寧親

辭親依師年尚少,辭師寧親豈容老。父母師僧兩不違,孝順端稱古皇道。白雲孤飛海天碧,岸柳江梅得春早。我亦有親當一歸,斑衣兒啼笑絕倒。出家終無在俗理,歡笑幾何還懊惱。悲歡本自無根蒂,情愛牽纏苦懷抱。要須揭起大圓鏡,愛垢情塵俱一掃。只今非往昔非來,覺慧發光明杲杲。以此報師師謂然,以此報親親謂好。萬機休罷到家鄉,一體無分是僧寶。

先保寧和尚送宣維那偈,弘藏主求和

昨夜虛空都撲落,天明火中尋得霓。威音那畔訪知音,曹溪撞着一宿覺。大都説話不倒邊,折箸攪動蒼龍淵。擊碎驪珠亦閑事,坐看平地波黏天。亘古亘今唯有此,欲觀前人先所使。抬眸何處討三賢,舉步等閑超十地。此宗此宗須自得,自得不借他人力。同鍋喫飯共床眠,肝膽到頭成異域。休居唱出南堂酬,毗盧藏着堪遨遊。萬法不能爲伴侶,孤月自解隨三舟。

送雪竇良藏主

妙高臺上雲,錦鏡池中月。清影落人間,孤光滿寥沴。四十九年説不到,老猿啼斷中巖曉。草中逸出睡菸莬,驚起二靈行鳥道。

送萬壽真藏主遊台雁①

台山雁山高且寒,五月六月飛冰淵。山形杖子既在握,探賾自可資遊觀。危峰爭爲寶幢立,線路或作羊腸蟠。不知應真説何法,但見花雨飛漫漫。何如撥轉毗盧藏,一道神光吞萬象。掀翻海嶽更無倫,隔靴豈用拳抓癢。

行可出先保寧贈偈求和

樹提婆宗,結衲僧舌。龜背刮毛,針頭削鐵。觸着人我無明,討甚法喜禪悦。三冬枯木滿林華,九夏炎天連地雪。作家還我老玄沙,解道靈雲曾未徹。磊磊落落處,大段周遮;切切怛怛時,不消一掣。萬機休罷而千聖不携兮,内空外空内外空;逼蛇化龍而尅期取證兮,一月二月三四月。

送法喜滅宗

威音已前無授受,釋迦枉落然燈後。鷲嶺拈華謾泄機,少林得髓爭呈醜。黃梅夜半築底錯,老盧把住元非惡。可憐馳逐天下人,接響承虛都不覺。道人

---

① 此詩見《全元詩》第35册,然只存前八句,此處重新輯録。

且喜相忘久,來去不妨空兩手。邁古超今豈等閑,奪食驅耕咬猪狗。君不見當年臨濟辭黃檗,禪板拈來與燒却。正宗滅向瞎驢邊,草裏鐵蛇頭戴角。

次韻贈思侍者

渡水穿雲訪師友,朝談天台暮賢首。己躬下事合如何,捞着人人少知有。未善參詳聽我言,只者如今誰動口。彼此僧中大丈夫,何用隨人脚跟走。東山頂上闊着步,玉几峰前展雙手。撥開萬象見全身,截斷群機示真吼。小根那敢妄搏量,佛祖始堪論授受。金鴨香銷錦繡幃,地户天門俱脱臼。

贈南宗

南宗密印傳來久,十聖三賢不知有。拽轉虚空背面看,錦縫重重貫牛斗。棒頭喝下明真機,德山臨濟還堪悲。脱窠裂臼領得去,風飛雷厲方相宜。我是乾坤無事客,驗盡銅頭并鐵額。掲來拋向大湖中,一枕高眠真上策。

用本覺楚石韻贈怡雲屋

楊岐石窗好尊宿,襟度潭潭如廈屋。舉措彌增佛祖光,行藏廣布人天福。贊成宏智匡慈明,等是鷲峰親付囑。斷弦妙在鸞膠續,與吾一鼓雲門曲。高山流水少知音,白雪陽春和何速。楚翁平生五鳳樓,無愧大悲千手目。我去靈巖三載回,喜見雕甍起平陸。柱石端爲不世資,棟梁豈是尋常木。主伴能操不二心,今古還同一機軸。如風從虎雲從龍,似地擎山石含玉。大匠固知無棄材,善賈何曾有停蓄。撮將大千爲粒粟,體亦足兮用亦足。用亦足,羅湖不生誰可録。

贈無爲道者

歸峰道者稱無爲,傲睨物表超希夷。有時分身遍塵刹,直與佛祖爭驅馳。佛祖何先我何後,爲而不爲終傑斗。夜升兜率晝閻浮,問着時人罕知有。多少疑眸覷破壁,兀兀堆堆守空寂。到頭不會轉身句,如此修行有何益。要識無爲聽吾説,孤蟾冷浸千江月。波波頓現是尋常,處處相逢元不别。我心與月同虚閑,照天照地相循環。光境俱忘照自寂,一聲鶴唳來雲間。

次石佛元庵韻送聚維那之龍河

新昌石佛聞名久,無邊刹海毫端有。九霄雲外現全身,萬仞峰頭垂隻手。衆生顛倒難教化,往往東行却西走。佛也由來不奈何,我又如何開得口。道人袖裏黃金椎,自堪殞碎魔軍首。妙用靈機苟現前,不妨觸處爲真吼。君不見龍潭老人吹滅燈,光射七星并八斗。子也親承石佛來,不知石佛曾言否。更從言外訪知音,眼中何處存妍醜。黑暗女與功德天,有智主人俱不受。南堂與麼老婆禪,未必七分能搆九。

送輿藏主歸省保福一庵法兄

即心即佛與麼住,狸奴倒上菩提樹。非心非佛與麼去,生鐵秤錘被蟲蛀。松華爲食蓮爲衣,懸崖峭壁何巍巍。把定牢關欠活脫,放開線路終相宜。藏主近前出隻手,撼動金毛師子吼。若問靈巖事若何,黑黑明明三八九。

和仲謀韻贈舟維那

噓一噓,吹一吹。脚跟不點地,鼻孔大頭垂。全身入草處,打失兩莖眉。聲前非聲,布漫天之鐵網;色後非色,揚遍界之風漪。或喑嗚而叱咤,或顧盼以踟躕。高來捲舒方外,俊處穎脫囊錐。沙場百戰氣浩浩,太華一擲空巍巍。作家相見有縱奪,千聖向上無鉗錘。覺天之日忽已墮,魯陽之戈誰與揮。馬祖堂前再參句,妙峰孤頂清霜飛。一喝果然聾兩耳,大唐國内無禪師。

送珍上人回鄉

從門入者,不是家珍。百草頭上,覓得全身。拈一放一有甚好,出此没彼徒因循。衲僧拄杖六七尺,敲風打雨驚天人。手面靈機絶思算,頂門正眼無疎親。出生父母只者是,凌滅佛祖超常倫。蹋着石橋成兩截,一聲喝散千峰雲。

次仙巖仲謀韻贈堯上人

究己明宗自爲策,何用迢迢遠相索。未離歐阜早差池,蹋破吳雲轉懸隔。君不見月兮不待風而凉,又不見日兮不待火而赫。要知生佛兩同源,合信曹溪無正脉。窮玄微,善探賾,烏本非玄鵠非白。無明煩惱是真如,虎穴魔宫總安宅。英俊流,終逸格,九萬扶搖方展翮。塵沙劫海刹那間,百億乾坤一毛窄。敲東擊西,唤叔作伯。阿剌剌,透網金鱗遭點額。

雪庵瑾和尚偈,禪者求和

眼中之句句中眼,眨上眉毛還不見。有時提起金剛王,有時獨弄無文印。神仙秘訣誰堪傳,劫外日月壺中天。太白山頭焰爐雪,鱉鼻徑把長蛇吞。

送蔣山淵維那歸蜀

道人曾見三佛來,桶箍脫處心眼開。回首成都一萬里,峽流春漲争喧豗。君不見德山老漢初出蜀,未戰全鋒先剉衄。那堪夜參吹滅燈,從玆不唱還鄉曲。拈得拄杖獰如龍,訶佛罵祖鞭雷風。如今叢林無此翁,作偈且送淵性空。

送敏侍者

訥於言,敏於行,參方且要求宗匠。即今海内誰可師,之子行行好尋訪。汝不見嘉禾古有雲門翁,手面一着驅雷風。顧鑒機先重遭撲,電光石火從匆匆。東山顛,佛果瞎,特地分身遍塵刹。金雞拍翅一聲啼,便解人前施孟八。

示中上人

我此法門中,大本在見性。一見一切見,如臨大圓鏡。穢纖既可鑒,本末自澄瑩。迷時聖是凡,悟後凡爲聖。迷悟兩超越,聖凡同響影。廓然洞無疑,參學事已竟。

次韻贈善上人閱經

一大藏教,五千餘卷。刹刹全彰,塵塵頓現。耐重撲倒金剛神,釋尊不坐空王殿。高來低應,谷響泉聲。暗合明投,神彩鬼面。爾既擔枷過狀,我則據款結案。機先領旨,討甚仙陀;格外明宗,早不着便。除是本色流,一見即便見。咄咄咄,還知麽。直須斬釘截鐵,輒莫綴齒粘牙。不涉安排,群機普應;現成受用,毫髪無差。兩手擎來,耳朵中堪容四大海;寸絲不挂,眼睛裏可着恒河沙。揭開摩竭,靠倒毗耶。天上人間有此没量大漢,騎聲蓋色實謂妙不可加。會則目前包裹,不會別立生涯。熱即取涼寒向火,飢來喫飯困來茶。

次韻示僧道舍人

我此一宗,不立文字。四七二三,如水傳器。欲得親切,去却藥忌。匪學而能,匪行而至。俱胝一指,大士千臂。知是妄覺,不知無記。決要完全,直須打碎。是頭頂天,是脚蹈地。父子主恩,君臣主義。辨色分香,有眼有鼻。可進則進,可退則退。能使於物,不爲物使。凡聖兩忘,自他兼利。咨爾僧道,固爾初志。念兹在兹,圓成覺智。爾本無求,我亦無示。廓然現前,非言非意。宜善護持,毋自輕易。

送曙藏主

道人信宿來禾城,三反無覓南堂處。乃知善財參德雲,七日之間亦如是。德雲不離妙峰頂,山僧豈出南堂裏。中途百念忽頓息,白鳥蒼烟盡知己。握手一笑載以歸,尋得匡床倒身睡。明朝欲唱還鄉曲,睡起先求贈行句。我觀汝昔元不來,今也何爲却言去。不來不去兩俱捐,故國清風半帆耳。山僧爲人無實法,汝也臨機好看取。更説甚麼雪峰老漢九上洞山,三登投子。撿點將來,政是黑山下鬼窟裏活計。直饒鼇山店上,盡底掀翻;何異鄭州出曹門,遠之遠矣。咄咄咄,住住住。歸向扶桑更那邊,別有光明蓋天地。

贈徑山經侍者

百尺竿頭進一步,一步超越河沙數。平田淺草驀翻身,幾個解分泥水路。荒郊雨後泥水多,在江滿江河滿河。老農晨興錫苗草,作勞群起高聲歌。赫日炎炎燒碧漢,喜有風生楊柳岸。道人不憚泥水深,硈硈通身流白汗。入門一見忘主賓,道義篤切情彌親。話盡山頭十年事,如夢如幻如浮雲。坐到水乾泥亦去,雪車往往羅冰柱。金鴨香銷意自閑,別有嘉聲繼先祖。

贈淨慈戩藏主

一大藏教永明旨,山色湖光照窗几。永明宗旨一大藏,梵語唐言提不起。碧海紅塵貼日飛,牛胎生得香象兒。蹋碎乾坤無朕迹,大悲千眼焉能窺。天台道流何卓犖,未言先領俱昭廓。丹山鸑鷟九苞文,祥麟只有一隻角。

示靈隱景巖藏主

是大法藏,不涉名言。衲僧日用,諸佛本源。豈唯智者親見靈山一會,儼然未散;即今老僧與汝同處普光明殿,揖舍那尊。把斷要津,不通凡聖;掃除露布,迥脱根塵。咄。珍重橫肩鐵拄杖,莫教築碎破沙盆。

送來維那參松月翁

真淨界中無一法,畢竟度河須用筏。幡竿尖上驀翻身,誰管石頭行路滑。浩然一月千江心,松風正奏無弦琴。八紘雲靜夜氣肅,老龐不作誰知音。子欲參玄宜撥草,桶底脱時方了。袖裏金錘影動搖,家家門首長安道。

送壽藏主東歸

扶桑道人來自東,一舉九萬乘天風。探珠不入沙竭宮,十年蹋遍中華中。中華之中何所遇,白日西飛水東注。始看楊花作雪飛,還驚白雪如飛絮。大華磔裂黃河乾,已躬下事何顢頇。掀翻大藏五千卷,一句未始曾開端。驀然來見南堂老,萬種千般俱一掃。曠劫無明當下消,先師公案登時了。明窗之下下一榻,百尺竿頭恣騰蹋。外道天魔總倒戈,龍泉太阿初出匣。明朝歸去楞伽巔,順風依舊三日船。親朋有問本參事,向道晨朝熱水洗面,脱下脱襪打眠。① 畢竟如何? 咄。神仙秘訣,父子不傳。

洞庭謠送本藏主

東洞庭,西洞庭,七十二點浮螺青。涼風吹衣日色薄,白浪遠接天冥冥。盧

---

① 脱下,疑當作"黃昏"。

公高卧歲月老,今古有誰同此道。涵空閣上豁雙眸,長嘯一聲欣絕倒。挂角羚羊本無迹,之子何須苦尋覓。翠雲不動石屏閑,岸蓼汀花弄秋色。壯遊豈是耽奇勝,仰止先宗作龜鏡。隔江相唤解知歸,堪與虛空安把柄。

台雁謠送景侍者

台山青,雁山青。千朵萬朵,矗矗攢高冥。橫空石梁門雪瀑,飛流濺沫往往散作銀河星。潛奇毓秀狀不盡,坐殺五百一十六個聲聞僧。嗟予生緣在其下,兩脚未暇躋崚嶒。上人從何來,便欲舒幽情。攀蘿陟磴到絕頂,俯視萬象無逃形。願言學道亦如此,探賾理窟開玄扃。吸乾佛海,掀翻祖庭。使夫寒拾撫掌,詎那服膺。庶幾懸天心之寶月,朗劫外之真燈。苟不然者,又何必陋燕雀誇雲鵬,而與世俗同愛憎。

廬山謠送迪首座

廬山橫截九江口,五老崢嶸欲哮吼。曉風吹斷香爐烟,玉龍噴雪飛晴晝。遠公向來栽白蓮,社中人物何超然。山靈勒回俗士駕,勝地盡囑西方仙。陶令攢眉真自哂,夜郎有意嗟乾没。還丹浪説透瓶香,到頭莫換凡夫骨。我生元是山中僧,別來轉眼三千齡。此日因君話疇昔,陡覺秀色盤空青。盤空青,可攬結,清净之身廣長舌。一笑掀翻九叠屏,摩訶衍法非言説。

杯渡尊者祥雲庵偈,珩琅泖首座求和

十行十住十回向,杯渡老人常實相。阿惟越致等妙覺,壽命光明無有量。佛佛境界體性同,隨説而行自非强。雙溪鐵牛喫一椎,等閑吞却嘉州象。百千如來咸助喜,頻伽盛空滿相餉。登高望遠意自殊,祥雲翠結瓊林上。

珩琅一關法兄用前韻見招因答之

三千里外遙相向,弟兄孰謂無心相。毛端涌現寶王刹,胸次政餘吞海量。工夫已到應從容,道力未全安可强。昔年杯渡今再來,截流顧盼真香象。瓷罍滿貯黑石蜜,妙語緘題遠分餉。暮年只合赴嘉招,劇談抵掌雲巢上。

蘆圖室歌并序

杯渡尊者,應迹宋朝,神異非一,常荷蘆圖而行。至廣陵,赴李氏齋,置圖中庭云:四天王福爾家。李欲移圖,數人莫能舉。有豎子窺圖中,四小兒長數寸,齋訖提之而去。又赴兗牧劉與伯招,伯令舉圖來視,數十人亦不勝。伯即之,惟破衲木杯耳。宣慈濟西竺蘭若,尊者所居也。住山熙庵春公,欲創丈室,榜以蘆圖,不遂而終。囑其徒智明誼上人爲之,逾年而成。厥孫泖師,求余題,復和尊

者祥雲庵偈韻,并叙其大略,使刻之云。

挈個蘆圖來復往,大似全無大人相。看渠坐斷珂琅峰,脱盡凡情超聖量。四王虎踞圖之中,感應道交何木强。掀翻海嶽驗行踪,蹈碎乾坤無影象。下載清風木作杯,上方鉢飯人争餉。智明作室吾作歌,大書蘆圖榜其上。

妙乘舟歌并序

妙乘舟,前御史蒼山之泛宅也。治書廉公亮榜其額,金山即休爲之頌,曹溪月翁爲之叙,可謂具美,猶以爲不足,來徵余言。不得已,謂之曰:真性吾舟也,願智吾水也,六度萬行吾帆檣篙舵也。吾乘之而游乎三界之海,流行坎止,惟意是適。是非之風不得驚,寵辱之渦不得溺。内無珍異以起盗者之心,外無聲色以動觀者之議。人方拘拘,我獨浩浩。人方戚戚,我獨怡怡。誦華亭載月之章,樂鄂渚烟波之趣。不住彼此,不着中流。而錦鱗頳尾,或有所遇,不亦妙甚矣夫?又何必東拂弱水,西掠流沙,南放炎海,北極玄溟,浪爲無益之游,而蕩無所歸哉?繫之以歌曰:

天地浩蕩兮放吾之舟,萬化無息兮乘之以游。返吾心兮復吾性,廓然大通兮餘將焉求。罷釣收綸兮華亭船子,呈橈舞棹兮鄂渚巖頭。嗟余生兮季世,所不見兮前修。開帆捩舵以力追之兮,慨情緒之繆悠。豈無清風朗月以壯吾之趣兮,曾何塵勞妄想之未休。匪殘山剩水之可愛兮,自無意於公侯。有超宗異目之開士兮,固宜衝寒冒暑而激揚唱酬。殆將濕心浴德於清凉之池兮,采芙蕖於芳洲。雖薄俗昏墊終莫我知兮,亦庶免漱石而枕流。渺江漢之無際兮,當不限余之去留。惟歲寒之高義兮,尚或慰乎寂寥之秋。

止止軒贈張君茂

君茂作軒名止止,止其所止毋乃是。要知真止初不然,止無所止方通理。疏之所以明其元,泥之所以塵勞起。漆園老吏豈解事,虛空生白謾自喜。若能轉物即如來,自然躍出齏瓮裏。六窗寥寥秋月明,山長海闊天冥冥。漁歌斷續蘆華汀,止止於此將忘情。

半山古原作燕居,榜曰信庵,因璉藏主來徵偈

偉哉信庵能自信,古聖今賢同一印。盤結孤峰豈等閒,棒頭喝下無生忍。覺城東際信不及,走遍南方無處立。彈指聲中得路歸,法界重重曾頓入。一念不起無浮漚,廓然三際空悠悠。萬仞崖前布鐵網,九重淵底拋金鈎。君不見汝家開山真净翁,邁往之氣凌長虹。一生善弄大旗鼓,力排戲論恢真宗。公作信

庵吾作偈，落落風規宛然在。謝墩吞却寶珠峰，還放秦淮東入海。

竹堂贈琦藏主

竹間着此半間屋，夢中盡是鈞天曲。覺來宴坐寂不動，但見繞檐排翠玉。風蕭蕭，雨蕭蕭，月色天光蕩心目。神也清，骨也清，八萬四千毛竅俱通靈。君不見東坡道人鐵拄杖，敲空有時能作響。不問人家與僧舍，脚頭到處成真賞。又不見當年香嚴老古錐，等閑一擊忘所知。潑天富貴赤骨律，卓錐無地良堪悲。如來禪，祖師意，劈箭機鋒建瓴水。百尺竿頭掉臂行，劄定乃兄三尺觜。

芥室贈靈藏主

道人一室如一芥，大小輪圍無不在。中有百億須彌盧，圍繞無邊香水海。一室既爾百室同，千差萬別俱圓融。毛端寶刹乃其戲，似水入水空藏空。君觀見行三昧事，諸佛衆生本非二。聖凡情盡體如如，是則名爲不思議。疎簾高捲心境閑，團蒲曲几安如山。光風霽月相回環，孰謂此地非人間。

煮雪齋贈壽首座

道人不烹龍，道人不炮鳳。道人兀坐深齋中，爛煮雪團充法供。一飲毛孔生清風，再飲肌骨冰玲瓏。東土西乾接手句，玉應未了仍金春。品字柴頭春滿室，紅麒麟誰敢輕觸。後夜夢升兜率宮，覺來床上伸雙足。

静趣軒

保安招提古城裏，法師作軒名静趣。一心不動萬機閑，三際泊然如止水。軒前修竹參天綠，竹下清池浸寒玉。妙談般若本無言，安用琅函五千軸。好風吹折芬陀利，權實同時盡昭著。静猶不立趣何存，未入此軒須瞥地。

大樹軒

老禪作軒臨大樹，樹下栖禪真得趣。直將大樹榜禪軒，千里求余寫禪句。問君此樹何年栽，綠雲窣地青崔嵬。長天不放日月下，挾座只驚風雨來。一道陰涼同濟北，空盡勞生心意識。六十萬枝痛未伸，再思一頓何從得。

聽夢樓

百尺樓頭展雙足，一枕黃粱午炊熟。江城五月落梅華，舉世真成蓋蕉鹿。者一曲，那一曲，天鼓希聲斷還續。閉一目，開一目，起來更把身翻覆。三際寥寥萬境閑，六用門門總休復。大原何有建隆眠，永嘉謾向曹溪宿。風流輸與老潙山，二子神通良不俗。面湯纔去手巾來，一椀釅茶濃似粥。

環翠樓

道人高居環翠樓,筊窗面面山光浮。白雲朝飛宿雨霽,甘露夜注青玉甌。長林乘風怒濤吼,當暑忽復如清秋。金經琅琅華藏海,公案了了蒲團頭。童子南詢斂念入,彈指千劫何悠悠。東歸未盡若耶興,尚可爲子聊一遊。

空空室

道人一室如懸磬,榜以空空頗相稱。忽然突出三萬二千師子床,攝入毫端無少剩。謂之有,佛面等閑成百醜。謂之空,帝珠寶網光重重。空而不空有不有,象王回旋師子吼。白戰將軍不用兵,太平天子垂雙袖。啷嗚咿,誰與知,水晶簾外天華飛。兩頭白牯脚蹈拍,三面狸奴舞柘枝。

綠雲軒

長松翠竹當軒窗,奇峰削玉摩穹蒼。綠雲隔日南薰凉,竺墳魯誥堆滿床。道人深居萬慮忘,知見散作毛孔香。客來問法呼煮湯,一試車聲繞羊腸。

樸庵贈華侍者

樸庵樸庵求我歌,時之不古如樸何。窮奢極侈世所尚,懷貞抱素無乃訛。樸庵樸庵聽我語,羲皇上人葛天氏。有耳不聞絲竹音,有眼豈知軒冕貴。低可穴兮高可巢,蓋頭何處無莖茅。污樽杯飲本自足,蕢桴土鼓焉用教。歲晚忽然情偶作,七竅崩分混沌鑿。有時拔劍斬風輪,驚起泥牛鬥折角。我歌此歌君莫嗤,大空小空渠得知。萬事到頭難準擬,早來百鳥銜花去。

止堂贈運侍者

止堂止堂求我歌,三請不止如止何。不若如今便休去,免教平地生風波。止堂止堂聽我語,川之方增豈得已。倒流三峽迷九淵,崩騰澄渟皆此水。動兮靜兮誰所作,捲兮舒兮亦昭廓。寥寥虛室生白光,落落靈機洞靈覺。動相元無安有止,尤搓茅繩縛山鬼。銅沙羅裏滿盛油,坐斷乾坤只者是。静相亦無安有動,百華競作春風夢。東山家燕此時開,囉囉招兮囉囉送。我歌此歌清夜闌,萬籟闃寂神思閑。何人披雲發長嘯,一聲迸落千林間。

承天毅首座號木翁,松月翁更曰剛中,求正於余。

余曰,剛中其字也,木翁其號也,爲説歌曰

阿翁胡爲事木訥,口不能言意奇倔。一機截斷凡聖情,裂石崩崖露風骨。松月見之呼剛中,諸方見之稱木翁。一爲其字一爲號,落落總可魁羣公。君不見牟尼化身千百億,多少嘉聲振金石。兩元非異一非同,究竟真成白拈賊。

獨木贈林侍者

臨濟樹,只一株,蓋天蓋地曾無遺。閻浮金光耀日月,無晝無夜香風吹。三伏茫茫灑冰雪,遍身毛孔清涼徹。五濁炎氣悶殺人,惆悵無因爲伊說。

獨峰贈昂侍者

千山萬山橫玉案,一點青螺出天半。白雲不作雨聲乾,只有鳴禽自呼喚。何人坐斷最上頭,眼空四海無春秋。碧落紅塵兩懸絕,菜葉莫遣輕隨流。壓破坤維鎮南極,五嶽要齊齊不得。徑須推倒葛藤椿,免使天華惹衣裓。

無生贈度藏主

無生道人來自何,繾綣求我無生歌。生既元無歌豈有,撥火爲子揚清波。君不見覺海澄圓一漚發,四生九有相挨拶。若知漚體本來空,始證無生真實說。真不有,妄亦空,推倒百億須彌峰。十虛直下頓銷殞,三世諸佛無行踪。寂寥寥,明朗朗,撥轉玄關何侗儻。夢中合眼跳黃河,豁開兩眼長床上。東海魚,打一棒,等閑躍出千重網。跛鱉盲龜總不知,帝釋修羅俱膽喪。嗔不嗔,喜不喜,笑殺寒林七賢女。百種供須不稱情,剛然要索無根樹。阿呵呵,會也麽,不萌枝上春風多。執死蛇頭憻懂漢,放活鷂子仙陀婆。無生歌,少林曲,彈到無弦聲自足。泥牛吼破碧潭烟,石上栽蓮藕如玉。

白牛贈昌山主

白牛之白白如雪,性情迥與常牛別。一犁耕遍劫空田,四脚慣曾行嶰嵘。懶安香嚴稱善牧,豈揀平原與幽谷。鼻孔遼天不受穿,角長未免東西觸。牧之既久終相忘,水足草足溪風凉。火宅商量誘諸子,四衢軒蓋何煌煌。(以上同上卷六)

天印示普侍者

覺天無雲海波靜,萬象森羅同一印。聖凡情量莫能該,爍破面門應自信。鐵牛之機本如此,言下承當不相似。令行吳越在于今,誰解同生復同死。印泥印水還印空,二三四七俱潛踪。暗合明投總兒戲,抹過虎穴并魔宮。印空印泥還印水,賓則全賓主全主。曹溪脫出未爲奇,擒得盧陂始堪喜。印室印水還印泥,玉犬夜吠金雞啼。紫綬煌煌揭日月,金章隱隱蟠虹蜺。祖也無傳我無授,去來且可空雙手。相逢有問護身符,好與攔腮摑其口。

滅宗示胤侍者

瞎驢滅却臨濟宗,黃河九曲不敢東。東山抛出暗號子,鐵蛇彩鳳盤晴空。

堪笑堪悲川土苴,覿面當機看脚下。打失眉毛萬事休,引得傍觀笑聲啞。宗風似此争不滅,此心合對瞎驢説。説向瞎驢驢不聽,喝聲迸落千巖月。

東白贈昇侍者

金雞拍翅扶桑曒,萬國曷曷開乾坤。少室西來豈無意,後生欲見嗟無門。五葉千燈輝震旦,一色明邊何爛爛。更從向上透玄關,曠劫重昏蕩然散。碧海澄澄照虛室,萬象莫能逃影質。堪笑當年老趙州,眼前渾是金州漆。

思遠贈傳侍者

祖祖相傳有何説,地久天長無斷絶。無端滅向瞎驢邊,添得兒孫釘根楔。此楔欲出出者誰,神仙秘訣超離微。山青山黄日月老,屋前屋後花信稀。傳兮遠兮我與爾,思而不思知幾幾。

東雲贈海侍者

道人心地如雲海,隨風行空了無礙。曉來一片横日東,萬里濃陰覆天外。在東爲東何定方,捲舒出没皆相當。釘釘着兮懸挂着,南陽指出談宗綱。有眼衲僧誰不見,未達此心遭境眩。逐物迷真意轉移,識性紛紜日千變。我願人人如此雲,贊之不喜罵不瞋。動既無營静無住,飄然寂爾超緣塵。雲兮雲兮許多好,人果如雲少煩惱。得時行志作甘霖,一洗炎埃潤枯槁。

物外示道侍者

道非物外,物外非道。以要言之,孰臻其奥。南泉拂袖便行,馬祖看得恰好。木葉落盡四山黄,金雞拍翅千江曉。

宗遠示世侍者

未分天地誰爲祖,接響承虛自今古。竺國支那兩下看,扶桑日輪正卓午。威音已後威音前,着着落在兒孫邊。馬駒蹈殺不足怪,瞎驢滅却方堪憐。日可冷兮月可熱,此事如何對人説。關心大段是寒梅,盡把春光都漏泄。

默堂贈辯侍者

净名一默喧今古,塵塵刹刹開門户。散華天女解隨邪,擘破虛空旋修補。八紘雲盡清晝閑,疎簾半捲來秋山。道人有口且挂壁,坐聽萬象提玄關。鐵馬嘶風木雞叫,野水自流華自笑。碧眼胡僧暗點頭,妙德空生曾未了。

雪窗贈瑩藏主

雙峰歌雪窗,寶華雪窗歌。兩口無一舌,奈此二老何。拈却廉纖與直截,推起松窗進明月。鷺鷥飛入蘆花中,一片清光對寥沉。莫問少林深幾多,莫問雪山高嵯峨。蹲鴟出火香噴鼻,一飽之外安知他。雪窗見我作此語,點首掀眉心唯唯。滿幅書來一字無,前路逢人休錯舉。

大明贈韜侍者

大包無外還同小,明察秋毫未忘照。大而無大明無明,不妨蹈着通天竅。通天之竅既已開,九野蕩蕩無纖埃。翻思龍潭撲滅紙燭處,爍爍雲漢遠近俱昭回。燒却疏兮焚却鈔,蚋解螢光何足道。坐斷孤峰正令行,瞎棒盲柳真草草。道人光明非小大,耀古騰今長不夜。九烏射盡一無存,把得栗棘渾侖吞。

無我贈吾藏主

我自無我誰爲誰,鐵笛把得縱橫吹。雲門一曲,敲出鳳皇五色髓。洞山五位,擊碎驪龍明月珠。向去底如貓捕鼠,却來底似井覷驢。通紅了也,再下一椎。大唐國裹火星迸,新羅燎却黃門鬚。

性海贈明書記

覺海澄圓性清净,湛湛寒光浸空影。一波纔動萬波隨,便有六凡兼四聖。我觀動静初無作,只爲妄能生妄覺。覺妄元空達本真,一道虚明自昭廓。君不見靈山拈華伎倆盡,少室單傳重鑄印。三交謾駕鐵牛機,臨汝全提還弄引。南堂五月松吹涼,茶甌滿泛毛孔香。客來問話莫啟口,只有棒喝無商量。

愚中贈哲藏主

威音已前無正句,何從立許閑名字。愚中之哲哲中愚,意外遺言言外意。摩竭掩室開口難,毗耶一默心自閑。契訐離朱兩俱失,罔象自得同癡頑。癡兮頑兮幾多好,困來一覺和衣倒。鼻息如雷唤不應,開得眼來天大曉。手指東西話南北,肚飢買個油糍喫。畢竟愚中事若何,直待當來問彌勒。

樂庵贈常首座

世間之樂色與聲,一庵冷淡誰留情。千峰萬峰聳寒碧,道人得之雙眼明。眼既樂兮心亦樂,心空眼空樂何着。無着樂虚空亦空,空有華開與華落。華開華落春復秋,世間萬事空悠悠。一庵冷淡只如此,無樂之樂將焉求。是禪悅,是法喜,口不能言心自語。木人撫掌唱陽春,石女含笙和流水。一拍一拍高復低,玉兔搗藥金雞啼。拈出青原白家酒,清稅爛醉如春泥。

月鏡贈滿書記

碧海飛來大圓鏡,吞爍乾坤無少剩。靈山指出未全真,東平打破方相稱。光鏡俱亡是何物,舜若多神露風骨。蚩尤倒走軒轅驚,今古何人敢輕忽。

香巖贈芷首座

栴檀香風滿巖谷，蘭芳芷秀同芬馥。萬木千林競獻酬，鼻觀無聞心自足。道人坐我巖之中，遍身毛孔吹香風。八萬四千身衆海，互相涉入俱融通。舉一毛端衆毛集，一一香光翠雲濕。不出普賢毛孔中，誰道心聞無路入。

夢庵贈一侍者

未結此庵先作夢，夢入華胥選梁棟。庵成夢覺兩茫然，八表十虛空洞洞。或擎拳，或竪指，遮莫謾神幷謼鬼。金雞啼上玉闌干，山是山兮水是水。

椿庭示壽藏主

春八千，秋八千，一瞬萬古何茫然。綠疏含風夜氣肅，朱簾捲雨朝容鮮。濟北豈從穿鑿得，睦州謾自相成全。既然黃檗棒頭揭出佛法的的大意，安用大愚肋下痛築三拳。總是桑條着箭，柳幹出汁；說甚擔泉帶月，覔火和烟。翻身一擲，抹過五天。皮膚脫盡見真實，閻浮猶在海南邊。

古音贈韶藏主

我有太古音，不是今時曲。馬師曾一彈，清風滿林麓。無弦舉手難，絕聽意自足。禪窗春雨餘，依依遠山綠。

中山贈穎侍者

突突兀兀撐空虛，青青黯黯何孤危。不偏不倚露一機，除是頑石無人知。首陽餓夫工采薇，豈識空生巖畔天花飛。噫吁嘻，亘千百載兮，其誰與歸。

太虛

太虛無門絕關鑰，扣之作聲鳴剝剝。萬象森羅側耳聽，石人木人齊應諾。金烏東昇兔西墜，天風吹華落香雨。道人燕坐寂不動，笑看須彌同鼓舞。我與太虛真體合，絕點純清離紛雜。電光影裏急翻身，石火星中恣騰蹈。未明此旨成掠虛，靠實說話難提持。直向虛中了真實，始知實外元無虛。虛兮實兮今復古，有相無相何足數。說與聰明道者知，打破將來重捏聚。

空巖

空巖好，空巖好，住來歲久無煩惱。蒲團禪板儘相忘，竹杖芒鞋隨起倒。有時坐，選甚少林胡達磨。一念全超曠劫前，不覺日輪頭上過。有時立，水色山光澹相入。拂曉清風劈面來，過雲小雨霑衣濕。有時行，一片夕陽天外橫。信意不知山遠近，躋攀或與猿虎爭。有時臥，曲水枕頭消一個。不奈多情黃栗留，幾回好夢都驚破。空巖好，空巖好，落華滿地無人掃。人空法空空亦空，如何說與時流道。

雪山

匝地漫天雪三尺，千山萬山齊一色。普賢失却香象王，蹈碎虛空尋不得。六花飛入銀椀中，瓊林玉樹光玲瓏。重巖邃谷香草茁，白牛穩卧忘西東。瞿曇半夜逾城去，掉頭不顧金輪位。脫將衮服貿皮衣，回首人間不知處。

牧石

道人牧牛如牧石，鞭索不施終省力。縱然遍界露迥迥，寂爾虛閑還默默。有時一曲溪東西，長堤綠草烟萋迷。人間萬事不入耳，席地且聽黄鶯啼。

空海

覺海無邊空索索，白日東昇月西落。蒼龍睡穩初不知，頷下神珠照寥廓。信手一擊百雜碎，騰身已在須彌背。不犯清波意自殊，他家自有通人愛。

自牧

我有水牯牛，生來惟自牧。鞭繩既在手，且免東西觸。原上春草青，原下春水綠。隨宜不多求，得飽意自足。如是三十載，養之頗純熟。豈無他人稼，示之非所欲。毛色日已化，頭角空自全。既不逆人意，又不蹊人田。三春農事罷，一堤楊柳烟。人牛兩何有，庶以終天年。

空漚

覺海澄圓一漚發，起滅無從自虛豁。廓然全露十方空，四生九有和根拔。空自非空離我所，囊括無邊入環堵。金雞曉拂扶桑枝，玉兔夜輾珊瑚樹。漚中之空空中漚，隨機鼓蕩成沉浮。沉浮本來無實性，六鰲一掣隨金鈎。我開此室還自榜，榜以空漚豈相誑。疎簾半捲篆烟青，三際寥寥餘鏡象。

贈陸平原兼示灊侄諸子

一從海宇吹腥風，三年踪迹如轉蓬。平原道人情分濃，招我卜築平原中。灊能結構進負舂，矻矻蹇蹇忘秋冬。齋不滿瓮粟不鍾，烟簑雨笠何憧憧。君不見雄峰作息與衆同，大潙橡栗成禪叢。又不見栽田博飯楊岐翁，一旦扶起臨濟宗。吾今老矣百事慵，眼昏頭白雙耳聾。不作俗子悲途窮，不圖聞望傾王公。只願皇化浹洽佛道隆，時和歲稔舟車通。飛潛動植得善終，一丘一嶽皆天宮。

送壽藏主

世尊祇是付金襴，迦葉何須倒刹竿。且喜鳳臺無授受，免教開福有相謾。鷯雛眼底風光別，蚊子眉間境界寬。一擊虛空成粉碎，却來平地滾波瀾。

送英侍者回彰教

禪者三年在侍傍,機先一着解承當。到家不用多言語,又手惟知聽舉揚。破柱疾雷驚熱喝,倚天長劍發寒光。忽然倒嶽傾湫去,方信龍於淺處藏。

慧藏主徵格外提持之句

格外提持也不難,面前推倒鐵圍山。祖師鼻孔曾穿却,外道頭皮有甚頑。情與無情都是妄,法非有法自成閑。一毛頭上三千界,知與何人共往還。

復藏主寂照寂

一念無生洞十虛,纔分静躁即懸殊。維摩室裏金光現,善法堂前寶網舒。舉足便須超限量,到家何必問程途。只今六用成休復,禪板蒲團儘自如。

送輦真巴大師再之補陀

頻伽飛出海門東,日照扶桑萬國紅。法體只如今日見,潮音還與舊時同。天無四壁心何壯,劫有三祇業自空。童子南詢真軌在,杖頭隨處得春風。

送空上人之金山

德雲端坐妙峰頭,山自高寒水自流。三際不興諸境寂,萬機俱泯一心休。舟橫野渡潮聲夜,更轉星河桂魄秋。金錫影搖天地動,潛鱗衝起釣鰲鈎。

答渭友竹寄傳燈錄

劫外真燈豈易傳,祇應滅向瞎驢邊。試從七佛探深委,堪與諸家辯正偏。脱印誰驚文彩露,同風自覺道情全。壽山有眼不識字,留在明窗伴暮年。

次松月法兄韻送京維那歸省龍翔

勛業於君較幾籌,獨知真樂在無求。江西老宿誰非馬,社裏遺民自姓劉。舉話罕聞當路虎,逢人休説過窗牛。只應興化能延敵,不似群兒輥綉毬。

送净藏主遊浙

我忘言也汝亦忘言,擘破三玄作兩邊。開口便能吞佛祖,轉身端可利人天。三乘教外機關少,百草頭邊體用全。别起衲僧行脚眼,大江南北興悠然。

送忍侍者上徑山

不向揚州聽落梅,只思洗眼看全提。山頭頳尾拏雲去,井底黄塵白晝迷。聖解未除猶滯殻,凡情纔盡自忘蹄。諸方五味都拈却,花滿千巖水滿溪。

次韻江心無言方外乾坤

方外乾坤豈易窮,同中還異異中同。萬機不墮境根識,一念頓超空假中。頑石有時能點首,太虛無迹可形容。豁開户牖歸來也,相見依然在别峰。

靈澄和尚山居偈寶藏主求和

西來無意與人言，開到梅華自換年。三事壞衣殊稱體，一頭華髮任齊肩。行收落葉供茶鼎，坐倚蒲團對瀑泉。世出世間都是夢，孰論身後與身前。

次松月翁韻送承天藏維那禮祖

未了目前須用了，已明心地更何求。巴蛇昨夜吞香象，陝府今朝灌鐵牛。馬祖下人阿錄錄，桐城投子道油油。只今此話無人舉，看盡青山自白頭。

贈隱禪人默法華經

七喻三周一默收，無人能到最深幽。權機可向聲前薦，實相那容紙上求。菩薩涌升金地裂，天龍恭敬寶華浮。豁開火宅光明藏，携手同乘露地牛。

送雲蓋師首座歸隆興

東土西乾妙不傳，現成公案亦昭然。睦州豈是閑擔板，黃檗難教在下肩。南浦鶯華春滿路，西山烟雨翠摩天。諸方脚債都還了，一曲松風兩耳邊。

送琬上人之四明兼東翠山大樸

蹈遍吳雲志未灰，又思入海看蓬萊。金剛石上頻伽見，玉几峰前窣堵開。問法問心何卓犖，尋師尋友莫徘徊。憑君說與翠巖老，留取眉毛頷下栽。

送璘上人遊四明天台省親

揭翻父母未生前，行脚參方話已圓。萬法不離心地印，好山都在屋頭邊。鄞江有水通三島，方廣無雲見五天。秋滿乾坤風信好，捲衣歸趁浙東船。

次松月翁韻送育王竺首座歸閩

古鄮山中有此郎，揮戈佛日可重光。胸襟政自空今古，尺寸何勞較短長。好個法門真種草，堪於惡道作津梁。蒲鞋價重無人售，又挈藤枝返故鄉。

次韻送曙藏主禮宏智塔

洞下宗師太白翁，一機不墮正偏中。羊腸鳥道開玄路，白日青天鼓黑風。超越古今端可見，鍛烹凡聖本無功。涅槃後有大人相，山冷雲寒月滿空。

鐵鼓歸根塔

根元非有擬何歸，回首人間萬事非。八面玲瓏無縫罅，十虛磅礴自孤危。空華着處揚真諦，鐵鼓隨時藏化機。未作死埋先活葬，笑看天岸夕陽微。

次韻吞龍翔一首座

寄來佳偈是前年，落落盤珠妙轉旋。嚼碎冰霜和字嚥，夢成風雨對床眠。縱橫得路誰相委，啐啄同時自可傳。鳳舞龍翔看賓主，出頭天外豈無緣。

送僧省香山雪溪

八月九月西風涼，片帆高挂逾錢塘。眼頭擬覷雪溪雪，鼻觀已作香山香。師資合處形迹絕，知見盡時機路亡。莫學耽源畫圓相，教他馬祖費論量。

用雲深韻謝中竺空海見招

白髮蒼顏委羽翁，稽留峰頂闡玄宗。棒頭日月吞千界，喝下風雷撼九重。爇火且須閑白晝，寸莛何必撞洪鐘。故交總是劉文叔，足壓龍腰自不容。

寄報國無住慧雲木巖萬壽大明

荏苒年華七十翁，與誰握手話先宗。平生朋友二三輩，動隔雲山千萬重。安樂自從撾退鼓，睡來多是不聞鐘。歲寒只有長松在，不爲冰霜改舊容。

寄杲宗二侍者

檇李亭東落魄翁，口同心語亦弘宗。金針雙鎖天機密，寶印微開錦縫重。慧照深思三頓棒，羅云再擊一聲鐘。爭如普化風顛子，傳得盤山老漢容。

寄旻春谷

桂子堂前侍乃翁，笑看江漢自朝宗。菱華掃盡風千片，香水飄來雨一重。兜率夢中推鐵鼓，乾城影裏擲金鐘。籌盈石室渾閑事，户外其如屨巨容。

寄演福大用

南天竺國絳衣翁，語默雙忘顯正宗。提起天台中道義，化行華藏十三重。香雲縹緲縈珠網，花雨繽紛撲講鐘。見說年來頭也白，可如雪後看山容。

寄覺宗聖敏仲膚起滅宗

凛凛高風似睦翁，起吾宗也滅吾宗。發揮濟北龍瞳正，籠絡韶陽鐵網重。雪頂自擎彌勒像，霜空誰扣約齋鐘。城市山林兩奇絕，一湖秋水浸天容。

次東山無際送玫侍者來靈巖韻

後生喜有超方志，恰值巖頭散席餘。留得東山送行語，勝如南嶽不通書。和盤托出先呈我，兩手擎回却付渠。擺尾搖頭如此去，何妨密處放教疎。

贈中竺時首座

中峰一个破沙盆，大徹投機廓頂門。掃蕩三玄扶濟北，掀翻百法起慈恩。夢陞兜率如何舉，講得虛空作麼論。晏歲裹糧來伴我，拓開方外立乾坤。

懷龍華會翁福臻希文

弟兄絕迹到南堂，豈是山長與水長。所向自從多險惡，有書無計問安康。何人解展回天力，此日來施活國方。但得河清任頭白，尚須携手話宗綱。

次雪竇華國韻贈明首座

中峰月下出門時，眷眷無言只自知。脫塈笑他靈利漢，破家還我寧馨兒。摩訶衍法談來妙，睹史陀天夢覺遲。海上橫行從此去，重關一試頂門椎。

送光侍者歸廣化

上人親自萬松來，却着雙檮紙襖回。直指宗乘心印在，廣施方便化門開。芒鞋竹杖何多事，綠水青山絕點埃。昨夜春風到南麓，煩君問訊嶺頭梅。

送觀首座歸三祖

白鶴峰高翠插天，灞溪一水碧漣漣。宗門有路人行少，智海無風鑒自圓。山谷石牛頭角露，金容癩狗脚皮穿。險崖機外翻身去，收取蒲鞋舊價錢。

贈雲藏主默誦蓮經

髫年便誦芬陀利，倒指于今二十霜。眼底不存元字脚，眉間自放白毫光。炎炎火宅神通藏，蠢蠢雲山解脫場。舌本流來建瓴水，一聲聲和鐵琅璫。

送天台玄藏主之江西

此行直到大江西，不用從人乞指迷。黃檗痛施三頓棒，大愚相聚一莖齏。有玄有妙非真際，無正無偏是半提。蹈遍匡廬見衡嶽，洞庭霜白水天低。

華頂天心同塤大章至，出似懷蘊恕中之什。

次韻二首，一以為東遊之贈，一以簡能仁用章天章用貞

雪壓梅梢卒未消，絕憐紙襖勝麻袍。風生谷口千江吼，月到天心一鏡高。吞爍十虛眸炯炯，倒流三峽辯滔滔。德雲不下妙峰頂，童子南詢幾許勞。

天鏡宏開宿靄消，蘭亭春日試春袍。千鈞力在毫端上，五鳳樓成手段高。蔓草難圖何糾糾，橫流當道正滔滔。東尋禹穴非無興，兩脚年來弗耐勞。

次韻答圓通約之時留天章

死猫頭話久無傳，千里緘題慰老年。句句盡同師子吼，聲聲裂破野狐禪。華開鐵樹春無迹，焰發冰河雪滿川。別有一機恢祖業，不愁無路可通玄。

次前韻答天章用貞文明天民

名實相應豈浪傳，風流堪繼永和年。不離一念觀塵劫，盡脫三灾到四禪。曲水流觴新主客，茂林修竹舊雲川。塤箎迭奏瘖群響，調轉胡笳拍拍玄。時約之、天民皆辟難於此。

金襴之外復何傳，末法迢迢一萬年。爛嚼東山鐵酸餡，生吞會祖栗蓬禪。群星拱北天垂象，萬派朝宗海內川。倒却門前刹竿着，從他鵠白與烏玄。

次前韻寄能仁用章寶林別峰

住山鈯斧得真傳,東渡錢塘又一年。插草等閑成梵刹,隨機逆順入諸禪。斬新日月開天鏡,依舊風霆似雪川。老我不吹無孔笛,還伊一語具三玄。

賢首宗中擅正傳,雲腰還億普通年。盡知潛子能弘教,誰識圭峰早悟禪。電掣一機過劈箭,瀾翻千偈瀉長川。灼然蹈着通天竅,法法何曾落妙玄。

國清栖雲閣

黃獨何心致紫泥,高居自占白雲栖。五峰削出半天上,雙澗勒回孤嶼低。龍作人來聞法去,猿從月落帶霜啼。轉身別有通玄路,南斗東移北斗西。

贈天寧壽首座

曾自雙峨入室來,南湖分座亦悠哉。百非四句從頭剗,萬户千門盡豁開。碧海錦鱗衝雪浪,青原白酒潑春醅。鐵船打就渾閑事,浩劫真風喚得回。

懷天封一宗龍華友石

我家兄弟唯一宗,連床夜雨難再同。樹金剛幢擊石鼓,用黑豆法開天封。看渠大作師子吼,顧我何有羚羊踪。龍華補處得勝友,石上頗説南堂翁。

次韻答芷首座

西風庭院散天香,相對忘言意自長。莫遣聲光輕烜赫,好將踪迹穩韜藏。深思大教頻開捲,仰止前修只望洋。七載祖庭燒得盡,三邊旗幟尚飄揚。

萬壽愚隱,先天瑞嫡孫,開法中吴,未皇修賀,先勤書問侑以湯濟。因過其孫仁壽天澤,閲白馬元明偈,和二首。一以謝愚隱,一以贈天澤,庶延聖、剛中見之同一笑也

老向荒郊學種禾,不愁不奈祖庭何。三吴旺化逢禪月,一國宗風得鳥窠。書外有言皆藥石,胸中無地着干戈。盡知師叔無禪道,打鐵爲船理則那。

異畝重觀合穗禾,不知談笑入無何。主賓道協寧存迹,凡聖情忘自脱窠。雷動九淵摩竭令,日回三舍魯陽戈。瀑花飛作懸河辯,驚倒龍湫諾詎那。

松月翁佛生、成道、涅槃、栴檀像、觀音五偈,善禪人求和

佛佛同生是此朝,衆生與佛本非遥。不能自用香湯沐,却把渠來惡水澆。悉達打頭呈伎倆,雲門好棒出心苗。驚天動地男兒事,金屋休誇貯阿嬌。

自從嚴駕越春城,六載深山志始平。佩項圓光銀漢月,通身寒露玉壺冰。河沙三昧同時證,刹海真乘一道登。末法師僧不知有,假衣求食謾騰騰。

大哉無上涅槃門,本自無亡豈有存。法眼親傳飲光勝,宗風不墜釋迦文。

窮玄極妙流聲教，續焰聯芳在嫡孫。打破虛空求影迹，分明一棒一條痕。

優填只在世情間，真佛何嘗去不還。相好儼然如滿月，雕鏤剛爾費沉檀。未曾舉手功全著，纔涉思惟見不寬。古往今來同一日，煌煌一座紫金山。

百寶莊嚴妙色身，爲依爲蔭亦侯旬。聞思修是三摩地，悲智行爲千輻輪。説法自來空物我，散華隨處擁天神。圓通境界無關鑰，小白香飄海岸春。

送可上人歸省隆教古鼎

圓顱稱釋子，難遇是明師。鉢水投針處，須彌輥芥時。無心同鏡像，脱穎見囊錐。豈謂南詢後，重安眼上眉。

次韻答伯儀張教授

危言竦縉紳，真氣掃邪氛。未展圖南翮，先空冀北群。尋僧言大道，渡水到深雲。三教從何立，窮源自不分。

贈岡書記

一字不着畫，相看眼似眉。難教夫子會，只許老胡知。文彩全彰處，機輪妙轉時。十方俱一照，石火太遲遲。

次韻送心侍者

欲作宗門客，先須發大心。苟非師子吼，那副象王任。着着超方處，頭頭顯妙音。豁開行脚眼，山海未高深。

和晦機和尚韻贈定上人

大海波心立，千峰頂上行。胸襟無日月，手面有權衡。梅柳春光動，湖山雪意晴。那伽定中句，全死又全生。

和松月法兄韻送明首座遊五臺

蹈着臺山路，真成汗漫遊。劍眉何凛凛，殺氣只浮浮。可數無餘子，難當這一頭。曹溪好風月，碧浄冷涵秋。

次韻送阜上人

一日復一日，千山又萬山。要明心地印，須透祖師關。道韻誰堪並，塵緣自絶攀。權衡俱在手，應笑管窺斑。

送顯維那禮五臺

騖直臺山路，誰誇陷虎機。未言先勘破，携手即同歸。師子空中現，頻伽脚下飛。天華政多事，繚亂撲禪衣。

次韻贈蔣山輔侍者

不住朝廷寺,閑居近道傍。依然遇賓客,顛倒着衣裳。況爾鍾山至,難將北斗藏。鷹窠出威鳳,談笑發天香。

送緣藏主之金陵

息庵息不盡,又欲去金陵。宇宙空雙眼,江山老一藤。發揮無盡藏,紹續祖師燈。莫學暹禪者,無言戀碧層。

示昂禪人

要明行脚事,不用別馳求。滅得偷心盡,方知道念周。蕩蕩空三際,昂昂出一頭。懸崖能撒手,脱體更風流。

次韻贈志侍者

把住犀牛扇,堪稱席上珍。莫爲斷佛種,須作利生因。百煉金除礦,重磨鏡絕塵。飄然來又云,一個自由身。

次韻贈本侍者

啐啄相投處,難教子母知。斯須能不異,遠大始堪期。自信皆由我,群居更問誰。八紘雲散後,一月正流輝。

次韻送宗侍者再參蔣山

大法宜修學,明師勿久離。須知末後句,不是最初機。挂拂遭呵處,升堂捲席時。紙衣抄不到,携手孰同歸。

次韻送檀維那

道人曾法戰,叱咤破金城。去就鴻毛重,勛名海嶽輕。瓶盂過檇李,節候近清明。百越三台路,倘羊不計程。

次韻悼感聖雲庵

之子喜不兼,持身只守謙。開門臨野水,爲客捲疎簾。古寺如風穴,宗乘繼此庵。話頭元自在,今後許誰拈。

行脚走三千,探珠下九淵。倒拈苔尋柄,痛掃野狐禪。已辦今生事,還思未了緣。老胡真軌在,挈履過西天。

未來先寄信,欲去又牽衣。白髮憐吾老,朱顏借爾輝。有懷弘道統,無命與時違。千聖頭邊路,還同把手歸。

勉庵贈邵上人

要會此門風,須憑策勵功。孜孜忘早夜,矻矻感秋冬。自棄溝中斷,相成爨下桐。一拳恢活業,千古繼先宗。

鈍潛贈穎上人
鋒芒都去盡,似兀又如癡。萬境不相到,一真聊自怡。忘機猶罔象,藏密是便宜。自昔知音者,獨存王老師。

次蔣山正宗韻送琦侍者
扇破索牛兒,千鈞弩發機。正宗誰復論,秋月自揚輝。砧杵千家動,雲天一雁歸。西川回未得,易服問東碕。

竺元和尚山謳四首,壽藏主求和
投老無所營,身安萬事足。雖承教外傳,還把楞伽讀。東峰多土酥,西塢富溪蕨。一飽謝塵世,焉用銜花鹿。

茫茫六合中,個個無非客。一人萬夫敵,六馬御朽索。魯陽不揮戈,白日即西落。咄哉老趙州,八十方行腳。

我有無弦琴,中含太古音。豈無少林曲,不入時人心。白鶴千年歸,丹鳳一日吟。嗟嗟精衛子,弗顧滄海深。

我有無孔笛,有口誰解吹。吹者不易得,聽者誠難知。空山晝寂寂,草座春依依。一個黃栗留,啼上高高枝。

禮應庵祖塔
不受雲居腦後錐,却來虎穴奮全威。關情最是梅陽老,遙付楊岐五世衣。

禮大梅祖塔
爛梅無色又無香,碎嚼猶堪誑老龐。剗定馬師三寸舌,倒流東海入西江。

和皎首座雜言韻
一靈不昧古猶今,妄想塵塵自陸沉。合浦明珠生蚌腹,涼秋白月到天心。
得失雙忘語意真,當機拶倒主空神。千門萬戶無關鑰,八臂那吒現半身。

送光知客歸雙溪
入門深已辯來風,莫是機先有路通。後夜雙溪弄明月,却疑身在水晶宮。

悼報國希白和尚
無常既到趣行裝,浴罷更衣即坐亡。潮落海門新月上,不知全體露堂堂。
大涅槃城此日開,廓周沙界净無埃。為人方便知多少,親切無如者一回。
四大分飛五蘊空,此時端可定綱宗。廣長舌相吞寰海,伸出炎炎火聚中。

送德茂鑒三禪人禮祖

湘南潭北路悠悠,不若春風百草頭。後夜匡廬看瀑布,大江如練月如鉤。
五葉流芳滿大唐,黃金靈骨轉難藏。鐵鍬正好頻提挈,休問湖南墢子長。
祖師靈骨遍乾坤,一段光明徹曉昏。鑒在機先如不會,却成容易上人門。

和竺元和尚閑居雜言韻

童子南詢錯較量,又尋初友見清涼。眼睛只在眉毛下,庭際春深草自長。
于時無夢老巖房,問道何須太着忙。據令提綱成特地,聽他梁燕說真常。
世路難行滑似苔,山居容易得心灰。時人自是不肯到,老子柴門終日開。
寒山拾得是勍敵,百靈龐老非同參。雲自高飛水自下,馬頭向北牛頭南。
皮髓碎分憐鼻祖,箭鋒相拄笑三平。八坳九垤山中路,只許孤雲管送迎。
金剛正印獨心傳,不在威音大劫前。數筆遠山滄海日,一溪流水綠楊烟。
拾枯煮雪烹月團,博山烟細瓷甌圓。香嚴大仰小伎倆,原夢直到溈山前。

示僧

六十蒿枝痛不痕,攔腮一掌爲知恩。虎頭虎尾齊收處,三世如來總滅門。

送僧

雪曲陽春調未高,海天空闊看鯨濤。轉身蹈着通玄頂,八十翁翁着綉袍。
形山有寶莫他求,坐斷乾坤百念休。飛瀑界開千丈石,亂雲堆裏看龍湫。
馬師一口吸西江,昨夜三更月到窗。懶瓚巖前黃獨火,春風吹長葛藤椿。
廬山山下大江橫,帆飽東風水正生。窣堵波中無佛祖,虛空背上有人行。
今無受也昔無傳,一句全超曠劫前。未入門時先辯的,大江烟水碧連天。

次韻悼華頂無見和尚

世出世間無別法,涅槃生死豈殊途。祥鱗掣斷黃金鎖,萬里長空桂魄孤。
短髮毿毿耿夜光,身前身後總堪傷。頂王三昧無人見,空使波旬笑一場。
海天空闊暮雲低,華頂峰高北斗齊。月照石床群動息,夜深還聽木雞啼。
擊碎渾侖吐又吞,此時消息許誰論。霜鯨喚醒輪迴夢,業海無邊佛本根。

送魁藏主歸省竺元和尚

鄞嶺真傳一暮翁,擘開千嶂倚長松。羚羊挂角無踪迹,逐塊韓獹豈易逢。
根塵脫盡耀靈光,日用何曾有覆藏。路入籌峰三月盡,好風吹綻百華香。

送靜維那歸越上

三過堂前法戰回,鑒湖風月擁高臺。水華不着閑塵上,還許青山送影來。

析玉峰講主送小師皓侍者偈

教門深廣若塵沙,説妙談玄路轉差。凡聖兩忘知見盡,大千都是法王家。
容易如何得到家,百城烟水渺無涯。脚跟未動笋鞋破,凉月正高松影斜。
子去要須明直指,即是杪櫨塔廟東。拈起別峰相見事,講臺華雨正濛濛。
靈山只是笑拈華,出窟金毛弄爪牙。辟歷一轟天地黑,坐觀巖電掣金蛇。

送相胤慧明四禪人之金陵

寶珠峰下是金陵,烟水遥連鐵瓮城。今古幾多興廢事,江山無口爲君評。
百尺層臺古意深,隔江烟靄暮沉沉。鳳皇不作梧桐老,疲馬自嘶楊柳陰。
真慧華敷覺苑春,月林星渚净無塵。世波不動安禪石,雲葉偏隨自在身。
道過雪竇不歸鄉,强項仍饒硬脊梁。落日古臺三百尺,六朝烟樹鬱蒼蒼。

送炬禪人歸省瑞巖萬里

惺惺石上舊因緣,落在闍梨父子邊。九萬里程歸一瞬,海天霜夜月孤圓。

次韻示興平二禪客

當機突出句中玄,語默商量總未然。推倒門前案山子,閻浮樹在海南邊。
擬報人間兩不平,脚跟正好喫烏藤。春光只在梅花上,何用重敲火裏冰。

病中

病無起處藥無靈,四壁秋聲獨照燈。五濁世中安樂法,分明説與枕頭聽。
胸中不着元字脚,室內自生金色光。三際湛然諸境寂,屋頭風撼鐵琅璫。

追和西丘太師祖梅屋偈韻

大白山頭第一層,一枝春信見無能。何年飄落人間世,散作長街六月冰。

送修知客

修無修句如何舉,門裏出身身裏門。千歲巖前歌一曲,天香桂子落紛紛。

送静上人歸雲門

明知静是真消息,却要橫身鬧市中。一個白雲無住着,又隨孤月挂長松。

送忠侍者省師

秋高木落雁聲稀,天外欣逢白鳳歸。紙襖莫教文彩露,阿師全用險崖機。

和訥無言十二時歌韻

十二時,誰與知,眼上隨分安雙眉。神珠謾逐黑月隱,白雲自傍青山飛。
半夜子,睡着是人呼不起。清風皓月四檐秋,輸我幕天兼席地。
雞鳴丑,錯認七星爲八斗。馬駒蹋殺天下人,石頭可是能真吼。

平旦寅,一窗紅日破群昏。幾多猶作夢中夢,一炷清香爲返魂。
日出卯,只個平常心是道。眼中童子面前人,斑白何須讀黃老。
食時辰,白頭傾蓋無故新。向來梵志語言好,吾猶昔人非昔人。
禺中巳,知音賴有寒山子。拶倒毗耶不二門,上大人兮丘乙己。
日中午,三十三天擊天鼓。乾闥婆王總未知,迦葉無端起來舞。
日昳未,敵體有誰分觸背。萬機休罷即歸來,一法何曾在門外。
哺時申,一喝當機體用分。不知雪嶺同風句,何似雲門透法身。
日入酉,暗裏也須垂隻手。見聞都道透根塵,舌本何曾離得口。
黃昏戌,萬象森羅同一律。月明照見夜行人,一二三四五六七。
人定亥,八穴七穿堅固鎧。鬼山之下驀翻身,抹過無邊香水海。
阿呵呵,見也麽,有佛無佛須經過。飢來喫飯困來睡,天上天下如吾何。

四威儀

行不與人共行,蹈着脚下苔生。堪笑空生未了,無諍還同有爭。
住不與人共住,鐵鞭擊珊瑚樹。山中明月一家,門外白雲何處。
坐不與人共坐,省得修因證果。解開三篋肚皮,贏得口吞飯顆。
臥不與人共臥,惺惺何若懜懂。待得玉兔走來,不覺金烏飛過。

次韻送滿鎮成康四上人

禪子心如滿月明,定乾坤句合相呈。三千里外親携手,九曲黃河徹底清。
滿懷傾出鎮海珠,仰山却道無言語。爍破乾坤驚倒人,雪裏芭蕉不知暑。
欲成大樹作陰涼,撥草參方道念長。回首宜春臺畔路,胸中知見自含香。
千巖萬壑趣何多,戲海金鱗出網羅。滿院清香噴檜樹,莫教孤負老維摩。

送金山柏首座禮峨眉

金鰲背上急翻身,西望峨眉道念淳。要識普賢真面目,碧天霜月帶重輪。

資福道元法兄惠筆且謂少助貫華之興答以二偈

坐斷禺泉正令新,猶能把筆寄陳人。何如自用腕頭力,點出嵩山萬古春。
遠遣宣毫助貫華,要看靈艷吐天葩。老來無許閑心力,此事而今付作家。

癡絶翁所賡白雲端祖山居偈忠藏主求和

閑居無事可評論,一炷清香自得聞。睡起有茶飢有飯,行看流水坐看雲。
夢回樓上曉鐘鳴,落月穿窗夜氣清。政喜世間緣業盡,静聽童子課經聲。
净智如如本妙圓,不分凡聖體皆然。只今六用俱休復,即是威音大劫前。

一性虛閑百念停，剩將雙眼挂空青。深村院落無塵土，萬本長松繞石屏。

送訢藏主禮永安塔
掃空邪説顯真乘，只有藤州一個僧。試看永安山裏月，只今猶是著書燈。

寄報忠直庵
不赴芝雲也自高，鴛湖且可泛輕舠。長竿留取釣東海，一舉三山連六鰲。

寄謝石山孤月雪山
風月平分豈等閑，倚天長劍在眉間。可憐鷲嶺拈花日，只有頭陀解破顏。
心月孤圓道念堅，自應般若有因緣。超然迥出塵勞外，不見南堂也會禪。
萬里青霄一桂輪，照空群象净無塵。滿身風露不知冷，光境亡來有幾人。
紹續宗風在己躬，掀翻藏海十三重。須知佛祖垂慈處，超出情塵語路中。
黃巖淡葛偏宜暑，絕勝青州做得衫。却寫伽陀遠相報，前三三與後三三。

贈宗嵩妙三上人
參禪學道悟真宗，三要三玄一句中。舉步蹈翻千聖頂，碧天紅日自西東。
千峰影裏看嵩山，正是秋風落照間。大地撮來如粟粒，曾郎不是詆癡頑。
妙唱不搖三寸舌，真機只在一毫端。頂門竪亞金剛眼，六合還從掌上看。

送尹侍者
高披紙襖出南湖，空盡塵勞一物無。好向金陵訪知己，前頭大有赤鬚胡。

次天寧空海韻送珂維那
袖裏金錘解放收，風光盡在月波樓。豁開兩眼空寰海，帷幄毋勞更運籌。

送南華立首座
曹侯溪上南華寺，那羅延射堅洛叉。半座平分風與月，寶林輝映衲袈裟。

雨窗示聚上人
空階滴滴雨中聽，不覺思量到鏡清。迷己衆生多逐物，不知真聽本無聲。
滴滴空階妙指陳，返聞聞後見全真。後生未達圓通境，莫謗如來正法輪。

悼建長竺仙法兄
五住招提盡大方，座中冠蓋擁朝行。雷音遠震扶桑國，繕寫歸家作寶藏。
承虛接響喚來來，把得瓢苗石上栽。二十餘年真一夢，海風吹得訃音回。
難提結就棱伽頂，個是東方最勝幢。活葬死埋但了了，者回推倒葛藤椿。

送心侍者省雲巖
藥山室裏弄師子，不出雲巖手段高。萬仞崖頭輕返擲，却來平地起風濤。

送明藏主遊廬山
一大藏教是切脚,正文畢竟許誰明。大江直上三千里,突兀康山照眼青。
送壽首座
兜率宮中説夢回,幡竿尖上舞三臺。釋迦老子不知有,白牯狸奴笑滿腮。
聞北山悦堂歸東禪兼簡永懷岳雲
捲衣歸食故山薇,誰似山翁解見幾。養得身心同孺子,自栽松竹護禪扉。
纔話休居憶永懷,白頭兄弟已生埋。村田角落凶年裏,馬麥風規自偶諧。
次韻答中山行可西國古航四友
睦州擔板志彌敦,接得韶陽嗣老存。多少後生遭落賺,一時埋没向宗門。
花臂將來鐵突兪,劫空空劫鎮長存。龍睛鶻眼何曾會,三世如來共一門。
出得一番白汗了,平生毛病盡無存。神醫拱手巫咸走,不信膏肓是活門。
祖翁一個破沙盆,東挈西提活計存。煨藥煨湯又煨粥,絶勝騎馬傍人門。
次松月法兄韻送行宏二上人
巧織吳姝不用梭,鴛鴦擲出奈渠何。郎君子弟爭先看,個個齊穿水上靴。
正愁吾道少人行,江上俄然見雨箺。説與捧爐神着便,莫教翻却煮茶鐺。
覺首座送松月翁遺硯至作偈贈之
法社凋零法運衰,法燈已滅法幢摧。人天慟哭波旬笑,狼藉春風又一回。
電光影裏急翻身,刹海真成一聚塵。遺我陶泓亦何用,尚須磨盡世間人。
雲門拄杖化爲龍,飛入曹溪硯水中。鼓得風雷動天地,依然皓月挂長松。
無位真人乾屎橛,正法眼藏破沙盆。争似曹溪寧馨子,金香爐下鐵昆侖。
次净慈平山贈祖灝首座韻
長憶盧公倚石屏,無邊風月滿懷清。何如智覺懸宗鏡,半座平分接晚生。
湖上千峰列翠屏,湖中秋水帶霜清。永明宗旨無今古,細浪含風取次生。
次龜峰道元韻悼薦福竺源禪師
戴角披毛異類身,全生全死顯全真。巢湖水涸魚龍泣,去作他方轉化人。
五濁波中駕鐵船,須彌峰頂浪滔天。一聲鐵笛三千界,彈指人間八萬年。
去無所去與麼去,法門折却擎天柱。來無所來應再來,煩惱海中傾法雨。
鐵蒺藜椎當面擲,優曇鉢華火中開。可憐滯殼迷封者,盡逐聲前句後來。
大闡宗風只一拳,蕩除露布葛藤禪。南巢湖頭五六月,冰滿長街雪滿天。
黄金真人鐵面相,弗立一塵重掃蕩。涅槃城外展生機,春風不在花枝上。

入佛何妨又入魔,知他爲我我爲他。定盤星上論輕重,斤兩元來不較多。
宗說俱通不二門,當機一喝怒雷奔。金圈栗棘閑家具,驗盡師僧鐵鶻侖。
巢湖番水定宗綱,引得波旬笑一場。三際斷時心行滅,通身是口錯論量。
真誠意思脫空歌,減處成添少處多。萬里碧霄雲散盡,一輪霜月照松蘿。

寄九巖道純兼簡石佛清遠

石佛抬眸看九巖,弟兄情分自相諳。遙知話到難難處,抹過前三與後三。
春雨春山笋蕨肥,不知塵世有危機。何當借與安禪石,同看孤雲自在飛。

聞明巖穆庵出世

衣到松源更不傳,一生只是捻空拳。如今兩手都分付,密意明明在汝邊。

送忠藏主

暮春燈下重相見,話到三更又四更。待得雞鳴便分首,大江東去不勝情。

寄景山岳雲

無愧軒中無愧翁,將無作有自融通。誰知千里同風事,不在玄沙白紙中。
屋裏溪聲屋外山,一心不動萬機閑。只知坐得蒲團穩,不覺高風滿世間。

悼定慧大方

佛日西傾不奈何,奮身揮起魯陽戈。向來入空操戈者,火後爭收設利羅。
彩鳳翻空出盛時,金烏爍破五須彌。全身跳入火中浴,後世無勞問髓皮。
吾衰不復夢周公,公識吾衰豈夢中。勝熱高風冠今古,硯池無底火燒空。
善惡由來只兩岐,閉眸作夜亦奚爲。鄭公筆力堪扛鼎,來寫禪師活化碑。

兵後過三塔即事

雨後鴛湖入望長,巋然猶是魯靈光。有無願力如何說,只聽風甌爲舉揚。

次韻答景山南洲

空盡塵緣一草庵,且無佛法許人拈。蘭峰老子情懷好,華偈時時到水南。
大是招提小是庵,最關情事未曾拈。一千七百野狐話,今日何人在斗南。

志清隱至贈以四偈

未來相見早開懷,何用橫機搇險崖。竺國不傳唐土信,自家門裏隔天涯。
二十年來話始圓,不知寶八布衫穿。掀翻海嶽求冤對,擘破虛空作兩邊。
大而無外小無中,明暗雙忘體用空。薩埵競酣三昧酒,獼猴自具六神通。
天無四壁地無門,栗棘拈來吐又吞。百草頭邊千聖眼,祖翁一個破沙盆。

次韻答雪崖

森羅萬象作參隨，北斗南辰位弗移。瞥轉機輪上頭看，此心只許老胡知。
話頭那復究離微，妙處難教佛祖知。一片雲間不相到，轉頭人境已都非。
不用欣欣不用悲，今何時也古何時。九還丹外無真藥，換盡凡胎莫厭遲。
處世難爲是強顏，有懷須到古人間。閑人自有閑人骨，不是閑人不易閑。
三界無家總是賓，道存何處不相親。滿身塵土寧須洗，洗到無塵正是塵。
水因風動靜無時，山與雲高不自巍。彼我兩忘心迹泯，杳然長與世相違。

次前韻答芷首座

無邊風月自追隨，看盡江山脚未移。椰栗杖頭消息在，莫教容易使人知。
鷴眼龍睛妙入微，未曾拈起已先知。五年隔闊重相見，一句當機掃百非。
方今佛法最堪悲，正是叢林掃地時。誰與天宮問彌勒，利生時至莫教遲。
幾年不得見冰顏，只隔俞溪一水間。看得清平時節近，未應長似老僧閑。
荒郊無可燕高賓，道術相忘意自親。提起祖機千七百，幾何曾未透金塵。
平田淺草轉身時，蹈着孤峰萬仞巍。莫怪南堂衰颯甚，從來無順亦無違。

懷仲文覺民一宗三弟

大雄山脚斷飛鴻，華頂峰頭路不通。七十二翁天一角，鄰雞三唱五更鐘。

次韻答景德雲海法兄

白粲挨開首蓿盤，貫華翻水墨光鮮。早來打鼓普請看，塞破華亭載月船。
（以上同上卷七）

指南圖

善財初起覺城東，歷歷南方跬步中。華藏雖依香水海，德雲不在妙高峰。
刀山界上無心入，樓閣門前有路通。彈指一聲諸願滿，爛持金碧繪虛空。（《重刊貞和類聚祖苑聯芳集》卷二）

舞鳳軒

覽勝長懷郭景純，瑞圖曾此應明君。和聲不帶丹山月，俊翮還連碧海雲。
地暖三吳春意洽，天開百越曉光分。筠窗綠映桐陰靜，方外高風自逸群。

毛際可橘隱

繞屋秋光小洞庭，碧雲堆裏迸繁星。飽霜風味偏宜晚，拔華文章剩有聲。
何用異名登列傳，政須佳頌續騷經。老來無復人間夢，開此幽軒卧獨醒。（以上同上卷三）

仲南

洗空俗俚耳斫吹箎，一曲薰風滿座時。萬象森羅俱比面，正偏回互叶重離。

無夢

仲尼不復見周公，回首人間萬事空。五十餘年脅尊者，寥寥霜夜聽疏鐘。（以上同上卷五）

次韻贈仰山恢藏主

藏海無邊一默中，風甌多語只丁東。鐵絲網擁珊瑚樹，大仰峰頭滅正宗。
行盡三湘五嶺中，好山猶在浙河東。石橋飛瀑三千丈，知與何人話此宗。

與海東震侍者

震旦國有大乘器，扶桑海底月輪紅。平田淺草翻身去，誰識雙峨大小空。

析天童平石二偈送言侍者再參

侍者參得禪了也，倒拈苕帚畫蛾眉。百年妖怪休開口，師子從來解教兒。
逼得古松根倒生，還從日午打三更。天寒歲晚重逢月，正好提持折脚鐺。
賴有玲瓏巖上月，不論圓缺總分明。侍傍只管煨蘆菔，不覺秋光滿太清。
千山萬水照人行，高處還低嶮處平。撒手到家誰是伴，半規殘月配長庚。
天童送子有一句，花根元艷虎元斑。再參自是難忘處，不待拈花已破顏。
蠱毒之鄉水莫嘗，殺人要是活人方。遍參不出飛鳶嶺，千古高風一謝郎。
椰栗迸開天地眼，蒿枝穿過五須彌。行行莫只論孤負，喝下須防陷虎機。
耽源無口罵南陽，潭北湘南客夢長。記得琉璃殿上事，袈裟渾是御爐香。

次韻送昇藏主

兩袖天香盡力提，最尋常處却希奇。雪峰未是善知識，臨濟真成小廝兒。
喝下黃金同糞土，棒頭凡草是靈芝。踏翻海藏重相見，默默風前展笑眉。

儒侍者歸宛溪①

劫外優曇着一花，十分春色滿山家。誰誇少室門長啟，自喜曹溪路不賒。
鐵面藥叉心似佛，厖眉尊者口如蛇。明朝拄杖頭邊看，瓠苦又生花木瓜。（以上同上卷六）

江山圖

渺渺長江叠叠山，野橋村店接漁灣。無邊風月蒼茫外，多少樓臺紫翠間。

---

① 此首載了庵清欲《送性海觀首座歸三祖》詩後。

待渡客人歸路遠,踏青公子短筇閑。一時寫作無聲句,留與高僧自在看。(同上卷九)

悼俞觀光

兩漢文章一老成,斗柄西指見長庚。奠楹已識先生夢,廬墓空勤弟子情。白玉有樓須作記,青山無地可埋名。尚餘三過堂前約,還立梅華聽履聲。

悼日本賢禪人①

巨舶東逾一萬程,爲求心法到忘形。團蒲歲晚風霜惡,壞衲山寒霧雨腥。生入祖闈身已貴,死埋唐土骨彌馨。所聞城外闍維日,聞說千僧出念經。(以上同上卷十)

釋因

大方因(？—1358)②,法系:松源崇嶽——天目文禮——横川如珙——古林清茂——大方因。《全元詩》無其人。輯佚:

辭世偈

昨日巖前拾得薪,今朝幻質化爲塵。殷勤寄語賢侯道,碧落雲收月一痕。

前身本是石橋僧,故向人間供愛憎。憎愛盡時全體現,鐵蛇火裏嚼寒冰。

靈苗不屬陰陽種,根本元從劫外來。不是休居親説破,如何移向火中栽。
(以上《山庵雜錄》卷上)

釋清海

會翁清海,法系:松源崇嶽——天目文禮——横川如珙——古林清茂——會翁清海。《全元詩》無其人。輯佚:

偈頌

木落四山空,水肅潭石見。霜氣曉蕭蕭,又是十月半。堪笑衲僧家,漏逗渾不算。若也算,兩個五伯,原是壹貫。

臘月寒深道者孤,一堂禪侶守寒爐。衲衣穿處冰侵骨,坐到更深炭也無。
(以上《增集續傳燈録》卷六)

---

① 此首載了庵清欲《悼俞觀光》詩後。
② 大方因卒年,《增集續傳燈録》作"至正壬戌",《山庵雜錄》《續燈存稿》等皆作"至正戊戌"。至正無壬戌年,今從《山庵雜錄》。

釋良猷

仲謀良猷①，法系：松源崇嶽——天目文禮——橫川如珙——古林清茂——仲謀良猷。《全元詩》無其人。輯佚：

讀正法眼藏偈

竹榻夜長燈焰短，蘿窗晝永日光浮。二千餘載真消息，五十平頭病比丘。（《增集續傳燈錄》卷六）

釋慧照

大千慧照（1289—1373），法系：松源崇嶽——天目文禮——石林行鞏——東嶼德海——大千慧照。《全元詩》無其人。輯佚：

偈頌

一頭水牯一寒山，困則眠兮飢則餐。終日拈香并擇火，不知身在畫圖間。（《增集續傳燈錄》卷六）

釋悟光

雪窗悟光（1292—1357），法系：松源崇嶽——天目文禮——石林行鞏——東嶼德海——雪窗悟光。有《雪窗詩集》見引於《永樂大典》。《全元詩》36冊錄詩21首。按，《明州阿育王山志》卷八下載危素撰《有元阿育王山廣利禪寺住持兼住天童景德寺佛日圓明普濟禪師光公塔銘》，敘其參"東嶼海"而悟道，則當嗣德海也。

釋希顏

悅堂希顏，法系：松源崇嶽——天目文禮——石林行鞏——東嶼德海——悅堂希顏。《全元詩》第50冊錄詩3首。輯佚：

偈頌

一不做，二不休，打爺須是鐵拳頭。有意氣時添意氣，不風流處也風流。（《增集續傳燈錄》卷六）

釋智寬

雲海智寬，字裕之。法系：松源崇嶽——天目文禮——石林行鞏——東嶼

---

① 《古林清茂禪師拾遺》卷上有《猷藏主相訪》詩，編者按語云其"諱良猷，號仲謀。出世住溧水無想，今住溫州仙巖。爲師承嗣。蓋其所自來，始於斯耶？"據知其全名。

德海——雲海智寬。《全元詩》第 51 册錄詩 8 首。

釋自厚

穹窿自厚,字子原。法系:松源崇嶽——天目文禮——石林行鞏——東嶼德海——穹窿自厚。《全元詩》第 52 册錄詩 2 首。

釋本復

中行本復,法系:松源崇嶽——天目文禮——石林行鞏——東嶼德海——中行本復。《全元詩》無其人。輯佚:

偈頌

心生種種法生,森羅萬象亂縱橫。心滅種種法滅,如净琉璃含寶月。也無生,也無滅,雨後千山呈秀色。正法眼藏破沙盆,無位真人乾屎橛。大丈夫,須猛烈。賊來須打客來看,五臺問取三菩薩。(《增集續傳燈錄》卷六)

釋正璋

大圭正璋,法系:松源崇嶽——天目文禮——石林行鞏——東嶼德海——大圭正璋。《全元詩》無其人。輯佚:

頌狗子無佛性話

狗子佛性無,覷着眼睛枯。瞥爾翻身轉,唵悉哩蘇嚧。

頌青州布衫話

昨夜三更裏,雨打虛空濕。狸奴知不知,倒上樹梢立。

臨終偈

生本不生,滅亦無滅。幻化去來,何用分別。大衆珍重,不在言説。(以上《續燈存稿》卷七)

釋浩

横江浩,法系:松源崇嶽——天目文禮——石林行鞏——東嶼德海——横江浩。《全元詩》無其人。輯佚:

偈頌

楊廣山前草,憑君待價燉。異苗翻茂處,深密固靈根。

頌趙州柏樹子話

趙州禪在口皮邊,方便垂慈爲指南。可笑死於言下者,競從庭柏樹頭參。(《增集續傳燈錄》卷六)

釋澤

枯林澤,法系:松源崇嶽——天目文禮——石林行鞏——東嶼德海——枯林澤。《全元詩》無其人。輯佚:

頌僧問黄龍話

東方甲乙木,言端語亦端。曉來風色緊,依舊孟春寒。(《增集續傳燈録》卷六)

釋無愠

恕中無愠(1309—1386),法系:松源崇嶽——天目文禮——横川如珙——竺元妙道——恕中無愠。《全元詩》無其人。輯佚:

偈頌

入門一句,有甚難見。動着機關,東扇西扇。

栗棘蓬,金剛圈。抛來擲去,此土西天。

明月照高巖,懸水響前嶺。耳目一何清,冥然了心境。咄哉觀世音,擔雪來填井。

大棒打虚空,虚空痛不徹。黄面老瞿曇,腦門流出血。負屈要人知,四十九年説。燈籠爲證明,露柱成饒舌。阿呵呵,推倒門前大案山,却從火裏撈明月。

石女高歌崖前過,木人撫掌相酬和。蚍蜉把住大風輪,百億須彌自掀簸。

心如工伎兒,意如和伎者。五識爲伴侣,妄想觀衆伎。

新年頭佛法,觸處皆現成。憧憧賀歲客,倒屣相歡迎。笑指好天氣,風日猶和明。必定田稻熟,鼓腹歌太平。

曠大劫來燈一椀,照天照地幾人知。要看不盡傳持處,兜率宫中夢覺時。

善哉大丈夫,其名曰善願。其願高且深,山海莫能喻。憫兹五濁世,衆生煩惱纏。罪垢積累久,非懺莫能滌。因憶梁世主,郗氏專内孽。癡愛膠漆堅,死生常對面。由瞋墮蟒類,苦願求昇濟。乃知迷背覺,處處成住着。無心罪亦無,有心還有罪。禮彼諸聖師,爲啟無心懺。遺文日月懸,照映千載下。凡有遵修者,無不獲饒益。故於上元節,廣集清净衆。對佛重宣揚,積罪如湯雪。重重華藏海,種種言辭海。廣説及略説,總説如是義。是義不可窮,功德亦無盡。普願諸有情,誓弘懺悔力。

巖寺春深草樹肥,幾回特地啟柴扉。行人只在青山外,杜宇聲聲唤不歸。

白夏時將至,垂慈勉進修。人天不敬仰,歲月自遷流。法法無生滅,頭頭有放收。九旬聊掩室,恩大實難酬。

空生大覺中,如海一漚發。有漏微塵國,皆依空所生。國土依空生,空依大覺生。大覺無所依,是謂光明藏。

一年三百六十日,惟有此日最吉祥。黃河澄清聖人出,文經武緯開明堂。

五月五日端午節,競渡江頭歌管咽。衲僧共啜菖蒲茶,無限馨香生頰舌。

驢唇先生開口笑,阿修羅王打跨跳。海神失却夜明珠,擘破毗盧穿七竅。

(以上《恕中無慍禪師語錄》卷一)

心心相同,眼眼相覷。一等陳年爛葛藤,六六依然三十六。

狗子佛性無,春色滿皇都。趙州東院裏,壁上挂葫蘆。

本原清净心,是甚繫驢橛。傳既不可傳,説亦不可説。黃檗舌頭長,達磨齒門闕,打刀須是彬州鐵。

心王不妄動,六國一時通。罷拈三尺劍,休弄一張弓。

未有無心境,曾無無境心。心境兩俱忘,未是到家句。

迷悟從來總自由,要須平地上行舟。乾坤儱侗無今古,千載清風卒未休。

食輪不轉多時,甑倒厨空竈冷。侍者來覆上堂,令我千思萬想。正兹忍飢不暇,寧暇拋三放兩。狼忙披起七條,膝上橫按拄杖。驅使文殊普賢,撿點森羅萬象。喚作向上提持,大似隔靴抓癢。

相逢不拈出,舉意便知有。打失雙眼睛,留得一張口。

瑞巖有一機,極小彌宇宙。不居威音前,不落樓至後。晨起值天昏,夜眠逢日晝。殤子壽千春,白首纔出幼。

簷外連宵雨,聲聲盡屬伊。分明重指注,何事更狐疑。

今朝七月一,屋角秋風動。無上解脱門,豁達無遮擁。

百雜碎,没棄臼,拈得鼻孔失却口。擬欲將身北斗藏,應須合掌南辰後。

夏罷抽單何處去,勸君權息此時心。諸方爐鞴如灰冷,少室門庭似海深。若要悟明超佛祖,莫將知解當胸襟。惺惺石畔堪行樂,共聽松風演正音。

趙州與文遠,鬥劣不鬥勝。老大不識羞,相席還打令。致使明眼人,無由辯邪正。邪正既不辯,轉轉成毛病。瑞巖百不能,愛用無星秤。稱起太虛空,錙銖無欠剩。

黃金鑄就鐵崑崙,推出人前駭見聞。四七二三驚吐舌,埋頭東走向西奔。

當言不避截舌，當爐不避火迸。便請全身擔荷，何必再三勞讓。巢知風，穴知雨，兩個石人相耳語。百丈掬得鼻頭穿，野鴨成群自飛去。

一對琵琶月下彈，清風習習指端生。只知寫盡心中事，誰管傍人冷地看。

大地載不起，虛空包不過。誰敢爲安名，打教你頭破。

休休，看看白却少年頭。填溝塞壑無人會，雲自高飛水自流。

一年三百六十日，日日塵勞事不同。今夜勸君都放下，管教明取少林宗。

（以上同上卷二）

未離兜率已降王宮

朱弦彈夜月，翠袖舞春風。只者消搖處，何人得與同。

世尊降生

奇哉千歲烏龜殼，靈聖昭於未灼前。一自當陽鑽破後，都盧不直半分錢。

拈華

靈山拈起一枝華，出草菸菟露爪牙。金色頭陀遭一口，至今天下亂如麻。

外道問佛

不問無言與有言，張顛顛後更誰顛。掃成筆底龍蛇陣，流落人間萬古傳。

達磨面壁

面壁胡僧瞌睡多，西來伎倆盡消磨。當時不得神光力，一個渾身沒奈何。

二祖立雪

俗子投誠慕聖師，炎炎火宅厭驅馳。夜深獨立庭前雪，徹骨寒來只自知。

女子出定

彈指聲中出定時，毗嵐撼動五須彌。可憐費盡神通力，羞殺堂堂七佛師。

三十年不少鹽醬

知子無如父最親，何須苦苦問元因。平生不作暗中事，直把心肝吐向人。

百丈再參

師子教兒迷子訣，漏泄天機惟一喝。堪笑堪悲馬大師，千古萬古成途轍。

國師三喚

國師三喚，星飛火亂。侍者三應，相席打令。吾負汝兮汝負吾，王喬跨鶴來仙都。俯視人間同坎井，漂流汩沒胡爲乎。咄。

有句無句

只個布單猶賣却，三千里外罄身來。前途且得無擔帶，又向明昭走一回。

明昭問僧虎生七子
第七菸菟獨無尾,目光閃閃腥風起。嚇殺明昭獨眼龍,不卧澄潭卧死水。
南泉示衆
不是心,不是佛,叔孫禮樂蕭何律。漢室龍興佐太平,龍驤虎驟成乾没。君不見功德天黑暗女,有智主人俱不取。
心不是佛智不是道
枕石卧烟蘿,山中樂事多。夜聞祭鬼鼓,朝聽上灘歌。
黄檗示衆云汝等諸人盡是噇酒糟漢
匡徒領衆遍諸方,禪有師無未厮當。賺殺五湖雲水客,茫茫走得脚生瘡。
臨濟見僧便喝
只將一喝定綱宗,聞者如同耳過風。自是要貪途路樂,不須惆悵怨飄蓬。
十二面觀音
觀音十二面,面面總無偏。不是閑神鬼,休來化紙錢。
臨濟問僧什麽處來
雖行畜生行,不得畜生報。臨濟小厮兒,三步作一跳。
無位真人
面門出入露全身,苦口叮嚀説向人。到此不須生異見,從來賊是自家親。
趙州訪臨濟
賓中主也主中賓,掣電機輪眼裹塵。射虎不真徒没羽,至今愁殺李將軍。
平常心是道
平常心是道,到老無煩惱。夏熱便乘凉,冬寒便着襖。
使得十二時辰
晝夜從來十二時,使來使去何時了。引得無知瞎屡生,隨例茫茫入荒草。
趙州訪茱萸
大法淵源浩莫窮,擬探深淺枉施功。一條挂杖且靠壁,雷電何時解化龍。
趙州一日從殿上過
自屎如何不知臭,人前猶自挑來嗅。大都年老變成魔,千佛出世知難救。
不許夜行,投明須到
一拳還一拳,一踢還一踢。伯牙與子期,不是閑相識。

趙州勘婆
婆婆偏要逞風流,越格風流遇趙州。各向人前誇意氣,豈知白盡少年頭。

趙州問南泉知有底人何處去
知有底人何處去,檀越家中作水牛。橫眠倒臥闌圈穩,萬里青天月一鈎。

趙州一日在方丈
沙彌伶俐,侍者湏湏。鑒裁分明,不差毫忽。

東司上不可與汝説佛法
喚一聲兮應一聲,半滿偏圓一齊説。鷲池鷲嶺給孤園,不出而今個時節。

趙州一日共文遠行
可惜面前一片地,被他一火都狼藉。年年野草碧連天,指向時人人不識。

文遠禮佛
禮佛尋常事,如何便打他。向來爲父子,今日是冤家。

狗子還有佛性也無
蠱毒家中水,軒知要殺人。寧教飢渴死,切忌莫霑脣。

金佛不度爐
金佛木佛,泥佛真佛。精精靈靈,湏湏湏湏。眼中瞳子面前人,作者相逢莫輕忽。

青州布衫
單單提起七斤衫,要與師僧作指南。本是自家成現物,隨時脱着有何難。

鎮州蘿蔔
鎮州蘿蔔光生,政好將來煮羹。喫得肚裏飽了,不妨東行西行。

僧辭趙州
者僧要往南方,特問趙州卜日。只消一道真言,到處變凶爲吉。

趙州問僧甚處來
雪峰打動氍拍版,趙州吹起無孔笛。夜深把手御街行,等閑合出鈞天曲。

胡釘鉸
一縫釘不徹,猶説更打破。利動小人心,黠過地上臥。

疎山造塔
休論山鈴與他鈴,自然衰旺弗相干。玲瓏八面烟霞表,何用羅山再合尖。

羅山送同行
舉目千山與萬山,別時容易會時難。離亭無限相思意,更把琵琶子細彈。
德山托鉢
德山不會末後句,賴有巖頭爲發明。果得三年遷化去,却將平地掘成坑。
雲門示衆云世界恁麼闊
石女腰邊裁兔角,鐵牛背上刮龜毛。雖然只是尋常事,千古輸他手段高。
德山入門便棒
棒下傳心印,森羅盡罷參。高茅村座主,曾是見龍潭。
百丈野狐
春到園林感物情,窗前一鳥百般聲。口頭只爲無常度,千古難磨反舌名。
魚跳網
頭動尾動活鱍鱍,宏綱大網難遮遏。騰身一躍過天門,東海龍王驚吐舌。
甘贄設粥
等心來設粥,何處有謿訛。行者出門去,南泉打破鍋。
竹篦話
竹篦舉起,日照天臨。擬分背觸,大海摸針。
主人翁
頻喚主人翁,修行怕落空。俱胝惟竪指,石鞏只張弓。
興化打同參
正令當行,佛來也打。口似血盆,分疎不下。
興化打克賓
養兒最怕順毛抔,興化家風與世乖。棒了罰錢趁出院,要他赤手立生涯。
聞東廊也喝
秘魔擎叉捉老鼠,慈明揭榜鬼畫符。何似風流興化老,紫羅帳裏撒真珠。
單刀直入
大坐當軒驗作家,單刀直入尚謿訛。喝聲迸落千巖月,争奈全身墮草窠。
出則爲人
一對無孔鐵錘,就中一個最重。有人揀辯得出,也是鬼争漆桶。
隱峰净瓶
提起净瓶當面瀉,是他慣會討便宜。襯衣單着曾驚衆,三聖堂中下一搥。

石頭云恁麼也得
滄海渺瀰焉用浚，泰山高聳不須培。一條古路如弦直，拍手浩歌歸去來。

三聖問雪峰
驀劄相逢笑臉開，大家攜手上高臺。及乎話到誵訛處，恚語瞋拳劈面來。

夾山境
碧巖青嶂，峭絕幽深。華開葉落，自古自今。夾山隨風倒柁，法眼劈腹剜心。唵部臨，唵齒臨。

擔版漢
未嘗飲水便知源，鼻孔分明失半邊。貼肉汗衫都脫了，喚來重與痛加鞭。

一氣轉一大藏教
睦州有口元無舌，妙義重重一句該。爲報五湖禪客道，等閑休作鴨聞雷。

兩堂首座下喝
兩堂齊下喝，各自縱威權。誰道成功處，領歸臨濟邊。

普化搖鈴
鬧市紅塵闡大機，不同閑鼓口唇皮。鐸聲撼動三千界，蚌蛤螺螄睡正癡。

明招天寒上堂
風頭暖室雖然別，立命安身總一般。哮吼自無師子子，明招豈是故相謾。

保壽開堂
正令全提日月昏，東西南北競趨奔。百丈游山見野鴨，道吾答話得要禪。

古德不赴堂
莊上油糍滋味別，果然喫得飽非常。可憐侍者無慚愧，問訊低頭請赴堂。

中心樹子
斫倒中心樹子，批破祖父契書。英雄氣奪項羽，貧無卓地之錐。

新婦騎驢阿家牽
坐得驢兒穩，今朝喜入門。檀郎相見了，心事正堪論。

烏臼問玄紹二上座
猛虎口中奪食，驪龍頷下探珠。不有天然作略，定應斷送頭皮。

乾屎橛
雲門乾屎橛，炙地又熏天。大家齊打叠，送上渡頭船。

須彌山
須彌突兀倚青空，推出蟭螟眼睫中。若也一朝親到頂，方知不與衆山同。
鋸解秤椎
拈出秤椎將鋸解，燈籠露柱鬧啾啾。其中未解忘情者，奇特商量卒未休。
四方八面來時如何
藏身古廟正憂煎，鬼面神頭盡現前。待得霎時風雨過，依然杲日耀中天。
望州亭與汝相見了也
宗師與汝長相見，因甚頭皮更樣頑。惡水舀來三度潑，猶如對面隔千山。
夾山示衆目前無法
和盤托出尚遲疑，被蓋囊藏豈得知。畢竟爛泥中有刺，不知踏着是何時。
無業國師
一條紅線兩頭牽，爭得叢林此話圓。索性爲渠都摘斷，虛空背上打秋千。
靈雲見桃華
靈雲見桃華，欹橰列挈丫。一年開一度，爛熳似紅霞。
玄沙云諦當甚諦當
敢保兄未徹，背後空捏訣。打破鬼門關，喫水須防咽。
言無展事
把斷咽喉，穿過鼻孔。東土西天，頭輕尾重。
舉道者訪瑯邪
一個執拗拗到天，一個放頑頑到底。各與三十粗辣梨，還我相看主賓禮。
語默涉離微
巧婦做成無麵餅，呆郎買得有錢村。令行吳越功難共，鐵券休將累子孫。
趙州訪道吾
斑斑駁駁豹皮禪，着出人前駭見聞。不是趙州曾識慣，一場驚恐豈堪論。
臨濟遷化
白拈手段元無比，對面謾人不可論。剛把十方常住物，臨行分付與兒孫。
僧問虔峰
烟簑雨笠野盤僧，到處無非昧己靈。堪嘆高年二尊宿，却將漆桶對渠呈。
聞聲悟道
蓋色騎聲莫外求，東頭打着動西頭。華紅柳綠須臾事，犬吠驢鳴卒未休。

陸亘大夫問南泉
南泉指出一枝華，毒似南山鱉鼻蛇。天下更無人解弄，最堪誇又不堪誇。
雲門拈拄杖舉教中云
春色無高下，華枝自短長。太行雖路險，依舊有人行。
玄沙三種病
玄沙不出飛鳶嶺，攪吵叢林事萬端。只此未爲眞傑斗，靈雲猶且被他瞞。
玄沙見新到
未曾輕吐露，先與劈胸拳。語下分緇素，還應落蓋纏。
赤肉團上
日炙風吹赤肉團，神通變現百千般。一時拋向人前去，打鼓從教普請看。
百丈侍馬祖游山歸哭
李陵蘇武河梁別，留者悲兮行者悦。古今休論是和非，漢地胡天共明月。
楊岐問僧栗棘蓬作麼生吞
烈焰紅爐亘天極，曦和退馭姮娥泣。鐵壁銀山萬仞高，到此也須鎔作汁。
三脚驢
楊岐倒跨三脚驢，湖南長老相追隨。過都歷塊如電馳，駑駘竭蹶徒嗟吁。
廬陵米價
青原旨的，易見難識。軟似綿團，硬如特石。大士門槌，寶公刀尺。更問如何，棒教誰喫。
後園驢喫草，一飽一切飽。不比餓韓盧，空把枯骨咬。小魚吞大魚，水上卓紅旗。欲言言不及，林下好思惟。
五逆聞雷
鐵牛昨夜拗折角，撞破虛空鳴剥剥。今朝特地辯踪由，却是東村李八伯。
口是禍門
一句當機絶較量，五湖四海沸如湯。蝸牛角上乾坤闊，石火光中日月長。
龍門十二時辰歌
時時日日，日日時時。綿綿密密，怪怪奇奇。
鐘樓上念讚
截斷兩頭，打中間底。惹起是非，海水難洗。

師子尊者
流水不復返，落華難上枝。夜闌孤燭下，心緒亂如絲。

芭蕉示衆
咄哉亂走阿師，何曾放得拄杖。捉來拗作兩橛，請續末後句。

十智同真
十二街頭安客廁，不許人來胡亂屙。任你一鍬能掘井，抬眸鷂子過新羅。

一口吸盡西江水
拾得一顆驪珠，自謂人間無價。撞着東海龍王，視之如同土苴。

雲門鑒咦
雲門一鑒，萬苦千愁。諸天罷樂，帝釋搖頭。咦。惱亂春風卒未休。

大通智勝佛
刻舟求劍空費力，守株待兔那由得。鷦鷯只麼戀蒿枝，大鵬自展摶風翼。

其施汝者，不名福田
白鼻昆侖舞柘枝，春風庭院落花時。千村萬落人爭看，那個元無眼上眉。

居一切時，不起妄念
開單展鉢，拈匙放箸。一一現成，討甚碑記。

見見之時，見非是見
石女携籃空手擺，黃茅山上尋螃蟹。澗坦峰迴路轉深，更無一個相逢者。

清净行者不入涅槃
日不待火而熱，月不待風而涼。隨處青山綠水，坐我洞庭瀟湘。

五法三自性二種無我
十個元來是五雙，釋迦老子面皮黃。琉璃殿上行人少，犬吠驢鳴滿大唐。

救産難
檀家産難祈分免，一語相投頃刻間。是我好兒槌不殺，信他人馬要騎難。

趙州訪上下庵主
白髮漁翁坐釣舟，蘆華兩岸一般秋。錦鱗不食江風冷，收拾絲綸歸去休。

達磨見武帝
玉殿珠樓盡豁開，區區獨進萬年杯。雖然不得君王寵，猶帶天香滿袖回。

庭前柏樹子
八十高年始行腳，頭髮莖莖到根白。佯聾詐啞討便宜，人問西來答庭柏。

德山見龍潭

頭角崢嶸卧碧潭,四山惟見起青嵐。有時觸着風雷動,大浸須彌露一簪。

黄檗上堂,大衆纔集,以拄杖一時趕散。
復召云:大衆。大衆回首,檗云:月似彎弓,少雨多風

萬仞雄關絶四鄰,不通來往峭嶙岣。可憐南北貪程者,風雨淒淒愁殺人。

慈明揭榜

一道天書出禁城,千門萬户盡疑驚。纔聞使者宣傳後,稽首山呼賀太平。

(以上同上卷三)

觀世音菩薩讚

鎮江府普照禪寺住持法侄文瑋,購菩薩畫像一軸,慈相甚宏偉。無愠謹爲焚香拜讚曰:

稽首憫世大慈父,從聞思修證寂滅。於寂滅中無所住,故能三十二應身。衆生感果既不同,不與同類知難化。而我菩薩審其宜,隨緣泛應作佛事。根塵二性識爲主,於識所現無有邊。六凡四聖由兹出,是故得名如來藏。識性旋復露本真,圓通之門啓關鑰。隨方來者皆得入,如子就父無所疑。娑婆衆生迷本聞,循聲流轉墮邪見。有若山雞惜毛羽,臨流玩影死不悔。菩薩爲興精進力,巧誘同至真如地。究竟了然如夢幻,聞與聞性俱圓融。我願世間諸有情,尅志均修獲常住。

反聞聞盡絶離微,六用門頭自息機。童子不來春寂寞,寶瓶楊柳正依依。

端坐法空座,分身遍刹塵。無邊聲色裹,獨露本來人。一毛頭上普門境,百草頭邊自在身。脱頷驪珠那有類,當臺明鏡本無塵。

魚籃觀音讚

籃裏分明是活魚,聲聲報向大家知。好場買賣無人識,放下身心是幾時。好個錦鱗誰肯買,手頭皷歔更沉吟。衆生不道無靈種,争奈茫茫業海深。

行道觀音讚

前無迎者後無隨,手搖圓珠步較遲。回首塵勞深似海,衆生度盡是何時。

妙湛上人書普門品觀音像讚

三十二應身,處處無住着。拈起一毛端,普門何廓落。妙湛總持不動尊,解盡衆生煩惱縛。

朝陽對月二讚

者領破布衫,零落吁已久。今日補不完,何年更下手。

看底是誰經,忙忙且披閱。不了第一義,孤負天邊月。

布袋讚

拋却兜率陁天,輥入小兒群隊。只管牢把挂杖,不知打失布袋。稽首彌勒世尊,何曾得大自在。回頭轉腦可憐生,他家自有通人愛。

啞女讚

者一片田地,焉用頻頻掃。若不啞却口,如何向人道。

普化和尚讚

尋常針劄不入處,鐵壁銀山未是堅。十二街頭搖木鐸,和盤托出在人前。

達磨祖師讚

東土先鋒,西天殿後。語觸梁王,事同掣肘。莖蘆泛泛,非謂潛身;四顧寥寥,且須袖手。一華五葉,吹劫外之春風;直指單傳,翻空中之石臼。神光斷臂覓安心,可憐鬥合揚家醜。

智覺禪師讚

奉化福慧庵主僧仁寧,持所奉智覺像以相示。余獲瞻禮,不覺涕淚俱下,恨不得與師同時,而求侍巾拂,聽其提持大綱,闡揚奧旨,盡我微細法執。謹再拜稽首,為之讚曰:

心無生滅,惟證乃知。高揭宗鏡,光現影隨。百尺竿頭,放身自在。大用熾然,迥絕對待。方便百八,日日安行。憫彼後學,勤獲息耕。研其說法,如禹治水。猗甘露滅,詞無虛美。

虎丘隆禪師讚

荼䕷肉醉未醒,爪牙已露全鋒。殺人活人,似空噇空。圓悟室中,輸機落節;虎丘山頂,罵雨呵風。百煉黃金失色,一枝桃萼争紅。輥鐵鼓,擲金鐘,接得楊岐正脉通。

應庵和尚讚

咄哉老古錐,平生愛打哄。耕種蒺藜園,遍布三毒種。要續楊岐正宗,大似開眼作夢。當時若不得一領破衲衣,我也知你餓殺凍殺有分。

橫川和尚讚

老翁平生口吃吃,出語撞倒須彌山。西天此土少知己,鄞嶺山寮獨掩關。

寂照先師讚

咄哉没量大人，説着令人膽喪。平生要使拍盲，佛祖也難近傍。謂其智眼欠明，視明月之珠，夜光之璧，不直半錢；謂其手段欠高，有時拈起須彌盧，稱作十二兩。坐斷凌霄二十年，奔走四海之龍象。是故獨能崛起臨濟之正宗，熾妙喜之末焰，窮天地，亙萬古，與虛空同壽量者也。

雪窗和尚讚

真本川僧，頭顱自別。一味溫和，十分列掣。拈却栗棘蓬，拔却釘根橛。六月降清霜，紅爐飛白雪。致使天育山，兩處存途轍。途轍空，成大同，風從虎兮雲從龍。

善世禪師讚

宴坐匡牀，心無所係。冥應萬機，利人善世。得達磨之正宗，續迦文之遠裔。泯去來今，弘戒定慧。真西天之佛子，東土之覺帝也。

南堂和尚讚 龍泉西隱請

智如涌泉，機如掣電。傲睨德山臨濟，放過日面月面。敲破沙盆，聲徹九天。唱脱空歌，調須千變。坐斷全吳正令行，出匣龍泉光焰焰。

榮枯木像讚 坐枯樹下

春風扇野華模糊，尋芳摘葉填道途。皮膚脱盡真實在，我愛老樹聊踟跦。

自讚 翠山頂長老請

頂顙一着，該天括地。本無形段，丹青焉寄。三關巨闢，笑黄龍用老婆心；一喝雷奔，陋臨濟鼓粥飯氣。過橋必須斷橋，金注何如瓦注。眉毛舊話喜重圓，翠巖增聳千尋翠。

又染無著請

不讀東魯書，不會西來意。破沙盆一椎擊碎，從教塞壑填溝；乾屎橛信手拈來，直得熏天炙地。如斯爲人，有甚巴鼻。若非無著道友，世上有誰識你。噫，假使打殺，狗亦不噇，更説甚麼修行，期證阿惟越致。

又仗錫原極長老請

靈山會上，一笑傳心；少室峰前，三拜得髓。是皆狹路相逢，撞着冤家債主。死蛇活弄，你不如我；猛虎生擒，我不如你。六環金錫貼天飛，瞖盡時人眼珠子。

示秀禪人

南能北秀同一師，朝參暮請同一時。胡爲分宗作南北，匹似骨肉成乖離。

只緣見性有差別,究竟也知無二説。明鏡非臺火裏漚,菩提有樹空中橛。丈夫豈肯師於心,便從陸地甘平沉。直是循流了源委,三乘教外求知音。空室老矣無機智,喫飯有時忘却箸。因子凌晨覓贈言,掇筆不覺書長句。

贈杲上人次南堂和尚韻

禪非禪,道非道,夜半西方日出卯。掇轉虛空背面看,四七二三徒擾擾。賣帽相頭,和麨耀麵,甜唇美舌,在處何多;激揚大事,舉唱宗乘,不道全無,其奈還少。君不見東山爲人曾落草,海月山雲俱笑倒。一曲高歌下水船,希聲激烈誰堪紹。報君知,休別討。祖師玄旨破草鞋,寧可赤脚不着好。

贈性傳唯侍者

性本無性,傳本無傳。纔涉擬議,十萬八千。譬如水之行地,火之傳薪。薪有盡而火常煜煜,地有極而水還津津。父不得與子,君不得與臣。包羅萬有亘今古,全肩荷負須當人。君不見靈山對衆拈華時,八紘雲净懸朝曦。又不見少林末後分皮髓,禹門龍化雷燒尾。謂性曾可傳,如蠶作繭空自纏。謂性不可傳,正同掘地尋青天。道人心猛利,得處亡正偏。縱橫與逆順,底用重加鞭。紙衣裂下赤骨律,寥寥迥邁威音前。

病中贈醫僧悦可庭

我懷佛祖病,不獨病厥躬。三界病有盡,我病無終窮。可庭解醫病,聊與言病功。虛空病之體,病體離虛空。呻吟儂笑病,歡樂病笑儂。推病病不去,覓病病無踪。年來識病處,不將病挂胸。千病及萬病,只與一病同。有身則有病,無身病何從。

贈項君禮

佛祖無上大道,非點慧而可知。要須從頭打叠,直教絶毫絶釐。豈不見昌黎伯,大顛室内曾挨拶。得入還從侍者邊,先以定動後智拔。又不見黃太史,曾近晦堂窮自己。西風一陣桂華香,方信吾無隱乎爾。二老儒宗百世師,揣出少林骨中髓。達者殊途共一家,不達定應分彼此。項君項君好善爲,衲僧門下無玄微。娘生鼻孔忽摸着,藕絲竅裏藏須彌。

送乂侍者遊台雁

天台之山高且高,龍湫之水深更深。深兮不可以智測,高兮不可以肘尋。龍盂虎錫,探奇賞勝。憧憧往來乎其中者,不可以數計。抱烟霞之沉痼,守空寂之生涯。不可以菩提心藥而治療者,自古自今。道流此去,廓彼幽襟。靈禽晝語,唱無生之妙曲;松風夜響,奏太古之鳴琴。一一與他按過,慎勿擔草棄金。踏破草鞋赤脚走,相逢何處無知音。

送法侄暉日初遊台雁

台山高,雁山高,造物似欲争雄豪。根盤厚地,輪囷糾結共深杳。頂摩太虛,騫翔峙立同嶕嶢。飛泉斷續,白雲掩映,展天真之圖畫;連城累堞,翠壁丹崖,分刻鏤於秋毫。良工欲揭閣其筆,神匠擬習藏其刀。我昔事參訪,彼彼曾遊遨。一重一崦華藏界,一竹一樹羅旌旄。灑然心境兩俱寂,不知無地容塵勞。別來三十載,歲月何滔滔。老步不可動,靈覽長自遭。送子未行我先返,以神爲馬輪其尻。蒲團竹榻坐正穩,耳邊仿佛聞松濤。

楚雲歌贈瑒上人

楚江江上雲如蓋,楚江江水波如沸。江水東流日夜忙,雲也無心自堪愛。膚寸瀰漫宇宙間,捲舒出没俱閑閑。金雞三號鄧城曉,文章五色何編爛。釘釘着兮高挂着,國師萬古存標格。不徒爲雨潤焦枯,等閑拗折蒼龍角。全楚頻年飛戰塵,只今誰是眠雲人。一一從頭輕按下,天開地闢回陽春。

初度日寄季通

去年今日凌霄頂,我逢初度無人省。惟君知我此日生,特爲開庖煮湯餅。今年今日東海東,一身飄蕩如斷蓬。造化窮通有臧否,年乎日乎無異同。去年今日止於是,明年後年來未已。轉至微塵大劫中,依然又是從頭起。積骨幾幾毗富羅,飲乳海海非爲多。戴角披毛着珍御,空華影裏陽焰波。我本無生有生日,從本爺娘不須識。縱然今日識得渠,也是止渴將鹽喫。

木庵號

道人胸中小天地,刳木爲庵如是住。已將一钁定宗綱,十劫何妨更觀樹。抹過當年臭老婆,三冬暖氣何其多。洞然劫火不可燎,嵓前白日如飛梭。户底門頭最森爽,不設樞機任來往。貯食焉須白玉墻,標名豈用黄金榜。霜蟾午夜栖禪枝,密葉掩映青琉璃。八表澄澄萬籟寂,清光一片無盈虧。趙州老漢不知有,只麽東馳復西走。觸着渠儂陷虎機,豎起拳頭齊北斗。

韜侍者刺血書法華經

韜其光,晦其迹,未免悠悠滯空寂。覿面當機證一乘,看來也是方便力。靈山一會常儼然,何須顯實而開權。釋迦不受然燈記,當來作佛猶浪傳。指端瀝盡娘生血,燁燁紅蓮廣長舌。拽脱塵勞八萬門,直把心肝鑄生鐵。君不見言法華,翩然飲啖屠沽家。火宅之中恣游戲,笑他門外求三車。

憩庵歌棠上人求

德山發軔來南方,恢張此道何煌煌。千載叢林想遺愛,有如召伯留甘棠。剎剎塵塵恣游戲,孤峰頂上聊憩爾。草庵盤結出常流,佛祖駢頭聽呵嘗。遊兮憩兮非等閑,東敲西擊開玄關。菜葉從教逐流水,白雲依舊栖青山。獨掩柴門機事息,拄杖芒鞋挂高壁。澗底潛龍不耐眠,昨夜檐前飛霹靂。

古劍歌爲快藏主賦

陰陽爲炭天地爐,飛廉鼓鞴元氣嘘。陶鎔萬物絕纖滓,神劍脫範成斯須。想得當初運工處,號泣神天走魑魅。七佛傳持直至今,鋩鍔熒熒轉銛利。文殊昔日用最親,等閑持逼如來身。虎氣騰光射牛斗,龍身躍水清埃塵。柄欛何年落君手,當陽一擊生銅吼。坐斷乾坤建太平,突鬢蓬頭敢追後。

光明室爲二靈天淵和尚作

一室煌煌邁今古,爍迦羅眼猶難睹。無光明處顯光明,無門戶處開門戶。是故光明不可量,門戶廓落無邊方。離之愈近即愈遠,弄他光影非吉祥。道人屏叠净裸裸,明暗雙忘也須打。龍潭雖解善提持,紙燈吹滅成話墮。疎簾捲起春晝長,披露萬象難遮藏。客來有問不暇答,笑指湖上山蒼蒼。

無我

大棒打虛空,虛空未嘗苦。惡語罵木人,木人未嘗怒。問之何能然,以其無我故。無我一切無,法法自回互。舟行岸必移,舟住岸還住。撥火覓浮漚,徹見無我義。

送漢藏主歸疎山號昭回

疎山木蛇頭戴角,殺氣森森滿寥廓。上人親曾拈弄來,毒口不遭還傑作。有時潛蟄毗盧藏,十聖三賢難近傍。驀然奮躍逞雄威,平地滾起千尋浪。歸去來,歸去來,覺天佛日重昭回。憑君爲問矮師叔,與誰把手登高臺。

贈刀鑷于生

于生于生聽吾道,衲僧那個無頭腦。鼻孔從來向下垂,摸不着時休別討。于生于生記我言,金刀在手宜拳拳。逆順忘情迺至術,血脉不露真神仙。記我言兮聽吾道,總是隨人閑起倒,不如盡情剗却無明草。圓陀陀,光皎皎。絕廉纖,同醜好。一聲彈鑷海天寬,百億須彌眼中小。

曇維那以古林東州二尊宿唱和之什令次韻

虎丘之虎牙爪惡,管見常流謾圖貌。威風颯颯振叢林,殺氣森森頭戴角。鳳臺之鳳文九苞,五百年來遇斯作。岐陽阿閣時一鳴,聖德徽猷頓炤爍。嗚呼我,生其後,恨不執鞭而從之,尚想高談唾珠落。

示傑上人

傑斗禪和真猛利,不着惺惺與無記。分身兩下強差排,蹉過西來祖師意。即心即佛,把兔放鷹;非心非物,空華求蒂。翻身百草頭邊,跳出劫初田地。夜半正明,天曉不露。曦輪推出海門東,金烏蹴折珊瑚樹。

日峰歌爲昇居士賦

曦和鞭日昇扶桑,殘星曉月俱遁藏。出海高峰最先照,草木滉漾浮金光。興來振衣凌絕頂,俯覽人間同坎井。呼吸元氣融心神,擺脫塵勞發深省。一真之境無異同,聲聞醉酒如瘖聾。安得毗耶多病翁,與渠把手擊節歌日峰。

特峰號

一峰特立天地間,仰望不及徒躋攀。知有何人住絕頂,菜葉流出清溪灣。霧捲烟舒日千變,枯木巖前路回轉。善財到此亦躊躇,何處親承德雲面。華開華落春復秋,太華未足爲朋儔。石背蘿陰臥麋鹿,風前日下啼栗留。千奇萬怪狀不盡,得趣忘言心自領。栽田博飯老楊岐,見說年來賦歸隱。

雪巖號

嵯嵯峨峨一片石,晃晃耀耀如銀山。世人可望不可即,心思但覺毛骨寒。到底不生閑草木,六出飛華儘相續。大旱土焦陽焰浮,一種清涼自然足。何年推落明月輪,表裏洞徹無纖塵。莫教鑿開混沌竅,空在認着來藏身。

出行次道上人求

僕夫行李在門外,催余上道踏脚待。禪人覓偈急如弦,抖擻心腸無可寫。幸自現成有一訣,直拔分明與伊說。毗盧師,法身主,釋迦彌勒,文殊普賢,是什麼乾矢橛。不動纖塵薦得親,千里萬里橫該抹。咄咄咄。

操藏主歸真如省師原靈

操則存,捨則亡,拽脫鼻孔纔相當。萬像森羅驚吐舌,白牛露地生寒光。一塵不立真如界,玉殿珠樓最瀟灑。傳家三世破沙盆,碎打零敲索高價。一大藏中收不得,百草頭邊恣狼藉。忽然撒出摩尼珠,赤白青黃隨五色。阿師兩眼明如鏡,大千洞徹無餘剩。待子歸來捋虎鬚,定應倒行摩竭令。

送竺先住九仙寺

少林弦斷無膠續，麟角鳳觜世難得。幸有斯人智力強，要撚龜毛爲更易。龜毛之弦最奇絶，一鼓人間衆音歇。黃金不鑄鍾子期，諸亂宮商教誰別。九仙綽約非凡流，風車雲馭來相求。送君去，休遲留。輔翼既有老宿，外護豈無邦侯。當垂裕於後代，毋貽愧於前修。攀陪老我知無由，爲君洗耳東海頭，爲君洗耳東海頭。

贈雪竇塤書記

黃龍未出泐潭，自謂氣吞寰宇。及乎來見慈明，有口不能通吐。掙得額頭汗出，黃連未是爲苦。藥汞入煅即流，豈是雲峰妄語。洞山之棒，賣弄手頭；臺山之婆，誇張口觜。直須一時捉敗，方可嚥津自許。道流乳峰來，與彼不相似。量外立乾坤，塵中辯賓主。宗綱委地知不知，此日憑誰爲扶起。

樵雲歌爲彥希聖作

新州老樵雙眼碧，腰間大斧霜華色。亂雲堆裏挨身入，伐盡稠林不費力。不費力，真可憐，雲深路轉柴在肩。笑殺黃梅七百衆，日高三丈猶安眠。有時嘯一聲，白雲無耳還能聽。有時歌一曲，松風接響雲相逐。憑誰說與爛柯人，好與捶碎閑棋局。

無言歌爲真如本長老作

無言歌，歌無言，無言之道言難傳。機先領略猶鈍漢，句後解會知徒然。我本有口且無舌，興來不妨歌一闋。七金山外覓知音，引得虛空笑聲咽。君不見空生寂寂巖間坐，匝地天華亂飄墮。又不見毗耶病夫施一默，潦倒文殊嘆無及。兩處牢關盡掣開，白日青天轟霹靂。噫吁嘻，誰與知。碧溪深處多紫芝，叢叢燁燁堪療飢。塞斷諸方閑口觜，拈起鐵笛撩亂吹。

贈銓侍者

昭昭靈靈，溷溷湉湉。太虛之中，東涌西没。圓悟皮下有血，五祖舌頭無骨。勒住要駕神駒，放出遼天俊鶻。一時喪却目前機，金雞拍翅闌干曲。笑他無事惱春心，頻爲檀郎呼小玉。樂不樂，足不足，六六依然三十六。

贈道士凌雲峰分得道字

坐夏不出户，塵緣净於掃。羽客苕溪來，訪我無生道。無生不可學，可學成繳繞。有物天地先，冥冥還杳杳。仙凡本一致，明悟當及早。蹢躅豈永年，顔冉未曾夭。南熏破炎熱，濃綠鶯聲老。與子兩忘言，塵寰即蓬島。

送宗寄行脚

汝欲參禪參自己，汝欲讀書明性理。性理何殊自己親，莫向其中分彼此。迷人泥在文字邊，一似膏火同烹煎。不從言外了源委，幾時澡浴清冷淵。我老懶成癖，至死無藥痊。汝今正年少，旦夕宜乾乾。築着磕着自有日，教汝罵汝知徒然。豈不見古靈遍參得此旨，歸與其師通所以。我雖不是古靈師，獨脱無依終望汝。

示紉藏主

猛虎咬殺石菸菟，昨夜三更忽然活。即今踞坐石門關，來者教渠性命絶。老僧近前仔細看，牙如劍鋒爪如鐵。説向諸方切要知，更不由人順毛捋。

贈相士袁庭玉

我相無相，具一切相。我身無身，示無量身。離婁之明莫能察，唐舉之智奚能詢。自非旁礴形骸外，尋常豈易探其真。四明有士漆兩瞳，閲人過眼知窮通。是他鑒心不鑒貌，指摘臧否如發蒙。昨來過我松巖頂，相見無言心自領。吉凶悔吝總休論，且與敲冰煮山茗。

勉浙侍者

我未見歸源，禪道無處着。及見歸源後，一字用不着。用不着處用最親，所以忝竊師其人。不是私門有傳授，輥入葛藤窠裏費觜并勞脣。豈不見圓悟祖，喫盡黄連不知苦。小玉聲中得路歸，東山自此恢門户。我既無可説，汝亦無可録。紙衣幸是白於霜，慎勿輕教污塵墨。噫，少林風月浩無邊，斷弦須是鸞膠續。

不歸篇

昨日又不歸，今日又不歸。不歸自不歸，勞我長歔欷。歔欷爲何事，憐此亡家子。棄却祖翁業，向外圖經紀。歲月苦無多，悠悠水上波。心源未昭廓，奈此生死何。

歸來篇

歸來兮歸來，歸來免攀陪。山泉甘露味，草座黄金臺。人生當自足，自足真天禄。寧爲擊壤歌，莫作窮途哭。一法不留情，青山四時青。折松拂石坐，白雲林外行。

托鉢歌爲元恕和尚作

五峰道人慈無畏，飢來托鉢前村去。衲衣撩亂似飛鶉，頭髮鬅鬆如刺蝟。

得飯即便噇,得飲即便啜。塞却飢腸即便休,個中滋味憑誰説。自我生來得此鉢,受用無窮真快活。非銅非鐵亦非金,絶類離倫最奇絶。不偕借,不洗刮,圓陀陀兮光爍爍。有時擲向十字街頭,渾弗愛惜。有時收向百衲袋中,重重包括。傍人對我問端由,劈面高聲與一咄。我笑老釋迦,托鉢一日限七家。我笑維摩詰,托鉢勞人到香積。而我誰知盡不然,逍遥任運如神仙。相遭個個是檀越,出門處處逢炊烟。阿呵呵,會也麽,三界擾擾空中華。談玄説妙如稻麻,動着便是成誦訛。鉢兮鉢兮,聽吾誓汝慎勿諱。我已死生不棄汝,汝休棄我别處營生涯。

示茂上人

最初一機,末後一句。開口便承當,早已落第二。不見殃崛摩羅唤世尊云住住,世尊向他道我已住,是汝不住。看者老漢,等閑發露。如轉圓石於萬仞峰頭,躍然而下,直至平實地上,尚未是他歇處。達磨不東來,二祖不西去。槎槎牙牙且過時,莽莽鹵鹵河沙數。

病中贈訥上主

我病正無奈,百骸如擊搏。君來覓禪偈,應念成解脱。掇筆爲之書,萬象相應諾。藏海絶纖流,蒼龍露頭角。青天轟霹靂,白日飛雪雹。君不見全機坐斷兮,説甚陰魔死魔煩惱魔;一念圓融兮,頓超等覺妙覺無上覺。(以上同上卷四)

送人再參中竺用章和尚

桂子堂前千歲翁,噫氣六合生雷風。金陵始祖來普通,邂逅一見情識空。魔外懾伏爲侍僮,飄飄兩浙山水中。稽留奥域靈鷲同,擇勝發地成梵宫。高堂伐鼓聲鼕鼕,四衆駢集如林叢。左顧右盼回蓮瞳,隨類悟悦超樊籠。前身寶掌今我公,三生石上曾相逢。鳳雛驥子寰宇充,馬駒蹴踏須讓雄。子親入室窮始終,繞指百練非頑銅。別來踪迹猶轉蓬,新月屢見如彎弓。慈明易服隨游戎,敢忘參請歸心忪。向來香火存餘紅,兜樓蓺處橫蠨蛛。咄嗟相見機何隆,電光石火休匆匆。拂子挂起深鞠躬,喝下定應雙耳聾。

戊申歲坐夏金鵝,禪餘閱《羅湖野録》,

其中載竹山珪公廣郢州潼泉山洪禪師《獨孤標頌》四首。

謾次高韻,以示記侍者魯侍者軾侍者

獨孤標,獨孤標,一道神光透九霄。涅槃生死無二法,三乘十地何須超。看他天下宗師競出頭來弄盡機關作盡伎倆,恰似點火謾把虛空燒。

獨孤標,獨孤標,九年面壁舌生茅。悔殺當初錯開口,一言輕出驚老蕭。到頭輸與德山臨濟趙睦二州,得路塞路,過橋斷橋。

獨孤標,獨孤標,牀頭蘚壁懸茶瓢。天光日出睡正穩,一聲窗外婆餅焦。寒山竪起竹掃帚,長汀解開布袋包。試問時人會不會?若也不會,五柳先生元姓陶。

獨孤標,獨孤標,一瓶一鉢何寂寥。騰騰任運絕修證,聖凡不超還自超。懸崖峭壁紫金聚,蒼烟翠霧白玉毫。擘破太虛成兩片,石女補綴紉龜毛。

贈法侄莊藏主

燭龍吐火燒虛空,處處江河盡枯竭。方士神僧世已無,誰倒天瓢洗炎熱。柴門日高關未抽,豈爲一口生閑愁。南村北村青稻死,上田下田黃埃流。竹外忽然聞剥啄,侄也何爲到林壑。油黃卷子手持來,玉閏珠輝見新作。載舒載讀心眼開,便如飲我甘露杯。老懷從茲頓蘇豁,末運不畏宗綱頹。我有一句須聽取,無智人前莫輕舉。山前石虎咬菝蒐,吒沙獵頷九條尾。

道初和尚悼偈

人謂真際死,我謂真際生。真際本非幻,幻生真際名。禪房夜月冷,石塔春雨鳴。宗綱正落紐,伫立徒含情。後昆亡軌範,提唱背宗趣。未曾得入頭,已謂登祖位。力闡向上機,要彼知本據。一夜毗嵐風,吹倒陰凉樹。龍河多嗣子,文彩丹山鳳。赫赫照人天,今古孰與共。惟公智力强,祖佛受持控。拋出末後句,渾侖無罅縫。威音非我祖,達磨非我師。真空本平等,三際同一時。刹那無量劫,電影猶遲遲。生身五十年,聲譽無盡期。

示惟寂

古人出家爲生死,今人出家則否爾。生死由來既不明,况復所爲同俗子。友不友兮師不師,浩浩成群習庸鄙。觸事如今已面墻,何待他年始知恥。而汝既然爲我徒,日用應須重操履。教旨禪宗力究參,聖像晨昏更勤禮。儻或一朝得入頭,便有清聲播人耳。慎勿悠悠只麼過,没頭浸在死水裏。我今衰老百無能,隨分山林且容與。汝來問訊我合掌,覿面何曾孤負汝。

箴仲規扁所居爲清白居

道人宴坐清白居,身心不動長如如。月窟深藏雪師子,冰壺靜貯銀蟾蜍。絕色純真妙難測,中下焉能造其域。不修梵行事空王,豈守邪禪作家賊。縱橫廓落含卜虛,三尺丈六携手歸。徹骨風流祇者是,六門日夜揚光輝。靈利師僧近來少,往往多從外邊討。本無階級坦然平,到此定應先蹉倒。道人道人聽我言,搽紅抹綠知徒然。要須臨機盡剗脱,莫教墮在清白邊。與子從頭數先哲,臨濟家風最超越。豁開户牖辯龍蛇,地裂天崩惟一喝。

朝宗偈贈浙侍者

我宗廓落如虛空,無邊法界皆含容。又若明君朝萬國,風從虎也雲從龍。宗本無宗我無我,白雪陽春和來寡。曹溪之後錯流傳,五派分張成話墮。茅堂晝坐南熏涼,草木過雨浮天香。朝宗消息只這是,別有奇特難商量。

贈福建乘上人

要作上乘之人,直下必須見性。果爾見得分明,自然頭正尾正。寢削萬機,斷除四病。如出匣之龍泉,似當臺之明鏡。瞻前顧後者,認影迷頭;避刃隈鋒底,喪身失命。玄沙只個釣漁翁,一肩擔荷無餘剩。

贈悟維那

正音畢竟憑誰續,短舞長歌徒碌碌。承虛接響漫言多,節拍相投一麟足。楔出楔兮機奪機,掃除意路超玄微。戴角泥牛入海吼,無毛鐵鷂搏風飛。法戰場中老興化,生擒活捉令人怕。克賓出院一場榮,脱得全身能幾個。

贈詮侍者

依師取友須慎擇,友勝師良爲上策。如彼滯痾,必遇發藥。如彼槁苗,必遇甘澤。是以會通執事於鳥窠,雪峰取證於老鷟。幸有從上體裁,自可爲標爲格。黃昏斫額望扶桑,金雞一聲天下白。

白雲山舍歌贈麟藏主

白雲縹緲無住着,獨與青山如有約。暮向青山頭上飛,朝來又抹青山脚。道人業空寂,不喜世上名。既愛白雲白,復嗜青山青。結個茅廬事深隱,笑指雲山當户庭。雲山宛然是我性,我性本是雲山靈。寒則衣雲裘,飢則飲山緑,日用逍遥無不足。佛也從來不願爲,那識人間有榮辱。

送渭侍者省師叔印宗就問訊

徂徠之松渭川竹,勁節高標拔塵俗。衲僧行志亦如斯,甘分空山抱幽獨。香嚴一擊忘所知,鳥窠疊足乘危枝。只將松竹代說法,布毛何用拈來吹。道人東寺有師叔,慎莫抛家事馳逐。鐵船打就已多時,歸帆好趁東風熟。老我不得相周旋,送子但覺心拳拳。爲言吾道正牢落,千鈞重擔安誰肩。

璙藏主先字方石，後於禪燕中，夢入委羽山，
　　獲奇石方寸許，面有宗印之文。遂以宗印易前字，求偈

　　道流夢入委羽山，聱欤叠叠開雲關。誰遣山靈獻奇石，落手異色非朱殷。宗印之文炳然現，拈起千人萬人見。令行吳越在斯時，東土西天看平展。覺來偃仰牀上眠，追思往事何茫然。三世如來共説夢，空餘半滿并偏圓。更名換字都在我，出没捲舒無不可。有人更問鐵牛機，拈起烏藤劈頭打。

瑞巖僕陳安壽求

　　佛法本無高下，凡愚自生分別。徇緣隨類賦形，恰似天上明月。現清泚以何優，印污流而何劣。出入無時，應用不缺。瑞巖頻喚主人翁，不出于今個時節。咄。

大圭贈珽藏主

　　大圭溫如秘光焰，纔經琢刻生瑕玷。三獻須知不自珍，全歸早是成落賺。乾坤之内宇宙間，連城重價相酬難。黑月則隱白月現，豈同頑石埋空山。如來藏裏親收得，富貴熏天更無敵。別寶還他碧眼胡，孟浪之夫豈能識。

參禪行贈荷藏主

　　參禪乎，參禪乎，參禪須是大丈夫。當信參禪最省事，單單提個趙州無。行亦提，坐亦提，行住坐卧常主撕。驀然打破黑漆桶，便與諸聖肩相齊。所以懶瓚不受黃麻詔，芙蓉不受紫衲衣。既是參禪了生死，誰肯逐物成自欺。近代參禪全不是，盡去相師學言語。縱然學得言語成，恰似雕籠養鸚鵡。鸚鵡隨人巧調舌，白日千般萬般説。問渠所説事若何，隨問隨言怎分別。勸後生，宜猛烈，着手心頭便須瞥。三乘教典米中沙，百千諸佛眼中屑。參禪乎，參禪乎，絲毫繫念非良圖。堪嘆神仙張果老，灼然不愛藥葫蘆。

性宗偈示翰藏主

　　廓然真性同虛空，孤危不立而開宗。有無商量探水月，善惡置論裁天風。不識眉毛爲伊説，試問于今甚時節。真性虛空尚假名，認着名言拙中拙。我此一宗扶最難，德山臨濟頭皮頑。棒喝交馳振萬世，翩翩軼駕誰高攀。後生可畏古所道，慎勿閑邊打之繞。一語能摧異見王，少室方堪慰懷抱。

次南堂韻送壽首座歸扶桑

　　屋頭鐵馬聲丁東，明明歷歷揚真風。老夫夢熟蓬萊宮，鈞天廣樂盈耳中。覺來軒知與神遇，逸響遺音競奔注。夢覺曾無起滅心，帖然一似霑泥絮。道人

推門露未乾,相看一笑非顛頂。十世古今融當念,大千沙界歸毫端。愛爾年來手脚老,出没神機電光掃。南堂室内早鷹揚,鉢袋千鈞已傳了。翻憶當時侍禪榻,開口便受攔胸踏。罔象明珠離水泥,軒轅寶鏡開塵匣。明朝送君鄞水邊,博多遠泛東歸船。老夫閉門仍打眠,更無心力論單傳。

次楚石和尚韻贈志侍者

不以意遣意,不以言遣言。當頭一坐斷,白日懸青天。西齋我兄弟,有口懶說禪。竹篦胡亂揎,自然忘正偏。崢嶸搜理窟,叱咤排冥筌。死盡活衲僧,直下脱蓋纏。子也文遠輩,師資兩成全。鬥劣不鬥勝,堪齊古人肩。秋隼振六翮,拭目看孤騫。橫翔九霄上,胸次空八埏。豈比輾屎猪,故故拘欄圈。三呼便三應,密意在汝邊。寶八破布衫,薄處定先穿。

息游室爲振上人作

百尺竿頭進一步,黑漆昆侖遭指註。百尺竿頭退一步,脚跟未踏通天路。進非進兮退非退,騰身已在須彌背。進即退兮退即進,大悲倒握魔王印。堪笑當年老趙州,上人門户將焉求。臺山婆子勘不破,只解看樓還打樓。摺折平生鐵拄杖,截斷諸方閑妄想。一室寥寥盡日閑,彼既無來我無往。雨過疎簾捲上鈎,白雲如水天邊流。博山噴烟談實相,窗外一聲黃栗鶹。

次韻贈月上人兼柬穆庵

叔世宗工誰第一,抹過二三并四七。敲打虛空驗作家,獨有開元真傑出。西丘直下五世孫,名高德重僧中尊。摩醯豎亞頂門眼,下視四海如杯盆。子也泠然好風骨,慎重依參絶輕忽。室中授手得親傳,豈比撈波取明月。嗟余百事不如人,偏於爾父情相親。爲言近得安樂法,困來只麼憑蒲輪。

來禪人求長句

近來禪子好長句,纔寫短句便不喜。句有短長理則一,何故於中分彼此。長者不知長幾何,短者不知短幾許。若能直下究根源,長短皆由妄心起。阿呵呵,囉囉哩。須彌爲筆虛空紙,寫出贈行一句子。此去從君較短長,莫教打失自家底。

次韻示繹藏主

不然不然,如是如是。纔分佛界魔宮,便有人鄉我里。作意横詮豎詮,蹉過直指單傳。見飯人人會喫,飲鴆獨許曹瞞。老我庵居成落魄,柴門縛解無心縛。道流侵早自何來,金錫倒持當面卓。佛祖向上無玄關,七通八達休防閑。安得任公釣竿手,六鰲一掣連三山。

示劍上人

神劍在握寒光孤,魑魅罔兩皆遁逋,三乘十地呼婢奴。無位真人鼻孔短,雪山童子眉毛粗。

題熙明先生挽章集

麒麟可殺鳳可烹,世上不可無先生。青松可凋柏可槁,儒林不可無此老。此老心如日月懸,燭幽破暗無頗偏。向來持斧來南天,提挈造化專機權。機權可施勢不偶,隱几深山柳生肘。了知富貴如浮雲,日課彌陀十萬口。心心念彌陀,念念如懸河。彌陀之心即我心,我心早已離娑婆。可憐固可憐,可惜固可惜。莫將生死論先生,生死從來本空寂。

自然歌

自然不可歌,可歌非自然。蒙莊滿口道不着,邁往徒有逍遥篇。更有老釋迦,何曾脱蓋纏。母胎纔出便捏怪,分手指地還指天。欲識自然道,莫向餘處討。秋至千山落紅葉,春來遍地生青草。萬彙樅然,自榮自槁。一一順時,一一合妙。若謂造物使之爾,造物畢竟成有心。苟言造物本無心,造物無心物誰造。阿呵呵,吕仲賓會取好。

黄孟賓號聞聞居士求偈

有聞可聞非真聞,真聞豈得將聞聞。擬達真聞了聞性,休將覺觀來評論。真之爲言亦妄説,如與虛空安耳穴。可笑獼猴不息心,癡狂水底探明月。坡仙昔日遊廬山,一着錯聽非等閑。指出溪聲廣長舌,至今此話消磨難。黄君黄君誠好手,開口便成師子吼。聲色堆中輥出來,驚起法身藏北斗。

盧居士求無隱偈

君不見廬山昔有十八賢,開池結社同栽蓮。力究禪那了生死,翹誠清泰尤乾乾。君今有志慕先哲,特地參尋請吾説。此事分明本無隱,相知豈在多饒舌。恢恢焉,晃晃焉,開眼合眼常現前。大悲千手掩不得,蓮胞胎獄難縈纏。赤灑灑,净裸裸,白日青天休把火。水晶瓮裹坐波斯,黄檗樹頭懸蜜果。妙中妙,奇中奇,惟心本性超玄微。十字街頭寥胡子,左顧右盼揚雙眉。

鐵牛偈贈牧長老

鐵牛通身鑄生鐵,拗性獨與常牛别。鼻孔頑然弗受穿,兩角指天何嶷嶭。蚊子飛來難下觜,有耳焉能聽春雨。挽之不後推不前,阿童徒用施鞭箠。荒田叠叠未動犁,舉目烟草尤凄迷。安得乘時借餘力,即看糶穤盤虹蜺。

幻居爲金鵝笑庵闇長老作

三界崢嶸幻中有,六道微茫有中幻。未能了幻證無生,何似蒸砂要成飯。金鵝道者誠倔奇,尋常妙用那容知。蝸牛角上展世界,藕絲竅裏藏須彌。一室宏開石樓脚,誰道虛空也不着。回仙徒自逞嘍囉,幻化門中成住着。飛泉迸壑如奔雷,白月照耀青蓮臺。萬法皆空一真寂,未窺靈闈徒驚猜。

郁西堂號文海,松月翁爲作歌,余因次其韻

我家文海非常闊,一勺能含萬溟渤。竺墳魯典漲餘湍,詞鋒筆陣徒騷聒。日月倒影相參羅,上下融液凝彩波。天然之文有如此,辯舌不動翻四河。汪洋廣大無窮極,百川同歸味惟一。蠡測之流欲問津,望洋向若寒毛立。

贈育王肇藏主

大藏小藏,八面玲瓏。一撥便轉,豈較西東。玉几峰前振鐸,須彌頂上撞鐘。着着隨機利物,頭頭開發盲聾。大千一擲三十反,風從虎也雲從龍。

賢上人求警策

衲僧事行脚,的爾非小緣。孜孜與矻矻,舉措思齊賢。水牯既未熟,寧不痛加鞭。塵勞既未脱,何名清净禪。涌泉四十載,尚乃多變遷。香林四十載,方纔得完全。古人且如此,今人豈其然。譬如渴求水,鑿井向高原。鑿之轉轉深,會當見清泉。我老宜殿後,子壯須及前。叮嚀復叮嚀,勉旃仍勉旃。

短歌贈蓮侍者

蓮華開在半天上,古人此語非孟浪。平生廓達韓退之,玉井徒誇長十丈。藕絲竅裏飛大鵬,么荷葉掌須彌輕。無手仙人摘實喫,纖眉石女肌骨馨。蓮禪者,蓮禪者,不妨爲我折一朵,行行莫謂知音寡。

居山好一首贈奬藏主

居山好,居山好,居山快樂同誰道。我見居山快樂多,老來悔不居山早。憶得初年事行脚,東走西奔無擘畫。知識門庭盡歷過,心地依然未明白。或施棒,或施喝,或把甜言相誘嚇。只管依樣畫葫蘆,葫蘆之内無真藥。從此令人病轉深,沒興相逢還喫着。居山好,居山好,居山快樂同誰道。猿吟鳥語是全提,壑列峰攢即三寶。真源實相露堂堂,聖解凡情均一掃。恬然受用絶安排,且免從人口邊討。報同流,休草草。未明心地話居山,居山但見添煩惱。

一笑軒爲宗旨南作

一笑軒中行復坐，青山白雲不可唾。六户虚凝絶點塵，經案銅瓶安一個。靈山對衆拈華時，百萬龍象徒蚩蚩。金色頭陀獨解事，輾然一笑揚雙眉。笑邊真旨憑誰委，木強楊岐未相許。客來不必更躊躇，便應識取軒中主。

贈東林球侍者

天球下璧爲世瑞，遇貴則賤賤則貴。形山之寶迥不同，赫然誰敢當頭覷。我笑廬山十八賢，蓮漏聲中開眼睡。獨有淵明解見機，瞥爾攢眉便歸去。上人親自山中來，老我不必頻頻舉。鐵牛耕破舌頭皮，有口莫吸西江水。

蔗庵號

繞屋不栽松，繞屋不栽竹。繞屋惟栽甘蔗苗，釋迦遠裔憑兹續。僧來扣門無可道，捏起粗拳劈胸搗。要你從今見本根，者回莫向甜頭咬。一節低，一節高，由來不長閑枝條。天生自然滋味足，耨耨亦假施勤勞。雲林昨夜西風起，摵摵秋風戰窗紙。叮囑園丁快着忙，收拾當年真種子。

贈天叙西堂

大梅提起住山斧，虚空拍手須彌舞。大梅放下住山斧，南泉不打鹽官鼓。提也放也總自由，猛虎脱檻鷹辭韛。勘破諸方老凍膿，不同夾嶠華亭游。少室宗風已寥落，力振宏綱繼先作。吴越争看正令行，頂門撼動黃金鐸。

送梁藏主

手中挂杖牢把住，未踏吾家向上路。一大藏教盡掀翻，清净界中撒沙土。從空背空，有句無句。得失紛然，是非交互。若是出格英靈，蒼鷹爪下分兔。自然罩古籠今，更說什麼有净有污。空室不識羞，從頭盡披露。放得下時須放下，放不下時擔取去。

次天界全室和尚韻贈彰維那

説禪并説道，昧却自己光。苟不净打叠，此事何由彰。君不見雲峰未入大愚室，弱子捨父而逃亡。桶箍爆處伎倆盡，話頭從此争傳揚。又不見應庵曾領堂司職，遺範到今如畫一。洞裹桃華剩得春，六十小劫風雨疾。後生慎勿隨他去，從上牢關都截住。龍河鉢袋重千鈞，老我會見親分付。

權中偈

輕重可權中奚權，權中之道應有焉。九年面壁涉計較，蘿陰高卧成徒然。要識圓常不偏倚，湛湛秋空没纖滓。正當午夜月輪孤，於斯未可輕相比。寒山眼腦雖精靈,拈來秤尾元無星。半斤八兩定不出,拍手大笑歸巖局。

新昌大像前無著菩薩面貌傾損,瑩上人化緣重爲裝飾,説偈以示

彌勒時時出現,無著日日相親。從教改頭換面,始終不離本身。鼻孔依舊向下,眼裏孰謂無筋。石城青山削玉,鏡湖白水浮銀。即是兜率内院,儼然弗間纖塵。何待龍頭華吐,方纔説法度人。咄。

送浙藏主歸鄉

不解參禪并學道,一心只説歸鄉好。多少癡迷昧本真,倚家傍舍空衰老。爾也年來頗識機,喫飯着衣知起倒。胡乃猶尋舊路行,掌包取別成草草。古人歸鄉有榜樣,豈是今人没收放。永嘉振錫到曹溪,一宿便回非孟浪。更有圓悟歸錦城,父老共置茶筵迎。道光德色耀千古,皎皎白日懸青冥。如此歸鄉良不惡,不如此者還成錯。洞山所以死不歸,要令後輩師先覺。丈夫氣吐萬丈虹,肯膏駿轄循遺踪。打破從前黑鬼窟,直須赤手扶真宗。春風春雨天台路,溪流百摺如經布。脚跟踏實是便宜,莫羡他家浮笠渡。

心源爲究首座作

心源心源無淺深,擬欲究之徒苦辛。直是掀翻絶涓滴,於斯始許來問津。請君且勿諠,聽我歌心源。滔天沃日亘今古,揚清激濁忘中邊。三世如來不知有,被他浸得鼻孔穿。對面分明不相識,眉間挂劍光熠熠。可祖求安安不得,三寸舌頭轟霹靂。

遠藏主修幻室

覺後眼前尋夢境,疾馳日下期留影。影若可留夢可尋,幻亦可修須自省。以幻心來修幻法,幻根深固終難拔。户底門頭盡豁開,我家始信乾坤闊。匡牀兀坐如山安,興來謾把無弦彈。就中一曲調最古,好訪知音繼先祖。

示百丈益藏主

向上一關,七穿八穴。亘古亘今,間不容髮。言前薦得,猶涉兩岐,句後精通,只得一橛。百丈老古錐,無事生枝節。指出個野狐,腥風滿寥沉。不落因果,炎天冰片撒遍長街;不昧因果,火裏蓮華香飄臘月。道人英俊流,得處自超越。推倒大雄峰,十方鬧聒聒。會見心空及第時,蟾宫丹桂和根拔。

萬宗自號斷佛種人請偈

斷佛種人手段别,烈焰爐中撈出雪。十聖三賢尚不親,小果聲聞豈能列。日用行藏可復奇,透脱溟涬超希夷。不受然燈閑記莂,自然更不差毫釐。執法

迷流豈知錯,癩狗偏笑雲間鶴。紙錢堆裹轉法輪,猪肉案頭成正覺。金剛寶劍高佩纕,逼人凜凜生寒光。佛無種性焉用斷,有種可斷成斷常。(以上同上卷五)

寄宗聖西堂

宿有扶宗志,辛勤四十年。句清堪供佛,業白可箋天。燕坐畦衣薄,經行雪頂圓。長庚光欲滅,內院一燈傳。

暇日讀真淨和尚寄荊南高司戶五偈,愛其直示心法,
如雲廓天布,絲毫無隱,真弄大旗鼓手段也。
輒追次其韻,以示黼侍者

本心無自性,休論主和賓。妄想巡踪狗,聰明捕獵人。追隨同契分,呼應最相親。得俊歸家後,洋洋總任真。

知見還知見,何須認作心。四生同受用,七處謾推尋。賢明終磊落,愚昧轉飄沉。忽憶西來事,令人感慨深。

惺憁行異路,默照墮邪禪。螻蟻逢腥聚,猴獼得樹緣。遺尸眠夜冢,腐種布秋田。如此明心要,知君恐未然。

只個娘生面,時中莫外尋。卓然千聖眼,赫矣萬靈心。圓淨非因古,優悠豈自今。劫波徒浩蕩,惟是謝飄沉。

仰山親種粟,百丈勸開田。做出千般樣,都歸一味禪。口頭何斥惄,手面更團圓。水底無明月,當知月在天。

十念示法侄淨覺源

定起懷安養,添膏助佛燈。剎那圓十念,迢遞出三乘。天樂時時奏,蓮臺步步登。遠公雖已矣,斯道要人弘。

坐禪箴示歲侍者

執坐非真坐,觀心是妄心。衆流俱截斷,三際自消沉。爾焰無今古,其源絕淺深。黃金須百煉,珍重好光陰。

讀高僧詩示心印

道合千年運,身游萬行林。玄言空俗語,幽思發清吟。玉潤難方德,金堅謾比心。雖然無諷刺,正氣鬱森森。

聞蟬

侵曉堆桅坐,蟬聲出樹林。分明宣祖意,何處有凡心。歷歷消清夢,悠悠助

獨吟。時人皆共聽,誰謂少知音。

熱

大地爍金石,禪心只晏如。幽閑無濁慮,鬱埠自清虛。坐石頻揮麈,臨流看躍魚。優悠三界內,寒暑不關渠。

贈山庵半雲

茅屋住來久,惟勤聚法財。煮茶先濾水,啜粥旋烘苔。石蘚成團吐,巖華逐朵開。老年無別事,一念待金臺。

悼深居迪元師兄

憐君雖早喪,宗響有餘音。細行嚴持密,宗門悟入深。煉磨金出礦,徵詰芥投針。歲晚游從少,憑誰話此心。

人世風波險,高齋獨晏然。資身無長物,輔教有遺編。坐久藜牀穴,書多鐵硯穿。只知弘祖道,豈謂損天年。

憶昔同參請,先師強健時。一言未脫口,密意已先知。更不從人覓,終能厚自持。陰涼天下樹,先折最繁枝。

題珪上人山舍

紅葉填松徑,清溪繞竹林。西風雙鬢老,落日半窗陰。壞衲偏宜厚,幽居不厭深。竺仙遺偈在,展卷且高吟。

讀東山語

咬破鐵酸餡,風流有許多。城中看傀儡,屋裏唱巴歌。棒落青天雨,華開臘月荷。兒孫遵舊轍,爭見化龍梭。

示操侍者

一片無瑕玉,多年混砥砆。琢磨逢敏手,好惡會分途。密似行軍令,精於定廟謨。纖毫如失準,霄壤便差殊。

謝靜中過訪

掃迹千巖裏,柴門久不開。正逢新雨足,忽見故人來。燒笋供茶碗,烹薇薦粥杯。欲留君共住,分石坐堆堆。

秋海號

玉露洗空碧,滄溟湛不搖。一漚曾未發,何處覓全潮。忽地西風急,粘天白浪高。漁翁談笑裏,隨手掣金鰲。

贈南湖謙西堂

台衡宗觀旨，嵩少只傳心。江漢皆歸海，瓶盂共一金。未能親證入，寧免競推尋。三獸同河渡，隨機自淺深。

題王山人草齋

築室凫溪上，松門日夜開。家貧無盜入，山好有僧來。雨漏重苫草，年深旋積苔。繞檐梨與栗，祇爲子孫栽。

寄楊建文先生

五載不相見，况兼行路難。身安知少病，髮白想無斑。案上玄經就，爐中姹女還。無弦有真趣，應對馬師彈。

示會上人

此道人人具，其如會者稀。説時皆有悟，捴着不無疑。要識單傳旨，須明向上機。獨行無伴侶，真是出家兒。

贈初復庵

可師心地法，不在少林傳。密意頭頭顯，真燈處處然。須知三毒火，正是上乘禪。未解知端的，時中自勉旃。

贈澄上人

西來消息別，不憚共君論。脱體誰無分，隨方自獨尊。後天爲祖父，古佛是兒孫。年少勤參訪，流年似電奔。

示師孫曇微

向上無玄路，當休便合休。慧燈常寂照，智水鎮長流。大地終歸盡，虛空絶去留。時中宜勉力，歲月謾悠悠。

次韻答烏草齋先輩

藉甚烏夫子，廛居傍柳林。焦桐高挂壁，春草滿墻陰。道譽丘山重，詞源江海深。巖僧亦何幸，許得共論心。

送恩侍者歸蜀

西蜀禪宗百世師，龍飛鳳躍見當時。盈車火燎金剛疏，越格風流小艷詩。豆子山前打瓦皷，草鞋庵外蓋烏龜。此行莫墮他途轍，別立新條唱祖機。

次韻答南堂法兄見寄

禪詮壓倒老圭峰，舌底長吹少室風。千聖那邊開正眼，一毛頭上現神通。烹金不用陰陽炭，羅鳳何須天地籠。截斷古今閑露布，西天此土有誰同。

復用韻寄西白和尚

崒屼凌霄出衆峰，是誰還可繼孤風。嘉聲虩虩雷霆震，峻辯滔滔河漢通。應笑鏡清拈火箸，豈容甘贄拜蒸籠。妙明心印傳來久，不與尋常篆刻同。

正月十五日，撾退鼓于靈巖，瑞龍夢堂和尚以偈勉留，次韻奉謝

堂前退鼓合三撾，自愧非才荷見遮。道喪時危心轉弱，途長任重力何加。青松秀挺千年操，紅槿榮開一日華。珍重龍峰善知識，片言端可鎮群譁。

次芥室韻悼南堂和尚二首

知向誰家作馬驢，南堂終以此爲期。莫言去日非來日，須信生時即死時。弟子但教傳鉢袋，梵王何用獻華枝。驪珠撒出三千顆，亦是重安眼上眉。

咸淳提唱太支離，父子鏗鏘與古期。再續統燈光照世，重拈公案語驚時。絕無氣息撩人鼻，那有心肝挂樹枝。筋斗背翻三界外，丙丁童子笑掀眉。

送楚藏主參方

我宗無法可傳持，妙用神通豈用師。快似亨衢騎駿馬，險如絕壑控蒼螭。試看大海波騰處，正是虛空粉碎時。待汝遍參知識了，不妨來喫頂門槌。

扶桑登侍者以偈請益，有三萬里程來問道之句，次韻答之

三萬里程來問道，艱難喫盡許誰知。可憐打失其中事，只爲貪多向外馳。蜜水甜糖非善友，瞋拳熱喝是良師。翻身踏着來時路，早已重安眼上眉。

賀天界全室和尚浴室成

驗人開室宗師事，要使勞生心地明。既識涼時炎似火，更知熱處冷如冰。無功可立功難紀，有垢堪除垢轉生。任爾古靈揩背手，到來焉敢亂施呈。

次韻寄法侄滅宗石田二西堂

衰顏彼彼已成翁，眼既昏迷耳又聾。忽接來書承厚意，何當握手話先宗。山林風月長如舊，江海人材自不同。昔日交游今日少，始知秋後見山容。

悼前普慈大林和尚

列祖功齊自少年，老來無復更加鞭。法輪三轉雖稱妙，宗要單傳不落玄。海國風高無夢到，雲峰歲晚有書傳。末稍漏泄歸源旨，火後莖茅翠拂天。

次亙原極韻

少室宗風豈易論，全生全殺始驚群。試看臨濟參黃檗，猶羨楊岐接白雲。贈掌腮邊終自肯，藏刀笑裏更誰聞。閑居正好談禪病，玉石須憑巧匠分。

次雁山能仁密心見寄韻

格外提持再是誰,是誰於我合應知。龍峰去後無尊宿,雁宕今來有碩師。
養子不施拈葉術,爲人須拔釘根疑。短筇亦欲相尋去,山萬重兮水萬枝。

悼天鏡和尚

孑身逮繫別錢唐,伍百朝昏共客窗。寒水莫留鴻雁影,旋嵐俄偃葛藤椿。
金棺示衆雙趺露,宗鼎憑誰獨力扛。西望鷲峰生感慨,如公音吼已無雙。

送一上人試蓮經請度牒

七軸靈文一句通,不妨隨處顯真宗。化城固是堪投宿,寶所那堪久滯踪。
香象渡河須徹底,不輕遭箠浪施功。此行必定成希遇,恩露瀼瀼降九重。

送瞿上人試金剛經請度牒

頂門拾得金剛眼,日用行藏便不同。四相本來無住着,三心那得有流通。
語言外覓扶邪説,聲色中求昧正宗。拈却然燈閑授記,當空寶印錦紋重。

送會上人試心經請度牒

般若無修智力充,本來生佛體皆同。光明豈受根塵障,透脱從教識陰籠。
童壽譯時追閃電,觀音行處捕清風。好參上國諸尊宿,乞取微言爲解矇。

送纘上人試圓覺經請度牒

大光明藏絶周遮,覿面相違數似麻。四病頓除金出礦,三期纔立玉添瑕。
幻生幻滅漚歸水,全放全收客到家。接得靈符懸肘後,安心不必更求他。

示悟維那

衲衣高擁觜盧都,誰識今吾非故吾。興化果能行正令,克賓端不墮邪途。
堂前饡飯香雲合,袖裏金槌膽氣觕。一擊虛空成粉碎,等閑扶起老臊胡。

示林侍者

香林逸軌尚堪追,好語潛將紙襖書。溫栗有常含石玉,光明不定走盤珠。
撥來焰焰波中火,驚出雙雙樹杪魚。鬭勝有時還鬭劣,趙州元是一頭驢。

追悼宗寄

寄子生身五五年,志專探教亦窮禪。觀心每恨多癡鈍,數息深期減睡眠。
力疾口常宣玉偈,臨終眼獨睹金仙。因思白髮栽松事,不覺孤懷爲悵然。

示智圓

學道無師枉用功,動爲多是辱宗風。未能了念惟專靜,先且懷疑怕落空。
提語話頭須切切,對人鬭口莫匆匆。老僧豈是閑饒舌,要逼生蛇化活龍。

示雲禪人
雲門三句無指示,洞山五位絕安排。衲僧踏着踏不着,十二街頭破草鞋。
悼一庵和尚
大梅已入輪回去,落日空悲一聚灰。知向誰家作驢馬,皮毛脫却又重來。
次韻題高齋
高齋寂寂俯清池,瓦鼎香浮十二時。天曉定回松下石,蘚痕青上布伽黎。
贈帽工
諸人頂顙一着子,結角羅紋總自由。是聖是凡都蓋却,當陽提起價誰酬。
遠庵
杳杳柴門盡日開,遊人多是半途回。趙州脚踏四天下,千古輸他落賺來。
病中答紹滅宗
討得入頭身始穩,賣無寸土立家風。溪邊石女初懷孕,兩鬢垂絲草木中。
次韻答净慈蒙堂安西堂
萬緣脱去湯鎔雪,三界空來風捲烟。門外輪蹄如鼎沸,短衣勃窣自深禪。
悼實庵和尚 臨終握拳枕額,憑几而逝
口有雌黃眼有筋,輕輕觸着便生瞋。拳頭作枕且高臥,無復攔胸去築人。
寄仲邠和尚
屋角松聲吼怒濤,夢魂幾度泛漁舠。金鈎不在纖鱗上,直入滄溟釣六鰲。
寄定水見心和尚
定水無波浪拍天,源頭來自普通年。龍睛鵲眼河沙數,浸得渠儂鼻孔穿。
寄清凉靈谷和尚
倒跨金毛師子子,五臺山頂逞全威。文殊作鬧喧天地,不向機先展大悲。
寄妙庵首座
黃獨煨來可療飢,心如墻壁眼如眉。趙州去後參尋少,有個拳頭竪向誰。
禮秋江和尚塔
活葬松巖二十年,眼睛鼻孔尚依然。我來欲起那伽定,石火光中話別傳。
示綿工蔣生
當陽華擘從君看,長短臨時任放收。翻轉面皮輕打叠,灼然不露一絲頭。
松巖雜言十首
卜得巖居絕四鄰,得安貧處且安貧。一條壞衲重重補,提起知他重幾斤。

石門關外天梯險，拚得身心到不難。爲報五湖雲水客，好來於此共躋攀。
自古深山虎豹多，擬心降伏便成魔。大慈悲種知人意，白日庵前引子過。
念念無生自入微，瓶中米盡腹中飢。夜深月下敲門急，道者蕉溪托鉢歸。
草木烟霞提正令，貧僧何用苦丁寧。闌干獨倚無言說，池面儵魚聚首聽。
跏趺默數鼻中息，始促須知久自長。日晚下牀行一轉，石爐燒過幾行香。
心無可了何須了，道本無成作麼成。野性好爲泉石伴，隱居不是爲逃名。
閑到心閑始是閑，心閑方可話居山。山中剩有閑生活，心不閑時居更難。
山中十日九日雨，樹頭青子落不住。白犬尋踪入草間，驚起竹雞飛上樹。
秋旦陰陰電光閃，起洗沙鍋煮藜糝。細撥爐中火種無，鄰寺疎鐘隔重崦。

簡藏主冒軍旅訪余於安巖避地贈以二偈

慈明易服見汾陽，不憚區區道路長。顧我老年無伎倆，遠來莫是欠商量。
相別相逢眼似眉，臨岐不必更針錐。手中拄杖須牢把，個是扶桑第一枝。

寄法姪衍斯道除建元

二妙林間五色鸞，赤霄終見散飛翰。藤州事業非難繼，況是胸中宇宙寬。

示忠藏主

從空放下無一物，不見從空放下人。若道有人能放下，保君猶未透金塵。

示法姪選大用

以法說法無別法，以心傳心無異心。妙德空生元不會，狸奴白牯是知音。

贈鍠侍者

每憶金鸞善侍者，手頭機用妙難窮。等閑拈出一塊石，疑殺翠巖真點胸。

次韻寄左庵大梅山閱藏經

日讀經兮夜讀經，眼光直與月爭明。有時不受諸天供，飢食松華骨也清。

紙帳次忍庵和尚韻

從今不怕惡風吹，一片寒雲四面垂。幸自明明還白白，休來裏許撒真珠。

朽庵爲道場竺芳和尚作

風鎪雨蠹虛樸樸，梁棟曾無半寸堅。不是捨身拚命者，敢來屋裏放頭眠。

送珠上人游江西

清水白米浙間有，拈來粒粒是真珠。不知何處有糠粃，又覓江西馬簸箕。

贈翠巖一侍者

一夏東語與西話，紙衣抄得甚分明。入泥入水翠巖老，落盡眉毛不再生。

寄佛隴本初和尚
石磬晨敲雨後天,個中音響最清圓。十方世界無行路,方有人來續正傳。
贈朗性天
自驗不疑含石玉,求人指證躍爐金。虛頭伎倆消磨盡,真實無過一片心。
題華亭船子接夾山圖
踏翻船子去,早是兩塗糊。今日師資別,無言看畫圖。
送心上人禮大梅塔
即心即佛投崖虎,非佛非心落網禽。莫把炊中容易展,丈夫膝下有黃金。
寄無相居士
語言渾不涉離微,抹過雲門顧鑒咦。伸出玉堂揮翰手,倒拈禿帚畫蛾眉。
送彥上人游金陵
參禪只怕路頭差,不是成家便破家。若見金華宋學士,為言鐵樹也開華。
寄翠山頂長老
行處要教機路絕,說時莫遣意根生。如來大寶華王座,不比尋常黑木棚。
示禮寶陀僧
屋裏有觀音,便被觀音惱。咄哉大丈夫,爭似無事好。
示器維那
叢林法戰尋常事,棒了如何又罰錢。興化雖能行正令,便宜落在克賓邊。
送序維那遊方
當年臨濟參黃檗,背後攙人有睦州。今日幸然無此作,不妨隨處賣風流。
示慧悭
行脚見人須帶眼,着衣喫飯要知時。百年壽命一彈指,急下工夫也是遲。
示師孫遠謨
真實語汝須信取,出家大事非小緣。莫學瞎驢趁大隊,祖師衣鉢要人傳。
(以上同上卷六)
偈頌
不立孤危機始峻,趙州老子玉生瑕。當頭指出殿裏底,添得茫茫眼裏花。
(《山庵雜錄》卷下)
辭世偈
七十八年,無法可說。末後一句,露柱饒舌。(《增集續傳燈錄》卷六)

釋惟一

　　了堂惟一，法系：松源崇嶽——天目文禮——橫川如珙——竺元妙道——了堂惟一。《全元詩》無其人。輯佚：

偈頌

　　趙州狗子無佛性，古今多少錯商量。自從六國平來后，蕩蕩無爲化日長。

　　衲僧活計無多子，放下諸緣緩作程。品字柴頭煨正暖，不知紅日又東昇。

　　雞銜燈盞走，鱉吹釣魚竿。寶劍當空擲，神光照膽寒。波斯嚼碎三斤鐵，莫向金剛腦后看。

　　如來降誕在今朝，摩耶夫人是其母。指天指地語□□，拈得□□□□□。謾神嚇鬼二千年，兒孫幾個能知有。令行□□□雲門，也是蝦跳不出斗。競將惡水驀頭澆，大地山河顛倒走。

　　龜毛拂子兔角杖，拈向人前任度量。昨日前村行一轉，田田水滿稻花香。

　　小圃新薑露紫芽，豆緣籬落半乾花。兒童總角赤雙脚，釣得錦鱗歸自誇。

　　九夏安居事已圓，百千億劫亦如然。獼猴撲碎軒轅鏡，出草菸兔角指天。

　　萬法是心光，諸緣惟性曉。本無迷悟人，只要今日了。

　　雞足山中，翻成特地；黃梅夜半，愈覺乖張。今日簳峰親授受，披來非短亦非長。

　　説而默，默而説。喚鐘作瓮，證龜成鱉。珊瑚枝枝撐著月。

　　長庚簳頂半千里，多士偕行不憚勞。主丈且將留靠壁，同看千嶂起波濤。

　　東村王老夜燒錢，江上漁翁把釣竿。多少遍參雲水客，含元殿裏覓長安。

　　燈籠沿壁上天台，寒山拾得笑哈哈。自有一雙窮相手，不曾容易舞三臺。

　　一句明明定古今，天台南嶽謾追尋。子期去後人何限，流水高山孰賞音。

　　衲僧萬慮不干懷，妙用頭頭自偶諧。寒夜地爐無宿火，明朝山上有生柴。

　　三分春光二分過，衣單之下事如何。勞生只有僧無事，莫教蹉跎兩鬢皤。

　　金剛與泥神揩背，燈籠與露柱交參。處處綠楊堪繫馬，家家門戶透長安。

　　大哉萬乘尊，天下蒼生父。神聖越唐虞，謨烈超文武。百億須彌盧，壽山高莫比。無邊香水海，福海亦如是。

　　今朝八月初一，諸方旦過門開。我此萬仞峰頭，亦有衲僧來往。雖則雲寒水冷，誰云接納無方。雲門胡餅趙州茶，喫著從教綴齒牙。

諸佛證菩提,衆生徇煩惱。菩提與煩惱,非一亦非二。展手即成掌,握手即成拳。水動即成波,波澄即是水。六年往雪山,垂範示後昆。午夜睹明星,目眩生花爾。普告諸仁者,諦審復諦觀。於此刹那間,證成無上覺。
㯕露雙趺示迦葉,化三昧火自闍維。面皮知是厚多少,慣把空拳誑小兒。
千峰頂上絶諸緣,水牯何妨痛着鞭。啼鳥落花春已老,莫教荒却自家田。
四海妖氛咸肅靜,九天舜日自高明。衲僧願祝無疆壽,一炷清香一卷經。
今朝五月五,門門懸艾虎。綉衣公子飲香醪,黃金滿盤堆角黍。灰頭土面衲僧家,無端也要知時序。一盞菖蒲茶,大家濕唇觜。
佛祖話頭須妙會,魔宮虎穴要親逢。橫拈倒用從渠別,七出八没元自同。少室木人見花鳥,黃梅笯犬吠茅叢。當陽拋出任吞吐,一個楊岐栗棘蓬。
洞山萬里無寸草,瀏陽出門便是草。昨夜三更失却牛,天明起來拾得寶。阿呵呵,好不好,令人特地開懷抱。倒拈鐵笛順風吹,驚動五湖山海島。
冷坐九年空着忙,西歸隻履好慚惶。報恩一句無人會,徒仰聲光遍八荒。
逢來一夏又一夏,過了一冬還一冬。身世難將金石固,頭顱易見雪霜蒙。泥牛夜吼滄江月,鐵鷂晨飛碧嶂風。四七二三諸宿德,曾無一法可流通。
倒却門前刹竿着,兄呼弟應久無聞。住山鉏斧輕拋下,喜見西丘嫡骨孫。
誰解當陽斬萬機,競將知解亂針錐。木人把板雲中拍,石女含笙水底吹。
百年難遇歲朝春,便覺乾坤氣象新。海底泥牛鬥折角,峰頭鐵鷂舞翻身。掌知金穀公廉士,表率叢林道德人。願祝無疆聖人壽,一爐沉水正氤氳。
山花開似錦,澗水湛如藍。物物全真智,何勞更指南。前三三,後三三。可憐昔日毗耶老,只許文殊是對談。
不是禪,不是道,南北東西謾尋討。昨夜日輪飄桂花,今朝月窟出芝草。阿呵呵,好不好,是聖是凡俱靠倒。犀牛扇破索犀牛,老婆心切鹽官老。
樵歌來叠嶂,帆影落汀洲。胡孫戴紙帽,直上樹梢頭。七星劍,五雲樓,毬打人兮人打毬。萬事難把玩,魚吞水面漚。
六載雪山修苦行,無端畫虎反成狸。明星出現不出現,總是勞生證道時。
衲僧日用事何如,烏兔奔忙歲又除。法法由來本空寂,三千刹海一蘧廬。
出家端爲究心宗,烏兔奔忙夏又冬。莫管萬山寒氣重,地爐榾柮夜通紅。
誰看葭管動飛灰,管取陽和地底回。鐵樹糝花橫古壑,虛空供笑滿驢腮。
善財深入毗盧閣,帝釋高昇善法堂。紫籜峰頭日卓午,破沙盆煮菜根香。

大道真源問最親，答云截斷草鞋跟。茫茫宇宙人無數，幾個知恩解報恩。
　　山下炎如甑，山間凉似秋。得居山上者，知是幾生修。
　　鞭索俱忘露地牛，有何價數可相酬。碧梧庭際初飄葉，誰肯言休即便休。
（以上《了堂惟一禪師語録》卷一）
　　屋裏生涯，有甚難見。聲和響順，形直影端。
　　各乘願輪，各闡宗猷。嶽聳波騰，龍驤虎驟。
　　留僧過夏尋常事，兩錯商量也大奇。幾度桑田變滄海，從來畫餅不充飢。
　　義虎重詢不自欺，黃龍俯首益人疑。只將日用金剛杵，要碎多年鐵疾藜。
　　六載雪山成底事，長空午夜睹明星。金烏玉兔昇還墜，換却幾多人眼睛。
　　五天蒿箭攪支那，雪老冰枯事若何。明日三陽交泰後，不妨同唱太平歌。
　　叢林在在正蕭然，末法今當一萬年。活計多知藏鬼窟，全威誰解按龍泉。已降我虎不須坐，未出睡蛇那可眠。一句投機播寰宇，杖林山下竹筋鞭。
　　桑田成海幾番枯，昨夜西風到井梧。浩浩塵中須辨主，釋迦彌勒是他奴。
　　埋頭玄妙語言間，掉臂幾人能過關。夢境風波空險惡，覺天日月本寬閑。定光金地遥招手，迦葉靈山獨破顏。我欲從頭重勘過，免教一向管窺斑。
　　直下蒼龍窟，踢翻鸚鵡洲。波斯入鬧市，幾個不回頭。擊鐵鼓，卧龍樓，八十翁翁輥繡毬。娘生雙眼活，莫認海水漚。
　　真空妙有不相干，盤走珠兮珠走盤。豎亞摩醯頂門眼，大千沙界掌中觀。
　　無柴無炭尋常事，懶把家私説向人。撥着冷灰重發焰，三冬和氣藹如春。
　　塵塵自己光明藏，法法何曾有去來。謾道一陽生地底，競觀葭管動飛灰。
　　六年修道魚投網，午夜觀星鶴出籠。嚇鬼謾神二千載，塵毛刹海撼腥風。
　　臘月二十五，喚作雲門曲。聞者耳須聾，唱者舌須秃。南地竹兮北地木，六六依然三十六。
　　西祖意如何，年光飛箭過。撥波求火少，擔草棄金多。妙湛非它佛，塵勞即自魔。莫教開却眼，鷂子過新羅。
　　百尺竿頭拋鐵網，千峰頂上棹金船。行來此日難行事，了得前生未了緣。

　　　　　　　　頌古
　　分手指天并指地，千奇百怪展家風。雲門有口好挂壁，剛要重論蓋代功。
　　法王法令，恢廓無涯。一聲椎下，要定譌訛。西天東土二千載，引得兒孫撒土沙。

滅度不滅度,開口沒來由。雲自帝鄉去,水從江漢流。
金襴之外傳何物,三昧由來各不知。倒却門前刹竿着,阿難從此釋狐疑。
一溪流水自忙,萬叠青山不老。戴嵩牛卧夕陽,韓幹馬嘶芳草。
生死所流,其力未充。蛇吞鱉鼻,虎咬大蟲。
西來有甚意,板齒不生毛。喫粥洗鉢了,茅檐日又高。
當陽一喝似轟雷,也是重添醉后杯。今古罕逢穿耳客,與誰携手上高臺。
者個那個,總成滯貨。眨上眉毛,早已蹉過。藥山休去太顢頇,今日分明重説破。
一心了了元非有,萬物芸芸不可齊。泉領藕花歸洞口,月移松影過溪西。
丹霞行脚投荒院,正是天寒地凍時。木佛拈來燒火向,無端院主墮眉鬚。
君王出語世無如,捋倒南陽老古錐。清净法身云莫認,也將魚目換明珠。
東村王老夜燒錢,五鳳樓前舉鐵鞭。笑殺太原孚上座,角聲吹徹髑髏穿。
宗師一等太垂慈,白棒逢人驀面揮。走遍江南與江北,滿身烟水孰知歸。
清溪道士人不識,上天下天鶴一隻。洞門深鎖碧窗寒,滴露研朱點周易。
觀音示迹,梁王罔識。折葦渡江,少林面壁。直指單傳太險巇,一華五葉成狼藉。
幾年喚佛渾無事,數度喚師還發嗔。誰握龍泉繞天下,當陽能報不平人。
非風幡動,仁者心動。拈得眼睛,打失鼻孔。祖師真是好知音,多向枯樁舊處尋。
昨日種冬瓜,今朝栽茄子。生涯勝舊年,何樂到如此。
臨機開口不相謾,要使醍醐透頂寒。有問西來祖師意,石羊頭子向東看。
衲衣下事,臘月燒山。問來語切,答去機閑。千里參玄士,徒教賣布單。
首山和盤托出,者僧喚不回頭。日日楚王城畔,滔滔汝水東流。
歌郎聲未絕,孝子哭哀哀。大小盤山老,無端落賺來。
紫湖喝僧看狗,是誰親遭一口。茫茫走遍西天,得得藏身北斗。
蓮花與荷葉,自古到如今。出水未出水,何勞着意尋。
莫莫,祥麟只有一隻角。黃頭碧眼笑欣欣,八臂那吒空發惡。
眼中着屑,腦後抽釘。金不博金,水不洗水。挽之不後推不前,獼猴上樹尾連顛。
嚇鬼謾神,橫該竪抹。露柱三敲,圓相三撥。拈起死蛇,解弄也活。咄咄咄。

　　秘魔巖下老魔精，立個門庭鐵膽驚。好似霍山親到後，至今四海樂昇平。

　　可惜許，可惜許，知音不在頻頻舉。當年黃檗與南泉，全身輥在草窠裏。

　　世界恁麼熱，誰云回避難。钁湯爐炭裏，着得老曹山。

　　南泉何曾親見，好手還它趙州。拈出鎮州蘆菔，塞斷衲僧咽喉。

　　三界本空，一心何有。水上捺葫蘆，空中翻石臼。鐵牛不怕獅子吼。

　　萬法歸一一何歸，誰將圓木逗方孔。趙州曾在青州時，作領布衫七斤重。

　　院主問來元自易，大師答去亦非難。無弦一曲天然別，地北天南誰解彈。

　　雲門六不收，土宿倒騎牛。踢翻四大海，直上五雲樓。

　　烏飛并兔走，清曉復黄昏。趙州如來識，東西南北門。

　　豎一指，老俱胝。電光匪急，石火猶遲。從來佛法無多子，只許狸奴白牯知。

　　衲僧門下，不在忉忉。西來祖意，坐久成勞。

　　有問如何奇特事，便云獨坐大雄山。待它禮拜劈脊打，也似波斯念八還。

無量壽佛

　　稽首樂邦大導師，曠劫乘兹大願輪。猶如杲日昇虛空，群生蒙益無窮已。演暢微妙最上乘，舌相遍覆三千界。群生迷妄久逃逝，廣開攝受方便門。一志誠心二深心，三者回向發願心。塵勞業謝閻浮提，九品咸生安養土。七重樹聳諸般樂，重重珠網光交羅。四色華敷八德池，池中香水恒充滿。白鶴孔雀鸚鵡等，異口同出和雅音。物我互融宣法化，實非罪報之所生。導師功德難思議，我說持尺量虛空。樂邦殊勝難思議，我說持蠡測巨海。徹見本性自彌陀，諦了惟心自淨土。十方刹海悉銷殞，十方如來同證明。

普賢大士

　　稽首普賢大士，大行大願度生。無邊法界微塵，一一塵中遍入。塵中所有寶刹，刹刹咸有大士。手執妙蓮經卷，端坐雪色象王。群生一念相應，大士即見其前。群生業海未空，大士行願無盡。十方虛空爲口，百億須彌爲舌。讚揚大士功德，功德云何讚揚。

觀音大士

　　三界群有，自昧己靈。見不超色，聽不出聲。大士示見，非一方便。宴坐觀空，空何所見。十方擊鼓，聞無不圓。縛脫無二，根塵同源。真慈非慈，真說無說。萬國行春,千江印月。十四無畏,刹刹全彰。四無量心,塵塵普應。眾生界上幾曾迷,剛道圓通耳根證。

虛空可量,鐵壁可入。大士示見,言思莫及。或定或慧,或慈或威。不違本誓,普應群機。

手裏輪珠脚下蓮,天邊明月水中天。度生悲願自無盡,那個眾生覺未圓。

全身是此經,有口道不得。大啟圓通門,端坐盤陀石。

大士經文,不即不離。空覺極圓,匪同匪異。一毫端上示圓通,午夜金烏海底紅。

玉貌雲鬟貌不如,閻浮界上示真慈。紅塵浩浩人如海,籃裏金鱗賣與誰。

布袋和尚

蔣公無事趁憨僧,背上何曾有眼睛。盡謂長汀出彌勒,至今流水洗難清。

撫人背覓一文錢,走街頭擔條主丈。龍華會上補處尊,弄出許多窮伎倆。

不在威音前,不落迦文後。打開破布囊,囊裏般般有。鼻孔分明失半邊,噴嚏也成師子吼。

金陵真覺大士

弊衣徒跣髮垂肩,誰謂僧繇畫不全。別有示人奇怪處,剪刀鏡尺杖頭懸。

戒香啞女

長廊生帚掃塵埃,曠劫深乘悲願來。滯句承言滿寰宇,故將啞口向人開。

描金渡水羅漢

毗盧藏海,湛然恒寂。一念瞥興,昇沉罔極。粵有聖師,四果極位。應供十方,親承佛記。少展神通,涉海騰空。烟笠雨笠,風虎雲龍。誰把黃金,幻描異相。載禮載瞻,捫空追響。

自達磨大師至歸源老人,凡二十八代,天台比丘嗣曇藏主命工各繪真像請讚

初祖達磨大師

西天毒種,東土妖孽。直指單傳,千差萬別。對梁王道個不識,畫虎成狸;逢宋雲手携隻履,證龜成鱉。大千沙界絕行踪,高圓熊耳峰頭月。

二祖可大師

望真丹有大乘器,立雪齊腰斷臂人。了了常知言莫及,華開鐵樹不干春。

三祖粲大師
覓罪不可得,與汝懺罪竟。匿迹皖公山,無私大圓鏡。

四祖信大師
是誰縛汝,來求解脱。腦後抽釘,死中得活。我今無心,諸佛豈有。掇轉南辰,移來北斗。

五祖忍大師
問法未由,栽松無暇。七歲歸來,翻成話欛。傳承祖父舊家私,剛向人前索高價。

六祖能大師
倩人書壁,半夜傳衣。從頭怪異,遍界光輝。

南嶽讓和尚
修證則不無,污染則不得。磨磚作鏡時,平地生荆棘。

馬祖一禪師
即心即佛,非佛非心。袖頭取領,腋下剜襟。剛被龐翁閑指註,妙彈一等無弦琴。

百丈海禪師
野鴨飛過去,驀鼻拽教回。伯牙與子期,不是閑相識。明朝馬祖陞堂,無端捲却拜席。

黃蘗運禪師
捧却一副鉢盂,坐在南泉位上。有問幾時行道,便云威音已前。硬如生鐵軟如綿,遇着知音笑揭天。

臨濟玄禪師
黃蘗堂前曾喫擯,高安灘上始翻身。分明一個白拈賊,大樹陰涼天下人。

興化獎禪師
平欺旻德,痛打克賓。鈎頭有餌,眼裏無筋。

南院顒禪師
特來禮拜和尚,恰遇寶應不在。倦鶴投林,獰龍戲海。

風穴沼禪師
空山古寺,單丁七年。乞村落以活命,對萬象而談禪。祖祖相傳正法眼,免教滅在瞎驢邊。

首山念禪師

迦葉不聞聞,世尊無説説。者個閑公案,何勞強分別。幾多明眼人,一片紅爐雪。獨許念法華,笑它老風穴。

汾陽昭禪師

逆行順行天莫測,父母亡靈祭一回。座下六人成大器,胡僧請法不虛來。

慈明圓禪師

遠道阻重兵,易衣類厮養。大法既悟明,高名滿穹壤。泉大道極口稱揚,楊大年傾誠推獎。咄。

楊岐會禪師

電激飆馳言外旨,天荒地老憑誰舉。三脚驢子弄蹄行,脱口冰霜滿寰宇。

白雲端禪師

撥草瞻風,尋玄覓妙。撞着聲頭,大發一笑。窺覷無門,思量莫到。直饒脱體承當,也是望空啟告。

東山演禪師

雞冠華,鐵酸餡。多處添,少處減。葉落知秋,開口見膽。

圓悟勤禪師

金山熱病方蘇醒,五祖回歸正此時。侍者參得禪了也,憐兒不覺報人知。

虎丘隆禪師

摩醯眼活,妙琢無痕;般若願深,大功不宰。落落叢林話轉新,耽耽睡虎全威在。

應庵華禪師

虎丘室中得法,洋嶼庵中付衣。俯視禪流,雲趨水赴;高提祖令,雷厲風飛。

密庵傑禪師

問正法眼,答破沙盆。欺凌佛祖,震動乾坤。

松源嶽禪師

提金剛劍,破邪師見網;用黑豆法,換衲僧眼睛。楊岐之衣把住,少林之旨愈明。

天目禮禪師

大疑四眾,三督黃牙。量涵巨海,機嶮懸崖。拈出南山笙笋,東海烏鯽,愛向叢林驗作家。

橫川珙禪師

磨棱就圓,示成功於衲子;去華取實,任大法於己躬。掃空當時弊習,恢復上古醇風。萬象森羅齊拭目,鄮峰高出大江東。

竺源道禪師

乾屎橛悟在一朝,爛蒲鞋話行四海。一具鐵面皮,到死也不改。

豐干禪師

騎虎出松門,爲人機用別。閭丘太守前,天機都漏泄。都漏泄,金剛腦後三斤鐵。

寒山拾得二大士

掣風與掣顛,非凡亦非聖。颺下菜查筒,放來苔帚柄。答豐干不游五臺,嚇溈山同出松徑。寫盡天下心,長吟并短咏。倒握鐵蒺藜,擊碎軒轅鏡。拍肩大笑太無端,森羅萬象齊歡慶。

靈巖了庵和尚其嗣法弟子梨洲興長老參侍山行像

半杯醇酎分獺膽,九曲神珠穿蟻絲。晴日侍游松下路,誰云父子不傳持。

先師歸源和尚

古鄮峰前曾失脚,無端蹈着死蛇頭。兒孫不是揚家醜,毒氣傷人卒未休。

仗錫默堂和尚小師安長老請

目光電掣,氣宇淵澄。衆衲風靡,群魔膽驚。大七峰如五嶽,漲西江於東溟。非智能測,何真可呈。因思普化翻筋斗,何獨盤山有寧馨。

自讚
泰嶽端長老請

從上傳持,曾無別旨。虎嘯風生,龍吟霧起。彈指圓成八萬門,抬眸早已三千里。

回峰遠長老請

四處住山三十載,惟思佛祖報深恩。曉來照影清池上,頭髮莖莖白到根。

染山主請

無傳之傳,此庵家風;無授之授,歸源宗旨。不是嫡骨孫,亦非克家子。指出羚羊挂角踪,要看平地波濤起。

多福淨長老請

千峰頂上,十字街頭。半聾半啞,全放全收。破沙盆鏗金戛玉,乾屎橛塞壑填溝。大恩未報,雙鬢先秋。妙筆最難描貌處,愛同衲子結冤讎。

小師集福思静長老請

四處住山,百醜千拙。石上栽花,水中捉月。描貌將來,家風迥別。別別,師子教兒迷子訣。

小師思謙藏主請

佛祖是讎敵,群魔爲弟昆。金圈胡亂擲,栗棘渾淪吞。死蛇拈起弄得活,方是歸源真子孫。

中首座請

祖翁恩大似難酬,歷盡風霜白盡頭。歲晏江空無着處,獨騎駿馬驟高樓。

莊藏主請

撼碎破沙盆,掃除黑豆法。全無巴鼻傳持,惟有空拳惡辣。摘楊花,摘楊花。阿剌剌,阿剌剌。

我侍者請

心直語拙,齒疎髮皤。罷遊江海,投老烟蘿。百丈再參,馬祖一喝,晴空霹靂;國師三喚,侍者三應,平地風波。話落叢林已久,師僧錯會尤多。莫把生綃描貌我,抬眸鷂子過新羅。

暲藏主請

療餒何須炮鳳髓,續弦自合取龍筋。黃梅衣付負春客,妙解徒聞七百人。

(以上同上卷二)

次韻贈曙藏主再參靈巖了庵和尚

摩尼珠,自圓轉,捨之則近取還遠。大洋海底蓬塵生,須彌頂上洪濤捲。不是心兮不是佛,頂門放出遼天鶻。長空雲净月三更,倒持鐵杵敲冰骨。既明密意自己邊,何須再買三吴船。靈巖老人太饒舌,令行好擊三百鞭。

靈壑歌次無言和尚韻

靈壑靈壑吾爲歌,無風自起滔天波。回頭已覺滄溟窄,朝宗萬派如渠何。源遠流來自摩竭,銀山鐵壁俱通徹。六月陰生火聚凉,三冬焰發冰河熱。靈兮非内壑非外,古往今來絶停待。月明歌罷夜堂空,天風撼動千年檜。

次中竺古鼎和尚韻贈允藏主

展開佛手,伸出驢脚。露柱燈籠,築着磕着。特爲此事參尋,布單枉教賣却。一顆如來藏裏珠,日用靈光常烜赫。

贈朗首座

一字字，一句句。覿面提持，誰云密付。永嘉到曹溪，韶陽見靈樹。子真師子兒，機先知落處。七九六十三，逢人休錯舉。大地春敷五葉華，老胡徒自涉流沙。

大義號

上人號大義，大義難形諭。不在隔江舉火時，不在開田展手處。父母非我親，黑漆昆侖遭指註。諸佛非我道，狸奴倒上菩提樹。三千剎海一一全彰，八萬法門頭頭顯露。竹山有口莫敷宣，從教舉向諸方去。

送奉藏主江西禮祖

大藏小藏，全提半提。騎聲蓋色，帶水拖泥。三登投子，一宿曹溪。天明芻犬吠，夜半木雞啼。動靜寒溫宜自愛，祖師何獨在江西。

次無際和尚韻示問禪行者

雲鎖萬峰巔，苔徑無人迹。净人從何來，貌古雙瞳碧。自言多記古機緣，遍歷諸方叩知識。我宗無法與人傳，交馳問答誠何益。袖裏真金用不親，徒將瓦礫閑相擲。臨風不覺成太息，般若叢林長荊棘。

次平石和尚韻贈大雲曇藏主

遊遍諸方歸，石床蘚花碧。掀翻五千卷，六門頓清適。他觀非正觀，無得是真得。自愧仍自悔，誰會復誰識。用捨在當仁，古路如弦直。扇乾生死海，不須金翅翼。

寄台城虛白居士

西祖門庭，單傳直指。聖不慕他，靈不在己。微言妙語滿塵寰，總是無用瘡疣紙。打破鳳林關，斫却氂牛尾。毗耶城裏老維摩，拍手呵呵笑不已。

次了庵和尚韻送木庵藏主見溍卿先生爲歸源老人求塔銘

深院無人正岑寂，追慕先師慘愁色。先師遷化何所之，萬叠雲山鎖寒碧。木庵淵默聲如雷，令我頓覺孤懷開。持來了庵法兄偈，明珠白璧無纖埃。了庵分違屢更歲，大法千鈞能負載。休居死后到先師，傷悼宗門意有在。死兮生兮事若何，波不離水水即波。黃君當今廊廟器，詞源浩浩傾天河。盛聞書言與書事，筆力不減董狐史。了庵指子求塔銘，叢林有識咸增喜。會看勒石成豐碑，諸訛句子難形書。每怪古德浪指註，如驢覷井井覷驢。

贈藻維那

一了一切了，一見不再見。霜劍倚天寒，殺活分手面。興化打克賓，臨機少方便。出院仍罰錢，恩多返成怨。若是大冶金，百煉色不變。放去與收來，何嘗不成見。茫茫只解問長安，不知身在含元殿。

題王真人月舟圖

皎皎天上月，泛泛水中舟。月或翳雲霧，如心縈百憂。舟或厄風濤，如身困馳求。當淨心如月，湛然凌素秋。當以舟喻身，洞視生若浮。月本無明暗，舟還任去留。

示小師思齊參方

出家入道非小緣，當紹先宗明自己。汝年十五事參尋，臨行囑汝無他語。勿玩山水費光陰，勿厭牏牐慕甘美。勿輕實德貴虛名，勿效無知狎庸鄙。吳楚叢林知識多，晨參暮請羅萬指。棒喝交馳掣電機，直須薦取言前旨。后生可畏古聖言，五十無聞我身是。他日歸來似古靈，我亦致齋慶讚汝。

題無著染上人芬陀利華室

瑞世白蓮華，梵語芬陀利。瑩潔玉雪同，馥郁沉檀異。觀之色非色，嗅之鼻非鼻。所以古聖言，是法難思議。無著染上人，視世如幻寄。取花以名室，是真無著義。於中或宴安，於中或遊戲。此華與此室，不即亦不離。無邊法界中，誰淨復誰穢。譬彼太虛空，花生眼中翳。

贈聰藏主遊台雁

僧來問字惟一默，金鈎玉線空拋擲。狸奴白牯暗嗟噓，耀古騰今有何極。杖挑日月來天台，萬八千丈登崔嵬。五百聲聞無處覓，石橋飛瀑鳴如雷。幡然又欲尋雁蕩，莫把工夫事遊賞。詎那猶自未回頭，到時好鼓攔腮掌。衲僧用處曾不難，轉地軸兮回天關。大家拗折主丈子，笑看千嶂起波瀾。

性元號爲資藏主賦

見性成佛佛即性，獼猴撲碎軒轅鏡。直截根元性非元，脫殼烏龜飛上天。佛即性也謾甄別，性非元也尤親切。黑漆昆侖舞柘枝，赤腳波斯嚼生鐵。道人自是僧中龍，揭翻藏海咸讓雄。八萬四千塵勞，荊棘叢中高懸惠日；三百六十骨節，旃檀林裏普散香風。頓空語默，迥脫羅籠。使夫一類斷善根闡提，知有千聖頂顠上不傳之正宗。咄。

示小師妙智參方

智過於師,方堪傳授。大抵相似,終不唧嚼。汝丁壯年,我趨衰謬。勿以名牽,勿以利誘。廢寢於夜,忘餐於晝。如溺求援,如焚求救。知識門庭,遍宜咨叩。入蒼蔔林,餘香不嗅。至道淵曠,終可成就。語默行藏,色色仍舊。他日歸來,禁得罵詬。無愧古人,吾宗良冑。

玄立號

玄固非玄,立亦奚立。爲萬化之母兮,豈言思而可及。即真空成妙有兮,亦情塵之妄執。如是則窮天地,亘古今,明如日,黑如漆,取不得,捨不得,而強號之曰玄立。

次南堂和尚韻贈清禪客

開口即錯,端的不容。一句道著,喪我門風。直饒壁立萬仞,也須末磨粉舂。釋尊推微細禪病,明言五蘊;初祖具真正知見,大破六宗。五葉花開震旦,萬年松在祝融。狸奴倒上菩提樹,午夜金烏海底紅。

送天寧章藏主歸開元省師

姑蘇城中古法窟,西竺浮來二石佛。聞道曾經劫火餘,鼻孔依然高突兀。道人遠自浮佛來,探玄有志非凡才。掀翻教典五千卷,笑觀雙幀青崔嵬。師老歸覲誠尤確,修途不憚風塵惡。到時圓相不須呈,側身立侍禪床角。儻問孤踪事若何,宗乘無補鬢先皤。太湖三萬六千頃,雪浪翻空入夢多。

次芭蕉泉禪師示眾韻

三界擾擾何時休,窮其起處無端由。從迷積迷歷塵劫,吾徒自合思回頭。晝貪餐,夜貪臥,米未經篩糠未簸。巧飾言詞顯己長,妄生枝節求人過。野干兒,何所宜,師子之皮不易披。自己田園荒廢了,它家物務總能爲。苦奔波,多憼憜。深種煩惱根,寧結菩提果。一朝蛇入布裩襠,魂膽飛,怎眠坐。叫菩薩,誰憐我。

送思上人之西州

妙年思訪道,決志尤宜堅。未會入門款,須防劈面拳。沙彌有主無主,趙州曾見南泉。信手拈來兮冰河發焰,當頭坐斷兮陸地生蓮。若是咬人師子,等閑拶透機先。知識門庭好咨叩,三吳烟浪接遙天。

次保福一庵和尚韻送鄞侍者遊金陵

鑠石流金不我熱,折膠墮指不我寒。男兒奮志邁往哲,抉珠驪頷曾無難。

壺中但覺日月永,量外須信乾坤寬。世尊拈花示海衆,迦葉當時獨破顏。金聲玉振二千載,撼動天上並人間。靈鋒寶劍常在握,自然破敵還斬關。此去金陵古城下,無事爲我拈掇看。脱體承當都在汝,莫教只管弄疑團。

贈隱侍者

道人索我書長歌,尺水誰能興丈波。肚裏不留元字脚,當知文彩猶嫌多。長歌縱書成底用,打破虛空重覓縫。若人一念自知非,六月黃河連底凍。從來無妙亦無玄,萬象森羅舉不全。昨夜南辰移向北,阿難依舊世尊邊。

送方上人遊天台

日高蘿窗睡方起,道人袖出玉繭紙。自言江海久曾遊,未到天台心未已。天台古今人共遊,幾人能解窮清幽。穿崖邃谷金磬響,玉芝瑤草天香浮。半千尊者樂空寂,或隱或顯人不識。有時盞裏現茶花,有時松根坐苔石。衲僧用處天然奇,高携七尺烏藤枝。一挨一拶儻不解,臨機慎勿輕饒伊。

大梅録都寺焙藏經

有大經卷離言説,四聖六凡俱洞徹。海藏龍宮五百函,眼裏無端着金屑。楊岐用處人罕同,要覓挂角羚羊踪。紅爐焰上舒復捲,墨花香霧翻晴空。眼觀東南意西北,錦標更向何時得。彈指圓成八萬門,何待他生問彌勒。

清心堂

雅志遠塵滓,深雲構虛堂。水澄石磊磊,月白山蒼蒼。琪樹落秋影,瑤草生異香。孤坐四檐静,天風透微凉。萬慮不相到,一片凝冰霜。人生貴知止,歲月奔風檣。誰能苦膏火,置身聲利場。

勾龍道人每口中道"吽吽唄"三字,述此以贈

道人道個吽吽唄,頓空言義真奇怪。若是驚群師子兒,拶透機先何痛快。妙乎此道絶疎親,猶恐從前認識神。直饒一念空三際,也是悵悵摸象人。回仙不見黃龍老,燕石那知非至寶。當時牙齒欠關風,彼此全身入荒草。同中異也異中同,消息由來不易通。昨夜泥牛鬥入海,天明鐵鷂舞翻空。

示小師思敏侍者再參育王雪窗和尚

鄮峰有宗工,迅機如電掣。鍛聖與鎔凡,竹筐三尺鐵。汝欲追再參,決志宜猛烈。目前事萬端,一刀須兩截。當年老韶陽,何嘗有言説。紙襖上抄來,重添眼中屑。老我鐸峰頭,百醜復千拙。臨行覓贈言,一口無兩舌。自家本有靈光,直要覷教通徹。其或如存若忘,恐無會底時節。

次韻贈昱上人

吾宗論實不論虛,毫釐有差天地殊。南山起雲北山雨,東家作馬西家驢。江河爲舌義難演,鐵石作腸恩未孤。不許夜行須曉到,誰知更有赤鬚胡。

次東州和尚答古林和尚真迹韻

舜若多神發惡,剛把虛空穿鑿。木馬奔脱四蹄,泥牛驚折兩角。争似鳳臺虎丘,傑出叢林高作。參徒水赴雲趨,迅機雷轟電鑠。當陽搣碎破沙盆,瑞氣祥光騰碧落。

贈彌陀昱長老

至道無難,惟嫌揀擇。山高海深,烏玄鵠白。若是具眼衲僧,自然超宗逸格。曠大劫不消一瞬,何古何今;無邊界全在一塵,非寬非窄。叢林有此出群才,何慮聲光不輝赫。摩挲老眼碧峰前,要觀九萬翔鵬翮。

韜侍者血書蓮經

經名妙蓮花,如來真秘訣。方便演三乘,有語非干舌。道人用處尤親切,瀝盡娘生指尖血。一毫端上見神通,百億毫端亦非別。讚嘆莫及,歡喜不徹。一會靈山儼然,切忌眼中着屑。

贈天元達書記

當年大覺依圓通,主賓契合恢吾宗。文字不即亦不離,高懸慧日開群蒙。圓通道大動天子,大覺誠爲天下士。銀璫小使頒綸音,舉賢代己人罕似。淵才雅思自古今,宗乘黼黻真知音。男兒奮志邁往哲,金聲玉振傳叢林。

送仙巖華石瑛長老

古德心心貴相契,出世不忘悲願海。叢林是處沾恩波,藹藹聲光至今在。誤讀楞嚴思老安,唐言梵語何相干。非惟無佛亦無己,炎炎六月冰霜寒。道人氣岸天然別,驪頷明珠手親抉。祖翁一個破沙盆,倒用橫拈自超越。

次韻送振侍者參方

只是無師,不是無禪。斬釘截鐵,謬解誤傳。若謂超今邁古,開口蚤成墮負。更言別有生涯,對面抛沙撒土。直饒納大千於一塵,打三更於日午。正好捹教面紅,知有少室真宗。翠巖不得善侍者,那明真際分頑空。參遍江南與江北,須知不假它家力。一念回光見得親,達磨九年空面壁。

次韻贈晟維那

祖令高提,欺胡謾漢。越聖超凡,轟雷掣電。興化打克賓,風穴見南院。機用隔天淵,誰云可同傳。直饒靈源湛寂絕滲漓,吾宗那可稱傳持。指蟻垤爲太華,認蹄涔爲歸墟。對焰爐而受凍,坐飯籮而忍飢。男兒奮志從師,决擇此道毋自欺。閻浮身世膠膠擾擾,轉眼成衰遲。

送天童東岡昕書記住天王

老南見慈明,良遂參麻谷。拈起鐵蒺藜,擊碎無瑕玉。教苑初遊兮眼中已刮金鎞,禪林晚歸兮腦後更抽金鏃。寂寥非内兮素範還還,寬廓非外兮真規復復。挹雙沼之淵澄,大雙溪之正續。普施法雨勿遲遲,無限焦枯待霶沃。

宗元號

恢宗廓元,呵佛罵祖。尋流得源,上馬見路。了無朕迹,正好推窮。千差萬別,八達七通。不躡前踪,寧彰後位。烈焰銷冰,迅雷破柱。

天台竺曇瑞首座扁所居室名"四華世界",徵伽陀以證

無邊刹土本清净,净土何獨稱西方。群生妄覺淪有海,情波識浪何茫茫。娑婆釋尊運慈溥,隨機演法多門户。十六禪觀乘願輪,面奉彌陀子歸父。八德池開四色花,其地布以黄金沙。大如車輪絕傾側,微妙香潔分光華。天台道人竺曇瑞,四華榜室超言義。優鉢曇與拘物頭,波斯迦及芬陀利。經行坐卧於其中,浮生萬念春冰融。净名不忘修净土,明知佛國從來空。我宗孤危何取捨,問着痛棒和聲打。滄溟月白吼泥牛,大野風生嘶木馬。於一毫端洞十虛,劃波限域徒區區。拈却風前案山子,不妨潘閬倒騎驢。

示莊侍者

不慕諸聖,不重己靈。機如掣電,眼似流星。敲唱雙行有準,師資會遇非輕。野鴨飛過時謾它百丈,侍郎有省處不打三平。聲前破的,腦后抽釘。拋鐵網於泰華,捉麒麟於滄溟。幾多癡狂外邊走,兩耳卓朔頭髯鬐。

贈日本俊藏主

單傳直指,絕學無爲。頓空華藏海,抹過毗盧師。無量法門,都來在汝。百千億劫,不出今時。逆施倒用見教徹,德山臨濟還堪追。

示净藏主

活衮衮,明落落,擬心早已成纏縛。一毫端上識根源,八萬法門頓昭廓。是不是,非不非,徒將情解窮玄微。黄龍拈出斷貫索,兩川義虎方知歸。最初機,末后着,癢病不假驢駝藥。藏裏摩尼自古今,天邊日月何輝赫。

示度藏主

參至無參，學至無學。是聖是凡，全歸掌握。七十二汀鄞水遠入東溟，萬八千丈台山高齊南嶽。喜有路而可行，笑無繩而自縛。毗盧藏海盡掀翻，回頭好截蒼龍角。

次韻贈初侍者

出格言，到家句，古往今來幾人舉。如來禪，祖師意，大抵難傳甃嘎器。釋尊詳說對阿難，正倒只輪金色臂。不在推窮尋逐時，抬眸早已三千里。溈山只牧水牯牛，不用手中三尺箠。男兒參叩勿遲遲，昨夜金風生玉宇。

次韻贈守侍者

潦倒雲門云念七，接響承虛至今日。拈得七兮失却一，運斤須還受斤質。迦葉明明不覆藏，始信如來語非密。陳年一等葛藤窠，對衆何勞重拈出。尾懇金毛師子兒，頂門正好施一錐。祖域高深不易到，欲成大智先成愚。臨濟會下赤梢鯉，誰道千非博一是。末后非逢老夾山，翻身爭入洪濤裏。

贈中竺傑侍者

覺海澄圓，性天朗耀。照而常寂，寂而常照。倒握烏藤驀面揮，誰知特地開懷抱。君不見世尊拈起一枝花，金色頭陀獨微笑。惟敲瓦鼓唱巴歌，看他合出陽春調。有放復有收，自起還自倒。

次韻默庵歌贈唯維那

我宗從來無語句，金春玉應何差互。巖間宴坐老空生，雨花天帝尋無路。南海波斯吹鐵笛，泥牛側耳知端的。紛紛覓妙參玄人，幾個能禁惡拳踢。裙衫抖擻尤難知，無端太阿成倒持。焰發冰河自閃鑠，糁花枯木徒芳菲。莫教守住英靈窟，直須東涌復西沒。伽陀書罷倚危闌，天風磨出蒼崖骨。

于石號介侍者求

上人志道堅于石，石堅貴韞無瑕璧。良工剖琢石非堅，志堅道可窮玄極。落落當從自己求，碌碌休向它山覓。生公說法曾點頭，五百力士空施力。

次韻贈閏侍者

東土隔西天，何妨密相付。覓妙與尋玄，邯鄲學唐步。頭頭總見前，法法成差互。達磨老臊胡，元來不是祖。神光乞安心，來機曾不副。從頭點檢看，五五二十五。當爐能不避火熱，誰謂同途不同轍。看它赤手坐重關，把斷何曾通水泄。一機瞥轉威音前，拈起死蛇活潑潑。百萬人中輥出來，自然用處天然別。

因憶金巒善侍者,翠巖親遭痛摧折。當時不得老慈明,滿懷冤屈憑誰雪。

贈日本登侍者

香林遠侍者,久入韶陽室。韶陽道不涉言詮,紙襖無端浪傳出。誤它學語禪流,轉增烟霞痼疾。吐得氣,轉得身;去却七,存三一。百尺竿頭進步時,搏桑日上珊瑚枝。

答龍華穆庵法侄康長老韻

四海禪流自旁午,少室宗乘待人舉。南堂嫡子鳳臺孫,地褊善於長袖舞。迅機一喝如雷奔,要使正眼開頂門。焦枯溥沃會有日,黃河九曲來昆侖。

次蘿月瑩公墨迹

後以智拔先定動,自然空盡塵勞夢。棒喝交馳建法門,直教喪膽還驚魂。妙喜舌底風雷捲,點鐵成金丹九轉。蘿月道人何所參,馬頭北也牛頭南。我之所說譬時雨,塞却耳根須聽取。古今焰續與芳聯,佛祖曾無一法傳。

次韻送我藏主再參中竺季潭和尚

未明三八九,難蹈古皇道。白璧鑿石終自逢,青天掘地從渠討。是藥采將來,拈起一莖草。機先領旨,何疑可疑;量外明宗,弗好也好。五千餘卷葛藤窠,十聖三賢俱絆倒。要作德山臨濟下兒孫,更須參叩千歲巖前老。

用韻寄道純西堂

濟北宗風,江西法道。電激雷奔不覆藏,龍睛鶻眼難探討。鞭起石麒麟,毒蛇驚出草。咬破鐵酸餡,萬象齊稱好。泥金剛直得汗流,雪師子爭教推倒。靈機洞徹威音前,天香桂子秋光老。

如山號恩監寺求

道人號如山,山即如如體。上屹萬象前,下根九淵底。巨靈力大無所施,愚公歲久那能移。號風老樹化鮫鱷,霾雲怪石蹲熊羆。恩大或云山可比,道大未許形言語。三脚驢子弄蹄行,狼藉冰霜滿寰宇。

法華圖爲鹿苑天鼓聞法師題

現瑞舒光靈鷲峰,宣揚妙法啟群蒙。三周七喻何親切,百界千如本互融。更雨天花香藹藹,彌羅帝網影重重。還它鹿苑扶宗手,凡聖咸歸海印中。

寓幻室

真不留兮妄本虛,室名寓幻竟何如。乾城影裏飛金鳳,石火光中見梵廬。以有相空爲户牖,從無住法立屏除。休聞吾語生疑訝,三界均同一夢居。

遊景星

巨靈何年施斧鑿，巖巘巆峻干青旻。銀河橫界可鄰壁，翠巘周羅猶從賓。五更先見海底日，三月未覺人間春。潛光毓勝古淵藪，璣公貫公僧鳳麟。

答方巖大林和尚

慢幢疑網已冰銷，佛國魔宮幾許遙。玉箸好撐師子口，麻絛偏繫呂公腰。尺圓寶鏡容千里，六結花巾止一條。用捨總行安樂法，側微誰謂異層霄。

覺性圓明事若何，凡兮非少聖非多。一金豈礙持投井，三獸奚勞喻渡河。寶劍空中還自擲，鉛刀石上任渠磨。永嘉早已欠緘默，今古猶傳證道歌。

答南堂和尚見寄韻

萬古穹崇少室峰，是誰能復九年風。不空佛病并祖病，那得宗通與說通。文豹惟知藏霧雨，彩鸞終不受樊籠。好將袖裏吹毛劍，截斷千差到大同。

鉏斧拋來湖上峰，閑居力振古宗風。非惟睡虎全威在，別有靈犀一點通。夜坐沉檀浮寶鼎，卯齋菱藕滿筠籠。祥麟掣斷黃金鎖，天外出頭誰與同。

答會翁和尚

久客同登巾子峰，滿軒江月桂華風。年光易逐星霜換，祖意難將語默通。縛虎直須探虎穴，養雞何必閉雞籠。萬機休罷頭如雪，琴到無弦調自同。

巖頭雪嶠宿鰲峰，抖擻肝腸不露風。抹過三玄并五位，掃空密證與潛通。驊騮豈待金鞭影，鷙鷟寧堪鐵網籠。太祖西丘多胤冑，家風不約自然同。

次夢堂和尚韻贈國清敞侍者再參

侍者參得禪了也，洞徹威音大劫前。鐵馬奔程揮折箠，冰河連底打焦磚。明知心外元無佛，剛道壺中別有天。百丈當年再參話，虛空為口舉難全。

次石屋和尚雜言韻

浮生多是強名模，放下情緣道可圖。雲影溪光清入座，蕨牙菰米旋供廚。穠花勿謂春難老，童齓當知鬢易枯。萬物古今紛變化，難逃天地一洪爐。

老我年來事事休，為它猶自動閑憂。林泉勝絕好遊玩，烏兔奔忙難駐留。作佛何須生竺國，成仙多是慕蓬丘。有為須極無為地，幾個工夫得到頭。

空階行蟻上生臺，紅日三竿門始開。抖擻裙衫無法說，提攜瓶錫有僧來。雨餘觀瀑非常好，月下聞猿分外哀。鶴脛自長鳧脛短，是誰續也是誰裁。

慕道專誠要決疑，當如勝負局中棋。圓成般若空情識，根本無明立見知。自合探珠投赤水，幾多拾礫向春池。秋雲滿目頻搔首，覺苑荒涼正此時。

萬化趨功不少停，慵將大藥制頹齡。纔逢露冷江楓赤，又見春回野燒青。
供佛自持生鐵鉢，汲泉誰用古銅瓶。天風一陣松濤惡，高枕南窗午睡醒。

贈俊上人

生佛已前奇特事，須知用不出今時。蒲帆遠別吳城畔，鐵錫東遊越海涯。
進步孤來三事衲，回頭惜取兩莖眉。紅爐新出黃金彈，驚落天邊白鳳兒。

答宗聖首座

弟兄南北總成翁，何日開懷話此宗。本有靈源常湛湛，顯玄法喻自重重。
見須見月休觀指，聞貴聞心謾擊鐘。若約衲僧門下令，烏藤三十未輕容。

答天童元明和尚

力闡宗猷九隴前，當陽無黨亦無偏。輝騰自己光明藏，燭破他家默照禪。
聖解競推憐末學，靈機獨脫慕先賢。烟霞老我千峰頂，喜見雙溪有正傳。

寄則中度首座

宗綱委地起無因，敲唱深期過量人。果卓掇時機自別，茶瓢跳處話重新。
群生在在投迷網，諸聖塵塵乘願輪。拈起毫端風雨快，優曇花綻不干春。

贈莊上人

趙州十八見南泉，心印無傳是正傳。木馬驚嘶新脫靮，鐵牛酣臥久忘鞭。
雙眸掣電覷不破，滿口含霜道得全。萬古碧潭空界月，何妨戳碎水中天。

答玄一隱君韻

彤霞暖影煦人酣，水繞平坡竹繞庵。道極玄微元不二，教隨名相自分三。
雪花浮椀雨前茗，金顆堆盤霜后柑。童子無端事遊歷，滿身烟水百城南。

如棋世事屢更新，脫屣功名貴葆真。蓬島跨來千歲鶴，桃源別是一家春。
玄琴黃卷爲佳侶，老石長松作近鄰。珍重盤溪玄一子，竿頭百尺解翻身。

答夢堂和尚見寄韻

簡修僧史甘露滅，删集傳燈楊大年。重喜酉庵攄妙解，廣揚列祖顯真傳。
陰涼大地閻浮樹，饒益群生忍辱仙。四海叢林遍蓁莽，高堂何忍事安眠。

悼南堂法兄和尚

說法洞庭湖外寺，重來智積識嘉期。雲趨水赴三千里，玉應金春十二時。
沙竭龍歸無底鉢，毗嵐風撼不萌枝。東西失此人天眼，情與無情總皺眉。

癸卯八月廿五日，南堂靠倒涅槃臺。浮幢王刹毫端現，優鉢羅花火裏開。
妙解玄言都掃蕩，真規素範頓追回。嘉禾鄞水七百里，側耳時聞震法雷。

次中竺用章和尚韻贈咨侍者

我宗無語亦無法,寧許胡抄與亂抄。回首群魔皆近侍,抬眸千聖匪同交。噇空鐵鉢休安柄,載月金船好把梢。吹起布毛方悟去,分明屎塊向人抛。

次韻贈日本敬藏主

參玄東走復西奔,求劍刻舟徒記痕。眼正龍蛇元易辯,氣高佛祖可平吞。掃空藏教五千軸,抹過塵勞八萬門。獨上城樓望鄉國,海天寒日涌金盆。

謝事雙檜答天元師侄韻

閑居四壁甘吾分,鳴鼓無由逼晚參。一任角聲來枕上,慵將草色問城南。鐵牛電眼難留屑,石女雲鬟易受簪。因憶慈明見神鼎,江河爲舌向誰談。

題大禪安西堂,繼休居、歸源二老人及南堂之後,重拈雪竇所拈古德公案一百則

百章古德閑公案,五色摩尼耀大千。多訝雲林藏玉檟,剩觀雪竇擊金鞭。鳳臺光吐星中月,昆阜香浮火裏蓮。珍重南堂施敏手,今逢法喜繼前賢。

寄夢堂和尚時在大慈

閑居湖寺談禪病,還如積翠在江西。霜藤靠壁蛻龍骨,磨衲擁肩行蟻蹊。句裏藏鋒全殺活,機先失照隔雲泥。空王浩劫至今日,大化無私物物齊。

用韻贈靈隱密藏主

未舉烏藤知落處,不虛依我古巖西。罕逢赤手抉驪頷,多向枯樁尋兔蹊。水可結冰冰即水,泥能成像像非泥。毗盧藏海空諸有,一念不生凡聖齊。

用韻示左右二

大家相聚喫莖齏,莫話趙州東院西。黃檗樹頭無蜜果,懸崖險處有平蹊。祖肩未荷千斤擔,着脚先防三尺泥。廓徹摩醯頂門眼,劣形殊相本來齊。

此心無悟亦無迷,多是東行却向西。如信大虛堪覓縫,從教古路自分蹊。疾雷破嶽似摧朽,利劍刺鐘如切泥。老我烟霞成底用,天時人事固難齊。

答天王東岡昕長老

雲壓千峰路欲迷,雪歆老柏斷橋西。榮枯自信無纖念,明昧誰云有二蹊。守默癡禪油入麪,尋文狂慧絮沾泥。暮翁善唱無生曲,喜見諸孫和得齊。

贈日本謙藏主

祖域高深到未曾,多誇密授與親承。人心本自無今古,法運其如有廢興。罷向千門持鐵鉢,空圍萬象舉霜藤。何期斫額搏桑曉,枯木花開六月冰。

示暐藏主省師

人人本有光明藏,無受無傳古到今。易領解時休領解,難推尋處好推尋。曹溪祖派稱南嶽,積翠孫枝讓寂音。得度有師歸禮覲,尚期看我老雲林。

送大基丕長老住補陀

浮幢王刹香海界,古佛圓通門大開。翠嶽峨峨參碧漢,鯨濤㵼㵼震晴雷。溈山踢倒净瓶去,黃檗取將禪版來。一句迥超千聖外,叢林氣象追回。①

送定上人參方

探玄須具眼,列祖備機深。但莫隨他語,終能見自心。磨磚難作鏡,點鐵易成金。太古無弦曲,相期發至音。

次韻留道中藏主

至道關懷重,浮生繫念輕。行藏無別法,語默總真情。翳盡空元净,塵銷鏡自明。風光清溢目,何處問歸程。

送來上人參方

子來需贈語,展紙復沉吟。蹇淺時流議,寬洪古聖心。無瑕稱美玉,出礦是精金。道匪從人得,專誠且訪尋。

次韻悼藻藏主

有志探玄士,牧牛師懶安。聖凡情若盡,生死海能乾。鷺鷥徒呈瑞,芭蕉不耐寒。百年真一夢,萬事付三嘆。

至正己亥謝事竹山,歸圓明庵。因閱真净和尚語有"一身終有限,萬事畢無時"之句,析其十字爲首,成雜言十章,示諸左右

一庵鄰木井,老我合投閑。砌石成蓮沼,開軒面藥闌。亂峰青崒屼,幽澗瀉潺湲。別有生涯在,無弦琴好彈。

身居千嶂裏,幾見歲華更。壁靠過頭杖,爐埋折腳鐺。禦寒粗布褐,詫腹老藜羹。路轉溪回處,是誰來共行。

終日倚巖隈,閑雲去復來。未明心即佛,謾説鏡非臺。濁水珠還現,淤泥蓮可栽。吾宗多異見,有口亦慵開。

有身還有累,無惱是無求。隨事能通達,何人不自由。花生因翳眼,岸住爲

---

① 此句疑有脱字。

停舟。法道常超勝,祇園自晚秋。

限時登聖果,特地執愚情。彈指三祇劫,抬眸十萬程。石牛耕曠野,芻犬吠空城。真正舉揚處,堂前草盛生。

萬法何曾有,一心元自無。虛空終不壞,滄海幾番枯。妙辯毗城老,單傳碧眼胡。怪來木獮鷹,吞却石菇菟。

事理已圓融,何妨話此宗。采來都是藥,捧上不成龍。楊廣山前草,金剛嶺上松。大哉穹壤內,千古慕靈踪。

畢竟難傳授,胡爲喚作禪。呈機非句裏,領旨豈言前。喝下分賓主,棒頭明正偏。祖翁田地在,水牯好加鞭。

無事可思惟,隨緣度歲時。案頭間寶鴨,壁角挂軍持。雨歇溪聲壯,月高松影遲。真空并妙有,一一洞靈知。

時光有今古,佛性無悟迷。表法名何別,還源理自齊。直教分水乳,未免隔雲泥。一舉四十九,趙州東院西。

次所庵首座韻

隨處成嘉遁,神珠耿夜光。茅廬殊迫窄,法界總含藏。上國蒲輪召,深爐芋火香。癲癇循迷妄,那可秘靈方。

覺皇如按指,海印自生光。火不鏡中出,珠非衣裏藏。瓷甌浮雪乳,石室藹天香。妙達真空理,規圓矩自方。

閱古軒

歷探先聖意,毫髮本無差。未盡眼中翳,那除空裏花。涼風生几席,白月照窗紗。掩卷成枯坐,真觀豈有涯。

答天童平石和尚見寄韻五

不肯高居兜率天,逢人要覓一文錢。更言彌勒真彌勒,撥土拋沙百眾前。
泐水禪如藥汞銀,黃龍聞着即生嗔。當時不是慈明老,鐵網難收一角麟。
三尺竹篦長在握,肯將佛法當人情。巍然照雪軒中坐,衲子教它眼自明。
旃檀樓閣翠嵐中,水鏡襟懷鶴髮翁。石鼎香銷定初起,金烏拍翅海門東。
頭頭物物總天真,誰謂今人愧古人。慶喜何曾徇根識,瞿曇徒自縮花巾。

贈的維那

化米歸來仍化炭,堂司一職輒相煩。要明的的西來意,只在尋常日用間。

贈西上人
子到問吾西祖意,老來有口只宜閑。趙州曾指庭前柏,千古叢林作話端。

贈静知客
動静寒温合自知,江淮閩浙浪奔馳。大陽寺裏顯知客,乳寶峰頭百世師。

懷古十首寄大宗西堂
鶉衣百結不掩骭,糞火堆中有芋魁。寒涕垂頤曾不管,紫泥書自九天來。
語非難也識真難,臨濟腰包上徑山。汝自問它何欠少,一堂雲侶半抽單。
頭上青灰三五斗,趙州誰謂太疎慵。等閑剔起眉毛看,老虎斑斑是大蟲。
飢餐渴飲不多争,不向如來行處行。怪底當年顛普化,飯床踢倒大粗生。
白雲昔日見楊岐,問及茶陵受業師。不是當家真種草,如何一笑會懷疑。
慈明參罷老汾陽,短髮肩挑骨董箱。神鼎老昏相見語,叢林多是錯商量。
芭蕉庵中泉大道,禪子來參無異談。直示汾州奇特事,解懷抖擻破裙衫。
古德示人閑露布,看時容易會時難。不因兩轉合頭語,船子那能得夾山。
談辯對人無抵捂,自家無事動干戈。從前一等偷心死,選佛場中得甲科。
三督黃牙窾到天,衲僧蹉過萬千千。字經三寫烏焉馬,疊妙重玄競説禪。

次了庵和尚雜言韻八
吾祖深慈豈易量,要成大樹作陰涼。看它五葉花開後,萬紫千紅敢鬥芳。
胡僧得得飛金錫,曾爲汾陽罷夜參。未許南堂樂閑寂,要弘法道播東南。
一塵不立萬緣空,夜半陽烏海底紅。出窟金毛不求伴,度河香象更誰同。
有生有死心源混,無聖無凡性地平。客至休嫌太疎懶,白雲流水自將迎。
赤手須探火裏冰,自家活計勿它營。德山白棒横揮處,即是昏衢智慧燈。
觸目遇緣無剩法,何須要透未生前。三冬喜有生柴火,且自垂簾護暖烟。
捏沙終是不成團,斷臂安心話已圓。真正舉揚宗教事,草深何止法堂前。
眼見耳聞無別旨,手握烏藤行復倚。菩薩聲聞曾未知,各證圓通二十五。

信庵
只個無疑便入門,其中別是一乾坤。拳頭對客何勞竪,日日茅檐挂白雲。

台州天寧音都管塑觀音,知客寮起樓,净僧髮,施草鞋
觀音示現比丘身,樓閣門開接要津。剃了頭光飽喫飯,草鞋重着見何人。

寄紫巖絶學和尚
莫厭荒涼古道場,吾宗只貴話頭行。趙州曾住觀音院,麥醋沙鹽土榻床。

示禪客
問來汝須啞却口,答去我須禿却舌。堂前露柱笑掀眉,達磨西來無妙訣。

析雪寶迷悟相反偈
霏霏梅雨灑危層,一句分明絕愛憎。末法師僧少方便,多將知解當宗乘。
五月山房冷似冰,不教容易啟柴扃。口邊白醭生來久,且喜渾無問法僧。
莫謂乾坤乖大信,古今毫髮不曾差。趙州猶自婆心切,凡見僧來喚喫茶。
未明心地是炎蒸,縱已明來也只寧。栽了冬瓜種茄子,一條百衲補難成。

答靈隱竹泉和尚
摩醯正眼耀乾坤,物日禪翁六世孫。倒握竹篦全殺活,當陽擊碎鐵昆侖。

建三塔
潭北湘南草正青,敲磚打瓦見功成。一非三也三非一,那個髑髏無眼睛。

華頂光菩薩製紙龕於爐上,禦寒坐禪
溪藤裁製禦寒威,六面虛明定起時。棗柏當年惟造論,火爐頭話幾曾知。

山居
深深爐內煨黃獨,爛爛鍋中煮蕨薇。曠劫不殊今日事,今年不似去年飢。
綠蘿溪畔啟荊扉,自浣襤衫布衲衣。乾鵲鳴來又鳴去,多年江海故人歸。
尋玄覓妙正紛然,誰解回光究本源。大地眾生銷妄見,百千諸佛本無言。
法社凋衰心欲寒,諸緣空寂更何言。山窗睡起日卓午,一樹桫欏花正繁。
平面似床松下石,偃枝成蓋石邊松。無心道者眉如雪,煮得茶香分外濃。
雲銷陰崖寒意早,枯枝收拾兩三堆。不教菜葉隨流去,恐誤高人訪道來。
定起蘿龕偶獨行,不知人世歲華更。閑拋藤子清池裏,無限魚兒水面爭。
三個柴頭煨正暖,三竿寒日尚高眠。明知有口可挂壁,萬象森羅替說禪。
總是娘生一個身,任它富貴任它貧。石床坐落三更月,風揭松濤滿耳根。
山高纔寒便積雪,三冬少有無雪時。庭前齊腰憶二祖,床上縮項思楊岐。

題祖會圖
聖賢瑞世示冥權,妙筆如何畫得全。賴有陳年斷貫索,將它鼻孔一時穿。

獨庵
單單結構個茅廬,玉殿珠樓總不如。非特與人難共住,更無人可作鄰居。

勉中侄侍者參方
千聖頂顆一着子,決擇莫辭途路長。雪嶠三回到投子,慈明易服見汾陽。

贈僧書楞嚴法華圓覺華嚴四經
直取華巾成六結,曲垂根器演三乘。其如深入光明藏,破一微塵出大經。
贈峴維那爲法華會化緣捋海塘
興化棒頭知落處,東西南北任縱橫。靈山一會儼然在,滄海桑田幾變更。
悼愚仲和尚
諸方宿德死殆盡,死到慧因愚仲翁。法道衰寒端可卜,典刑誰復繼高風。
頓悟心宗空萬法,尤專密行化人天。輪珠手裏一百八,綻作火中金色蓮。
無疑
何須東卜與西卜,自信從來不覆藏。見得一番親切了,着衣喫飯只如常。
悼壽昌別源法兄
平生慣用黑豆法,松源五世的骨孫。信脚蹈翻生死海,當陽指出鐵崑侖。
有口不吞三世佛,十方刹土任遨遊。死來隨例成顛倒,舍利勞人滿掬收。
心存聖解道還殊,藥有神功病莫除。劫火從教燒海底,涅槃生死本如如。
川陸動逾千里遠,弟兄十載不承顏。遺音昨到紫籜寺,骨石已葬丹霞山。
國清索天封竹作水筧
雙澗當陽輕借問,天封直下便相酬。同將百尺竿頭意,萬仞懸崖接上流。
答清涼實庵法兄六首時在太白前板
黃金世界清涼國,演說無邊舌廣長。太白峰前分半座,端如靈樹待韶陽。
籜頂幽居百念灰,窗前明月幾番來。昨朝僧向臺山去,接得羅浮一信回。
吾知捉象與捉兔,一等須教用力全。日用現行明歷歷,從來無得亦無傳。
根器未湛禁惡辣,明窗之下且安排。一聲看狗狼忙走,門外紫湖空立牌。
大小雲門奇特事,曾無一法可當情。問渠諸佛出身處,便道東山水上行。
不羨超宗并逸格,何勞廣學與多知。空來佛國三千界,使得人間十二時。
悼紫巖絕學和尚
晚年歸老千峰頂,警發來蒙念未休。聞道秋來遷化了,何人重舉過窗牛。
染藏主天童持淨
苕帚放來拈鐵刬,淨邊功業穢邊修。廁籌撥出光明藏,笑倒天童老鬫州。
有甚卓卓與的的,老禪不覺舌頭長。掃空教典五千卷,糞壤堆頭自舉揚。
示朗侍者
野鴨分明飛過去,馬師搊鼻拽教回。徒將鐵杵敲冰骨,花在不萌枝上開。

行者福嚴歸葬父母
父母非親孰最親,報恩須是負恩人。活埋黃土深三尺,碓觜花開劫外春。
悼前清凉松隱和尚二
八十五年能事畢,跏趺合掌示真歸。闍維重使人驚訝,繚亂天華雪片飛。
直下西丘四世孫,倒騎鐵馬上昆侖。清凉山裏萬菩薩,無相光中添一尊。
輓侍者歸省松岡和尚
刹海三千彰妙用,塵勞八萬洞靈知。鳥窠吹起布毛處,普化打翻筋斗時。
送希聖彥長老住溫州仙巖
此去仙姑巖畔寺,烏藤橫按接禪流。安公破讀楞嚴句,直得須彌笑點頭。
宗綱
少室峰前拋鐵網,振振盡是玉麒麟。一從五派分來后,赤手提持有幾人。
次松巖恕中和尚山居雜言四
菩薩圓修與佛鄰,退身三界拯孤貧。茫茫角力趨程者,頂罩燒鐘一萬斤。
雲頭按下守空知,坐對飯籮甘受飢。桂棹蘭舟誇好手,未聞奪得錦標歸。
一句了然超百億,更疑何事待丁寧。怪來昔日矮師叔,蒲伏洞山床下聽。
江海歸來齒髮疎,一庵移入深雲住。獼猴成隊摘酸梨,見人走上懸崖樹。
拜和天目老祖四題真迹韻
香山湯禪師濯足亭
上牢添器費工程,巧處偏於拙處呈。濯足溪流顯靈異,當時那辯濁中清。
石橋五百羅漢
五百聲聞受記來,神通手面走風雷。石橋蹈斷不蹈斷,且向深雲静打睚。
瑞巖惺惺石
怪石破陀讓蘚苔,老禪危坐不傾摧。長年報道惺惺着,那個出它機境來。
龍湫詎那尊者
詎那抱膝古崖阿,萬斛觀傾設利羅。我欲爲渠施痛掌,奈渠不肯轉頭何。
題列祖傳法正宗標目
金春玉應楔出楔,焰續芳聯心印心。真净界中無位次,閻浮世上有知音。
答傳首座二
汾陽有語莫妄想,長慶連云也太差。踢倒飯床顛普化,築來脚指老玄沙。
竭世樞機固可喔,窮諸玄辯亦徒爲。碓坊盧老不識字,六代傳衣還是伊。

招國清東席木庵和尚
皮膚脱盡唯真實，一片虛懷水鏡開。正好清狂伴寒拾，隰州古佛望歸來。

聞鵑有感寄國清東席了空和尚
倒指從頭數故人，音書處處隔風塵。杜鵑啼上三更月，一個空山老病身。

招前明慶瑩中法弟
音容動別半千里，黃落已驚三十秋。細大法門無可説，欽山有語啟巖頭。

析舊作成四章示淡維那
化米歸來仍化炭，殺人劍也活人刀。誰知恩大難酬處，海未爲深山未高。
堂司一職輒相煩，徹骨冰寒者一番。束破桶盆雙眼碧，黑花猫子面門斑。
要明的的西來意，塞却咽喉須出氣。無言童子念摩訶，釋迦不受然燈記。
只在尋常日用間，須知覿面隔千山。句中有眼終難會，琴上無弦正好彈。

送僧持鉢
覺皇三界獨稱尊，法化宣流在子孫。喜睹雲堂容海衆，高擎鐵鉢向檀門。

聵翁
娘生兩耳聾來好，老去無聞萬念如。每見傍人開笑口，仰天閑撚白髭鬚。

謝事太白，偶閱東石和尚語，其間有《賀能仁仲南東堂退居偈》，析成四章，示諸左右
占得溪房最上層，省來赤脚蹈冰棱。縱饒着我千金價，不賣平生百不能。
山中抛却一堂僧，總可它年繼祖燈。萬象森羅熾然説，何須勞我舉烏藤。
小園移在闌干下，屋角天風鳴鐵馬。今無良遂來咨參，麻谷鋤頭對誰把。
自摘青藜雜飯蒸，飽餐毛孔有餘馨。笑它昔日毗耶老，演出如來最上乘。

贈日者
壽夭榮枯底用推，定於哇地一聲時。先生妙縱談天舌，本命元辰合自知。

製衣沈氏求
引線行針無別法，量長較短在臨時。工夫純熟自省力，手段精奇人共知。

修鞋鮑氏求
破柴床下埋塵久，妙手重修在此時。初祖親携返西竺，大陽轉付續宗枝。

季曇
二千年后法末世，優鉢羅華遍界春。飲光獨得正法眼，謾盡靈山百萬人。

閑居雜言同韻六首
瘦藤孤倚碧池頭，照影空驚兩鬢秋。祖道流通滿寰海，負舂盧老出新州。
有口何勞舉話頭，萬松聲撼四時秋。夜明簾外排班立，怪底當年老隰州。
敲出麒麟拄杖頭，機如激電氣橫秋。唆他臨濟參黃檗，徹底婆心是睦州。
翻身只在一毫頭，凜若神山碧海秋。打失眼睛孚上座，角聲吹徹古揚州。
牧牛善解掣繩頭，祖父田園會有秋。不見溈山傳寂子，宗乘大闡在袁州。
一室空山白盡頭，祇園無處不凋秋。束腰豈易追藥嶠，行脚尤難學趙州。

悼玄一隱君
埋玉平原草樹荒，隱君玄一未嘗亡。清涼傳與補陀傳，千古名山有耿光。
圖書四壁貫晴虹，方外猶明少室宗。那料藏舟移夜壑，丹霞無處訪龐翁。

圓中
轉轆轆地，如盤走珠。向外尋覓，天地懸殊。

一言
只個歸源旨，分明不二談。機先見真諦，何用口喃喃。

生上人禮補陀
大士巖間出見，勞生日用相逢。楊柳枝枝甘露，旃檀葉葉香風。

凝碧亭
群峰鎖烟靄，方池漾漣漪。遙空結靜色，一片清琉璃。

溪謳十首贈無著山主
小小一溪水，雄雄四面山。道人栖止處，茅屋兩三間。
壁角破沙鍋，洗來猶可用。撥雪挑薺牙，夜深營茗供。
溪居樂性情，誰云大孤絕。脫脚濯清流，開窗待明月。
四畔多山家，樸古忘彼我。共樂鐘磬聲，隨時送山果。
洗衣一片石，闊可四五尺。崖根着脚牢，溪湍任春激。
鹽從山市賒，麥寄鄰家磨。斫得生柴歸，日頭檐外過。
茗碗對爐香，同參引話長。西風上衡嶽，夜雨宿瀟湘。
溪雲弄晚晴，飛起碧蜻蜓。西園看梨棗，何處唱歌聲。
寒日已卓午，柴扉猶未開。飢鳥如有約，成隊下生臺。
夜來寒氣濃，天明雪沒屋。化糧人未歸，充飢有黃獨。

仁都寺火

楊岐輔慈明,石窗輔宏智。仁者必有勇,勇者不必有仁。夜來何處火,燒出古人墳。

昌都寺火

透得金剛圈,吞得栗棘蓬。大昌吾道,死款活供。南山燒炭北山紅。(以上同上卷三)

重刊法華經印施珠山志長老請題

覺皇誓願丘山重,大事因緣信者稀。現瑞放光嚴萬德,開權顯實被群機。毗盧正印當空妙,般若真燈遍界輝。一會靈山儼然在,閻浮日月過如飛。

讚觀音大士

心聞洞十方,大哉觀自在。爲度苦衆生,恒深悲願海。我述讚詞不自量,徒繪虛空絕五彩。

六根互用,萬行齊修。吹香風於旃檀林裏,灑甘露於楊柳枝頭。無生不度,無刹不遊。

圓相文殊大士,悟上人禮五臺後請

大智七佛師,塵刹咸歸命。不現妙色身,示此大圓鏡。直饒凡聖本來同,也是幻藥醫幻病。

布袋和尚

背負布囊,肩橫藤杖。閑時討忙,痛處抓癢。落魄長年走市廛,拋却上方兜率天。

靈照女

悲願度生無盡時,逆施倒用討便宜。滿船家計沉湘水,却向街頭賣簍籬。

朝陽穿破衲

空山寒日當檐,喜有竹針麻線。此時不下工夫,驢年會成一片。

對月了殘經

天邊桂月娟娟,爐上檀烟裊裊。曠劫曾看底經,未展卷時都了。

跋妙喜老祖與監務大夫手帖

妙喜百世師,機鋒萬夫敵。如日行閻浮,群有咸蒙益。惠書監務君,意真語尤直。大海揚風帆,高山落圓石。幻住深道交,臥病詢端的。遠寄鎮心丹,備陳調服食。堂堂大乘人,寧忘悲願力。或示易中難,或施順中逆。上賢猶罔知,淺智那能識。持尺量虛空,我謂徒疲劇。

石窗和尚語録,寶都管重刊印施求語

曹洞家風尚綿密,末學那窺萬中一。夜明簾外擊金鐘,珊瑚枝頭昇杲日。石窗端可恢先宗,真俗二諦尤圓融。荷衆處已潔冰雪,陞堂開室揮天龍。四會有録行世久,舊板無踪歸蠹朽。永嘉上人捐己資,重刊印施世希有。勝侶着眼觀非觀,玄言妙語何相干。咬人還他師子子,澄潭不許蒼龍蟠。

化緣造石塔奉藏拭經舍利,獎藏主求

如來藏裏摩尼寶,勝義空中設利羅。香吐烟雲凝翠蓋,光流星斗燦銀河。金陵應禱康僧會,玉几專誠劉薩訶。高壘雲根成窣堵,廣資福聚到檀那。

閱藏經化糧供衆

古佛應身揚化地,長庚橫曉在東南。重延雲侶三千指,旋展霞縑五百函。意在鈎頭緣般若,春生筆底綻優曇。要教滿鉢盛香飯,當聽維摩不二談。

雪竇華國和尚,九峰芳長老請

松源遠孫,枝分派列。竺西嫡嗣,焰續芳聯。妙用全彰,輥綉毬於萬家叢裏;真機罔測,垂金鈎於千丈巖前。證先宗即心是佛,憐末學待悟爲禪。夫是之謂華國和尚乘夙願輪,饒益乎人天者也。

天童平石和尚,東山言長老請

冰雪其懷,風雷其舌。道被人天,令行吴越。起祖父欲墜之宗,掃魔外架空之説。竹篦三尺長,用處尤親切。松濤飽聽樂高年,一甌清茗三更月。

無際和尚

東甌勝絶,問出名師。祥麟遁迹,瑞鳳來儀。探驪頷抉驪珠,精窮奧旨;入虎穴撩虎尾,弗畏雄威。濟中川之舟楫,匡大法之綱維。此是無際和尚丹青描貌不得底,真相非相之希奇者也。

悼楚石和尚

抉得龍淵珠九曲,當陽能把蟻絲穿。京城別衆搖金鐸,法海憑誰駕鐵船。傑閣那容留檇李,浮圖永喜鎮秦川。超生越死光明藏,舌捲風雷舉不全。

悼無夢和尚

宗教東南冷似灰,扶持全藉出群材。萬言書動龍顔悦,列祖傳驚魔膽摧。熊耳老胡歸竺國,雁門大士赴蓮臺。本來無地容生滅,要使人天正眼開。

悼大千和尚

茫茫苦海法舟傾,不復垂慈利有情。祖室真燈輝太白,師門的派出雙清。盤陀石上名先重,妙喜泉頭話太行。無位真人赤骨律,分明日午打三更。

育王大千和尚火化後四物不壞,其徒弟妥侍者請語,謁無相居士宋公求塔銘

玉几夢庵醒大夢,了知幻有即真空。輪珠不壞闍維日,設利收來般善功。擇法眼睛終爍電,談玄牙齒尚關風。求文刻石垂千古,洞徹吾宗無相翁。

歸源老人示衆析成四首

問佛與問法,石頭路尤滑。生柴帶葉燒,苦瓠和根拔。

馳求轉更狂,須信不尋常。彈指超三際,舒光洞十方。

語言并動用,謾覓虛空縫。三冬寒氣濃,黃河連底凍。

只欠自承當,猶多錯較量。挨身入鬧市,紅日上扶桑。

禪人寫師真請讚

深憐末學,退仰先宗。面赤不如語直,耳聾爭似心空。倒握竹篦三尺鐵,金烏飛上海門東。

心宗不可傳,開口成話墮。壓沙謾覓油,敲冰難取火。五色天麒麟,掣斷黃金鎖。

次韻澄散聖山居真迹

樂道自然忘世緣,崖根結屋屢更年。霜華燦爛蒙雙鬢,雲葉參差擁半肩。百丈再能參馬祖,趙州早已見南泉。誰來同撥地爐火,話到威音大劫前。

奉答無相大學士宋公見寄

本無自性金剛寶,那有他家藥汞銀。貴樂昇平佐明主,詞鋒筆陣肅天人。善言言所不能言,一句當陽明正偏。珍重金華傅大士,掃空叠妙與重玄。

答赴詔京城諸高僧見寄韻二首

官驛凉生八月初,承恩入對御庭除。河清海晏開天統,虎踞龍蟠壯帝居。報國已酬千里志,匡宗應上萬言書。特裁雲錦遙相寄,慰我林泉齒髮疎。

奉詔新編佛樂成,萬靈趨會彩雲輕。經翻貝葉開龍藏,燈燦金蓮滿禁城。杭海梯山懷德厚,歸牛休馬賀時清。當年大覺辭仁廟,宸翰鐫珉在四明。

净慈壽首座,日本人,持危、宋二學士所作南堂和尚行道記、語録序見示,書此以贈

仰山説法兜率天,扶桑人種陝西田。舌頭不覺添三寸,鼻孔無端失半邊。

道人氣岸真奇絕,脚踏金船載明月。慈雲堂前喫蒺藜,滿懷冤屈憑誰雪。

　　京城特詔老維摩,雄詞妙辯翻銀河。持來長庚試一展,光焰萬丈輝松蘿。事理全彰容物我,纖塵不立難肯可。優鉢華敷劫外春,祥麟掣斷黃金鎖。

次了庵和尚韻題臥雲軒

　　深谷構層軒,紛華不到眼。一榻臥白雲,長年遂疎散。聖賢出沒如浮雲,須彌百億皆幻塵。香雲樓閣遍塵刹,彌勒一一能分身。坐即臥兮臥即坐,誰管光陰蟻旋磨。勞生界上機巧萬端,臥雲軒中不消一唾。

光明室爲天淵和尚題

　　我此光明室,廣博容大千。方便開戶牖,悲願堅墻垣。毗耶離城真規未泯,摩竭提國勝軌儼然。交羅從誇寶絲網,四色謾説金池蓮。馨香味觸常三昧,經行坐臥空諸緣。

次天界季潭和尚韻送轀中宣首座

　　萬八千丈華頂峰,祥光貫日如晴虹。間生如識到全室,不離幻有談真空。匡衆龍河吉祥處,廣揚佛祖同風句。轀中傳誦無少差,妙乎不動中間樹。逆施倒用侶難識,量外機先好尋覓。一毫端上洞根源,日用現行明歷歷。君不見古有永嘉真覺師,曹溪證道誠希奇。又不見雲峰曾參翠巖老,意在驚蛇先打草。不是佛兮不是心,亦非禪也亦非道。坐來如靠須彌山,折筯謾攪滄溟乾。從空放下從空看,轉地軸兮回天關。

追和古德雜言同韻五首

　　釋尊示迹度娑婆,正法難留像法過。易樹慢幢大力鬼,甘縈疑網小根魔。頂門眼活觀何遠,肘後符靈驗自多。萬一身心堅鐵石,終成砥柱障頹波。

　　一千七百閑公案,何處諵訛透不過。脱體承當魔即佛,從頭執着佛成魔。心存厚德推恩廣,藥奏全功識病多。莫使毗盧清凈海,無風匝匝涌金波。

　　老屋深雲養宿痾,黃連石蜜幾嘗過。罷拈藤杖勘禪侶,閑把茶甌敵睡魔。一刹那間猶是久,盡恒沙數未爲多。翠巖一見慈明後,便有滔天逆水波。

　　鐵杵宜將石上磨,要教明試一翻過。證非證也三乘果,空可空兮五陰魔。撥火覓漚愚不少,擔泉帶月智何多。宗綱力振諸知識,骨冷雲山窣堵波。

　　塵沙刹海事如何,六十小劫風雨過。焰續智燈追列祖,鋒藏慧劍怖群魔。機先與奪真觀妙,格外提持錯會多。眨上眉毛回首看,分明全水即全波。

心上人求舍利禮寶陀
玉几峰前求舍利,寶陀巖畔禮觀音。要教瑞相時時現,空却塵勞種種心。

次韻送域侍者就柬迺師仲齡和尚
佛祖向上關,過在强描貌。有路不吾行,無繩還自縛。擊竹老香嚴,曾謂無錐卓。覓油謾壓沙,取乳期搆角。國師喚侍者,直截何差錯。望空穿鑿多,平地風波惡。道交仲齡翁,每思觀盛作。真乘好舉揚,叢林正衰落。嚴師禮覲復南詢,彈指聲中入樓閣。

次木庵和尚韻示鑒維那
心外非佛,佛外非心。無邊界不間毫髮,曠大劫何分古今。翠巖用處誰訛,將蝦釣鱉;雲峰悟時端的,握土成金。楮小自難懷大,綆修終堪汲深。師子翻身兮,威獰罔測;羚羊挂角兮,踪迹何尋。雖云悟解隨類,當知演說一音。行待搖鞭匪良馬,栖能擇木真靈禽。

用恕中和尚韻送寄侍者參方
千差萬別消歸己,咳唾揚眉契真理。道人欲作諸方遊,一步當知始於此。密意明明在汝邊,塵勞妄覺空塵煎。烏藤倒握遍探討,抉珠須造驪龍淵。偷心未死成痼疾,神醫拱手何由痊。望真丹有大乘器,老胡得得來西乾。布毛吹起無別旨,侍者悟去良有以。竿頭百尺解翻身,越聖超凡都在汝。

虛室歌爲莊藏主賦
虛也何室,室也何虛。虛兮匪曠,室兮匪拘。鑒世間如影響,了聖道如蘧廬。直下忘能忘所,自然無欠無餘。與麼與麼,塵毛剎土隨緣遊戲;不與麼不與麼,蝸牛殼裏妄自安居。當臺明鏡,歷掌神珠。頓空摩竭法令,掃蕩毗耶真規。赤脚波斯尋戶入,無言童子笑軒渠。

樵庵
斧在腰兮柴在肩,三間茅屋斷橋邊。盧能養母終傳法,王質觀棋已得仙。煨芋日高開宿火,煮茶月下取寒泉。當年懶殘欠周密,惹動泥書下九天。

雪崖
隆冬瑞雪豐年兆,先積高崖也自奇。雲盡半空騰素焰,風生四野奮寒威。神光獨立齊腰處,會祖忘眠縮項時。平地不無千仞險,足心酸澀洞靈知。

答前保福仲邠和尚
虛空不挂一絲頭,滄海能浮萬斛舟。廣學多聞都掃却,橫拈倒用有來由。

松華堂上揮談麈,玉几峰前下釣鈎。雲侶憧憧問禪病,機先好舉過窗牛。

送舜西堂省親

天台南望青海邊,白髮慈母延高年。古寺編蒲作後範,隔江舉火超先賢。滔天恩波自枯竭,歷劫愛網空縈纏。洞明真智全真孝,銀山鐵壁堅非堅。

示離相儔長老

夾山早住一院,未得親承作家。不知千里懸隔,謬在毫釐有差。僧問法身,便答法身無相;僧問法眼,便答法眼無瑕。道吾爲客聽法,一笑略露爪牙。茶邊殷勤致問,未免撒土拋沙。夾山器量本奇偉,即往華亭見船子。兩篙打時已點頭,一橈呈處心全死。陳年爛葛藤,何用重新舉。既以披衣握麈要稱祖師門下士,當知吾宗顯赫利益人天有如此。

示師孫法雷藏主

瑞光圓照陞高堂,鼓輒墮地聲愈揚。有僧指鼓謂衆曰,法雷震地何其祥。弘荷大法果莫及,嚮風緇白如雲集。天子賜坐御榻前,茶甌三蕩仍長吸。汝師訓汝名法雷,有意遠期成大材。四海叢林正衰落,波流風靡追難回。汝丁壯年宜奮勵,毗盧藏海空三際。一句無私廓頂門,歸源五葉真苗裔。

送邁藏主

心不是佛,智不是道。丹霞騎聖僧,馬祖踏水潦。五千教典盡掀翻,百億須彌俱靠倒。後非遲也先非早,啐啄之機難恰好。木雞啼處月黃昏,芻犬吠時天大曉。絕承當,離膠擾。明知不覆藏,却許自探討。吳楚叢林知識多,臨機無吝攄懷抱。

定山

大定如山不傾動,山非大定還消磨。惟聞虛空不爛壞,七金五嶽徒嵯峨。鷲嶺衣付大迦葉,龍華待傳阿逸多。大洋海底遭火熱,須彌頂上翻金波。道人妙齡聽吾語,閻浮烏兔如飛梭。定起空山口無舌,何能與子歌長歌。

信中

信是道原功德母,善根長養在其中。玄微已向言前薦,端的何妨格外通。誠實功夫能保惜,偏邪情解自消融。還他親到不疑地,空有雙忘顯正宗。

樵隱

旋作生柴帶葉燒,白雲丹嶂樂陶陶。九天曾遣蒲輪召,不出頭來儘自高。

野牛
長林豐草卧雲烟,鼻孔遼天不受穿。消得乾坤閑歲月,荒來祖父舊田園。

韞中
上人字韞中,此義難剖析。不是珠沉淵,亦非玉藏石。自家一寶秘形山,古今無價堪酬直。明明不離日月間,向外馳求徒費力。

梓巖
吾聞梓是木中王,托根層巖愈堅久。繁柯上徹碧雲高,重陰下覆蒼苔厚。秋老風傳錦瑟鳴,夜闌電掣金蛇走。空生宴坐天雨華,無説無聞獅子吼。

無言
維摩牀上示疾,善現巖間坐禪。一句何曾脱口,舌覆三千大千。

自明
非從他得,本有靈光。不離當念,洞徹十方。

清白軒爲天寧原上人題
玉壺貯水,銀碗盛雪。物理自彰,清白誰説。四時遷謝兮,有古有今;六窗虛明兮,無二無別。經行既從容,宴坐尤超絕。門外黃塵没馬深,毫端辯的方親切。

送秀書記遊台雁
掃空積翠三關語,便有經天緯地謀。五百聲聞都勘過,詎那争敢不低頭。

次韻贈興藏主
佛祖最上乘,非空亦非色。參之詎可參,得也竟何得。不有寸心丹,難逢雙眼碧。道人精進幢,終當造玄極。

送日本生禪人禮寶陀遊天台
生緣辭絕域,參禮到中洲。妙相從心現,真乘匪力求。白華巖洞曉,紅葉石橋秋。直下明端的,艱懃志可酬。

妙禪人求
何用談玄并説妙,亦無密授與親傳。渾侖一個鐵酸餡,細嚼方知百味全。

借韻勉陟藏主
真誠衲子陟藏主,來伴閑居三兩年。處己肯摹今日樣,探玄期拍古人肩。良駒豈待搖鞭影,瑞鳳終知飲醴泉。佛祖話頭千七百,直須一一薦言前。

借韻示暐藏主

牧來水牯得純時,何用施呈囓鏃機。藏裏無珍應失色,籬根瓦礫自生輝。本無凡聖成階級,那有乾坤受範圍。黃檗當年打臨濟,烏藤六十不知歸。

借韻示朗長老

列祖大開方便門,迅機殺活棒頭分。長鯨吸盡百川水,健鶻衝開萬里雲。佛自佛兮居佛位,魔誰魔也墮魔群。莫嫌老我無傳授,纔涉纖塵染污君。

示徒弟楚長老

古有至人,善施法令。似空噇空,如鏡照鏡。赴齋大士提起門槌,掃地寒山放下帚柄。百千劫未始拋離,二六時自然相應。修也何修,證亦非證。無言童子念摩訶,耳根塞却分明聽。

借韻示徒弟思隱

大陽傳法付皮履,曹洞宗風墜還起。滄溟枯竭須彌低,千聖之手堪同攜。頂門正眼如未明,黃金無色蘭無馨。楊岐垂派到昆阜,看他各展扶宗手。折膠墮指猶未寒,抉珠驪頷方為難。祖域荒涼正此時,危如九鼎懸一絲。汝能遠來慰空寂,打汝罵汝都無力。一句分明向汝談,前三三與後三三。

乾峰乾長老字象初

指乾曰象初,乾也從何起。未聞太虛空,形其有終始。古德曾有言,貴在明自己。有物天地先,無頭亦無尾。不逐四時凋,認着還不是。道人曾主乾峰來,未開口前早已明斯旨。咄。

珽藏主字大珪

試玉要須經烈焰,纔形纖翳成玼玷。不分真偽開眼人,非惟燕石藏來賺。難逢至寶出人間,能別至寶尤為難。卞和三獻遭刖足,烟雲結恨遺荊山。當知至寶得非得,倘分美惡成仇敵。明明不離萬像中,鶻眼龍睛曾莫識。

無我字照上人求

火寄諸緣,或炎或熄。水流於下,隨曲隨直。風動搖而成聲,雲去來而絕迹。乳和水而易分,膠隱色而難識。諸法何紛紜,當體本空寂。自家撐倒須彌盧,一句了然超百億。

贈靈隱迅藏主

堂堂古德,凜凜真規。美流萬世,清振一時。秉起金剛慧劍,撒出海藏摩尼。不有龍睛鶻眼,難窺電激飆馳。與麼與麼,得之於心,剖石逢玉;不與麼不與麽,失之於旨,畫虎成狸。莫辜三事衲,惜取兩莖眉。閻浮光陰迅疾不少駐,究明己躬大事毋自欺。

次韻贈净慈達藏主
虎丘直下到西丘,派列枝分多勝流。萬指雲堂曾弗顧,孤村草店肯遲留。機先中的同非別,句裏藏鋒各有由。信手揭翻華藏海,還他全放復全收。

贈四明廉長老
佛祖門庭海樣深,出家自合遍參尋。研窮至理楔出楔,透脱玄關金博金。垂棘連城難着價,陽春白雪罕知音。德山一見龍潭後,頓息從前種種心。

次韻示奥侍者
有見非真見,無傳即正傳。頭頭開智眼,法法離情緣。未解抽金鏃,休云打鐵船。布毛吹起處,不是祖師禪。

虎丘繼藏主嘗到太白山中請舉話,因寄偈見謝,故答以示之
開口無非觸祖翁,難教金翅不吞龍。陳年酸餡咬得破,颺向離根糞壤中。

贈輔侍者
少室真規,摩竭法令。照乘神珠,當臺明鏡。言思莫及處,拄杖生根;心手相忘時,鉢盂安柄。國師三喚侍者,侍者隨聲三應。不是量外施功,亦非機先取證。南海波斯念八還,生鐵昆侖側耳聽。

贈觀上人
靈踪聖迹滿區寰,東南四處尤殊特。設利靈光或可求,觀音妙智終難測。石橋瀹茗供聲聞,南冥焚檀禮彌勒。喜公操心絕比倫,顧我有口那緘默。歇去向外妄馳求,成來自己真功德。咄。

隱翠軒爲劉振道題
隱翠於空兮翠豈非空,隱空於翠兮空亦是色。隱顯無二兮殊愧蒼穹,空色不分兮那臻玄極。闌干獨倚時,萬像明歷歷。

題倒騎牛
三五兒童鬌兩角,笛中吹得落梅華。牧來水牯路頭熟,顛倒騎時也到家。

示左右同韻二首
細嚼東山鐵酸餡,蔗漿冰碗讓甘涼。北齊荷法思龍樹,投子傳宗嗣大陽。
殀伽非鼻可聞香,壁月無風亦自涼。空手教人放下著,趙州特地啟嚴陽。

宗净頭求

東司不可説佛法,趙州此話播叢林。屎腸抖擻不出底,休向威音那畔尋。

亨净頭求

水槽每日積來滿,湯鑊及時燒得温。炙地薰天乾屎橛,娘生鼻孔幾曾開。

示道者智實參方

梵語頭陀,此云抖擻。清净本然,塵垢何有。大千界不妨山高海深,無量劫一任烏飛兔走。奉衆勤勞宜力行,律己規繩要堅守。未能追攀入室之象龍,莫負捨送出家之父母。不見老飲光,常居萬人後。知識門庭好遍參,玉麈横揮獅子吼。

得净人火

聽誦金剛經,豁開死眼;解下墜腰石,半夜傳衣。撥波求得火,燒却五須彌。（以上《了堂和尚後録》）

使棒人①

祖父田園無寸土,一條白棒當生涯。使來便用應無敵,海上横行驗作家。（《重刊貞和類聚祖苑聯芳集》卷四）

釋慕聯

竺芳慕聯(？—1384)②,別號朽庵。法系：松源崇嶽——無得覺通——虛舟普度——竺西妙坦——正宗法匡——竺芳慕聯。《全元詩》無其人。輯佚：

偈頌

牛角長三寸,兔角長八尺。牧羊海畔女貞花,拒馬河邊望夫石。

釋迦不出世,達磨不西來。落花二五片,點破階前苔。（以上《增集續傳燈録》卷六）

釋來復

見心來復(1319—1391),法系：松源崇嶽——無得覺通——虛舟普度——虎巖净伏——南楚師悦——見心來復。《全元詩》第60册録詩608首。輯佚：

---

① 原注"了堂一作又"。《重刊貞和類聚祖苑聯芳集》標注"又"者意爲作者同前一首詩。此詩前一首爲浙翁如琰之作。

② 《增集續傳燈録》卷六謂"（洪武）七十年六月一日示微疾,十二日早發諸山書訖,移頃而逝","七十年"應爲"十七年"之訛。

城東老姥不欲見佛頌
佛身光現紫磨金,大地群靈悉共欽。兩眼生來不願見,老婆真有丈夫心。
文殊維摩各説不二法門頌
妙喜天中問疾過,機先勘破老維摩。刹塵常説虛空聽,一默相酬早是多。
文殊令善財采藥頌
是藥拈來會得麼,神方不必問耆婆。若言殺活全工巧,大地群生病轉多。
馬祖遣人送圓相上徑山頌
緘回特地謝殷勤,海月山雲見處親。莫怪南陽太饒舌,乾坤誰是不疑人。
僧問馬祖離四句絶百非頌
一幅冰綃五色新,玉梭巧織鳳池春。鴛鴦綉出從君看,不把金針度與人。
百丈侍馬祖遊山野鴨子飛過頌
野鴨群飛過去忙,馬師見處只尋常。直饒扭得鼻頭破,也是喪車後藥囊。
石鞏張弓接三平頌
石鞏何曾解挽弓,還他有力獲全功。蒿枝不用施金鏃,射透須彌百萬重。
一弓兩箭了平生,未發機先毒已萌。殺活要須親破的,扣弦三下是虛聲。
靈雲見桃華玄沙未徹頌
盡向長安踏早春,紫騮隨處逐芳塵。年年歌管東風裏,解識桃華有幾人。
(以上《續燈存稿》卷八)
自贊
强項生來不順情,何曾捏怪釣虛名。單提木槵百八顆,换却大千人眼睛。
(《禪宗雜毒海》卷一)
過孫山人故居
溪邊野竹映寒沙,茅屋青山處士家。燕子歸來寒食雨,春風開遍野棠花。
(同上卷三)

釋希能

存拙希能,法系:松源崇嶽——無得覺通——虛舟普度——虎巖浄伏——南楚師悦——存拙希能。《全元詩》第51册録詩1首。

釋子然

瑩中子然,法系:松源崇嶽——無得覺通——虛舟普度——虎巖浄伏——

南楚師悅——瑩中子然。《全元詩》第 51 冊錄詩 1 首。

釋彥文

學隱彥文,法系:松源崇嶽——無得覺通——虛舟普度——虎巖凈伏——南楚師悅——學隱彥文。《全元詩》第 51 冊錄詩 1 首。

釋文藻

南洲文藻,法系:松源崇嶽——無得覺通——虛舟普度——虎巖凈伏——月江正印——南洲文藻。《全元詩》第 51 冊錄詩 3 首。

釋懋訥

用明懋訥,法系:松源崇嶽——無得覺通——虛舟普度——虎巖凈伏——月江正印——用明懋訥。《全元詩》第 51 冊錄詩 4 首。

釋文靜

默堂文靜,法系:松源崇嶽——無得覺通——虛舟普度——虎巖凈伏——即休契了——默堂文靜。《全元詩》第 51 冊錄詩 3 首。

釋清漴

蘭江清漴,法系:松源崇嶽——無得覺通——虛舟普度——玉山德珍——曇芳守忠——蘭江清漴。《全元詩》第 67 冊錄詩 1 首。輯佚:

偶成偈

略無世事可思量,只恨人間夜不長。一覺起來天大亮,西風滿院桂花香。

化渡船偈

岸南岸北聲相接,活路不通千里賒。全藉個中人着力,船頭撥轉便歸家。

不求人偈

尋常柄欄在吾手,二六時中受用多。癢處驀然抓得着,通身無奈喜歡何。

(以上《增集續傳燈錄》卷六)

釋文康

穆庵文康,法系:松源崇嶽——天目文禮——橫川如珙——古林清茂——了庵清欲——穆庵文康。《全元詩》無其人。按,了庵清欲卒於元亡前,則弟子得其印可皆在元世。穆庵詩有作於明代者,一併輯錄。輯佚:

偈頌

釘觜鐵舌,河目海口。象王回旋,師子哮吼。

眼眼相看,心心相知。人情若好,喫水也肥。

山長水闊,月臆風襟。絲毫不隔,耀古騰今。

四明天台,聯輝接翠。一句全提,千古無對。

露柱笑哈哈,乾坤正眼開。青山隨處好,一步一樓臺。

夜夜抱佛眠,朝朝還共起。起坐鎮相隨,語默同居止。纖毫不相離,如身影相似。欲識佛去處,只者語聲是。

吾本來茲土,雄雄戴角虎。傳法救迷情,打破蔡州城。一花開五葉,日月光燁燁。結果自然成,水綠映山青。

狗子無佛性,頭正尾亦正。跳出向上關,急急如律令。

那一通,你問我,黃檗樹頭懸蜜果。燈籠拍手笑呵呵,祥麟掣斷黃金鎖。

骨肉都還父母了,十方刹海露全身。雲開野水浮空綠,雨過春山潑黛新。

一門一切門,一入一切入。青天白雨飛,大海須彌立。

磚頭瓦礫,璚樓玉殿。百草頭上,丈六金身。出頭天外看,誰是我般人。

靈從何來,聖從何起。玉出昆岡,金生麗水。

位鎮江山,匪寬匪猛。咫尺九天,光輝耿耿。

法空寶座,何高何下。坐斷千差正路通,草庵換却琉璃瓦。

趁晴蓋却屋,乘時刈却禾。輸賦王租了,鼓腹唱高歌。

切玉泛葛蒲,包金堆角黍。一飽忘百飢,一句離衆苦。薰風自南來,拂拂吹庭戶。人情既和洽,應答如鐘鼓。赤口與白舌,翻作好歌舞。煌煌少林宗,赫赫面壁祖。

京師出大黃,高價壓諸方。一擊百雜碎,光輝滿大唐。

觀音大士二首

稽首廣大清净海,涵育無邊諸世界。耳根顯示圓通門,救護苦惱衆生衆。衆生本性本清净,與觀世音無有異。刹那轉念能證悟,寂滅現前超世間。譬如皓月行虛空,影落一切江海水。月月光明互交映,究竟不離本月相。我今既作如是觀,刹刹塵塵體如是。普願法界諸有情,成就圓通真實義。

聞所聞盡,覺所覺空。尋聲救苦,開發盲聾。一真不昧兮塵塵解脱,六用休復兮法法圓通。十方無影像,三界絕行踪。坐斷乾坤千百億,金烏飛出海門東。

大士行道相
無行無住妙圓通,大地群生體本同。净極光明真佛母,塵塵剎剎播玄飛。
大士童真相
髻綰無螺大地春,巖間欹坐顯天真。無邊苦海圓通境,眼裏聞聲處處新。
大士師子吼相
師子吼,無畏説。眼藏筋,口存舌。圓通法門,紅爐片雪。透頂醍醐滴滴凉,普爲衆生除惱熱。
栽松道者
濁港江頭,雙峰寺裏。前身後身,一倒一起。钁頭抛下松自長,乾坤大地作陰凉。
借韻示辯侍者
莫怪儂家眼似眉,九年面壁是吾師。要知父母生前句,記取巖中惡罵時。
瞿曇百計誘難陀,倒腹傾腸没奈何。拶破面門親搆得,啞兒拍手忽能歌。
寄允中巖宗師
三學巖身性自圓,百千日月向空懸。或持或犯俱清净,不負波離五部傳。
牧童
放出溈山水牯牛,溪南溪北暖雲收。春風細草連天綠,穴鼻無繩飽便休。
送詵維那
桶箍爆處髑髏乾,刹海三千掌上觀。吹起還鄉無孔笛,扶桑日出涌金盤。
次韻答滿藏主
三千里外同風句,一對眉毛眼上橫。萬仞崖頭翹足看,木人拍手火中行。
古德云青青翠竹,盡是真如;鬱鬱黃花,無非般若。頌云
金烏海底明,玉馬空中走。踏倒須彌盧,面南看北斗。
送僧
草綠花紅師子吼,天高地闊象王行。野狐腦裂群魔伏,又見黃河一度清。
持净
彈指聲前户豁開,屎坑化作碧蓮臺。笑看清净毗盧體,糞掃堆頭輥出來。
次韻寄夢堂和尚
看山看水放摩陀,佛祖宗綱定若何。八桂峰前吹鐵笛,木人拍手石人歌。

拜翠峰明覺祖師

驚濤拍岸月如盆,湖上人家竹映門。截斷衆流無向背,明明一句定乾坤。(以上《穆庵文康禪師語錄》)

釋文煥

天彰文煥,法系:松源崇嶽——天目文禮——橫川如珙——古林清茂——了庵清欲——天彰文煥。《全元詩》無其人。輯佚:

禮酒仙遇賢像

人言我貌似仙翁,況與仙翁姓又同。是汝是吾俱莫論,笊籬撈取西北風。

燒線香偈

雜華香散一絲烟,寶網雲臺悉現前。但把寸心灰得盡,熏聞不在鼻頭邊。(以上《增集續傳燈錄》卷六)

釋普莊

呆庵普莊(1347—1403),字敬中。法系:松源崇嶽——天目文禮——橫川如珙——竺元妙道——了堂惟一——呆庵普莊。《全元詩》無其人。按,據其語錄所附塔銘,呆庵獲了堂印可之時猶在元代也。輯佚:

偈頌

大啟重關,全提正令。水赴雲趨,金春玉應。

利刀剪盡繁枝葉,鈍钁深鋤邪倒根。實地工夫成一片,住山鋤斧了無痕。

雲片片,水潺潺,舉目千山復萬山。山容寂寂,鳥語關關。門前古路平如砥,不與時人共往還。

禪子臨川化導歸,入門一笑展雙眉。破微塵出大經卷,打鼓椎鐘報衆知。正與麼時,且道功歸何所?昨夜春回空劫外,覺華香綻不萌枝。

大地雪漫漫,山深分外寒。斷肱人不到,面壁也無端。

今朝正月十五,緇白填門塞戶。侍者纔覆上堂,道人擊動法鼓。老僧狼忙出來,何暇舉今論古。平生貶剥諸方,今日一場莽鹵。

春日晴,黃鶯鳴。雜花開爛熳,老樹聳崢嶸。人在碧溪橋上立,水流東去聽無聲。

雲居沒能為,只麼隨緣過。飢來索飯噇,困來伸腳臥。禪亦不能參,偈亦不會做。談玄說妙人,總似驢拽磨。(以上《呆庵普莊禪師語錄》卷一)

親奉綸音出禁圍,凌霄峰頂唱玄機。報恩一句能相委,選佛場中及第歸。
　　瞿曇降誕是斯辰,啜賺古今多少人。恨殺雲門棒頭短,虛空迸作一條痕。
　　群陰剥盡一陽生,萬國歡呼賀太平。日出三竿天四霽,五雲獨繞九重城。
　　今朝五月初一,個事爲君指出。階下流水潺湲,門外新篁蓊鬱。非惟歷歷明明,抑且綿綿密密。老僧更無傳持,大衆何有得失。
　　鴟吻咬却佛殿脊,還有勘驗處也無。昨夜三更失却牛,天明起來捉得賊。賊,賊。
　　問着和尚家風,開口便成話墮。門外讀書人來,未免之乎者也。(以上同上卷二)
　　我本江湖落魄人,年來隨處着渾身。業風吹到雲居寺,贏得相依安樂神。
　　烏兔循環歲又除,普光心印只如斯。相逢總是英靈漢,不向當頭捋虎鬚。
　　東村王老夜燒錢,管取新年勝舊年。溪上石人相耳語,鐵牛耕遍劫初田。
　　浮世光陰自不多,看看又是一年過。夜參欲説無窮事,奈此風頭峭硬何。
　　心如虛空界,示等虛空法。證得虛空時,無是無非法。
　　臺山路上婆子,勘破須他趙州。我道全無巴鼻,人言亦有來由。
　　絶頂涼生夜氣清,三期功滿不留情。布單欲賣且休賣,穩靠蒲團樂太平。
　　一線長,長一線,開口須知有方便。東頭賣貴,西頭賣賤。靈利衲僧,有眼不見。見不見,頭上金烏急如箭。
　　分歲聊烹露地牛,要輸皮肉任來勾。大家唱起村田樂,無可還他即便休。
　　一夏東語復西話,翠巖方便苦無多。眉毛打失渾閑事,争免全身入草窠。
　　坐守空山歲又窮,夜堂相聚話西東。少林一曲無今古,自是諸方調不同。
　　覿面當機見洞山,正偏迴互不相關。無寒暑處堪迴避,那取工夫到一翻。
　　秋初夏末走西東,拄杖頭邊活路通。寸草不生千萬里,出門一片碧茸茸。
(以上同上卷三)

頌古

　　文殊白槌,世尊下座。露柱燈籠,分明説破。汝等師僧,還委悉麽。水長船高,泥多佛大。
　　不問無言與有言,倚天長劍寶光寒。良駒何待揺鞭影,慶喜無端被熱謾。
　　示衆拈華處,破顔微笑時。靈山百萬衆,到此盡驚疑。
　　胡僧齒缺舌頭長,出語如何契帝王。折得莖蘆渡江去,也知無地着慚惶。

不是風兮不是幡,翻身透出萬重關。笑看天上團團月,影落澄潭徹底寒。
會得三呼三應,說甚負汝負吾。咬人罕逢師子,逐塊多見韓盧。
馬祖堂前玩月時,三人兄弟各呈機。一般醜惡難藏掩,爭免傍觀説是非。
拈來放去不多爭,父子相將草裏行。一喝耳聾容易曉,舌頭吐出最難明。
日面月面,隨方應現。具眼衲僧,有甚難見。曉來雨過長江,風動蘆花兩岸。
當陽提起個猫兒,道得分明救得伊。直下一刀成兩段,草鞋戴出亦徒爲。
天地同根會也麼,庭前指出牡丹花。黃金把得和沙賣,誰謂南泉是作家。
犀牛扇破,重索犀牛。鹽官老漢,好不知羞。
魯祖見僧惟面壁,宗師何用口喃喃。怪來昔日毗耶老,獨與文殊作對談。
千古龍潭水渺瀰,德山親到更何疑。頂門有眼明如日,脚下泥深總不知。
丹霞燒木佛,院主墮眉鬚。去得眼中屑,重添腦後錐。
趙州探水到茱萸,徹底爭知一滴無。拄杖當時將靠壁,分明直處却成紆。
宗師開口不留情,只要當人實地行。洞水逆流終可待,西來祖意教誰明。
問來親切,答去分明。抑揚有準,敲唱雙行。獼猴瞌睡不瞌睡,六窗正好喚猩猩。
潦倒趙州全勝敵,藏鋒露刃總由他。當陽指出庭前柏,爭似逢僧喚喫茶。
婆子燒庵話,禪人着眼看。三冬無暖氣,六月雪霜寒。
師資會遇固非輕,報汝諸人好辨明。紅芍藥邊方舞蝶,碧梧桐裏正啼鶯。
大地撮來如粟粒,等閑覰着骨毛寒。雪峰爲物垂慈切,打鼓從教普請看。
直示深深處,還他向上人。下床施女拜,祇待更殷勤。
桃花一見更無疑,大小靈雲眼瞎眵。笑殺釣漁船上客,無端摘葉又尋枝。
喝下全生殺,機先辨正偏。誰知正法眼,滅向瞎驢邊。
雲門拄杖化龍去,吞却乾坤只等閑。我若見時須拗折,免教一向管窺斑。
射虎不真,徒勞没羽。向上提持,還他投子。可憐馳逐天下人,五五依然二十五。
生殺從來總自由,三邊戈甲一時收。誰知不用施韜略,坐鎮中原四百州。
趙州老古錐,使得十二時。床上破蘆蓆,手中粗辣梨。
杖林山下竹筋鞭,一句如何舉得全。生鐵鑄成金彈子,扶桑人種陝西田。
一擊百雜碎,萬象齊慶快。大好因禪師,是什麽土塊。

即心即佛成妄見,非佛非心妄轉多。拈却兩重關棙子,太平何用動干戈。
我手何似佛手,舉起便合知有。等閑拶破虛空,正好藏身北斗。
人人有個生緣,會得只在目前。不識寒山拾得,喚作文殊普賢。
日用現行明歷歷,擬心湊泊即瞞頇。布毛吹起無多子,也要當人着眼看。
描不成兮畫不成,娘生面目甚分明。從他逼塞虛空去,休更人前喚小名。
早間喫粥,齋時喫飯。兩個五百,元是一貫。
貴買賤賣,少減多添。要識李四,問取張三。
干木隨身,逢場作戲。杲日麗天,清風匝地。
寶鏡當臺驗作家,德山覷着眼生花。翻身坐斷孤峰頂,一味逢人撒土沙。
急水灘頭解打毬,誰云念念不停流。茫茫六合人如海,脫體風流是趙州。
死中得活亦非常,切忌逢人錯舉揚。昨夜面南看北斗,腳跟不動到家鄉。
山花似錦水如藍,切忌承言落二三。堅固法身遭指注,大龍有口只宜緘。
天平行腳到西院,其奈連施兩錯何。待共商量留過夏,至今錯解不勝多。
手面機輪全殺活,棒頭照用要分明。果然瞎一城人眼,凌辱宗風兩弟兄。
無中唱出老雲門,拍拍當機調自新。花藥欄雖容易見,爭如北斗裏藏身。

（以上同上卷五）

贈景首座

睦州嗣黃檗,靈樹待雲門。如此人天眼,光明耀乾坤。機奪機兮楔出楔,逆順縱橫誰辨別。師資會遇兮啐啄同時,賓主相忘兮敲唱合節。坐斷玄關正令行,後世何人繼清絕。上人自是英俊流,壯年志氣衝斗牛。集雲峰下分半座,宏規落落追前修。領徒行腳遊江海,勘遍諸方誠絕待。抖擻行囊一物無,七尺烏藤手中在。朅來訪我深雲間,話到無言心亦閑。推出秦時𨍏轢鑽,等閑靠倒須彌山。

送輪藏主

生佛已前一句子,不惜眉毛為君舉。開口分明落二三,塞却耳根須聽取。只今法道何澆漓,談玄説妙誇傳持。逐塊韓盧知幾幾,咬人罕睹獅子兒。豈不見臨濟三回問黃檗,六十烏藤沒商略。高安灘上驀翻身,倒捋虎鬚施痛摑。道人棄教來參禪,拚得禁吾劈面拳。藏裏摩尼親攜得,直須擊碎歐峰前。掉臂堂堂出門去,春光爛熳江南路。鷓鴣啼處百花香,鳳栖不在梧桐樹。

送要侍者

道人要學呆，來入呆庵室。呆庵教汝呆，有口説不出。不説亦不聞，無得亦無失。掉頭遊諸方，拄杖挑紅日。笑他老香林，紙襖黑如漆。三三不是九，九九八十一。

送閑長老歸寶勝

君不見夾山散席見船子，一篙打落滄波裏。死眼豁開忽點頭，始信道吾發笑良有以。又不見黄龍行脚見慈明，痛駡不禁魂膽驚。踏着趙州關棙子，方知雲峰出語非常情。近來此話憑誰舉，説妙談玄滿寰宇。若約衲僧門下看，到頭未敢輕相許。子今得座披衣時，東探西討何所爲。未跨船舷先轉却，茫茫大地無宗師。憶昔游從非一日，笑語自能忘得失。信曾親見作家來，平生參學事已畢。明朝復相別，後會未可期。更有一語送爾歸，爾歸故山慎勿違。曉行須待紅日出，毋使霜露沾麻衣。

送明禪人

道人走遍諸方，畢竟爲個甚麽。決欲究明死生，直須從前放下。便請拗折烏藤，試向虚堂静坐。忽然豆爆寒灰，痛口不妨駡我。我既不識慚惶，一味如聾若啞。笑他昔日睦州，拶得雲門脚跛。

贈詢藏主

老僧燕坐枯木床，心入無言妙三昧。山陰禪者來扣門，手展雲箋覓長偈。長偈欲書不盡書，鐵鞭擊碎摩尼珠。如來藏裏收不得，神光炯炯騰寒虚。驚起南山白額虎，木人拍板空中舞。東土西乾没祖師，五五依然二十五。

贈閑藏主

道人脊梁鐵作骨，拄杖橫拖眼如鶻。遍尋知識走叢林，開口欲吞三世佛。金鰲背上解翻身，笑指凌霄高突兀。搆得如來藏裏珠，等閑抹過蒼龍窟。

道友二人過予夜話。一友云："此事至難，不可得而擬議。"
一友云："此事至易，但自不能承當耳。"因喻之以二首

難難，萬種千般。纔擬議，即顢頇。青天霹靂，平地波瀾。無説是真説，他觀非正觀。沉淪枉經巨劫，契悟祇在毫端。莫教坐却含元殿，逢人只管覓長安。

易易，多方一致。絶承當，忘比喻。耀古騰今，經天緯地。知有亦無知，利他還自利。明明般若真乘，念念塵勞雜事。拔却多年苦瓠根，釋迦不受然燈記。

贈範藏主

藏裏摩尼人不識，護龍河上親收得。朅來托起歐峰前，一道神光射虛碧。置之濁水濁水清，山鬼見之魂膽驚。我欲爲渠即奪却，棄與昏衢爲照明。仰山傾出一栳栳，狼藉叢林非小小。子今護惜是至寶，究竟何如放下好。呆庵所説無所憑，不妨携取歸金陵。隨方應現色非色，老胡兩眼猶晶熒。

送慧維那

翠巖接雲峰，克賓嗣興化。師資授受良非輕，千古叢林成話欄。道人欲繼先賢踪，特披荆棘來相從。法戰不須論勝負，宗壇及第期心空。我今縛屋孤峰頂，心識多年似灰冷。懶將棒喝對人施，仰視青天白日静。道人復作諸方遊，殷勤索我舉話頭。話頭舉起只這是，太平何用施戈矛。

贈冲藏主

嘆息復嘆息，向上之機誰辨的。曲彔據坐非不多，接響承虛亦何益。君不見虎丘只是隆知藏，特立宗壇名籍籍。冲禪德，冲禪德，大方高蹈須勉力。烟霞老我寸心灰，要睹叢林古顏色。

琪藏主求

佛祖頂顙機，超越諸限量。揨透通天關，所得方諦當。道人當壯年，立志能向上。拄杖挑鉢囊，東西遍參訪。再登凌霄峰，雅慕古人樣。操守尚精嚴，結交匪庸妄。往來不往來，是藏不是藏。觸目甚分明，開口翻成謗。莫聽杜阿師，密語相諂諠。到家審思量，別有奇特相。

送恒藏主

把住玄關，不通水泄。向上一著，如何辨別。直饒辯似河傾，機如電掣。到這裏也須卸甲倒戈，亡鋒結舌。説甚麼棒喝交馳，敲唱合節。所以道金毛踞地奮全威，野干聞之皆腦裂。只如臨濟正法眼藏，因甚却向瞎驢邊滅。雖然有主有賓，到底無示無説。恒禪恒禪知不知，昔何時也今何時。少林曲調天然別，黃金不鑄鍾子期。

次韻送靈隱真藏主

毗盧正體堂堂露，古往今來没差互。一毫端上洞根源，如日行空恰當午。因憶江西馬大師，聲光烜赫騰坤維。真正舉揚機自別，棒頭喝下看提持。伶俐衲僧，快須證據。不得無言，不得下語。掀翻藏教葛藤棄，千手大悲攔不住。草中驚起睡菸菟，咬殺南山白額虎。

送達藏主

達磨未來已前，人人鼻孔撩天。天真之佛不昧，日用頭頭現前。逗到遊梁涉魏，未免骨露皮穿。神光錯禮三拜，從茲焰續芳聯。臨濟更無本據，却將一喝流傳。誰知正法眼藏，滅向這瞎驢邊。老我口生白醭，何暇爲人説禪。明日洞庭歸去，不妨順水行船。

送宗藏主

宗門向上事，無傳亦無受。紙襖抄得來，未免揚家醜。老我五峰巔，爲人懶開口。每遇入室徒，大棒劈脊搜。雖不别機宜，貴在脱窠臼。若是英靈兒，機先合知有。藏教五千餘，流布日已久。盡底爲掀翻，不妨誇好手。勘破老雲門，一舉四十九。

送智知客

智不到處，切忌道着。機先拶透祖師關，聖解凡情盡拈却。豈不見大陽寺裏顯知客，笑倒傍觀韓大伯。猊床高據乳峰頭，千古聲名何烜赫。

送澤藏主

澤廣藏山，理能伏豹。衆生永息攀緣，諸佛本無言教。趙州爲婆子轉藏，太殺顢頇；善慧對梁皇講經，不妨賣俏。當知觸處逢源，切忌隨機失照。道人學脱空，一心求實效。訪我凌霄巔，踏着通天竅。烏藤倒握便翻身，方外悠悠恣高蹈。

送琇藏主

透過龍門赤梢鯉，翻身藏海波濤起。拏雲攫霧勢未休，終不淹他齏瓮裏。老僧静處薩婆訶，終朝兩眼懸松蘿。秋入叢林正枯槁，疇能沾沃傾天河。魚龍變化固莫測，上人此行宜勉力。百丈重參馬大師，曾聞一喝聾三日。

送念藏主

真誠學道人，脊梁硬如鐵。正念常現前，玄關俱洞徹。拈起犀牛扇，清風撼寥沆。拓開無盡藏，驪珠耀明月。掉頭歸去來，不墮他途轍。出林獅子兒，奮迅天然别。

送如侍者

如來頓教門，一超能直入。截斷知見根，脱去情塵執。啐啄在當機，何曾劈箭急。曾不假思惟，誰云涉階級。百丈參馬師，側侍繩床立。拄拂驀遭呵，掩耳終莫及。點鐵作精金，靈丹只一粒。

送塤侍者

馬祖陞堂，百丈捲席。大用全彰，神機罔測。如磁引針，似鏃破的。父子傳持，本無妙密。眷爾塤禪，來入吾室。跳出葛藤，撞着鐵壁。熱喝真拳，雷轟電激。擬心即乖，開口即失。裂破古今，不妨奇特。倒捋虎鬚，唯白拈賊。

送吞侍者

鳥窠吹布毛，侍者便悟去。機投輥芥針，徒誇箭鋒拄。日出天宇高，雲收山嶽露。明明絕覆藏，了了無回互。拶透上頭關，踏着來時路。四七與二三，密意不相付。

送樹藏主

最初機，末後句，未開口時知落處。鳥窠拈起布毛吹，會通侍者便悟去。如來教，祖師禪，了無密意堪流傳。日用現行明歷歷，靈光洞徹威音前。一大藏教對一說，明眼衲僧難辨別。南海波斯笑展眉，金剛腦後三斤鐵。

送瀚藏主

侍者參得禪，千了與百當。翻身更那邊，拶透如來藏。就中探出摩尼珠，靈光烜赫騰十虛。是聖是凡難近傍，爍迦羅眼那能窺。老僧一見即奪却，特地從頭問渠索。無事相將草裏行，笑倒東村王大伯。噫噓嘻，無人知，橫拈鐵笛順風吹。十影神駒立海涯，九苞祥鳳凌空飛。

送蓀藏主

參到無參，學到無學。無師之智忽現前，聖解凡情盡拈却。一大藏教，是個切脚。東山解道鉢囉娘，梵語唐言該不着。道人近自雲峰來，探玄有志非凡才。截斷從前知見網，龍門一躍生風雷。兔角拄杖活鱍鱍，卓向虛空任拈掇。休誇臨濟小廝兒，黃檗虎鬚曾倒捋。

送啟藏主

大啟重關延巨敵，等閑捉住白拈賊。三玄戈甲謾施呈，齧鏃當機須辨的。堪笑文遠與趙州，爭鋒唇舌無來繇。只圖鬥劣不鬥勝，豈知父子成冤讎。何如深入毗盧藏，是聖是凡難近傍。把住乾坤正令行，傑出古今真榜樣。有時縱奪奮全威，哮吼一聲獅子兒。金剛出匣光焰焰，爍迦羅眼那能窺。

送謙首座回受經

八紘雲净秋氣高，風生桂岫天香飄。堂中上座定初起，捲衣欲渡龍江潮。再四留之不肯住，鐵錫橫肩出門去。他日重來捋虎鬚，啐啄當機箭鋒拄。少林一曲聽者難,無弦之琴誰復彈。老我凌霄倚庭樹,摩挲兩眼看鵬搏。

臥雲軒爲前水西大機禪師作

臥雲軒中人,塵事不相到。心與雲俱閑,看雲聊寄傲。雲之從龍自可期,達人應世當有時。迺知舒捲本無迹,六合茫茫隨所適。殷勤爲告臥雲人,雲中有路須致身。大地蒼生望霖雨,胡爲久臥南湖濱。

空外歌

東林實藏主,字空外,求余作偈以證其說。因謂之曰:"空無內外,內外性空,性空亦空。畢竟空中無名字相,離言說相。汝之立名,大似夾截虛空。我更說偈,何異彩畫虛空耶?"實曰:"我立空名,師說空偈。以空納空,不亦可乎?"余不意廬山界有此脫空漢,於是擎禪板爲之歌曰:

真性等虛空,廓徹無內外。不即亦不離,非向亦非背。若人一念能融通,頭頭物物明真宗。十方蕩蕩没邊表,古往今來體用同。同不同,異不異,空外之說無實義。一機抹過威音前,舜若多神脚踏地。有時空外來,頭峭五嶽高崔嵬。重重無盡華藏界,一一從頭都拓開。有時空外去,千手大悲攔不住。翻身踢倒七金山,刹刹塵塵是歸路。阿呵呵,還會麼。當陽唱起脫空歌,快活誰能奈我何。溪上石人相耳語,無毛鐵鷂過新羅。

大用歌

選佛得甲科,今古誰能敵。大用常現前,何須存軌則。驪龍頷下抉明珠,赤手曾編猛虎鬚。虛空背上翻筋斗,藕絲竅裏同安居。機先捉住白拈賊,正按旁提人不識。眉間挂劍真自奇,透過金圈吞栗棘。看他天生意氣,脫體風流。直上非非想處,輥出須彌作绣毬。驀過他方阿僧祇世界,轉身接向脚跟頭。阿呵呵,好不好,南北東西何處討。一毫端上識根源,是聖是凡都靠倒。比來逢大用,索我大用歌。自慚才力小,奈爾大用何。試將一滴曹溪水,漲起西江浩渺之洪波。波光冷浸琉璃碧,沃日滔天深莫測。信口吸教徹底乾,灼然不費纖毫力。報君知,休驚疑。衲僧向上,更有提持。明投暗合兮全收全放,左轉右旋兮不即不離。大方內外皆充塞,妙用縱橫無盡時。

呆庵歌并序

余以癡鈍自守,隨所住處,扁曰呆庵。客有譏曰:"世人以機巧相尚,其來久矣。子欲全其呆而矯諸,不亦迂乎?"余因謝其客曰:"靈利漢有此分別爾。"客既去。於是作《呆庵歌》一首,以寫呆意,覽者勿以工拙論之,可也。

我此呆庵呆道人，不識世間秋與春。兀兀癡癡只麼過，無榮無辱無疎親。或把精金和土賣，或收燕石藏爲珍。笑倒傍觀靈利漢，讚亦不喜罵不嗔。有問呆庵何所作，閑看葫蘆懸壁角。當陽拈起鈍鐵鍬，擬向虛空去穿鑿。門戶長年八字開，屋裏從來空索索。多被時流驀面欺，一生莽鹵都不覺。可怪呆人百不能，對人呆話還可憎。剛道夜深狺犬吠，大洋海底人挑燈。更有一般呆伎倆，兩耳卓朔頭鬅鬙。任你客僧逞機巧，東呼西喚渠不應。

無言歌并序

無言粵藏主，以其號求作歌。余屢不答，而請益堅。乃謂之曰："余作是歌久矣，汝自不聞耳。"粵云："師既無言而言，亦當言所無言，豈復有所分別耶？"余爲一笑，而援筆書偈，以塞其請。

無言上人求我歌，我正無言樂禪寂。兀然不答坐堆堆，兩眼悵悵挂空壁。上人良久乃出門，此事分明誰與論。日輪杲杲初卓午，松風颼颼聲滿軒。維摩示疾毗耶離，只應惹得文殊至。到了何曾措一詞，不二門開洞天地。汝今無聞我無說，覿面當機還直截。無位真人笑臉開，憍梵鉢提驚吐舌。

雲海歌爲慈藏主作

慈雲蔭覆廣無邊，覺海圓澄深莫測。都來只在一毫頭，拋向面前人不識。從他佈影遍十方，恒灑甘露蘇焦枯。含攝三千大千界，涌出百億須彌盧。諦觀雲海徹源委，往古來今絕倫比。盡底掀翻驗作家，眨上眉毛隔千里。上人索我雲海歌，我歌雲海可奈何。未開口時聲浩浩，龍門鼓起滔天波。

荆石歌

荆山有石徒落落，何人知是無瑕璞。卞和一見喜且驚，持獻金門試雕琢。楚國良工希復希，可憐抱石荆山歸。一朝剖決遇明主，天生至寶真絕奇。近聞荆山尚多石，於中豈有連城璧。牧童棄置同瓦礫，時無卞氏誰能識。舉世學道人，各懷無價珍。宗匠久不作，未免成埋塵。塵埋不埋何得失，利物應機終有日。願言此去善護持，休向中途生退屈。道人索我荆石歌，載歌載嘆可奈何。荆石懷歸莫輕售，世間自古讒言多。

禪悅吟

我吟禪悅誰證據，自有知音知樂處。袈裟輕捲出塵來，柳樑高擔入山去。青松下，碧巖前，閑看浮雲橫曉天。日輪初升照絕頂，大地須臾俱洞然。石門庵，荒草路，要行即行住即住。有時兀坐破柴床，困則和衣伸腳睡。貧道人，沒疎親,頭頭應用皆天真。山鳥銜花忽相過,定回不覺人間春。諸境空,萬緣絕,蒼蔔吹香滿寥沈。楞伽讀罷默無言,舉頭遙望天邊月。秋葉落,秋風凉,小溪流水聲自長。薄暮驚逢采樵客,擬尋歸路何傍徨。獨噓嘻,常慶快,截斷千妖并百怪。窮冬積雪遍山林,絕勝普賢銀世界。描不就,畫不成,悟得無生無不生。一鉢持來香積飯,净名不出毗耶城。禪悅吟,吟不徹,本色衲僧機用別。全放全收正此時,寄語通人好甄別。(以上同上卷六)

讀古林和尚語錄

三十餘年振祖風,此庵門户不雷同。驗人眼在眉毛上,陷虎機藏掌握中。枯木抽條垂地緑,冷灰發焰亘天紅。看渠擘破渾侖句,抹過楊岐栗棘蓬。

送仰山堅藏主

尋師擇友爲參禪,須是身心鐵石堅。千里瞻風終枉爾,一朝嗄地始欣然。雪消庚嶺春飛錫,月滿鄱江夜泛船。抉得驪珠光燦爛,集雲峰頂浪滔天。

送敏侍者時在撫州北禪寺

撥草瞻風不憚勞,光陰多是等閑抛。當場正好施三頓,平地須防喫一交。黄雀競尋紅稻啄,紫鸞偏向碧梧巢。北禪有語非干舌,紙襖毋煩侍者抄。

送儔侍者

子也參方要識真,此行此語合書紳。隨聲逐色塵難出,絕慮忘緣道易親。盡道有修還有證,須知無法亦無人。布毛吹起雙瞳碧,碓觜花開劫外春。

次韻送傑侍者

湘西昔日廓侍者,當機熱喝駭同流。羅籠迥脱摩霄鶻,鞭索俱忘露地牛。架箭張弓思石鞏,呈橈舞棹笑巖頭。扶桑東去烟波闊,會有鯤鯨上直鈎。

送璨藏主

道人學道莫遲留,寒暑催人易白頭。行脚既知明大事,立心端合繼前修。要知臨濟參黄蘗,須想雲門見睦州。信手揭翻華藏海,虚空背上恣遨遊。

寄全室和尚

老去閑居傍帝畿,承恩時復奉天威。三經旨訣曾敷奏,千聖真傳盡發揮。佛印解來蘇子帶,大顛留得退之衣。朝賢問法多如雨,一一提持向上機。

晏侍者有偈呈師,次韻酬之二首

柳栗橫擔鐵一尋,遠辭京國到雲林。將來廓徹人天眼,向上研窮佛祖心。誰道磨磚難作鏡,我知點鐵易成金。當機識得歸源旨,琴鼓無弦有妙音。

佛祖話頭生鐵橛,古今流播滿叢林。莫圖聽我閑饒舌,切忌隨他錯用心。玉假琢磨成美器,礦因鍛煉出精金。東山瓦鼓輕敲着,却是虛空震吼音。

勉尊勝宗長老
密意都盧在汝邊,我無密語與人傳。要爲叔世光明種,莫學他家默照禪。取捨頓捐心量外,行藏直透劫空前。入廛垂手須方便,末法今當一萬年。

次韻送勤侍者
髑髏那畔有靈光,日用明明不覆藏。道絕言詮宜自省,機同啐啄要相當。謾跨洛浦辭臨濟,長想龍湖見石霜。四海叢林正寥落,誰能赤手整頹綱。

追和雪峰空禪師分歲韻
徑山遇歲與人分,家宴纔開自不群。木札煮羹香滿地,鐵釘炊飯氣成雲。薄批明月千餘片,細切清風百數斤。吹起少林無孔笛,衲僧聞此未曾聞。

次韻答法侄澤藏主
生佛已前一段事,賤堪卑也貴堪尊。正當語路無尋處,方信禪家有悟門。彈指直教三際斷,到頭莫被六塵昏。不因法侄來相過,老我如何着口論。

送辨藏主
問字惟將一默酬,舌根不動辨如流。擬尋玄路空籠力,徹見真源始到頭。革舄躡雲雙徑曉,木杯載月洞庭秋。明明函蓋乾坤句,堅抹橫該得自繇。

送願藏主
發足參方志願堅,祖師心印要親傳。敲床對客機何別,叉手酬僧話已圓。徑塢幽深雲繞屋,太湖空闊水連天。了知法法無差互,密意都來若個邊。

送持藏主
行藏與道不相離,二六時中善護持。頓息萬緣無異路,纔興一念有多岐。明明豈假從他覓,了了何妨得自知。藏裏摩尼光烜赫,拈來爍破衆人疑。

次韻贈法侄澤禪人
袈裟提起黑氈毭,付囑多年出此庵。祖道無傳當我責,宗門有話向誰談。慈明脫履對神鼎,昭覺撞鐘接小南。今日放卿三十棒,現成公案不須參。

送胤藏主
一大藏教一氣轉,翻身跳出葛藤窠。去來合轍皆繇我,殺活當機不屬他。稱過量人能有幾,具超方眼亦無多。江南兩浙參遊遍,還把袈裟挂薜蘿。

次韻答萬壽伯瑩和尚二首

閑房壁觀觜盧都，語默何曾涉市途。但自機先提祖印，從他肘後秘靈符。鏡中鬢髮千莖雪，床角藤枝七尺烏。只恐徵書天上至，金襴特賜趁朝趨。

袈裟憶在寶珠峰，曾共敷揚向上宗。華偈聯篇光燁燁，竹篦倒握勢隆隆。誰云雪曲無人和，自信玄關有路通。別後早聞歸故里，四方禪學盡趨風。

次韻答無文藏主

尋師擇友事參方，剖破疑團發慧光。一句當機傳法印，十年混迹在禪堂。寒松聳幹凌霄秀，秋菊垂花帶露黃。妙用頭頭俱顯現，了知秘藏不能藏。

送進藏主

瞻風撥草爲求師，親到龍門更不疑。極力成襫雖在我，通身放下合繇誰。要知道絶名模處，須信機同啐啄時。負汝負吾都莫問，看他睡虎奮全威。

贈生維那

子來覓偈擬何爲，去向諸方扣宿師。句裏藏鋒須猛省，機先嚙鏃莫遲疑。當知覿面提持處，正是全身放下時。顧我不行興化令，臨岐叮囑費言辭。

示儉侍者

侍者參得禪了也，烏藤三十未輕饒。盡教衲子心機息，方顯師家手段高。鏡藉重磨光始現，金繇百煉礦全銷。承虛接響知何限，續斷應須煮鳳膠。

奉和芥室和尚雜言四首

沉空滯寂不回頭，暑往寒來春復秋。缺齒老胡辭竺國，大乘根器出神州。

坐斷孤峰最上頭，德山氣宇凜高秋。一條白棒橫揮處，千古威風四百州。

空齋不語獨搔頭，搖落驚看覺苑秋。書上萬言天子悅，令人苦憶老藤州。

江北江南走競頭，幾人葉落便知秋。當年風穴辭南院，七載單丁在汝州。

次韻東院和尚閑居

何事逢迎不下堂，主賓道合貴情忘。趙州千古高風在，不出山門見趙王。

禮疎山祖師塔

三更竊聽洞山禪，父子從來妙不傳。賣却布單緣底事，至今活葬大江邊。

示僧修橋

打硬工夫勢未休，要看砥柱屹中流。度驢度馬渾相似，笑殺當年老趙州。

題倒騎牛

水牯純來不着鞭，平原漠漠草芊芊。等閑倒跨出門去，橫笛一聲高徹天。

示文上人
有指示時非指示，無推尋處是推尋。要明生佛已前事，歇却馳求種種心。

送忠書記
汝未濡毫文彩露，我纔開口舌頭僵。虛空昨夜呵呵笑，萬象森羅共舉揚。

示蘊侍者
我宗無語亦無法，紙襖抄來着甚忙。父母未生前一句，切須冷地裏思量。

奉寄芥室老和尚二首
底事懷歸思不堪，夢魂長繞綠蘿庵。白頭遺叟空山裏，知是何人侍夜譚。
手携七尺古藤枝，渡水穿雲孰可期。逆順二途俱不涉，分明説與老禪知。

寄玄極法兄三首
爲人不惜兩莖眉，親見鞭峰老古錐。少室宗綱今委地，腕頭有力好扶持。
暮翁手提斷貫索，曾從東海縛麒麟。長竿此日拋香餌，掣得金鰲有幾人。
三脚驢生闊角牛，東西奔觸没踪繇。從他露地憨眠去，鼻孔無繩不用收。

示曇頓侍者省親二首
鳥窠拈起布毛吹，大似空拳誑小兒。汝莫隨他顛倒想，老僧無法可傳持。
父子恩親孰與齊，捲衣別我數行啼。到家莫負還山約，折脚鐺兒要爾提。

送修禪人
知識門庭似海深，輕包短策好參尋。千條山郭千條路，一寸光陰一寸金。

化鐘
大爐韛裏翻身處，開口當知有賞音。多少師僧齊側耳，聽渠號令震叢林。

次韻題漁隱
江天空闊思悠悠，魚鱉浮沉逐水流。撥轉船頭東海上，不妨重整釣鰲鈎。

送貞侍者
鍾陵禪者到歐峰，入室求聞向上宗。我欲爲渠施正令，床頭拄杖未開封。

送空禪客
目家活計没些些，撒出珍珠似土沙。老我貧無錐可卓，棒頭有眼辨龍蛇。

息心齋
盡斷萬緣忘物我，頓空三際絶名模。夜明簾外泥牛吼，覺海波瀾徹底枯。

送愈藏主
龜毛拈向眼中栽，惹得旁觀笑滿腮。此去有人伸借問，莫言親見徑山來。

析明覺大師迷悟相返四首
霏霏梅雨灑危層,孤坐寥寥萬慮澄。門徑草深人迹少,床頭閑却一枝藤。
五月山房冷似冰,紅塵市上鬧奔騰。利名心識都消歇,徹底清閑物外僧。
莫謂乾坤乖大信,函蓋無私悉隨順。滄海桑田自變更,法法不離心地印。
未明心地是炎蒸,明得依然似未曾。珍重遍參諸祖客,將來總可續真燈。

送衡侍者
子也經年侍我旁,了無一語可傳揚。紙衣不用閑抄寫,三十烏藤要厮當。

送玾藏主
三呼領旨水洗水,一默酬僧空納空。拔却長年釘根橛,杖頭八面起清風。

送正藏主
寶藏揭開何所有,頭頭總是自家珍。祖翁契券親收得,儘可將來利濟人。

次韻送興藏主歸鍾山
繁興永處那伽定,道是無為即有為。歸去鍾山問端的,老禪不語笑微微。

示周普明居士
念佛無非念自心,自心是佛莫他尋。眼前林樹并池沼,晝夜還能演法音。

賀澤天霖住智門二首
十年湖海飽咨參,慣把龜毛拂子拈。得座披衣當此日,好弘法施播東南。
白巖大坐驗來參,本色鉗槌要汝拈。棋布叢林盡尊宿,不知誰解作司南。

用韻自述二首
佛也來時不放參,德山白棒亦慵拈。慚無機用堪施展,掩室堆堆坐面南。
老來無復事朝參,綵筆曾經對御拈。叨沐君王賜方服,中官送出午門南。

示胡覺堅居士
人人自己天真佛,晝夜六時常放光。剔起眉毛親見得,何勞特地禮西方。

次韻答南湖方丈
松月禪翁的骨孫,南湖坐斷合推尊。晨參暮請多禪侶,個個當機廓頂門。

送約首座
兜率宮中説法回,青天白日鼓風雷。幾多滯殼迷封者,奇特商量滿面埃。

贈振藏主
經頭一字無人識,注脚徒然有許多。誰把吹毛三尺劍,當陽截斷葛藤窠。

示道友
欲究禪家向上機,披精進鎧奮全威。智刀裂破無明網,管取心空及第歸。

示唐妙蓮道人
五濁界中難久住,茫茫劫海幾時枯。等閑一念空三際,是則名爲女丈夫。

古韶爲塤侍者作
太始希聲奏九成,曾聞祥鳳舞虞庭。金春玉應三千載,不是知音不易聽。

次韻送敬侍者
鳥窠未舉布毛先,開口分明落那邊。堪笑會通機不密,眼睛打失髑髏前。

送冀藏主
侍者參得禪了也,虛空昨夜笑哈哈。人人本有光明藏,金鎖還將玉鑰開。

贈中書記
荷負如來最上乘,百家異學亦兼能。看他佛印元書記,續得雲門五世燈。

瑞笋
靈芽初長祇園裏,終見參天發茂枝。不爲化龍頭角露,丹山祥鳳欲來儀。

送真藏主
悟得分明用得真,入門相見體循循。如來藏裏摩尼寶,正眼看來亦是塵。

山居十首
絕頂深居世念忘,更無佛法可商量。日高丈五眠方起,一架薔薇花正香。
松根石上坐堆堆,一片閑雲去又來。靈利師僧相過少,柴門終日爲誰開。
滿目雲山春寂寂,無言桃李晝醻醻。萬機直下都休歇,此道何勞更指南。
路入羊腸草拂腰,數間茅屋傍山椒。知心惟有天邊月,幾度飛來伴寂寥。
香篆烟消午睡醒,遠山入望碧層層。清平世界無拘束,一個長行粥飯僧。
身上氈毿布衲衣,青灰抖擻滿窗飛。門前小犬嘷嘷吠,喜見山童負米歸。
空階雨後獨徘徊,秋色蒼涼日影低。樵唱一聲來谷口,竹雞飛上樹頭啼。
處世心如臘月冰,住山自笑百無能。菜羹且莫熬油煮,留點堂前供佛燈。
石室寥寥坐翠微,江湖朋舊往來稀。東南叢席多龍象,知是何人唱祖機。
閑居隨分度年華,力荷先宗愧出家。刮地朔風連夜起,又看春色到梅花。

秋日山中即事五首
飯罷山行折桂枝,幽蘭移得向階墀。青青菜甲園中長,白匾豆花開滿籬。
煮菜無鹽懶去賒,化糧道者未還家。一條百衲抖來看,昨夜霜添瓦上花。

老來栖息愛林泉,垂手何心更入塵。試拂床根雙草履,天晴移曬屋檐前。
黃葉飄風滿地秋,山房終日冷湫湫。爨夫靠晚樵青至,摘得藤梨在擔頭。
蕎麥花開曉日晴,喚來童子聽叮嚀。好將紫芋收歸了,携取長鑱劚茯苓。
(以上同上卷七)

追和歸源老祖山謳四首

卜居傍深雲,心心自知足。蘿窗白晝長,閑把禪經讀。荒徑無人踪,充飢多野蕨。門外春草青,忘機有麋鹿。

庭樹有佳色,珍禽多好音。渾然一片境,了無差別心。閑來常獨坐,詩成還自吟。宵宵松門路,迢迢白雲深。

山中住庵人,本是方外客。秋風一旦高,草衣寒索索。靜聽流泉聲,坐看松子落。何來牧牛童,袒膊露雙脚。

長林悉凋落,刮地霜風吹。道人不出山,終年無所知。一心既空寂,萬法將焉依。海門明月上,冷照枯松枝。

贈珉藏主

見道能修道,知恩合報恩。大功原不宰,妙斫了無痕。刹刹神通藏,塵塵智照門。機先開活眼,一句定乾坤。

贈李古銘居士

在家能學佛,齋戒誓終身。欲證無爲果,須除有漏因。頭頭全妙用,一一契天真。雖處塵勞界,堪稱解脱人。

示顧妙心道人

大道無方所,頭頭總現成。妄情纔頓息,覺性自圓明。古鏡重磨瑩,真金百煉精。請看靈照女,千載振嘉聲。

送密禪人

潛行并密用,要與古人同。理寂事俱寂,心空法亦空。探玄須具眼,覓佛謾施功。的的吾宗旨,堂堂日用中。

送天禧麐知客

教觀與禪宗,繇來絕異同。心心無取捨,法法自融通。實相原非相,真空亦不空。玻璃輕托出,特地顯家風。

示葉居士

在家學佛人,古今知幾幾。悟得本來心,何須棄妻子。湘西龐道原,河東裴公美。機語播禪林,芳名載僧史。

示翁居士

本性天真佛,堂堂日用中。已勤修道志,當進坐禪功。觸處無妨礙,臨機有變通。心空能及第,應與老龐同。

雲居十首

雲居絕頂,久矣荒蕪。余領住持,志圖興復。於是躬操畚鍤,首創室廬以居焉。然時事艱難,立功未就,林泉勝絕,藏拙是宜。觸目寓懷,遂成十偈示左右云。

絕頂雲深處,膺公舊隱基。自從經劫燒,便覺值時危。草沒隈巖塔,藤纏卧路碑。開荒當聖代,禪誦樂無為。

絕頂雲深處,生涯孰與論。牽蘿難補屋,夾樹易成門。案潤塵偏積,爐寒火尚存。一聲山鵲唳,不覺又黃昏。

絕頂雲深處,吾今誓卜居。草萊鋤不盡,薇蕨食無餘。古砌崩頹久,虛堂結構初。廢興應有數,天意竟何如。

絕頂雲深處,諸峰列作屏。風林春淅淅,烟樹曉冥冥。鈍钁重安柄,長鐮始發硎。已成歸隱計,築圃傍柴扃。

絕頂雲深處,何人伴寂寥。青山如可厭,白日也難消。采藥登巖洞,看松倚石橋。自慚樗散質,無補聖明朝。

絕頂雲深處,安居愜素心。紅塵飛不到,綠樹自成陰。好鳥鳴當戶,異花開滿林。客從方外至,曳杖碧溪潯。

絕頂雲深處,憑誰話此宗。獨芟階下草,閑撫石邊松。寒暑三條衲,乾坤七尺筇。上堂藜糝熟,童子恰鳴鐘。

絕頂雲深處,禪房靜更幽。猿啼清夜月,雁過碧天秋。霜果香堪摘,寒杉翠欲流。從來人迹少,何用息交游。

絕頂雲深處,長年事若何。一心無住着,萬念盡消磨。自喜逢迎少,誰言寂寞多。充飢有黃獨,那復下烟蘿。

絕頂雲深處,丹青寫不成。溪光晴轉好,泉溜夜偏清。但得山中趣,寧圖世上名。小窗寒月白,梅影一枝橫。

讚
觀音

啟圓通門,現比丘相。妙應無方,真慈無量。全身墮在草窠中,獨有善財能近傍。
　　手持如意輪,仰觀天上月。圓通門大開,三世一切説。
　　　　　　魚籃觀音
錦鱗鮮活出潮新,赤手提來走市塵。貴賤隨時無定價,相逢不是當行人。
　　　　　　布袋和尚
布袋横拖走市塵,逢人要覓一文錢。只知追逐小兒戲,忘却上方兜率天。
　　　　　　朝陽補破衲
切切用針錐,工夫要綿密。這回補不完,孤負天邊日。
　　　　　　對月了殘經
手中一卷經,天上一輪月。了了在目前,明明向誰説。
　　　　　　應供羅漢
一隊垛根漢,長年何所爲。神通雖變現,佛法欠傳持。我欲生按過,未免費針錐。捏怪有時盡,誰能説得伊。
久向天台静打隄,有何忙事出山來。只知度海邐齋去,不覺從前滿面埃。
　　　　　　跨牛羅漢
手持經卷跨犀牛,知是何來老比丘。便恁麽隨芳草去,還家只合早回頭。
　　　　　　達磨祖師
當門齒缺兩眉粗,個是單傳碧眼胡。出語不教天子契,渡江空費一莖蘆。
　　　　　　六代祖師
遠來東土爲初祖,教外何曾有別傳。冷坐九年無折合,獨携隻履返西天。
覓心不得安心竟,鼻孔無端失半邊。三拜起來依位立,少林衣鉢是渠傳。
皖公山裏獨潛光,聲迹都盧與世忘。勾引沙彌來問法,始終猶是不相當。
三度固辭天子詔,一生只合住山中。如何却有閑情緒,直上牛頭接懶融。
只個周家七歲兒,從前捏怪更誰知。解言有姓非常姓,腦後分明欠一錐。
菩提非樹鏡非臺,開口那知是禍胎。傳得衣盂將底用,三更月下離黄梅。
　　　　　　懶瓚禪師
布衣穿結鬢毛斑,天子呼他不下山。惹得虛名垂後世,只因分芋俗人餐。
　　　　　　虎丘老祖
睡虎耽耽世所誇,堆雲觸着是冤家。祇應肉醉空山裏,更不人前露爪牙。

三笑圖

天子呼他不出山,送人却過虎溪灣。信知陶陸非常士,千載風流一笑間。

高峰和尚

天目山中立死關,話頭從此落人間。青松樹下磐陀石,凛凛高風孰可攀。

中峰和尚

幻住庵居老作家,頂門眼正辨龍蛇。看他開口爲人處,嚼碎虛空不吐查。

千巖和尚

伏龍山上無明叟,曾向獅巖落賺來。死款活供猶傑斗,至今平地起風雷。

太宗和尚普慶振長老請

早歷諸方門,曾不循途轍。竪起硬脊梁,一條生鐵橛。洎到紫籜峰,平地遭一撅。打失雙眼睛,冤屈憑誰雪。雁宕掃寒雲,龍困弄明月。兩處立牢關,機用與人別。威風凛凛振叢林,師子教兒迷子訣。

古鼎和尚太平慧長老請

披忍辱鎧,堅精進幢。三關不立,群魔自降。德尊位重,理勝言厖。晚居徑塢,名聞異邦。揭示妙明心地印,倒流東海入西江。

自讚

龍潭住長老請

本是浙東僧,來作江西客。開口要罵人,到處難着脚。破沙盆不解提持,鐵酸餡徒勞咬嚼。獨坐歐峰巔,門庭何冷落。龜毛網布百千重,擬打天邊金鷺鷥。

天龍善長老請

平生要説拍盲禪,掘地如何覓得天。三處住山貧徹骨,了無衣鉢與人傳。

乘藏主請

承恩金闕奉天威,五髻峰頭唱祖機。老去貧無錐可卓,摩挲兩眼看雲飛。

(以上同上卷八)

卷五　曹洞宗禪僧詩輯考

宋元期之曹洞宗,有南北二系,皆自北宋芙蓉道楷出。宋金分裂,華北有鹿門一脉,至萬松行秀而顯於元;華南則道楷諸法孫在焉,但至南宋後期,亦唯剩明極慧祚一脉而已。《宋代禪僧詩輯考》未錄華北一系,今補續之。

釋自覺

鹿門自覺(?—1117)①,法系:芙蓉道楷——鹿門自覺。② 按,自覺應爲北宋僧,《宋代禪僧詩輯考》未存其詩。今輯其詩如次:

五位頌

正中偏,月黑雲籠午夜天。佛祖無踪凡聖盡,個中誰辨往來源。
偏中正,金井玉盤秋水冷。海天紅日已生東,餘輝不照毗盧頂。
正中來,戴角披毛知幾回。應物轉身全得妙,雲收終不露崔嵬。
偏中至,覿面誰能容擬議。手提妙印不當風,大用繁興豈凝滯。
兼中到,無舌童兒方會道。撥塵何處得逢源,撒手迴途還得妙。(以上《五燈會元續略》卷一)③

釋一辨

普照一辨,"一"又作"希","辨"又作"辯"。法系:芙蓉道楷——鹿門自覺——普照一辨。《全金詩》《全遼金詩》皆無其人。輯佚:

賓主頌
賓中賓

天涯奔走幾經春,負學論功日轉貧。行海淵深須遍涉,義天空闊不容塵。

---

① 卒年據《正名錄》卷五,謂鹿門卒於政和七年(1117)。
② 自《五燈會元續略》以鹿門覺爲天童如净法嗣,後之燈錄常襲其説。智楷《正名錄》卷五已辨其非,并揭出自覺乃芙蓉道楷法嗣,殆無疑義。
③ 《五燈會元續略》以鹿門以下曹洞宗僧皆出天童如净,不足爲據,然所載自覺法語、詩作,亦無他書可以證僞,今仍錄於自覺名下。以下僧人同。

賓中主
衣穿瘦骨露無餘，獨鎮寰區暉太初。三尺匣中誅佞劍，百囊篋裏薦賢書。
主中賓
丹墀鞭静九宫開，萬里江山絶點埃。脱却襴衫戴席帽，聲聲只道那邊來。
主中主
重巖幽邃鎖烟岑，古洞龍吟霧氣深。石女唱歸紅焰裏，木人運步覓知音。

頌浮山示投子十六題

一、識自宗
問答休將句偈酬，到頭佛祖一齊收。九年面壁已多事，立雪神光亦强求。

二、死中活
今時及盡更何親，雲鑠幽巖凍鎖津。堪羨嶺頭增意氣，雪中獨綻一枝春。

三、活中死
合頭相似喜人情，水月空花鏡象榮。荒徑客迷芳草渡，擬將石火當天明。

四、不落死活
到頭采汲不虛施，運水搬柴自合時。燕語未歸簾幕静，曉鶯啼處緑楊垂。

五、背捨
三峰華嶽總平治，雪壓寒林折凍枝。一念不生全體現，纖毫纔動落階墀。

六、不背捨
路闊巖高碧澗流，山花開遍接雲樓。雨餘何處金鶯囀，不顧春殘語未休。

七、活人劍
耳聽無妨眼見聞，南山下雨北山雲。動容擧止方圓異，大賞將軍不語勳。

八、殺人刀
凛凛霜風刮地生，千山冰雪路難行。未萌已落威音際，纔擬玄微墮阱坑。

九、平常
春來幽谷水泠泠，策杖優遊傍釣汀。好是太平無事客，汩羅未必獨醒醒。

十、利道拔生
少室靈山事宛然，不曾談說不安禪。回光一句超今古，大丈夫兒誰後先。

十一、言無過失
默時似說說時無，迷悟剛令與道疎。莫謂人根有利鈍，粗言細語不關渠。

十二、透脱
雪後風和曉霽天,鶯吟花笑柳含烟。鳳樓不宿桃源客,半夜穿靴入市廛。

十三、透脱不透脱
劈箭機鋒着眼看,當陽趁妙哂傍觀。雲橫谷口迷巢鳥,雪擁柴門去路寒。

十四、稱揚
寒潭不與月爲期,萬古松聲韻不移。眼聽耳觀如會得,方知佛祖密傳持。

十五、降句
當臺明鏡影難藏,露柱燈籠自舉揚。千聖不曾留半偈,少林已是不相當。

十六、方入圓
携琴玉女夜歸時,鳳轉丹霄入紫薇。香霧噴花烟靄重,汀洲漁棹月依稀。

五位頌
正中偏,斗柄初橫半夜前。密室不然龍鳳燭,廣寒宮殿月當天。
偏中正,木女手携無字印。失曉昆侖暗皺眉,①自然羞看秦時鏡。
正中來,劍樹刀山也自摧。玉馬嘶聲離月殿,九重依舊鎖蒼苔。
偏中至,大用縱橫無巧智。漁歌樵唱謁金門,太平不是將軍致。
兼中到,頭角完全無異號。脱珍着弊入廛來,縱橫踏破今時道。(以上《五燈會元續略》卷一)

釋寶

大明寶,法系:芙蓉道楷——鹿門自覺——普照一辨——大明寶。《全金詩》《全遼金詩》皆無其人。輯佚:

五位頌
正中偏,月鎖深宮午夜前。燭香人静丹墀冷,一片虛明照碧天。
偏中正,曉天不挂秦臺鏡。金烏纔擬出扶桑,依俙還被輕烟映。
正中來,深夜寒梅雪裏開。馥馥清香無間斷,頭頭觸處絶纖埃。
偏中至,大用全彰無忌諱。携手相將賀太平,熙熙風物從來異。
兼中到,妙盡功忘非善巧。枯木龍吟大地春,靈根秀出寒巖草。(以上《五燈會元續略》卷一)

---

① 昆,原作"鬼",據《續燈存稿》卷十一改。

釋覺體

　　王山覺體,各燈録皆僅作"王山體",唯《宗鑒法林》卷六十九存"王山覺體"之名,姑從之。法系:鹿門自覺——普照一辨——大明寶——王山覺體。《全金詩》《全遼金詩》皆無其人。輯佚:

五位頌

　　正中偏,夜深古殿鎖輕烟。寂寂苔封臣不立,密密光輝未兆前。
　　偏中正,玉人不睹臨臺鏡。子夜星河霧氣濃,依舊青山不露頂。①
　　正中來,木人携杖火中回。趁起泥牛耕練色,放教石馬步蒼苔。
　　偏中至,轉側相逢全意氣。交輝終不犯鋒鋩,大用縱橫無變異。
　　兼中到,明暗盡時光不照。石女有智妙難窮,解栽絶頂無根草。(以上《五燈會元續略》卷一)

釋滿

　　雪巖滿,法系:鹿門自覺——普照一辨——大明寶——王山覺體——雪巖滿。《全金詩》《全遼金詩》皆無其人。輯佚:

五位頌

　　正中偏,邃洞沉沉鎖翠烟。午夜碧空清似鏡,一輪明月上層巔。
　　偏中正,欲曉雲濃封野景。雪屋靈明夢未惺,冥然又若寒宵永。
　　正中來,木人携錫下崔嵬。縱橫不履今時地,石徑祥蓮襯足開。
　　偏中至,懶提妙印無真偽。碧莎叢裹恣情眠,一任巖前花雨墜。
　　兼中到,突兀三光曾未照。夢手敲空聽者稀,迥然不墮宮商調。(以上《五燈會元續略》卷一)

釋光

　　勝默光,法系:鹿門自覺——普照一辨——大明寶——王山覺體——勝默光。《全金詩》《全遼金詩》皆無其人。輯佚:

九峰不肯首座話

　　元座徒亡一炷烟,九峰不是抑高賢。若將一色爲承紹,辜負先師不借緣。

---

① 露,原作"霧",據《續燈存稿》卷十一改。

麻谷振錫話

是無可是，非無可非。是非無主，萬善同歸。梟雞晝夜，徒自支離。我無三寸，鱉得喚龜。迦葉不肯，一任攢眉。（以上《續燈存稿》卷十一）

釋行秀

萬松行秀（1166—1246），法系：鹿門自覺——普照一辨——大明寶——王山覺體——雪巖滿——萬松行秀。《全金詩》第 2 冊錄詩 3 首，《全遼金詩》中冊錄詩 2 首。輯佚：

偈頌

藏頭白，海頭黑。鴨頭綠，鶴頭赤。十影神駒立海南，五色祥麟步天北。諸方且莫假狐靈，天童自有真消息。

丈室未離已喫交，悄然歸去轉無憀。經師論師猶相告，一款分明便自招。（以上《萬松老人評唱天童覺和尚頌古從容庵錄》卷一）

受箭張弓處，師資本一人。不離華下路，便見洞中春。

佛殿入燈籠，牛皮鞔露柱。無二無二分，無別無斷故。（以上《萬松老人評唱天童覺和尚拈古請益錄》卷上）

喫拳没興漢，茅廣杜禪和。早是不尅己，那堪錯怪他。道場唯有一，佛法本無多。留與闍黎道，護唵薩哩嚩。（同上卷下）

釋從倫

林泉從倫，法系：萬松行秀——林泉從倫。《全金詩》《全遼金詩》《全元詩》無其人。按，《通玄百問》中之頌皆爲從倫作，今輯出如下：

頌

東西南北，侵天荆棘。没足石人，不消勞力。更須透過那重關，自在縱橫方脫纏。

罪不重科，閑管多羅。未語已前早錯，那堪變態諕訛。阿呵呵，玄與玄玄爭甚麼。

不風流處也風流，無蒂花開鐵樹頭。伶俐禪和高着眼，非同春色媚皇州。

主山前，案山後，日午面南看北斗。騰騰炎暑任遷流，畢竟難侵無相叟。

通玄百問，不拘音韻。縱奪臨時，各安其分。有人問我若奚爲，文彩縱橫看變運。

試問東君也不知,不知底事果何爲。聾於鼻孔纔堪聽,瞎似眉毛方可窺。

住岸却迷人,真語亦真。① 龍樓無宿客,鳳閣有朝臣。薦取玄中旨,誇足下塵。② 欲窮親切處,九盡又逢春。

春寒秋熱,年年不別。碧海纖塵,紅爐片雪。霜餘葉落樹元閑,雨過雲收天愈潔。

久嚮道風,理事雙融。言言般若,物物圓通。其或蹉過當頭句,且向嵩陽問祖翁。

烏那青青處,斫額應難覷。更擬問如何,鷂過新羅去。牧竪高歌唱月歸,鼻頭繩斷元無據。咄。

不敢怠慢,叢林頗慣。知恩報恩,心心無間。雲門正令肯提持,管取河清并海晏。

佛來祖來,切忌胡猜。吾今爲汝,十字轟開。苟或未委真消息,更聽忽雷震九垓。咄。

竪兩指,立綱紀。付全提,而已矣。正休節外強生枝,莫認浮華并浪蕊。

嘉州石像,眉橫眼上。逼塞虛空,無偏無黨。賞心樂事許多般,何用銜花來供養。

有勞法重,當人變弄。妙握吹毛,萬邦一統。不涉纖塵歷大千,須知無用成真用。

天曉不露,龍吟宿霧。語忌十成,機貴回互。滄海曦輪欲吐光,無端還被輕烟妒。

抱瓮之流,豈貴良謀。始信清貧常樂,方知濁富多憂。休休休,得抽頭處且抽頭。

莫謗他好,巧說不如直道。但能語絕幽玄,便見心非做造。兀兀騰騰信自如,階前落葉從風掃。

適來新到,妙通玄奧。把纜放船,相頭買帽。若非佛日顯胸懷,夾嶺門庭孰可造。

正鬧在,明眼宗師無罣礙。坐看喧静與興亡,掌握乾坤彰聖代。

---

① 此句疑有脱字。
② 此句疑有脱字。

待無即道,探竿影草。白馬階前,立分蒭稻。貝葉靈文絶古今,莫隨言句生憂惱。

待有即道,聲光浩浩。莫錯商量,休別尋討。休尋討,柳梢畢竟無酸棗。

生鐵鑄成,非重非輕。無漏堅固,來往縱橫。不涉波瀾遊性海,五濁惡世度衆生。

已承厚意,斯言可記。開口噅當,豈容擬議。停待兮明月當天,動轉兮清風匝地。

一回拈出一回新,信手拈來用最親。百二十年提掇畢,至今依舊不離身。

癲漢眉毛果解閞,須彌驚起夜乘雲。知音不必頻頻舉,八兩分明是半斤。

徒勞拭背向空聽,萬籟聲騰本自寧。察理聆音休費力,雨餘依舊數峰青。

莫亂走,落草之談誰不有。更休特地問前程,擬議思量成過咎。

卑不動尊,道理須存。下不測上,誰敢言論。無陰陽地非關涉,杜撰農夫枉斷魂。

一串穿却,許多落索。細細思量,款款卜度。休卜度,黑是寒鴉白是鶴。

青山常舉足,五目應難矚。不是大周遮,爲非同世俗。同世俗,縱橫在欲而無欲。

白日不移輪,潛通劫外春。莫貪尋旦暮,昧却本來人。本來人,觸處居塵不染塵。

賴是心要,剿絶玄妙。突透禪關,通天一竅。誰知碧眼老胡僧,至今猶惹傍人笑。

莫閑管,大似裁長聊補短。三星片月本無形,何勞特地生希罕。

不多不少,明明了了。三祖有言,諸人可曉。至道無難一句親,大慈千手難魔嬈。

隔絲不灸病,①老盧總權柄。縱奪在臨時,諸人看性命。鐵騎禪和不必爭,近來四海清如鏡。

好客無疎伴,不消重判斷。南山共北山,氣勢俱摩漢。明月與陰雲,愛憎人衆半。妍媸任彼分,吾道一以貫。

大洋海底,爭參祖禰。恰與別峰,不爭半米。

---

① 絲,原作"系",據《萬松老人評唱天童覺和尚拈古請益録》卷下改。

擔取去,最是趙州親切處。滿鉢盛來一物無,莫隨狂妄生憂慮。

過,這些關捩天來大。電光石火薦還遲,不免被他親勘破。

了,妙用神通非小小。佛殿燈籠更互容,此時未審何人曉。

除非和尚,當仁不讓。萬世規模,十方榜樣。佛手驢脚兮胡用他求,彼我生緣兮應須自向。

當時照用曾施設,正法眼藏瞎驢滅。主伴交參向上機,知音不必重甄別。

今日不着便,大似埋兵掉戰。大唐打破尚難求,唯要阿師通一線。

年尊妙語足超情,不動干戈定太平。紫燕黃鸝休巧語,大音須信果希聲。

宿生慶幸,日暖月冷。四海收波,乾坤肅靜。欽師猶被馬師惑,直至如今猶未省。

歸宗猶在,兩彩一賽。這畔無妨,那邊不礙。永書八法好生看,先輩當年曾下載。

滄洲短尾龍,夭矯若寒松。不借葉公筆,寧拘葛氏笻。當堂無朕迹,遍界露形容。擬涉思量處,千峰與萬峰。

大功不宰,聲光猶在。踢倒涅槃床,踏翻寂滅海。把住放行兮觸處自由,奪正縱偏兮有勞神彩。但能就路還家,日者徒占戌亥。

至化無爲,闔國稱奇。清風來紫塞,皓月印丹墀。即理之事兮元非有間,即俗之真兮本不相離。自從一證無師智,繞遍閻浮足不移。

幾乎放過付全提,妙用宜施果必奇。見義不爲無勇也,知恩方報乃忠之。好看狹路泥中刺,善保虛囊橐裏錐。若遇頑嚚無血漢,方知鈍鐵費鉗錘。

趙州茶,曹山酒,不須烹醞時時有。渴來何礙兩三杯,醒後無妨七八斗。末了區區陪奉伊,恐隨嗞味徒開口。

此點最親,心真語真。爍開衲僧鼻孔,增新佛祖精神。建法幢於實際,立宗旨於纖塵。識情卜度知無數,直下全通有幾人。

此句最妙,一言便了。莫逐是非,人間擾擾。禪流着意細參詳,此上神通非小小。

二字三字,是義非義。般若真源,無師妙智。止啼黃葉好生看,剔起眉毛休擬議。

道也未道,不須尋討。因語識人,從苗辨草。了四諦兮不必商量,超十地兮未敢相保。

識教也未超情謂。擬別商量,揚湯止沸。銀漢浪兮雖分,瓊林花兮不異。異不異,明眼衲僧休觸諱。

切忌回頭一句奇,個中玄奧幾人知。但能足下無私去,鳥道縱橫觸處宜。

不是即道,幸勿草草。瓦礫荆榛,無非至寶。妙體絶依一句玄,刹塵等遍瞿曇老。

賣盡風流不着錢,知音不必更重宣。空生見慣尋常也,餓眼禪和更可憐。

低聲舉似不諵訛,無恨勞生會也麼。悲智願心澄海月,聞思修慧引風柯。杜禪和,莫蹉跎,隨聲逐色果如何。

鈎在不疑之地,迷悟是非一致。當年潦倒玄沙,曾被靈雲返戲。你誇了了明明,我道儼然瞌睡。休瞌睡,雨餘雲霽山添翠。

赤手空拳事事無,更須放下復迴途。若能如是承當去,方信闍黎德不孤。德不孤,莫含胡。休糧萬子人皆有,祇恐臨時不丈夫。

却知痛癢,不辭提獎。昨夢初醒,是非已往。佛祖權橫在萬松,莫隨言句空勞攘。

此義文長,切忌商量。不比蠅鑽故紙,豈同蠹禦殘章。伶俐漢,莫荒唐。千手大悲難摸索,無言童子善敷揚。

收,截斷衆流。三玄三要,無比無儔。菊花開日重陽至,一葉落時天下秋。

此處無金二兩,大似揚聲止響。衣珠歷歷分明,祇管玲瓏飄蕩。若渠更擬不知處,便與攔腮轟一掌。

莫妄想好,更無做造。要知真妄圓融,識取菩提煩惱。貪嗔癡,無非道,算來枉了別尋討。

打破畫瓶,猶醉忽醒。金身丈六,應物標形。秋水净如僧眼碧,曉山濃似佛頭青。

劣則總劣,不可分別。瓶盤釵釧,體同名別。早是圓通多口,那堪仰嶠饒舌。爲君決,六月日頭到處熱。

勝則俱勝,爲渠親證。佛祖權衡,是定非定。雖然不與汝同槃,斤兩到頭難昧秤。

索另先窮人盡知,圓融行佈強支離。同田分貝君看取,家不和兮鄰里欺。

右件各等分,感承垂寶訓。一丸療病安,何假驢般運。日面月面酬時,孰怕重重詢問。

清光何處無，妙德轉玄樞。穆穆金波冷，停停玉兔孤。曲鈎猶不似，明鏡轉差殊。若會雲巖舉帚意，須知元不費功夫。

謝師點破，二俱話墮。誰想今朝，又添一個。如斯舉唱宗乘，笑殺東村王大。

何所不宗，物物皆從。圓證一念，妙德顒顒。總似常啼渾賣却，須知死水不藏龍。

誰在門外，乾坤非大。圓覺伽藍，久經淘汰。不必携筇月下敲，化城打破無遮礙。

更有赤鬚狐，哀哉肘後符。識情如實有，因果不虛無。巧若拙，智如愚，幾個男兒是丈夫。

但喫吐而唾，幾人窺得破。摩訶修多羅，南無三滿哆。三滿哆，言滿天下無口過。

摩訶羅骨朵，未肯全許可。立雪與拈花，曾已遭懡㦬。眉毛不惜報君知，熱則趁涼寒向火。

拈起拄杖，徐行而往。乾闥城中，毗盧頂上。石頭路滑兮非功，玉溪路曠兮絕想。

休寐語，華胥國破無依所。香嚴寂子太含胡，供水過茶祈允許。

通玄峰頂，天然孤逈。擬涉途程，鞭折汝脛。大隱居廛小隱山，隨人變運俱無等。

有年無德，不拘軌則。指東爲西，呼南作北。祇麽窮通然較些，正眼觀來猶費力。

師會也未，弄粥飯氣。妙轉天輪地軸，密織文經武緯。大璞不琢兮純真，圓珠不穴兮愈貴。

請師先進，不存逆順。休問破危成收，莫說吉凶悔吝。大道縱橫本自平，何須腰佩空王印。

掀倒蒲團闡大機，幾人於此造玄微。法源窮徹無餘底，陡覺虛空減帶圍。

好個英靈鬼眼睛，是非窺盡沒輸贏。爭如兀兀無知去，且與眉棱結弟兄。

別日再商量，慈悲爲舉揚。眉毛猶不惜，意路豈遮藏。夜月光連水，朝曦影轉廊。玉溪垂示處，細細好參詳。

還有眼麽，一言包裹。了了明明，箭穿紅垛。聽聲觀色總如如，逆順同歸無不可。

　　幾乎忘却,爲渠酬酢。方寸靈明,豈從天爵。任麼會去,千錯萬錯。要不錯,休强續鳧來截鶴。

　　通方衲子果英靈,眼耳無妨信視聽。皓月豈離秋水碧,浮雲那礙曉峰青。聲色裏,醉還醒,六國安然本自寧。

　　無間道中,自西自東。快活不徹,受用無窮。君不見提婆達多曾有語,三禪天樂竟非同。

　　一有多種,群峰勢聳。摩漢凌空,須彌慚悚。吹毛他日當權,應剪人間繁冗。

　　二無兩段,非敢相謾。如如妙智,猶珠走盤。但若圓成一念,休尋萬緒千端。

　　不曾曳露布,業轉現等皆分付。此義文長別日宣,且隨禪苑生機路。

　　展開兩手,了無所有。暮四朝三,徒成過咎。要知融會緣由,冬後逐年數九。

　　戳瞎那知眼倍明,微塵經卷了平生。指頭尖上些兒個,消得阿師幾日程。

　　無功受祿漢,月爲鄰兮雲作伴。飢餐渴飲困時眠,此外不消閑讚嘆。

　　禍出私門自偶然,莫於情識妄鑽研。白雲橫谷舒還捲,豈礙晴空與湛天。(以上《通玄百問》)

釋智泰

　　中林智泰,法系:萬松行秀——雪庭福裕——中林智泰。《全元詩》無其人。輯佚:

辭世偈

　　修起忠師無縫塔,推倒自身無相身。無相身,無相身,無相身中絕一塵。(《五燈會元續略》卷一)

釋義讓

　　息庵義讓(?—1340),法系:萬松行秀——雪庭福裕——足庵净肅——古巖普就——息庵義讓。《全元詩》無其人。輯佚:

辭世偈

　　來時本静,去亦圓周。虛空作舞,任意優遊。(《五燈會元續略》卷一)

釋文才

淳拙文才(1273—1352)，法系：萬松行秀——雪庭福裕——靈隱文泰——還源福遇——淳拙文才。《全元詩》無其人。輯佚：

付松庭子嚴衣法偈(句)

五乳峰頭獅子子，光前耀後自超群。(《五燈會元續略》卷一松庭子嚴條)

釋子嚴

松庭子嚴，法系：萬松行秀——雪庭福裕——靈隱文泰——還源福遇——淳拙文才——松庭子嚴。《全元詩》無其人。輯佚：

力田偈

亂後歸來自耨耘，生涯辛苦與誰論。晝拈塊石驅山鳥，夜坐巢庵逐野豚。腸斷秋風頻擊柝，目窺夜月以銷魂。近來始識農夫苦，一飯仍思施主恩。(《五燈會元續略》卷一)

釋大證

無印大證(1297—1361)，法系：明極慧祚——東谷妙光——直翁可舉——雲外雲岫——無印大證。《全元詩》無其人。輯佚：

偈頌

昨日二十九，今朝七月一。報爾參玄人，光陰如箭疾。娘生兩隻眼，個個黑如漆。急急急，回頭看取天真佛。

妙不妙，衲僧鼻孔多無竅。玄不玄，刹竿頭上無青天。至士寧容袖手，良馬豈待揮鞭。全超棒喝，不落蹄筌。百鳥不來春又去，巖房贏得日高眠。(以上《續傳燈錄》卷三十六)

附錄　法系未詳者

釋道悟
佛光道悟(1151—1205)，金代僧人。《增集續傳燈録》卷六列入"未詳承嗣"。《全金詩》《全遼金詩》無其人。輯佚：
句
水流須到海，鶴出白雲頭。（《增集續傳燈録》卷六）

釋教亨
虛明教亨(？—1219)，金代僧人。《續燈存稿》卷十二列入"未詳法嗣"。《全金詩》《全遼金詩》皆無其人。輯佚：
頌日面佛月面佛公案
日面月面，星流掣電。若更遲疑，面門着箭。（《續燈存稿》卷十二）

釋顗
玄冥顗，全名未詳。《增集續傳燈録》卷六列入"未詳承嗣"，作"慶壽開山第一代玄冥顗禪師"，又録其語，有"今時參禪衲子，欲得成佛成祖底如麻似粟，要作驢作馬底遍大金國中把火也覓個不得"之句，當是金代僧人。《全金詩》《全遼金詩》皆無其人。輯佚：
偈頌
十字街頭戲，猢猻上刹竿。雖然閑伎倆，莫作等閑看。
頌雲門話
平地怒濤千百尺，旱天霹靂兩三聲。可憐月下守株客，涼兔不逢春草生。
（以上《增集續傳燈録》卷六）

釋沼
中觀沼，全名未詳。海雲印簡之受業師。《全元詩》無其人。輯佚：
偈頌
七十三年如掣電，臨行爲君通一線。泥牛飛過海東來，天上人間尋不見。

(《繼燈録》卷六)

釋思

省庵思,《增集續傳燈録》卷六列入"未詳承嗣"。《山庵雜録》卷下云至正甲申過訪省庵,"時思年逾九十",知爲元僧。《全元詩》無其人。輯佚:

罵僧詩

五蘊不打頭自髡,黃布圍身便是僧。佛法世法都不會,噇猪噇狗十分能。

頌趙州狗子無佛性話

狗子佛性無,狗子佛性有。猴愁搜搜頭,狗走抖擻口。(以上《山庵雜録》卷下)

釋明然

明然,《天目中峰廣録》卷二十四有《送明然上人居山序》,知其與中峰明本同時,年輩或略晚於明本。《全元詩》無其人。輯佚:

居山歌

水邊有山,可以縛茅廬。山中有屋,可以藏幻軀。屋下有柴牀,可以結雙趺。牀前有尺土,可以開地爐。所以無用者,一個黑鉢盂。既無着處,懸之太虛。我非所輔休塗糊,天高地遠道何孤,惟有斂衽退縮真良圖。極目誰非大丈夫,不須特地做規模。豈不見釋迦老子二千年外,黃金髑髏也會枯,謾言遺臭在江湖。爭似我自今已去,不爲一物度朝晡,佛法從教說有無。(《天目中峰廣録》卷二十四)

釋元模

慧空元模,元代大德年間僧人。《續燈存稿》卷十二列入"未詳法嗣"。《全元詩》無其人。輯佚:

辭世偈

四十餘年寄俗塵,如今却顯個中尊。巖頭一夜東風起,吹得華開滿樹春。鐵船無柂亦無蓬,撑入金蓮性海中。末後一機今說破,白雲元不離長空。大地山河覓無迹,虛空撞破見端的。縱使鐵輪頂上旋,本性圓明常不失。(《續燈存稿》卷十二)

釋自緣

會堂自緣(1310—1368),事見宋濂《宋文憲公護法録》卷二《佛心普濟禪師

附錄　法系未詳者

緣公塔銘》。《全元詩》無其人。輯佚：

念蓮經
大通十劫不成道，誰向春風醉畫樓。六萬餘言唯此處，一番啓口一番愁。

開蓮經板
炎炎火宅急抽頭，駕起當年露地牛。增上慢人聞不信，待渠擔板一生休。

（以上《重刊貞和類聚祖苑聯芳集》卷一）

釋愚

如庵愚，《山庵雜録》卷下云"亨景南者，南昌萬氏子。幼依來福山端公得度，參如庵愚公于百丈，笑隱訢公于龍翔"，可知爲元僧。《全元詩》無其人。輯佚：

酬仰山古心和尚
風吹不入集雲關，先有難兄後弟難。捺定藤條宜照顧，當機莫作等閒看。
提持大法眼中稀，地老天荒僅見之。喜得先師鉢袋子，不勞付屬有人知。

（以上《重刊貞和類聚祖苑聯芳集》卷五）

釋常

雪竇常藏主，見《山庵雜録》卷上，僅記其師爲"橫山"；《續燈存稿》卷十二列入"未詳法嗣"。無愠云"余少年於徑山識之"，知爲元代後期僧人。《全元詩》第8册收"釋常"詩一首，注云"徑山僧"，或即此僧。輯佚：

鐵牛
百煉爐中輥出來，頭角崢嶸體絶埃。打又不行牽不動，這回端不入胞胎。

海門
業風吹起浪如山，多少漁翁着脚難。拚命捨身挨得入，方知玉户不曾關。

苦笋
紫衣脱盡白如銀，百沸鍋中轉得身。自是苦心人不信，等閒咬着味全珍。

息庵
百尺竿頭罷問津，孤峰絶頂養閒身。雖然破屋無遮蓋①，難把家私説向人。

（以上《山庵雜録》卷上）

---

① 蓋，原作"藍"，據《續燈存稿》卷十二改。

釋勉

育王勉侍者，《山庵雜錄》載其爲恕中無慍之族姪，當是元末僧人。《全元詩》無其人。輯佚：

送僧偈

烏窠吹布毛，侍者便悟去。雖不涉言詮，早已成露布。天台嶺上雲，雁宕山中樹。此去好商量，莫觸當頭諱。

臨終偈

生本不生，死亦非死。祕魔擎叉，俱胝竪指。（以上《山庵雜錄》卷上）

釋素

素首座，《山庵雜錄》引竺元妙道語云"叢林皆以其不出世說法爲恨"，當是元僧。《全元詩》無其人。輯佚：

山居偶書

傳燈讀罷鬢先華，功業猶爭幾洛叉。午睡起來塵滿案，半檐閑日落庭花。
尖頭屋子不嫌低，上有長林下有池。夜久驚飆掠黃葉，恰如篷底雨來時。
浮世光陰日不多，題詩聊復答年華。今朝我在長松下，背立西風數亂鴉。
（以上《山庵雜錄》卷上）

釋會

元庵會，《山庵雜錄》云其"雅善趙文敏公"，知爲元僧；《續燈存稿》卷十二列入"未詳法嗣"。《全元詩》無其人。輯佚：

修涅槃堂偈

涅槃一路盡掀翻，觸處工夫見不難。洗面驀然摸着鼻，綉針眼裏好藏山。
（《山庵雜錄》卷下）

釋魁

一山魁，《續燈存稿》卷十二列入"未詳法嗣"，謂與平石如砥友善，知爲元僧。《全元詩》無其人。輯佚：

偈頌

寄語天童老平石，一念非今亦非昔。欲聽寒山夜半鐘，吳江依舊連天碧。[1]

---

[1] 此詩《續燈存稿》謂係一山魁轉世後作，殊爲無稽，但仍應作元代禪僧詩輯錄。

附録　法系未詳者

(《續燈存稿》卷十二)

釋祖燈

　　無盡祖燈(？—1369)，《續燈存稿》卷十二列入"未詳法嗣"，《全元詩》無其人。輯佚：

辭世偈

　　生滅與去來，本是如來藏。捺倒五須彌，廓然無背向。(《續燈存稿》卷十二)

釋守仁

　　一初守仁(？—1391)，《全元詩》第51册録詩43首。《全元詩》亦注意到守仁號夢觀、有《夢觀集》之記録，然未從其説。按，《全元詩》所收之《蝦子禪》一詩，《禪宗雜毒海》卷四署作"夢觀仁"，守仁號夢觀或確有其事。輯佚：

翡翠

　　見説炎州進翠衣，網羅一日遍東西。羽毛亦足爲身累，那得秋林净處栖。(《禪宗雜毒海》卷六)

禪僧法名下字音序索引

B

釋寶（大明寶）	卷五,631
釋福報（復原福報）	卷二,129
釋明本（中峰明本）	卷三,170
釋本（無際本）	卷四,453
釋一辨（普照一辨）	卷五,629
釋標（指堂標）	卷四,329

C

釋文才（淳拙文才）	卷五,640
釋昌（明叟昌）	卷三,302
釋智昌（壽巖智昌）	卷二,136
釋元長（千巖元長）	卷三,265
釋常（雪寶常藏主）	附錄,643
釋本誠（覺隱本誠）	卷三,265
釋誠（古心誠）	卷三,149
釋崇（東山崇）	卷三,256
釋清㵎（蘭江清㵎）	卷四,606
釋智淳（佛初智淳）	卷二,129
釋思聰（無聞思聰）	卷一,6
釋存（古愚存）	卷三,265

D

釋成大（方崖成大）	卷二,129
釋師大（小隱師大）	卷二,130
釋妙道（竺元妙道）	卷四,331

釋祖燈（無盡祖燈）	附錄,645
釋如砥（平石如砥）	卷三,247
釋持定（鐵牛持定）	卷三,144
釋先睹（無見先睹）	卷三,231
釋智度（白雲智度）	卷三,302

E

釋曇噩（夢堂曇噩）	卷二,27
釋覺恩（斷江覺恩）	卷四,392

F

釋善法（性海善法）	卷二,136
釋敷（竺曇敷）	卷二,134
釋净伏（虎巖净伏）	卷四,326
釋本復（中行本復）	卷四,529
釋來復（見心來復）	卷四,604

G

釋至剛（石門至剛）	卷三,264
釋恭（恭都寺）	卷二,16
釋清珙（石屋清珙）	卷三,259
釋古（鏡堂古）	卷三,247
釋普觀（無我普觀）	卷二,136
釋光（勝默光）	卷五,632
釋悟光（雪窗悟光）	卷四,528
釋守貴（無用守貴）	卷三,324

H

釋德海（東嶼德海）	卷四,327

禪僧法名下字音序索引

釋清海（會翁清海）	卷四,527	釋智寬（雲海智寬）	卷四,528
釋志海（曼容志海）	卷二,132	釋法匡（正宗法匡）	卷四,454
釋浩（橫江浩）	卷四,529	釋魁（一山魁）	附錄,644
釋教亨（虛明教亨）	附錄,641	釋宗廓（無外宗廓）	卷二,8
釋自厚（穹窿自厚）	卷四,529	**L**	
釋景瓛（瑩中景瓛）	卷二,133	釋宗泐（全室宗泐）	卷二,131
釋文煥（天彰文煥）	卷四,609	釋慕聯（竺芳慕聯）	卷四,604
釋曇徽（太古曇徽）	卷二,129	釋輔良（用貞輔良）	卷二,131
釋道惠（性空道惠）	卷二,8	釋契了（即休契了）	卷四,412
釋會（元庵會）	附錄,644	釋法林（竹泉法林）	卷二,27
釋覺慧（敏機覺慧）	卷二,138	釋林（獨木林）	卷四,328
釋慧（無機慧）	卷四,405	釋希陵（虛谷希陵）	卷三,148
J		釋靈（一源靈）	卷三,247
釋無機（寶林無機）	卷一,1	釋從倫（林泉從倫）	卷五,633
釋智及（愚庵智及）	卷二,101	釋天倫（仲萬天倫）	卷二,26
釋以假（室中以假）	卷三,258	**M**	
釋夷簡（同庵夷簡）	卷三,302	釋滿（舜田滿）	卷三,169
釋印簡（海雲印簡）	卷一,1	釋滿（雪巖滿）	卷五,632
釋萬金（天界萬金）	卷二,134	釋清茂（古林清茂）	卷四,332
釋宗淨（月江宗淨）	卷二,8	釋勉（育王勉侍者）	附錄,644
釋文靜（默堂文靜）	卷四,606	釋原妙（高峰原妙）	卷三,139
釋元瀞（樸隱元瀞）	卷二,128	釋思珉（玉溪思珉）	卷二,9
釋鏡（月林鏡）	卷四,405	釋慧明（性原慧明）	卷二,128
釋本裴（無文本裴）	卷二,138	釋祖銘（古鼎祖銘）	卷二,26
釋自覺（鹿門自覺）	卷五,629	釋元模（慧空元模）	附錄,642
釋廷俊（懶庵廷俊）	卷二,130	**N**	
釋清濬（天淵清濬）	卷二,134	釋希能（存拙希能）	卷四,605
K		釋良念（空海良念）	卷三,265
釋文康（穆庵文康）	卷四,606	釋念（鐵嘴念）	卷一,2
釋賢寬（無用賢寬）	卷一,2	釋喜念（笑巖喜念）	卷二,132

釋寧(一峰寧)	卷三,325	釋法樞(鐵關法樞)	卷一,4
釋壽寧(居中壽寧)	卷三,265	釋思(省庵思)	附錄,642
釋永寧(一源永寧)	卷一,6	釋素(素首座)	附錄,644

P   **T**

釋淳朋(獨孤淳朋)	卷四,411	釋心泰(岱宗心泰)	卷二,134
釋子梗(用堂子梗)	卷二,129	釋智泰(中林智泰)	卷五,639
釋智普(無方智普)	卷二,130	釋慧曇(覺原慧曇)	卷二,130
		釋景曇(竺雲景曇)	卷四,328

Q

釋奇(怪石奇)	卷二,9	釋妙坦(竺西妙坦)	卷四,326
釋梵琦(楚石梵琦)	卷二,28	釋覺體(王山覺體)	卷五,632
釋德祺(曇石德祺)	卷二,133		

W

釋宗起(滅宗宗起)	卷二,132	釋懷渭(清遠懷渭)	卷二,131
釋文謙(牧隱文謙)	卷二,132	釋時蔚(萬峰時蔚)	卷三,302
釋勤(懶牛勤)	卷二,137	釋彥文(學隱彥文)	卷四,606
釋子清(業海子清)	卷二,26	釋本無(我庵本無)	卷二,27
釋善慶(千瀨善慶)	卷三,169	釋道悟(佛光道悟)	附錄,641
釋瓊(鐵山瓊)	卷一,4	釋忻悟(空叟忻悟)	卷二,135

R   **X**

釋德然(唯庵德然)	卷三,310	釋弌咸(澤山弌咸)	卷四,405
釋明然	附錄,642	釋曇相(本空曇相)	卷二,134
釋子然(瑩中子然)	卷四,605	釋大訢(笑隱大訢)	卷二,16
釋義讓(息庵義讓)	卷五,639	釋克新(承天克新)	卷二,131
釋仁(古心仁)	卷二,137	釋懷信(孚中懷信)	卷四,454
釋守仁(一初守仁)	附錄,645	釋信(元翁信)	卷一,2
釋至仁(行中至仁)	卷二,101	釋宗信(及庵宗信)	卷三,148
釋善如(愚仲善如)	卷二,129	釋行興(魯雲行興)	卷一,2
釋昭如(海印昭如)	卷三,144	釋懋訶(用明懋訶)	卷四,606

S

		釋修(竹洲修)	卷三,150
釋水盛(竺源水盛)	卷一,3	釋行秀(萬松行秀)	卷五,633
釋仁淑(象原仁淑)	卷二,133	釋宣(無言宣)	卷三,256

禪僧法名下字音序索引　　　　　　　　　　　　　　　　　　　　　649

釋洵(東澗洵)	卷三,265	釋自緣(會堂自緣)	附錄,642
Y		釋自悅(白雲自悅)	卷二,133
釋雅(道純雅)	卷二,132	釋無慍(恕中無慍)	卷四,530
釋希顏(悅堂希顏)	卷四,528	**Z**	
釋子嚴(松庭子嚴)	卷五,640	釋文藻(南洲文藻)	卷四,606
釋道衍(獨庵道衍)	卷二,135	釋惟則(天如惟則)	卷三,285
釋惟一(了堂惟一)	卷四,566	釋惟則(天真惟則)	卷三,264
釋宜(行可宜)	卷四,454	釋弘澤(天霖弘澤)	卷二,137
釋顗(玄冥顗)	附錄,641	釋澤(枯林澤)	卷四,530
釋廣益(仲虛廣益)	卷二,137	釋元湛(秋江元湛)	卷三,246
釋悟逸(樵隱悟逸)	卷三,150	釋璋(中和璋)	卷一,1
釋了義(斷崖了義)	卷三,257	釋正璋(大圭正璋)	卷四,529
釋因(大方因)	卷四,527	釋沼(中觀沼)	附錄,641
釋正印(月江正印)	卷四,422	釋慧照(大千慧照)	卷四,528
釋英(白雲英)	卷三,170	釋哲(古智哲)	卷二,9
釋祖瑛(石室祖瑛)	卷二,26	釋真(龍巖真)	卷二,11
釋法膺(擇中法膺)	卷二,132	釋良震(雷隱良震)	卷二,128
釋祖雍(布衲祖雍)	卷三,259	釋普震(止庵普震)	卷二,136
釋壽永(東州壽永)	卷四,327	釋大證(無印大證)	卷五,640
釋德涌(東海德涌)	卷一,5	釋圓至(天隱圓至)	卷三,148
釋良猷(仲謀良猷)	卷四,528	釋弘智(愚溪弘智)	卷二,135
釋正友(古梅正友)	卷三,301	釋時中(庸叟時中)	卷四,326
釋予(商隱予)	卷四,404	釋守忠(曇芳守忠)	卷四,405
釋世愚(傑峰世愚)	卷一,6	釋若舟(別岸若舟)	卷四,453
釋愚(如庵愚)	附錄,643	釋普莊(呆庵普莊)	卷四,609
釋清欲(了庵清欲)	卷四,454	釋守拙(守拙上座)	卷二,138
釋本源(空海本源)	卷一,5		

圖書在版編目(CIP)數據

元代禪僧詩輯考/朱剛,陳玨,王汝娟編著.—上海:復旦大學出版社,2025.1
ISBN 978-7-309-16812-9

Ⅰ.①元… Ⅱ.①朱…②陳……③王… Ⅲ.①古典詩歌-詩集-中國-元代 Ⅳ.①I222.747

中國國家版本館 CIP 數據核字(2023)第 081759 號

元代禪僧詩輯考
朱　剛　陳　玨　王汝娟　編著
責任編輯/胡欣軒

復旦大學出版社有限公司出版發行
上海市國權路 579 號　郵編:200433
網址: fupnet@ fudanpress.com　http://www.fudanpress.com
門市零售: 86-21-65102580　　團體訂購: 86-21-65104505
出版部電話: 86-21-65642845
浙江新華數碼印務有限公司

開本 787 毫米×960 毫米　1/16　印張 41　字數 649 千字
2025 年 1 月第 1 版
2025 年 1 月第 1 版第 1 次印刷

ISBN 978-7-309-16812-9/I・1356
定價: 198.00 元

如有印裝質量問題,請向復旦大學出版社有限公司出版部調换。
版權所有　　侵權必究